U0921517

青花镯

何丹凤　著

中国原子能出版社

图书在版编目(CIP)数据

青花镯/ 何丹凤著. —北京:中国原子能出版社,2013. 4
ISBN 978 -7 -5022 -5866 -5

Ⅰ. ①青… Ⅱ. ①何… Ⅲ. ①长篇小说—中国—当代 Ⅳ. ①I247. 5

中国版本图书馆 CIP 数据核字(2013)第 061576 号

青花镯

出版发行:中国原子能出版社(北京市海淀区阜成路 43 号 100048)
责任编辑:蒋焱兰 010 -88828673 E-mail:ylj44@ 126. com
印 刷:北京建泰印刷有限公司
经 销:全国新华书店
开 本:787mm ×1092mm 1/16
印 张:23
字 数:388 千字
版 次:2013 年 7 月第 1 版 2013 年 7 月第 1 次印刷
书 号:ISBN 978 -7 -5022 -5866 -5
定 价:42. 00 元

出版社网址:http://www. aep. com. cn E-mail:atomep123@ 126. com
发行电话:010 -68452845

序　言

人在小说的旅途

——何丹凤小说作品的艺术感染力

广东本土有一些青年作家在崛起，何丹凤就是其中的一位。她是一位女作家，颇有才华，写诗、写小说、写散文，文学的基本类型都能驾驭。她出版这本小说，自然是可喜可贺的事情。

何丹凤是一位才女，她不仅在文学领域有自己的造诣，还在美术领域有自己的业绩，她的剪纸艺术亦达到了一定的纯熟境界。

文学才能与美术才能融于一身，在何丹凤身上得到了体现。《青花镯》不仅展示了她的文学才华，同样可以看到她的另外一个身份——剪纸艺术家的不同一般的艺术表现能力。

作为读者，完全可以把这本文学读物作为图文并茂的绘本来阅读，因为作家用自己的剪纸艺术才华为我们奉献了精美的插图。翻开这本书，我们看到的是文学的审美与艺术的审美融合在一起，二者互补，交相辉映，既可以欣赏文学作品世界的魅力，又可以领略剪纸艺术精雕细刻的精神艺术世界。

在何丹凤的长篇小说《青花镯》里面，我们看到了作家对人物情感世界的深刻挖掘，这就像其在剪纸艺术中如何刻画人物一样。

作品里的美是始终存在的，一部小说如果以真正的美作为能量，那么小说作品就具有了活力，小说人物才能鲜活起来。

我们看到小说主人公的生命随着情感的起伏而展示了大山大海般高深之生命内涵。

作者在长篇小说《青花镯》里写道：“罗方智驾着车，看着沿街霓虹闪烁的各种商铺休闲娱乐场所，还有一栋栋居民楼之间的灯火构成了这个城市夜之美的主调，心里感慨不已。

“初到这个城市的时候，他沿街拉着板车卖过水果，给水店当过送水工，还送过外卖，派发过宣传单，怀里有一个苹果都会带回来给崔敏敏吃，有一碗热汤都舍不得喝要留给崔敏敏喝。如今想起这些，有些不堪回首，亦是非常的怀念，那时生活有多苦，爱情的花就开有多美，苦难中的花开得是分外妖娆。只是，没有物质肥料的灌溉，终究是结不出希望的果实。罗方智每一想到这些，心里就有涩涩的味道涌到喉间。

“他不能释怀，那么善解人意的崔敏敏，自己生命之中至情至性的女孩，变心速度是如此的以迅雷不及掩耳之势发生在他最困难的时候，他们之前的矛盾也只是吵吵，从来就没有想过要分手。都说贫贱夫妻百事哀，没有金钱的爱情，同样也要束之高阁，其实他那段日子是疏忽了管理，导致产品不合格外商拒收，全部积压几乎让工厂全线瘫痪，崔敏敏却在那个时候变了心，虽说他后来很快就扭转了困境，但是失去的爱情，一直是他难以言说的伤痛。”

从这里，我们就看到了主人公对自己感情生活的追怀、思考，爱情这种东西最能体现深刻的人性，也能左右人的命运，还能磨炼人的本心。爱情说来说去，就像一种磨刀石，就看如何去磨自己，有的人磨出了喜剧，有的人磨出了悲剧，因人而异。

本书一共有45篇短篇小说和一个长篇小说，组成一个扎实的小说世界。在这个世界里，作家的写作丰富了我们的阅读，让我们的情感延伸到了文学作品中。

还要值得一提的是，书中每一篇短篇小说都能启迪人心，给人带来美的享受。

读完这样一本作品，可以使读者发现在这样的一个物质时代，人们无时不在追求精神世界的美好，探索心灵的本质。作者何丹凤通过文学与艺术的桥梁来揭示我们追求的人生意义。本书中的故事给出了人心如何回归纯净本质的答案。

柳冬妩（著名批评家、诗人、作家）
2013年于广东

目　录

青花镯(长篇小说)

一张床的坎坷人生（短篇小说集）

（长篇小说）

人固有一死，或轻于鸿毛，或重于泰山，这是一曲悲歌，更是一曲生命的赞歌。俊朗阳刚的企业家罗方智爱上年轻漂亮的女护士阮月笛，同时又被几个性格各迥的女子爱着。在爱与不爱之间，青花镯的传说踏歌而来，携着两代主人之间演绎出的邪风和正气较量铺开了浓墨重彩的画卷。人性在这里沉沦与苏醒，白衣世界里圣洁与扭曲的灵魂在这里交织对峙，老公安在生命最后的时刻大义灭亲完美修筑了警徽铿锵的光辉，缓缓安静成了那一片人性复苏后的纯白明净，亦给回一个小城沧海月明珠的天下。

其情堪动，其意堪怜，当一场花事浸染着热血盛开，爱情才进入白头偕老的一生。佛在世间拈花一笑，花瓣落尘之间，青花镯依旧晶莹剔透，清幽皎洁。

第一章　蓝田日暖的人间 初遇你

南贝，一个位于粤西的省辖县级市，被群山怀抱，是一个峰峦叠嶂的山中宝地。

市人民医院内科住院部。

透过淡绿色的窗纱，罗方智的视线轻轻地离开了手提电脑，这时候是早晨八点半，按照惯例，这个时候，是医生查房的时候了。

米微璇依时出现了，白大褂异常白净，如同她的脸，不沾尘埃。罗方智想到在青海湖见过的那片蔚蓝的天，看着，心里，无声无息地腾起丝丝温柔。

米微璇先是微笑地对罗方智点了一下头说：早上好！罗方智回应地微笑，转头看了看窗外鳞次栉比的楼宇，他知道，他要等，等米微璇查完隔床的病人才会来看他，这是住院一周来形成的默契，他不是她第一个要查房的病人，却是她要停留最久说话的人。

空气中似乎已经有了快乐的味道。

阮月笛推着晨间治疗车走进来，她的眼神飘过罗方智的脸，这个男人太英俊，该去做模特而不是做商人。难怪一住院护士姐妹们就在办公室里打趣，说科室里已经很久没有来过这么养眼的男人了，如果谁可以用来养心就更好了，这让休班回来的阮月笛，未曾见过罗方智的面容，先有了这个男人的影子。

今天她上晨间护理班，负责换床单被子，本来这些应该是在医生查房之前完成的，但是院里组织去旅游，人手一少，要做的工作全部都由剩下的几个人加大工作量来完成。

罗方智眼神与阮月笛相对，心微微一愣，心想这家医院怎么尽出美女，一个米微璇已经让他惊艳，没有想到进来的这个护士，戴着口罩，但露出的

眼眉，似有紫烟幽幽萦绕，如果拆下口罩，只怕是不亚于那些选美台上的美女。

罗方智有些恍惚了。

如今这个极为物质的年代，爱情，似乎已经成为传说，在罗方智看来，和一个人认真地谈情说爱，是比做工程项目还要浩大的淘沙过程，他已经为爱丢失了心灵，现在的他，看尽繁花，却也片花不入眼，如果不是这一次吃饭吃到胃肠炎，断不会踏入医院这个一直让他觉得阴森森的大门的。

没有想到，管床的是美女医生，通过自己充满绅士的谈吐，他已经可以明显地感到米微璇那越来越温柔的目光，让本来胃肠炎早已治愈的他，又以身体需要调理为由，再多住了几天院。当然，他的出手豪阔——特意按科室人数定了名贵的水果，每人一箱地送给了全体的医护人员，这让科室的主任贾平、护士长陆春妮两人一看见他就眉开眼笑。科室是创效益为主的，对于他这样的病人，科室当然是欢迎的。

昨夜他就想好了，等米微璇再来查房的时候，自己就邀请她去咖啡厅坐坐什么的，那天他开着他的奥迪车出去的时候，从车后视镜里，他已经看见了米微璇眼神中的羡慕和对他那一丝温柔的异样。

阮月笛走到了罗方智的床前，轻轻地说："我帮你换一下床单好吗?"声音柔柔，入人心脾。罗方智再一次失神，他几乎是有些仓促地点点头，急急地离开床。阮月笛轻巧地换下床单，罗方智看着那双白嫩的手，轻盈可握，有些呆了。米微璇轻轻地咳了一声，罗方智有些狼狈地移开视线，把注意力朝向了米微璇。

整理好床单，阮月笛看了看罗方智的电脑，视线在屏幕上停留了十多秒，对着罗方智微笑地点点头说："整理好了，你可以躺上去了，米医生要查房了。"

看着阮月笛的背影，剪裁得体的护士服衬托得身影看起来让人无限遐思，罗方智躺在病床上，有些不舍地收回目光。

陆春妮是个四十开外的女人，她呵呵笑着走了进来说："罗方智，今天下午我们科里会组织一次病员座谈会，还有疾病的预防宣教，谈一下住院期间你们对医院的评价和发一张意见表，你到时可要给我们提提意见哟!"

罗方智点点头说道："我给你评一个五星级标准的答卷，你们的服务是非常优质的，以后我厂里的员工有什么不舒服就往你们这里送了，你们可要多关照呀!"

陆春妮笑成了一朵灿烂的太阳花："这就太好了，有你大老板这句话，院领导一定会给我们科室的文明岗继续加分的。"

如同往常，问诊完了，米微璇会同罗方智小谈一会儿，但是这一次，她知道，自己有些心不在焉了，肯定是因为刚刚的那一个叫阮月笛的护士。米微璇明显地感觉到了，脸上飘过不悦，看了看罗方智的电脑说道："你那么早就登录QQ，有人跟你聊天呀？"

罗方智呵呵一笑："你不是吃醋了吧！我是生意人，当然得二十四小时都挂着的。"

米微璇"啧"了一声："谁吃醋啦！我是你的管床医生，当然得担心你是不是彻夜聊天不睡觉。"

"哪里能呢！除非你和我聊通宵我就不睡了。"

米微璇有所期待，罗方智开了这句玩笑就什么都不再说了。

他想起了阮月笛那双眼睛，打消了想开口约米微璇的念头。

输完液，罗方智借故到办公室找医生，实际想看看阮月笛的五官是不是如同自己所想的。在护士站的电脑前正工作的陆春妮看见他，很热情地打了一声招呼。看见罗方智的眼神有意无意地掠过正伏案疾书的阮月笛身上，陆春妮何等聪明，说道："罗大老板你没有结婚，看看我们这里有没有合适你的姑娘呀！我们这里的姑娘可不是我夸出来的，就拿这个小阮来说，她是我们院的院花，高学历护士，本科的。"阮月笛抬起头说："护士长，你要干什么呀！拿我说事。"说着微微嘟起嘴。

罗方智看清楚了，果然是美人胚子，这样的女孩如果在自己的奥迪车面前一站，气质绝对与车模不相上下。阮月笛看过来，脸蛋犹如桃花，罗方智似乎感到了自己的心跳有些加快了。

转身离去的时候，只听见身后重重地"啪"一声。罗方智扭过头，只见米微璇脸色很是不好地站着。陆春妮的声音一片气恼说道："米医生，你今天怎么这么重的手脚，这样放病历的，如果不小心打破桌面玻璃怎么好？"

下午三点，罗方智坐在宣教室里，才发现主持的护士竟然是阮月笛，她笑吟吟地走进来，他的眼神就没有离开过她。他知道自己的魅力，没有多少个女人，可以在他的眼神下逃离。阮月笛似乎有意避开他的目光，但从始至终，脸如同涂抹了胭红，让罗方智想到了千年蟠桃树上让人垂涎欲滴的仙桃。

阮月笛说道："将近中秋节了，那就说说中秋节该注意的一些疾病预

防吧！”

说着阮月笛拿起一张卡片，上面一副让人非常逗笑的卡通图，一个肥胖的人抱着自己的肚腩，配词：秋风起，长膘忙！看得病人全都笑了起来。

阮月笛看了有些失神的罗方智一眼，马上用书本轻轻地敲了一下桌面说道：“谁来告诉我什么是三高？”罗方智马上像课堂上的孩子一般说了一声报告，阮月笛把目光透向他，示意他说。

“三高就是高血压、高血脂，还有就是高血糖！”罗方智说，“我说得对不对？”阮月笛赞许地点点头。一个叫廖建翔的病人插话说：“小阮，叫我们来是告诉我们说不要吃那么多月饼，是吧？！”

阮月笛用手指了指那副卡通图说：“我一个中午没有休息，就是画这个图来让你们开心的！我可是一个不会画画的人呢！所以大家要认真听我说，秋天要怎么节制甜食，适量吃月饼，科学吃水果！大家有想出院的，不想中秋后回访医院的，就听我开讲了。”

一堂课宣教下来，罗方智从一开始是看着阮月笛的容颜目不转睛，最后到认真地听完阮月笛讲解，心里暗暗佩服。阮月笛娓娓道来，他是个爱吃水果之人，虽然说自己也没有什么三高，但是听见阮月笛吐出的字眼，他知道吃各种应节水果的讲究和节制。比如说新鲜的板栗，每年这个时候他就吃得多，听阮月笛讲解后知道这样会引起“积滞”，阮月笛还看着他说道：“你胃肠功能不是很好，就要控制板栗的摄入量了。”罗方智频频点头。

看着阮月笛的红唇在一动一动地说话，在这一刻，他的心，四季都从心里一一走过，有春天的新芽，夏天的朝露，秋天的红枫，冬天的蜡梅，全部都汇集而来。罗方智不知道自己为什么会想到这些，他一直觉得阳春白雪离自己已如隔世。在这一刻，他好像看见了天使，而推开这扇门的，就是这个叫阮月笛的女孩。

第二章　一场花事后的孤独呼吸

罗方智晚上上线的时候，名叫“女蝉”的女网友又在网上留言问候他了：“天气开始转凉了，注意添衣，晚上累了，就记得泡脚。”她的个性签名一直很特别，上面写着：女蝉，是不能去爱的，一旦爱上了，就会坠地而死。

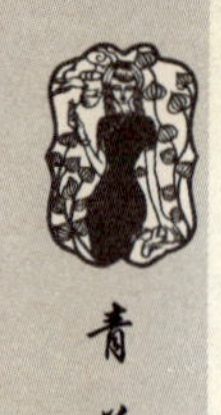

有时候他会觉得很奇怪，这个女网友，很早的时候就加了自己，那时正是他最痛苦失意的时候，她加进来的。他也看过资料，地址是本市的，其他的一概空栏。

这个叫女蝉的网友，从来不跟他说话交流，最多就是留言给他，但是一年中大大小小的节日，总会收到她的一声问候一声叮嘱。他也曾经试着去搭讪，但是她的头像始终是灰灰的，好像从来不曾存在过这个人，但是也一直在他的好友群里占了个与众不同的位置。

很奇怪，今夜他竟然看见她的头像亮着，这让他好生意外。

罗方智打出一行字问道："你遇见过爱情?"对方很快地打字过来："一只女蝉，爱是彼岸白头吟！"

罗方智摇摇头，他受不了这样极端的看法，此后两人再无话。

晚上十点，值班的护士来关灯，闭上眼睛，阮月笛的容貌又在眼前浮现，罗方智有些辗转反侧了。

罗方智曾经的女友叫崔敏敏，在他的公司经济面临着巨大危机的时候，爱情瞬间就如隔夜白菜心，在日复一日的沉默中，再没有继续品味下去的欲望。

罗方智跟崔敏敏发誓说只要肯给他时间，一定会让她当上童话中的公主，而对于这样的誓言，崔敏敏不置可否，看着罗方智的眼神却是越来越缥缈。发展到后来，崔敏敏的脾气日渐烦躁，总吵着说分手。罗方智想起那些两人一起度过的温馨日子，他无法答应。

终于在那么一天，出差回来的罗方智看见了床上滥俗不堪的情节。那一刻，罗方智几乎想把整个世界毁于一夕，他做梦想过千百种结局，就是没有想到一向清高的崔敏敏如此不自爱。当时崔敏敏泪流满面，却死死咬着唇一声不吭。那个消瘦的男人全身瑟瑟发抖，把头扭向墙壁，连脸都不敢面对他。

在牙齿与拳头咯咯作响的时间里，罗方智转身冲出去，在黑夜的城市中奔跑不下五公里终于停下来。那一夜，大热的天突然下起雨，在一身淋得透湿的时候，罗方智彻底明白了，他生命中的最纯美的初恋，再也无法复原了。

此后，崔敏敏走出了他的生命，相爱那么久，没有想到，分手连背影都没有，最后的那一刻是崔敏敏眼中深深的绝望，让罗方智无数次想起的时候牙根都能渗出苦涩。

情场失意的男人在商海的锐利是势不可挡的，没有时间再去爱，也不想

爱，他的公司也终于打出了质量上乘的产品，资金全部回笼，另乘胜追击，增加了几条国外先进的生产工艺，同时收购了几家面临倒闭的鞋业公司，如同注入了新鲜的血液，公司焕发出了无限生机，一下子就峰回路转全面花开。对于后来英俊又多金的他，不断赚钱成了他生活中唯一的动力。他喜欢这种感觉，更喜欢拿这些钱去做些善事，只有在这一刻，他才感觉，生命的意义如此生动。

他曾经想去找崔敏敏，但是最终打消了这个念头，他已经不是当年的罗方智了，用今日的成就到过去的女人面前显耀不能弥补已经发生过的断痕，何苦。经历了那么长的日子，他感觉过去已经异常陌生，只是如同一个浓墨重彩的片段存留在脑海里，这种伤，终此一生也不想触及。

这个世界其实很小，在一个城市中就更小，他有一次停车在沿城河边抽烟伫立的时候，就遇见过崔敏敏的母亲。那个老太太，本来是要成为自己的岳母的，在夜风中背着一个大大的环保袋，看是散步，却是看见有矿泉水的空瓶就拾起装入自己的袋里。那一天，罗方智喝完了一瓶水，他有意地放下矿泉水瓶子。看见老太太走过来，当时没有看出来容颜，直到老太太走过轻轻拾起，四目相对，彼此都惊呆了。

与崔敏敏分手，人一下子经历了沧海桑田，所有一切早已物是人非，罗方智没有想到，在这样的情景下再见到崔敏敏的母亲，心里百味杂陈。那一刻，看见老太太在夜风中被风吹乱的白发丝，他的心里突然好酸，不管和崔敏敏之间发生了怎么样的爱恨情仇，眼前的老太太，曾经把自己当成亲生儿子一样的对待，关爱程度丝毫不亚于对自己女儿的那份疼爱！

五谷杂粮熬成的粥、精心烹调成的菜式和亲手酿的糯米酒，是崔老太太每次知道他要来早早就准备好的。崔敏敏家住在城北的莫坑，是这个城市经济发展相对缓慢的一个地方。在一幢陈旧宿舍楼的一楼，老太太每次倚门相看，都让他心里生出如暖流般的感动。那时他就想，他一定会让老太太过个舒心的晚年，要赚钱让老人住上别墅，让多年守寡带大崔敏敏的老人得到最贴心的回报。

只是命运捉弄人，他和崔敏敏最后把爱情走得山穷水尽恩断义绝，分手之后心隔天涯，他甚至，没有去跟老太太说一声道别就离开了。

崔老太看着他，眼中慢慢地盈满了泪水，伸出手，颤抖抖地伸向他。这些年，他第一次有了想哭的冲动。“母亲”——他从来都是把崔老太定位在这样的一个位置。

他把崔老太的手放在自己的脸上，崔老太急促地抽出手说道："孩子我的手脏呢！"罗方智摇摇头，看看崔老太的打扮，依然和当年一样朴素简单，只是容貌比当年更见苍老和憔悴了。

崔老太说道："对不起，我为敏敏说对不起！"她的声音哽咽，头上的白发在夜风中微微颤抖。

罗方智的手机响起，是一个客户约见谈业务。关上手机，他略一沉吟说："我有事先走了！"说着，走回到车里拿出五千元现金，递给崔老太。崔老太连连推辞说："不可以的，我怎么可以收你的钱！"罗方智说道："我和敏敏的事跟您老人家没有关系的，如果有空，我会去看您的。"

在驱车离去的时候，他看见老人站在后面一直望。他知道，老人一定是哭了！也就是从那时候开始，他重新审视了自己心态上的偏激。

第二次再见老人的时候，也是在河边的这个位置，那是在上次遇见老太太一个月之后的事了。他开着车，走近的时候就看见崔老太站着，像在等人，他把车停在路边，看了一阵子，他突然有一种感觉，崔老太等的就是他。

崔老太见到他的时候，眼神中的惊喜让他肯定了自己的判断，当崔老太让他一定要去家里坐一下的时候，他迟疑了。崔老太说："敏敏不在家，她已经很久没有回来了。"他知道不能再说不。

还是那个一楼，还是当年的家具，只是更见破烂陈旧了，最显眼的是电视橱柜正中那个擦得晶莹剔透一尘不染的白花瓷瓶，让他的心里似翻江倒海般，那是他出差的时候特意带回来的。崔敏敏说要终生拿来插上百合花；崔老太当时就说要好好呵护，到时啥也不带，老死都要把这个雅致的花瓶带到棺材里去。

当年的话犹如在耳，他不忍再说些什么。崔老太对崔敏敏的事也闭口不提，只是在后来他又去的时候老太太叹息般地说："命呀！不由人，敏敏傻呀！"之后崔老太就戛然而止，不再说下去。只是拿出自己的好厨艺，就这样，在几个黄昏，在罗方智厌倦了一个个应酬饭局的时候，这里，原来是最伤心的地方反倒成了最让心可以歇息的地方。

罗方智曾经很想接自己的父母到城里来住，没有想到当了一辈子教书先生的父母说还是喜欢乡下的空气，城里都是陌生的面孔和拥挤的声音，不爱来。

母亲三天两头地催促他快点找个人结婚，说如果结婚了父母就会过来抱孙子。老人的愿望，罗方智知道自己目前是办不到的，渴望父母出来的念

头实现不了，看望崔老太的时候成了一个可以让思念亲情松绑的缓解空间。平心而论，他是很敬重这个在苦难岁月里一直给予自己关爱的老人的。

在医院住院的时候，看得到各种各样痛苦的病人，特别在晚上的时候，寂静中灵魂似乎都可以在这里得到医治，从生理上到心灵上。罗方智突然浮起个奇怪的念头，后悔自己怎么没有早些来住院。

第三章　爱在不知不觉的注视中萌芽

医院的救护车突然在一个夜里晚七点不到就全都开了出去，十多台车的警报声此起彼伏，在夜空中分外刺耳。罗方智睡不着，索性走出病房，看见阮月笛匆匆忙忙地跑到办公室里，绿色的长裙裹着那凹凸分明的身材让人看得再也舍不得移开目光。

罗方智心里不由得暗暗赞叹，绿色可不是一般女子敢穿的颜色，阮月笛却把绿色穿得如此抢眼与雅致，看着看着他心里跳过了这么的一句话“此女只应天上有，人间何处觅芳踪”，那感觉还真有些应了那句古诗：“众里寻他千百度，蓦然回首，却在灯火阑珊处。”

阮月笛却不知道他脑袋里千回百转的念头，在她的眼里，他只是她的一个病人而已。科室里的陆春妮和贾平都过来了，又上来了一些医生和护士，气氛紧张。接着看见值班的护士帮几个病人转移病床到别间，一下子办公室附近的病房就空出床位来。

罗方智走到已经穿好工衣的阮月笛面前问道：“你们干吗？出了什么事！”

阮月笛匆匆忙忙地答了他一句：“有个工地的民工食物中毒了，现在百来人全部送到医院来抢救，现在我们准备接危重病人，轻一些的都在门诊救治。”

电梯门开了，一辆平车推出了一个昏迷的病人，科室的护士马上接过平车，迅速往监护室推去。随车的欧阳护士长对着陆春妮说：“陆护士长，你能不能先调一个你科的护士给我用一下，我下面百来个病人，忙得什么都没有了，盐水、药物、人手都要各科室马上支援呀！”

陆春妮说：“阮月笛，你先去急诊帮一下欧阳护士长，松一些的时候马上

回到科室来，今晚我们科下半夜全体都要加班了！”

阮月笛清脆地应了一声，同时从工衣袋里取出口罩戴上说：“欧阳护士长，我们走。”欧阳说：“走吧！你来我最放心，动作麻利，一个顶三个用，抢救时就需要你这样的人！”说着，两个人的身影隐入电梯之中。

罗方智忍不住保持一段距离跟在阮月笛和欧阳护士长的身后。

急诊室里，到处人满为患。所有的观察病床和门口座椅上都坐满了人，大部分都已经挂着吊瓶在输液，身着白衣的医护人员紧张地来回穿梭。不远处还有几辆治疗车推着药物、盐水过来，救护车还在门口运送病人。

罗方智伸头看，听见欧阳护士长对阮月笛说道：“洗胃那边已经够人手，你帮我把观察床这里的病人全部留置尿管，他们一个个膀胱胀得像要把腹部逼裂似的。”阮月笛点点头说道：“导尿包给我。”欧阳护士长打开了一个壁柜说道：“全在这里，你自己看，我先去别处帮忙。”

阮月笛点头，随即伸出双臂抱出十来个导尿包，转过身用背部的力轻轻掩上门。门外站着的罗方智，看着来来往往脚步不停的医护人员，心里不由得升起一股敬意，他一直以为护士的工作就是打针给药，没有想到护理竟然还牵涉到那么多的内容和操作。突然，他看见了一个熟悉的身影。他下意识地让自己闪了闪身体，不处于对方的视线之下。

那是一个打扮非常时尚的女孩，金黄的爆米花头，手中拿着麦克风，肩头挂着摄像机和袋包，随同几个男同事走进来，一看就是电视台过来采访了。

是李知苏，没有错，就是她，自己还是先回病房，免得让她看见了，给她发现是件很麻烦的事。想到这里，罗方智快步转身离去。

住院部非常忙碌，医护人员匆匆忙忙，没有一双脚步是闲着的。十多个危重的病人都送来了住院部，一下子空置的床铺全部住满了。

罗方智回到病房后就没有再出来，他知道，李知苏那群人，一定会在门诊采访完了就会到住院部来的。他是刻意躲着的，躺在床上，睡不着，阮月笛忙碌的身影一直在他面前挥之不去。

他看了看钟，已经都过了午夜一点了，自己一点睡意都没有，这么晚了，声响也不像先前那么吵了，他坐起身来。这个病房本来就是他一个人住的，今夜里为了腾空床位也从别的病房转过来两个病人，此刻都已经发出了轻微的鼾声。

一开始住院的时候，好友肖岱一直建议他包个单间图个安静清洁，说无

论如何都不能委屈自己，他笑笑，还是按自己的意思住进了这个普通病房。只有他自己才知道，有些钱他还是不想花得那么奢侈，虽然说钱对他来说不是问题，但是如果在这地方少花一些，别的地方就会起了很大的作用，他逢年过节要去那些山区学校看望小学生就起大作用了。在身边的人都开上宝马、奔驰的时候，他一直都开着排量不大的奥迪。

走出病房，想到办公室看看，会不会有阮月笛的身影，不知道她忙完了没有。办公室还没有走到，从旁边的一个病房闪出了一个身影，是米微璇。

米微璇对他浅浅地笑着道："这么晚了还没有睡觉？"他说睡不着，出来走走。米微璇体贴地说："在医院就是这样！"说着用手指了指旁边转弯角的一个平台说："你睡不着，我陪你到那儿站站！"

走廊外的平台上，夜风吹过来有些凉意，已经是入秋时分了，米微璇有些感叹。

在昏黄的光线下，米微璇的眼睛亮亮的，看着他说道："你好得差不多了，也很快就要离开这里了。"

罗方智笑笑回答："我离开了也可以经常回来看看你们呀！有病就来治病，没有病我就来保健。"

米微璇掩嘴低笑："你真幽默，这样你也想得出来的！"

罗方智问道："晚上有记者过来采访，是吗？"米微璇点点头说道："你怎么知道的，是市电视台的，来了几个人。"罗方智说道："是怎么回事？一下子那么多人中毒了？"

米微璇叹了口气道："我听说是城北一个建筑工地的，今天是老板发薪的日子，给大家加了菜。这些民工也就放开肚皮吃，谁知他们的包工头在大家的饭菜里下了药，全部都中了招，结果吃得最多的都送到内科来了，都洗了胃，有些还要做血液灌流排除毒素，轻的也都出现了恶心呕吐的症状。今晚是电视台来了，公安局的也来了，还有环境检测、药物检测的都来取样了，这件事明天会上报纸头条的啦！"

罗方智有些愤慨："怎么这么可恶？那个包工头抓到没有？"

米微璇摇摇头说："听说还没有，他放了药就带着老板给他发工资的十多万现金跑了，现在警察把全城的要道全封了通缉他！"

罗方智说道："那这次会不会死人呀？"米微璇说道："很难说，目前的情况来看，最重的病人经过抢救现在生命体征暂时平稳，但是中毒的病人很难说的，有些毒物吸收了的，过了十几二十几小时还会出现病情反复，甚至发

生死亡的。”

罗方智很想问一下阮月笛还在不在，想想自己还是不能对着米微璇问。他也明显地感到，米微璇看他的眼神都是特别热情，一接触就让他不自在。他知道自己是不能再跟她走得这么近了。

看了看手表，时钟都快到一点半了，他打了一个哈欠说：“我现在有些睡意了，我先回去，你还不能休息吧？”

米微璇说道：“我值班呢！那么多重病人哪里有办法睡呀！现在她们护士都还在忙，个个今晚都得熬通宵。”

罗方智哦了一声说道：“这样呀！不如我打个电话让外面送消夜来给你们吃。”他心里肯定了，阮月笛一定还在病房里忙，叫来消夜慰劳一下上夜班那么辛苦的她们，值！

米微璇说道：“不要啦！哪里能让你破费呢？”罗方智笑笑说：“我愿意呀。”说着拿出手机找出了一个二十四小时排档的电话，让店主外送大分量的点心和猪骨粥过来。

米微璇看着他，她知道自己已经让这个男人走入心里，就短短的几天，或许这就是传说中的一见钟情吧！她的心，衔着一枝玫瑰悄然莅临了。

消夜送来了，罗方智付了钱，跟护士站的值班护士打了一个招呼。陆春妮走过来，一个劲地说谢谢，说代表大家感谢他送来的消夜。

罗方智开心，他看见了阮月笛还在忙忙碌碌的身影，不禁心疼起来，又想起她穿来的那件绿裙子，他知道今夜又是一个难以成眠的夜晚。

第二天，本市新闻播报与市报就出来了，正如米微璇告诉他的那样，这是一起人为的投毒事件，犯罪嫌疑人已经被警方拘拿在案。罗方智看了松了口气。现在的人心呀，真是变幻莫测，为了私欲什么害人的事情都做得出来。

这次门诊留观的病人已经走了大半，住院的病人有些神志清醒过来，就嚷着要出院了。又过了两三天，这些中毒病人病情稳定，接二连三地又跟着出院了，病房一下子又安静了好多。

他算着时间，阮月笛已经连续忙了几天，眼圈都发黑，鹅蛋脸好像变得尖了一些。她是累了，罗方智心想。

第四章　心的坚硬这一刻真的柔软了

这一天，院部查房，来了一大群人，医生走后，护士们进来了。

罗方智在护士交班中看见了阮月笛的身影，他马上笑容可掬地对着一群查房的护士说道："美女们，什么时候有空，我想出院后请你们去烧烤好不好？"身体胖胖的沈欣马上欢呼起来："好呀，那天你送来的点心和米粥都好好吃耶！"一个瘦瘦的护士责怪地制止了沈欣的雀跃："你那么高兴干什么呀！好在这间病房现在就罗方智一个人住了，让领导看见了，还不得扣除你这个月奖金。"

沈欣嘟起嘴，满脸还是渴望的表情，她把目光求救似的转向阮月笛，说"月笛，你最知道我的，要不要我们去呀？罗方智有车耶！多方便呀！"

罗方智笑了，怪不得沈欣胖成那样，几乎可以说是那种身高八尺腰围也八尺，腰围比胸围和臀围更出色，多半都是嘴馋吃的，这样的身材穿上护士装，难为她挤进去了。

阮月笛看着他说："很好笑是不是？"罗方智有些狼狈，她一定是看出他眼中对沈欣的嘲弄，他可不想，还没有得到她的心的时候，就把她得罪了。

罗方智突然觉得自己的想法有些不齿，已经找了借口在医院多住了一周，再待下去明显不合适了，而他也明显感觉到了，米微璇看他的目光，飘过一丝幽怨，那个欲说还休的表情，对于罗方智来说，他何尝不懂，他可不想同时踩上两条船。自从看见了阮月笛，他真的产生了想成家的感觉。如果说第一眼只是看她的外表而动心，那么，自从那夜看见她在抢救那些中毒的民工之后，心的感觉就开始不一样了。从最初的想入非非慢慢地多了实实在在的牵挂和怜惜，心有了这些年不曾出现过的颤动。自己是对阮月笛动了心，如何能把爱分散？

出院的那天，他上网了，在QQ上看见了女蝉的留言：

花儿盼望阳光/很缥缈很遥远/雨露等待金风/要等多少个灯火阑珊/爱上了就是爱上了/为了飞鸟/水中的鱼也可以长出飞翔的翅膀

罗方智有些失神，看得出，女蝉，是有一定的文字功底的，他喜欢她的文笔，看她的说话，又好像是一个似曾相识的人。他突然想到阮月笛，如果她

来写，不知道又会是怎么样的一番韵味。罗方智突然感觉到这次住院，好像心灵全部给洗了一下，治好的不单是肠胃，还有就是揭去了心灵上爱情的痂块，让新鲜的血液就这么一点点渗出来。

陆春妮在帮他办理出院手续的时候，如同一个月下媒婆一般，又跟他开玩笑说起科室里的护士们："罗方智，你可需要找一个好太太，我们这里的护士都是一等一的优秀，有没有看上哪个？看上了说出来，由我当组织出面，一定会跟你找一个天生绝配！"

罗方智笑笑，正想似真似假说我喜欢阮月笛呢！你去帮我牵线好了。米微璇带着一个病人过来称体重，眼神看过来，罗方智突然有些心虚，他虽然什么也没有做，但是好像又感觉有负于米微璇，他打了个哈哈说道："有劳护士长费心了，你们这里都是天使，我都不知道哪个天使肯为我停止飞翔，肯跟我回家呀！"

朋友黄成良在旁边打趣道："护士长呀！这个罗方智，可是我们商界里的传奇，是南贝市里最著名的金钻王老五，也是鼎鼎有名、以慈善出名的大老板呀！你们的护士谁找了他，这辈子，女人也不白当了。"

罗方智拍了一下黄成良的肩膀说道："别在这里胡说，出院后别老找我去吃饭，吃到住院，就算你够哥们了。"

脱下护士装的阮月笛，从值班室里款款走过来，长发披肩而下，身着一件绣着荷花的真丝旗袍，无可挑剔的五官，气质清雅脱俗。黄成良看得眼睛发直，好半天才回过神来说："护士长，你这里还有这样的仙女捂着，怪不得我们的罗方智一个胃肠炎住院住了十多天。"

阮月笛对着罗方智微微一笑说："出院了自己注意身体呀！"说完就走下楼梯，黄成良怪叫地嚷道："美女，你应该说欢迎下次再光临。"

站在办公台边的米微璇说道："你说什么呀！这样一说我们医院还不得给口水淹死呀！是呀！刚刚那个女孩叫阮月笛，是我们医院的院花，罗方智，你也不介绍给你这个朋友认识认识，说不定他们有缘分呢！"

罗方智看着米微璇，她的眼中有幽怨，还有一些说不清道不明的嘲弄。

黄成良倒是好像上了心似的，忙说："我下次有空也来住院，护士长你就安排刚刚那个阮月笛给我当专门特护好了。"陆春妮笑笑，摇摇头说："你们这些男人呀，一个个看见美女就直了眼，哪里有看到美女就想给自己弄出病来住院的。"

罗方智在跟米微璇握手道别的时候，他感觉到她的手心全是汗水，身上

有股清淡的香气，让人呼吸有些迷离，看着米微璇直视过来的目光，他闪开自己的眼神，手象征性地碰了一下她的手，面前的这张花容慢慢变得苍白。他的心，又想到了阮月笛，看来这次，自己是无路可退，无处可逃了。

第五章　秘密的相爱里有水流花开的自在

阮月笛走下楼，男友张章早已开着摩托车在路口等着，她秘密拍拖已经一年了，一直没有在同事们中公开。

张章是一个个体户，每天和那些五金水电打交道，两人的相遇就是那种英雄救美人的版本。在下夜班回宿舍的路上，两个飞车党抢去了她的手提包，惯性的带动下她被绊倒，跌得她半天都无法坐起来，却见后面一部大马力的摩托车很快就追着飞车党而去，不到二十分钟的时间，大马力的摩托车又开回来，当时阮月笛还倚在灯柱下，一举步就疼痛的双脚让她怀疑自己是不是骨折了。

大马力的骑士出现在她面前，举起手提袋扬了一下，他就是张章，脸上还挂着彩，他看见了阮月笛的容貌，微微一愣，又看看她痛苦的样子，他明白了。

阮月笛是万分感激的，手提袋里装着她的证件还有毕业证、还有各种卡等等，这些都是最重要的，如果补办是一件非常漫长而耗时的事情。在张章不客气的坚持下，阮月笛让他帮忙按摩一下腿部，终于让跌伤的疼痛缓解过去了，也确定自己没有骨折。

爱情就这样来了，张章是自卑的，他只是一个高中毕业就出来在社会上疲于奔命的人，喜欢锻炼，也就练就了一副好身段，喜欢开着摩托车风驰电掣的感觉，也喜欢打抱不平讲义气。也正因为这样，在看见阮月笛被抢包后他第一个反应就是追上，摩托车很快就超越了贼党的，一番打斗之下，贼人落荒而逃。他捡回了包，没

有想到，也为自己的爱情拉来了序幕。

阮月笛有些心事无法让张章知晓的，她喜欢文字，喜欢儒雅的男人，喜欢两个人是有了笔墨纸砚就可以吟诗作画的人。但是张章不是，张章会大口喝酒，开店累了就喜欢搓搓麻将，从不喜欢看书。但张章会把她当成手中的月亮，在她喜欢逛书店的时候一直陪着，在她累的时候会端着一盆水用娴熟的手法帮她做一个小时的足部按摩，说这是家里祖传的，让上班把脚走得生疼的阮月笛总有莫名的感动。张章还有一手很好的烹调活，会变着花样养着她的胃，让患有胃病的阮月笛在这样的调理下不知不觉调养得白白嫩嫩，胃疼也没有再发作过。

和张章相处的日子里，阮月笛生了几次病，出现过高烧腹痛，张章没有合过眼，就这样每一分钟守着，市场什么好就买什么来，生恐一个闪失阮月笛就会有个什么意外，这些一点一滴，铭记在阮月笛心里，让她无数次想离开后又否定了自己的想法。

阮月笛想，女人，最终都是要嫁一个人。与其让一个男人把自己锦衣玉食供奉得像月亮心肝一样，倒不如一个男人把自己当成掌心宝，实实在在呵护来得温暖真切。

一直没有公开恋情，是张章的意思。张章说，等我有一天把生意做大了，你再把我风风光光带出去吧！阮月笛不赞成，但是也知道以张章的条件，自己的父母的那一关是过不了的，反正年龄都还宽松，先等一些日子，时机成熟再公布也不迟，说不定张章的生意有起色，不再这样小打小闹，这样也会让父母刮目相看。

依在张章的后背，阮月笛闭上眼，她很享受这样在厚实的肩膀后面吹着风的感觉，任由长发飘起，让每一个细胞都开始穿越疲惫，随风游弋。

张章把摩托车停在公园的一侧，牵着阮月笛到了木椅上坐着，从车后厢里取出一个保温壶，里面是他精心熬制的莲子百合瘦肉汤，他乐乐地看着阮月笛吃完，又递上一个削好皮的苹果，再准备好纸巾。阮月笛说："你看你把我宠得动手能力都没有了，以后就别想我可以照顾你什么的。"张章憨憨地笑着说："如果一辈子都可以为你这么做，那是我人生中最大的幸福。"

吃完，阮月笛问："现在我们去哪里？"张章说："步行街那里我今天走过，有一家叫花样年华的旗袍店开张，要不要我陪你去买衣服？"阮月笛说："你老把我打扮得这么养眼干什么，不怕我跟别人跑了呀？"张章说："我没有读什么书，但是我真的希望你和我一起的时候不会有什么委屈，我知道你喜

欢穿旗袍，我也喜欢看。"说着他牵着阮月笛的手说："不要再考我了，我最怕你的问题了，我们还是先去看看，不然好的都给别人买跑了。"

阮月笛一脸幸福，坐上摩托车。坐在另一张木椅上的一个老太太，痴痴地看着眼前的两个快乐的人儿，用衣角轻轻地拭了一下眼角，叹息了一声。

阮月笛看见了，她突然对眼前这个老人，有种亲切感，她拍了拍张章的后背说："你等会开车。"张章说："怎么啦?"阮月笛说："张章，你吃月饼吗?"张章摇摇头："不爱吃，那个东西太油腻，中秋节还有十天呢！你想吃月饼了?"

阮月笛说："不爱吃就好！我也不爱吃"。说着跳下摩托车，径直走到老太太面前，从手袋中拿出一张月饼卡，笑着对老人说："阿姨，我们今天很快乐，也让您分享，中秋节快到了，祝愿您和您的家人月圆人更圆，这张卡，送给您，您自己到丽瑞酒店去拿，好吗?"老太太眼中涌过感动："谢谢你，闺女，你们吃就行了。"阮月笛把月饼卡塞到老太太的手中，对老人摇摇手说了再见，就坐上摩托车，一拍张章，说"开车！"

崔老太站起身，喃喃自语："到处都是好人，敏敏，怎么就你不带眼识人，让自己落到今天这样的一步呵！"带着沉重的叹息，老太太蹒跚地离开了公园，影子在路灯下越拉越长。

第六章　一个妩媚与清纯兼容的女孩

坐在自己宽大的办公室里，罗方智找不到那份悠闲，有点心浮气躁。中央空调已经开得很大，先前进来那个汇报工作的文员已经停留了一下就连打了几个喷嚏，看来是自己心情沉闷的缘故了，还是出去走走，调整调整才行。

把车开到了沿河边，一个人开着音乐，在音符跳跃之间心一点一点萧瑟。秋天了，一个人的孤单寂寞是不是应该到结束的时候了！从来没有像现在这样，渴望有一个相爱的人陪在身边，度过地老天荒。

车子密封良好，倾听着音响中一首首仿若天籁的曲子，他的心慢慢平静了下来。

看远处在灯光照映下的独语河水，椰林展开大大的枝叶随风摇曳。是

呵！一个人如果游过水，就知道了深浅；一个人如果翻过山，就知道了跋涉的高低。他爱过，才知道疼痛的尖锐不是能一再地承担。

谁来浇灌自己龟裂的心田，阮月笛吗？

一个城市的繁华在夜晚会体现得淋漓尽致。夕阳一过，夜的眼帘一张开，南贝市在昼夜的转换之间修饰成一个要盛装出席晚宴的高贵妇人。给自己换成了魅惑的晚装，流光溢彩的眼里闪烁着迷人的风情。

罗方智驾着车，看着沿街霓虹闪烁的各种商铺休闲娱乐场所，还有一栋栋居民楼之间的灯火构成了这个城市夜之美的主调，他心里感慨不已。

初到这个城市的时候，他沿街拉着板车卖过水果，给水店当过送水工，还送过外卖，派发过宣传单，怀里有一个苹果都会带回来给崔敏敏吃，有一碗热汤都舍不得喝要留给崔敏敏喝。如今想起这些，有些不堪回首，亦是有非常的怀念，那时有多苦，爱情的花就开有多美，苦难中的花开得是分外妖娆。只是，没有物质肥料的灌溉，终究是结不出希望的果实。罗方智每一想到这些，就有涩涩的味道涌到喉间。

他不能释怀，那么善解人意的崔敏敏，自己生命之中至情至性的女孩，变心速度是如此的以迅雷不及掩耳之势发生在他最困难的时候。他们之间的矛盾也只是吵吵，从来就没有想过要分手。都说贫贱夫妻百事哀，没有金钱的爱情，同样也要束之高阁，其实他那段日子是他疏忽了管理，导致产品不合格外商拒收，全部积压几乎让工厂全线瘫痪，崔敏敏却正在那个时候变了心。虽说他后来很快就扭转了困境，但是失去的爱情，一直是他难以言说的伤痛。

握着五指，双手交错，指关节叭叭作响。他突然很想到那个健身馆去打一下沙包，好来发泄心中的郁闷。

黄成良当天晚上就拉上罗方智和肖岱在明月酒店开了饭局，几杯白酒下肚，素荤笑话连同菜肴美酒在彼此醉醺醺中得到最大的释放。

肖岱拍拍罗方智的肩头说："男人在外，该放松还是放松，李知苏反正看不见！"罗方智露出一丝苦笑，这个肖岱，有事没有事就爱跟他提起李知苏。对于李知苏，自己什么感觉都没有。

偌大的包厅里，觥筹交错。饭局是为各式各样人物提供无数方便的空间。

罗方智没有喝酒的欲望，但是不得不在这样的场合中让自己身陷其中。黄成良看出了他的异样，说："兄弟，你不是这样魂不守舍的吧！"说着就走出

门，不一会儿，三个打扮得娇艳狐媚的女子随着他鱼贯而入。罗方智苦笑了一下。

黄成良凑过来，说："你小子不是住一次院就把脑子也住坏了吧！为谁守清规呀？这个地方不是一般人能进来的，这样的女子，都百里挑一的。"说着他直接指着个头最高挑的女子，让她坐到罗方智的身边。

罗方智身边坐着的女子，长长的假睫毛低垂着，罗方智有瞬间的失神，他感觉到面前这张面孔虽然说化了浓妆，五官浓墨重彩地堆积着脂粉，但总有一种熟悉的感觉，他不禁问道："你叫什么名字？"女子低低说："你就叫我丫丫好了。"罗方智伸出手，托起女子的下巴问："你在这里上班多久了？"丫丫把头扭到一边说："今天是第一次来这里。"

肖岱打趣说："罗兄弟，你还要查户口呀？"他用手捏了捏身边的女子哈哈笑着说："我们就是坐坐聊聊天，请你们跳跳舞，不会干什么的，喝酒，图个痛快。"说着他一口气把一小杯茅台液先喝下去，气氛一下了就到了沸点。

丫丫也喝了，看得出她的酒量也不错，罗方智把自己的酒杯里的倒了过去，说："你帮我一起喝了，我现在胃不行了。"丫丫默默地看了他一眼，一口气把他的酒也喝了，黄成良大声起哄说："罗方智你是喝还是不喝，今天不醉不归，想搞学院投资就你这肚量可吞不下呵！"罗方智笑笑说："你喝，我点到为止即可！"

肖岱呵呵大笑说："黄成良你就别为难他了，罗兄弟就是一个柳下惠投胎人间，住了一次院后更是性情大变。"丫丫深深地看了罗方智一眼。他拿起牙签说："你们吃，我跟丫丫小姐聊就行了。"丫丫低着头，看不出脸上的表情。

终于到了散席的时候，看着肖岱扶着醉得摇摇晃晃的黄成良先行离开，罗方智夹起黑色的公文包，直接丢了两千元在桌上说："你收着！"丫丫脸色都变了，说："我不陪睡的！"

罗方智饶有兴趣地看着她说："我只想要两千元买你去洗脸和你的真名，我想看看，你不施脂粉的样子。"

丫丫迟疑着，罗方智说："不行吗？"丫丫看了看他，像下了很大决心一样，转身去了洗手间，五分钟后走出来，罗方智的眼睛发亮，更多的是恍惚，这个丫丫，怎么眉目之间如此的酷似崔敏敏？在昏暗的灯光下，恍然一看，还真的会看成是崔敏敏。

她与崔敏敏不同的是，长得英气一些，很有香港明星陈慧琳的味道。这

样的女孩，不应该在这样的地方生活的，罗方智想。

她抬头看了罗方智一眼，低声说："我真名叫李碧亚，丫丫是今天进来这里夜场的艺名。"罗方智拿出了一张自己的名片，递过去说："我叫罗方智，像你这样的女孩，这里的环境就是一个大染缸，你不应该在这样的地方度过人生的，我希望你离开，有什么需要帮助，打我的电话，我尽力。"

说完，罗方智夹着公文包离去，没有再看李碧亚一眼。

李碧亚拿起了名片，上面写着：罗方智，顺达龙鞋业有限公司董事长。

她暗暗吃了一惊：罗方智，在这个不大城市里，是个绝对的传奇，最年轻的创业型实干家，以独到锐利的眼光在短短的时间内，迅速收购与组合了五家面临金融危机倒闭的鞋厂，这些企业一到了他的手中，如同灌注了新鲜血液，重新焕发出动力。以全市纳税大户排前十名之一，直接让名字入了市委领导人的眼中，并为这个市从省里拿回一个"青年实业家贡献奖"的荣誉奖牌。

有报道说过他多次去过乡下的一些学校，特别是楠树小学，那是这个市下面最贫穷最偏远的地方，课桌破破烂烂。校舍几乎可以说都是大白天都要点灯的那种昏暗状态。老师与学生们也一年四季都在潮湿的环境中坚持着。直接管辖部门说没有钱修缮学校，并且大倒苦水。

罗方智了解情况后积极捐款重建学校，开始四处奔波，从争取重新建校到规划建设投入使用，罗方智把全市上下都找遍了，倾注了不少心血。同时还资助了另两所学校一百多名贫困家庭的孩子生活及上学费用，资助了破旧不堪的敬老院装修全部费用，让企业界在这个市掀起了一阵前所未有的慈善风。

李碧亚拿起名片，想起报道中罗方智的种种事迹，心弦不由动了一下。她怎么都没有想到，这个传奇的人物，这么的年轻这么的俊朗还带着正气。还有，就是竟然没有像他那个喝醉酒说胡话的哥们那样，说些开玩笑的荤话要陪睡怎么的。要知道，她心里当时是紧张到极点，实在是不知道如果真的出现了这种情形时该怎么应付过去。

罗方智，下一次再见你是什么时候？李碧亚有些失神了。

第七章　青花镯的姿态就是做人的姿势

罗方智出来后直接把车开到崔敏敏家的路口，一个孩子牵着妈妈的手走过，用小手摸了一下车外壳，说："妈妈，好漂亮好气派的车，等我长大了也一定买一辆来载你。"

年轻的母亲不好意思地看着推开车门的罗方智，说："不好意思，小孩子不懂事。"说着拉开小孩子的小手。罗方智笑笑，顺手拿下车头的一个中华结给孩子，说："没有关系，我小的时候也是这样的。"

孩子拿着中华结兴奋地说："谢谢叔叔。"年轻的母亲感激地笑笑，说："谢谢了，你又来看崔阿姨啦?"罗方智点点头，对着母子做了一个再见的手势。他在这里出现，无疑是抢眼的，这个属于城中村的地方，来来往往都多半是生活在小康之外的人群。

没有看见灯火，罗方智提着月饼盒轻轻地放在门口，转身离开，身后的门突然打开了，崔老太说："你来了?"罗方智吃惊地转过身，说："崔姨，你怎么不开灯?"崔老太按开开关，说："人老了，一个人在家，有时候开灯的时候更觉得凄凉，就不开了!"

罗方智说："要过节了，我提月饼来给你，"他停顿了一下，非常费力艰难地说："中秋了，敏敏她会回来看您了吧!"崔老太看了他一眼，说："应该会吧!"罗方智说："那就不要说我来过。"崔老太点点头说："我知道，这个孩子真是造孽呀!"说着连连摇头，一滴浑浊的泪水溢出了眼眶。罗方智心里不是滋味，他一直不能开口去问，敏敏到底在做什么？结婚了没有，崔老太也不说，多半是怕一提起女儿会刺激他，所以什么都不说。

罗方智说："崔姨，你生活上有什么困难一定要告诉我，我上次来你这里看见了你的病历，"说着从月饼盒的袋子中拿出一沓药膏，"您试试，如果效果好我再去买。"

老太太吸了一下鼻子，终究还是控制不住泪水朦胧。老人转身进屋，半天才出来，手中颤抖抖地拿出一个红绸子包着的东西，一层一层地揭开，最后打开的时候，是一只青花镯，看得出年深日久。

老太太拿起罗方智的手，把青花镯放他的手心说："好孩子，我家对你不

住，这一直是我心里的憾事。老了，对很多事都没有办法去主宰，这镯子本是一对的，是我的前夫留下给我的，也是他的家传之物，当年他离开时应该是很内疚，所以把这对青花镯留给我，敏敏其实还有一个姐姐，在很小的时候就走失了，我一直没有找到，另外一只青花镯，当时就在她的兜里一起失踪了。”

崔老太陷入了往事说：“那时候我是带着大女儿，肚子里的敏敏已经两个月了，第一个嫁的丈夫嫌我是农村人，配不上他大学生的文凭，他一定要回城。为了生活和别人的眼光，离婚后，我带着腹中的孩子又嫁了第二个男人，也就是敏敏的养父。他一生受穷，却为了让我进城，到处点头哈腰求人受尽白眼，他是个好人，知道敏敏存在后什么也没有责怪我，当时入户口的时候还让敏敏跟着我的姓，后来拼死劲干活来养活照顾我们母女三人，就是因为太劳累，完全累垮了身体，没有几年就去世了。我一下子就失去了依靠，一个人拉扯两个孩子，在这城里做着最辛苦的活计，生存都快顾不上，更不要说去照看两个女儿了。敏敏的姐姐就这样走失了，我到现在都不知道，到底是人贩子拐走了，还是她自己走失了，现在还有没有活在世上，我的眼睛都差不多哭瞎了呀！”

罗方智紧紧地握着老太太的手，他从来不知道，崔敏敏还有这样的家事，他低声说：“崔姨，你别急，我去帮您找。”想了想他又问道：“敏敏的亲生父亲当时离开的时候知道敏敏存在吗？”老太太摇摇头说：“他不知道的，他那时候总跟我闹离婚，知道了一定会逼我去医院拿掉，一个孩子他都嫌拖住了他回城的后腿，而我想一个孩子成长太孤单，怀上了，我就无论如何都不会拿掉的，也是我心头的一块肉呀！就没有跟他提起，之后就离婚了，他直到回城的时候都不知道自己在这个世界上还有另一个亲生女儿！”崔老太哽咽地说：“你现在人事广，帮崔姨打听打听，我真是非常希望，可以在入土之前再见见我的娅娅！”

罗方智念道：“娅娅！”他记住了，他知道，他无法不管这件事。老太太握着他的手，让他把青花镯握住，说：“这一只就是崔姨送你的，什么时候结婚了，就什么时候送给你的新娘！就当是姨姨的一点点心意。”

罗方智慌忙推辞，他看出来了，这不是一般的玉镯，价值不菲。崔老太老泪纵横，泣不成声。紧紧地抓住他的手说：“本来想要敏敏带着这只手镯嫁给你的，没有想到她不争气，自己错失了自己的幸福。这只镯子，你一定要收下的，如果不收下，我这个老太婆就是死了也不瞑目了。”说着拿着灯光

对着镯子说："你看，这青花镯里的半朵花，如果和另一只镯子配在一起，就是一朵完好的青花图案，这当时是一块玉石里对开打磨出来的。"罗方智看了看，确实是，花开半朵，却异常显眼。

罗方智只好把青花镯拿在手上说道："崔姨那我就先保管，我一定会找到另一只青花镯，让它合二为一。"老太太有些生气了说："什么叫先保管，这个就是送给你的，你就是它的主人。"

说着，老人又叹息一声："我前夫的祖上几代在仕，为官清廉，这青花镯已经传了几代，当时我的婆婆告诉我，青花镯，里面的花就是做人的气节，所以里面的花色时间越长越见幽绿，当时留在我的手上，我想自己就两个女儿，女儿也是巾帼花不输须眉男，她们姐妹一人一个，长大成人后清清白白做人，不要像她们的爹，为了荣华富贵抛妻弃子。现在，敏敏也不争气，不配这青花镯了，我一直把你当儿子看，就送你，但愿你的品性一直如青花，我就无憾了。只是，我的娅娅，不知道还在不在，如果活着，是不是也活得一如这青花一般知性？还是像敏敏这样不争气呀？"说着，老人连连摇头，浑浊的眼神厚重的悲伤重重弥漫在罗方智的心头。

驱车离去的时候，罗方智看见老人站在路口频频挥手。罗方智一阵心酸，他知道，老人的厚爱，他不能辜负了，那么，就一定要找到丢失的娅娅。他问过了，知道娅娅还有一个明显的特征就是右腋下有一个粉红色的肉痣。

第八章　霸气飞扬的富太太

打开电脑，女蝉又留言了：

手握斜阳/从画屏中走来/秋也只是一个转身的距离/瘦影衣上轻书/我在季节的深处搁浅/风吹过/蒲公英的种子/等待发芽

罗方智看了良久，亦发觉得这个女蝉一定就是见过自己的人，而她到底是谁呢？百思不得其解。

拿起手机，他忍不住又发了一条信息给阮月笛，算算出院已经一个月了，问候她的信息也发去了不少，但是始终没有回复过来，号码他知道是没有错的，莫非她换了手机号码不成。罗方智突然有种忍不住想去看看阮月笛的冲动。

一条信息响起,他一阵惊喜:回了!打开一看,有些失望,信息是米微璇发来的,很关心地问起了他的近况。他考虑自己该不该回,最初是出于礼貌回复过,后来米微璇的信息越来越多,这让他不得不换个角度想这样下去会发展出什么来。看着手机,罗方智想,假如那一天不是出现了一个阮月笛,让他在那个早晨改变了感觉,只怕,现在自己和米微璇之间,早已经有故事。

"该死!"罗方智对自己低低地说了一句,遇见个阮月笛,自己的生活好像全变了样!

处理完案头的文件,他直接叮嘱下去,下午的会议改期,秘书愣愣地看着他。在她进入公司以来,这是第一次听见罗方智把每周的例会改期,但是看见罗方智冷峻的脸,她什么也不敢问,默默地退出去。

罗方智驱车直接到了医院,手中拿着一叠月饼卡,这是个很好的借口,佳节到了,他收到了不少酒店送来的月饼卡,就算是每个人去发几张也没有问题,顺便找个借口请上全科人出去吃吃饭,顺理成章,看一下阮月笛是怎么回事!

才走到内科,就看见沈欣捂着脸,哭得是梨花带雨,胖胖的身体一路小跑,直接跑到办公室的里间号啕大哭。坐着的陆春妮急忙跑进去又跑出来,直接加快脚步往病房走去,接着就听见一个尖锐的女声划破病区的宁静。

贾平带着几个医生也跑了过去,米微璇看见他,微微一愣:"你来了!"罗方智问:"这是怎么回事?"米微璇说:"我也不知道。"

罗方智举目四望,没有看见阮月笛,一个护工抱着床单走过来,认出了罗方智,忙礼貌地问声好。罗方智忍不住问发生了什么事。护工扁扁嘴,一脸气愤又无奈说:"那间房里住的是一个有钱人的爹,刚刚沈欣跟那老头穿刺打肿了,被他女儿甩了一巴掌,现在她又把阮月笛揪住,说再打不好就找到院长办公室去!她也不想想,她父亲的血管根本就无法看。"说着护工又气道,"有钱又怎么样,干吗那么欺负人,仗着自己有钞票,就不把别人当人看。"

罗方智一听阮月笛在里面，马上迈开脚步，三步并作两步走过去，在门口透过围观的人群和医护人员的身影，没有看见阮月笛。实在是忍不住，罗方智用手扒开门口的人，终于看见阮月笛了，她正俯着身，低着头，对着床上的一个老者仔细地找着血管，一个富态的珠光宝气的中年妇人，指手画脚，手指上的硕大的戒指晃着与众不同的优越，口中气势凌人不停地唠唠叨叨，很是愤怒的样子。陆春妮和贾平不停地出言安抚着她。门外，米微璇让围观的病员和陪护全部散开。她看了罗方智一眼，却发现罗方智的眼神全部落在阮月笛的身上，米微璇表情飘过深深的阴郁。

阮月笛终于直起腰来，她把胶布一条条地固定好在打好的血管上，胖妇人的声音尖锐："我就说呀！我爸的血管怎么会打不到，本来疾病已经是够让人痛苦的了，还派一个笨手笨脚的护士过来打针，我看她长得就不清楚，怎么可以为病人打好针呢？你们再这样增加病人的痛苦，我就找你们院长去！"胖妇人说得唾液四溅。

陆春妮和贾平一脸无奈地陪着小心，阮月笛收拾好用物，端起治疗盘，看见了站在门口的罗方智，她的脸一红，低着头，就想出门。胖妇人一把扯住她白大褂的领口，胖妇人说："明天还是你来打针，我不要再看见那个长得和球一样的笨护士。"

阮月笛皱了一下眉头，说："我明天休息，没有空的。"胖妇人脸色一变，又想发作，罗方智轻轻地拉开了胖妇人还扯在阮月笛白大褂上的手说："阳姨，你那么生气干吗？不要跟护士过不去，她们都不容易。"胖妇人惊讶地看着罗方智说："罗方智，怎么是你？你怎么会在这里？"罗方智呵呵一笑说："我住过院呀！今天特意过来看一下曾经关照过我的医生护士呀，没有想到刚好遇见阳姨发这么大的脾气。"

胖妇人的脸色像雨后的彩虹，瞬间变得灿烂无比说："罗方智，看你说的，有空你一定要到我家坐坐呀！我家老李一直都念叨你呀！"

罗方智笑笑，问了一下病床上老者的病情。老者正闭着眼，疾病和疼痛把他折磨得消瘦无比，他微微地点点头，表示自己知道罗方智来过。出门的时候，罗方智塞了一叠月饼卡给胖妇人，胖妇人的眼睛笑成了一弯月。

第九章　白色世界里，人心的青红黑白

内科办公室里，罗方智受到了像回到家一样的欢迎，一个四十开外高瘦的医生向他伸出手说："你好！我叫吴韬，是内科的副主任，你住院的时候我刚好出去学习，一回来就听说了你的名字，现在我们也认识一下。"罗方智跟他握了一下手。

护士站的一角，陆春妮在说阮月笛："贵宾房的家属很难搞的，她的老公是当地的风云人物，刚刚她让你明天去跟她父亲打针，她父亲退休前是市公安局的局长，你明天就是休息也要过来一下呀！不然她真的会捅到院长那里，这样我们的工作会很被动的。"

阮月笛拿着水杯喝了一口水说："我才不管她是什么人，她凭什么打沈欣那巴掌，她以为她的父亲血管好打呀！我敢说，不要说打不打得到，找不找得到都是一个大问题。我明天休息，不会回来上班的，除非她来跟沈欣道歉。"说完，阮月笛扭头走开。

"有性格，我喜欢！"拿着病历开着医嘱的路霆忍不住对着阮月笛的背影"啧啧"赞了一声，陆春妮一个白眼飘过去说道："你懂什么，这些有钱人住院你就要像对太上皇一样伺候着，她那父亲是肝癌晚期，这三个月都怕是挨不过了。这个阳陆建是个很不简单的人物，也是一个通情达理的老人，但是他女儿就是一个比较难搞的人，我们大家都要小心翼翼地做好，不要让他们家拿着什么把柄，不然大家都没有好日子过，阮月笛是我们科打穿刺最好的护士，她去最合适。"

路霆讪讪地走开了，贾平说："路霆你回来，今早步副院长查房，说你这个还没有用够，怎么开药的，还剩那么多，病人怎么会有疗效！"说着，贾平用手翻开病历后面的押金单重力点了点。

回过身来的路霆为难地说："主任，这个病人家里的条件不怎么好的，所以我尽量用些比较便宜又有疗效的药了。"贾平鼻子"哼"了一声说："步副院长查过你这份病历，到时候回访的时候看到你还没有改医嘱，全科都陪着你挨训，他说让你用头孢哌唑啉。"路霆说："这药要八十元一支呢，一天要用好几支，病人会有意见，他也承当不起。"

贾平说："你想让病人对你有意见还是想让步院长对你有意见？"路霆勉强地点一下头，不情不愿地说："等会我先去跟病人沟通一下，再回来开医嘱。"

罗方智和吴韬说着话，眼神里走入了米微璇的身影，她脚步轻盈，笑盈盈地把手伸到罗方智面前说："很长时间都没有见面了，今天是专程过来看我们的呀！"罗方智伸手握了一下说："是呀！牵挂你们了呀。"

阮月笛推着治疗车从走廊上过来，眼神与罗方智一相遇，她微笑地说："你好！你们聊，我要干活。"罗方智眼神发亮，看着她的身影，有些出神和失落，他听不出阮月笛的语气里对自己有什么不同，那只是一种职业性的客套，这让他心里的渴望变得沉甸甸。他也感觉到了自己在看阮月笛的时候，米微璇眼神中那种明显的不悦。

陆春妮笑着走过来说："我终于知道了，你一定是喜欢我们科室的阮月笛是吧！"罗方智笑，不答。陆春妮说："这事就包在我身上，我来做媒！"

米微璇的眼神迅速黯淡下来，表情有些苍白。

沈欣终于走出来，低着头，红肿着双眼，左侧脸部隐约可见巴掌印。阮月笛低声地劝慰着她，罗方智走过去说："不哭了，你叫我哥哥，包准没有人敢欺负你，哥哥我今天晚上就请你们全科出去吃饭，给你压压惊好不好？"沈欣抬起头，含着泪花笑了，她其实是那种毫无心机单纯的女孩，罗方智看得出来，这个科里，阮月笛和她是不错的姐妹淘。

不是有句话说了，要想得到一个人的心，先从她的周围的朋友开始，罗方智反倒对沈欣少了嘲弄，真心想先从阮月笛的好朋友这里寻找突破口，走一条能打开她心扉的路径。

换药班的王静也走过来，罗方智知道，这个也是阮月笛的闺蜜了。

阳雪萍走过来，阮月笛推着治疗车转身就走，沈欣也跟上。罗方智知道，她们的心里一定很不舒服。对着眼前这位盛气凌人的女人，他不禁露出了一丝不悦。

阳雪萍对着罗方智笑了一下，声音又尖锐起来："喂，护士，你过去把我爸的小便倒一下，你们要计量的呀！"阮月笛勉强地应了一下。罗方智看见了她眼中的那种气恼但是又不能表露的无奈。

吴韬走过来，轻声对他说："这个富太太很难搞的，自从她父亲入院后，简直是我们大家的一场大灾难，护士这几天已经哭过好几个了，今天就更过分，打人了。护士受委屈，我们做医生的也很被动，开什么药要她说了算，没

有顺她的意就说要找院长投诉，弄得科里人人现在都怕进那间房。本来倒尿这些事她自己可以去做的，偏偏又老来对护士指手画脚发号施令，尿袋上都有计量刻度的呀！”说完，他连连摇头。

罗方智心里腾起了火苗，他想起阮月笛无可奈何的目光，心里软软地疼了一下，如果阮月笛肯和他走在一起，他一定会要她辞去这份如此受委屈的工作的。

柏小斯走过来，她是这个科的护长助理，有着高挑的身材，头总是喜欢仰得高高的，胸脯挺立着像两个小山峰。罗方智还在住院的时候，就无意中听见沈欣八卦地跟阮月笛说起柏小斯穿的文胸一定是塑型的，说她孩子都已经十多岁了，地心的吸引力早已经应该让她变形，怎么还可以保持这么好的三围。罗方智记得，两个女孩发现他当时站在身后，羞得满脸通红，之后几天，两个女孩看见他，都显得蛮不好意思。

柏小斯看见罗方智，落落大方地伸出手握了一下，烫得金黄的大波浪盘在护士帽下，眼前的刘海还是不经意般地飘出那一绺，看起来风情万种。

陆春妮走过来说：“小柏，今晚罗方智要请我们全科吃饭呢，你负责通知一下休夜班的那几个小姑娘六点到科室集中，大家一起去。另外护理部这两天会突击检查形象礼仪着装这些。你自己的头发一定要先理清楚，前不过眉毛后不过肩部，通知大家都注意，不然给护理部查到就扣分了。”

罗方智笑着说：“你们的规矩还真多。”柏小斯露出一个很不满的表情说：“就是呀！我们什么漂亮的衣服都不能穿，一天到晚都穿着这套白工衣就好了。”罗方智说：“哪里呢？我看你的衣服都很漂亮呀！主要是人比衣服漂亮。”柏小斯顿时神采飞扬，说：“你笑我呀！”

米微璇拿过来一罐红牛，说：“喝吧！”罗方智摆摆手说：“我不喝了，先走，等到六点的时候来接大家，车到时会在楼下等你们，我在宜居酒店已经定好房间了，回头见！”

看着罗方智的背影，米微璇失落了很久，转身看见从病房里走出来的阮月笛，她的眼中，飘过了一丝的怨恨。这一切，都落在了吴韬的眼中。

吴韬不动声色，在旁边静静地看着，他是这个医院出名的心血管医生，每天找他看病的病人排长龙，院长每次开会几乎都拿他来当典型，大家当他为榜样来学。大家在佩服他的时候却对他的私生活猜测不已，他不结婚，似乎大家也没有看见他拍拖，更没有私生活的绯闻传出，这让他身上更添了些神秘的色彩。

第十章　第一条生命告急

推着餐车的工作人员在电梯口突然一声惊叫，让吴韬和米微璇都疾速走出办公室，阮月笛放下手中的活也迅速走过来。是五床的廖建翔站在电梯门口突然直挺挺地倒了下去，后脑勺着地。

电梯门口顿时成了临时的抢救室，陆春妮与柏小斯先后推着急救车和急救器械出来，氧气吸上，吴韬用听诊器听了听，阮月笛报出了血压。米微璇及时做了一个心电图，柏小斯已经建好了静脉通路。

吴韬说出口头医嘱，陆春妮跟着口头重复一遍，马上配好药水接上吊瓶。

吴韬拿着手电筒照了一下廖建翔的瞳孔，说："还好，是低血压反应，这是怎么回事？他的血压一直很稳定的呀！等一下推他去拍一个头部CT，看脑袋有没有跌出什么问题来了。"说完又用棉签撩拨了一下后脑勺的伤口说："还要送去外科清创缝合一下伤口呢！"

CT结果出来了，还好，没有显示有什么异常，清创缝合后的后脑勺已经敷料包扎固定了。廖建翔静静地躺着，吴韬说："廖老伯，你现在觉得怎么样？"廖健翔说："现在已经没有事了，就是刚刚吃了药想下楼去散步，不知道怎么走过电梯口站着的时候就突然觉得天旋地转，一下子就倒下去了，这是怎么回事？难道我吃的药有什么问题？"

吴韬眉头皱了起来，这个廖建翔，是因为肾结石住院的，生命体征一直平稳，都已经准备出院的了。他叮嘱沈欣马上去廖建翔的床头把剩下的口服药拿过来。

倒出全部的药片，五颜六色地摆在面前，吴韬拿着药片仔细地看，最后目光定格在一粒白色的药片上，拿在手心看了好一阵子，喊过陆春妮问道："你看这是什么药，硝酸甘油吗？"

陆春妮眯着眼睛拿起一看说："这是硝酸甘油呀！怎么廖健翔会吃这个，他又没有心血管和高血压，吃这个干什么？"

吴韬一下子从凳子上站起来说："干什么？我还要问护士是怎么查对的？怎么会有一个这样的药片。"他疾步走到廖建翔的床前，举起手中的药

片说:"廖老伯你先前吃过这样的药片吗?"廖建翔拿在手中看了看,说吃过,昨天就开始吃了。吴韬点点头,说:"你先休息,我知道了。"说完退出病房。

办公室里,陆春妮疾言厉色,拿着对药单对着阮月笛抖着说:"你怎么会出现这样的错误,廖建翔明明吃的是谷维素,虽然谷维素和硝酸甘油相似得难以区分,但是也不至于捅出这么大的娄子。现在病人是没有事了,但是吃这个药造成的后果你承担得起吗?假如刚刚跌出个脑出血或者血压降到休克,你有多少条命来赔?"

阮月笛泪水在眼中打转,脸憋得通红。陆春妮从桌面上推过一本登记表说:"记上差错登记本,让柏小斯马上报院部。还有,你现在也马上过去跟廖建翔解释清楚,这个月的文明标兵旗子就这么给你一个人砸了,科室年终评优评先也没有份了!"

沈欣在旁边低低地说了一声:"是不是中间有什么误会呀!月笛不会出现这样的错误的。"

陆春妮眼睛都圆了,怒气冲天地说:"不会出现这样的错误?我就说全科的护士做错了,错也不会出现在阮月笛身上,我相信她,现在她这样粗心大意弄出这样的事来,现在怎么善后都还不知道。廖建翔是个好搞的人吗?一滴水都可以给他折腾出波浪来,他平时一点事都来找我说半天的人,你说,不会错,难道是我弄错了!"

阮月笛终于忍不住哭出声来,捂着脸跑进值班房里,沈欣不敢再说什么。出门的时候,遇见廖建翔站在办公室门口,他脸色阴沉,一手提着吊瓶,另一只手扶在门框上,沈欣一声惊呼:"廖老伯你的手位置要放低,针头有回血出来了。"说着她忙帮着廖建翔提着吊瓶,让他把另一只手从门框上放下来。

沈欣说:"廖老伯,我们回病房吧!"廖建翔摇摇头说:"我要见你们的领导。"

陆春妮迎过来,她心底发虚,知道他一定听到了自己与阮月笛的全部说话。不知道廖建翔会怎么发作,手下的护士发错药,她这个当护士长的摆脱不了干系,她上前扶着廖建翔说:"哟!廖老伯,您先快快回病房,您刚刚才清醒过来,要卧床休息的,不能到处走动的。来,我和沈欣扶您回病房,有事情找我们,您可以按压床头铃的呀!"

贾平走过来,事情已经听吴韬说了,他不满地瞪了陆春妮一眼,无声地

表示他对护士的管理工作的很大意见。

他和颜悦色地说："廖老伯，对不起，这是我们工作的失误，我们都知道错了，也会就这件事做深刻的检讨，保证以后再不会发生类似的事情，请你老人家谅解好吗？关于这次身体不适发生的一切费用都由我们科室垫付，怎么样？"

廖建翔说："我要的不是这些。"贾平和陆春妮对视了一眼，表情变得凝重起来，他们知道，事情不按他们想象中发展，麻烦就大了。贾平的额头有些出汗了："廖老伯，我们送你回病房先吧！这样站着不好！你有什么要求，我们大家都可以坐下来好好谈，你知道，阮月笛是一个很不错的护士，这次事情，是太不小心了，等会，我们就叫她过去给你老人家赔个不是！科室也一定会严肃处理，好不好？"

贾平的口气变得低声下气。这件事，让院部知道了，他这个主任，也是免不了挨训的，主要的还是，不知道要给扣去多少分，每一分都与奖金息息相关。

廖建翔叹了一口气说："我没有别的意思，现在我要的就是你们不要再去责怪阮月笛，她真的是个很不错的护士！"

在场的人，个个表情都惊呆了，廖建翔说："沈欣你扶我回去，还有就是，从今天开始，我所有的治疗，都由阮月笛来执行，可以吗？"

陆春妮呆了一会，看看廖建翔的表情很严肃，她忙又点点头。廖建翔说："贾主任，这件事我不怪阮月笛，你们大家可不可以，也不要对她上纲上线了，不要报上去给你们的领导了。"

贾平的嘴张了张，点点头，表情非常滑稽，他是给事情的急势转变给弄得脑筋都无法转过来。

沈欣激动得眼眶马上就红了，她抓着廖建翔的手说："我谢谢你，我代阮月笛谢谢你，廖老伯，你是大好人呐。"

看着沈欣扶着廖建翔离开的背影，贾平转头看着陆春妮说："难道这件事就这样平息了？"陆春妮愣了一下说："应该是这样就结束吧！这是阮月笛的运气好！平时在病人之间的人缘好吧！出了错病人都不肯追究她，而且还是廖建翔这样啰唆难缠的病人。"

柏小斯走过来说："没有就好啦！这叫作同人不同命，换一个护士这样搞错药了，只怕这个时候马上离岗都说不定呢。"

陆春妮说："小柏，你什么意思？这样的结局不好吗？难道你希望病人

闹腾上去，弄得一个科室都跟着反省扣奖金有什么好处？”说完，她瞪了一眼，摇摇头，转身走进办公室。她是非常不喜欢柏小斯的，无奈贾平全力要保举她上来做护士长助理的位置，院部都同意了，虽然说护士工作的安排都是护士长的事情，但是主任要决定什么，自己一味唱反调，医护工作的协调不会好到哪里去，所以在院部说要提一个护士长助理的时候，她无法坚持自己的原则说不要柏小斯，但是始终她们两人之间像有一道深深的鸿沟。

值班房里，阮月笛已经停止了哭泣，王静走进来说：“别哭了，已经没有事了。”阮月笛说：“什么没有事了？”王静说：“很奇怪呢！那个廖建翔来找主任和护士长，说要他们不要对你做什么处分，还要求今后他的治疗由你去做。”

阮月笛吃惊了，说：“是这样吗？”王静附耳过来说：“我猜他是不是要私下报复你呀！不怪你就算了，还要你继续给他做治疗，这不是很反常吗？”

阮月笛生气道：“难道你也以为我发错药了，我告诉你，我是冤枉的，我查对的时候很认真地看了，不可能发错的，他的药盒里怎么会出现硝酸甘油，我也搞不清楚呀！”说着眼眶又红了。

王静忙说：“好了好了，就当我没有说还不行呀！不过我是经常会有些分不清谷维素和硝酸甘油的，要很认真才看出来的。”

阮月笛又气了，说：“你还是不相信我？”王静说：“我相信你，问题是要他们都相信你才行呀！不过现在病人不追究就好了，我的心一直悬着呢！好害怕。”

陆春妮走了进来说：“阮丫头，你没有事了，但是主任说还是要在开早会的时候说一下这件事情，还有就是你要写一份关于这件事的书面报告来。很奇怪的，廖建翔执意不让我们把这件事往上报，不过，你还是要到病房跟他赔个不是。”

阮月笛站起身说：“我现在就过去，但是我的报告不会写，因为，我还是觉得自己当时已经看得很认真了，不可能会发错，至于为什么会出现这样的事，我也搞不清楚。”

看着阮月笛走出去，陆春妮叹了一口气说：“这个月笛，怎么就这么犟呢！事情都已经以出人意料的方式解决了，她连一份书面报告都不肯写。”

王静说：“护士长，你知道她性格的啦！她不认为自己错了，绝对不会承认，不过我相信她。”陆春妮瞪了她一眼。

王静不说了，慢慢地退出了值班房。

吴韬摊开病历，准备把廖建翔的抢救经过记录下来，抬头看见米微璇坐

在对面，神不守舍，低头玩着手机，他问："想啥呢？"米微璇抬起头，脸色有些苍白，勉强笑了一下说："没有想什么呀？有时候我觉得我们医生连护士都不如！"吴韬说："你说啥呢？怎么会有这样的想法？"

米微璇喝了一口水说："你说给错药这件事，阮月笛连检讨报告都不肯写，病人也不跟她计较，都不知道是怎么回事了？走了狗屎运了！"

吴韬有些意外地说："这句话好像不应该从你的口中说出来吧?！你整天斯斯文文的，重话都不会说一句，怎么今天说话那么冲呀？"

"米医生是说我们写病历这件事，繁琐又枯燥，写每一个字都要认真推敲，写不好哪天半只脚就到法庭里去了，病历，其实就是自我保护书。所以呀！她一听到阮月笛连检讨报告都不写，就有感而发了。"路霆笑嘻嘻地边搭话边走进来，接着又说，"我知道米医生昨天很辛苦的，足足写了五份呀！"

米微璇笑了说："你好像我肚子里的蛔虫似的。"路霆说："蛔虫有什么意思！如果你不介意，我情愿在你面前当块牛粪。"米微璇说："你也想得出来。"路霆说："牛粪好呀！滋润呀！长在我身上的花才开得更娇艳。"

米微璇拿起面前的一叠报纸打了过去，说："没大没小是不是！"路霆笑着跳开说："师姐，我不敢了，我不就是看着你不开心，逗你嘛！"

吴韬笑了一下，低下头开始写病历。贾平走进来说："今夜出去吃饭，大家不要喝多了，特别是一线值班和二线值班的。"

第十一章　爱情呵你什么时候开花

雨来得急，罗方智自己开着车，另外安排公司司机开来了两部面包车，把内科的人一次性全部拉到酒店。他看见了阮月笛有些红肿的双眼，心底一阵怜惜涌起，不知道她受了什么委屈了，等会一定得找机会问问。

阮月笛是最后一个从车里出来，今天她穿的是一件碎花旗袍，才走几步，罗方智叫住她，说："给你的。"随手递过来一个礼盒。

阮月笛摇摇头说："我不接受你的礼物。"罗方智用询问的眼光看着她，阮月笛说："请你以后也不要给我发信息了，我们之间不可能的，今天，"说着阮月笛停顿了一下，困难地说，"今天是科里都给你请来了，我不来，好像我不对劲，怕别人说我，所以我来了，也是希望当面跟你说清楚的。"

罗方智呆呆看着阮月笛走进酒店的背影，停留了一下，后面的一辆轿车开过来了，罗方智才意识到要让出车道。

泊好车的时候，罗方智没有走下车，打着大雨伞的保安一直站在旁边等着，看着飘到挡风玻璃上的水，那一刻，罗方智的心真的觉得很凄凉，这些日子，不谈爱，亦无爱，现在，看见爱，却是爱摇晃，爱彼岸，甚至连亲近的机会都没有。

车窗玻璃轻轻地敲，罗方智转过头，一个狐媚的脸笑盈盈地撑着一把深蓝的伞。罗方智愣了一下说："知苏，怎么是你？"李知苏浅浅地笑，说："我不找你，你也不会找我的！"

罗方智有些尴尬地说："我哪里有空呀？这段时间不是一直很忙吗？"

李知苏拉开车门坐在了副驾驶位上，用胶袋把湿漉漉的雨伞收好。转头亲昵地看着罗方智。罗方智下意识地避开她的目光。

李知苏抿嘴一笑说："你住院的事情都不告诉我，那一次城北工地的中毒事件我都去了医院，不知道你在那里。错过了，不然我可以请假照顾你！"

罗方智笑笑说："哪里用呢！又不是豆腐做的，就是一个胃肠炎而已，哪里敢劳你的玉驾嘛！"

李知苏笑了，说："你这个人呀，总害怕欠人家什么似的！"说着满眼柔情蜜意看着罗方智，罗方智觉得有些郁闷了。

李知苏说："我在电视台的实习差不多结束了，明天想请你到我家吃饭，你不是说想和我爸联手投资吗？我正想打电话给你呢！没有想到在这里看见你的车就过来了。"

罗方智来了兴趣说道："这么说，你爸对我说的项目有意思，考虑了？"李知苏说："是呀！他一定会点头的，你什么时候对我点头呀？"说着玉臂轻舒，挽住了罗方智的颈部，发丝软软地摩擦在罗方智的脸上。

罗方智急忙看了一下车窗外，拉开李知苏的手说："别胡闹，这里是公众场合，让人看见多不好。"李知苏嘟起嘴，说："怕什么，我才不在乎，最好就给狗仔队拍到了明天上报纸的头条最好！"

罗方智说："你胡说什么呢！我又不是明星，哪里来什么狗仔队。"

李知苏把眼笑成一条缝，乐了："我就希望别人看见，那么大家都知道你罗方智是我的了呀！"

罗方智皱起眉头说："别闹了，你也是来这里吃饭的吧！我也约了朋友在这里吃饭，我们下车过去吧！不要让别人久等了。"

李知苏侧着头看了罗方智一眼，她看出了他的不耐烦和低落，掂量了一下，念头在心里千回百转，还是马上识趣地停止了撒娇，拉开车门，撑开伞。等罗方智从车内踏出，她马上挽住他的胳膊，想往酒店的方向走。

罗方智挣脱开她的手说："你自己过去吧！我自己走。"李知苏气极又心疼，说："你怎么回事呀？跟我一起走你会少块肉不成，人家心疼你嘛！"

罗方智朝酒店的方向望了望，这个时候，他非常害怕阮月笛走出来看见这一幕，还好，除了门童和迎宾小姐，没有看见其他什么人。

"知苏，回去劝一下你妈，对人对事不要那么盛气凌人，我今天在医院看见她，她很不尊重医生和护士，这样不好！"罗方智终于还是忍不住说了出来。

李知苏一愣说："你看见她了？"罗方智点点头说："她还打了护士。"李知苏说："哦！那么你也看见我外公了？"罗方智点点头，转身快步走入酒店。

撑着伞的李知苏呆呆地看着罗方智的背影，走到酒店门口，掏出手机，边走边讲："妈，你今天看见了罗方智了，是吗？什么？你还真打了护士？今夜他请全内科的出来吃饭呀！哦！知道了，明白。"把手机放入包里，李知苏急急走入大厅。

罗方智在大厅的洗手间里洗好脸，对着玻璃镜长长地叹了一口气，真是麻烦来了，好在自己没有跟这个李知苏发生什么情感纠葛，不然现在真是牵扯不清了，以她的小姐脾性，真不知道会鼓捣些什么出来。她现在像蛇一样地缠上自己，最让人头疼的是，自己还想跟她父亲打交道。如果刚刚的一幕让阮月笛看见，她不知道会怎么想，罗方智用手捂住脸，再次捧起水把脸洗了一次。

第十二章　爱在心头的女人，寂寞与张扬并驾而来

走出洗手间，罗方智直接走上楼梯，走上二楼的包房。推开门，科室的医生护士看见他来，贾平率先鼓起掌来说："欢迎我们的罗老板。"罗方智微笑说："我习惯你们叫我2床罗方智，然后我应，呵呵呵，不要叫老板，这样大家就少了客套。"

米微璇微笑地说："你还没有走出住院状态呀！还要我们叫你2床。"

罗方智的眼神落到了护士的那两桌，目光终于捕捉到了阮月笛的位置。她静静地坐着，如同一朵盛开的白莲花，那种恬静的温柔，在罗方智看来，总是有一种与众不同的韵味。

看了阮月笛，他的眼神又看见了米微璇的眼神，里面有幽怨，倾诉，还有更多的是失意，他心里有些不是滋味。

色香味俱全的晚宴开始了，说说笑笑的大伙没有了生疏，夹菜，喝酒，开些调侃的玩笑，气氛在和风细雨中开始，大家互相敬酒，慢慢的气氛变得越来越热闹。

米微璇跟大家碰杯喝，不碰杯就一个人也喝，很快，脸若桃花，连耳根都红了。路霆探头说："师姐，你行不行呀？别喝多了哈！要知道男女授受不亲，等会我可不方便背你回家的。"

吴韬把米微璇一杯满满的红酒倒进自己的杯子说："路霆，这种怜香惜玉的事还是我来做，米医生喝醉了就是我们男人的错。"

柏小斯喝得比米微璇更上脸，端着一杯满满的红酒全场敬酒，贾平说："你别喝多了。"柏小斯说："现在你要喝，我就找你喝！先敬你，回头我跟其他医生喝。"众人全部鼓掌，贾平无奈说："好好好！喝喝喝，我先陪你喝一杯，但是你听我的，我是主任，不准你这样无组织无纪律地喝那么多酒。"

路霆鼓掌说："小柏，你听见了吧！要想喝酒就去写一份书面报告来给主任审批才能喝，要注明多少毫升才行。"

吴韬跟着打趣说："还要记录出入量，到时喝了排出多少也要登记的。"

柏小斯说："你们这几个医生真是狗嘴吐不出象牙，三句不离本行。"说着，身体有些摇晃，手中的酒杯险些泼出酒来。

贾平担忧地看着，罗方智笑着拍拍贾平的肩膀说："没有事的，你当领导的，密切地注意着下属的一举一动，自己反倒没有了喝酒的雅兴，我们自己先喝一杯。"

贾平说："你看看我的肚皮，就知道我长年都在喝啤酒。"

柏小斯用手拍拍他的肚皮说："这个不是喝啤酒出来的，而是腐败腐出来的。"科室的人都大笑了起来，贾平的脸色变了说："小柏你胡说些什么，快回到座位去。"

罗方智拿着一杯酒来到护士的桌台前，跟每个人都碰了一下杯子，说："我来敬大家了，你们随意，我就先干为敬了。"说着，他仰头一口喝了下去。沈欣说："罗大哥你好像已经喝了不少了耶！不要再喝那么多了，我们会担心你的。"

罗方智轻轻地拍了拍沈欣的肩头说："我会有分寸的。"说完，眼神又飘到了阮月笛的身上。阮月笛看上去是不开心的，很少喝酒，她跟着沈欣的话尾接了过去，说："你再喝，下次我们就不敢再来吃你请的客了。"

罗方智笑笑，跟护士们打了招呼就走回自己的位置，放下酒杯进入了洗手间，忍不住拿出手机编辑了一条信息，输入了文字："我可以把你刚刚的话理解成对我的关心吗？"然后发送到了阮月笛的手机。

没有回复，罗方智心头的失意蔓延，在桌边坐着的时候，他的耳朵一直倾听着，希望听到一条短信的回复。没有，依然没有。他的目光向阮月笛看去，她只是静静地坐着，脸上的表情波澜不惊。

阮月笛的心情没有办法好起来，白天的事让她心情跌落到低谷，她去了18床廖建翔的床边，还没有开口，反倒是廖健翔抓住她的手说："事情都过去了，不要放在心头"！这让她无所适从，她说："廖老伯，对不起，我真不知道怎么会这样，我对药的时候很认真的，出了这种事我很难过。"廖建翔说："傻丫头，我不怪你就没有人敢怪你。"

阮月笛眼眶又红了说："但是，廖老伯，我自己都不知道怎么来解释这件事，我不能推卸责任，但是我自己也很糊涂，错误到底出在哪个环节？"

廖建翔拍拍她的手背说："我明白的，我明白的，以后你发药给我就亲手给我，我自己会收好。"阮月笛的眼泪一滴一滴掉了下来说："出了这个事，你没有骂我还让我继续为你做治疗，你怎么那么好！你看你已经跌得后脑勺都缝针了，还没怪我。"廖健翔说："好在这次没有什么大碍，你不用自责。"

廖建翔长长地叹了一口气，摇摇头，欲言又止，好像一肚子话要说，却什么也没有说。阮月笛愣愣地看着已经闭目养神的廖建翔，悄悄地退出病房。门口，陆春妮对她点点头，说："我还是很担心，所以特意过来看看，按这个情况来看，这件事真的就是这样圆满地结束了。"

走出病房后的阮月笛就这样恍惚地过了大半天，现在坐在餐桌前，阮月笛对着一桌子的丰盛菜式，却吃得味同嚼蜡。罗方智的信息她看了，看了却不知道怎么回，索性就不回了，现在大家似乎都知道罗方智喜欢她，时不时地开一下她的玩笑，这让她苦恼不已，想自己是不是该公开与张章的恋情。

饭局终于结束了，好一半人都喝多了，话语特别多，柏小斯显得特别兴奋，口中的话说个不停，还有米微璇，眼神已经迷离，还说自己没有醉。弄得贾平看得一直摇头。

罗方智提议大家去唱 KTV，得到了一致的响应。

在包房里，昏暗的灯光，伴着旋律。柏小斯突然抓起贾平的手，用力把他牵离座位，手搭上他的肩头跳起舞来，大家忍不住鼓掌喝起彩来，这让贾平更加不自在。陆春妮看得眼神里流露出不屑，嘴角直撇。

她低声跟王静说："你看她那狐媚样，借酒发疯。这个老贾，千万不要给她迷得掉了魂。"王静不敢发表什么评论，只能笑笑算是做了回应。

在包厢的一角，米微璇拿起一小杯红酒，路霆拿下了。米微璇重重地一记粉拳捶了过去说："不要阻止我，今夜我开心，我就是想醉。"说着，又要去拿酒杯。

路霆说："师姐，你不能喝的，就不要逞强再喝了！"吴韬在一边说："米医生喝的不是酒，是寂寞呀！"一句话把大家的注意力全部都吸引过来了。

门突然开了，一个穿着打扮入时的女子出现在门口，让人看了眼前一亮，女子双眸顾盼神飞，浓妆画得圆润而性感。只见她微笑着，目光终于在罗方智面前停留，落落大方地走了进来说："你们好！我是方智的朋友，过来敬大家一杯！"

罗方智皱起重重的眉头，在朦胧的灯光下表情变得非常复杂。陆春妮看了一眼罗方智，又看了一下阮月笛，表情充满了困惑。

米微璇端着酒杯的手微微发抖，罗方智很快就打了个招呼，端上一杯酒迎过去说："李小姐好！"然后向众人介绍说："这是生意上的朋友。"说着把酒杯与李知苏碰了碰，说："喝！"

李知苏的表情随即变了，很快就恢复如常，嫣然一笑说："方智，你可别喝多了，明晚我在家等你，我爸也在家等你呢！"说罢对着大家极其优雅地扬扬手，说："你们开心玩！"转身袅婷离去。

罗方智对着面前有些惊异的目光，特别是陆春妮的眼神，他说："我们大家唱歌喝酒尽性。别被别人破坏了兴趣，来，我们继续。"

就是在这个夜晚，众人知道罗方智还有一副好的歌喉，他低沉充满磁性的男声把众多经典的歌曲演绎得动人心魄，唱音丝毫不亚于当红的歌星。罗方智也是在这一刻，看见了阮月笛异常温柔的眼神，看得出，她不仅喜欢听自己唱歌，而且是欣赏。

而活跃的沈欣在音乐的感染下，白天带来的阴郁也在跳跃的音符中消失得无影无踪，她说："罗大哥，我跟你合唱几首歌。"当沈欣的嗓音一出，全场的人都被她的天籁之音震撼了，大家从来不知道，胖胖的沈欣竟然拥有这样的好嗓音，高音唱得上去，低音也把握得准确到位。一个晚上下来，开始还有一些人唱着，最后都静静地听沈欣和罗方智用天籁之音把气氛推向高潮。

贾平说："今夜我们无异于听到了一场明星演唱会，大家鼓掌呀！"掌声热烈地响起，罗方智走到阮月笛面前，说："我们合唱一首好吗？"阮月笛摇摇头说："我歌喉不好，就不要唱了，让大家会见笑的。"罗方智说："别怕，我带着你唱。"

阮月笛摇头，罗方智也不勉强。米微璇伏在沙发上，不知道是睡了还是醉了。罗方智看了看她又看看时间，说："现在时间差不到到零点了，你们很多人明天还要上班，我们回去吧！"

出门的时候，贾平对沈欣说："今日我们全科都对你刮目相看，有机会的时候，希望你经常唱给我们听。"陆春妮插话："贾主任，现在你知道了吧！我们护士中也是藏龙卧虎的。"贾平也喝得有些酒，听得频频点头。

米微璇站起来，脚步有些踉跄，在旁边的吴韬连忙扶住，罗方智说："米医生有些醉了，我先送她回去，你们谁一起来坐我的车？"沈欣首先拉着阮月笛的手说："我们一起去，我们都是住在宿舍楼那里的。"

第十三章　酒后谁的灵魂在飞

等目送大伙都上了车，罗方智开着车径直向医院宿舍楼方向开去。车上，副驾驶位上的米微璇一直捂着嘴。阮月笛和沈欣担忧地看着，突然米微璇的头一下子低了下来，一个恶心呕吐，终究是无法控制胸口的翻江倒海，大口的呕吐物吐了出来。

罗方智一个急刹车，忙用手去搀扶。刹那间，米微璇再次呕吐的时候，溅得罗方智的衣裤都是呕吐物。阮月笛急急递过纸巾，沈欣递胶袋，一时间车内酸气酒气充斥空间，三人弄得手慌脚乱。

完全不再呕吐的米微璇的精神似乎变好些，她看着罗方智说："真的对

不起，弄脏了你的车。”罗方智连连摇头说：“车有什么关系，如果你有什么不适，我才是罪该万死，都是我叫你们出来喝酒，弄成这样的。”

沈欣看着窗外说：“我们下车吧！差几步就到楼下了，走一下让米医生呼吸一下新鲜空气会舒服些的。”

阮月笛赞成，下了车想跟沈欣一起扶着米微璇走路，没有想到米微璇突然甩开她的手说：“不用你扶，我自己会走。”

阮月笛站着，无奈而困惑。还是沈欣说话：“月笛，那就我一个人带米医生上去，顺便弄些醒酒的东西给她吃，你就帮罗大哥把车清一下。还有，你看他满身都是呕吐物，帮他擦一下吧！”

阮月笛回过头，看见了罗方智的衣裤都是呕吐物，甚是狼狈，好像是他自己经历了一场酒后的酩酊。阮月笛“噗嗤”一笑说道：“罗方智，现在就由我来帮你打扫了，你就站着别动了。”说着，她回到车里拿出纸巾和袋子，走到罗方智的身边，细心地帮他抹去身上的呕吐物。

罗方智乖乖地站着，心里欣慰异常，本来让他觉得恶心不已的呕吐物，也再感觉不到那份喉头频繁出现的反胃不适。

不远处的树荫下一个身材高大的男人一直冷冷地看着，手中的烟忽明忽灭。最后，他重重“哼”了一声，用手掐灭烟头，转身发动摩托车，轰隆隆的声音让罗方智和阮月笛都齐齐望过去。

阮月笛呆了一呆，喊道：“张章！”张章的摩托车已经急速地开了出去。

罗方智看着阮月笛失魂落魄的样子，看着她收不回来的视线，一下子明白过来：“你的男友？”阮月笛机械地点点头说：“不理他，现在你身上的衣服要回去换洗了，我们把车里清一下。”

罗方智说：“不用了，我把车开去清洗就行了。”

“也好！你沿着这条路开上去，上面就有一家洗车行。”阮月笛指着旁边的一条岔路，那一刻她的心情坏透了，她知道张章一定是误会了，按他的那个性格，大脑有时候不转弯子，这个时候都不知道会气得跑去干什么，她也想尽快先去联系张章。

罗方智点点头，深深地看了阮月笛一眼说：“那我先走了，希望下次还可以看见你的笑容。”他扯了一下自己的衣衫，顿了一下继续说：“还有，这套衣服我真不想洗，因为上面留着有你的手温。”

说完，不等阮月笛回答，他转身驱车离去，留下阮月笛一个人愣愣地看着他离去的方向。

洗完车，已经很晚了，他觉得心里烦躁不安，阮月笛的影子在眼前晃来晃去，还有那个开着摩托车的男人的身影，更让他无法安静。没有想到，阮月笛是有男朋友的人了，怪不得，她对自己不冷不热的。

把车泊在沿城河边，自己步行在河边的一个小石凳坐了下来，拾起一枚石子，对着河心，重重地抛了出去。

一对男女拉拉扯扯地走了过来，一个熟悉的男声响起："你别这样，如果让别人看见了，你我都不用再待下去了。"一个熟悉的女声传来："哼！我怕什么，你都拖拉过一年了，老骗我，你自己说，什么时候跟她离婚，我今夜就要你给个具体的时间，我要准确到几月几日几分几秒！"

是贾平和柏小斯，罗方智有些吃惊，很快地熄灭手中的烟头，把头扭到一边去，假装看风景。

贾平说："你这不是胡闹吗？跟你说娶你就会娶你，要给我时间，你看你今天晚上，多失态，都差点让别人看出什么来！"

柏小斯说："我怕什么，我做你后面的女人还不够吗？我现在已经都差不多四十岁了，我还要耗到什么时候，你看你一看到米微璇和阮月笛这些年轻的女孩两眼就发直，我都成黄脸婆了，你现在对我都不像以前那么亲热了！"说着柏小斯哭了起来。

贾平连忙捂着她的嘴，说："别哭，我就怕你哭，你一哭我就什么都乱了，"说着举目四望，看见罗方智坐着的背影，但是没有看出是罗方智。

贾平压低声音说："别哭，我过几天就去把你看中的那套房子办个手续，好不好，你先别闹，我一定会尽快娶你的，一年之内，好不？"他巴结似地伸出一个手指头。

柏小斯破涕为笑："死鬼，我就再给你几个月，几个月你办不下来，就别怪我把你们做的那些鬼事全部捅出去！"

贾平说："你还是要把那个本子拿回给我，放在你那里太不安全了，假如真的给你老公发现，会死一群人的。"

柏小斯说："我才不呢！等你和我结婚了我给你，这个东西，就是我对付你的尚方宝剑，反正你要和我结婚的，放在我这里还不是一样的！"

贾平说："步司贤狠得很，听说他有个表弟还是混黑道的，你千万别让他看出什么了，他可是一个心狠手辣的家伙！"

柏小斯说："那这本子更要放在我这里了，免得你哪天给他暗算了还没有人知道！"

两人说话的声音越来越低，身影慢慢离开走远了。罗方智站起身，真是没有想到，让自己见到这一幕，看来这个柏小斯，不知道拿捏到了贾平的什么把柄，让他服服帖帖的，看来，是一个见不得人的黑幕吧！

罗方智走回车内，突然想，如果把刚刚看见的这些告诉阮月笛，她多半惊讶得会让下巴掉下来。

打开电脑，女蝉在线上，留言充满了忧伤：

风的伤口/给飞鸟刺伤后又可以继续飞翔/为什么我的脚步却不能停止追逐/隐匿的情感让自己一点点沉沦/直至把自己飘成一朵燃烧着的烟花

罗方智发过去一个问候，亮着的头像却不回答。也许，电脑那一头，她只是挂着而不是在那里坐着，罗方智对自己这么说。他的心生出郁闷。

第十四章　民间的清水爱情

晚间新闻在播报：明月酒店在市黄赌毒的突击行动中查出十多对涉黄男女，已经全部带回派出所处理，拍出的录像中男女都捂着脸，不敢面对镜头。罗方智下意识地把眼睛睁大一圈，那个叫李碧亚的女子，不知听自己的话离开没有，没有在这次行动中也给卷入其中吧！

罗方智有些担心，看录像中一闪而过的身影，却没有一个像她，想打电话问问，才发现自己根本就没有她的电话号码。

自己摇摇头，有些惋惜，那个李碧亚，其实长得不俗，气质也颇佳，离开那个环境，也不是没有容身之地。给了她名片却一直没有打过电话给自己，看来，也算是一个不一般的女子。

这一边，阮月笛拨打过去的电话一直都是忙音。找到张章的时候，他正跟着隔壁的邻居在打麻将。一走近，阮月笛就知道他喝酒了，已经熟悉成朋友的邻居秦飞，说打完就散。张章说："大家继续。"但是大家都看出了张章的心情不好，猜测多半是小两口吵架了，所以也不掺和，纷纷说："散了散了！"

回到屋里，张章粗声粗气地说："你来干什么？"阮月笛委屈地说："你没有了解事情的经过，在这里生什么闷气！"张章说："我看都看见了，还要你配上语言在旁边解说不成？"

阮月笛气得脸涨红了，说："你看见什么了？你看见的不是这样的，他只是我曾经的一个病人！"张章说："病人又怎么样，病人也可以变成亲人的！"

阮月笛看着一反常态的张章，气得想转身就走，想了想还是放低声音说："你听我解释一下，刚刚是科里的人都出去吃饭了，我是和沈欣及米医生一起回来的。米医生不舒服，吐了，沈欣扶她上楼，我就帮这个叫罗方智的人抹擦他被米医生吐到的呕吐物，就这样，没有其他什么事情！"

张章鼻子哼了一声说："我今天去找你，第一次跑上你的宿舍楼，没有想到下楼就看见你和这个奥迪男人在那里黏黏糊糊的，其他我什么都没有看见！"

阮月笛气道："你什么意思呀？想怎么说我就直接说好了，干吗要这样糟蹋人。"

张章两眼望天，理都不理阮月笛。阮月笛眼泪在眼眶中打转，她抓起提袋转身就走，张章在身后冷冷地说："你知道今天是什么日子吗？"阮月笛停住脚步，说："什么日子？"

张章说："你看看日历，你不记得我可记得很清楚，是我们相识整整一周年的日子，而你，同样的一天，却和另一个男人在一起。我是想给你惊喜，以为你回来宿舍了，想亲自去找你，像你说的，我们之间应该公开，但是你带给我什么？"

本来心头腾起柔情的阮月笛又给气到了，说："你要说多少次才明白，我和罗方智之间什么都没有。"张章提高声音说："什么都没有吗？但是他有一辆那么漂亮的车，有过一段和你的医患关系。"

阮月笛丢下一句："不可理喻！"推门而去，她已经不想再和张章争执下去，明天她还要上早班，没有精神为解释不通的事情耗时间，另外，对于张章随时无缘无故地流露出来的自卑与在生存线上挣扎的那莫名的自尊心，她常常觉得无可奈何，试图去改变他，但是都收效甚微，今夜这样的争执，多半又是他心底潜伏的自卑爬出来作怪了。

第十五章　面带病容的尾随女子

望着夜空，阮月笛觉得好迷茫，出来工作已经不是在学校里的风和日

丽，经历了工作上复杂的人事关系和这个行业特殊性，她已经把自己性格中的尖锐棱角磨圆，学会了沟通，学会了表达，学会了与人相处的和谐。可是很多时候就是不懂为什么自己的温柔始终磨不去张章骨子里的那一份自卑。

张章没有拦住阮月笛离去的脚步，他的心像被掏空一样，明知道阮月笛刚刚的一番话不可能骗人，但是为什么一想到阮月笛和罗方智如同一对珠联璧合的玉人站在夜色中的身影，他的心就止不住的难过。

他有一种感觉，那个罗方智，一定是非常喜欢阮月笛的。

走在夜风里，阮月笛还是忍不住在想自己对张章是爱还是感恩抑或是眷恋。眼前透过薄薄的光线，抬头看着路灯，有些飞蛾想向亮光处飞舞。阮月笛的眼神黯淡了，应该是要下雨了，夜来香开得寂寞又艳丽，爱怎么可以走得如此劳心费力，想起这些，阮月笛突然觉得有种力不从心的感觉。眼前已经是城郊的莫坑，这里是属于城乡结合部，来往的人比较少，建筑物几乎都是握手楼，居住的人员相对杂乱，每次经过这里阮月笛都加倍小心，总害怕在这里又遇见打劫钱包的歹徒。

突然，她看见了老五的身影，老五是张章的店邻，阮月笛不喜欢他，觉得他不像正道中人，一双眼总是闪烁不定。只见老五左右看了一下，好在没有看见正好走到树荫后的阮月笛。他直直走入了旁边的一条深巷。他的身后，一个女子在十多米处尾随着，阮月笛有些吃惊。慌忙闪到阴影的角落里。

那女子悄悄地跟了上来，路灯把她的脸清清楚楚地照射出来，五官绝美，颜面却有些轻度水肿，带着一层黯淡，口唇苍白。阮月笛思维一跳，职业习惯马上就来了，她几乎肯定这个女子一定身有疾患，看她的脸色应该跟肾病有关系，她为什么要这么神秘跟着老五？老五跑到离市区那么偏角的巷子里干什么？阮月笛脑袋里冒出了一堆疑问。

还没有等她想清楚，老五手中多了一个提包很快就从巷子里走了出来，左右看了一下，却没有发现暗处在看着他的两个女孩，他很快就消失在路的

转弯口，那个女子很快又尾随着老五的脚步离去。

阮月笛松了口气，等女子离开后她才挪动脚步，带着满心疑问向宿舍走去。

第十六章　笔下一点一画自生刚正不阿之清气

上班了，天开了眼，柏小斯如同一只快乐的蝴蝶，主动喊起了沈欣，倍感意外的沈欣有些受宠若惊，要知道，从来都是她主动喊人，这个柏小斯，每次看见她就非常神气的样子。沈欣忍不住拉住阮月笛说："难道柏小斯有什么喜事临门？"阮月笛摇摇头，表示对这个话题不感兴趣，昨夜睡得不好，眼睛这会儿一定和熊猫眼一样了，哪里还有闲心来研究别人的事情。

端着治疗盘，她有些不情愿地走到贵宾房，阳陆建是个通情达理的老人，就是他的女儿阳雪萍很让人烦，每次进去都担心她会找碴，做护士做到这个份上，烦心一些外来的干扰，而不是担心本职工作做得不好，这也算是这个行业的悲哀吧。边想边走，到了门口轻轻地敲了一下门，阳陆建说："进来。"阮月笛推门而入。

很奇怪，里面只有阳陆建一个人在。阮月笛松了一口气，她真的是看见阳雪萍胸口就堵得慌，偏偏现在她就好像成了阳陆建一个人的特护，主任护士长都打发她过来，现在好了，气氛轻松多了。

阮月笛轻声地问声好。阳陆建点点头说："我早就吃了点心了，一直在等你过来给我打针。"阮月笛"嗯"了一声，眼前的老人越来越虚弱了，说话都非常费力，看来生命的时日无多了，她一想到这，心头便掠过无限伤感。阳陆建说："辛苦你们医护人员了，我的女儿比较霸道，都是给宠坏了，你们体谅些！"

阮月笛理解地笑笑说："我们没有什么呀！你的康复才是最重要的。"

阳陆建摇摇头说："已经黄土漫到额头的人了，哪里还有什么康复呀！你不用安慰我，我知道的，现在是到了倒计时状态了。"

阮月笛心里涌起了丝丝的不忍，已经完全没有了当时从阳雪萍嚣张态度上反感到老人身上的偏激。她真心地关心着老人，看多了人的生老病死，长空如斯，每一次面对即将凋零的生命，她心里总是特别难过。

“疾病以黑夜的方式降临，自己以拼搏的方式等候黎明，”对着阳陆建，阮月笛忍不住说出了这样的话。阳陆建笑了说：“一个病区就是你才是我的知音，你先别给我打针，我给你看我写的书法。”说着，阳陆建慢慢地翻开被单下床，从办公桌上打开折叠好的宣纸。“好一幅飞笔泼墨的草书体‘江南瘴疠地，逐客无消息！’”阮月笛忍不住赞道，“这是杜甫的诗呢！怎么写得如此伤情呀？”

阳陆建说：“你好水平，一眼就看出来了，草书不是人人能看得出来的，看来是你的造诣也不浅。我这是病中的心态哟。”阮月笛不好意思地笑笑说：“碰巧看出来这幅了，书法是书写者心灵轨迹的自然流露，所谓言为心声、书为心画是也，以前学的很多东西都交回给老师了。”

阳陆建说：“你不错，年轻人，如果你肯学，假以时日，你这个护士就真不简单了。”

说着，阳陆建又打开了一张宣纸，阮月笛对每一个字认真地赞道：“这颜体写得真好！一种正气洒脱的风骨在纸间呼之欲出，下笔不落俗气。阳伯伯，我们科室的吴韬主任也是写得一手好颜体，你们都是正直的人，才能把颜体写得力透纸背、入木三分，歪歪扭扭的人是写不来的。”

阳陆建开心一笑说：“你这个丫头，眼光倒是有独到之处！”

阮月笛刚想回答，门推开了，阳雪萍走了进来，一看这个场面就张口开始大惊小怪。阳陆建皱皱眉头，脸色开始变沉了。阮月笛一边折叠好宣纸，一边说：“阳伯伯，我们开始治疗吧！”

阳雪萍气哼哼地一把拿过阮月笛手中的宣纸说：“你要知道自己是一个护士的身份，来这里是干什么的？可不是像画家一样来这里吟诗作画的。”

阮月笛气极，嘴唇颤抖了一下，想反唇相讥，还是忍住了。阳陆建沉着脸说：“雪萍，你这样无理，想早些把我气死是不是？”阳雪萍柔声说：“爸爸，你需要休息，而不是和这样的小护士谈什么书法，她懂什么？”阳陆建鼻子重重哼了一声说：“我看你才什么都不懂，我的书法你哪个字会看的，她一眼就能看出我写的是什么，这就是一个人的修养和内涵，做人的道理，你都不会了，以后你再对月笛说话这样没礼貌，也不用过来看我了。”说完重重地喘气，一脸气恼痛苦。阳雪萍撒娇地叫了一声爸爸，眼睛瞪着阮月笛说：“我爸爸不舒服了，你不打针，愣着干吗？”

阮月笛默默地把吊瓶挂上，消毒、排气、穿刺、固定、调滴速、一气呵成。在输液卡上签完名后说：“阳伯伯，我走了，你先休息，有什么事就要按铃，我

忙完就过来看你。”

阳雪萍说：“是随时都要过来巡视，不是去忙完其他的什么再过来。”

阮月笛看了她一眼，没有说话。她礼貌地向阳陆建点点头，退了出去，到了门外，她听见里面飘出阳陆建的声音：“雪萍，你太像话，这个阮月笛，就可以当你为人处世的老师了！”

第十七章　办公室里的鸡零狗碎

办公室里，陆春妮对着给病人行了导尿术回来埋怨不已的柏小斯不无嘲讽地说：“你那么娇贵的人，水灵灵地跟一朵花似的，真是应该在家里当个贵妇，而不是在内科这个那么繁琐的地方当个护士”！

柏小斯似乎没有听出那丝嘲讽的意味，她抱怨：“当什么贵妇哟！我在家当的是跪妇差不多，家里的那个地板脏死了，每次都要跪着擦才能擦得干净呢！”

陆春妮扁扁嘴，露出了无可奈何的样子。

看着走进来的阮月笛，陆春妮说：“刚接院办公室的通知，今夜全科七点半回来学习，到时要准时到达，要签到的呀！步副院长也要来，领导说了，看谁签到最后一名，三次签名都是排在最后的就扣奖金。大家注意了，不要留给领导不好的印象。”

沈欣走过来嘀咕：“那些领导站着说话腰不疼，每次都是我们七点半来，他们八点来，下午班的都没有时间回去吃晚饭。他们就可以在大家等到眼睛冒烟才来，还要逮最后一个是谁签名来上纲上线！”

阮月笛轻轻地捅了一下沈欣，用眼神示意，沈欣顺着阮月笛暗示的方向望去，看见副院长步司贤正好走下楼梯，马上噤声。

办公室里，路霆正在拿着一张处分对着一位老太太说病情，老太太说：“医生，我就是有些咳嗽，不需要打针吧！”

路霆看了看表说：“老人家，我都给你解释了半个小时了，你怎么还不明白呀！就这么说吧！感冒的疗程可长可短，吃药治疗会慢些，打针的效果会快些！”

老太太说：“那我打个屁股针行不行？”

路霆不满地说："你打肌肉针，药物在肌肉里面慢慢渗透再吸收，病也不会好得那么快！若是选择打点滴就让药物直接进入血管了，病也就好得快些。"

老太太说："那么我一定得打点滴呀？"

路霆叹了一口气说："随便你打哪种，我就是把建议告诉你。至于用哪种形式还是看你自己的决定。"

老太太想了想，下定决心般地说："路医生，你就给我开点滴吧！"

步司贤在门口冷着脸看着，路霆抬起头说："步院长好！"步司贤的表情瞬间挤出一个笑容说："小路，值班呀？"

路霆局促地说："就要下班了，刚交完班。"

步司贤转身离去，接着开药的老太太也千恩万谢地离去。

阮月笛走进来，揶揄地说："开始学坏了是吧！老太太给你卖了还帮你数钱，浑然不觉的样子你看了不会内疚吗？"

路霆不满地说："你说的是什么话？我这个算什么？"

阮月笛一挑眉毛说："那你说什么才算是宰水鱼的一样宰？"

路霆说："你就爱和我过不去，大家都这样，为什么你就说我？你没有看见我上个月拿的钱多可怜？"

阮月笛不客气了："我是怕你学坏了，那些老牛皮眼中只有钱，开起药来给病人脸不红心不跳，你干吗要跟他们一个样，你拿钱可怜就可以不去可怜病人了？"

路霆微愠："长江源头都污染了，谁还会在乎下游再多一间污染的小工厂？我告诉你，我这个是最仁慈的了，你去看看别人开的医嘱和处方单就知道了！"

阮月笛哼了一声："一张处方纸阴阳两界，对你来说做人做事都是同一个道理，自己去悟！"说完转身离去。米微璇端着茶杯从阳台上走了进来，安慰似地对路霆说："你跟她气什么？她整天就好像救世主似的，想当一把寒光闪闪的达摩克利斯之剑，老对我们医生开药横加指责，这样的护士，有什么权利来说我们当医生的，太不自量！"

路霆站起来说："这样的人如果多几个，这个世界就不会让有些人的心黑不黑白不白地过着！医患之间的关系不会恶劣到三天两头上新闻当头条！"说着转身走出了办公室。

米微璇把茶杯重重地往桌上一放，茶水溅出桌面，口中怒道："真是狗咬

吕洞宾，不识好人心！我这是干什么，好心安慰他还受这口气！什么意思，她阮月笛就怎么可以把别人得罪了，还弄得个个人的心都向着她！”

吴韬笑笑走进来说：“心向着谁？看你气得柳眉都打成了蝴蝶结了！”

米微璇不好意思地笑笑说：“没有什么，刚刚是和路霆说闲谈，这个小子就跑了。”

吴韬说：“昨夜没有事吧？”

米微璇笑着说：“你是今天第一个会关心我的人，我心领了，我没有事，好着呢！”

吴韬说：“你呀！就爱有事自己心里闷着，自己扛着，一个女孩子心事太多不好的，开心些。”顿了一下，吴韬接着说：“我看你这段时间好像对阮月笛有些意见，其实你可能对她有些偏见，她是一个非常优秀的护士，不单是人长得好，你跟她值过班应该知道，病人的事几乎不用你操心，她会观察及时到位，该喊你的时候就喊，处理抢救敏捷到位，这样的护士如果多几个，是科室的福气也是病人的福气，她就是说话的口气比较直！”

他看着米微璇渐渐变色的脸孔，停住了话题转口说：“米医生，你这段时间是不是太累了，实在不行，就先把年假休了，养养身体！”米微璇摇摇头，眼眶渐渐红了。吴韬顿觉意外，他一时间不知道该说什么。米微璇低声说：“不好意思，我有些不舒服，先去一下值班房！”说完快步离去。

留下吴韬一脸困惑，他拿起几本病历，里面的医嘱都是贾平开的，看着一些价钱很高的抗生素在里面，粗略地估算一下，病人用这样的药一日产生的医疗费用就是上千元，这其中的猫腻，吴韬心里清楚，他愤怒，却又无可奈何，自己毕竟是副主任，有什么权利去阻止正主任贾平呢！何况贾平和上层领导的私人关系还不错。

柏小斯夸张的声音传来：“米医生，你昨夜熬夜了还是有心事呀，眼圈都是黑的，知道吗？我们女人不能熬夜的，很快会老的，再说了，你昨夜喝那么多酒也伤身的呢！”

米微璇有些恍惚的声音：“是吗？我有心事？我喝酒伤身你不是也喝了吗？”她回答的时候，思绪又开始缥缈了。

柏小斯皱了皱鼻子，看着米微璇离去的身影口中嘀咕了一句：“单相思有什么用！白长了一副漂亮的脸孔不会利用！”说完一抬头看见吴韬锐利的眼睛，一下子就满脸通红。

第十八章　齿唇在正邪之间风雨水火

晚上七点半，先是贾平做好开场白，大内科的医护人员一个不少站立着等候半小时了。步司贤一脸铁青，眯着眼看着众医生护士，说话掷地有声："三个月前科室里发生的严重医疗事故，现在赔给了病人家属整整六十万，才算了结，好在这个病人的年龄也七十七岁了，一直都在治疗高血压糖尿病，家属也倦于再继续给他治疗了，才肯跟我们这个价了断，不然不要说六十万，六百万我们都得赔。当班的护士已经解聘，当班的郭荣医生也调离工作岗位，你们想想，一个疏忽造成了多大的后果，这么严重的医疗事故在我们医院发生，传出去全中国都会当笑话，病人的气管插管早就掉出了，还在那里抢什么救？还折腾了一个多小时的胸外按摩和心内注射，这件事科室的主任护士长要承担相当的责任，你们俩的工资奖金都要扣，科室的护士素质一定要提高，不然这类事情还是会发生。"说着，他的眼睛瞟了一下陆春妮。陆春妮用手整理着要签名的护理资料，头也不抬。她每次心里不满的时候，就是这个动作。

步司贤的眼神环顾了一下四周说："有些人低着头，不要以为我不知道你们在想些什么，你们每个人的脾性，我都了如指掌，你们这些人，把自己太当人，但别把病人不当人！""看看你们开的抗生素，已经开到第几代去了？"步司贤继续发怒。

"病人用药要讲究奥妙，病情解释分轻中重三等。轻者，就告诉他们是中等程度；中等程度的，就告诉他们已经到了重度；重度的就要加倍告诉他们危险到了极限。"

步司贤口若悬河，一一为大家分解。

"轻的，好了，他们感激不尽，说你用药神奇，几天就见分晓。中等的，医好了，心理上的承受压力一下子减轻，感谢你们还来不及，哪里还会追究属于哪个程度。重的，不会好转的，更要跟家属解释得更严重，这样我们的什么医疗仪器设备都可以用上去，把病人维持多一天就产生多一天的费用，不能让家属放弃，要解说得他们不好意思说放弃，要当孝顺子女，这样，很多用药就自然跟上，效益就出来了。"

部分医生频频点头，步司贤停顿了一下说："我今天看到一个不好的现象，有个别医生对病人的沟通不是那么到位，我在这里也不点名。今天有一个医生，开个感冒药说了大半天还得病人都要顺着他的意思走。好的医生会说得让病人自己感觉占了便宜一样。这就是沟通的艺术，我都说你们平时要多读书，读好书，书多读就可以把自己提高一个档次。大家都要记住，这件事不是说针对谁，为的就是一个集体，为的就是一个大家的荣誉，为的也是让我们科室上班的人的口袋鼓起来，可以把日子过得更舒心一些。"

路霆脸色发青，阮月笛有些同情地看着他！

路霆抬起头，眼直直地看着墙上挂满的"医术高明""医者父母心"等锦旗，嘴角一撇，露出了一副不屑的表情，然后闭上眼睛。

沈欣附耳过来："你要不要把耳朵也闭上？"步司贤轻咳一声，眼神严厉地望了过来，沈欣慌忙捂住嘴。

步司贤讲完，贾平跟着发言，他先就科室工作做了自我检讨，然后举目一扫："有些医生工作态度不积极，一遇见情况危急的病人就建议转上一级医院治疗，这是对病人不负责的行为更是对医院不负责的行为，转出去的就是一个病人吗？越是危重的病人越可以有发挥和施展我们医术的空间，你们看看！"说着他扬了扬手中的手表说，"这是什么，这就是一个身份的象征，男人的品位表现在什么地方，就在一块手表上，一块手表别人一看就知道你是什么档次的身份。我看我们科室，有些医生还戴着电子表，还有些卡通的图案，很可笑，这几十元的东西也戴得出手，这就直接表现在业务能力方面！"柏小斯忍不住"扑哧"一声笑了出来，大家都抬起头看了柏小斯一眼，又把目光同情地转向路霆。路霆的脸色异常难看，他手上戴的，正是一块卡通的防水手表。而贾平的手表，是七万元的欧米茄表。

贾平不满地看了柏小斯一眼。柏小斯伸了伸舌头，不好意思地把脸扭向一边。

值夜班的护士巡房回来，搬了一张凳子，坐在门口静静地听。

吴韬清了清嗓子说："我来说两句，我记得自己读过两句话好像是这样写的：但愿人间无病痛，宁愿架上药生尘！我们当然做不了圣人，我们也要生活，也需要收入，更希望做一个体体面面走得出去的医生。医生有了处方权开始，医生的签名就被赋予了法律效力，和一个医生的做人做事风格相联系。一个医生的名声好与坏，都是从自己诊治过的病人身上一点一滴地积累起来的！医路上，对每一个来诊治的病人都要严阵以待，才能在医路上修

成正果！”他抬头用手指了指墙上的锦旗，说，“大家看看，你们都知道，出去买东西，看见商家挂着‘童叟无欺’的条幅，法院挂着‘公正廉明’的匾额，我们心里就踏实。而我们的医院里，离不开‘仁心仁术’‘大医精诚’，我们每个人都离不开生老病死，我们也有亲人要到医院里来诊疗，用良心做事，这是我们的一个限。我最后想说，一个好的医生，首先，他肯定是一个好人，任何工作都有一个如何做人的问题，而不是一味从经济角度先考虑自己再去考虑病人，变成了金钱和生命的交易，那是对我们一身白衣的亵渎。好了，我的话讲完了，讲得不好，大家有不顺耳的地方，就可以当我没有说，谢谢！”

响亮的鼓掌声从门外响起，一个病人家属鼓着掌说道：“吴医生你说得太好了，怪不得病房那么多病人都在夸你，我为你鼓掌。”

路霆跟着鼓起掌来，接着全部人的掌声也都响了起来。看着病人家属离开门口回病房，步司贤恼怒地盯了夜班护士一眼说：“进来也不知道关门，科室开会，能让病人听的吗？”夜班护士低着头，委屈地嘀咕：“里面的人坐满了，我挤不进去，只好把门打开坐在门口，谁知道家属也站在旁边听？！”

贾平脸色铁青，对着陆春妮说：“从现在开始，对护士的培训加强，不知道细节的，素质跟不上去的一定要批评和处分，科室的利益是大家的，哪一个人脑袋里还老是抱着自以为是，就趁早自立门户！”

参会的人心里都清楚，这晚可谓是针尖对麦芒，本来两个不和睦的正副主任，今晚总算让吴韬占了上风。

第十九章　无爱的婚姻是一块沾满了心灵污垢的抹布

开完会，柏小斯走到灯光球场，还没有停下脚步，就看见丈夫杨桦林牵着十岁的儿子小凯慢慢地从球场走出来。

柏小斯迎上去，说：“父子俩这么开心呀？”小凯一脸汗一脸泥，拉着杨桦林的手叽叽喳喳地说着话。听见声音，父子俩双双抬起头来。

杨桦林斜眼看过来说：“你希望看见儿子不快乐吗？希望看见他为我们名存实亡的婚姻披麻戴孝吗？”

柏小斯气得牵起了小凯的手说：“孩子，妈妈带你去吃沙拉和牛排！”小

凯摇摇头说："我现在不爱吃这些了。"

柏小斯抬头看着杨桦林，说："你给孩子灌输了什么？"杨桦林一脸不屑地说："我灌输，我能给自己的亲生儿子灌输什么？当然是除了养分还是养分，倒是你，别把院内院外的细菌带回来污染孩子就行了！"

小凯的眼泪在眼眶中打转，他看了看自己的父亲，又看了看自己的母亲，突然把手中的篮球往地上一抛，转身飞奔而去。

杨桦林急忙追过去，跑了几步又回到柏小斯面前狠狠地说："你给我听好了，你爱去找野男人你就找去，如果再伤害到儿子，我就废了你和那个奸夫！"说罢转身人步离去。

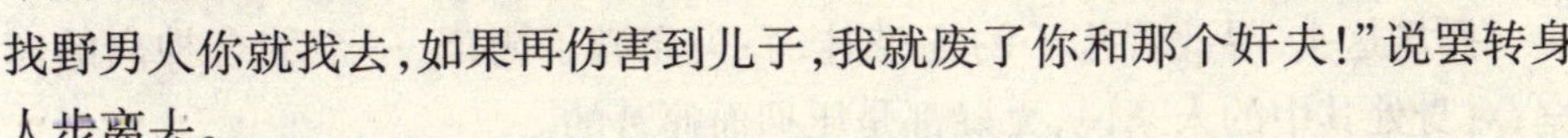

柏小斯瑶咬了咬嘴唇，重重地跺了一下高跟鞋，愤愤地转身离开。她知道杨桦林一直怀疑她，但是就是没有抓到证据，所以就只能在言语上不断地刺伤她。她也知道，杨桦林跟踪过她好多次，但是每次都是被自己提前发现，成功地避开了他的视线与贾平偷欢。但是她自己也知道，这种日子必须尽快结束。那夜她使出杀手锏一逼迫，贾平就答应给她买套房子。一套房子，按她的收入，一辈子都是一个梦，这个梦只需答应给贾平几个月时间就手到擒来，这是件多么美好的事情。她其实还有一个私心，假如跟贾平做不成夫妻，心底还是希望有机会和杨桦林重修于好。但得从贾平那里拿来房子和一笔钱。

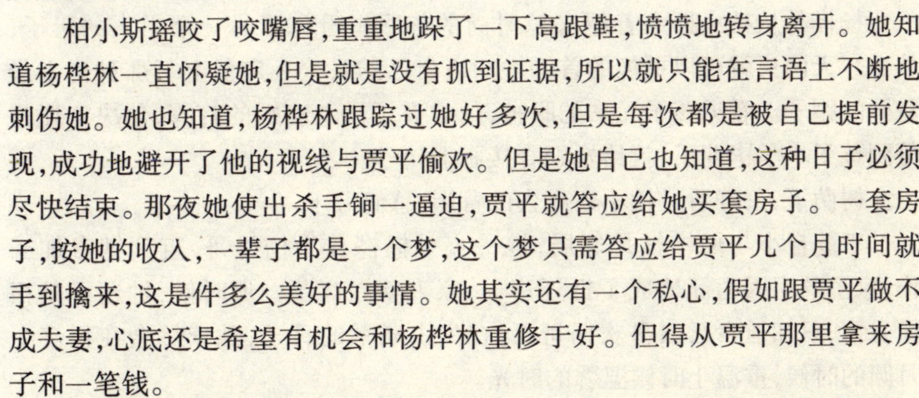

在以前无数个同床异梦的日子里，她只当自己当时吻错了青蛙，杨桦林不能给她想要的生活，还要她跟公公婆婆同在一个屋檐下生活，她受不了。

寂寞的女人总能在眼神中寻找到来自同样在寻求异性的焦渴男人，她与贾平，就是这样，都能读出眼中那寂寞燃烧的火焰。

当有一天，贾平递给她一个装着 MAC 粉底液、眼线膏还有各种饰品的购物袋，并意味深长对她说美丽的女人还是需要内外兼修的呵护时，她就开始动摇了。

两人真的暗度陈仓了，每个月里那些药品回扣商给贾平送来一沓沓钞票，他直接就把这些厚厚的信封像每个月交家用那样塞到了柏小斯的手提袋中，她突然感觉到当家做主的踏实幸福感，就这样沉沦了下去。

科室里有几个年轻貌美的女孩，没有想到，贾平会单单对她一个人情有独钟，她已是一个十岁男孩的母亲了，不是用情至深，何至以此？每每心生犯罪感的时候，柏小斯给出了自己这样的一个理由。最让她得意的是，贾平的妻子一直在另一所城市工作，很少回来。她对于贾平来说，更像妻子的角色。凭着贾平对她的宠爱，一次在两人酒醉欢爱中，贾平不小心吐出了保险柜的密码，她也成功地打开保险柜拿到了贾平的日记本。酒醒后的贾平悔得肠子发青，好话说尽，但柏小斯就是不肯给回日记本，这让贾平无可奈何，对柏小斯的各种要求基本都做到来者不拒。

柏小斯想着，一旦贾平给她买了房子，她还要问他多要几十万现金，他若不肯就拿日记本去吓他。想着想着，柏小斯仿佛看见那些票子给自己当成了枕头睡觉。心里对家的负疚感一下子又减轻了许多。

操场这头，寻找着儿子的杨桦林，心头充满了阴郁，一个貌合神离的家庭，对身处其中的人来说，无疑都是压抑而痛苦的。

杨桦林从柏小斯穿着越来越时尚的华服里看见了另一个男人的影子，从她三天两头就可以更换的首饰中知道自己的头上一定戴上了那种男人最耻辱的帽子。看见孩子无辜的眼神，他放弃了马上离婚的打算，他决定还是等到孩子小学毕业了，就给婚姻直接画上句号。

树荫下，王静看见柏小斯离去的背影，感慨万千。

王静自小与杨桦林是邻居，她一直喊杨桦林为杨哥哥，直到她参加工作，家里的房因为征地成了拆迁房，一家人就搬离了。那时候，她还不是很懂爱情，只知道自己很喜欢杨哥哥，在失去联系的日子，她依然会在很多个月圆的时候，重温小时候温馨的时光。

而后来也听说杨桦林以司机为职业，自己也上了护校，心里的感觉就成了一段心情。一个城市的距离，在醒与梦之间，她的心里也就只是记得有那么的一首诗了：关切是问/而有时的关切/是/不问。

直到有一天，杨桦林到科室来，她才惊觉，她心里的杨哥哥，早已成婚，而且他的妻子柏小斯，竟然和自己是同事，于是所有的思绪就化成了一种客套似的问候。她不喜欢柏小斯，更不想招惹柏小斯，毕竟大家都已经有了各自的生活，不想无端地生出些猜疑来，在这一点上，王静是很会把握分寸的。

小凯躲在球场后的凉亭假山后一直低声抽泣，杨桦林焦灼地在球场边上打转着边走边喊。

王静轻轻地走到小凯面前，蹲下身说：“小凯，你认识姐姐吗？”

小凯抬起头，抹去眼泪说："我知道你，你是妈妈的同事！"

王静笑笑说："还有你不知道的，我还是你爸爸小时候的邻居呢！"小凯半疑半信地摇摇头说："你骗人，怎么可能？我怎么没有听过爸爸妈妈说过！"

王静说："你不相信呀！那我们去见你爸爸，让他来说，看姐姐是不是说谎？"

小凯停止了哭泣，睁大眼睛，显然他对这个话题感兴趣。

王静心里偷偷地笑了，孩子就是孩子，其实是很好沟通的，哄一下就好了。她伸出手，握住小凯，伸出手指头放在嘴边"嘘"的一声说："你爸爸走过来了，我们给他一个惊喜。"

小凯伸头看了看球场边，马上配合地握住了王静的手，两个趴在假山后，杨桦林的脚步顺着凉亭走过来，小凯也伸出一个手指对着王静"嘘"的一声，悄声说："爸爸过来了。"

小凯的脚一个没有踩好，声响弄出来让杨桦林的视线望了过来，杨桦林走过来："小凯，是你躲在后面对吗？快出来，晚上这里虫子多，不要给咬着了！"

王静一下子跳了出来，哈哈大笑："杨哥哥，是一只超级大虫在保护着小凯呢！"

杨桦林惊喜异常说："王静，你怎么会和小凯在这里？太意外了！"

王静牵过小凯说："杨大哥，你告诉小凯，我和你以前是不是邻居？"杨桦林点点头说："是的呀！"他看见了小凯脸色的泪痕，一阵心疼。王静也看见了，她拿出湿纸巾，把小凯的脸蛋抹得干干净净，然后说："小凯，你现在相信姐姐了吧！"

小凯点点头，听话地"嗯"了一声说："我早就相信了，刚刚爸爸说的时候我就相信你了。"王静看见杨桦林憔悴的脸，脸上的胡子也有几天没有剃了，心里一阵心疼，说："杨大哥，你不会照顾自己呀！"杨桦林苦笑了一下，拿出烟，说："我们找个地方坐下说话吧！你杨大哥心里闷着呢！"

王静伸手揽过小凯，说："小凯，告诉姐姐，你的功课怎么样？"小凯低着头，说："语文老是上不去。"说着偷偷地看了杨桦林一眼。

王静说："告诉姐姐，语文哪里不会做了？"小凯用鞋尖轻轻地踢着脚下的沙土说："就是作文，我老是写不好！"

杨桦林叹了一口气，对着工静苦笑，说："你看，这个我也不会教，你知道

的，我以前也是经常让语文老师头疼的。”王静深深地看了杨桦林一眼说：“小凯，不急，以后如果姐姐有时间了，就带你去公园玩玩，教你怎么写作文，好不好？”

小凯眼睛发亮，说：“姐姐你真会带我去呀？我已经很久没有去过公园了，我想在那里划船呢！”王静看着眼前的父子，一阵心酸，虽然她不知道杨桦林的家庭世界怎么样，但是就从刚刚看见的一幕和眼前的情形来看，她知道他过得一定不好！

她轻轻地拍了拍小凯的肩头，说：“男孩子最勇敢的，以后不能哭了，有空姐姐一定会教你的。”

接着她对杨桦林说：“杨大哥，今天已经晚了，我先回去了。”她指了指不远处的宿舍楼，说：“我正好是开完会经过这里的。”

杨桦林点点头说：“我这几天休年假在家，休假完就到丰图集团去当司机了，你一个女孩子不要太晚回去了，不安全。”

王静喜道：“杨大哥你真能干，你竟然能到丰图集团去开车，好了不起呀！”杨桦林笑笑说：“有贵人相助吧！以后我就有空带小凯了，你先回去吧！有空我们再聊！”王静点头道别，走出了十多米，回过头，她看见了杨桦林对着她的方向还在望。她忍不住走回去，杨桦林也走了过来，在两人相遇的时候，杨桦林说：“你还有什么事？是不是什么忘了？”

王静看了看站在原地的小凯，轻声地说：“杨大哥，我只是想说，以后你跟柏姐如果有什么矛盾，千万不要当着孩子的面来说好吗？”

杨桦林低下了头说：“你刚刚都听见了？”王静点点头说：“我也看见小凯哭了，我们大人不管做什么事，总要顾及孩子的心灵是不是？我打算有空的时候，帮小凯把作文补上去，你和柏姐，家和才万事兴呀！”

杨桦林点点头说：“你说的有道理，我听你的，不再跟她当着孩子的面吵架了，至于我和柏小斯之间的事，不是你想的那么简单的。算了，不说了，有空你就帮我带带小凯，辅导一下他的功课，我就感激不尽了！”

王静转身离去的时候，看出了杨桦林眼中的不舍，那是接近一种对亲人般的眼神。

王静突然觉得胸口胀得难受，她是希望看见大家都可以过得幸福和谐，但是，现在看见小时候视作亲哥哥一样的杨桦林不快乐，也觉得自己开心不起来了。

第二十章　哥们，朋友

偌大的办公室里，罗方智转动着座椅，拿出手机里的照片不停地翻看，里面都是阮月笛的照片，这是他在阮月笛没有注意他的时候，在住院的时候和那晚吃饭唱K时候偷偷地拍下来的，越看越是无法排遣心间的压抑。

黄成良走进来，他看着一脸失意的罗方智说："心里还在念着那个阮月笛呀？"

罗方智不语，点燃一个烟，突然问黄成良："你说我现在的生活是不是在梦境与现实之间混沌难醒？"

黄成良自己倒了一杯水说："有一些吧！你是不是考虑一下那个李知苏，人家对你不是一往情深吗？"罗方智说："她跟你说了什么？"黄成良说："何止是说了什么，说起你简直就是哭了。"

黄成良探头过来说："你不要忘记了，你可是现在有打算和她老父亲联手开拓市场的念头呀！那个阮月笛，不适合你的，再说了，她已经都有男朋友了，你自己也看见了。"说着从公文包里拿出一沓照片，说"你看看。"罗方智拿起边看边说："你去偷拍他们？这是做什么？干这种事情没有意思，我需要她的心！"说着把一叠张章的照片放回黄成良的面前。黄成良收好照片说："我只想告诉你，你跟她根本就不合适，何况她那男朋友痴情种子一枚！"

罗方智看着眼前袅袅的烟雾说："阮月笛那个男朋友不适合她的，我都打听过了，一个小小的个体户，是个粗人。"

黄成良说："那你能怎样？拆散他们？自己当个程咬金？"

罗方智不语，黄成良伸手拍拍他的肩膀说："兄弟，别傻啦！那个阮月笛，整天高傲得要死，不要看她对病人那么好，这样的女人，生活在一起不一定那么好侍候的，何况，她对你的事业一点帮助都没有。李知苏跟我说了，在电视台实习结束后，她也不准备找单位上班，她老父亲那一份家业，将来必定是她来掌舵，如果你跟她成了，这南贝市的商界，还不都是你们的天下。"

一根烟燃尽，罗方智站起身，把烟蒂重重地压在烟灰缸里，站起身，拉开窗帘，窗外又在飘雨了。这段时间，内心的纠葛与矛盾，让他始终无法让心

走出雨季，一如窗外的天，放晴好似遥遥无期。

黄成良担忧地看着罗方智的背影，心里也不禁有些难过。

他当时带着资金来到南贝市落脚的时候，通过玩摄影的肖岱认识了罗方智，之后时不时三人之间都有些小聚，也慢慢就成了莫逆之交。

在承包市内枫语小区部分楼盘装修的时候，资金短缺，弄到的工程不得不全部停了下来，他为了资金到处赔笑脸，把半边脸都笑麻木了，给人当孙子都不行。陷入困境的黄成良焦头烂额求助无门的时候，就是罗方智如同大旱天的及时雨，援手帮助，让楼盘装修顺利并在合同约定期限内交付使用。

后来仅仅就是这个楼盘，黄成良扣除了债务与开销后就盈利了百万余元，还任上了南贝市工商联商会的副会长。所以，无论从哪个角度来说，他对罗方智的感情，已经不单单只是感激，更多的时候，希望的是可以为他做一点什么。

罗方智看着飘雨，突然想起崔老太，这段时间忙于各种事情，已经很久没有过去看她了，不知道她用的那个风湿膏的效果怎么样？看来今天应该抽时间去看看。

听完罗方智关于寻找娅娅的叙述，黄成良足足把眼神定格在罗方智的脸庞上半刻钟，半天后才把身体向靠椅后一仰说：“天，你还要为那个崔敏敏的家事忙呀？你难道把所有的伤害都忘得一干二净？”

罗方智自我解嘲似地说：“劳碌命，知道这件事后，心里就再也放不下，不去找于心难安，你也帮忙，发动一下你那些圈子里的朋友，看能不能大海中捞出这根针来！”说着，罗方智拿出了青花镯给黄成良看，黄成良拿着玉镯子，对着灯光眯着眼看了一阵，眼神都发直了说：“这个镯子价值不菲呀！”

罗方智接过，笑笑，说：“你想想，老人过得非常清贫，把这个镯子卖了就可以给生活上来个改天换地，可她没有，她把这个镯子送给我了，你说说，不管敏敏曾经对我做过什么，老人家的这份心，我能不领吗？人，我能不尽力去找吗？”

黄成良默然。

罗方智晃晃手中的玉镯子说：“当然，如果可以找到娅娅，这个手镯子，我会还给她的，这个本来就是她家的祖传之物！”

黄成良说：“我也尽力，你的事，从来也就是我的事！”

罗方智拍拍他的肩头：“好兄弟，感谢了！”

特别助理胡青青匆匆忙忙敲门而入，开口还没说话，身后就一阵高跟鞋的声响。李知苏穿着一件低胸束腰的真丝长裙直闯而入。胡青青无奈地把视线转向罗方智："罗总，我拦不住李小姐的脚步！"罗方智点点头，摆摆手，示意胡青青退出去。

等门轻轻地掩上，罗方智说："知苏，你大白天不上班！找我有事吗？"

李知苏嘟起嘴说："对我你还让秘书挡驾呀！不在这里截住你，我去哪里找你，我打你的手机你为什么老是不接？我要你今天陪我到医院去看我姥爷。"

罗方智苦笑，去医院，怎么可能，遇见内科的人怎么解释？遇见阮月笛她会怎么看？再说，这个李知苏，现在好像个烫手山芋，还真是不知道怎么去逃开，如果不是为了建设学院想说动她父亲共同出资的事情，自己哪里用整天侍候这个娇小姐！

罗方智说："今天肯定不行的，我待会还有事，要出去！"说着把目光投向黄成良。黄成良马上会意，连声应和："是的，我现在就是来和罗方智一起出去办事的，李小姐，你看改天行不行？"

李知苏不依不饶："那你给我一个具体时间，什么时候去我家坐，我爸一直在等你！"

罗方智无奈地点点头说："就在这周内好吗？"

李知苏满意地笑笑说："这就对了，我爸说了，你来的时候，他专门陪你！"

看着李知苏心满意足离去的背影，罗方智摇摇头，眉头几乎都打成结。

黄成良哈哈大笑说："你的面子可真大，现在是本市的商界老大请你去，把你当成座上宾了！如果你一点头，这驸马爷当定了！"

肖岱一个电话打来，说："来聚聚吧！这次我们到郊外去吃海鲜，那里有家新开的海鲜馆，味道都还不错。"

挂了电话，罗方智说："你看还真有安排了，走，我们现在就去！"

第二十一章　贫贱的摩擦中，犹记得那夜春风

张章已经打了一个小时的麻将，另三个档主也无心再战，纷纷停手聊

天，大家心里倍觉郁闷。眼下生意也不是旺季，大家签的租约也将到期了。没有想到，这次物业管理处把店租金从原来的租金基础上提高了百分之五十。这下就让大家炸开了锅，这些天已经跟物业交涉了好多次，物业毫不松口，说是重新制定的规定，以前是对众租户低收费了。

张章更是有怨无处发，他的铺面正好是街道的转角口，面积相对大了别人的一半。物业说位置不同，租金就不同，他如果要再继续签约，要付出比先前多足足一倍的价钱。

议论中有的人说要转铺到别处继续开店，说这样继续做下去利润还不够开销，还不如去打份工实在。有的人就直接说要么转让或直接放弃开店，要么转换个行业做。各种各样的声音充斥着张章的耳膜，这让他心头的压抑不断扩大，越想、负面的情绪越多。

眼下入冬了，铺面不是说找就能找到的，何况他做五金的，多半都是做的熟客生意。他有时候也会上门帮街坊安装个什么的，博些好口碑，做惯了一个地方，多少就有了感情。如果不做，可以去哪里？继续做下去，明摆着利润除了店租之外几乎没有。最重要的是，这个位置离阮月笛上班的医院不远，就隔几条街，难道自己和阮月笛的爱情像风中无根的蒲公英，连店面也要朝不保夕！张章重重地吸了一口烟。

这些天他的烟量与酒量剧增，烟抽得他在这样干燥的气候里都有些咳嗽了，自从那夜看见阮月笛和那个叫罗方智的男人那么亲热地站在一起，两人吵了一架，彼此生气了一周。后来虽是和好了，但是始终两人之间似乎有了一种说不清道不明的隔膜，谁也不去捅破，但是心不再似以前那么默契了。有时候，两个人坐着，竟然会陷入无话的状态。

街的对面一个烤羊肉的烧烤档白烟袅绕，带着新疆帽的小伙子边烤边机警地四处张望。张章知道，小伙子在防着城管，看见城管，他那速度，绝不亚于训练有素的特种兵。看着看着，张章的眼前，仿佛看见自己的未来，也是这样推着一个烧烤档，在城管的检查中左右突围。

掏出钱包，里面夹层放着他与阮月笛的合影，那是两人相恋后他带着她去了一趟丽江，是走出这个城市唯一的一次记忆。那里的节奏优雅，风景奇美，就像传说中的“山中一日，世上千年”的蓬莱仙境。晚上他带着阮月笛去吃烤羊肉，吃得有些腻，她说吃到胃不适了。看着那个娇艳如花的脸孔，他的心很痛，恨不能疼的就是自己，只要心上的人身体是健康的。

她喊疼，他手慌脚乱地帮她喂下胃药，用那粗大长着老茧的手帮她在胃

部轻轻地揉，她出汗他更出汗。唯恐力度多一分是重，少一分是轻，不能恰到好处地把那么柔美的人儿呵护在心。

他犹记得，那一夜阮月笛面若桃花，静静地躺在他的怀里，任凭他的呼吸由轻变重，由平顺到急促，而他的手，触摸的肌肤是花瓣般的质感，她的眉眼沉静雪亮，微微向上翘的嘴角，面颊的小酒窝都让他的心跳如狂。“好了，没有事了，你也累了，我们回去休息吧！”阮月笛轻轻地说，他呆了呆。阮月笛跳起来用手掐了他一下，呵呵笑着跑开，黑色的长发在夜风中飘呀飘，让他的心跟着起起伏伏。阮月笛用手臂钩住他的脖子，手指放在他的口唇上，一根根地摩擦，让他轻轻地把手指含着，阮月笛吹气如兰：“你知道吗？我就喜欢被你这样无法无天地宠着护着！”他笑，阮月笛又说：“张章，但愿你永远都不会生气就好了，我就是这个世界上最幸福的女子！”

张章坐在店门口，阮月笛在云南时的话语似乎在耳边柔柔地响：“张章，但愿你永远都不会生气就好了，我就是这个世界上最幸福的女子！”看着依然为烧烤忙得不亦乐乎的新疆小伙子，张章心里喃喃自语：“是呀？我是要她快乐的，我这段时间是怎么了？为什么老跟她生气！”

一部奔驰轿车轻缓地滑过来，停到枫语小区物业部的门口，一个个头不高，清瘦的男子一手夹着公文包，一手接听电话走下车，站在车门口对着手机不停地说话。物业部的袁经理快步跑出，一边点头一边帮着男子关车门。

俩人随即走进物业部，旁边卖茶叶的老五从物业部走出来，又朝里面看了看，直接穿着他那对几乎变形的人字拖鞋缓缓地走到张章的店里，递过一根烟，打着了火机点燃自己的烟与张章的烟说：“老弟，你知道这个开着奔驰是什么人？”

张章摇摇头，表示愿闻其详。老五咳了一下，往地上吐了一口痰液，又用那对人字拖鞋反复地搓擦了几次，痰液成了一道湿腻腻的弧线。张章皱了皱眉头，好在阮月笛不在这里，不然又会嘟起小嘴表示不满了，他有些明白为什么阮月笛不喜欢他总和这些伙伴混在一起了。

老五吐出了一大口烟雾说：“我告诉你，刚刚从车上下来的就是开发这个小区的老总，听说是姓黄，叫黄什么良的，妈的，他都开着奔驰的人，怎么就对我们这些小打小闹的糊口买卖赶尽杀绝，还有良心没有！”

张章听了忍不住对着那辆奔驰车多瞄了一眼，转过头却发现阮月笛款款地走进店来。老五本来在凳子坐着，脚跷到茶几上打着晃晃。一看阮月笛进来，马上把脚放下来，站起身打着哈哈说：“弟妹过来啦！那我就先过去

啦！不打扰你们了！"说着快步夹着他的人字拖鞋离去。

阮月笛皱着眉头看着老五的身影，眼中飘过一丝不悦，看了看地上说："你不要告诉我这又是他吐的痰！"张章老老实实地答了一句："是他吐的，我还没有来得及阻止他，下次我一定说他！"

阮月笛气道："你这个人，就是什么都不好意思说出口，让自己整天和这些污染环境的虫子打交道！"阮月笛想起那天晚上被人跟踪的老五，不知道他做了什么坏事，总觉得他的眼中透着一种邪气，加上体型消瘦，脸色带着一种暗灰，让人感觉见不得阳光似的。

想了想，阮月笛问："你跟老五经常都会一起坐坐，他的生意很好吗？"张章摇摇头说："不见得，他还不是那样半死不活地拖着店面，按他说的，好歹一个月也能赚个一两千，总比去外面打工强！"

阮月笛说："他的花销才不是来自这个店面，我发现他的脖子带着一条金链，那分量一定不下两万块钱，手上的那块手表是雷达全陶瓷，市值最少也是估计3万元，就我们这小本生意，他能那么有钱？别不是做了歪门邪道的事情吧?!"张章愣了愣说："我没有注意到这些，现在听你一说，好像他这段时间表现是有些不同，和我讲话都带着得意，对了，那天他还说了句，说什么人不为已天诛地灭，这是什么意思？"看着一脸憨相的张章，阮月笛有些生气说："不理他了，反正我觉得他不是好人，你少跟他来往，不要跟他学坏了，你没有发现吗？他店里来的人也是有些鬼鬼祟祟似的，我都怀疑他在里面弄个地下赌场什么的。"

张章不赞成了："你别总把他想得那么坏，老五就是外表有些不修边幅，他的心挺好的，我和他就像兄弟一样！"阮月笛眉头直打结："张章，你什么时候长进点，这样的人你离远些，说不定哪一天他会害你的！"张章不以为然，阮月笛心里不舒服也停止了这个话题。

拿着拖把，阮月笛扭开门口的水龙头，突然眼神朝着物业部的方面看，清瘦男子从物业部出来，袁经理一直送到车门口，声音隐隐约约地飘过来："黄总放心，我们一定照办，照办！"说着帮男子关上车门。

看着奔驰车已经开出小区，阮月笛的表情困惑，张章接过她手中的拖把："你认识刚刚那个人？"

阮月笛点点头又摇摇头，说："我不认识，但是我在医院看过他，知道他叫黄成良！是罗方智的朋友，他到这里来干什么？买房？"张章的脸色阴沉下来，阮月笛马上住口不说了。她知道罗方智的名字让张章不舒服了。

张章叹了一口气说："听说这些楼盘都是这个姓黄的负责装修的，现在我们这幢楼的铺面是他名下的产权！"阮月笛听了一愣。

快嘴六婶迈着一瘸一拐的脚走了进来，肥大的屁股朝门边的塑料凳一坐，一个凳脚很快地歪斜了，六婶调整了一下身体的位置，一边用手背抹着额头的汗珠说："胖人就是麻烦，就是秋风刮冬风吹，也出汗出个不停。"说着羡慕地盯着阮月笛："小姑娘的身材就是好，该凸的凸该凹的凹，哪里都不会多块肉出来，哪里像我这身材，全身最大的地方就是肚腩，烦死了！"

阮月笛笑："六婶，看你说的，等我到你那年龄，身材说不定还没有你的好呢。"

六婶摇摇头说："哪里会呢？女人生孩子才会变身材的，你瞧你那身子骨，跟电视上那些女明星一个样，我这个身材又矮又胖，鬼见鬼跑，人见人憎，那个死老五还笑我说轮胎见了轮胎都爆胎，唉，天生就注定的了，遗传哟，我家上一代也不少胖人呢。"

阮月笛搬了张小凳子和六婶坐在一起，六婶看了看两人说："你们什么时候结婚呀？六婶等你们的喜糖都等了一年了。"

两人对视了一眼，都不作声。

六婶看出了不对，连声说："瞧我这张嘴，都什么时候了，现在我们当务之急的应该是看店铺提价的事情该怎么办？你们打算怎么样？还在这里继续租下去吗？"

阮月笛说："怎么回事？"用询问的目光看着张章，张章无奈地说："还没有跟你说呢！我们这里店铺要涨价，大家都在考虑该怎么办？如果一定要交那么多的租金，是没有什么好做的了，我是担心，一直没有跟你开口！"

阮月笛一愣说："涨价，涨多少？"

张章伸出一个手指头，阮月笛说"一百"，张章摇摇头，"一千？"阮月笛继续猜。六婶忍不住了说："丫头别猜了，你这里这间涨的是一倍，我们都还少些，大概是多了百分之五十这样，这里大家都没得做了！"

阮月笛一声惊呼说："什么，涨一倍，谁的主意？"

张章说："就是怕吓到你，所以一直没有跟你说，现在你知道了吧！谁的主意？当然是这里物业部调高的了！"

六婶站起身，凑前来低声说："我告诉你们一个最新消息，是我一个亲戚偷偷给我的，说我们这些商铺都要拆，这里的开发商想把这里全部推翻了重建，要盖高楼呢！不拆就只有我们这几丨户人家，拆了盖起来就可以几百户

几千户在这里做生意呢！"

张章说："真的？"六婶神气地摆了一下头，得意地说："当然是真的，我那亲戚就在城建部门上班的，他说的话那还能有假？听说就是上面一直没有批，如果项目一批下来肯定马上就把这里全拆了，这里将来是一个大商业圈的中心，所以我们现在涨租金是不是跟这个有关也未得而知。"

张章颓然坐下说："这么说，我们都不要指望这里还有什么希望的啦！"

六婶叹了叹口气说："我还听说，真是这里建起来了，先前的商户在这里可以用最优惠的价位购买铺位，这些我家是没有办法的，看你们还没有什么门路。"说着六婶把头转向阮月笛说："丫头，你在医院上班，那里说不定也可以看见一些领导，你认不认识什么当官的，帮我们说上两句话，大家的生活都不容易啊！"

"虽然说我们大家以前都不认识，但是聚在一起做生意，都是邻居了，现在如果真是提价就要各奔东西了，还真是舍不得呀！真搞不懂那个说提价的人，这里附近的街道都差不多都是这个价位，凭什么就把我们这些提得那么离谱？他们凭的是哪一条的物价收费呀！"六婶嘴中唠唠叨叨地说。这时候，走进来几个周围的档主，大家又开始七嘴八舌地议论起来。

阮月笛沉默地听着，心随之沉重起来，如果张章在这里做不下去，以现在他们俩人的经济条件，还真是找不到更好的地方，这里的铺租，比其他的区域都便宜得多，这里租不下去，以后，两个人已经描绘好的未来就得重新打算了。

走出门口，张章说："你要到哪里去？"阮月笛转过身说："我要去找物业？问他们凭什么这样做？"老五说："弟妹没有用的，老子我都走进走出不下十次了，那些拿着鼻子朝天吃饭的人一点商量的余地都没有！"

阮月笛说："我就是去看看问问。"大家看着她的背影，都微微地叹了一口气，个个无精打采地坐着，都没有兴趣去堆砌麻将了。

物业部里。

听完阮月笛的问话，袁经理从办公桌前抬起头，那满脸的横肉，让阮月笛忍不住怀疑他一定会是医学疾病里三高里面的其中一高。他打着腔调说："小姐，这个价钱没有好讲的，董事会决定的，我们就是执行而已，有本事你去找老总呀！他说不提我们马上就恢复原来的价位哟！"

阮月笛说："你们的老总叫黄成良是吗？"袁经理奇怪地看着他说："你认识他？"马上对着阮月笛上下打量，嘿嘿一笑："不奇怪，不奇怪，美女嘛！我

们的黄总认识也不奇怪。”

阮月笛重重地白了他一眼说：“我会找他，让他来跟你们说。”

袁经理忙不迭地点头：“好！好！好！你去找他来，他说调我们马上照办！”

推开玻璃门离去的时候，袁经理的声音飘来：“什么人呀！她还以为她是谁，想让黄总把价位调下来，她怕是还在梦想着这世间还有没有断奶的成人童话！刚刚黄总还特意亲临这里吩咐的，一定不能降价！她长得漂漂亮亮，倒想来这里当个女蛤蟆了！”

几个女人在里面附和着他的话语哈哈地笑着。一个女的声音飘来：“哟！袁经理，你不要小看我们女人的魅力咯！你看她长得那么漂亮，说不定黄总到时不是提价，怕是用麻袋把钞票背给她也说不定！”

阮月笛气极，加快脚步，免得更多不堪的话飘过来。

大家看见一脸气恼的阮月笛，不用问就知道结果了。张章疼惜地说：“给他们气到你了吧？”阮月笛咬了一下口唇，不回答。张章说：“你以后别去找他们了，没有用的，我们还是想想以后的打算吧！”

阮月笛拿起提袋说：“我走了，我没有心情，我偏要去看看，他们是不是就可以这样坐地起价的？”

老五怪叫：“去看，去哪里看？难道你要跑到物价部门还是跑到市委去？”

阮月笛边走边说：“必要的时候我就去找市委！”

大家愣住了，张章看着她的背影，追了出去说：“你去市委呀？”阮月笛说：“我现在要回去接班，等我好好想一想，想好了告诉你们。”

张章呆呆地看着阮月笛的背影，良久才转回身！老五托着下巴往外边望，看见张章说：“你的女朋友可不是一般人，如果她出马，说不定可以把事情摆平！”

张章阴沉着脸说：“你想说什么，你什么意思？”

老五伸伸舌头，马上噤声，说：“老弟，开个玩笑，犯得着跟哥吹胡子瞪眼睛吗？”张章怒道：“你一张嘴整天就吐不出象牙呀？”

六婶打圆场：“好了好了，现在你们还要斗嘴呀！”说着，用手扯扯老五的耳朵：“你这德性，早晚惹祸，阮丫头多好的姑娘，是给你这张臭嘴拿来开玩笑的，你也不去照照镜子看里面还有多少颗牙？说话没有德的人牙齿会早早掉完的！”

老五下意识地摸摸口腔里那颗缺损的门牙，气恼地说："你们一个两个好像都有理，我可是什么都没有说，是你们自己把意思扭曲了！"

六婶说："不过我相信阮丫头的，她读的书多，可比我们这些人有见识，如果她跑去市委，说不定还真有领导过问我们！不如叫阮丫头写一封信出来，我们大家联名签字压个手印，让她拿着去给领导通融。"

老五一撇嘴说："你看你自己，还不是也和我说得一样的意思，还好意思揪我的耳朵！"

旁边有个声音传来："有什么用呀！这个提价的通知一出来，我就打了电话给记者，别人不是到现在都没有来，还说没有什么新闻价值，让我直接去找上一级部门反应！"角落里坐着的罗伯闷闷不乐地说。

张章点燃着一支烟，回想起阮月笛的话，心里无端地七上八下起来，感觉心里山雨欲来般沉重。

第二十二章　好人有好报

罗方智开着车准备应约，他已经答应李知苏，今晚就到她家做客。他明白，他的特殊，缘于李知苏对自己的好感。看得出，这个娇小姐在其父亲心头的分量，而投资新建学院，也是自己早想拿下来的项目，从鞋业转战教育投资，没有一定的经济实力，几乎是行不通的。他的资金有缺口，如果得到丰图集团李达华的支持，一切问题都解决了。

对于李达华的发家史，民间流传着各种版本，最多的莫过于他弄民间集资，但是这些都只是传说，罗方智还是想好好正面接触一下。在他看来，整个南贝市，只有李达华才有这种大手笔和他一起来共创宏图大业。

一辆公安的警车开过，罗方智突然发现里面坐着的一个女警好面熟，但是在哪里见过，却一点都想不起来。警车开过，他依稀感

觉到那个女子也回过头来看他，但是车流奔涌，很快，车就消失在车海里。

罗方智用指节敲敲额头，不断地回想起那个女警朦胧的侧面，那如同古希腊美女一般绝美的轮廓，到底在哪里见过呢？他想了半天还是没有想起，但是肯定自己见过这女子。

车子很快地开到了李家的别墅门口，李知苏笑意盈盈地站在门口等候，极为精致的脸蛋在夕阳斜照下更加楚楚动人，一身考究的穿着让整个人看起来品位非常。

罗方智泊好车，李知苏走了过来，挽住他的胳膊。她的侧脸正好对着罗方智，罗方智有些发呆。他揉了揉眼睛，没错，眼前这人是李知苏，怎么和先前车里的女警的轮廓有那么的几分相似，中间似乎又交叠着崔敏敏的样子。他使劲摇摇头，这世界真奇妙，他遇见的三个女孩的容貌怎么都如此酷似！他从来没有像此刻这样认真地打量着李知苏。

李知苏给他看得一下子就粉面飞红。她低着头，羞涩中带着期待说："你干吗这样看人，没有见过我呀！"罗方智回过神来，正想说什么，这时候手机铃声响起，罗方智看了看号码，眼中飘过惊喜。李知苏忍不住把头伸过来想看清楚。而罗方智顺势把手从李知苏的手中抽了出来。一边按下接听键，声音异常柔和地说："我是，有空有空，好，好，那我今晚去找你，嗯，就这样，你先吃饱呵！"

李知苏冷眼看着，不用听，她都知道来电的一定是个女的。罗方智接了电话后脸色变得神采飞扬。她的心里不爽，喜欢罗方智那么久了，从来就没有看见他对自己有这么温柔过，刚刚好不容易才看见他的目光如此柔和，却给一个电话全破坏了。"一定要查出对方是谁?"李知苏狠狠地跟自己说。本来期盼已久的好心情让一个来电瞬间弄得烟消云散。

当然她什么都不能说出来，表面上依然是一副娇憨的模样。

看着他们的背影，丰图集团的总经理助理卢嫣羡慕地望着，老总的女儿，找的男朋友都和别人不同，一看就是一个门当户对非富即贵的钻石男，那个酷似电影型男的相貌，多半已经把这个李知苏迷得神魂颠倒，卢嫣想着，一边往前走，想走一段路穿过对面的马路去坐公交车。今天周末，可以回家了。

一部黑色的奥迪缓缓滑在她面前，停下，车窗里，杨桦林探出头来，说："去哪里？我送你！"卢嫣乐了，说："你不去拉老总啦！敢私下载客不成?"

杨桦林笑了："都是一家人，李总看见了也不会说。他今天要在家宴客，

上来吧!"卢嫣拉开车门坐了上去说:"我知道,我刚刚看见那个李知苏带着一个帅呆了的男子回家,可能好事当近了。"

杨桦林开着车,一边朝后镜中看,一边点头,随手扭开音乐说:"我就是刚刚调过来给李总开车,之前也没有什么空去管孩子,现在相对时间多些,当然,清闲多了!真是做梦都没有想到呀!我怎么就给丰图集团的老总开车了!"说着自己也呵呵笑了起来。

卢嫣歪着头看着他,突然说:"杨大哥,你现在一定很多人羡慕,说不定还有很多人找你,那么,你有没有什么事情是现在最想去做的?"

杨桦林沉默了,他突然想抽烟,他眼前飘过柏小斯的身影,这个与自己早已同床异梦的老婆,一直就是看不起自己是个货车司机,他自己也没有想到,只是一个偶然,人生的方向就发生了根本性的转折。

事情还得缘于不久前的两次援手。一次是开车回单位的门口,前面的一部越野吉普车突然急刹车,走下来几个胖瘦不一的妇人,打扮得雍容华贵,拿着手机着急讲着话,一边不断地用纸巾抹汗,估计遇上车障了。

杨桦林在那一刻没有丝毫的迟疑,停下车,马上得到妇人们集体热情的欢迎,他捣鼓了一阵,车障就搞清楚了,在大家的感激中他谢绝递过来的矿泉水,什么也没有说就离去了。

后来,很巧,约半个月后又偶遇了这个胖妇人。当时在市中心广场的夜晚,他看见一个扒手动作非常迅速地伸向胖妇人的挎包。他一向看不惯这些偷偷摸摸的事情,当下毫不客气地抓住扒手直接扭送到派出所。这次胖妇人发现是他后喜出望外,他也老老实实地把自己的情况说了。

事情过去了一个月,丰田集团的人事部直接联系他,问他想不想到丰图集团给董事长李达华开车,他当然愿意,开小车和开泥头车当然是完全不同的两个环境,光是薪水方面就直接上了几个档次,他搞不清自己是踩到了什么好运。

直到上班后,他看见胖妇人热情地跟他打招呼说:"小杨,还习惯吧!有什么事就直接跟李总说,我都跟他说你是个好人,实在着呢!"

在卢嫣的介绍下,他才知道,原来胖妇人就是李达华的夫人阳雪萍。这下轮到他出汗了,他做梦都没有想到,他人生的改变原来就缘于不经意的援手。这下他觉得所有的语言都不能代表心中的那种激荡。回家的日子,他谆谆教导小凯,一定要做好事,做好人,这样就会有好的人生。只要努力了,就会得到别人的赏识,这是颠扑不破的真理。

柏小斯也改变了对他的态度，每天下班准时回来，系上围裙当个煮娘，把菜色做得色香味俱全，对他的言语态度也变得极尽温柔，以致让外人怎么看都是有口皆碑的温馨家庭楷模。

杨桦林却是满心的反感，他已经和儿子一起吃惯了。看着小凯露出了久违的笑容，每天快乐地哼着歌回家，一副极度依赖母亲的模样，他无法去破坏孩子的这种快乐。想到王静的话，只好在孩子的面前与柏小斯演绎成一对恩爱夫妻的样子。有几晚，小凯睡去，柏小斯换上透明性感的睡衣，让自己看上去风情万种，在他的面前走来晃去，他看着这个曾经让他迷恋得激情四溢的身体，再也没有了丝毫兴趣。

他平静地对柏小斯说："别这样了，一切都过去了。等小凯小学毕业，我们还是选个日子，把手续办了吧！"

他看见了她的苍白，听见了她的低声抽泣。他背过身，留给她的，只是一个背脊梁，让床笫之间两人不到几个厘米的距离，却如同一个世纪遥望另一个世纪那么的陌生。

从爱情到婚姻，爱的路途要走多远多长，才能走到一张床上。生病了的婚姻，红尘男女，又有多少个人，可以为千疮百孔的爱做到前走半步的修补！

杨桦林知道，他做不到，他的爱情婚姻，真的已经到了山穷水尽的时候了。

不是不记得两情缱绻的时刻，不是不记得花前月下的誓言，只是那年明月已经走得很远，远得让自己单薄成这个季节的一片飘落的叶，摇摇晃晃中，爱已在不知不觉中磋磨成地老天荒之外的再也走不回来的车辙，一路痕迹一路泪，让经年的风雨，浇淋自己成了世间最孤独的那一滴泪水。

卢嫣担忧地看着有些失神的他说："杨大哥，你没有什么事吧？"杨桦林收回思绪，摇摇头说："没有事，我送你回去吧！"

卢嫣不相信说："我刚刚就问了你一句，你的脸色就不好了，是不是我说错什么话了？问了不该问的问题？"

"你别多心，"杨桦林笑了，说，"现在我真是还没有什么不开心的事了。"

第二十三章 优秀的你，真的会站在我必经的路口

车子经过市立医院门口，卢嫣说："杨大哥，你把我放在这里吧！我想去医院看看病呢。"

杨桦林说："怎么了，不舒服了？那我等你吧！"边说边打方向盘，车子直接开入了医院里的停车场。

卢嫣不好意思地说："我自己去，你先回去吧！"杨桦林看看她，笑了，说："我知道，一定是女孩子的病，你不好意思说，我也不好意思听了。你去，看一下有没有认识的值班医生，没有就出来，有就打个手机给我，我再走！"

卢嫣的脸倏地亮出了两片红云："杨大哥，你说啥呢！我只觉得睡眠不好，心里老是很多事似的，看能不能去开些安眠药来吃吃啦！"

杨桦林乐了说："看你，那么不禁逗，脸红得好像吃了烧酒一样，你看现在都是什么时间了，医生都下班了。我有个妹妹就在这里，不如我打电话给她，看她在不在，等会帮你找个熟悉的医生看看，怎么样？"

卢嫣充满感激说："那谢谢你了，是你亲妹妹呀！"

杨桦林摇摇头，一边拿出手机调出号码，一边寻找一边说："跟亲妹妹是一样的！"

"王静，你在，能不能帮我找个熟悉的医生给我的一个同事看病呀？哦，好的，那么现在我马上带她去找你！"挂了电话，杨桦林拉开车门走了出来。

打饭回来的路霆远远看见一切，回到科室，像发现新大陆似的跟正在洗手准备下班的米微璇说："那个柏小斯的丈夫正带着一个美女来医院呢！不知道是什么人，如果让柏小斯看见不得吃醋呀！"米微璇甩甩手上的水，拿起抹巾擦了擦说："理他带谁呢！"

路霆愣愣地看着米微璇随即走出去的身影，摇摇头说："我师姐这段时间好像对什么事都很淡漠的样子，这不像她，她一定是心里受到什么打击了！"

吴韬查完房进来说："路医生，你还不走呀？"门口王静在叫："吴主任，麻烦你给我的一位朋友看看病！"回过头，吴韬眼神飘过意外，杨桦林带着一个面容姣好的女子静静地站在门口。他听说柏小斯的丈夫去给大公司的老

板开车了，果然人靠衣装马靠鞍，看杨桦林的气色和一身整洁的穿着，比起印象中那些年他不修边幅的穿着，太不相同，还带着一个这么漂亮的女子来看病，又不知道是他的什么人？以前那么多年也没有看见他带过谁来看病，为什么不叫柏小斯带过来？吴韬心里的念头沸沸腾腾，表面却是一脸平静，拿着听诊器迎了过来。

卢嫣坐着，吴韬听了她的描述，略一沉吟说："你有些忧郁症的先兆了，你现在的睡眠不好，跟你的心情也有些关系，建议你多去参加一些有意义的活动，还有，给自己训练一个可以改变注意力的爱好！比如说去练书法什么的都可以。"

路霆走过来："美女，我们的吴大医生可是写得一手好书法，不如你就拜他为师好了，包准在他的指导下比吃什么安眠药都见效。"

卢嫣用敬佩的眼光看着吴韬说："真的呀！我也喜欢书法，但是自己写不好，现在市里年底要举行年度书画展，不如到时吴医生也过来参加！"

吴韬笑笑说："我这是自我消遣，你别听路医生瞎说呢！"

突然，病房里传来大叫声："医生，快来呀！病人不行了！"

吴韬迅速拿起听诊器，与路霆快步对着病房走去，接着看见王静也快步走出来，已经走到电梯口的阮月笛马上回转，一同对着声音传来的方向跑去。

卢嫣说："哇！他们的工作节奏这么快的呀！个个像离弦的箭，脚踩风火轮似的。"才说话间，就看见阮月笛迅速跑回来，随即从治疗室里推出急救车又快速往病房而去，而这边，王静急急推着吸痰机几乎是连奔带跑地走入病房。

卢嫣跟着杨桦林忍不住也往那间病房走去，探头一看，四个人都忙着对病床上的一个老者动作敏捷又有条不紊地忙活着。阮月笛戴着手套持着一条吸痰管不停地对着老者的口腔里抽吸。吴韬一边皱着眉看着心电图显示，一边托着老者的头部。王静已经把静脉开通，路霆也忙个手脚不停。

卢嫣看着吴韬那张刚毅的脸，心里不由得一动。

门口，一个老妇人蹲在地上哭得呼天抢地，惹来病区的人纷纷探出头来。妇人哭诉："我都叫他不要吃那么快，他就是不听，这口还没有嚼碎又吃下口，这下子真的就哽到了，天呀！他要有事我怎么活下去呀！"说着拼命地捶击自己的胸口。

吴韬走出来，把老妇人轻轻地扶起来说："老太太，你别哭了，已经没有

事了，我们还是要观察病情的。记得下次吃饭的时候让他一小口一小口地吃，千万别再哽着了，人生可没有第二次机会的。”老妇人对着吴韬等几个抢救的医护人员千恩万谢。

看见吴韬走了病房，一个刚刚急步上楼在门口等待的青年男子快步迎了过来说：“吴主任，请留步，我全家非常谢谢你，一定要我给你送锦旗过来。”

吴韬“哦”了一声说：“你怎么来了，那么远的路途。”男青年一脸感激，小心地打开自己面前的锦盒，拿出一面锦旗，上面金灿灿地写着八个大字：“医者仁心　华佗再世”。

男青年把锦旗大大地展开说：“吴主任，你工作忙，我也不占用你的时间，我说完就走。”说着他面对围观过来的人大声说：“我妈妈在老家的医院做心电图，说是什么心室中隔梗死，还到了几家医院复查，都说有这个病，要我妈尽快做冠状动脉造影或放射核心脏造影，吓得我妈一下子就不行了，躺在床上不肯下来，下地一走就说气上不来，我们借了一屁股债到处求医问药，一家人都弄得吃睡不安宁。后来来到这里，还是吴主任发现了问题，我妈就是长期人太瘦，心脏位置呈垂位所致，吴主任亲自帮我们做了一个心向量图，这下才真相大白，根本就不是什么大问题。真是神医，我们一家人都感激不尽呀！”男青年激动地说着。

围观的人群里，卢嫣静静地听着，她带头轻轻地鼓起掌来，围观的人也跟着鼓掌，引来几个病室的门都打开了，人一下子多了起来。吴韬对男青年说：“你不要太客气，这是医生应该做的。”

男青年说：“一开始遇见你就好了，那个贾主任还说我妈什么之前诊断明确，人都差点在他手上误了。”吴韬一下子就接过话说：“不要再提了，老人家现在已经没有事了，回去好好地注意身体，有什么需要我的地方随时都可以打我的电话！”男青年说：“我懂，我不说了，我还要赶车回去，以后有空我再来看望你。”

吴韬笑笑，拍拍男青年的肩头说：“回去吧！我要谢谢你们，你一来一回要花上八个小时，就是为了送这个锦旗给我，我都不知道该怎么说我的感谢了！”

看着男青年离去的身影，阮月笛疏散刚刚聚集过来围观的病人让他们一一回病房。吴韬把锦旗递给路霆说：“把这个收着，不要挂出来，还有这事，在贾主任面前不要提！”

路霆有些不忿："吴主任，干吗不挂在科室里，你的锦旗才是名至实归，就挂起来，像一个红巴掌拍在那些唯利是图家伙的脸上！"吴韬说："这话你在我面前说说就好了，真的传到贾平的耳朵里是加大矛盾的，这个病人的事情本来就让他对我很大意见，这锦旗更不能挂。"路霆不服："这本是他误诊，如果不是你接手，那病人只怕现在成骨灰了！"

吴韬说："我说你就听，没有错的，他是这个科的正主任，我是副主任，很多事情处理方面都相当微妙了！"说着喟叹一声："如果人人都讲医德，这世上哪里还会有冤魂！"说着向卢嫣走了过来。

一个值班护士快步从楼梯上走了下来，递过一张会诊单说："吴主任，外科送下来的突发坏死性肠梗阻协助抢救报告，考虑为心力衰竭，请求协助会诊抢救。"吴韬"嗯"了一声，吩咐路霆几句，对着卢嫣歉意地点了一下头说："我要上外科协助一下。"说着快步离去。

卢嫣看着，完全被眼前发生的一系列变化弄得整个人出了神。

第二十四章　一团涂鸦，谁才是谁的色彩

治疗室里，王静对着阮月笛说："刚刚那个送锦旗的病人家属，他妈妈一开始来诊治的时候是贾主任管床的，说已经确诊是心肌梗死，结果越治疗病人情况越差，是吴主任推翻了这个诊断的，两人那次在办公室里拍桌子，差不多翻脸了，你别看现在两个人什么事都没有发生一样！"阮月笛说："我知道，所以我整天都叮嘱路霆跟着吴主任学，不要跟贾主任学，两个人完全就是两种品德。"王静点点头说："就是，我看柏小斯和贾主任之间就有些不对路，上次我无意中走入值班房，看见贾主任的手一下子从柏小斯的面前拿开，慌慌张张的，他还背地里取笑吴主任，还说他这个年纪都没有结婚，不是心理有问题就是生理有问题，我看他自己才两方面都有问题！"

阮月笛用手"嘘"了一声说："不要说，柏小斯的丈夫就在外面站着，给他听见了不得了，我们干活，不说闲话！"

过了十多分钟，吴韬从楼上走了下来，对还在等待的卢嫣说："对不起，让你久等了，到办公室去，我们继续。"

卢嫣感叹地说："真想不到你们那么伟大，才没有几分钟的时间，就把一

条命从鬼门关上拉了回来，让人佩服。而且你的医术那么高明，让病人家属对你那么感激的。”

走出来的路霆把听诊器往脖子上一绕说：“当然，我们是医生，就是要把人医成生的，而不是死的！”卢嫣说：“那我也是今天才真正见识了白衣风采，有时候在报纸上看见医院的负面新闻也不少！”

路霆咧咧嘴说：“医生有时候也是很无可奈何，就比如我们的产科住院部，头几天一个宫外孕的需要紧急抢救，可顽固的家属不急，还在那里说三道四，说医院就是想赚钱，故意搞些名目来加重病人负担，还要主任写保证书说如果不是宫外孕就要医院赔几十万的人身伤害费，唉！你都不知道医生有多难，当时人命都在生死一线了！我正好过去，那里看见这情形都想打人了，但是却什么都不能做，看着产科主任气得眼眶都红了！”小卢听得入了神，问：“那后来呢。”

路霆说：“后来还是产科的主任大发脾气，跟家属急了，家属才勉强签字，后来动了手术证明确实是宫外孕，一条命就回来了。你说，假如家属这态度，迟迟不签字，到时候人死了，责任还不是医院来背呀！家属哪里会说他自己有错？”卢嫣叹息一声说：“这样呀！那如果是人命关天的时候，医院都不能果断手术吗？一定得等家属签字吗？”吴韬接口：“今年在红会医院有一例这样的手术，就是病人情况非常紧急，家属也是不肯签，还写上责任后果自负，结果病人死了，家属又和医院大打官司，弄得红会医院非常被动。现在医生难当呀！你没有看见报纸说某某地方医院一个家属给医生红包医生不肯收，结果就挨打了，说他不收红包就是不肯尽力治疗，这一行呀，踩高空钢丝呀！我每天看病人都是打足十二分精神！”说着他自己笑了起来。

卢嫣深深看了吴韬一眼说：“你们真辛苦，好在家里的事都有人操心，不然哪里兼顾得那么多。”路霆哈哈笑起来，对着卢嫣挤了一眼眼睛，又看了看吴韬说：“小卢姑娘，吴主任其实是我的老师，他到现在都没有给我找个师母回来，只有他为别人操心，可自己还没有找到人为他操心，你有没有什么好姐妹可以牵条红线呀？”卢嫣脸红了，她意外地“哦”了一声，看着吴韬一下子说不出话来，继而双腮更红了。

杨桦林不知道去哪里兜了一圈回来，看着推着急救车出来的王静，有些心疼地说：“看来你们的工作也很辛苦的呀！真是当个天使不容易呀！”

柏小斯迎面走过来，说：“我们是什么天使呀！是天天给人使唤的天使。”

杨桦林愣了一下说："你没有下班?"柏小斯冷冷地用眼角扫了王静一眼说："好在下班了，偏又忘记钥匙了倒回来拿，不然怎么看到了现场版的青梅竹马浪漫剧。"

杨桦林怒道："你胡说什么?"

王静满脸通红说："柏姐，你不要误会了，杨大哥只是带一个同事来看病，我们正好遇上了。"

柏小斯冷冷地扫了一眼："正好遇上了，不早一步也不晚一步是吧！我胡说，哼，他不要胡做就好了！"

杨桦林气得抡起了巴掌，卢嫣从办公室里走出来，清脆地叫："杨大哥，我们可以走了，我看好了！"

柏小斯脸色都变了，把脸仰起来说："你打呀！看来，我担心的，还不是眼前的这个，原来还另外有一个，看来身份不同了桃花也到处朵朵开了呵！"

杨桦林重重地放下手掌说："我不跟你这样的人说，简直是胡说八道。"他忍住怒气对着吴韬挤出一个笑容说："谢谢了，我先送小卢回去！"说着又对王静说："真的对不起！"说完转身大步离去，弄不清怎么回事的卢嫣看了看这个，又看看那个，一时间不知道如何是好，被动地跟上杨桦林的脚步。

吴韬走到她面前说："卢小姐，有些误会，没有关系的，你可以随时找我，我会帮你调好睡眠。"卢嫣感激地点点头说："那我下次直接找你就行了，就不用杨大哥带路了。"

吴韬点点头，从工衣口袋里拿出一本记事本，从中撕下一页纸，快速地在上面写下电话号码，递给卢嫣说："名片正好用完了，写给你号码，你下次可以直接打我的电话。"

卢嫣拿着号码，说："我们下次再联系。"说完离去。吴韬望着她的背影眼中有些出神，路霆走到他面前开玩笑说："这个美女不错，我看了也喜欢。吴主任，你是不是考虑一下近水楼台先得月呀！"吴韬笑了说："她的气质不错，有些像我们的阮月笛，让人看了过目不忘。"

阮月笛走过来说："又拿我来调侃了是吧！"路霆笑道："我们没有恶意，我们姑且说之，你也姑且听之。"

柏小斯重重地把钥匙丢到办公桌上，一屁股坐在椅上生闷气。吴韬走进来："小柏呀！你刚刚的态度有些过分了吧！"柏小斯的脸拉得老长，鼻子里"哼"了一声，没有答话。

吴韬看了看王静走入病房，又对柏小斯说："你心里不爽，也不要把王静

和刚刚的那个小卢卷进来呀！她们多无辜呀！何况有什么话就回家关上门两夫妻慢慢解决，没有敞不开的心事呀！”柏小斯重重地“哼”了一声说：“如果可以回家关上门说事，这个天下就太平了。”说着腾地站起来说：“吴主任，你还没有走入婚姻，就不会知道婚姻中有多少烦恼的事情，等有一天你结婚了，你就不会这样说我了！”连环爆竹似的说完，也不看吴韬，踏着高跟鞋带着一脸的情绪离开了办公室。

挨了抢白的吴韬拿着水杯又气又愣地站在原地。路霆走进来，伸头看了看柏小斯离去的方向，说：“吴主任，你别跟她一般见识，我告诉你，按我来说，这个女人就是欠扁，如果有人把她打一顿她就不会整天说话那么哽死人！不过，看他们两个刚刚的样子，百分百是婚姻亮红灯了。”

王静把一叠病历重重地放在桌面上，眼眶微红，明显是刚哭过。路霆看了看她的表情，说：“王静，你也别气了，柏小斯那个人，你又不是不知道，有时候嘴上就是那么缺德的，等会我去买好吃的消夜让你消消气啊！”

王静看路霆认真的样子，终于眉头一松说：“我不气了，你说得对，如果让别人的行为来影响自己的思维，是最不合算的事情了。”

第二十五章　花花绿绿的日子，脚步最容易走入深渊

走到路上的柏小斯，心里郁闷得要爆炸，她明知自己对不起杨桦林，但给自己的理由就是杨桦林没有出息，整天就是一个会开货车的粗人，要钱没有钱，空有一副好骨架，摆着就像个绣花枕头，在这个物质挤压的年代没有实质性的作用。

于是她出轨出得理所当然，没有想到这个平时看不出有半点社交能力的男人，竟然到了市内福利条件非常优越的丰图集团给老总开车，真是鲤鱼跳龙门，山鸡跃上枝头变凤凰，成了每个人口中的香饽饽，让她每次出门的时候在这段时间遇见的都是羡慕的目光。她也开始重新看待两人之间的关系，于是经过在脑袋中无数次的分析与比较后，她的心的天平开始向杨桦林滑动。

现在的角度来看，贾平也只是一个主任，除了时不时会给钱讨她欢心，其他方面都是庸俗不堪。露水情缘，或许就是这样，如果天明日光照，就会

在现实的阳光下蒸发得干干净净，最终一无所有。

有几次杨桦林把公司的轿车开回家来吃饭，那些楼上楼下的也没有什么来往的邻居，看见她的笑容，明显地堆成了一朵朵灿烂的花，这让她更肯定地认定了生活其实活的就是一种体面。想想医院的副院长步司贤，以前都不正眼看她，这段时间，总会非常亲切地跟她打招呼，于是她认定回归杨桦林身边才是最重要的，当然，贾平承诺的那套房子和自己想要的现金一定要拿到手。

她怀念跟杨桦林那段恩爱的岁月，那些让她把所有青春与爱情都投入的日子，只是后来，人在婚姻里跌跌撞撞兜兜转转就迷失了方向。现在她是真的想和杨桦林修复，也一直努力想做一个好妻子。甚至这几天连跟贾平的联系也断了，贾平有时候来看她，她也会巧妙地躲开。

只是无论她怎么做，换来的都是杨桦林嘲讽的目光，如刺，让她无法适从。在夜夜对着杨桦林的冷脊梁后，她变得愤怒起来。这个男人竟然说得轻描淡写，好像已经不在乎和她之间的那一纸维系。以前是她要离婚，没有想到风水轮流转，现在是他提出来，而且，他的位置已经今非昔比了。

看他的态度，修复两人的关系已成了梦想，那么就让心底压抑已久的怨气腾腾地冒出来。她猜想杨桦林心里一定有人了，这个人取代了她的位置，所以杨桦林才会对自己这么的无所谓，越猜想越感觉是这样，她就越气。

之前在科室的一幕，她就是在这样的情绪下让自己的尖酸发挥出来的：你杨桦林让我不舒服，那么，我也让你过得不愉快。

走到路上，柏小斯想：人生如白驹过隙，为什么还要在有限的日子里不断折磨自己，活一天少一天。一个女人的红颜，花开才多少时日？天为谁春，自己又为谁等？为什么要活得如同惊弓之鸟一般，每天处心积虑地去讨好他。他又凭什么让自己如此委曲求全。

柏小斯喃喃说了一句："我干吗要缆绳自缚？"一条信息响了起来，她掏出手机一看，是贾平，信息上什么字也没有，只有无数个问号。连接了三条，打开了，都是相同的，问号像一只只饵，无声地向她招手。她知道，这段时间，她莫名地不理贾平，一定是把贾平急坏了。回还是不回信息，柏小斯有了片刻的犹豫。

或许贾平也不是想自己，怕是担心自己手中的那本日记本吧。柏小斯突然跳出一个这样的念头，男人不是好东西，她看着信息总结。上次贾平答应送她一套房子的，那么就趁现在这个机会找他，让他给个子卯寅丑出来。

想到这里,她拨起了家里的电话,小凯在电话里兴高采烈地问妈妈和爸爸什么时候回来,柏小斯找了一个借口应付了儿子的期盼。小凯失望的声音传来,她心里有些不忍,但是想到可以让已经急不可待的贾平给自己一些到手的实惠,她的心又硬了起来。

第二十六章　一场盛宴中,欲望是黑夜的口红

李达华的家里,李知苏巧笑嫣然地把冒着热气腾腾的名贵毛尖在各人面前准备了一杯,亲昵地挨着罗方智坐下。罗方智看见屋内豪华奢侈的装修,惊叹不已,那些材料,一看就价值不菲。看着罗方智的眼神,阳雪萍乐了,说:"这些材料全是进口的,在我们南贝市都买不到的呢!"

气氛轻轻松松地进行,李达华哈哈一笑,指着一桌子的佳肴美味说:"等会吃饭的时候我们尽情喝,边喝边吃。"

阳雪萍喜滋滋地眯着眼睛打量着罗方智,对于女儿看中的人,她是太满意了。这个罗方智,看上去,品貌俱佳,是一个不可多得的佳婿人选。

饭桌上,酒杯轻撞,发出了清脆悦耳的声响,从红酒到白酒,仿若都为今夜的盛宴找到了将来大展宏图的注释。

罗方智拿起酒杯,说:"以后希望和李总可以联手合作,来,我先干为敬。"说着将手中的酒全部灌到了腹中。阳雪萍眉开眼笑说:"我们的家业以后也是苏苏来继承打理,她很能干,整个南贝市这些年她可都没有对谁动过心,倒是三天两头在我们面前提起你!"

李知苏假装嘟起嘴说:"妈,你干吗呢!"说着眼睛飘向罗方智,一脸羞红,李达华看在眼里,呵呵一笑,说:"一家人不说两家话,来,喝酒,吃菜!"

阳雪萍说:"方智呀!想做什么就放手去做,不要凡事瞻前顾后,有什么同你李叔多商量,他做事熟门熟路。我们家的知苏从小就给宠惯了,以后你

多担待点！”

罗方智有些尴尬，不知道怎么接口，这个架势，让他有些骑虎难下了：认嘛，自己根本就没有打算找李知苏这样的女子；不认，估计想合作的项目会黄了。

李达华啜了一口酒说：“下次等亚亚回来的时候，叫上方智过来认识一下。”

阳雪萍的脸色微微露出一丝不快，李知苏嘟嘟嘴，没有发表讲话。

罗方智好奇地问：“亚亚？亚亚是谁？”李达华一脸自豪：“是我的大女儿，很少回来，警校回来后一直在公安局上班！”

罗方智奇怪地看着李知苏，说：“我怎么没有听你说过。”李知苏脸上露出了一丝不屑说：“你以后就会看见的，哪里用告诉的。”

李达华不满地打断李知苏的话说：“你姐可比你懂事得多！哪里有这样介绍姐姐的！”

李知苏的脸都变了，想说话，看看母亲的脸色终究还是没有说出口。

阳雪萍端起酒杯说：“不谈这些，我们还是喝酒吃菜！”

罗方智心里打了一个大大的问号：看来这个亚亚，在这个家好像不是很受欢迎，看来家家都有一本难念的经。富贵如李家，也有这般道不明的家事。他突然想到刚刚来的时候，那个坐在警车内女警的回眸，那么的面熟，哪里见过？想不出来，他摇摇头。

李知苏关切地看着，说：“你喝了不少酒了，别喝了，多吃些菜吧！”说着体贴地夹了两块肉放在罗方智的碗里，还盛了一碗汤给罗方智。

罗方智看着她温柔的样子，心里不自在的情绪越来越浓。

吃饭喝酒，吃的就是感觉和情绪，而此刻，罗方智心里没有场面上的笑语喧哗，相反的，内心却充满了寥落。

他眼前飘过阮月笛的脸，那凝脂般的皮肤，那双握着自己的手背轻轻拍打寻找血管时柔弱无骨的手，一低头时睫毛忽闪的灵动，都能让人浮想联翩。他心里柔情涌动，突然非常想见到阮月笛。刚刚接了她的电话，说找自己有事，现在的时候已经七点多了，她一定也等急了。

想到这里，罗方智忍不住看了看手表。

这个动作很快地被阳雪萍看在眼里：“方智，你还有事呀？”

罗方智说：“没有什么事。”说着拿着酒杯敬大家，说：“你们尽兴喝，我就不能喝那么多了，不然给交警查到醉驾很麻烦的。”李知苏眼神中飘过丝丝

不快，她知道，罗方智的动作，一定跟先前接的那个电话有关，想到这里，她忍不住，直接倒给自己一杯白酒，一饮而尽。惊得阳雪萍连声惊叫，忙不迭地夺过酒杯，说："你疯啦！怎么喝起白酒来，你明知自己不能喝酒的。"

李达华呵呵笑着说："以前不会喝现在就学着喝，以后跟方智还有很多应酬的，现在就学着点。"阳雪萍白了李达华一眼说："你懂什么。"

一杯烈酒下肚，喉咙到胃都像火烧一样，李知苏瞬间就变得脸若桃花，有些醉意的李知苏一双眼睛含情脉脉看着罗方智。阳雪萍和李达华相视一笑，而此刻，罗方智如坐针毡。

饭毕，阳雪萍指了指里面的套间说："方智，你扶苏苏去她的房间让她休息一下，我和你李叔每天都要去外面散步一下的，现在我们就出去走走！"

罗方智点头忍不住又问："阳姨，阳老伯现在在医院里还好吧？"

阳雪萍说"还好！就是他的脾气大，动不动就对我发火，我还是回来住，白天请个保姆去看，他的日子也不多了！"说着满脸黯然。

李知苏说："我明天也去看看姥爷，不过他看见我好像也不高兴似的！"阳雪萍说："你姥爷现在怕是病糊涂了，对亚亚又那么好，都没有搞清楚哪个才是他亲生的！"

李达华重重地"哼"了一声，一脸的不满。

这已经是这个晚上在这个家里两次听到亚亚的名字了，难道她不是这个家的亲生女儿，为什么这个名字好像让眼前的母女不愿意听到？罗方智心头打了一个问号，看着罗方智满脸的困惑，阳雪萍白了李达华一眼，又歉然地对罗方智笑笑，说："你见笑了，没有事，你好好陪一下苏苏吧！"

看着李达华夫妻开门离去，罗方智端杯水，放到李知苏面前，说："喝下吧！不能喝就别逞能喝白酒，会伤身的。"

李知苏看着他眉目流转，顾盼神飞。一舒玉臂，就用双手揽住了罗方智的脖子，看着罗方智的眼，她慢慢地闭上了眼睛。罗方智低着头看，那红唇娇艳欲滴，如同一支招摇的玫瑰圆润地绽放，若有若无的香气袭鼻而来。罗方智更加不自在，他推开她的手，挪动位置，到另一张沙发上坐下，给自己沏了一杯茶。

李知苏跟着坐在他的身边，伸出手，从后面轻轻地绕住罗方智的腰，女性特有的香气不断飘来，他想扳开李知苏的手，李知苏却搂得更紧了，从后面轻轻地吻着他的颈背。

罗方智说："我想抽支烟，好吗？"李知苏轻笑说："难道我还不如一支

烟呀？”

罗方智有些为难地笑笑说：“知苏，我们可不可以不要这样？”

李知苏反问：“不要怎么样？”说着歪着脑袋笑了。“我爸妈没有那么快回来的，你放心，”说着把头直接枕在他腿上，口中喃喃地说，“我为你做了那么多，你为什么都不肯认真看我一下？”李知苏眼神迷离，吐气如兰：“我又不要你感激，我就要你的心！”说着手向罗方智的胸口抚去。

罗方智看了看表，推开她，说：“我有事还得先走，你喝了酒先休息吧！”

李知苏脸色大变，手机响起，罗方智接听，说：“好的，你在哪里？欧亚咖啡！我马上来！行行，你等我！”

说完他马上就跟李知苏道别，说：“代我向伯父伯母告辞！我有空再登门道谢。”说完也不再看李知苏幽怨的双眼，转身离去。

第二十七章　陈世美不是古代的传说

李知苏脸色发白，站起身，摇晃了一下，用手扶着墙壁，才勉强站稳。

她拿出果汁，倒了一大杯，全喝了下去，摇摇晃晃走到卫生间，用水洗脸，看了看镜子，里面的她眼神有些散乱，有些失意，更多的是痛苦。

她使劲地揪着自己的头发，让泪水纷飞。突然，抹了抹脸上的泪痕，用手捂住自己打嗝的胸口，难受劲好像减轻了一些，她连忙给自己理清头发，往脸色扑了扑粉，轻轻抹些唇红，打开窗，让夜风吹进来，人似乎也清醒过来。

拿着包，拉开门，正好遇见父母回来。阳雪萍吃惊地说：“你要去哪里？罗方智呢？”李知苏丢了一句“我现在就去找他”人已经旋风般地走到电梯里。

李达华摇摇头说：“看她那黏糊样，就怕将来让自己吃苦头呀！”

阳雪萍不满了，说：“苏苏有什么苦头吃，她天生就是一个享福的命，以我们今天这样的地位，什么都要为女儿打算好！”

说着又用眼斜着瞪李达华：“你那个女儿，怕是背着我费了不少心血吧！”

李达华脸色阴沉，说：“孩子都这么大了，你也跟我过不去，这么多年，难

道现在，还不肯把心打开接纳亚亚吗？”

阳雪萍声音提高八度，说：“你怎么就和我爸的口气一样，我爸也都病到这个份上了，也不忘天天跟我念叨亚亚。回到家你也这样跟我念叨亚亚，还要我怎么做，你们才满意？”说着打开房门，重重地脱下鞋往鞋柜里一放，换了一对拖鞋气哼哼地坐在沙发上生闷气。

李达华毫不客气：“你凭心自问，这些年，你对亚亚像个母亲吗？亚亚这些年是怎么长大的？你以为她不想在这个家长大吗？但是没有办法，她就这么一直跟奶奶生活，我也很内疚。你体会过我的感觉吗？”

看着李达华渐渐变得愤怒的脸，阳雪萍噤声了，嘴上依然是不饶人地驳了一句：“掌心掌背都是肉，我是让你知道，苏苏更需要你的关心！”

李达华说：“对苏苏的关心我少做了吗？亚亚有享受过这样父爱的十分之一吗？你是要我完全都不顾亚亚吗？”

墙上的钟摆在无声地看着，看尽人间的恩恩怨怨曲曲折折。

阳雪萍站起来，愤愤地说：“都说现在市场的菜没有菜味了，我看现在人也没有人味了！”说着转身进了卧室，重重地关上了门。

李达华愤怒地在椅子上坐下，用手重重地敲击了脑门一下，眼眶渐渐湿了。往事一幕幕地浮现在心头。

二十多年了，二十多年前他是村里唯一的一个大学生。那时的形式不同现在，分配回乡，一年四季的农活繁重而辛苦。丢下书本拿锄头，农忙时节更是少有闲暇。没有好的背景，不走出乡办公室去劳作，五谷杂粮也不会往家里飞过来。

前妻，是母亲认下的，除了有一副干农活的好骨架，一手把家里打理得井井有条的贤惠，跟他之间，几乎没有任何的精神交流。“三十亩地一条牛，老婆孩子热炕头”就是那时候他的状况了。

一年四季粗布土衫，一日三顿粗茶淡饭。日子过得酸甜苦辣都尝尽。那时候周围的人只喜欢在自己的田地里干得热火朝天。而对他来说，不甘心呀，他的祖上，已经为仕几代，只是到了他父亲这一代，受到了历史原因的冲击，都到了乡间生活，如果他身上可以谋个一官半职，就是重新延续祖上的荣耀，这才对得起历代祖先，福荫子孙。

有了想法，就有了行动。一个国家有一个国家的国情，一个家庭也有一个家庭的家情，而他的家情就是：老婆除了农活，就剩下床头那点事。女儿出生之后，只会地里活计的女人更是一副黄脸婆的样子。

于是他煤油灯下苦读书，希望可以读出书中黄金屋。他始终记着：少小需努力，文章可立身。满朝朱紫贵，尽是读书人。学而优则仕，就如同现在社会上的唱而优则演，其实都是一脉相承的皆然。

苦心不负有心人，凭着一手好的文章，李达华从乡办公室提拔到县办公室，也就是那时候，他遇见了阳雪萍。

阳雪萍在人群中如鹤立鸡群，无论从个人的容貌来说还是家世而言。一个在县公安局任官职的老爸把她映照得光彩四溢。加上她来自县城，如同一股清新的风让他的心旌摇荡。而阳雪萍对他，同样让情意在眼底倾泻出缠缠绵绵。

当阳雪萍俏皮地说："君为文字之师！授之以诗，莫若授之以情"！他的心就开始沦陷了，爱情的盛宴，铺开了爱情的灼灼光华。而妻子，只能在灯下纳针线活，说话也只是一些家长里短，哪里能跟他玩诗情画意的两情缠绵。

于是当手牵起手，心贴上心的时候，才体会到不舍和伤别，才知道时间和空间终是慰己之念。情感的长驱直入让两个人得出了相遇短暂不如长相厮守的可贵。于是，穿起衣裳的阳雪萍知道他的已婚状况后不依不饶，如同一只母狮子一般，拿着他上纲上线。他跪着低声下气地指天发誓，不出一个月就把身与心同时走出围城，这才让阳雪萍破涕为笑。

第一任妻子没有什么文化，但对他这样的陈世美行为，二话没说，在他焦头烂额时拿出了容忍和最大的勇气，签字离婚，对外也没有透露一句。唯一的条件，就是自己带上女儿。

前妻的怨，他是知道的，也是明白的。但是，阳雪萍的光彩照人，比起眼前的糟糠之妻，自是有天地之差。他转身离去，看着还在襁褓中的女儿，他的心，出现了离婚后开始的疼痛，蔓延全身。那一刻，他就给自己发誓，有朝一日，他一定要回来给女儿一个温暖的被窝，锦绣的前程。

当然，当他与阳雪萍举行婚礼的时候，当了岳父的阳陆健并不知道他二婚之身，而结婚后李达华才知道，阳陆健刚正不阿，嫉恶如仇，不可能给他做什么铺路，还总是勉励他要脚踏实地，一步一脚印地走下去。他的仕途梦就在阳陆建铁面无私的监督下变成了拿一份工资安分守己的工作人员。这不是他想要的生活，看着身边的人一个个下海后变得腰缠万贯，他的心开始动摇了。这个念头一出，阳雪萍大大地赞成，当时南贝撤县建市，趁着这股改革的东风，他办了辞职手续，开始下海，后来一切都在阳雪萍的协助打理之

下进行得顺顺当当。

而夫妻多年不断争吵的心病，也就是从他结婚四年后出现的裂缝开始。那时候，他与阳雪萍的女儿李知苏已经出生，每到夜深人静的时候，他总是难以入眠，与前妻生的第一个女儿是他心头摆脱不去的牵挂，始终无法随着岁月的推移结成一个麻木的痂块。

第二十八章　亲情就在一个转身之间

也就是在那么的一天，他借了个机会跑回乡下，想偷偷地看一下大女儿。没有想到人去屋空，知情的人告诉他前妻已经改嫁到城里，把关系也迁过去了。

于是在七拐八拐之后，他终于找到了前妻居住的地方，那时候，他只是想偷偷看上女儿一眼就离去。

当走到南贝市城北边缘这个叫莫坑的城中村，街道窄而潮湿，房子建得毫无章法，家家户户晾晒的衣物在狭窄的空间里满目斑斓，时不时还跑出一条狗飞出一只鸡，偶尔楼上的一家还泼下一些水，穿着大短裤的女人大大咧咧地坐在门口的小椅子上用牙签剔着黄黄的牙齿，肥厚的牙床肉让他看得胃中隔夜的食物一直在翻腾。给孩子喂奶的女人，坐在门口毫无顾忌地撩开衣裳，不顾来来往往的男男女女，直接就把硕大的乳房塞到婴儿吸吮的口中。让他的眼睛闭上又睁开，擦把汗往前，他终于看见在街道尽头端着一个大澡盆搓洗衣服的前妻。

她憔悴多了，身形消瘦，岁月的辛劳在她的身上脸上任意地刻画着这世间的冷暖苍凉，她甩了甩头发，终于把一盆衣服拧干，用手背抹了一下汗，转身呼唤："大妹，帮妈妈把晾衣架拿来！"他下意识地躲在墙角，伸头看。

一个头上扎着蝴蝶结的小姑娘奶声奶气地应了一声，说："妈妈，我就来，等我带着妹妹一起拿来。"他有些恍惚："妹妹？她再婚后又生了？"

小女孩终于进入了他的视线，他看得有些发呆，一个四五岁的小女孩牵着一个比她更小的小女孩走了出来，容貌酷似，两个孩子的手上都拿着晾衣架，穿的衣服陈旧不堪。

大的女孩使劲地吸着鼻子，但是长长的鼻涕还是流了下来，女孩就这么

用手一抹，鼻涕斜斜地拖延到了小脸蛋上。小小的女孩一屁股坐在地上，哇哇大哭，一只小手拼命拍打着大女孩，口中念到：“姐姐坏！坏姐姐！”挨打的大女孩被动地站着，口中还说：“妹妹乖，等会姐姐再陪你玩！先帮妈妈晾衣服。”

前妻嗔怪：“你怎么带妹妹的，让她哭成这样，没有带好等下我就打你！”大女孩怯怯地站着，边抹鼻涕边把晾衣架一个一个给母亲递上去。

李达华眼眶慢慢地湿了，那个大女孩，一定就是他的娅娅！可怜的孩子，可以看出来，前妻过得不如意，带着孩子艰辛地生活着。她嫁的男人，看来也是这个城市里的最弱势群体中的一员，住在这个城市最贫困的地方，已经是在差不多边缘化的地带了，不知道对她们母子好不好？

他想到了家里的苏苏，从在娘胎里就享受着非常的待遇，出生后，就成了大家掌心里的宝，含在嘴里怕化了，顶在头上怕飞了，一家人围着她将她当成了公主，看看眼前的娅娅，他的心，像刀绞一样的痛，心就这样一点一点地裂开。

前妻拿着澡盆进屋了，娅娅跑过来，长辫子蝴蝶结在风中飞舞。他躲避不及，非常狼狈地把脸稍稍侧了，他知道娅娅一定认不出他了，他走的时候娅娅还在摇篮里躺着，他无法去面对孩子，虽然他千辛万苦地寻找过来，但是真的面对面了，亲情却不能自由舒展了。

想逃离，脚步又抬不动。而且，他非常害怕，前妻突然会走出来。

娅娅好奇地停在他面前，歪着小脑袋伸在他的面前仰着头对他望。看着那双天真无邪的眼睛，他再也抑制不住自己的情绪，转身快步离开。

娅娅在身后喊：“叔叔，叔叔！”他停下来，娅娅终于追上他了，小嘴一张一合，小小的胸口一起一伏。小手递上一包纸巾，说：“叔叔好！你的东西掉了，娅娅捡来给你！”

他的心疼难忍，颤抖地接过纸巾。还没有说话，就听到前妻的呼唤声：“大妹！娅娅！大妹，娅娅！你在哪里？”他连忙用大拇指在娅娅的额头点了一下，说：“娅娅乖！娅娅棒！快回家，妈妈在等你了！”他快步离去，远远地回过头来，还看见，娅娅站在原地，对着他离去的方向，愣愣地望着。

也这是这次的见面，回来后的他，满心满眼都是娅娅的影子，以致常常走神，这让敏感的阳雪萍以为他翅膀开始硬了心也跟着花了。跟踪多次也没有查出蛛丝马迹。

终于有一天，李达华带回了一个小女孩，小女孩睁着恐惧的大眼睛，茫

然地牵着他的衣角，在阳雪萍的燎原大火中躲在屋角无声地哭泣。口中还一个劲地说找妈妈。气得阳雪萍险些昏过去，阳雪萍怎么都没有想到，一直以来对自己唯唯诺诺的李达华，竟然敢把和前妻一起生的女儿带回来，这是她无论如何也接受不了的事实。

对于这个想先斩后奏的男人，她爆发了结婚以来第一次疯狂的抓咬厮打。满身伤痕的李达华一声不吭地跪在她面前，请求她无论如何都要接受娅娅将来在这个家成长的事实。她直接抱着才一岁多的苏苏回了娘家，并丢下话："有她没有我们母女，有我们母女没有她。"

当了一辈子老公安的阳陆建当时看见女儿伤心欲绝的模样，才知道真相的他恨不得一个枪子解决了这个掠夺了女儿终生幸福还装得人模人样的李达华。当他怒气冲冲地上门兴师问罪，李达华依然一声不吭，只是低垂着头，双膝往他面前一跪，气得他无可奈何。他正想拂袖而去的时候，看见了娅娅！

娅娅惊恐地躲在门口，脸色的泪痕早已纵横交错，穿着一件土布衫，短短的花裤子上还补着一块不显眼的补丁，小小的凉鞋的鞋尖早已裂开了口，而且是不合脚的，脚趾已经超过了鞋底，猛地一看，还以为来了一个小叫花了！

他缓缓地走过去，蹲下身，娅娅看见他，扁了扁嘴，又想哭了。她不明白自己的世界到底发生了怎么样天翻地覆的变化，只知道当时她偷偷地拿出妈妈藏在柜子里的一个漂亮的镯子来看，这个见过一面的叔叔就来跟着她说话，说要带她去一个叫家的地方，她也就在不知不觉中跟着这个叔叔越走越远，直至家都看不见了，她才开始哭，叔叔也紧紧地抱住她哭，一直把她带到了这个像皇宫一样的地方。

她看到这个到处都像打仗似的地方，先是一个阿姨大吵大闹如同发疯一般，打碎了屋里可以打碎的东西，然后又往叔叔的身上又咬又打，这让她充满了无尽的恐惧。她可以感觉到，这个叔叔真的想对她好，直到这个老爷爷怒气冲冲地上了门，在一顿劈头盖脸的怒骂声中她只看见叔叔一声不吭地跪着，娅娅只觉得这里太让她恐惧，她受不了了。

看着眼前蹲下身看着自己的老爷爷，长得慈眉善目，是娅娅进了这个家遇上叔叔之外的另一道温柔目光。娅娅看见老爷爷眼中晶莹的泪光，终于忍不住了，跑到茶几上撕下一裁纸巾，走到老爷爷面前，说："爷爷不哭，娅娅帮你擦！"

阳陆建终于抱住娅娅，娅娅的眼泪一滴滴地落在了阳陆建的衣襟上，阳陆建把娅娅抱起身，沙哑着嗓子说："这个家让娅娅留下吧！雪萍的工作，由我去做！"

李达华那一刻泪水肆意流淌，哽咽得说不出话来，只是一个劲地点头。

当他敢登门到岳父家的时候，已经是在接到阳陆建的一个电话之后。

阳雪萍是非常愤怒的，她从遇见他开始，就如同一个月亮女神一样一直高高在上，从不曾受过什么委屈。他一句重话没有对她说过，家务事都是他工作回来把一切打理得清清爽爽井井有条。婆婆也很少上门，两个人的世界，似乎就从来不曾存在过他的过去。没有想到，他竟然跑去把和前妻生的孩子带回来，还要在这个家立上一席之地，这叫她怎么咽下这口气。"那么，离婚！"她丢出这样的一句话。

阳雪萍知道，他一定会来求她，因为如果离开她，他将一无所有。

父亲阳陆建，也是阳雪萍哭着回家了才知道她的婚姻里竟然还隐瞒着如此严重的事情，意识到问题的严重性的阳陆建顾不得再责怪女儿，他去女儿家里兴师问罪，却被娅娅的一双天真无邪的眼睛击溃了所有为自己女儿布好的战线。作为一个多年来一个人拉扯女儿长大的父亲，他能体会到一份父爱的深沉和无奈。

作为一个老公安，他的心，比任何人更坚硬也比任何人更有侠骨柔情。

他知道亲情随血缘环环而生，无休无止，是在心头最不可遏制的情感。

于是，回家后的他，对女儿说出了这样的话："你自己知道他的情况在先，心甘情愿地跟了他，现在彼此都有了孩子，已经建立了夫妻纽带。娅娅也毕竟是他的孩子，如果一个男人，对着自己的亲骨肉都不养不顾，这样的男人也就是无情无义，你留之何用。再说了，除了这件事，他是你的好丈夫，苏苏的好父亲，假如就是离了婚，你带着苏苏，又打算去找一个怎么样的男人？苏苏慢慢会长大，身边有个伴也好呀！"

阳陆建把娅娅带回来，小小的苏苏，竟然会看见娅娅笑，手舞足蹈地要娅娅抱。阳雪萍粗暴地推开了娅娅。苏苏哇哇大哭。用平时逗乐的方法竟然止不了她的哭声。怯怯的娅娅，被动地站在沙发的旁边，眼睛还是不停地盯住苏苏，眼神中流露出近似成人的那种渴求，渴求到苏苏的旁边来。

也许在她的眼神里，只有跟自己一般大的小人儿，才有一种可以依靠的感觉，抑或此时她想起了在家里自己终日不离开的小妹妹敏敏。

阳陆建把她牵到苏苏坐着的地方。苏苏看见她，竟然止住了哭，小小的

手扯着她的衣服，笑了，像盛开的一朵向阳花。

“看见了吗？不知人事的孩子，都有超越时间与空间的距离感，一下子就知道了眼前的人跟自己是有亲切感的。你看苏苏，都一岁多了，几时跟哪个孩子亲近过，除了我们，谁也不肯给抱，一看见娅娅，就伸手要抱，难道，你还做得不如一个孩子吗？”阳陆建说。

阳雪萍看着父亲的目光，尽管无法接受，尽管嘴上还嚷着离婚，但是她知道，她已经输了，输在娅娅出现后所出现的一系列不是她能把握的未来，输在她也实在离不开这个叫李达华的男人，输在父亲一番语重心长的话语里。

就这样，娅娅从此就走入这个家庭里，阳雪萍对李达华说：“抚养她可以，但是你终生不得再和她的母亲联系！”李达华当然求之不得，只有他自己才知道，娅娅是自己用连骗带哄的方式带到身边来的，他如何能够，再出现在前妻的视野里，只是在无数个睡不着的夜晚，他才会浮起说不清道不明的内疚，自己辜负的那个女人，在失去婚姻又失去孩子的岁月里该如何去度过余生？接着又自我安慰似地告诉自己：“失去了娅娅，还有她和另一个男人的孩子，这样也好，从此让自己和孩子彻底地消失在她的生命中也未尝不是好事。”

第二十九章　有一条路国色天香，一踏上就是彼岸花开

随着公司的规模越做越大，李达华的名字也时不时出现在本市的新闻中。他知道，前妻也一定会看见，按她的性格，生活再困苦，她也断然不会来寻找自己的援助，她是那种爱恨决然的女人，虽然没有什么文化。但是对于一个已经离心离德的男人，爱，她比谁都明白，当年婚姻里，对于一个满腹才情却要以锄代笔的男人来说，只是某个时候的某种需要。

对着他用第二段婚姻换来的衣锦荣归，她只怕是，连一丝羡慕也没有，生活于她的苦涩，亦是应了他喜欢写的那首诗词：“从此无心爱良夜，任他明月下西楼”。古人早已用纷呈的笔墨道尽了爱情的悲哀。像他这样的男人，秋色青衫，亦是要做古道马蹄之后、用钢筋水泥铺就、坐在轿车上风头无限

之男人。

他也明白，前妻也只是不知道，娅娅是被他带走的了。如果知道，那么，她也会不顾一切地寻来，他的生活也从此会泛滥成灾。而他又是何许人也，当然在处理这件事情的信息方面自然有一套方式与办法。

对于阳雪萍，他当然是感激不尽的。她无疑是给他插满种植羽翼的女人，让他丰满，让他无限风光地结出硕果。但是像所有男人一样，他喜欢女人的温婉和顺。阳雪萍的霸道，让人可以燃烧得激情沸腾，也可以烧得人心枯如井。他也有很多无奈与压抑，爱的感觉慢慢变得钝重无比，其中的情意在一丝丝地断裂、凋零。

他也曾想淡泊名利，而随着荣耀增多了，头上的光环一束束的照耀，阳雪萍变得神采飞扬，对于来家里找他办事的人都是笑脸相迎。这一切，都让他受用不已，以致最初公司运作出现亏空的时候，他从阳雪萍日夜灌输的枕边风里动摇自己坚持的信念。是怎么样踏出第一步的，有时候连自己想起来都有些恐惧与模糊。以致后来一再出现资金短缺问题的时候，他更要面子，不能让头上苦心经营的光环失去，膨胀的私欲终于打断了多年坚守合法经商的思路，他需要更多的金钱来维持属于自己的光环，终于在利益的沉浮之间行走到了法律的刀刃上。他后怕，他胆怯，常常在梦中惊醒，一听到警车声，他的心跳就要出膛。而日子一天天流逝，窗外的阳光依然灿烂，他也就慢慢地放下了心，过起了现世安稳的日子。

经过这些年，他是不能表露出情感的压抑，同样的事情可以发生一次，绝对是不能发生第二次的，就算其中如丝如茧束缚着，他也一生中再不想寻求解脱。他一路走来，与阳雪萍之间，默契的配合除了春光无限的床帷之间，更是在商海上瞬息万变的惊涛骇浪中共同掌舵中。人生弹指芳菲暮，纵然爱已如落叶般地发出了腐烂的气息，他也要在其中吸取养分，不能去背叛与她之间的距离。这一刻，已与爱情无关。

无论爱与不爱，他除了阳雪萍，没有找过其他的女人。

娅娅慢慢地大了，也在日子的流逝中记不清过去。她开始叫他为爸爸，

喊阳雪萍为妈妈。苏苏也牵着她的衣角开始依恋有姐姐的日子。但是,隔膜还是隔膜,娅娅,始终跟阳雪萍之间亲热不起来。倒是阳陆建,对娅娅有种超乎异常的宠爱,这让阳雪萍非常地不满,她让父亲分清楚谁是主角谁是陪衬。在对父亲抗议未果的情况下,她在娅娅六岁那年,要求婆婆带回去抚养。

李达华的父母亲,在城里住着儿子买来的房子里安享着晚年,对于这个媳妇,他们二老当然是不能不听从的。当然,有个孩子在面前,毕竟给晚年添了不少乐趣。已经初懂人事的娅娅,又开始了记忆中的又一轮印象。这样在爷爷奶奶家一住就是十年。十年的时间,她没有辜负时不时上门来看望的陆阳建的希望,待人接物彬彬有礼,做事情有条有理,是一个人见人夸的女孩。成绩从来就是排在班级前三名之内,报考警校成了她在十五岁那一年就立下的目标。

娅娅离开自己的母亲的时候毕竟太小,很多事都无法再想起,连记忆中的小妹妹都忘记了。李达华和家里的人都改叫她亚亚,但她知道,阳雪萍不可能是她的亲生母亲,她也从来不问,大人亦是更加不提。

只是在她十八岁那年,她问过李达华关于母亲的事。李达华含糊其辞,答非所问。只是说:“因为你母亲和我性格不合,所以离开了,你不要再提起你母亲的事了,如果给阳阿姨知道,她会生气的。”说的时候一脸痛苦,看见父亲这样,亚亚也不好再问什么。但是她的心里,充满了困惑的疼痛,她不明白,母亲为什么这些年也没有来找过她。

长大的亚亚,性格却酷似阳陆建,从警校出来后,个性中的善恶也更加分明。这些都让李达华的心里忐忑不安。阳雪萍曾无不嘲讽地告诉李达华:“你那个女儿根本就是一个反骨,家里的事若让她知道了,只怕,你我的后半生,都要上牢里去度晚年。”

这些话让李达华很是不爽,他说:“亚亚的个性这么尖锐,这些年还不是跟你爹那个十足的老政府做派耳闻目睹学来的。不要说亚亚,就是这些事让你父亲知道了,只怕他大义灭亲起来毫不手软。”

阳雪萍沉默了,她明白,李达华说的话也是实情。

自小阳雪萍就知道,父亲嫉恶如仇,视贪为敌。只要是涉及不合法的事情,违反党纪和国法,那么父亲从来都不会给对方一点空隙。早些年,为了李达华的前程她想走一走人事关系,给父亲知道,当场就把她训了个无地自容。

李达华知道有条路就是叫作不归路，走上了无法回头。他曾经试探过亚亚这方面的人生观。

没有想到亚亚一腔的豪情万丈："爸爸，怎么现在的一些风气会变得这么坏呀！人这一辈子，从一个细胞长成一个人，本来就是上天的赏赐，我可以站在太阳月亮下，我就已经感激这个世界。财富是身外之物，生不带来死不能带走，又何必去用不正当触犯法律的方式去猎取呢？用职权暗捞起来的不义之财，是活得不正常的。第一：就说胃口，有山珍海味也味同嚼蜡。第二：睡到一间大房子里，也会夜不成眠。如果半夜有人敲门，只怕又吓得半死。还有就是一上街的时候，看见警车就会手脚冒汗。"

亚亚又说起阳陆建："外公他这一辈子都是手上提着乌纱帽上班做事的，干好了，到退休的时候就可以把帽子端端正正地戴在头上见人民。干瘪了，那么，自己就把帽子放在人民的面前，让老百姓的正气直接来踩扁。"

这些话让李达华听得额头直冒汗，心跳加快。

偏偏亚亚还很得意似的搂住他的脖子说："好爸爸，我就知道我有一个好爸爸，那些活在歪风邪气黑暗中的人，早晚会知道吃多少下去，吐多少出来。这个世界什么都很公平的，所有我要走这条斩妖除魔之路，长握正义之剑！"说着亚亚还做了一个舞剑的姿势。

李达华勉强地笑笑说："还是我们家的亚亚有出息，看来爸爸没有白疼你。"说着的时候他的心跳又加快了，表情非常复杂。

相反，苏苏却性情张扬骄横，凡事都要顺着，像被人供在暖房中的名贵花朵，这一切，都来自母亲阳雪萍，无一例外给予的最大包容和娇宠。

苏苏很小的时候，就知道，只要是她想要的，就理所当然会得到，而她也可以轻易地得到。

李达华给自己倒了一杯水，屈指算来，自己从商已经差不多三十年，这些日子总是担惊受怕，想到李知苏带回来的罗方智，这个看上去修养良好的年轻人，应该是可以给知苏一个非常美满的人生，他提的教育建设项目非常不错，如果他能和苏苏走在一起就太好了，想到这些，他的心又起了安慰。

思绪不再停留在娅娅的身上，他眨了眨眼睛，刚刚湿漉漉的情绪在一番思量下慢慢地返回到现状中来。

第三十章　友情你过来，为我的爱情铺开一线天眼

李知苏找到欧亚咖啡屋对面的都市闲雅屋进去，找了一个里面的位置坐下，冷冷地看着欧亚咖啡屋玻璃窗下的一幕。她看清楚了，只有这个位置，让对方无法发现，又可以找到一个最佳的视角把一切搜罗在眼底。罗方智正跟一个美貌女子相对而坐，相视而笑，看得出，两个人非常融洽，时不时地低语两句。这场景让注视的她非常嫉恨，她有些明白了，罗方智一定是嫌自己没有那个女孩长得漂亮。而那个女孩，又何曾有自己这样显赫的家门？

就这样看着，她看见罗方智拿起电话说着，女孩凝眉托腮等待，十五分钟不到，她又看见黄成良也到了咖啡厅。

三个人不知道在说些什么，她的心有些释然。看来，如果只是约会，那么又如何会叫上黄成良；而不是约会，为什么罗方智一个夜晚都魂不守舍，这其中的名堂，只怕要从这个黄成良的身上旁敲侧击了。

她看见那个女孩跟黄成良握手，在她看来，其中的关系一定是不简单的。

缺口，只有从黄成良身上打开。她才不允许，让自己的爱情成了无根的浮萍，她一定会竭尽全力，把心里飘飘忽忽的感觉落定成真实的爱巢，让这个男人无法去逃离亦无法左右摇摆。

她的头有些昏昏沉沉，但是所有的思维，比任何时候都梳理得更清楚。

看见他们离去，她知道，她不能再跟上去了，如果让罗方智看见，那么他的心里，怕会浮起对自己的不屑。那么以后，真的只怕爱就成了手中的沙，越想抓紧，最终只剩下一些残迹。最重要的是，罗方智什么也没有对她说过，什么也没有对她做过，好像所有的一切，都是自己的一厢情愿。

这场爱本身就是一场豪赌，她的筹码就是自己，有家世与心计的她，才不会剧情还没有拉开序幕，自己就被赶出局。

现在该采取的方式，应该是欲擒故纵。

只要把一切都设计好了，不怕罗方智不自投罗网。

把阮月笛送到宿舍楼下，罗方智看着她的目光，温柔似水，缓缓在阮月笛心里流淌，看得她有些慌，有些不自在。

阮月笛躲闪开他的目光，口中连声说："今晚的事真的要谢谢你，到时候所有店铺的租户都会感谢你们的。"

罗方智笑笑，说："他们去感谢黄成良好了，我只需要你的感觉，而不是感谢！"

阮月笛低声说了两个字"抱歉，"一时间自己倒不知道说些什么了。空气中流动着彼此的呼吸，里面的气氛有些让人说话都变得期期艾艾。

阮月笛说："那我走了。"罗方智点点头说："好吧！你也该早些休息，昨夜里是不是上了夜班了，你看黑眼圈都出来了。"

阮月笛不好意思地揉揉眼眶，说："是没有睡好，今天才是上下半夜呢！"

罗方智心痛地看着，说："你真不应该再干护士了，女孩子做两三年护士就好了，经常熬夜到底会让自己的生物钟乱了，很难恢复的。我住了一次院，真的很体会你们的那种辛苦。"

阮月笛感激地点点头，说："难得你的理解，如果多几个你这样的人，我们就也没有那么多的医患纠纷了。我很喜欢护士工作的，我要把南丁格尔的精神继续下去，看见生病的人康复是我最开心的事了。"

罗方智感动，催促地说："你现在先去休息吧！"他看了看表，说："都差不多十点了，还有三个半小时你就要接下半夜了，早知道你上夜班，这事今夜你不出来也行，直接打电话告诉我就好了。我会去找黄成良解决这件事的。"

阮月笛说："我若不把这件事跟你当面说，心里就不踏实，你看，你一出门，什么都帮我搞定了，我恨不得现在就跑去告诉他们这个好消息，他们也就不用到处去找店铺，也不会说干不下去了。"

罗方智笑："看你急的，还是等明天黄成良亲自过去给物业部那些人打个招呼吧！"阮月笛露出不满："这个黄成良，怎么回事的，自己想提价就提价，好像没有王法似的！"

罗方智说："你不要生气了，在我面前发发牢骚就可以了，作为商人，都是会考虑利益的，但就是看底线在哪里，我的理解就是在法律之内就不为过。"

阮月笛有些欣赏地看着罗方智，说："我先走了，不能再跟你闲聊了。"

罗方智欲言又止，阮月笛说："你有话就说吧！"罗方智说："你的男朋友对你好吗？"

阮月笛点点头，眼底飘过一丝于夜色相融的黯然，让人看不见，却会觉

得她的回答充满了秋天般萧瑟的气息:“好呀！他对我很好的!”

罗方智不再说什么,看着阮月笛的背影离去,他直接就驱车到了河边。

熟悉的地方,他看见了一个熟悉的身影,不错,坐在岸边的正是崔老太。

老人满脸的惊喜迎了上来,说:“我心里总有预感,说不定今夜你会来这里,没有想到你真的来了。”说着话的脸上,绽放出孩子似的笑容。

罗方智说:“崔姨,我也有一段时间没有去看您了,现在夜里都会比较凉的,您要给自己及时添衣保暖,我现在开车送您回去吧!”

听着他有些斟酌的话语,崔老太理解了,她停顿了一下才说:“中秋过了,敏敏也就回来了一下,就匆匆地走了,这阵子都不会回来的了。”

刚把崔老太送到家门口,他的胃突然有些痉挛,整个人有难以言诉的不适。他说:“崔姨,我有些不适,改时间再去您家里坐。”老人看出他的不适,催促他快点回去,去医院看看,他点点头。

把车开到医院的方向,胃的痉挛已经明显地缓解下来。

先前阮月笛来找他,说起了枫语小区商铺突然涨价的事,他找来了黄成良,当时黄成良打着哈哈,在他问可不可以调降回原来的价位时,没有想到黄成良顺着他的意思就点了头。这让他心里有些纳闷也有些自豪,因为他看见了阮月笛眉梢之间飞扬的感激与光彩。

“这小子,搞些什么名堂,是不想做生意还是想瞎折腾些什么?”想到这里,罗方智拨通了黄成良的电话。

黄成良的电话声中一片喧嚣,他说在包厢 K 歌,说着声音渐渐清晰起来,多半他已经走出了包间。他说:“过来吧！在朗天呢！你上次的那个妞也在这里,要不要过来跟她叙叙旧!”

罗方智有些糊涂了:“我的哪个妞？哪一个?”黄成良坏笑,说:“你过来就知道了,说不定别人还对你念念不忘,刚刚还对我问起你。”

好奇心勾起,胃部已经没有不舒服,他决定不去医院了。到了下一个街口,罗方智把方向盘打转,驶向朗天酒店。

第三十一章　半朵青花踏歌而来

朗天酒店,是南贝市达官贵人经常汇聚之地。

品牌娜亚欧正在这里举办慈善晚会，车场如同名车展。让人不得不感叹这个城市在改革的发展中取得的骄人成果。

泊好车，走到两房一厅的包间里，黄成良笑呵呵地拉住他的手，里面还有几个生意场上的朋友。寒暄之后，罗方智还没有对黄成良发问，黄成良倒先开口了，说："你心里一定在猜测吧！呵呵呵，来，我让个人来见你。"

几个姿态撩人的美女随着黄成良走进来，其中一个高挑的女子进来让罗方智吃惊不小，"李碧亚？"他忍不住地说出了这个名字。

是的，对面站的这个女子，确实是那次在明月酒店遇见的李碧亚，上次听了新闻报道明月酒店抓赌，没有想到她到朗天酒家发展来了，看来，打一枪换一个地方，是这些女子的通病。想到这里，罗方智的眉头都皱起来了。

"罗大哥，你来这里了呀？"李碧亚惊喜地叫道。

她今天穿着有些低胸的一件无袖蓝色软缎旗袍，樱唇桃腮，明眸流盼，如同冰雪般的沉静。

黄成良打趣说道："美呀！美丽的女人果然没有冬天，我们都穿外套了，丫丫还穿得那么热辣！"随着舞曲响起，一对对身影旋入舞池，女人的腰肢风摆杨柳就是这个城市的另一番夜景。李碧亚环绕着罗方智的腰，随着旋律踏出了慢三慢四，她把头，轻轻地伏在罗方智的肩头，似乎很享受这种感觉。

罗方智说："你怎么不离开这些地方？"

李碧亚说："这个城市有些神秘莫测，所以我要在其中一探究竟呢！"

罗方智说："你会成为这个城市的碎片的，这里到处都是漩涡，你有多少青春可以在这里赌明天？"

李碧亚轻笑说："我如果不小心，才会在别人的阴沟里翻船。"

罗方智说："这么说就是你要在黑夜中一直舞蹈？"

李碧亚说："我要站这个城市最漆黑的洞口，等阳光普照进来，我就离开！"说着她俏皮地眨了眨眼。

掌声响起，两人才发现，厅中就剩下他们两个人在跳舞。

黄成良说："丫丫，你面前的人可是南贝市的传奇人物，一辈子的荣华富贵就在眼前，看你有没有有办法抓住！"

李碧亚笑了，笑容里不卑不亢，带些娇憨依恋："嗯！听你的，以后我就攀上罗大哥不放手了！"

罗方智心里有些奇怪的感觉，笑容甜美的她，怎么看都有清丽脱俗的气质。想这些年在商海搏杀，应酬中阅尽繁花，眼前的李碧亚，绝对不等同于

那些大张艳帜的欢场女子。她身上有种与众不同的东西，婉约一如唐诗宋词，让人的心跟着千回百转，怎么会有如此感觉，罗方智却又说不出。

想到刚刚与她的那一番话，罗方智觉得别有深意。特别在她笑的时候，像做一副牙齿广告，很干净。让人看了，不由得对这个女子生出些怜爱来，而不会去把她和夜场女子联系起来。

他相信自己的眼力，也看出来了，李碧亚，只在他的面前花开半朵，还有那一半不为人知，也一定另有一番婉约。

夜深了，其他的人，陆续散去，黄成良喝得有些醉意了，和一个女子还在豪饮，碰着杯说不醉不归。

罗方智与李碧亚坐在厅的一角，李碧亚掀开窗帘看了看夜色，回过头对罗方智说："罗大哥，你说城市的夜色是自然美丽的还是人为的意识刻意制造的？"罗方智对于这个问题显然有些吃惊，但是还是回答："当然是人工而来的，再加上自然的巧夺天工。"

李碧亚沉默一下说："如果一个城市有疮痕了，该谁来修补？"

罗方智看着她，说："你说的话好像已经超越了你现在的这份职业，有些忧国忧民的味道，你不简单。"

李碧亚有些不好意思："你还没有回答我呢！"

罗方智说："这个问题牵扯广了，要谈到一个城市的官本位问题了，有历史的必然，也有现实的要求，每个城市都有每个城市的风格，那就要看发展中的硬伤和软伤做些怎么样的调整。关于修补，事态的发展，本来就有自己的运作标准，但是其中运作者也会弄出些怪事来，比如说腐败。"

李碧亚佩服地听着，随即眼神中飘过一丝丝黯淡说："罗大哥，如果现实中已经潜伏的暗流跟自己的目标相绝缘，又该如何？"

罗方智看了她一眼说："人应该踏踏实实地把两只脚站稳在人生的低处，然后才能仰头建筑自己的未来。整个核心就是一个，其实就是品德，如果现实中的事情跟自己的目标相冲，那么就要看自己向善还是恶的方面去抉择了。"

"听君一席话，胜读十年书！"李碧亚由衷地说。

"你的谈吐不俗，可以看得出素质不低，离开这里，如果你愿意，可以到我的公司去！"罗方智终于又提起老话题。

李碧亚眼中闪着亮光说："先谢谢罗大哥的关照，如果有机会，我是一定要到贵公司去看看取经学习的。"

罗方智沉吟一下说："你是不是家庭有困难？所以也总下不了离开的决心？我说过我会帮你的，希望你不要拒绝！"语言中充满了恳切，他的心里，李碧亚已经牵动了他的神经。他心里充满了疼惜，他再不能看着这样的一个女子，在夜场上漂泊。

李碧亚静静地坐在沙发上，李碧亚说道："罗大哥，你一定会让很多人敬重你，对吗？"罗方智说："此话怎讲？"

李碧亚说："我看过你的报道，你平时喜欢去帮助那些真正需要帮助的人，我也喜欢这样，只有这样，我们的生命才有意义是不是，首先的前提是，自己所有的收入都应该是合法的，不黑暗的，所以去帮助别人也是光明的！"

罗方智笑道："我可就是一个正正经经的生意人，从不做损人利己的事情，天地良心，我的收入和支出的每一分钱都是打上清白的烙印的，你怎么会这样说，难道你知道什么吗？"

看着罗方智说起话来似笑非笑的样子，李碧亚拿着杯子的手都有些颤抖，她害怕让罗方智窥见她心里的秘密，连忙把话题岔开。

自从遇见这个阳光般丰盛的男子，她的心，从此就有了些动荡，她知道自己是喜欢上他了，从上次在明月酒店见了他，就让自己多了心事。这一刻，他及时出现的呵护，正值青春妙龄的她的心里，像一粒种子破土长出绿芽，这些天的梦也丰满而清晰起来。

突然外面有些骚乱的声音，罗方智站起身拉开门，就看见十多个警察押着八个人垂头丧气从一间包房里走着出去。罗方智吃惊，还没有等他反应过来，一个服务员经过低声说了一句："公安局来抓聚赌的！"李碧亚和那个女孩很快就走出房门。没有几秒，几个警察就走了进来，四处看了一下，打量了一下罗方智，又看看已经喝醉了伏在沙发上的黄成良，没有说什么就出去了。

他想：这个李碧亚也真邪门，在哪里遇见她哪里就会跟着出些什么问题！上次在明月酒店遇见她后公安局就来扫黄，这次在这里相见公安局就来查赌。下次，下次还有遇见吗？他心里对她突然起了无限怜惜，他真的想帮她脱离这样的环境了。

房门轻响，一抬头，罗方智意外，李碧亚竟然又出现在门口。

她走进来，附在他的耳朵低声说："我帮你一起送他回家好不好？"

他用探询的目光看了李碧亚一眼，李碧亚忙解释："没有事的，我已经下班的了！"看着他眼睛中飘过的困惑，李碧亚笑笑："你一定还在为刚才的事

情迷惑吧！有人举报这里聚赌，警察就直接把涉嫌聚赌的人员带走了，为了避免影响太大，没有进行封锁检查。”罗方智“哦”了一声说：“这样呀！南贝市的民风民情都很朴实，缘于我们这里的好警察呀，就是他们不懈努力才使这些歪风邪气没有落脚之地，长治才能久安呀！”李碧亚抿嘴一笑，点点头，一脸明艳照人。

看着李碧亚眼中的清澈，罗方智心底的困惑更重了，他摇摇头，看了看眼前醉态尽显的黄成良，点点头说：“麻烦你了，跟我一起侍候这位吧！”说完打开房门。

时间已经过了零点，她跟着罗方智，扶着喝醉的黄成良走出酒店，夜风一吹，黄成良的话多起来，他说：“罗方智呀！我一直感激你，当年所有人都袖手旁观的时候，是你站出来，这份情不能不报，我知道你的心思，所以把枫语小区的商铺提个价，赶走那个穷鬼，他走远了，你就可以如愿以偿了。谁知道你呀！傻了，今天还把阮月笛带来，你是让兄弟骑虎难下呀！”

黄成良自顾自说，也不管罗方智有没有回答，上车后转了个身，没有几分钟便打起了呼噜，直接歪歪地斜靠在后座上睡着了。

李碧亚吃惊地看着罗方智，罗方智亦是一脸愕然，黄成良带着酒意的话语，让听入耳的两人心里都带着了不安。当然，罗方智本来对黄成良怎么会突然提高商铺的价位事情感到困惑，没有想到竟然是想给他是想给自己和阮月笛制造一个有天时地利的环境，这让他感激又有些恼火，这不是他欣赏的方式。等黄成良酒醒了，一定得好好跟他聊聊。

罗方智说：“你住哪里？我送你回家。”李碧亚说：“不用了，我自己会回去的。”罗方智说：“这样不安全的，我还是送一下吧！”李碧亚无奈，只好说出了一个地址，罗方智说：“你不是住酒店宿舍？”李碧亚低声说：“宿舍已经关门了。”

罗方智在李碧亚的指点下把车开到了她说的御景山庄，李碧亚说：“你把我放在门口下就行了，我自己会进去的。”罗方智点点头，说：“你自己注意。”

看着睡着的黄成良，李碧亚咬了咬唇，轻声说：“罗大哥我有件事想跟你说说。”罗方智说：“你说吧！我听着呢！”

李碧亚用嘴努了一下黄成良，说：“罗大哥，俗话说害人之心不可有，防人之心不可无。他，罗大哥还是注意为好！”

黄成良依旧酣睡着，纹丝不动。罗方智笑着说道：“你多心了，他是兄

弟，全天下人我都可以不信，但是不可能不信他。以后有机会你多跟他接触你就知道他的为人了，好人一个，就是有时候喜欢意气用事些！”

李碧亚本来想再说什么，看见罗方智不以为意的表情，她把话全都吞下去了。拉开车门，她说：“那罗大哥再见了。”就迈着脚步袅袅婷婷地下车了。

罗方智的眼神突然愣住了，那只扶着车门的手腕上，戴着一只绿幽幽的青花镯，款式和色泽与崔老太拿给自己的那只青花镯一模一样，那半朵青花正面对着罗方智，而李碧亚抬手而起的右腋下，一粒粉红色的肉痣非常的显眼。罗方智一下子惊喜交加，是娅娅，李碧亚竟然是娅娅，他刚想喊出声来，一只手突然打了过来。罗方智扭头一看，黄成良迷迷糊糊地说了句梦话，转过身又睡着了。这边，李碧亚已经走开。

第三十二章　夜色浸润之间谁的心事吐丝成蚕

罗方智呆呆地目送着她走入御景山庄，他看了看还在睡觉的黄成良，再看看时间，都已经是下半夜一点多了。明天，明天再来找李碧亚，他兴奋起来，调转车头，突然，他看见李碧亚接听着手机，身影很快从御景山庄闪出，直接拦住一辆的士，向前驶去，罗方智忙驾车跟上，难道这个李碧亚又想去泡夜场？他倒是要跟去看个究竟。

车到了海湾大道的夜神吧厅，李碧亚拉开的士匆匆入内，罗方智看了睡得打呼噜的黄成良一眼，马上泊好车也跟着下车尾随李碧亚的身后。

在上楼道的转角，一个女子匆匆地迎上李碧亚。站在暗处的罗方智大吃一惊。他揉了揉眼睛，是的，没有错，这个女子竟然是崔敏敏，她在李碧亚耳边低声附耳说着什么。

罗方智吃惊不小，看见崔敏敏他如遇雷击，她们俩姐妹竟然是认识的？两个女孩说了几句，同时走入洗手间。罗方智大气都不敢出，他站在转角。不一会，两个女孩又同时走了出来。罗方智有些糊涂了，在夜场迷离闪烁的灯光下，他分不清楚哪一个才是崔敏敏，哪一个才是李碧亚，看着戴青花镯的女子，却穿上了崔敏敏的衣服，而李碧亚的旗袍，却在崔敏敏的身上，两个人换衣服穿了？他竟然不知道自己应该跟着哪一个走。

两人到了走道的转弯角，一个向包房走去，一个向门外走去。罗方智迟

疑了一下,想到车里还有个黄成良,他决定跟着门外这个走,这个应该完全是崔敏敏,他肯定地告诉自己,看得出来,李碧亚走路干脆利索,崔敏敏走路明显迟缓。

崔敏敏慢慢地走到酒店门口,三五分钟过去,她扬手就坐上一辆的士,的士驶出吧厅门前,罗方智正想跟上,突然看见一部白色吉普车快速驶入吧厅门口,同时几个轻装男子极其敏捷下车就往夜神吧厅里走,站在门口的门童都没有反应过来怎么回事。想到里面的李碧亚,罗方智预感到有大事发生,他扭过头,先前那辆载着崔敏敏的车已经开远。他索性就站在原地不动,想看接下来会发生什么情况。

没有几分钟,一阵警车的警报声由远而近,几辆警车同时停到夜神吧厅门口,周边的人都吃惊起来,没有几分钟,先前上去的几个轻装男子押着几个低着头的男青年走了出来,直接上了警车,几辆警车的人全都下来,向吧厅走去,吧厅一下子忙乱起来,远远围观的人议论纷纷。罗方智看见了,一个英姿飒爽的女警随着警察走了出来,那张脸不是李碧亚吗?她又换衣服了不成?他彻底模糊了,他想到去李知苏家吃饭的路上,偶遇的那位女警的侧面,不就是眼前的人吗?罗方智心乱如麻,理不出头绪来。

警察呼啸而去,罗方智回到车里,黄成良还在熟睡中,罗方智想了好一阵,还是没有把自己经历的片段联系起来,他彻底迷惑了。突然遇见崔敏敏,他的心神大乱,而李碧亚的青花镯出现更让他惊喜,李碧亚到底是什么身份?她到底是怎么样的一个人?还是先把黄成良送回家,他需要一个人好好地理清楚是怎么回事。

枫语小区商铺。在落日的余晖中,几个店主点燃香烟,中午的时候阮月笛就过来了,说:“大家稍安勿躁,今天说不定会传来好消息。”这个消息马上就沸腾开了,大家七嘴八舌地围着阮月笛要求给个答案,阮月笛笑而不答,只说:“大家就等着吧!”

下午五点,一辆黑色的奔驰驶近了物业部,黄成良从车上走下来,不到十多分钟又回到车里,奔驰车很快地消失在小区外。

六婶忍不住了,朝着物业部走去,不到五分钟,从里面走出来的六婶带来了振奋人心的好消息:物业部说刚接到上面的通知,是让所有的店租都恢复原来的租金,并且要把店铺面前坑坑洼洼石板路全部翻新做过。

众人好像过了年,个个欢呼雀跃,六婶更是直接就抱住了阮月笛,说:“阮月笛是大伙儿的功臣呐!不如每个店铺都派出一个代表来,一起去请阮

月笛和张章吃饭。”

这个建议马上得到了大家的响应，并付诸实施。一伙人浩浩荡荡地到附近的一家酒店开了间大包厢，点了各式各样的菜欢庆大家可以继续做邻居做生意。

老五倒了满杯的白酒，说：“阮月笛，你要给大伙儿做个报告，是怎么让对方马上来个三百六十度的大蜕变的。你认识那个黄什么良？”

阮月笛笑笑，纠正老五，说：“是叫黄成良，我也不认得这个黄成良，是我一个住院的病人朋友跟他是好朋友，所以也多亏了别人帮忙，才恢复了原样。”

众人佩服不已，纷纷向阮月笛敬酒。张章的脸色变了，面对举杯来感谢和欢庆的白酒他几乎是来者不拒全都喝到肚里去了。阮月笛担忧地看着，最后夺过酒杯，说：“你不能再喝了。”张章大着舌头想伸手过来拿杯子，都被阮月笛阻挡了。

大家终于吃得个个胃饱腹圆，回去的路上，张章走路有些摇晃，阮月笛看出来了，他的心情不好。

回到店铺里，阮月笛先是给张章弄了果汁喝下，又用热水帮他抹了脸。

张章醉眼迷离，一把抓住阮月笛的手说：“究竟是我蹉跎了你的美丽青春？还是我耽搁了自己的人生？”

阮月笛怒道：“你说什么呢？你是喝醉酒说胡话还是胡话支配着你的神经？”

张章低垂着头说：“月笛，我没有说胡话！我只是觉得自己好无能，我知道，你找的那个病人，一定罗方智对吗？”

阮月笛说：“那又怎样，难道你怀疑我什么？”

张章摇摇头说：“我没有，我只是越来越觉得自己配不上你。”

他沉默了一下，很是困难地说：“月笛，不如我们分手吧！”

阮月笛愣住了，眼泪在眼眶中慢慢盈溢了出来，说：“你到底是喝醉了！”

张章苦笑说：“我的酒量你又不是不知道，我除非刻意去喝醉，如果自己不想醉，那么就是不会醉的，今夜，我真的想醉了。”

阮月笛说：“那你为什么对我说这么残酷的话？”张章喝下一大口温水，说：“月笛，我有这个想法真的有一段时间了，总觉得自己是无法跟你般配的，你那么漂亮又那么优秀，我害怕我终有一天还是会失去你！”

阮月笛幽幽地说：“你这个想法是什么时候有的？”张章说：“就是那一次

看见你和罗方智站在奥迪面前的时候就有了。”

阮月笛的眼泪终于落了下来，说：“你如果不放心，以后我不跟他联系就是了。”

张章默然不答，空气在此刻似乎长了丝来，在两个人的心里缠绕，一刻不能停息。

阮月笛说：“我先回去了，天气预报有台风的，你看外面现在有些起风了，再不走等会儿就走不成了。”张章说：“我送你。”阮月笛说：“不用了，你喝了酒，这样开车我反倒不敢坐的，我自己快些走回去就好了。”张章点点头，说：“你自己路上小心些。”

阮月笛离去，张章似乎有些醒了，他回想刚刚对阮月笛说的话，发现自己一整天都被某些叫嫉恨自卑的情绪刺激着，让内心波涛汹涌般的难受。这些都跟老五那些玩笑话有关，老五说：“张章呀！你看我们谁也摆不平的事，阮月笛一出面就搞定了，还是你厉害，以后有个那么漂亮的老婆，到哪都四通八达呀！”说罢老五又神秘兮兮地凑前低语一句：“不过这么漂亮的老婆你也得看紧咯！不看紧就自己在家先准备好那顶有颜色的帽子放着先，说不定什么时候就有机会戴上头了！”

张章想起这些，忍不住拿起店里存放的老鬼酒，打开瓶盖，仰起脖子给自己直通通地灌下一大口。喝酒的感觉真好，张章用手直接地抹去嘴角直接渗漏出来的酒，那烈味儿从喉咙间划过，像火焰直接灼去心里腾腾冒出的压抑。

窗外有风吹过，海岛这地方，其实怕的就是台风。张章透过玻璃窗，看见那些摇摆的枝叶，可以感觉到处都是一片肃杀的气氛。仿若自己的心情，现在也被风吹得七零八落一般。

第三十三章　明爱与暗恋之间谁更文艺些

阮月笛走到路上，时不时地抬起头，有时候随着风势增大，有些枝叶就会随风跌落，直挺挺地砸过来。尽量朝屋檐脚下沿边走。阮月笛心里非常难过，本来是一件皆大欢喜的事情，她不明白，为什么张章就是要如此小心眼，这样的相处让人的心变得如同现在呜呜刮着的风，一如胡笳的回响，感

觉上让人情绪有无法抽离的灼痛。她想起了昨夜的一幕。

昨天夜班里，排档老板送来的海鲜粥，她不用问，就可以猜到是罗方智安排的，配合值夜班的路霆和上半夜接班后还没走的沈欣是欢呼雀跃，互相击掌乐了一下，马上就拿出碗盛出四碗，喊出连值的王静一起享用。

阮月笛慢慢地吃着粥，想张章是体贴她的，只是一直没有直接把东西送来医院，其实他们之间的拍拖是光明正大的，但是好像越是这样，两个的感情好像更是见不得光似的。

沈欣大呼痛快，把最后的粥水还拿上小汤勺顺了顺，一点儿也不想浪费。路霆说："你不是这样吃法的吧！我终于明白了你的一身肉是怎么来的了。"沈欣一个白眼飞过去说："我吃肥了是为了以后嫁人旺丈夫，你那么苗条的身材只怕找个老婆一个手指头都把你提起来了。"

路霆气得直变脸说："这世间唯小人与女子最难养！"王静打岔说："好啦！那么好的一锅粥怎么就把你两个吃出火来了。"

阮月笛笑笑地看着，曾几何时她也是很快乐的一个人，会跟她们闹呀笑呀一起去捉弄路霆，现在好像没有了这份闲情，唉，看来都是感情惹的祸！阮月笛对自己说。

阳陆建按铃了，路霆说沈欣你过去看看，让阮月笛先吃完粥。沈欣一努嘴，说："不用我去的，其实他没有什么事，这个病到了这个时候也就只能是减轻他的疼痛，一个小时前才跟他打过止疼针了。他现在一定是要见见月笛的。"王静也点头说："是这样的，现在每一到月笛值班他就要把她叫过去。"

阮月笛站起身，边取出口罩戴上，说："刚刚他睡着了，我们就没有惊动他了。"

到了病房里，阳陆建的保姆为难地站着，使劲地搓着一双手，阳陆建气呼呼地看着她。阮月笛走进去说："阳老伯怎么了？"阳陆建一看见阮月笛，忍着疼痛困难地笑了，表情带着痛苦，是疼痛在他体内折腾，阮月笛心疼地

想着。他说:“我叫她拿些水果过去给你们吃,她不肯,整一个木瓜脑袋。”

保姆不好意思地朝阮月笛笑笑,马上又低下头,心里不知道在想些什么。

阮月笛说:“不用啦! 阳老伯,从你住院开始我们都吃了你不少的东西了,哪里能天天都吃呢! 你的心意我们领了,水果就不吃了,好吧! 你先休息,等下六点钟之后你又无法睡了,那些人一起床就会吵到你的。”

阳陆建固执地摇摇头说:“叫你拿你就拿,你不拿去我今晚就不睡觉了。”阮月笛有些为难,这个老人对她特别的好,这些她都知道,可是拿病人的东西吃,也不是办法。正思量着怎么劝解他,门推开了,路霆走进来。

阳陆建说:“路医生,你来了就好,你们把这个果篮提过去吃,不提过去我就不睡了,你们陪我讲话。”

路霆安抚地拍了拍阳陆建的肩头,说:“好的好的。我们这就提走,你可要好好休息。”说着拿起果篮。老人满意地点点头,闭上眼,示意大家他要休息了。

走到回办公室的走廊上,那保姆很快地赶上阮月笛的脚步,局促地搓着双手,捏着衣角对阮月笛说:“阮护士,你不要怪我,那个阳老伯的女儿和外孙女都很凶的,她们说不准阳老伯拿水果给你们护士吃,要么拿几个苹果给医生就可以,我很难做人的,如果白天她们过来知道我把水果拿给你们了,我会挨训的,对不起了。”说完她深深地对阮月笛一鞠躬,然后转身离去。

沈欣抹了抹嘴说:“什么东西,狗眼看人低呀! 不给我们护士吃,就给医生就可以,这个病区最恶劣就是这个女人,我们还不想吃呢! 最好让他们医生撑死。拿开,拿开,提得远远的,不要放在我们面前。”边说边推开路霆提回来的果篮。

路霆说:“你生什么气呀! 你说让谁撑死呀? 你干吗要跟那个胖女人一般见识,反正是阳老伯执意要给我们的,我们也没有办法呀!”

王静说:“阳老伯的那个外孙女也来过几次,每次一来就神气得不得了的样子,好像这医院是她家的一样,趾高气扬,跟她母亲是一个模版里出来的。”

沈欣指着果篮对路霆说:“你提到医生办公室去,我们都不吃的。”

路霆无奈地看着阮月笛说:“月笛,阳老伯是送给你的,你的意见?”

阮月笛说:“我也不吃,你自己看着办吧!”

阮月笛叹了口气,想想阳陆建,一接触就知道是一个涵养很好的老人,

通情达理，对内科的医护人员都非常随和，没有一点官架子，连来看望他的一些领导，看到护士都和蔼可亲，怎么这样的一个老人，就会养出这样一个性格天差地别的女儿来。还有他的那个孙女，自己虽没有见过，但是从同事们的议论里，也是一个与她母亲差不多的人。

边想着边走，终于到了宿舍楼下，她看见柏小斯穿着一件朦胧可见酮体的睡衣正站在走廊上收衣服。那短得不能再短的裙子刚好把臀部遮住，她不想打招呼。她不习惯柏小斯的样子，明明自己有住房了还跟医院里要多一间宿舍，偶尔来住一下还整天穿着很暴露的睡衣走来走去，真让人受不了！风雨来临之夜她不在家守着儿子丈夫，跑到宿舍来干什么，阮月笛想。

房门轻轻地敲，阮月笛打开门，是米微璇站在门口。

米微璇声音沙哑，带着很重的鼻音说："我有些感冒了，备用的药用完了，你这里还有没有一些感冒片，借我用用。"

阮月笛连忙闪身让她进来，说："我有白加黑，还有速效伤风胶囊，另外还有一些中成药和消炎药，你看你需要什么，自己拿。"

米微璇感激地点点头说："那我不客气啦！"说着就从抽屉里挑出一些自己需要的药片。阮月笛拿出两大瓶橙汁说："米医生，这瓶你也带过去喝吧！感冒了多喝些果汁会好些。"

米微璇摸摸自己的额头说："我有些低烧了，感谢你，那么我不客气了。"阮月笛担忧地看着说："那今夜你要不要就在王静的床上睡，反正她今天值夜不回来，这样我也可以照看你。"

米微璇说："不用了，我还是回去自己的房中休息吧！有事我再叫你。"

阮月笛不再说什么，把米微璇送到门口，手机突然响了起来，她回身接了电话："你好，是罗方智呀！回来了，没有事，是的，外面风很大，不过这次风力才八级，是的，对我们没有什么影响，嗯，谢谢你，好的，有空要好好感谢你！"

门外，米微璇表情复杂，听完阮月笛挂断电话，幽幽地叹了一口气，转身离去。而她的身后，柏小斯饶有兴趣地看着，看着米微璇急急离去的身影，她敲响了阮月笛的房门。

阮月笛走出来，一看是柏小斯，有些不满，但是笑容还是勉强上了脸说："柏姐还没有睡呀！"柏小斯很神秘地问："月笛呀！你刚才在跟谁打电话？"阮月笛皱了皱眉，她不喜欢柏小斯八卦的样子，说："怎么了，你为什么这样问？"

柏小斯扁扁嘴说:"我是好心问你,我刚刚看见了米医生伏在你的门口偷听。"阮月笛说:"你误解了吧!她正发着烧呢!是不舒服才伏着的,你也是她的同事,应该多也去关心她一下。"

柏小斯不以为然说:"发烧,我看见她跑得比兔子还快。"

阮月笛不想再继续这个话题,说:"柏姐,如果没有什么事我就休息了,昨夜我上了夜班很累的。"

柏小斯有些尴尬,讪讪然地退出,说:"那我就不打扰你了。"

这边房间,米微璇一个人呆呆地坐着,神情无尽落寞。她打开电脑,想输入些什么,却又什么都写不出,心一点点地沉沦到黑暗之中。

她索性关了电脑,打开日记本,字迹缭乱地在上面写道:"看来这段爱情终结就属于我自己的镜花水月,他从来没有对我有过邀约,这出戏从头到尾都是我一个人的独角戏。可是为什么我还要傻傻地等,等一个身心俱碎的未来。都是阮月笛的错,她的出现,才让一切格局全部改写。我真的恨她,可是她好像不以为意,还假惺惺地拿药给我,她一定是在嘲弄我的失意。就在我生病的时候,他连一声起码的问候都没有,而是去关心她,我一定要让她知道痛苦的滋味。"写到最后面这一句,她打上了一堆感叹号。

她突然再无力写下去,站起身,头有些昏,拿起一个手机卡换下自己的手机中的另一个卡,她缓缓地拨通罗方智的电话。罗方智带有磁性的声音从电话中传来:"喂,你好,请问是哪一位,说话呀!怎么不说话,你是谁,喂!喂!喂!"忙音从电话的那头传来,显然是罗方智挂断了电话。她缓缓地把手机从耳边放下,泪水,一滴一滴落在床单上。

拿着电话的罗方智,看着这个陌生的手机号码满是困惑,最近一段时间,这个号码总是在夜晚响起,一开始他以为是别人打错了,但是也不可能天天打错呀!而且是接通了对方总是沉默,偶尔就传来一声幽幽的叹息,随即又会挂断。他猜测出对方是个女人,是专门打给自己的,可为什么不说话呢!自己现在也没有欠下谁的情债什么的。

那么这个人会是谁呢?阮月笛,绝对不可能,她每次都刻意地躲着自己。李碧亚,也不可能,她不属于那种扭扭捏捏的女孩。李知苏,那就更不可能了,那个骄横的公主,哪里会用这种方式打电话。难道是崔敏敏?

罗方智突然吃惊不已,为了自己的这个猜测。多半是了,崔敏敏打自己的电话不是没有可能呀!也许只有她,才会用这种方式打电话的。这样一想,罗方智的心就乱了,无法平静。

第三十四章　月下老人在天空打了一个瞌睡

一辆奔驰车开到了海边，这个时候正是鱼肉质鲜美的季节，城里的人，喜欢开上车，呼朋唤友，到海边的酒店呀，排档呀，大快朵颐。

李知苏从车上走了下来，她微微眯着双眼，海风迎面拂来，表情非常惬意放松，感觉好像就要入眠一样。

海边银珠酒店的一间包厢内，黄成良和李知苏走了进去。这里近海，可以看见海浪的起伏，远处的鸥鸟飞过，蔚蓝色的天空飘了一些云朵。现在已经是冬季，在北方，早就下起雪来了，而在南方，气温有时候一件长衫就够了，整个人变得精神许多。

李知苏为黄成良斟上酒说："无酒不成宴，来，就我们开怀畅饮。"

黄成良受宠若惊，慌忙站起身说："李小姐，还是我来敬你为好，以后多关照多关照。"

看着黄成良慌慌张张的样子，紧张得把杯子里的红酒都溅出来了，她觉得有趣，拿起杯子跟黄成良碰上一杯，一饮而尽，还没有几分钟，一张脸就艳若桃花，看得黄成良发愣。

李知苏见黄成良看着自己傻傻出神，不会动筷子又不会喝汤。扑哧一笑，啧怪地说："你吃菜呀！干吗看着我出神？"

黄成良连忙点头，拿起筷子，手又不慎碰翻了酒杯，刹那间，一片殷红迅速渗透桌布，这更让他狼狈不堪。

他心里直怨自己没有一点胆量，看见李知苏就乱了方寸，以前又不是没有看过她，从来就没有像今天这样的。看来问题都是出在她私下约自己出来，到底这个富家千金葫芦里卖的是什么药？

李知苏笑得更欢了，在她看来，这个黄成良太有趣了。

她拿出纸巾，走到黄成良面前说："女人如酒，你可要怜香惜玉哟！"黄成良忙不迭地点头说："应该应该，失礼失礼了。"

酒过三巡。

黄成良自我感觉也算是阅尽千帆的人物，可单独跟李知苏一起，他心里总有一种抹不去的卑微感，让他紧张得直冒汗。

李知苏说："听说你这段日子都在忙地皮的事是吧？"黄成良吃惊地点点头说："是罗方智告诉你的？"李知苏说："他哪里会告诉我这些，我是自己知道的，我还知道你想贷款资金运作，苦于一直没有找到一个帮手，是不是？"

黄成良张口结舌，半天说不出话来，终于举起手中的酒杯说："我今天是遇见仙女下凡了，仙女掐指一算，我这样的凡俗夫子连藏身的地方都没有呀！"

李知苏呵呵一笑说："如果我帮你，你怎么谢我？"黄成良以为自己耳朵听错的了，不相信地问了一句："你说什么？你真帮我？"李知苏说："给你创造良好的发展环境呀！"

黄成良一下子心痒难忍，按捺不住憋了大半天才说："李小姐，我的恩人，如果你肯帮我这些，我黄成良这辈子唯有你李小姐马首是瞻了。"说着站起身双手举起酒杯连连做了几个鞠躬。

李知苏娇嗔地说："你直接叫我知苏就好了，何必弄得这么见外！"

黄成良连连点头说："你说了算，你说怎么样就怎么样。"

李知苏暗忖火候已到，看来可以顺利施展下一步的计划了。

她突然停下筷子，一脸万般无奈的凄楚状。让黄成良看得一愣一愣的，不知道自己哪里做错了，惹怒了这个大小姐的后果很麻烦。他急了，把手放在自己的脖子后抓了抓，这个是他的招牌性动作，这会儿，他试探地问："李小姐，你是不是不舒服了？"

李知苏皱着眉点点头说："是的。"黄成良又慌了，说："哪里不舒服，难道这里的酒菜吃了胃口不开？"

李知苏指了指自己的心口，说："是这里不舒服。"

黄成良搓着手说："那可怎么办，我送你去医院好不好？"

李知苏柳眉一挑说："你傻了呀！我是说我心情不好。"

黄成良看着一脸醉意的李知苏，在酒精的作用下，眼前的女人浑身上下透出了一股冷艳迷人的夺魄之态。胸脯一起一伏让人看得难以把持。他不敢再看，慌忙低下头说："你说怎么办？你教我！"

李知苏说："你可以当医生呀！"黄成良大吃一惊，慌忙摆摆手说："知苏，你不要吓我，我怎么敢当你的医生！"他的眼睛还是忍不住快速掠过了李知苏的胸部。

李知苏似乎看出了他的心思，脸色嫣然一笑说："我就是要你当医生，这个医生还非得你来当，别人还不能胜任呢！"黄成良困难地吞了吞口水说：

“我脑子笨，知苏，你心里想什么就明着说，医生怎么样当我猜不来，只要你开口，我万死不辞。”他发誓般地说出了一番话，然后眼睛直直地看着李知苏，连手心都开始冒汗了。

李知苏说：“我跟你明说了吧！我要罗方智的心和人。”

黄成良长吁了一口气，如释重负又无比失落，看来刚刚自己是多心了，也让她见笑了。

黄成良说：“这个嘛！我应该是帮不了你的呀！你知道，兄弟姐妹之间都无法去左右彼此之间的感情，更不要说我和罗方智之间，你知道他的个性，勉强不来的，但是这个不急，以你的条件，十个八个罗方智都找得到，何必又在他一个人的身上吊死呢！”

李知苏拉长脸：“你说这话就是不肯帮忙了，是不是？”

黄成良慌忙说：“我帮我帮，你也别急呀！我一定想办法促成此事。”他又顿了顿说：“但是罗方智心里有人了，这个就很麻烦的，你没有发现他已经跟过去完全不同了吗？”

李知苏懊恼中带着强烈的妒意说道：“你告诉我，那个人是谁，我就不相信还有人的条件强过我！”黄成良给她斟了一杯酒说：“你先听我说，这事还真得从长计议。”

“那个女的就是昨夜里你和罗方智一起在咖啡厅一起见的那个，是吗？”李知苏问道。

黄成良有些诧异说：“你看见了，是她，你应该也见过她的呀！”

这下轮到李知苏吃惊了：“我见过她？我什么时候见过她？”

黄成良说：“咦，你没有看过她？她就在市人民医院内科当护士的，现在你外公住的那一个病区呀！她叫阮月笛。”

李知苏拿起酒杯仰头一口喝下说：“难怪了，他就是住了一次院回来就大反常态，就是一个小护士而已，我还以为是什么名门闺秀呢！”

黄成良说：“你可别小看这个小护士了，她不一般，如果不是特别出众，你想想，罗方智会对她神魂颠倒吗？”

李知苏的口气一下子寒冷得如同六月飞雪般：“你知道那个护士的来历吗？”黄成良说：“我不知道，但是我就知道她有一个男朋友。”他想起自己一天前还为了罗方智的事想通过店铺的提价赶走那个张章，搬开挡路石，也算是给罗方智的感情铺一条捷径。现在面对着李知苏，他的天平开始摇晃了。他迅速地衡量了一下利害关系，刚刚李知苏已经把话说在前头，可以帮自己

在事业上破浪乘风，那么，现在要赶走的就不单单是张章，而是那个阮月笛了。

黄成良想，使手段提租金的事情想赶走张章的事让罗方智知道后，他还给自己上了一堂课，说君子做事光明磊落，虽想抱得美人归，但是要凭借实力和真诚看对方的意思，让他有些搬石头砸自己脚的感觉，想拍马屁拍到马腿上去了，里外不是人。虽说那个物业部的袁经理看见自己点头哈腰，心里多半也是对自己的安排不甚乐意的。

黄成良又思量，李知苏可以和罗方智终成眷属那就皆大欢喜，如果最终还是李知苏的一厢情愿，那么，让罗方智知道这件事情有他的参与，只怕是兄弟都没得做了。

李知苏说："你在想什么呢？怎么整个人都那么走神的，是不是还有你知道的没有告诉我呀？"

黄成良连连摆手说："没有没有，我只是想该如何促成你们的好事！"

李知苏说："我明天就去看外公，顺便去会一下那个叫阮月笛的护士，看她是怎么样一脚踏两船的。"

黄成良心里叫苦不迭，他说："我的大小姐，你可千万别去闹事，那个阮月笛也不是好惹的，如果让罗方智知道这些都是我告诉你的，你让我如何去见他呀！再说那个阮月笛也根本没有和罗方智有什么牵扯呀！"

李知苏一扁嘴说："谁信呀！只怕那个叫阮月笛的护士天天做着嫁入豪门当太太的美梦了。"说着她凑到黄成良的面前说："你怕什么？我们的见面只是我们两人的见面，我不希望还有第三个人知道。"

黄成良频频点头说："这个自然，我只是以为此事需要从长计议，你要知道心急吃不了热豆腐的，放长线才能钓大鱼呀！"对着李知苏误解阮月笛的看法，他无可奈何，却又不便再明说。

李知苏说："好呀！听你的也无妨，如果你帮我把那个阮月笛赶走了，我可要重重谢你！"说着举着杯向黄成良，两人的酒杯相碰时发出了一声清脆的响，红红的液体带着各自的打算，全部涌到肚里去了。

黄成良不能去告诉李知苏，他本来想逼走阮月笛的男朋友张章，主要的目的是想给罗方智的爱情铺出一条大道来，现在看来形势急转，得好好地利用这件事情为自己做打算了。只要可以讨得李知苏的欢心，以后还不得是财源滚滚来。想到这里，他不由一阵兴奋，心里恨不得马上把人生的美梦变成现实。

一瓶红酒终于见底了，黄成良殷勤地问：“知苏，还喝吗？”

李知苏笑了，说：“好呀！为了以后我俩的合作愉快，再上两瓶红酒。”说话时一张脸的桃红丝毫没有消退，让人看了我见犹怜，黄成良再次傻了眼。听到呼唤的服务员走了进来，低眉顺眼地问黄成良还要不要上红酒。他有些为难，其实他已经有些醉意，可眼前的李知苏也得罪不得，对她可是要像菩萨一样供着才行，可如果喝醉了也麻烦。他正在沉吟间，李知苏扬扬手，说：“去拿两瓶酒来，我还想再喝。”

黄成良不敢说不，他的头有点昏，但更多的是兴奋，他也跟着扬扬手说：“上酒，上酒，马上上酒！”

两人面前的红酒很快就被斟满，随着一杯一杯的红色液体下肚，两人的醉意也越来越浓，李知苏的眼神越来越迷离，吐字变得跳跃间断不清。她一会儿伏在桌面上，一会儿端着酒杯继续喝。黄成良有些着急，想拿开她面前的酒杯，没有想到李知苏醉眼相看，看得黄成良心里更着摇晃不已。

她的手突然向黄成良的脸上抚去，口齿不清地说出了几个字：“方智，真的是你吗？”黄成良还有几分清醒，他突然明白过来李知苏是真的已经醉了，这下可怎么是好，还没有等他想清楚，李知苏软软的身体就斜靠过来，一股女人的清香直钻鼻孔。黄成良心跳加快，一下子感觉有全身难以控制的激动，他低声说：“知苏，苏苏！”说着用手想扶起李知苏，李知苏突然哭了起来：“你好狠心呢！这样对我！”

黄成良心神大乱，他已经没有思维空间来理清楚突然发生的一切，他脑海里如闪电般地跳出一个念头：“好你个罗方智，好事让你全占了，这么美貌的女子这么好的家世，别人是几辈子都修不来的缘分，你小子倒是视若粪土一般，如果摊上我，我就要给历代祖宗都烧上高香了，现在，眼前的人唾手可得，如果生米煮成熟饭，那么李家的驸马可是我黄成良了！”

他突然发现，现在的一切对自己太有利了，他兴奋起来，他对着李知苏附耳说：“我带你到房里去！”李知苏紧紧地搂着他，轻“嗯”了一声。

楼上客房长廊里，黄成良几乎是连搂带抱地把李知苏带到最后一间房，而醉得一塌糊涂的李知苏搂着黄成良一路不停说着酒后的胡话。

两个人的身影后面，一双眼一直在注视，看着两人把客房门关上。他良久才把眼神挪开，缓缓地放下手中的相机，他是肖岱。今天他是特意驾车来到几十公里之外的海边，想拍些海边景色，顺便再找些素材。没有想到看见黄成良和李知苏的这一幕。对于李知苏，他是知道的，那时候罗方智正为跑

资金的事情焦头烂额，在一个酒宴上认识她的，当时她在市电视台实习，知道了罗方智的事情。

也就这次以后，或许是对罗方智一见钟情，李知苏三天两头联系罗方智，每次都有各种各样的理由，时间一长，大家也就熟悉了。

这是怎么回事？她和黄成良来这里干什么？看两人的样子，亲密缠绵，难道这个李知苏移情别恋了？不可能吧！肖岱为自己的分析打了一个大大的否定，无论外形还是个人的气度修养，罗方智都无疑是男人中的闪着光的钻石，所以没有什么理由，会让对罗方智一直死缠烂打的李知苏把目标转上黄成良这个暴发户似的男人身上呀？但一想到两人的纠缠样，他又有些迟疑了。

他走到黄成良与李知苏的客房门口，看着门口挂出的"请勿打扰"的提示，他心里已经猜出里面发生了什么，但是知道一向都是李知苏有情而罗方智无意，难道因为这样，李知苏和黄成良两个人暗生情愫，走到一起了，按李知苏的脾性和家庭背景，如果不主动，黄成良就算是长一百个胆也不敢招惹她的，肖岱伸出手犹豫着。想了想，终究还是没有敲门，他转身离去。

第三十五章　天地的晴朗只落在相同的视线里

阮月笛经过一夜的休整，早晨醒来的时候她特意先跑去敲了敲米微璇的门，没有人响应。她倒回头经过柏小斯门口的时候，柏小斯说："我说月笛呀！你真的不要去担心她发什么高烧，我一大早就看见她龙精虎猛地下楼了，应该是上班去了。"

阮月笛看了柏小斯一眼说："你好像对她很大意见似的，说的话都带着刺儿，她是不是什么地方得罪你了？"

柏小斯大呼冤枉说："月笛，你不要不识好人心，她才不敢得罪我呢！我是提醒你，别给别人卖了你还帮别人数钱，我可是几次都听见她在后面说你，我是愤不过，替你不值呀！"

看着柏小斯一脸认真的样子，又不像在说谎，阮月笛不好再说什么，道了个别就转身下楼了。

走到路上，柏小斯的话又在耳边响起："不信你可以去问问吴韬的呀！

他都听见好几次了，还批评了她呢。”

阮月笛有些压抑了，她不相信米微璇会讲她什么，因为从来表面上大家都很和谐，可是柏小斯这样说也应该不是无风起浪。因为很多次柏小斯穿刺失败了，病人意见很大的时候，都是她站出来，帮病人一针见血了还安抚病人的情绪，这些都让柏小斯对她心存感激。全科没有多少个人喜欢柏小斯这样的人，但是从个人的角度来讲，柏小斯对她，也还算是比较礼貌尊重的，所以从这样来讲，应该是柏小斯的话可信度高一些。

病房里，全科集中，听夜班口头交班，然后跟下半夜的值班护士还有其他各班的护士一去到床边交接。走到贵宾房里的时候，阳陆建很安静地坐在床边，他对进来的护士都微微点头表示问候。他的床边，坐着一个眉目非常清爽的女孩，扎着高高的马尾辫，微笑起来微微上翘的嘴角边上还有小酒窝，很是惹人喜欢的那种俏皮。

阮月笛忍不住多看了她一眼，这个女孩有些面熟，酷像那夜跟踪老五的女孩，只是眼前这个一脸健康阳光，那个一脸病态柔弱，这难道就是同事口中那个霸气飞扬的阳老伯的外孙女？怎么看上去如此让人赏心悦目。阳陆建呵呵一笑：“来，月笛，认识一下，我的孙女，亚亚，你们可以交个朋友的，亚亚也很喜欢读书和写书法的。”

亚亚落落大方地伸出手说：“认识你很高兴，外公早就跟我说过你了，有空的时候我们一起玩！”说着大眼睛闪亮闪亮地看着阮月笛。

阮月笛笑了，也伸出手，她喜欢眼前的这个女孩，不做作，非常自然率性，让人还没有交谈就会跟她有了一种默契，好像跟她认识很久那样，大家本来就是朋友的感觉，这样的女孩怎么会是同事口中的霸气飞扬呢？

看得出，阳陆建对这个孙女非常疼爱，他眼中的慈爱让阮月笛想到老家里还在田间劳作的爷爷奶奶对自己的那种疼爱。

亚亚说：“月笛，你忙吧！等你不忙的时间就找我。”说着她从床头柜上的便条本上撕下一张纸，说：“有空的时候你打我的电话，但是要在周六周日！”又把本子递给阮月笛说：“你也写下你的号码给我吧！”

阮月笛写了，阳陆建满意地点点头说：“你们会成为好朋友的，到时都要来请外公我吃饭！”

陪着查房的陆春妮笑着说：“阳老局长，你看你又多了一个那么漂亮乖巧的孙女，阮月笛可是我们科室的科宝呀！”

阳陆建爽朗地笑着说：“就是呀！我都到这个时候了还可以再拥有一个

这样的孙女，这一辈子，够了！

说着开玩笑似地看着阮月笛说："月笛，笛儿，快叫外公，你这个孙女我认下了。"阮月笛甜甜地喊了一声："外公！"

"哦！"阳陆建眉开眼笑地应了一声，说，"乖孙女！"

亚亚说："祝贺外公，又多一个美女来疼你了！"阳陆建用手指头点了一下亚亚说："好你个小丫头，外公看哪个人都是美的，你看，我们的护士哪一个不是美女呀？"

众人笑了，气氛非常和谐快乐。

阮月笛说："外公，你该休息了，我们可要去查房了，有空的时候再回来看你。"阳陆建呵呵一笑，说："你们忙去吧！我这个老头子就不占你们的时间了。"

出门的时候，亚亚对着阮月笛摇着手，做了一个打电话的手势，阮月笛微笑地点点头，指了指自己胸前的怀表，用手做了一个OK的姿势，意思是告诉亚亚自己有时间了就一定会找她。

看着护士们都走出房子，亚亚走到阳陆建面前问道："外公，你说我们应该怎么办？"说着眼眶红了，阳陆建长长叹息一声说："善恶有别，固守清白乃为正道！"亚亚说道："我的心里实在撑不下去了，我手上的证据越多，我的心就越痛苦！"说着眼泪掉了下来。

阳陆建站起身说："唐代的杜牧在《阿房宫赋》文中写道：'秦人不暇自哀，而后人哀之；后人哀之而不鉴之，亦使后人而复哀后人也'。我们不能包呀！"说着他的眼眶亦是湿了。

亚亚擦干眼泪说："外公，我想问您，我在这个世界上是不是还有一个亲生的姐妹？"阳陆建吃惊地说："何出此问？苏苏不就是你的亲妹妹吗？"亚亚摇摇头说："不是苏苏，是我的一个线人，她帮助我们的工作已经很久的，就是长得和我酷似，我看见她总有一种说不出的亲近感！"阳陆建长长地叹息一声，他想起初见亚亚的时候，她时不时哭着喊妹妹，那个妹妹，不是当时小时候的苏苏！

想着想着，阳陆建出了神，直到亚亚喊了一声外公他才回过神来，他心里一动说："你找个时间把这个女孩带来给外公看看！"亚亚点点头说："好的，她的身体有病，也一直在治疗，我找个时间带她过来！"

走廊上，王静说："阳老伯这家人，真的是两个极端，你们看他还有一个孙女，每次来都趾高气扬的，对我们一点礼貌都没有，看这个亚亚，又那么平

易近人，让人一接触就心情舒爽，还有那个打过沈欣的胖女人，每次也是态度很嚣张的。本来说有钱的人涵养会更好，更懂得谦和，怎么他们一家人就有天差地别呀！"

陆春妮说："小王，你怎么也变得爱嚼舌头啦！不要在后面说别人事情，不然半夜鬼都来敲门的。"

王静伸伸舌头说："不说啦！护士长，你说得吓死人了。"

阮月笛说："大家都别说了吧！先交完班吧！"

终于把一个病区工作全部交接完成，回到办公室，阮月笛拿出各种治疗牌查对，亚亚走进来说："月笛，我走啦！"阮月笛说："那么早，来了就走呀？"亚亚笑了，说："是的，我不能在这里待太久，其实我也来了这里很多次了，就是没有遇见你，现在认识了，以后就有大把机会了。"

阮月笛微笑回应说："好的，那你走吧，再见！"说着用还拿着笔的手对亚亚晃了晃。看着亚亚的背影，沈欣羡慕地说："多好的身材，老天爷真不公平耶！一个人身材那么好了还长得那么漂亮，我前世一定是老天爷制造人类的时候拿那些废角废料加工出来的。"吴韬正好经过，他听了哈哈大笑说："沈欣呀！你这性格最可爱，让我乐得差不多让口水哽到了。"

沈欣嘟起嘴说："你笑我。"吴韬笑得更厉害了。

路霆走过来："沈欣，你知道什么最值钱？"沈欣摇头。路霆说："你知道为什么西游记里那么多妖魔鬼怪都要来抓唐僧，孙悟空要拼死保护他师父吗？"沈欣摇头。吴韬几乎笑得背过气，一直拍路霆的肩膀叫他不要再说下去了。

路霆凑到沈欣面前："因为唐僧有一身上好的肥肉！"

回过神来的沈欣大怒，说："好你个路霆，竟敢如此嘲笑我。"说着举起手上书本不由分说地对着路霆拍了过去。

陆春妮走过来，说："玩什么呀！你们还小呀，在上班时间这样，院部查房看见了，你们就全部上去跟领导解释清楚。"

路霆连忙走开，贾平在玻璃门外向吴韬招手，扬了扬手中的一张纸，说："外科有个会诊的，让你去一下。"

第三十六章　第二条危急的生命

内科护士站,阮月笛埋着头干活,一大堆事情要做,一大堆医嘱要整理出来。陆春妮走过来说:"月笛,你先到二号房七床赵家立那里帮他打一下针,王静都打了两针了,病人都有意见了,说要换护士。"

阮月笛站起身,走到七号病床。这是一个支气管哮喘的病人,吸着氧气,张开老大老大的嘴唇,颜面口唇发绀,半坐卧位。

阮月笛知道,这个病人的血管是出奇的难找,就是拿五号半的针头都要找半天,看他的这个样子,必须得迅速开通静脉通道,只有让药物注入才可以缓解他的症状。

阮月笛另外拿起了一条止血带。跟着王静一起找起了血管。拍拍打打,用手揉搓,阮月笛终于在赵家立的拇指侧找到了条小小的血管,随着针头扎入,回血缓缓地出来,阮月笛大大地松了一口气,拿过王静递过的胶布,细心地再拿个小纸盒固定拇指与手腕部的位置。调好液体氨茶碱滴速,这是个需要缓缓滴注的药物,阮月笛交代赵家立不可以私下调滴速,方才和王静放心离开病房。

王静说:"月笛,你真行,你看病人看你的眼神都充满了感激,难为你用七号针头打进血管了。"

十分钟后,阮月笛带着血压计返回,给二号房的三个病人全部测量了血压,走之前又用表再次数了数赵家立的输液速度是二十滴方才离开病房。

回到办公室,十多分钟过去,一大沓有医嘱的病历就给执行了大部分,陆春妮忍不住赞叹:"月笛呀!看你手脚麻利的,和你配合上班的护士个个都在我面前说你的好,你经手过的病人哪个不是把你夸得像天使一样的。如果我们科再多几个你这样的护士,包准月月都拿到领导的嘉奖,精神文明

旗别的科室拿不走了。”

对讲机里六床的铃声一阵阵响起，陆春妮拿起接听，脸色一变，说快准备抢救用物，马上通知医生，七床赵家立突然不行了。一时间，阮月笛，沈欣、王静都抛下手中的工作，推着抢救车、心电除颤仪马上往二号房奔去。当值的吴韬和路霆从办公室里快步跑出，跟着护士一起奔去。

赵家立已经说不出话来，整个人如同濒死状态，浑身上下如同水中打捞出来一样湿透，眼睛一个劲地向上翻白。大家一看输液，麦菲氏滴管里的滴速开得如同流水一般，一滴接一滴下，速度目测都应该在七十滴上下。

赵家立突然头一歪，吴韬拿着听诊器一听，说心跳骤停了，马上给电击起搏，七手八脚地拉上插头，王静迅速将液体重新换下，“电击一二三，”赵家立整个身体颤抖一下。“电击一二三，”吴韬口头念道。米微璇站在门口，说话语音颤抖：“快快快，去准备人工呼吸机！”陆春妮马上转身跑去推着呼吸机过来。

经过一系列紧张的抢救处理措施后，还没有上呼吸机，赵家立恢复了心跳，跟着测血压的阮月笛报出了血压是收缩压九十毫米汞柱，舒展压是五十四毫米汞柱。呼吸是二十八次。五分钟之内阮月笛连报出三次生命体征变化，一次比一次的好，大家都松了一口气。吴韬抹了抹额头的汗说：“我和一个护士留在这里观察，其他的人都先回去吧！”

六床的古捷一直拍胸口说：“简直是吓死我了，他突然就不行了，我马上按铃叫你们了，不如你们把我调动一间房子吧！我害怕跟这位老人家住在一起。”

阮月笛说：“已经没有事了，你调到别的房也会有病人突然间出现不适的，刚刚感谢你了，如果不是你，我们真不知道怎么样了。”

米微璇面无表情地走过来说了一句：“他的滴速怎么会这么快？你们护士是谁给打的针？”阮月笛说：“是我打的，也是我调滴速的，我也不知道怎么会变成这样。”

吴韬皱眉说：“这件事等下我们要查清楚的，回到办公室再说。”

过了一会儿，收拾急救车用物的时候，赵家立的妻子跌跌撞撞地跑进来，一跑来就失声痛哭：“老头子，老头子，你怎么啦？吓死我了！”她号啕大哭起来。赵家立困难地睁开眼，用眼神向妻子表示了自己从鬼门关上走过的痛苦，又扭头看了看在场的医护人员，他的感激都在眼角显现，一滴浑浊的泪水流出，赵家立又缓缓地闭上眼睛，神情显得极度疲倦。

路霆连忙牵起伏在老伴身上哭泣的赵妻："阿姨，人已经给我们抢救过来了，现在你就别哭了，一哭会影响赵叔休息了，走，跟我们到办公室一下，我们跟你解说一下病情。"

赵妻恨恨地说："是呀！你们给我一个解释，不然我找你们院长，我听说是吊针的速度下得很快，老头子受不了才会这样的，如果人有什么三长两短，我看你们有多少个脑袋来赔偿我家老头子的命！"说着又哭了起来。声音引来了临近几间病房的病人围观。

路霆说："阿姨，谁告诉你这些的？"赵妻说："我在楼梯口遇见米医生，她说的。"

路霆叹了一口气说："阿姨，我们还是到办公室去，我跟你详细说清楚吧！"

办公室里，贾平对陆春妮大发雷霆："看看你们护士干的什么好事情？工作态度怎么如此差劲，我听说了是阮月笛给打上的吊针，这已经是她第二次弄出事情了。上一次是给廖建翔发错药，这一次把赵家立的老命都几乎弄丢了，院部知道了，一定会解聘她的，还有我们全科受累，你看这件事怎么去收场？"

陆春妮分辨着："这中间一定是误会了，阮月笛是一个很有经验的护士了，滴注氨茶碱，她不可能不调好滴速的，是不是赵家立想滴快些自己去调控制滑轮也说不定呀！我们不能就这样把责任全部推到阮月笛身上！"

贾平闻言更加生气："阮月笛是有经验的护士，那么赵家立不是一个有经验的病人吗？他患支气管哮喘多年，每年都要住院几次，每次都少不了氨茶碱，他难道会自己调快，把自己的老命提前送到黄泉路去？真是岂有此理！"

话音未了，赵妻又吵又闹的声音传了进来："走，我就是要见你们的主任，医院敢这样对病人不负责任的，打上吊针就不用管了，你们给我找出那个打针的护士来！"

贾平和陆春妮马上走了出来，拿张凳让怒火冲天的赵妻坐下，吴韬端一杯水走过来："来，阿姨，先喝喝水，这件事，我们一定会给你一个交代的！你先别急。"

赵妻大大地喝了一口水，眼泪又出来了，说："我才回去想给老头子煮些他爱吃的粥，没有想到你们本来是治病的医院却变成害人的医院，如果不是那个旁边的小伙子帮手按个床头铃，只怕我连老头子的面都见不着了。"

路霆搬了一张凳子，挨着赵妻坐下说："阿姨，你是最知道我们的啦！赵叔在我们这里住院也不是一次两次，哪一次不是对我们很满意呀！这一次的意外，我们都很难过，我们都向你和赵叔道歉，请你们指正我们工作中的不足之外，以后我们会保证万无一失，你就不要发那么大火啦！一生气等会儿血压又高了，说不好听点赵叔的病还没有好，你又病倒了，多不划算呀！"

路霆晓之以理动之以情娓娓劝说，他相信自己可以把这个有好几年医患交情的家属做通思想工作。一边的贾平和陆春妮和吴韬也时不时地插些话进来劝说，先前烽火硝烟的气氛慢慢地缓和下来。

看着眼前的众人，赵妻终于叹了口气，她也不想和医护人员把关系闹得太僵，毕竟以后自己和老头子还会时不时要过来麻烦医院，现在老头子没有事了，眼前的医护人员一个劲地跟自己赔礼道歉和说尽好话，自己也不好再说些什么了。

阮月笛和王静走过来，阮月笛站在她面前低着头说："阿姨，真的对不起，当时的针是我打的，我也用手表调了两次，我也不知道为什么会出现这种情况，真的对不起！"说着深深地对赵妻鞠了一个躬，满脸通红。

赵妻脾气又来了："按你这么说，那就是你调好了，那个输液器是自己质量有问题啦？就算是质量有问题，你也不用检查一下的吗？"

阮月笛脸红过耳，欲言又止，眼泪在眼眶边一直打转，不知道该如何面对赵妻的咄咄逼人。她的心里，真的是觉得自己冤到家，却找不到任何可以为自己辩解的理由。

赵妻冷笑一声说："大家都说你好，我就怎么没有看出你好，上次你才把老廖的药发错了，他没有和你计较。这次就把我家老赵的命差点送了，我看着这么多医生护士的脸子上也放了你一次。下次，我要看看，哪个来保你！哼！"路霆忙轻轻地拍了拍赵妻的肩膀说："阿姨，你就别气了，来，来，来，喝水！"说着忙把桌上盛好的一杯水递了过去。

第三十七章　污水和冷水总是喜欢搂肩搭背

阮月笛用双手捂着脸，泪水汹涌而出，她转身想走，发现门口不知道何时多了一个身影。

一个娇滴滴的声音传来："哟！我说怎么这么热闹哟！原来你们在说她哟，我还听说，她一直脚踏着两只船，这样对自己和别人都不负责的人，工作上还能负责到哪里去？"

一声怒斥随之传来："苏苏，你胡说什么，走，你什么情况都不了解，在这里瞎掺和些什么！"

大家愕然地抬起头，是阳陆建扶着拐杖站在门口，他的身边，站着一个相貌出众的女子，眼睛红肿，像是刚刚大哭过一场的样子。

那女子轻轻地摇着阳陆建的手臂娇嗔地说："外公，我是记者呢！有什么可以瞒得过我的眼睛的呀！"

阳陆建脸色异常阴沉："你走不走，再不走我就不客气了。"说着他重重地把手中的拐杖顿了顿。

贾平满面堆笑："是老局长和李记者散步呀？"陆春妮的脸上也堆出了笑容，忙着打招呼。

李知苏浅笑："好啦！我扶着外公走一走，你们继续！"说完用不屑的眼神斜斜地扫了阮月笛一眼，袅袅婷婷地转过身想离去。

阮月笛痛苦地摇摇头，她的世界几乎在这一瞬全盘崩溃，她不知道她到底是得罪了谁，为什么老天要让别人用这种方式对待她。为什么会突然跑出一个这样的什么李记者当面来羞辱她。让她在工作爱情方面双双受到这么惨重的打击，人言可畏，这些话如果让人一传，白的也变成黑的了。这种日子让她以后如何面对？

阮月笛几乎站不稳，一阵昏旋，眼前好像有突然一黑的感觉，她勉强用手扶着门框。抬起脚，感觉异常的辛苦，连呼吸都有些困难。

"站住，你别走，你把话说清楚再走！"沈欣的声音清清楚楚地传来，她对着李知苏的背影很大声地说。

李知苏转过身，看着胖胖的沈欣，眼神中写满了轻蔑，继而又哈哈笑出声来说："你叫我停下，你有什么资格叫我停下。"贾平对沈欣低喝一声，说："你不要再多事了，快去干活。"

沈欣固执地摇摇头，直接面对着李知苏说："你既然是一个记者，就应该有一个做记者的良知，你凭什么侮辱阮月笛？你应该向她道歉！"

李知苏低哼一声："我侮辱她，哼，她配吗？你既然那么力撑她，那么你就去问问她，她是不是脚踏两只船，自己有男朋友的人了，还勾引住院病人！"

这话如同晴天霹雳，让在场的每一个人都惊呆了，吴韬走过来说："你们都不要吵了，工作的地方不谈私人的问题。"

只听一声清脆的巴掌声，阳陆建重重地一巴掌挥到李知苏的脸上说："你胡说些什么？快滚回家。"说着拄着拐棍拼命地喘着粗气。

李知苏捂着脸蛋，哭着说："外公，你打我！"阳陆建说："我就打你，把你的无知和随意伤害别人的行为打清醒过来。"

李知苏"哇"的一声哭出来，转身直奔楼梯而下，跟提着盒饭上来的米微旋撞了个满怀，饭盒洒落一地。米微旋愣在当场。李知苏的脚步没有停，直捂着脸跑下去。

阮月笛如同虚脱一般，呆呆地站了一会，木然走到值班室，眼神非常空洞，那一刻，大家的心，揉成一团不得舒展的皱褶，非常难过。

沈欣的泪水在眼中打转，跟了进去说："月笛，你没有事吧？"阮月笛费力地摇摇头，干涩地说："我想自己单独静一下，你帮我跟护士长说一声，我在值班房坐坐！"

王静走过说："月笛，你先去休息，你的脸色好难看，你班上的事我来做就可以了！"说着用力地捏捏阮月笛的手，沈欣也跟着用力地握握了一下阮月笛的手，两人的眼神都在说着两个字："坚持！"

柏小斯走过来，递过一小包纸巾说："给你，月笛！"

阮月笛感激地点点头，那一刻，她真的觉得柏小斯没有想象中的那么让人不喜欢。米微旋走过来说："小阮呀！看来你还是蛮多人关心的嘛，不怕啦，发生什么事情总是有人站在你身边的！"那话音似关心却带着一丝强烈的嘲讽。

柏小斯突然冷哼一声："米医生，我就想知道，你是不是想看我们护士的笑话，我刚刚去了病房，哼，他们说了，除了月笛是最后一个出来的，你米医生在月笛的后面也去查了房，难道你就没有看见赵家立的氨茶碱的滴速那么快？"

米微璇瞬间脸色惨白，话语颤抖地说："你话是什么意思？"

柏小斯悠悠地说："如果阮月笛要承担多大的责任，你米医生一样也脱不了干系，这叫作一荣俱荣，一损俱损。我们护士不只就是干活的，你们医生也不单是开了医嘱就当甩手掌柜的。还有就是你生病的时候月笛送药给你，她出事的时候不敢说要你送水，但起码也不是过来送石头的，是不是？"

米微璇口唇颤抖，脸色发青，一句话都说不出来，快步转身离去。沈欣

看着她的背影,哼了一声说:“看热闹的家伙!”

王静感激地对柏小斯说:“谢谢你,真的谢谢你,柏姐,没有想到你在关键的时候会为我们说话!”王静这句话是由衷发自内心说的,她也一直对柏小斯没有什么好印象,特别是看到杨桦林那种无法言喻的失意,还有那次跟杨桦林在走廊中莫名其妙地挨了柏小斯说话的夹枪带棒,她的心里,始终无法对柏小斯有什么好感。这一次,她发现,柏小斯也还是有她的可取之处。

柏小斯不好意思了,她对王静点点头,又说:“月笛,你真的不要怕,等下我去找贾主任说,不能就拿你一个人上纲上线,他们医生也进过病房,还有那个什么李记者说的话,不要理她,我们又不是为别人的口水活着的!”

沈欣一声低呼说:“柏姐,我真的想好好拥抱你一下!”她是个性格直爽的人,说话喜欢直接表达自己的感觉,虽然柏小斯平时也总喜欢欺负她,拿她的肥胖来嘲弄,但是她也不是一个记恨的人,她觉得如果不是柏小斯出现了,那个米微璇,不知道还会说出一些什么让人如骨鲠喉的话来。

阮月笛说:“谢谢你们了,你们去忙吧!我只是坐坐就没有事了。”说着一个人朝值班房走了出去,三人担忧地看着。陆春妮的声音传来:“你们都站在那里干吗?都不用干活了?”沈欣伸伸舌头,忙转身走入治疗室。

办公室里,赵妻的气已经明显地平和下来了,嘴中唠叨:“贾主任呀!你们的那个护士是不是真的有什么作风问题呀?你看看,刚刚那个什么女记者都说了,那就不会有错的了,这样的人,医院不处理不行呀!我们病人哪里敢放心让这样的人来做治疗呀!”

贾平脸色异常难看说:“会的会的,我们一定会严肃处理她的问题,你先回去好不好?不然赵叔等急了!”赵妻连忙站起身,说:“我先回去看看老头子怎么样了。你们医生也多去看看,我真对她们护士做事情不放心!”说着边走边摇头叹息。

贾平喊了一声说:“陆护长,你过来。”陆春妮放下手中的病历,有些不情不愿地走过来,她知道,贾平这回是要拿护士开刀了。

贾平关上医生办公室的门说:“我们现在讨论一下,看这次的事怎么跟院部回报,这个阮月笛,如果实在不行就把她转科吧!我怀疑院部都会解聘她,这样在病人之间造成这么坏的影响怎么行?我们的工作怎么做?一天到晚都为她的事情擦屁股,还得贴钱去买纸。”

陆春妮脸色露出不满说:“贾主任,你怎么讲话这么难听?什么叫擦屁股?别人多好的一个护士,刚刚的事情,我也觉得想不通,或许真的是谁调

过输液滴速也说不定，真的，我不相信阮月笛会做如此不负责任的事情，这不是她的工作作风！”

贾平气了：“你就是会出了事情护着自己的护士，我们医生也跟着受连累，你看上一次，廖建翔的事又是多大的事情，病人没有追究就是了，这次的事，你以为你还可以罩得住她吗？还惹毛了阳陆建那个刁蛮的外孙女，你当别人是干什么的？是记者，一支笔就可以要了我们全科全医院的命，这事如果让她捅到报纸上，那真的不知道会是怎么样的恶劣后果！”

陆春妮据理力争说：“这事一码归一码，那个什么李记者根本就是莫名其妙，我们都在解决赵家立的事情，她怎么突然扯进来说道阮月笛私人的事情？这不是把阮月笛往死里推吗？就算是阮月笛私人有什么问题，也不应该在这样的场合由我们这些人去评说的呀！她这个叫落井下石。”

贾平马上反驳：“她就算是落井下石又怎么样？你看出来没有，她就是专门来说这样的话的，现在就变成不单是阮月笛的工作有问题，连作风都有问题了，我早就说了，红颜祸水没有错的。我们不能得罪病人的，我们这些人都要仰人鼻息生活，现在你还振振有词，那么你告诉我，这件事，让院部下来查还是我们自己报上去？”

陆春妮沉默了一下说：“我们马上报吧！如果她要调科还是做其他处理。我也会找院长要求留下阮月笛，内科有一个能干又全面综合素质不错的护士不容易，不能因为一件事毁了一个人，相信这些事以后阮月笛会认识自己的错误。”说着陆春妮不再看贾平的脸色，径直推门走出办公室。

第三十八章　天使的衣裳满是潮湿

走廊里，路霆拦住米微璇说：“师姐，我有话问你！”米微璇有些不耐烦：“有什么事就快说，我还有事！”路霆说：“刚才赵家立的妻子没有那么大的情绪的，为什么你要先去跟她说就是护士打针滴快输液速度才弄成这样的？你这样会害了阮月笛的。”

米微璇身体微微一震，脸色变得有些失色，她口中冷冷地哼道：“你是不是喜欢上她了，告诉你，刚刚阳陆建的外孙女还在骂她脚踏两只船，你是不是还想做那第二只船呀！”

路霆不满："师姐，我是什么人你还不知道，我从来不去做那癞蛤蟆的美梦，阮月笛在我心里清纯得很。我现在就是想不通这个问题才来问你的，我是不相信阮月笛的工作失误弄成那样的，你要知道，我们平时什么没有做好，阮月笛都会给我们指出来，这样一个老是为别人着想的人，我们为什么在这个时候袖手旁观呢！我们应该是把所有的矛盾减到最低！"

米微璇冷笑："把矛盾降得最低，好像她每次有事我都要表现出极大的热情是不是？错了就该承担责任，谁也盖不了，你不忍心让她受伤，就忍心来伤害你师姐的感觉是不是？"

路霆哑然，看着脸上怒气渐显的米微璇，马上说："师姐，我不是那个意思，你先听我说完话。"

米微璇哼了一声："我没有时间，我忙得很，再见！"说着调过头，把下巴仰得高高的，挺起胸，快步从路霆身边走开。

路霆用手搔了搔头发，嘀咕一句："变了，变了，女人的心，海底的针，男人永远也不知道是怎么被它扎伤的！"说着连连摇头，走进办公室。

院部，医院中层在开会。会议的下一排，坐着贾平和陆春妮。院长耿有志一脸怒气大发雷霆，就差没有拍翻桌子，贾平和陆春妮低着头，一句都不敢吭声。作为一个科室的主任护士长，他们知道，这样的医疗事故出在自己的科室，什么解释都是枉然，再去辩解什么只会更加引火烧身，最明智的做法，就是院长说什么，自己点头按着他说的做，并做好笔记逐条地直接执行下去。

关于阮月笛是一定要处理的，目前是不能再留在内科了。在解聘还是转岗的问题上，耿有志发完火，开始征求大家的意见。陆春妮想说什么，贾平在椅子下面用脚碰碰她，示意在这种情况下，什么都不能去开口。众人一时间都沉默，生怕发表什么见解都会招惹出耿有志的勃然大怒。

妇科的郭护士长忍不住开了口："看阮月笛安排在我那里怎么样？我那科室没有内科那么复杂，相对来说还是比较好上手的！"

急诊科的欧阳护士长也忍不住说："我听过这个阮月笛的手脚干活比较干脆麻利，我们急诊科也不够排夜班的护士，不如到我那里看看！"

儿科的叶护士长说："我那里就这个月刚好两个护士去进修三个月，让阮月笛补充进来给我应急一下就最好！"儿科的罗主任马上表示反对，说："她刚出了事，我们儿科都是要认真细致的护士，阮月笛她行不行？不能一个科不要了就塞到别的科室，谁都怕接这样的护士，出了事科室的主任护士

长也吃不住兜着走，你们几个护士长怎么回事？个个还弄得像捡到宝贝似的。”

陆春妮忍不住了，鼓起勇气站起来，大家的目光齐刷刷地看着她。贾平脸色变了变，他阻止不及，只好决定静观事态的发展。

“在这里，我先为自己的工作失职向领导做深刻的检讨，并表示我最大的歉意，作为一个内科的护士长，因为手下护士工作失误导致病人的痛苦我是难脱其咎，关于领导任何的处理方式我都虚心接受。在这里我想提一个自己的要求，看领导能不能把阮月笛继续留在内科，我们本来就缺人手，很多护士一来到内科也要几个星期才能上手，相比之下，阮月笛的工作能力是公认的，这一次的失误，她也一定会好好地对自己进行检讨，谢谢大家，我说的就是这么多！”说完陆春妮对大家点点头，坐了下来。她不用看也知道贾平的脸色一定跟黑锅一样难看。

她是气不过儿科罗主任的话，虽然阮月笛这次出了事，但是她的心里，还是很欣赏这个在工作中非常得力的干将。还有就是，她也始终怀疑，怎么可能经验那么老道的护士会打了针不调滴速就走人呢？按她对阮月笛的理解，她绝对是做到万无一失，就是刚入行的护士，都知道每一种输入的药物都有严格的滴速调节规定。但是这一刻她不能将这些拿到台面上来说，她希望，可以继续留阮月笛在内科，因为再用别的护士来填补，在工作能力上定不可能超越阮月笛。

几个院部领导表情不置可否，这个时候，供应室的孟护士长站了起来说：“不如把阮月笛放在我那里，我那里不用直接接触病人，可能让她离开临床一段时间调节一下会好些吧！”

耿有志脸色阴沉，直接把眼神盯着护理部的两个主任脸上。护理部主任童芳梅清了清嗓子说：“那么就让阮月笛到供应室去锻炼一下，如果还是表现不好，那么就让她考虑个人辞职的问题了。”

陆春妮还想说些什么，童芳梅对她微微地摇摇头，用眼神示意她什么也别开口了。耿有志一边整理桌面上的文件，一边说：“这事你们护理部决定，还有就是你们护理部自己开个会，注意一下你们护士形象，一个人在集体里上班了，就代表的不是个人的形象而是集体在社会上的一个角色，要有集体的荣誉感，不要让别人来说我们医院的护士有作风问题！”

童芳梅有些愕然，耿有志的一声“散会”，大家纷纷起身。

童芳梅喊住陆春妮说：“刚刚院长怎么会牵扯到什么作风问题，这是怎

么回事？哪个护士又出什么问题了？”

陆春妮苦笑：“我也不知道，就是今天那赵家立的事情，已经都抢救过来了，不知道阳陆建的外孙女怎么会说到阮月笛脚踏两只船，阳老局长你知道的，他性格刚毅得很，为了这事还当场扇了他孙女一巴掌，唉！总之是事情越来越乱，我都给弄头昏了，这次阮月笛只怕是在劫难逃了！”

童芳梅“哦”了一声，说：“我都不知道，院长就知道了，可能是谁先告诉他了，难怪他那么大动肝火。这样吧！你帮我把阮月笛叫来护理部，我要和她好好谈谈。”

陆春妮说：“好吧！我去叫她上来，她精神状态不是很好，今天这事过后，她的中午饭都没有吃，一个人在值班房里哭，我想让她休息一下，不排班了，你看什么时候让她转去供应室吧！唉，我们内科又少了一个好护士了！”

童芳梅有些不满：“看来你私人感情带了不少，还说她是个好护士，就算曾经是过，现在也已经不是了，这件事的影响已经很坏，让病人对我们护士都产生了不信任的感觉，今后大家的工作都不是很好做，发生的是一件事，要抚平这个影响还要走好长的路，你作为一个护士长，应该知道这事情的后果，还有就是，怎么无端端地把那个阳老局长的外孙女都给惹了，我听说那是一个记者来的，这样的更多事了，唉，你还是把阮月笛给我喊上来！”

陆春妮想再说些什么，话到嘴边终就还是又吞了下去，她不知道怎么去跟童芳梅说阳陆建的外孙女。临床一线上跑的工作人员的委屈很多都压抑在心里，那阳家母女让一个内科的医护人员都颇有怨言。她今天听到李知苏说阮月笛住院病人都勾引，就知道说的是罗方智。罗方智在出院后又到回来宴请全科吃饭，她就已经看出来了，罗方智很喜欢阮月笛，而阮月笛却没有这方面的意思，这其中到底发生了什么，以致让李知苏突然在今天发起事端，却又不是她可以想得明白的，难道李知苏喜欢罗方智？想到那一夜科室出去吃饭时突然闯进来的李知苏，陆春妮有些明白了。

坐在值班室里发呆的阮月笛想不明白。哭也哭了，气也气了。一肚子的委屈让她压抑得简直想崩溃，从事护士工作已经整整五年，五年来她认认真真对工作尽心尽职，丝毫不让自己出现一丝差错，她也相当的自信，自己可以好好地继承南丁格尔的精神，做一个人人称赞的好护士。

一年前从自己先前分配的那个小镇辞职到这里来应聘。得心应手顺顺当当地做着护理工作，她已经深刻地体会了护士行业中的辛苦和专业要求的严谨，还有应对人与人之间那些钩心斗角的残酷，她始终坚信，只有过硬

的理论和技术，才可以让自己在这个行业立于不败之地。没有想到短短的时间之内，竟然让内科出了两件事，而这两件事，都是在她阮月笛经手之后，这真是让她跳到黄河也洗不清楚呀！

她努力地回想，当时她去调赵家立的滴速的时候，明明就将一条胶布固定在那滑轮的上面，这是她的习惯，是害怕病人有时候私下去调滴速，用胶布包绕了病人就不会再去调滑轮了。她当时协助抢救的时候，就仔细看过了，那条固定的胶布不见了，一定是谁人为地揭掉了。

是赵家立吗？完全不可能，他是一个老病人，每次一来都是那么气喘吁吁，而且他是知道药性的，不可能看着她已经用胶布固定好调试滑轮了又揭去，每一次听她不厌其烦地讲解药物的严格控制速度怎么也不会让药物直接致自己于死地的。

那么，隔壁床的病人多手多脚去调动了？更不可能！

她突然想到柏小斯的话："米医生，我就想知道，你是不是想看我们护士的笑话，我刚刚去了病房，哼，他们说了，除了阮月笛是最后一个出来的，你米医生在阮月笛的后面也去查了房，难道你就没有看见赵家立的氨茶碱的滴速那么快？"

她想到米微璇听了这些话后苍白失色的脸，难道是她？想到这里，阮月笛浑身打了一个寒战，觉得自己的身上有种想出冷汗的感觉。她自己又摇头，否定了。如果真的是这样，就太可怕了，她为什么要害自己，没有理由的呀！

柏小斯的话又在耳边响起："阮月笛，你不要不识好人心，她才不敢得罪我呢！我是提醒你，别给别人卖了你还帮别人数钱，我可是几次都听见她在后面说你，我是愤不过，替你不值呀！"

难道，这些真的会是米微璇做的？可她为什么呢？阮月笛心里痛苦想着，她不知道该不该确定自己的念头，但是她知道，如果没有人为地去动过手脚，那已经缠绕得很好的胶布，不可能不翼而飞的。

陆春妮走进来，一脸无奈说："月笛，护理部叫你上去。"陆春妮困难地吞了吞口水才说："可能，会让你转到供应室去上班，你要有思想准备！"

阮月笛抬起低着的头，眼泪哗哗地流了下来："护士长，我觉得我很冤枉的！"

陆春妮叹了口气："我也不愿意事情的发展是这样的，你想想，你说你冤枉，谁相信？这段时间，你身上就出了两单事，第一次你也说冤枉，那么这次

也出在你身上，你说，就算我要去相信你，你让谁去相信你两次都是冤枉，难道有人害你不成？”

停顿一下，陆春妮黯然说：“我也去争取过了，想把你留下，但是没有办法，真的没有办法了，看过阵子，风头过了，我看能不能把你要回来！”陆春妮连说了两个没有办法，眼眶自个儿红了。

阮月笛站起身，擦了擦眼泪说：“护士长，我知道你其实对我很好的，我上去院部一趟，看她们怎么说。”

“去吧！”陆春妮接着又自怨自艾，“这事也怪我，如果不是我叫你过去给赵家立打针，你也就好好地坐着过医嘱，也不会闹出这些事来，唉，真是的。”

阮月笛凄然一笑，她想：是呀！假如当时那个针不是我打的不是我固定的，换一个人，会出现这些事吗？

有些事真是命中注定，还是事事有玄机，她睁开眼睛有些涩痛，这时候，真的已经无任何心情去理清思维了，包括那个莫名其妙的李记者为什么会在那当口跑来羞辱她，这些都让她的脑袋乱成一锅粥。

第三十九章　清白岂容笔墨定论

护理部，阮月笛沉默地坐着，童芳梅威严地看着她：“阮月笛，你太让我们失望了，你的人事关系本来过了今年就可以帮你调进来的，你看现在出了这码事，你是自己毁了自己，现在就不要说调动，就是在这里保住你这份工作都困难，你自己说，你该怎么办？”

阮月笛内心激烈地撞击着，她非常想说“我辞职了，我走人，我本来就是冤枉的。”但是理智渐渐地占了上风，“是呀！我为什么要在这个时候走人，如果走了那么就是等于说这两次出事就是我的工作失误造成的，不行，我不可以现在走，我一定要搞清楚这是怎么一回事再做决定！”

想到这里，阮月笛抬起头：“那主任的意思是？”童芳梅有些生气说：“你怎么没有一点认错的意思，难道你还以为现在是可以凭自己想法说事的时候吗？”

阮月笛沉默。

童芳梅说：“上次发错药的也是你，但是怎么科室会没有报上来，这些都

是要登记在差错记录本上的，上次的事情我会另外找你的主任护士长面谈，这是要扣科室的分数的。现在就说这次的事，你去写一份事情经过的书面报告来，把事情经过和自己的过错想法都写出来。还有就是你今天开始就转到供应室去上班，这两天如果你觉得精神状态不好可以跟你的护士长要求休息。"

阮月笛说："我可以把事情的经过如实写下来，但是过错感想我不知道怎么写，我自己也觉得自己很冤枉。"说着阮月笛抬起头，直视着童芳梅。

童芳梅这个气呀，脸色马上变了说："你做错事情了还嘴硬，不知道检讨自己，你写不出来你自己去找院长说，他说你可以不用写你就不用写。"

阮月笛站起身说："好，那么我先走找院长，等会再回来。"

童芳梅的脸开始拉长，话已经说出来了，收回来又不是，她本来是想激一下阮月笛的，谅她也没有胆量去找耿院长，没有想到这个阮月笛这么犟，还真是敢跑去找院长。看着阮月笛的背影，想到耿院长大发雷霆的样子，童芳梅开始头痛了，本来就不好做的护理工作，现在更不好做了，耿院长那里这段时间就三天两头的批评护理工作没有做好。

院长办公室，阮月笛轻轻地敲了门，耿有志的声音传来："进来！"阮月笛推门而入，耿有志抬头看见是阮月笛，有些意外，本来没有任何表情的脸挤出了微笑："哦！是你！有什么事吗？"阮月笛咬了咬口唇，鼓起勇气说："院长，我想来说关于我打针的事情，我自己也不知道为什么会出现这样后果，刚刚童主任让我写一份过错检讨报告来，我不知道怎么写，我自己觉得自己是很冤枉的，希望院长可以批准我，不写这份报告，我自己也情愿到供应室去！"一口气说完这些，阮月笛看着耿有志的目光。

耿有志的目光变得有些柔和，他指了指旁边的沙发说："你坐着说吧！"阮月笛摇摇头，耿有志站起身，主动倒了一杯水递给阮月笛，阮月笛受宠若惊，她不知道自己要面对的是什么？难道院长会跟她说解聘，所以才会一反常态地放开严肃的面孔。

耿有志说："不写就不写吧！"阮月笛以为自己听错了耳朵，她睁大眼睛看着耿有志，耿有志也看着她，从对方和蔼的表情里，她知道自己没有听错。

耿有志不再说话，阮月笛有些尴尬地站着，很快地把杯中的水一饮而尽。耿有志的话语响起："阮月笛，你的工作能力和为人处世我们都是了解的，有些事我们当领导也不好出面说些什么，罗方智我认识他，他为人非常的不错，希望你不管处理工作上还是感情上的问题，一定要理清楚了，不要

让别人拿着我们医院来说事，这样的影响非常不好！”

阮月笛抬起头：“耿院长，是不是那个什么李记者找过你？”

耿有志微微摇了一下头说：“她没有找，她要找来就更麻烦了，总之你是要把个人的感情与工作都要处理好，不要让大家都不好做！一定要记住，你是医院的一个员工，你的一举一动都代表着医院的形象，千万不要做出影响医院声誉的事情来。”

阮月笛点点头说：“知道了，谢谢院长提醒。”

走到护理部，童芳梅的表情比先前缓和多了说：“耿院长打了电话来了，说暂时不用你写过错报告了，但是转科还是要转的，你先回去吧！”

阮月笛以为童芳梅会长篇大论地跟她打着官腔说个没有完，就这样停止了谈话，让她比较意外，但是可以猜测得出应该和耿有志来过的电话有关。

回到科室，沈欣看见阮月笛收拾抽屉里的东西，大吃一惊，说：“干吗呢？你要走？”其他的同事纷纷抬头，有几个停下手中的活，意外地看着阮月笛。

陆春妮说：“大家该干什么就干什么吧！说不定阮月笛也不会到供应室多久，很快又会回到内科来的了。”路霆走过，拍了拍阮月笛的肩头说：“你一走，这个科室就少了许多笑声和乐趣！”说着低着头，快步离开。阮月笛听得出，路霆在努力控制情绪。吴韬走过来，看着阮月笛，眼中一片惋惜和心疼，不说话。大家的心情如同窗外的冬季，开始慢慢地堆上了寒冷，空气中流动的，都是无声的忧伤。

第四十章　一种米养百样人

李知苏看着镜子，用手揉着脸蛋，眼泪又流出来了，从小到大，大人们一句重话都没有对她说过，她就是这个家的公主，身边的人对她更是众星捧月一般。外公虽然一直都好像不是太喜欢她，但是也没有对她说过这么暴怒的话，更没有碰过她一个手指头。

阳雪萍心疼地拿着毛巾绕着李知苏走来走去，口中不断地埋怨父亲：“我看他真是老糊涂了，真是病魔入脑了，怎么对苏苏下那么重的手，等下我就去医院看他是怎么回事？还有那个什么叫阮月笛的，我去找院长，让他开

除她，真是城门失火殃及池鱼，我们苏苏就是插句公道话倒惹了自己外公的巴掌，真是太岂有此理！”

李达华看着唠唠叨叨的阳雪萍和哭哭啼啼的李知苏，说：“苏苏，你过来告诉爸爸，你当时是怎么去说别人的？”

阳雪萍尖声叫了起来：“听你的口气，好像在审问女儿似的，女儿受了这么大的委屈，你不帮她做主还像个父亲吗？”这话让李知苏听了更加委屈，哭哭啼啼换成了一阵一阵的号啕大哭。

李达华不禁皱起眉：“你急什么呀！苏苏就是给你惯坏了，凡事都比较霸道任性，好不容易到市电视台实习也不好好上班，电视台反馈的意见说不满意！昨夜回来就一身酒气，还哭得眼睛红红肿肿，今天这件事，也不一定就是人家小护士的错！”阳雪萍怒道：“你说什么？你不是跟着老头子一样脑袋也坏了吧！”

李达华说：“苏苏是受了委屈，但是你也知道你爸的性格，他是那种不讲道理的人吗？你跟了爸爸这些年，就是他手中还拿着枪上膛的时候，你看过他用巴掌打过谁啦？就苏苏这脾气，只有她欺负别人的份，哪里有别人可以欺负她的？”

阳雪萍气呼呼地坐了下来，口上不认，心里却不得不承认李达华说的是事实。

“所以我说呀！是不是苏苏你当时说的话太过了些，才会让老爷子大动肝火的呀！如果你妈这个时候又借此事跑去找什么院领导，那不是完全惹怒了老爷子？让别人看我们家的笑话！”李达华长长叹了一口气说。

李知苏扁着嘴抽泣地说：“爸爸，你就跟外公一样偏心，你们就是喜欢亚亚，两个大男人每次有什么事都说我的不是，每次看亚亚都是夸奖她好像还夸奖不够似的！”

李达华不满：“说你的事怎么就扯到亚亚去了呢！”

李知苏说：“我说错了吗？今天一早她就跑去看外公了，整天神出鬼没的，外公说起她来还眉开眼笑赞叹不止，我去看外公就挨打了！”说着捂着脸

的手放了下来，拿起桌上的纸巾使劲地捻出鼻涕，大声哭了起来。

李达华说："这事跟亚亚有什么关系呢，她整天看不到人是因为她的工作性质不同，你怎么可以说你的姐姐神出鬼没，怎么用词的！"

李知苏说："你们就是偏心，如果今天挨打的是亚亚，你一定不会这样说话了。"

李达华怒道："放肆，你不要太过分了，我告诉你，今天的事情如果是亚亚，绝对就不可能挨外公的巴掌，你自己好好去反省一下，看看为什么和亚亚之间的差距那么大！"

李知苏哭着跑进卧室。

她心里憋着说不出的痛苦和委屈，昨夜约黄成良喝酒吃饭，本来是想他配合着得到罗方智的心，没有想到喝红酒的后劲那么厉害，喝得整个人都失了常态，到酒醒的时候才发现竟然一丝不挂和黄成良躺在一张床上。她疯狂地厮打着眼前这个毁了她的男人，而黄成良只是跪在她面前，任她打骂一声不吭。

她打累了，骂累了，哭都哭不出来了。看着她的样子，黄成良说了一句："我们已经是夫妻了，结婚吧！"她气得几乎昏死过去，重重地一口呸到黄成良的脸上，说："你给我滚出去。"黄成良一动不动，她抓起床上的枕头、床头柜上的遥控器、文件夹劈头盖脸地砸了过去，接着又抓起小冰柜里的罐装饮料砸了过来，黄成良终于狼狈地从地上爬了起来，夺门而出。

随后穿戴整齐出门的她，却在走廊上遇见了肖岱，后者的眼光里面似乎带满了嘲弄和理解，这让她羞得无地自容，她感觉到肖岱一定是看见什么了。她恨死了黄成良，更觉得自己从此以后无法再去面对罗方智，这股气憋着，让她几近窒息。

她想去告黄成良，却又无法摆脱自己身陷其中的尴尬角色，如果不是自己欲拒还迎，如果不是喝醉酒惹的祸，怎么会让黄成良得逞，约黄成良的目的如果说出去，她也不能做人，何况自己的父亲在南贝颇有声望，这事更不能张扬出去，她决定硬生生地吞下这枚自酿的苦果。

带着这份说都不能说出口的委屈，她到了医院，看见阮月笛，正好找到了发泄怨气的对象，没有想到话一出口就挨了外公的一巴掌，她的痛苦和委屈更深了，回家抱着被子哭得昏天暗地。客厅里，阳雪萍对着李达华怒不可遏地说："你看你把女儿都气成什么样了！我也不喜欢听到亚亚的名字，以后你在这个家也少提她，她只是你遗传出来的，跟我一点关系都没有！"

李达华阴沉着脸说："苏苏那个样子就是跟你学来的，有什么样的母亲就有什么样的女儿，这个是成长中的家教问题，不是遗传问题！"

阳雪萍气得声嘶力竭："这么说你就是夸奖你的前妻多么优秀咯！那你当时还离什么婚，一辈子就在那个山沟沟里穷死好了！"

李达华气得直接拿起公文包，说了一句："不可理喻！"接着摔门而去。

走到楼下，杨桦林开着车早已在等候，李达华说先去一下市人民医院。杨桦林有些发愣，"嗯"了一声很快就调转车头直奔市人民医院而去。停了车，李达华说："你等一下，我去看一下我的老岳父，就回来。"杨桦林连忙点头。

住院部内科贵宾房，李达华轻轻地帮阳陆建倒好了吃药的温水，递到老人的手中，阳陆建一仰头吞下药丸说道："达华，你整天事情这么多，不用那么牵挂着我这个老头子的，这里的医生护士很好，对我好像自己的亲人一样，什么都安排得好好的，时不时也过来嘘寒问暖。"

李达华点头，看着眼前的老人更加消瘦衰竭了，坐起来都很费力。他心里有些酸楚，虽然说自己在后来的路途中跟老岳父的人生观点越离越远，但是这个老人的行事作风无疑是让人尊重的。只是自己偏离了轨道行驶，已经回不去了，如果一切让老人知道，只怕老人在生命的最后一刻也死不瞑目。想到这里，他的表情异常复杂。

"爸！亚亚今天来过？"李达华问。

老人嘴角露出一丝微笑，眉梢上扬说道："是的，才六点多就过来了，八点多就走了，这段时间她都没有回去是不是？我听她说都在执行任务，市内的黄赌毒的工作取得了非常好的成果，她的工作成绩非常显著，现在年底了就更多事了，她所在的那个位置，是没有空休息的。"

老人接着叹了一口气："亚亚是个好孩子，她回去也不一定会开心的，那么多年了，雪萍那态度让她是受委屈了，还有苏苏，整天对她也没大没小的，让人难过呀！"说着连连摇头。

李达华握着老人的手："爸！这些年我和亚亚都很感激你的，如果没有你的支持，我的亚亚，到现在都还不知道流落在哪里，她可以当上一名光荣的人民警察，都是你一手栽培的呀！"

老人眼神变得异常熠熠："头天她局里的谭局长来过这里看我，说亚亚现在是骨干，是一块好材料，组织已经打算送她去党校学习一段时间，回来以后就会提升为刑侦支队下面的重案大队副队长。你看看，这个职位在我

们市历来都是男人干的，想不到我们亚亚巾帼不让须眉呀！”

老人顿了一下说：“这些都是亚亚凭自己的真本事拼来的，谭局长说前段时间市里的几个黄赌毒要案，亚亚在其中做卧底起了很重要的作用，功不可没呀！”

李达华认真地听着，脑海中掠过亚亚穿着警服英姿飒爽的样子，那时候的他，是多么的自豪多么的开心，可是这段时间，只要一想到这样，心跳就加快了，皮肤上似乎都想渗出冷汗来。

阳陆建深思地看着李达华，说：“你想什么？想得这么走神？”李达华慌忙摇摇头，说：“没有没有，我只是在想亚亚这个孩子真不简单。”

阳陆建看了看窗外，意味深长地说：“亚亚当然是不简单的孩子，没有什么浑浊的激流可以冲垮她干好事业的决心。”

李达华忍不住打了一个冷战，阳陆建看着他，说：“你冷吗？”眼神犀利，似乎一眼就看穿了李达华心里阵阵升起的寒意。

李达华有些不自在：“是的！爸，可能是这里面的气温低了些，你早晚一定要穿多些衣服呀！”

陆阳建哼了一声：“我这辈子从来就不做什么亏心事，身体现在还冒着热气呢！”

李达华有些尴尬说：“爸，你说到哪里去了！我没有别的意思。”

阳陆建直视着他的眼神说：“我也没有别的意思！”

突然，阳陆建问道：“达华，你老实告诉我，你和你前妻除了亚亚之外，还有没有另外一个女儿？”李达华吃了一惊说：“爸爸，你这是什么意思？我除了亚亚和苏苏，没有别的孩子呀？”阳陆建犀利的眼神直视过来问道：“那当年亚亚过来的时候，口中一直哭喊着要照顾妹妹是怎么回事？她口中的妹妹说的可不是苏苏，在见到苏苏之前她就这么哭喊的了！”李达华额头冒汗了说道：“是有这么一个小女孩，但那是我前妻再嫁时生的孩子！”阳陆建闭上眼睛，不再说话。

李达华如坐针毡，更加不自在了。尽管老人的身体日渐衰竭，但眼中那种如鹰一般的亮光，让李达华不寒而栗，他知道岳父的厉害，当年在任的时候，当地走黑道的人一提到他的名字就闻风丧胆。而今就算长卧病榻，那亮光，在整张已经黯淡的脸上，依然绽出明亮的光芒，似乎时刻都在警惕地注视着腐蚀党和国家的细菌、病毒、蛀虫的活动。现在老人为什么会突然这样问起亚亚的身世，这里面难道有什么……

李达华忍不住拿出一块纸巾抹了一下额头，他感到自己真的会在和老岳父的对视之下给迫出汗来，虽然什么汗也没有，但是仍然感觉全身在冒着冷气，心跳在加速。

阳陆建似乎没有打算放开他，说："天气那么冷你还出汗，是不是骨子里太弱呀！平时要加强自己的屏障保护，骨子里就不会侵入风寒了。"

这下李达华的脊梁真的出汗了，他明显地感到，老岳父是不是已经知道了他的什么事？手中握着他的什么证据？按照老人的性格，如果给他掌握了自己的那些交易，只怕是在他咽下最后一口气之前，他爬都会用爬的方式爬去纪检部门。

他干咳了几声，却觉得喉咙嘶哑，有些隐隐作痛的感觉。

阳陆建说："看来你还真有病了，而且病得不轻呀！"

李达华躲闪开阳陆建的眼神说："爸，今天你打了苏苏？"

阳陆建顿时气不打一处来说："这丫头该打，她如果在这里我还打！"说着胸部一起一伏，激动起来。

李达华忙扶着阳陆建躺在床上，说："爸，你别生气，我们不说这话题了！"

阳陆建说："我就知道苏苏这丫头是给你们惯坏了，你说她怎么做人做事的，别人小护士是多好的一个人，就这样来给她当众糟蹋，你说她该不该打？"

阳陆建口唇颤抖："她就为了那个叫罗方智的小伙子，也不知道别人是不是喜欢她，就把气撒在那个阮月笛身上。阮月笛这丫头今早上还叫我外公呢！我的耳朵都还没有听热，就给苏苏全破坏了，她真的是想把我提前送到阎罗王那里去！"说着阳陆建拍拍床栏说："为什么我当时一定要给苏苏起名叫知苏吗？就是希望无论遇见什么事情，都应该保持一个做人的度，做错的事情就要知道醒，谓之苏也！"说着阳陆建的胸膛一起一伏，一脸的怒气。

李达华听了沉默下来，好一会儿才问："那个阮月笛现在上班了吗？"

阳陆建说："哪里上班了呀！今天那丫头也不知道是怎么一回事，遇邪了，一个病人说是她打的针没有控制滴速，弄得病情变化抢救了，现在好像是把她直接贬到一个什么后勤的地方上班去了。我看到的时候，她的眼睛肿得好像大核桃一样，唉！可惜了，那么好的一个丫头，工作那么认真负责的一个人，怎么就会出这样的事情呢！早上她跟亚亚做了朋友，亚亚也说有空的时候就去找她玩的。"说着神情无限萧瑟。

李达华说："亚亚也认识她？"

阳陆建说："是的，亚亚也是刚刚才认识她的，就跟我说两人投缘。这段时间我住院，也多亏了阮月笛，真个一个开心果，可以和我谈人生谈书法谈趣事，现在都没有了！"说着拼命地摇摇头，跟着又是一声长叹，眼中有闪亮亮的东西在晃，李达华知道老人是动了感情了。

毕竟在人生最后的岁月里能出现一个让老人还如此怜惜的人不容易。李达华想了想，站起身说："爸，你休息吧！我还有事就先走了！有空的时候再来看你。"

老人对他挥挥手，闭上眼，一副已经不想再讲什么的表情。

李达华轻轻地关上门，走廊中偶尔有医护人员经过。看见他，都微笑地点头示意。他知道这些微笑不是单单对着他，他看见，每个经过的医护人员，都会对每一个经过身边的人报以微笑。哪怕是在那厚实的口罩下，依然可以看见眼睛都带着笑意。他的心，一下子轻松了一些。

他拿出手机，调出了耿有志的电话说："你好，我是李达华，你在哪里？"耿有志说："我在医院办公室呀！"李达华简短地说了一句："你等我，我就到你那里！"说着就挂了电话直接走到电梯里。

耿有志放下电话，有些意外李达华要亲自过来，看着桌面上的一叠材料，他拿起放进抽屉里。很久以前，他们就是认识的朋友，只是各自忙于事务，很少一起相聚了，这一次，是为了他女儿的事情还是为了他老岳父的事情？各种念头交织，耿有志心里忐忑不安，他忙着打开茶壶泡茶。

李达华走入办公室，拦住他忙忙碌碌的双手，说："你别忙了，我还有事要走，我就是过来看一下。"耿有志忙请他坐下。

李达华说你不要忙着泡茶，我就是想来问你一事，清了清嗓子他说："你们医院有个叫阮月笛的护士是吧？" 耿有志点头称是。

李达华说："听说她今天出了事已经调离内科了？" 耿有志说："是的，她的工作出了问题，输液没有控制滴速，病人都差点出事了，这件事我一定要严肃处理。"

耿有志还想再说，李达华打断他的话说："我知道是怎么回事了，她能不能给安排回内科？就是说不要把她放在那些后勤的地方！"

耿有志吃惊地看着李达华，他怀疑自己的耳朵有问题，听错了！放回内科，为什么，他用探寻的眼光看着李达华。

李达华拍拍他的肩膀，把阳陆建的情况说了一遍，接着说："我岳父时间

不多了，他一生辛苦，我希望可以在他走之前心情安宁些，你看是不是可以把阮月笛安排回她原来的工作岗位！”说着道别离去，耿有志看着他的背影，思考片刻，他拨通护理部的电话。

第四十一章　峰回路转见花明

看着李达华走远，耿有志松了一口气，这个阮月笛，不简单，李达华宠女儿大家都知道，今天来却对自己的女儿受委屈的行为只字不提，还请求把阮月笛调回来内科。这一切，耿有志想来想去就得出一个解释，人应该是有海纳百川的胸襟。

他重新拿出之前放入抽屉里的一叠材料，眉头紧锁，里面夹着一封匿名信，是举报贾平和步司贤在医院外面开了一家用医院的公章材料骗取了营业执照的诊所，大肆敛财，同时私下做胎儿性别鉴定，多次发生把治疗成危重的病人就往医院里送来救急的事。耿有志脸色发青，他看着附着的各种材料复印件，知道这些不是空穴来风。

阮月笛已经收拾全部琐琐碎碎的物件，提着转身离去，沈欣跟陆春妮打了一声招呼，忙快步追上阮月笛。一群同事呆呆地看着。在医院里上班，转科都不是奇怪的事情，年龄大的护士几乎都已经定科定岗位了，年轻的护士转科多半是由于工作需要，而阮月笛突然间就这样被转科了，而且说转就转，根本没有任何缓冲的时间，这让同事们心理上难以接受。

米微璇在人群中默默地看着，表情复杂，苍白的脸色让表情都僵硬了许多。柏小斯突然有意无意地扫了她一眼。眼中有带着像刀的东西，这让她很不舒服，她低下头，快步走开。路霆也默默地看了她一眼，突然说了一句：“师姐，你开心吗？”米微璇的脸色变了，不答，越过路霆的身体直接走到阳台去。

台风天已经过去了，但路霆看见米微璇的身影，微微地颤抖，好像随时都站不稳一样会垮下来。

阮月笛默默地走到供应室，办公室里有两个人。一个年长的护士对阮月笛笑笑。孟护士长倒是热情，马上腾出一个柜子给阮月笛放东西。沈欣说：“月笛，我先上去了，等下班的时候我再找你，”说着，突然抱了抱阮月笛

说，“坚强，我们都等你回来！”

孟护士长说：“阮月笛，你要不要休息两天再上班？”阮月笛摇摇头，说：“护士长你排班吧！我没有事，再说跟班都要跟几天呢！我想先熟悉一下这里的工作环境。”

孟护士长满意地点点头说：“这样也好，我这里就是你要严格遵照各种操作程序，要有严格的消毒灭菌观念，丝毫不能出差错，全院的消毒灭菌用品都是我们这里供应过去，所以，我们这一关，哪怕一小件东西，都要达到那种一人当关，万无一失的效果。”

阮月笛默默地点头，孟护士长说：“你先整理自己的东西吧！喏，工作服放这里，饮水杯放这里，我先排班，看你的班次怎么上。”说着拉过一个椅子坐下，拿起铅笔橡皮擦和排班本子，端端正正地写上了阮月笛的名字。

电话响起，孟护士长嘀咕：“这个时候谁来电话，难道又是哪个科的物品又没有带齐？”边说边拿起话筒：“你好，供应室，是，我是，什么？让阮月笛回内科上班？”阮月笛猛然地转过身，看着孟护士长。孟护士长继续在说：“有没有搞错呀？童主任，什么，是院部的决定，哦！好吧！那我叫她上去，好！好！没有事，嗯，就这样，再见！”

孟护士长手按着电话座机，眼睛直直地看着阮月笛，阮月笛也看着她，停顿了约一分钟的光景。孟护士长一挥手说：“阮月笛，你也听见了，让你现在就回内科，你的东西可以全部提上去了。”

阮月笛知道孟护士长也一片迷茫，她又提起自己的东西，跟孟护士长点点头沿着几分钟前下来的路走了回去。

孟护士长嘀咕的声音传来：“唉！我这里哪里可以留得住这么年轻的护士，当时我就觉得阮月笛不可能在我这里待太久的，没有想到待都没待十分钟的时间！这些院部领导呀！”她感叹一声。

事情就这样出现了戏剧性的变化。阮月笛一回到内科，一脸黯然的同事们，个个脸现出喜色，陆春妮说：“来！来！月笛，你跟内科还是有缘分的，我也是刚接电话，回来就好，回来就好！”

医生办公室里，路霆忍不住低低哼起歌来，贾平眼一横：“你小子兴奋得像捡了宝似的干吗？”吴韬说：“看来院部的领导都是明理人，人不怕犯错，就怕犯错了就给打得永生不得翻身！”米微璇一边吹着冒着热气的茶水一边说：“犯错怕什么，你们没有发现吗？她每次犯错都有如神助！”

吴韬眉头一皱，正想开口，陆霆忍不住了：“师姐，你好像情绪不对耶！”

米微璇鼻子哼了一声："当然不对，你不知道我在发着高烧吗！"贾平马上投来关切的一瞥："米医生，你不舒服要不要安排休息一下？"米微璇摇摇头："谢谢主任，不用了，我还可以撑得住！"

门口传来柏小斯的声音："哟！米医生，身体不舒服了就要休息，你撑得住有的人的心里可撑不住了！"说着走进来把病历放在贾平面前，放得声音有些重，带着有情绪的重，但是又是恰到好处地振荡着只有贾平才能体会到的那些声响。

米微璇哼到："你的心愿我领了，撑不撑得住主任会安排好我的！"

柏小斯一扁嘴，袅袅婷婷地转身离去，凹凸有致的身材在白大褂里曲线尽显。贾平呆呆地看着她的背影，嘴半天都没有合拢。

米微璇不满道："主任呀！这个柏小斯说话总是带刺的，整天神气得不得了，说话让人很讨厌的！"

贾平回过神来，连连点头说："是，是，她比较让人讨厌，讨厌，"贾主任一连说了两个讨厌，又问米微璇，"讨厌她什么？"

看着贾平还一副不知心在天南海北的样子，米微璇假装嗔道："主任，不跟你说了，你都心不在焉的！"贾平说："心在！心在！你说，我就在，我听你说，心就在。"

吴韬看着这场面，摇摇头，看了看手表，看来下班的时间差不多到了。不知道卢嫣是不是路上塞车了，自从那一次杨桦林带她来看过病，她后来又来找了自己几次，俩人现在也算是出医患关系之外的朋友了。她的睡眠质量也一天天好了起来。其实自己就是开了些调理的方子给她，卢嫣就跟他说看见他就好了。想到这里，吴韬笑了，有幸是她的睡眠不好来到这里看病，不然自己可能一辈子都不会和她相遇。那张青春洋溢的脸，在眼前晃来晃去，吴韬心里有如沐春风的感觉，哪怕是在这个季节，心里还是暖暖的。卢嫣说了，假日的时候两个人就到海边去，那里的天更清水更蓝，可以见证世间最美好的感觉。吴韬在自己四十多岁的年龄里，这是第一次真正意义上的为爱滂湃。

吴韬想，如果两人真是可以成了，那么一定请杨桦林坐上首席。好好感谢一下他这个无意当了月老的好男人。想到杨桦林，就想到了柏小斯，看来他们夫妻的关系也是比较紧张的，有机会，自己还是要帮他们恢复和睦才行。

阮月笛的身影又在病房里穿梭，阮月笛不知道，为什么事情的发展让人

快得无法去理清一天的风云变幻，只是在后来的几天里，耿有志查房的时候似乎有意无意地问了她一句："你跟丰图集团的李达华认识？"当时的阮月笛摇摇头，耿有志就不再问了。阮月笛也在回想这句话，难道她的事情，让丰图的李达华过问了，过问什么？因为那个被阳老伯打了一巴掌的李记者？她突然又想到亚亚，心里一阵温馨，等到自己休假了，一定要去找她玩。

第四十二章　绕不过那一片钱林物雨

看到阮月笛回来，阳陆建高兴得和孩子似的，一看见她又让她喊外公。他有些猜到，阮月笛可以马上又从供应室回来，多半是和李达华来看过自己有关。想到这样，他的心里，有些安慰，看来这个女婿，本质还不是那么坏的，还是真心在关心自己的。想到女儿女婿那些作为，他的心又剧烈疼痛起来。

一想到自己掌握的李达华犯罪的证据，阳陆建的心就发出了长长的叹息，自古忠孝两难全啊。

早年妻子离开，就留下了心肝宝贝似的阳雪萍，自己长期在公安一线执行任务，无法对阳雪萍有过多的管教，让她随家里的老人一起生活，老人宠爱孩子，以致她的脾性变得这么骄横。她执意要嫁李达华，他也看出了这个小伙子，以后必定是一个人物，他希望女儿女婿都可以光宗耀祖，坦坦荡荡地做人做事，才可以对得起党和人民以及阳家的列祖列宗。

南贝市这些年在经济大潮中发生了翻天覆地的变化。很多老城区都找不到原来的痕迹，盖起的大楼越来越多，也越来越壮观。各种建筑物以时尚的姿势傲立在这个城市里，楼多了投资工业旅游业都多了。

当年李达华说下海经商，他是不同意的，但是拗不过一心支持的女儿，后来事实证明，李达华确实是一块经商的好材料，从一个小店铺到注册公司，迅速发展起来证明了他的魄力与能力。

他曾旁敲侧击地提醒过李达华不可以在灯红酒绿中迷失了本性，而自己那个骄横又自私的女儿，却总背着自己唱反调，让自己的一切都在物质中葬送却浑然不觉。第一次对他们的怀疑，缘于他看了女儿装修房子时用的都是进口材料之时。那段时间，也正是他知道女婿的事业遇到了瓶颈口，到

处找人周转资金的时候。

女儿家里购置了一套海南黄花梨木家具，阳陆建虽说多年都在公安干线，却也同时是个书画家和鉴赏家。他对收藏颇有研究。他仔细看过了，这套黄花梨木是真品，价格不菲。以女儿女婿当时的经营收入，断不可能买得起这样珍稀的物件。俗话说了：黄金有价红木无价！这种材料其实又是一味名贵的中药材，它散发的香气具有降压清心的作用。古代名医李时珍在《本草纲目》中就做了详尽的介绍。在明代的时候，这种黄花梨木做的一张床十二两白银，而在当时买一丫鬟才不到一两白银。女儿女婿如果不是有别的敛财手段，怎么可能如此重金大手笔地买进这种收藏界的宠儿！况且，这种木料资源已经极度匮乏。

有了这次怀疑，在以后不断地搜集证据时他就越心惊，当一叠厚厚的非法集资高息借贷的收条摆在他的面前，他明白了女儿女婿为什么资金能突然峰回路转。他老了，身体也病入膏肓，女儿女婿的天空，越来越见多姿多彩，他无力劝说，只能是眼睁睁地看着他们在物欲的沼泽地里越陷越深，知道越多，他更多痛苦，这种痛胜过疾患的苦，夜夜几乎无眠，他非常矛盾，在人生最后的这一刻，他的心灵经历着生命最大的风暴！

为了集体和国家的利益，把女儿女婿送上审判庭，用自己一个共产党员的党性来维护国旗飘逸的纯洁？还是从此就闭上眼睛，一了百了，把自己所有知道的东西都随着自己变成骨灰？

他异常难过，也在无声地哭泣。还有孙女李知苏，他一想到心里就无声的疼痛，那是他的亲生血脉，他知道，在这样的家庭下，苏苏如何又能出污泥而不染呢。如果苏苏，可以有亚亚骨子里的一丝正气，只怕很多事情就要改写了。越是这样想，他的心里越是自责不已，当年如果不是自己对阳雪萍疏于管教，也不会出现像现在这样让人无法承受的生命之重呀！

他心里苦，苦得好像口中随时都含着黄连，让他愈发无法排遣积压于心。

他想起了李达华刚做生意第三年，当地突然天降大雨，强降雨足足下了三天。当地的老人说，是五十年一遇，直接把地势低洼的地方全淹了，受灾的村庄五十多个，连南贝市的交通都全线瘫痪了。

那个时候，李达华把物资送到受灾的第一线，亲自参加救灾行动。熬得眼睛通红通红的，口唇都干裂了，饭也没有空去吃，无论身边的人怎么劝都不肯去休息，他说钱财都是身外物，只有南贝市富强起来，小家才能安居乐

业。每个人都奉献出一点爱，才可以让南贝市变成幸福的家园。

也是那一次，李达华不但拿出了全部的积蓄购买物资帮助受灾的群众，还累昏倒在工地上，感动了许许多多的南贝人，那一次以后，李达华就上了新闻媒体，让一个城市记住了这个人，也记住了正能量的传递就在每个人的手中。

想到这些，阳陆建心疼呀！多好的一个人，曾经让人誉为南贝精神的李达华，自己的女婿，没有被五十年一遇的风雨和清贫的生活吓倒，却在财富积累越来越多的时候，倒在钱林物雨中！看来人都是会变的，阳陆建叹息不已。

第四十三章　错位的手段能变成对位的爱情吗？

自从那次和李知苏有了肌肤之亲，黄成良提心吊胆地过了好几天，等到身上被李知苏抓撕咬伤的皮肤痊愈了才敢出门。那几天，他害怕电话响，害怕警察突然会站在自己面前，心悬了好些天，却什么事都没有发生。他想过威胁李知苏，但是每次话到嘴边又开不了口，放下电话，他发现自己真的是有些喜欢这个美貌刁蛮的女子，他猜测不出她下一步想做什么，现在无论是从前途上还是个人的感情上来说，黄成良都觉得自己离不开她了。

他之前从来就没有打过李知苏的念头。对他而言，李知苏就好像天庭上飘来的仙女，有个可以呼风唤雨的老爸，她又可以继承父亲的家业，这样的人儿，自己一辈子，也只能像对着一幅名贵的古画，远远地去欣赏，终身无法触摸。

到底是喝醉酒惹的祸还是上天要给他一段阴差阳错的缘分？黄成良寝食难安，陷入了前所未有的迷惑中。

没有想到，李知苏打电话约他出来喝酒，他欣喜若狂。

李知苏瘦了，鹅蛋脸上的气色不似之前的

红润，黄成良心里轻轻地疼了一下，看来这几天，不单是自己吃不好睡不香，眼前的人儿，想必也处于思想上难以言诉的煎熬中。李知苏一看见他就说："我们到老地方喝酒。"黄成良想说不要喝了，但是脚步却不由自主向车里走去，他非常渴望与她单独相处。

也是在同一间包厢里，她一杯酒下肚，脸上就红了，眼泪也掉了下来。

黄成良愧疚不已，无论如何，他觉得自己的行为是相当令人不齿的，他心疼眼前的人，猜测着她的心事，他决定换个方式来对她，哪怕是从第一步开始做，他也要做，要得到的不单是她的人，而是她的心。这个女人，他想自己是爱上了，虽说两个人的开始充满错位的讽刺，现在，他要光明正大地替代罗方智在李知苏心中的位置，他要让她爱上自己。

吃饭碰杯的时候，他有意无意地碰了碰李知苏的玉指，赞了一声说："好漂亮的手指呀！天生就是用来配钻石用的。"李知苏笑了，带着些醉意晃了晃小指上的戒指说："哪里呀！"

黄成良微微一笑，放下酒杯，转身从公文包里掏出一个精致的红绒盒子说："你看看这个。"

李知苏一声低呼："好漂亮的钻戒！"

黄成良好像很不在意似的说："送给你了，就当是提前的新年礼物了！"

李知苏说："戒指是送给恋人的，不能收。"黄成良心里难受，口头却大笑："苏苏，你就是我心里的公主，没有哪本书上有明文条款写着戒指不能当成友情的礼物送，对吗？"

李知苏笑了说："当然没有，但是这些都是约定俗成的，不是一定要白纸黑字写着的呀！"她心里苦，对于黄成良，她是恨的，在家痛苦这些天，她的心变得异常复杂。

黄成良用不容置疑的口气把红绒盒推到她面前说："我去珠宝店专门请设计师定做的，上面有你名字的英文缩写字母，主人就是你了，你不戴谁戴？呵呵呵，不过，如果你不方便戴，也可以收藏呀，我每年都会为你定做！"

李知苏突然有一阵感动，拿出戒指仔细看了看，确实如此，看来黄成良是花了心思去弄的，这个心意，倒是不能不领！想到这里，她看了黄成良一眼，这个男人也正含情脉脉地看着她，她不再客气，说："那么恭敬不如从命，谢谢了。"也许是寂寞，也许是感觉现在去跟罗方智之间发生爱情根本就是天上的神话。眼前的男人眼底一片忏悔她看得清清楚楚，念头在心里重重叠叠，她往黄成良的杯子里倒满了酒。

菜上了六道，酒上了三瓶，黄成良想阻止李知苏喝酒，但是效果不大，李知苏很快就不胜酒量，说话又开始多了起来，眼前也渐渐模糊了，黄成良愣愣地看着李知苏，他站起身，想了想，他直接唤来了经理，说："帮我开间客房，我要扶她去休息。"

那经理看了看眼前，马上明白是怎么回事，笑嘻嘻地点头说："马上。"说着就掏出对讲机通知客房部马上安排一间客房出来。这一次，黄成良心里再没有不轨的念头，他真心地想李知苏可以清醒过来，两个人之间敞开心扉好好地谈一谈。

黄成良搀扶着李知苏向酒店的客房走去，一脸醉意的李知苏伏在黄成良的肩头，泪水浸润了他的肩头，他心里涌起难以诉说的心疼，非常懊恼自己之前的行为对李知苏造成的伤害，她这样嗜酒，跟自己是有莫大关系的，他自责无比。

黄成良把她扶到客房门口，拿出服务台给的开房卡刚想插进去。突然面前一个人影一晃，黄成良抬起头，眼前多了一个女子，明亮清澈的大眼睛，素面朝天，却带着英气，容貌与李知苏有几分相似。那女子直接用手牵住李知苏说："苏苏，你在这里干吗？"李知苏无力地抬起头，又软软地低下身子，女子连忙扶住。

黄成良觉得眼前的女孩好面熟，却想不起来在哪里见过，有些醉意的他敲敲脑袋，再摇摇头，让自己清醒些，但是还是想不起来哪里见过眼前的人。

女孩说："苏苏，你怎么喝成这样？你都不可以喝酒的，你忘了？来，跟我回家！"说着搀扶着苏苏想带她离开。黄成良急了，连忙一把拉扯住苏苏，说："你是什么人，干什么要带走她！"

女孩一声冷笑："我还想问你是什么人呢？怎么会把苏苏灌醉成这样？"黄成良挺直胸膛说："我是她男朋友，她喝醉了我带她过来休息，你又是什么人，凭什么在这里多事？"

女孩哼了一声："男朋友，你安的什么心，我待会等苏苏醒了就会弄个一清二楚，现在我必须先把她带回去！"苏苏嘴里还在腻腻浓浓不知道说些什么酒话，女孩把耳朵凑前，还是没有听得很清楚，但是很坚决地把苏苏扶着往外走。苏苏挣扎，使劲想甩开女孩的手，不配合地大声说起了胡话。

黄成良走过去想推开这个不知天高地厚的女孩，看见这里拉拉扯扯，两个客房服务员快步走来。女子突然从口袋中掏出一张卡，打开对着两个客

房服务员一晃，说了句："执行任务！"两个服务员看了那上面一下，马上停下手来，恭敬地退到一边站着。

黄成良发现女子的力道不一般，非常有劲，不禁大大地吃了一惊。女孩看似娇柔，但从他手中扳开拿李知苏的手臂的时候，力道绝不亚于男人。他不知道女孩是什么来头，看着那张似曾相识又酷似苏苏的脸蛋，他终于松开了手，任由女孩扶着李知苏离去。

看着两个女孩的身影消失，黄成良转身问身边的两个服务员，她是谁？一个服务员回答："警察！"

黄成良愣在当场。这一回真的是醒酒了，冷汗从额头渗出，用纸巾去抹，却越抹越多。

第四十四章　让我的灵魂陪着你的迷失落泪

楼下的一辆车里，李知苏说："水，我要水，水在哪里？"李碧亚拿起矿泉水，边递给李知苏边说："看你醉成什么样子，给爸爸妈妈看见了还不得说你，看你跟什么人混到一起了，如果不是我今天正好来这里执行任务遇见你，你还不给别人讨了便宜！"

苏苏拿起矿泉水，却没有拿稳，李碧亚不得不停下车来，拿着矿泉水慢慢地让李知苏喝完。李知苏嬉笑地说："我愿意，跟他在一起，你还管呀！"说完头一歪，直直地倒在李碧亚的身上睡着了。

李碧亚摇摇头，看看时间，父亲也下班了，她拿起了电话，拨出号码说："爸爸，我现在和苏苏回家！"

李家客厅，阳雪萍忙着拿着热毛巾给苏苏抹脸。李达华说："一个女孩子怎么喝成这样？这个月苏苏怎么回事？怎么老喝得醉醺醺回家，成何体统？"说着眉头一直皱，一脸恼火。阳雪萍甩了一个白眼过去："这段时间爸爸的身体越来越衰竭了，医生说撑不了多少天了，我天天都在医院陪，你就不照看照看女儿？还在这里指责孩子，真是的，怎么当父亲的！"李达华摇摇头，转身进书房。

书房里，李达华慈爱地看着李碧亚："亚亚，你好长时间没有回来了，工作上还可以吧？"李碧亚笑了，撒娇地抱了抱爸爸的脖子，用脸蛋和父亲的脸

亲了亲说:“还可以啦!这段时间当了三次卧底,你看了明月酒店和朗天酒店的扫黄抓赌行动没有,还有夜神吧厅的贩毒活动,都是我去了才起了重要的作用!”李达华担忧地说:“你一个女孩子去那么复杂的地方不太好,以后还是要跟你们的谭局长打个申请,不要让你去那么危险的地方。”

李碧亚撒娇地摇着父亲的手臂说:“爸爸,你不要担心啦!我很安全的啦,支队长都安排人保护我,我的人身安全一点问题都没有!我这身手普通的几个男人都不是我的对手,这份工作太适合我了,跟我当时想象是一样的,还更惊险呢!”

李达华无奈地摇摇头说:“你这个犟脾气呀!和我当时来南贝市是一样的,一定要干个名堂出来,一副初生牛犊不怕虎的样子!”

李碧亚笑:“爸爸,不入虎穴,焉得虎子!干我这一行的,哪里有那么多忌讳呀!”李达华说:“你是在哪里看见苏苏的?她跟谁喝成这样,这个孩子是越来越不像话了。”

李碧亚说:“爸爸你不用担心啦!我也认识那个跟她喝酒的人,你还是等她醒了再问吧!”她心里跳过了黄成良的影子,他是罗方智的朋友,执行任务的时候她见过他两次了。

李达华说:“你妹妹如果有你的十分之一懂事,我就什么都不用担心了。对了,有没有谈上朋友,有了就带回家给爸爸看看!”

李碧亚眼前浮现出罗方智的容颜,是的,自从两次遇见他,心里就牵挂上了,这算不算爱呢?面对着李达华的目光,李碧亚不好意思地说:“爸爸,我心里有个人啦!只是别人都不认识我,更不要说谈不谈啦!”李达华说:“哦,我的女儿也需要单恋别人呀!呵呵呵,告诉爸爸,是在哪里上班的小伙子?”

李碧亚说:“是我在明月酒店当卧底的时候认识的,他一直以为我是三陪小姐呢!”李达华皱起眉头说:“那地方鱼龙混杂,不是适合找朋友的地方,不管他以为你是什么,你现在就不能有这个念头了,等哪天爸爸帮你看看,我家的公主是一定要嫁个门当户对的好人家的。”

看着父亲额头的皱纹,李碧亚无限心酸,她轻轻地用手抚摸了一下父亲的脸说:“爸爸,你不用担心的,你应该相信女儿的眼光,我只是现在心里有这个人的影子,不代表还有其他的什么,比如说发展成爱情!”说着李碧亚低下头,脸上浮现得却是怀春少女的甜蜜。

李达华说:“真是女大不由爹呀!看来我们的亚亚,可以独自翱翔了,假

如你哪天真的可以和这个心目中的男人有发展，就一定要带回来给爸爸和妈妈看看呀！”

李碧亚点点头，看着父亲的发丝有些夹白了，心酸更重了，她脑海里飘过外公的话：“亚亚，你爸妈都存在有重大的违法行为，你的心里，可要先有思想准备呀！”

当时如同听到晴天霹雳，让她很久都无法回过神来，她不相信，在她的心里，父母多年为了经营这个家和公司做大做强一路呕心沥血，在她很小的时候，就看见父亲一心从善，总是从口袋里掏钱给那些需要帮助的人。父亲从商多年，大大小小的荣誉证书也塞满了几个大抽屉，难道真的应了那句话：成绩与物质既是推动力也是腐蚀剂！

她害怕，她拼命地对阳陆建摇头，说：“外公，您当了一辈子的老公安，不是多年的职业习惯怀疑到自己家里来了吧？”阳陆建只是深深的叹息，不再说话，神情异常萧瑟。那一刻，李碧亚的心在颤抖不停，她知道，外公说的一切都是真的，随着她自己的着手暗查，越来越多的证据摆在面前，心灵的冬季，就这样来了。

李达华的声音传来：“亚亚，在想什么呢？”

李碧亚努力控制自己的情绪，忍住想落下的泪水，她迟疑了一下说：“我心里有件事纠结好一阵了，想问问爸爸。”李达华说：“你问吧！”

李碧亚说：“爸爸你说在这个世界我还可能有亲妹妹吗？”

李达华说：“你怎么了，苏苏不是你妹妹吗？虽说她跟你不亲，但是她还是你妹妹呀！”李碧亚摇摇头说：“我说的不是她，我是说除了她之外。”

李达华诧异地看着她，愣了一下，说“亚亚，你想说什么？你不是怀疑爸爸在外面胡来吧？”他脑海里又突然跳出了阳陆建的问话：“达华，你老实告诉我，你和你前妻除了亚亚之外，还有没有另外一个女儿？”他心里突然感觉到心底冒出一阵说不出的凉意。

李碧亚摇摇头说：“爸爸不是这样，我只是问问，我有种感觉很奇怪的，我看过一个女孩，心里就有这种奇怪的念头了。”

李达华“哦”了一声，笑了：“你真是得职业病了，什么事情到你这里都成了可分析的案例了，告诉爸爸，在哪里看见过一个这样的人？”

李碧亚深思，有些茫然说：“已经是好长时间的事，我是在执行任务的时候调见她的，她是一个吸毒者，我不知道怎么回事，看见她突然有一种很亲近的感觉。当时连支队长都以为她是我，我们长得很相似。”

李达华愣了一下说:“什么！吸毒的?”

李碧亚点点头说:“是的,她很可怜,是被动走上这条路的,当时她患上尿毒症,没有钱治疗就跟男朋友分了手,又认识了一个毒贩子,就想在生命的最后时刻做一件有意义的事情,很傻去吸毒,这样就蒙骗了毒贩子,然后找机会举报他们,我们市里几次成功的剿毒行动都是她当了线人,现在南贝走私毒品可以说在她的帮助下给打击得销声匿迹了,只是我们还有几个小毒贩子漏网了,我们也正在追寻。”

李达华没有说话,很认真地听女儿说下去。

李达华说:“那现在呢?”

李碧亚叹了一口气说:“她很可怜,她妈妈不理解她,以为她吸毒变坏了,把她赶出家门,我们已经送她去强制戒毒,她现在的医疗费都是我们大队一直捐款出来的,大家都希望帮她渡过难关,我们也在积极帮她寻找肾源。前几天她看见了一个漏网的毒贩子,又当了我们的线人,我们才把那些在夜神吧厅里贩卖摇头丸的犯罪分子全部捉拿归案,现在她还在协助我们的工作。”

李达华点头说:“这样就好,人不怕犯错,就怕错了不知道改。”

李碧亚深深地看着父亲说:“是吗?爸爸,假如你做错什么事,你会改吗?”说着鼻子开始发酸,她想到了阳陆建的话,就想借此引入话题。

李达华脸色难看异常,咳了一声说:“亚亚,这个吸毒的女孩叫什么名字!”他想岔开话题。

李碧亚只好又绕回先前的话题,她带着着一丝欣赏说:“她叫崔敏敏,她现在一有空就到敬老院和幼儿园去做义工呢！现在我们是好朋友了呢。”

李达华喃喃地念道:“崔敏敏,崔敏敏！这个名字怎么好像在哪里听过!”他自言自语地说道。

脑海中电光火石般地一闪,那一年,带走娅娅的时候,小小的娅娅在路途中哭泣,嘴中一直念叨的就是敏敏两字。敏敏,崔敏敏！他心里开始不安起来。

李碧亚奇怪地看着他,说:“爸爸,你嘴中怎么也一直念叨着敏敏敏敏的,你好像也认识她似的!”说着笑了。

李达华呆立着,站起身,掀开窗帘,让风吹了进来,他的心,突然有寒意阵阵的感觉。

他想到了他的前妻,那个离婚后这些年始终就没有出现过的女人。还

有多年以前亚亚牵着的那一双小手，这个世界，这个世界不会就这么小吧！此崔敏敏应该非彼崔敏敏吧！

他沉吟片刻问："你知道这个崔敏敏的家庭情况吗？"

李碧亚点点头，自豪地说："当然知道，爸爸，我是警察耶！我登记过她的家庭资料，她家住在城北莫坑，家里还有一位母亲，叫崔香玉，听说她的父亲在她很小的时候就去世了！"

"砰"的一声落地声响，振荡得地板发出了清脆的响声。李达华手中的水杯跌落在地上。茶水迅速蔓延到木地板上，浸到书桌下面。

李碧亚吃惊地看着父亲，蹲下身子拾起杯子。

李达华面部的表情痉挛，他缓缓地坐到椅子上，喃喃地说道："去世了！去世了！是的，她的丈夫是在很多年以前就去世了！"

李碧亚定定地看着父亲，表情有一种迷茫的震惊。从她记事起，这是第一次看见父亲如此失态，脸的表情似忏悔似惆怅，整个人一下子好像就老去十多岁。

李达华说："这个崔敏敏的出生年月你知道吗？"

亚亚看着父亲的脸色，小心翼翼地说："她比我小整整一岁七个月，是冬至那天出生的！"

李达华脸色死灰，颓然坐在沙发上，前妻的为人他清清楚楚，他懂了，这崔敏敏是他的亲生女儿，而前妻，是在他离婚后，带孕嫁的人。

阳雪萍推门进来，尖叫一声说："真该死，亚亚，你怎么搞的，一来就打翻你爸的杯子。"李达华转过身，对着阳雪萍挥挥手说："我自已不小心跌落的，你不要责怪亚亚。"阳雪萍也被丈夫的脸色吓倒了。她吃惊，走上前，用手试试李达华的额头说："你不是病了吧！怎么脸色那么难看。"

李达华摇摇头说："没有事，你先去忙吧！我坐一下就出去了！"

亚亚转身走到阳台，拿了一个拖把进来，阳雪萍走出来，看见亚亚没有好气地说："你千年都没有回来一次，一回来又让你爸劳神。你爸有什么不舒服，我可饶不了你。"

亚亚说："是。"低着头走入书房，这么多年，她已经习惯了阳雪萍说话的语气和态度。知道无法去跟她计较，这样大家的日子都好过些。

窗外，残阳如血，李达华呆呆地看着窗外，李碧亚静静地站在父亲身后，空气中没有话语，只有长久的沉默。李碧亚看着父亲，心灵在泣血流泪，却无法呐喊出来，甚至，连表露出异样都不敢，这太让人痛苦。李碧亚的心头

异常酸楚。

阳雪萍在客厅扯着嗓门喊："里面的父女俩吃饭了，难道还要请出来！"李达华脸色充满黯淡，开口想说些什么。李碧亚轻轻地把父亲按回椅子上。用手指对着父亲嘘了一声说："爸爸，没有事，你千万不要跟妈妈吵架了。"

李达华内疚地说："孩子，难为你这些年了，也难为你叫了她这么多年的妈妈，都是爸爸不好，让你委屈了。"

李碧亚不以为意地笑笑说："我已经习惯了，我没有什么关系的，爸爸你是一直要和阳妈妈牵手走下去的，不要为了我整天跟她吵架。"

李达华拍拍亚亚的肩膀，眼眶湿润了，两人走出书房。

苏苏还在熟睡，阳雪萍说："我们不等她了，我们自己先吃。"说着指着碗说，"亚亚，你自己动手。"

一家三口吃起了晚餐，阳雪萍也不对李碧亚问什么，李碧亚也习惯了这样的气氛，只是传来李达华时不时地一句话："亚亚，你夹菜吃！"

吃完饭阳雪萍就待在李知苏的房里。李碧亚洗好碗，发现父亲在沙发上目不转睛地看着自己，李碧亚忍不住地说："爸爸，有事吗？"

李达华摇摇头，心事重重的样子，亚亚忍不住想问父亲，是不是认识崔敏敏。为什么先前会那么失态。还有，外公说的是不是都是真的？如果真的是这样，那么太恐怖了，这个家包括这个市都会发生一场大地震，事件的主角，一定会受到法律最严厉的制裁，而这个家，从此就散了。

想到这些，李碧亚的心里，就充满痛苦，她不知道自己该怎么办？去选择大义灭亲？还是睁一只眼闭一只眼走下去，如果这样，那么自己执著的人生信念，却又是一种怎么的惨烈崩盘。

还有一点更重要的是，她不知道母亲在哪里，难道，还要把这么大年龄的父亲送到审判庭，由世人评说？她想开口问亲生母亲的下落，却看见父亲一脸痛苦的样子，她无法开口！

卧室里，李知苏一阵恶心呕吐，弄得床上床下都是。阳雪萍心痛不已，一边安抚女儿一边清理。李达华阴沉着脸看着。李碧亚的心里，山雨欲来。

第四十五章　真相与伤害

医院的花园里，廖建翔拦住了正在想往回走的米微璇，说"米医生，我有些事想找你谈一谈。"米微璇的脸色变了得有些苍白，像这个冬季里失血的暮色，她让身边的同事先走，自己则留下来与廖建翔面对面。

廖健翔看了看左右说："米医生，其实我很早就想找你了，但是相信现在也不会太迟！"

米微璇的脸色更加苍白，她话音有些颤抖："廖老伯，你这话是什么意思？"

廖健翔眼睛直视着她："米医生，我当过兵，还立过功，年轻的时候还被手榴弹的引爆炸伤了手脚！"

米微璇说："我不明白你的意思，如果你没有什么事，我想先回去了。"说着转身想走。

廖建翔自顾自说："我只是想告诉你，当时最大的幸运，就是还留下这对明亮的眼睛。"米微璇身体重重一颤，但是脚下的脚步没有停下来的意思。

"你能走吗？我如果不想让你走，你可以走吗？"廖建翔的声音透着冷峻。

米微璇慢慢地转过身，眼中已经盈满了泪水，无声地从双腮滑下。廖建翔恍如未见："米医生，我想问你一句，我跟你有仇吗？"米微璇困难地摇摇头。廖建翔的声音又传来："那赵家立和你有恨吗？"米微璇的肩头抖动着，牙齿深深地咬着了口唇。

廖建翔走前一步说："那阮月笛呢？阮月笛与你有仇有恨吗？"米微璇终于受不了，她捂着耳朵，使劲地摇头说："别再说了，求你别再说了。"廖建翔深深地看了她一眼说："你知道吗？你跟我女儿正好是同年，你的心，怎么就这么的歹毒呀！"

米微璇的脸色惨白，整个脸孔失去了血色。

廖建翔说："你来我病房的那天，我是知道的。我只是以为，这是你们治疗的需要，你给调了白色的药丸时候，你走后我也看了。阮月笛刚走，我知道你是调了药，只是不好打扰在睡觉的我，没有告诉我听。我吃了，结果，我

才知道那本来是救人的急救用药，可用在我这样的人身上，却是致命的。”

廖健翔“哼”了一声：“当时我就想揭发你，后来想想你有份工作也不容易，可能拿药给我吃的目的也只是为了赢得自己有个与众不同的治疗方案。你知道我今天去了谁家里坐吗？赵家立家里，我一听他们的讲述就知道是怎么回事，是你，又是你。你知道我又去找了谁，古捷，我们在住院的时候都已经成为朋友，互相留有地址，你想不到吧！古捷说他看见你动过输液，之前也是阮月笛来过。但是他当时想多一事不如少一事，那场面让他也怕惹事上身，得罪不起你们这些医生，所以，他的沉默和我的沉默，都让阮月笛一个护士来承担了所有的后果！我今天不来，你是不是又打算在阮月笛再去了谁的病房的时候，你再去捣鼓第三次、第四次？”

米微璇身体几乎站立不稳，她用手扶住了身边的长椅，一屁股坐了下来。闭上眼睛，双手捂着脸，泪水从指缝中溢出。

廖建翔的声音毫无色彩：“米医生，你说是我去揭发你？还是你去还阮月笛一个清白？她是多好的一个护士，就这样平白无故地为你戴上两顶黑帽子！你知黑帽子是什么吗？那是会让你们白大褂终生蒙羞的颜色！”

米微璇感觉天地都停止运作一般，整个世界黑暗得就剩下自己一个人颤抖不已。她恐慌，她想喊，她想躲，她什么都想，想彻底地从这个世界上消失，想所有的一切都不曾发生，她还是那个可爱的邻家女孩，还是那个人见人赞的好医生。

也不知道过了多久，她睁开眼，阳光还在，照耀着，很刺眼，哪怕在这个冬季让人也无法对视。廖建翔已经不知道什么时候走了。他是让自己静静地反省，还是已经走到内科抑或是院部去揭发自己了？米微璇觉得自己城池沦陷，废墟一片，再也无法站立地举起自己的旗子开始下一个行程。

步司贤从她身后的假山走出，定定地站在她面前。

米微璇感觉面前有人，看见一双光亮的皮鞋，顺着皮鞋往上看，步司贤看着她，眼神中带着一种似嘲讽似探究的目光看着她。米微璇慌忙站起来，低眉顺眼叫了一声步副院长，一下子无从合适，她心跳加速，这会儿如同千万的奔马激烈的狂奔。她不知道，步司贤是不是听到了她与廖建翔的谈话，而他在这个时候出现，用这样的眼光看着她，米微璇觉得自己要死去了。

步司贤，这个院内炙手可热的人物想干什么。

步司贤说：“今晚七点半，你到我那里，我们必须谈一谈你的问题，你知道我家的地址吧！希尔花园五号街十六栋306房。”说着转身离去。留下米

微璇一个人呆呆地站着，反反复复地在心里把那地址念来念去。

她想问为什么要到他家里去谈，她知道步司贤的妻子和儿子都在国外，他晚上是一个人在家，还有会有医院其他的领导也在那里？可是这个时候，她知道自己，不要说还手，就是连招架的力都没有了。现在是谁站在她的面前跟她说这样的话，都会成了她的救命稻草！

走着那么的一段路，她突然又看见步司贤，正在跟一个精瘦的男人说着话："你小子别到处惹事，我那个地方帮我多拉一些病人来不会少你的好处！"

精瘦的男人拍拍胸口说："表哥，我老五办事你放下一百个心，你看看这个月，我都帮你从别的医院拉了十多个病人过来了！"

步司贤拍拍他的肩头说："放心吧！你拉一个病人过来好过你的店里卖几十斤茶叶！"

精瘦男子咧嘴笑了说："那是那是，表哥，我那个店不就是给自己一个落脚的窝嘛！今晚我们哥俩到朗天喝一杯？"步司贤摇摇头说："今晚我有重要的事情，改日再喝吧！"说着掏出一叠钱塞到精瘦男子的手中。

精瘦男子眉开眼笑："表哥，有什么事情尽管跟我老五打个招呼，赴汤蹈火我唯表哥马首是瞻！"步司贤呵呵地笑了，说："你回去吧！我还有事要安排。"

听着这里，米微璇突然觉得现在就是想死都没有那么容易。

科室里，下班的时间到了，阮月笛走过来，拿着一串葡萄说："米医生，刚刚病人送的，我特意拿开留给你的，你吃了再下班吧！"说着递了过来。

米微璇蠕动了一下嘴唇，阮月笛吃惊地看着她："米医生，你不舒服？是不是发热了？"说着拿手来试探一下她的额头。米微璇突然拿开阮月笛的手，几乎是以冲的姿势跑出办公室。

路霆手中的水杯差点给米微璇大弧度的动作撞落。路霆莫名其妙地抬起头看着身后说："这又是怎么回事？谁又得罪我师姐啦？"阮月笛摇摇头，双手一摊。看见吴韬进来，就把葡萄递了过去说："吴主任，你吃吧！"吴韬接了过来，连说谢谢。路霆不愤了："阮月笛！"说着又用手敲敲桌面，阮月笛看着他。

路霆说："阮月笛同事！阮月笛姑娘！阮月笛小姐！你干吗那么偏心？吴主任现在都有女朋友了，那个小卢天天都会给他喂葡萄，哪里用你那么关心。我一个大活人比吴主任先进来的你怎么就看不见呢？"

阮月笛和吴韬都笑了，阮月笛说："我刚刚不是看见你在偷吃了几颗了吗？所以就全部都给了吴医生，你生什么气呀？"

路霆又纠正："不是刚刚偷吃了，是刚刚敢为天下先，先为你们去品尝了，你们还不感谢我！"阮月笛轻笑："就是你爱咬文嚼字。"

捂着脸跑出来的米微璇，无助地走出医院，独自拦了一辆的士到了沿河边，她浑身战栗，只想一个人静静，在无人看见的角落里，想清楚之后的日子如何去走，今晚的事情该如何面对。

沿河边好些散步的人，三三两两。米微璇知道，步司贤全部听见了自己和廖健翔的对话，只是为什么叫自己到他家去谈，他跟耿有志的关系很好，是不是想给自己一条生路，避开医院的人多嘴杂另外给自己一个缓冲的空间？她突然有了侥幸的心理，他会帮自己的，叫上耿院长一起来跟她谈话，是吗？她反复地问自己，似乎想问出一个决心来。

米微璇呆呆地走到沿河尽头，看看手表，还有半个钟头的时间了，这半个钟头之后，是凶是吉结果也就出来了。

她的视线突然停到一辆奥迪车上，看了一下那辆奥迪车的车牌，她的心跳加快了，这不是罗方智的车吗？他去哪里？他也会到这里来散步？一串问题从心里跳了出来，她看见了，看见罗方智同一个老太太慢慢地低语走了过来。米微璇慌忙站起身，躲到树荫后面。

罗方智没有看见她，他只是跟着老太太慢慢地走着，声音传来："崔姨，你别急，我很快就带她们来见你！"

老太太悠长的叹息传来："我真怕我等不到就两腿伸直了，天天晚上我都怕看不见第二天的太阳，辛苦你了，孩子，我们家给你添了太多麻烦！"

罗方智说："看你老人家说的什么话，我的心里，你一直都是母亲呀！"

米微璇看着罗方智的背影，心里百味杂陈百感交集，如果不是为了他，自己何至于沦落成如此万劫不复。千错万错就是自己不该去错爱一个根本不属于自己的男人。而今爱情没有得到，工作又风雨飘摇即将失去，更要面临着身败名裂。这样的伤这样的痛，这个男人根本就从不晓得，他的一颗心，从来就没有在自己的身上。阮月笛，阮月笛是个好人，而自己现在还如何去面对她的这些好。

米微璇越想越无颜，看看时间，已经差不多七点十五分了。她悄然地从树荫中走出，走到马路的对面，一扬手，一辆的士就停在了她的面前。

"希尔花园！"米微璇坐上的士报出了地点。的士司机"嗯"了一声打开

了计费表，她转头看了看罗方智站着的位置，悲凉弥漫了心间。她为他来过，又为了他离去，像天堂与地狱，她只是路过人间，却沾上了满心的痛苦，他却不知道，这就是爱情最大的悲剧，的士带着她的浓浓厚厚的情绪一路飞驰而去。

罗方智的眼光看了过来，他看见了米微璇的身影，有些吃惊，他看得出，米微璇的身影更见单薄了。

第四十六章　黑夜里的罪恶不止这一桩

希尔花园很快就到了，米微璇付了车费，向里走，小区的保安挡住她，让她写下身份证号码，并按她说的地址拨通了丨六栋306房的电话号码。然后把电话递给她，步司贤的声音传来："嗯，来了就好，进来吧！"保安通过验证程序让她进了小区。

按门铃，走上306房，门轻掩着，米微璇轻轻地敲了敲，里面传来步司贤的声音："进来！"

战战兢兢般地推开门，好大的客厅，装修得华丽堂皇。色彩让人眼花缭乱，如同走进了一个酒吧。音响中低低传来不知道是谁的歌曲，腻腻浓浓，让人听了以为牙床嚼着舌头说着不清不楚的话语。

只听里面传来哗啦啦的水声，步司贤的声音传来："小米呀！你自己先坐着，桌上有水果！自己先尝尝！"

一声小米把米微璇叫得毛骨悚然，步司贤一惯叫她米医生，一下子变了称呼，让她突然觉得这里好诡秘，会发生些什么，她想夺门而逃，可是如果出了这张门又能逃到哪里去？她仿佛看见了全院的同事都用鄙视的眼神看着她，昔日的好友对她吐着唾液，还有那些诊治过的病人，会把那些烂菜头菜叶砸在她身上，吼叫着让她滚出这个白色圣洁的世界。

她捂住耳朵，一阵阵昏眩，似乎想象中的声音就发生在耳边。

随着一个高大的身影闪出里间，步司贤穿着睡袍走了出来，边用毛巾抹着湿漉漉的头发，走到门口把门反锁了，又折回来坐在米微璇的身边。说："让你久等了，来喝杯水！"说着用另一只手倒了一杯水放在她面前。

米微璇接过水杯，连说："谢谢。"声音中自己都听得到颤音。

步司贤用手拍了拍她的肩头,说:“小米呀！第一次来这里是比较紧张的呀！以后来就习惯了。”

米微璇的心痉挛似地收紧,她越来越怕。浑身激烈战栗起来,这个害怕超过了自己上班抢救的时候无法挽救一条生命的那种害怕,这种怕让她的心一点点沉沦到十八层地狱之下。

她低着头,嘴角颤抖,话都说不出来,根本就无法让自己的眼神去正视步司贤的那张脸。那张脸,一定就像一个血盆大口张开,等着她自己钻进去。想到这里,她的头更低了。

步司贤看了看她说:“小米,别太紧张,出汗了,要不要你也去淋浴一下,这样会舒服些的!”米微璇慌忙摇摇头,说:“不用不用,谢谢步院长了。”说着慌忙把自己的身体向后挪了挪!

步司贤站起身说:“小米呀！要不我们到里面去谈谈,那里比较凉快!”

米微璇慌忙站起身,挪开脚步说:“院长,要不我先回去,我还有些事!”说着再不敢看眼前的脸,只想快快跑出去,离开这个让自己窒息的地方。

她走到门口,手想扭开门锁,一只肥厚的手掌放在她的手背上。一阵粗重的呼吸直冲她的后颈部。另一只手,就把她拦腰抱住了。

米微璇急得眼泪都冒出来了,从小到大,她还不曾被男人这样抱过。她知道自己再不走,就会发生什么事情了,她几乎要发疯了,用出自己最大的力气,边挣脱出来边说:“步院长,您别这样,您放开我!”说话的声音不由得提高了。

感觉到步司贤粗重的呼吸声,米微璇几乎要昏厥过去。

米微璇突然一下子跪到地下,哭着说:“步院长,你放过我吧！真的不可以呀!”步司贤笑着说:“你都可以把人命视为草芥,还有什么事情不可以的!”

米微璇拼命摇头,哭得几乎没有力气,说:“不可以这样的,你会毁掉我的,我不要这样！不要!”

步司贤脸色一沉,他的眼神阴冷冷看着她,不言不语。

她闭上眼,想起了出来工作的时候,信奉佛教的母亲对她说的那些话:“孩子,出去上班了,就要记住和人之间的相处,害人之心不可有,防人之心不可无！这个世界上都是有因果轮回的,积一个善就会收回一个善,做一个恶就会得到一个恶！老天爷,都在天上长着眼睛的呀!”想到这里,她的泪水,再次汹涌而出。

她明白了，步司贤是不会放过她的，心里残留的那一点侥幸的心思在这里湮灭得干干净净。

步司贤靠近她说："廖建翔那个老头，我会去摆平他！担保你的工作安安稳稳的！这件事医院除了我也没有人知道。"

米微旋感觉整个身体虚脱一般，她扶着门，缓缓地站了起来，抬起泪眼对步司贤挤出了一个微笑，说："我想洗个澡，你去帮我调好水温！"

步司贤满意地笑了，他拿开了放在门把上的手，说："我去帮你调水温。"说着转身向浴室走去。

米微璇迅速扭开房门锁，掩面哭泣着跑进电梯。

楼下阴暗的林荫道上，奔跑的米微旋迎面撞上了一对缓步走来的男女，只听女子"哎呦"一声，穿着高跟鞋的脚站立不稳，整个人向后坠去，随行男子慌忙伸手托住。

女子看着趴倒在地失魂落魄的米微旋，丌口恼道："没有长眼睛不成，走路横冲直撞的！"

米微旋的眼神空洞，她似乎没有听见女子的话语，从地上爬起站直身体又继续向前跑去。

女子还想开骂，随行男子连连摆手，压低声音说："别出声了，她是米微璇！"

女子大吃一惊，慌忙捂住自己的嘴，抬头向四处望了望，说："她怎么会在这里？出了什么事了？她好像不太对劲呀？"

男子也四处张望了一下，说："我们快走，说不定又遇见什么熟人了，那我们就惹麻烦了。"

女子抱怨："你怎么把房子买在这里，离医院那么远，来回都不方便！"

男子重重地哼了一声："远，你以为近的好吗？到处都是熟人，遇见了怎么办！"

往前几步，转角的路灯照在两人的脸上，是贾平和柏小斯。

柏小斯说："怕了吧！不要以为买了一套房就可以打发我了，我要的可不是这个，这些本来就是你应该给我的。如果春天来的时候你还不解决问题，就不要怪我不客气了！"

手机铃声突然响起，一阵紧似一阵，柏小斯说："真烦，你就不能把手机关了。"贾平嘿嘿一笑说："我是主任，当然得 24 小时开机，不然科室有什么事要找我汇报怎么办？上头来找怎么办？"手机声继续响，在寂静的黑夜里

格外刺耳,柏小斯不耐烦了,她伸出手拿过手机一看,嘀咕了一句:“这步司贤找你做什么?”贾平接过手机说:“就是,那么晚了打电话干什么,烦人呢!”说着他转身到路边花圃的一角按下接听键。

“什么?坏了,捅到上头去了,谁干的?好!好!我马上安排。”旁边站着的柏小斯不乐意了,她有些生气地说:“什么事呀!催命似的,医院要死人了?”突然她的话顿住了,贾平看过来的眼神里,带着一种阴森森的寒光,让她不寒而栗。贾平冷冰冰的声音在黑暗中响起:“是的,是要死人,是我们要死人了!”

终于回到宿舍了,米微璇站在镜子前,整个人憔悴不堪。她感觉屋子里到处都是注视的眼睛,像一把把利剑切割着她汩汩流血的心,她伸出双手紧紧地抱着自己,良久,她才挪到到电脑前。惨然一笑,登录QQ,在签名一栏写上:再见了,让所有爱过恨过痛过伤过的岁月都画上句号吧!

写完她马上就下了线,她颤抖地拿出了手机卡,这个是专门为拨打罗方智的电话买来的,看来从今以后,再也用不着了。打开窗,对着楼下一抛,黑暗将一切都化为了无形。她捂着脸,双手撕扯着自己的长发,突然大笑,又拿出日记本一页页撕碎,泪水在笑声中滚落,接着她呜呜地哭了起来,整个人慢慢地向墙角蹲下,双手抱着肩,瑟瑟发抖。

第四十七章　山雨欲来风满楼

终于忙完一天事务,罗方智关上电脑,突然想和黄成良一起坐坐,打电话给他,他说在忙没得空。这时候肖岱来了电话,说他的摄影作品又获奖了,让罗方智几时有空来欣赏。罗方智说:“现在拿过来吧!我们去新海大排档。”

罗方智把车泊到一个新海大排档边,突然看见张章和一个长得精瘦的男子正在开怀畅饮。四周围也都坐满了人,罗方智坐到了张章的侧边的桌子。张章背对着他,已经喝得脸红脖子粗。

精瘦的男子还在给张章倒酒,说:“兄弟喝,我们哥俩不醉不归呀!”

张章说:“老五呀!还是你知道我,我打算租完这个月的店铺就回到家乡的县城继续开店,这里,毕竟我是个外乡人,我想回家了!”

罗方智留神地听着。

老五说："那阮月笛呢？这次也一块儿走吧？"张章猛地灌了一杯白酒说："不知道呀！我也不能勉强她，我跟她说了，愿意跟我走，那么到时看她的工作关系能不能进入我们县城的医院，如果她真的不愿意走，这段感情，我还是要放手的。她太优秀，我不该成为她的绊脚石！"

老五急了："看你说的，你们都谈了那么久了，女人嘛！你就让她直接给你生个娃，就没有留不下的心！"张章摇摇头说："你看我像这种人吗？如果我这么做，只怕阮月笛早就离开我了！"

罗方智一惊：阮月笛，不会真的跟着张章回去吧！

张章把酒杯倒过来，几滴酒水滴了下来，他转身扬手："靓女，拿酒来！"青岛啤酒和珠江啤酒的促销员连忙笑容满脸地迎了上来。"拿多两扎来，要青岛的！"张章大声说，珠江啤酒促销员扫兴离开。

罗方智不禁皱起了眉头，他很难想象，长得如花似玉，气质脱俗不凡的阮月笛是如何和这样一个虽说憨厚却如同莽夫般的张章相处。

肖岱来了，他直接找到了罗方智，说："我们很久都没有过来这样的大排档坐坐了，这样空气好，有阳春白雪之雅气亦有下里巴人之豪放，合适！来，让他们上些招牌拿手菜。"

罗方智点头说："你都是美食的行家，你来点菜！"

这边，老五的眼睛瞄了过来，有些贼溜溜。张章顺着他的眼神看过来，视线定格在罗方智身上，他觉得这个人好面熟，在哪里见过，他努力地想，或许是酒精的作用，一时间反倒想不起来。

老五低声凑过来说："张章，我告诉你，你身后的那两个可是有钱的主儿！"

张章一推老五说："喝酒，去研究别人干什么，谁有钱也不会跑到自己的口袋里来，还是自己挣钱花钱最实在！"

声音若有若无地飘过来，落入罗方智的耳里，他有些不悦。

老五的眼睛，还是时不时有意地飘了过来，连肖岱都感觉到了，他想建议罗方智挪个位置，举目四望，正是旺市的时候，根本就没有空位置。他对罗方智示意了一下，两个心领神会地点了点头凝神继续倾听。

老五继续撺掇张章带上阮月笛回家。张章拿起手机，拨通阮月笛的号码说："月笛，你来不？新海大排档。"说完话脚不小心蹬了一下，脚边放着喝完的十多个啤酒瓶哗啦啦地倒下，清脆的声音引得周围桌子的人都扭过头来看。

罗方智心跳加快了，看张章的口气和表情，阮月笛会过来。

阮月笛真的来了，不到十分钟的时间，手上还提着两袋婴儿装的套装盒，想来也多半就在附近购物，听见电话也就直接坐的士过来了。

罗方智的心一点点下沉，肖岱随着他的眼光看去，不禁有些发愣，一个有着魔鬼般身材的俏丽女子走过来，无可挑剔的白皙面容和如画家笔下点染出来的精致五官，一头乌黑的长发轻轻地扎了一条绿丝巾。一支泼墨的中国梅在素白旗袍上浓墨重彩张扬地绽，随着婀娜行走的身姿，浑身上下都透出了一股冷艳迷人的夺魄之美，迎来了全场食客们火辣辣的目光。

她没有看见罗方智。

肖岱赞叹道："这女孩怕是模特吧！整个南贝市都找不出几个这气质的，呵呵呵，如果可以认识她，我就花大价钱请她做我的摄影模特！"他边说边看看罗方智，却发现罗方智的视线全在那女子手中婴儿装的礼盒上，表情异常难看且复杂。

肖岱有些困惑，让他更吃惊的事来了，这女子竟然走到贼眼溜溜的隔桌坐了下来。

老五无比夸张的声音传来："弟妹，你不是吧！把婴儿装都买好了！刚刚张章还说不知道你想不想跟他回老家发展呢！还害得我口水说得一大箩！哈哈哈，看来老弟你要当爸爸啦！"说着老五使劲拍着张章的肩膀，那表情不亚于中了五百万的狂喜。

张章一脸困惑，满脸都写满了问号。罗方智拿着酒杯的手微微颤抖。肖岱有些明白了，这个女孩，罗方智是认识的。

阮月笛柳眉一竖，有些恼火地说："老五，你整天狗嘴里吐不出象牙来，你胡说些什么呢！六婶的媳妇明天就要生了，我买这些是要送给她的！"

几张脸的表情一下子松懈下来。罗方智嘴角露出了一丝微笑，拿去酒杯一饮而尽，满脸都似乎可以看见欢快的音符。只有老五，不好意思地搔了

搔头发。

阮月笛似笑非笑地看着老五，说："老五，我看你这段时间好像发达了！"老五连连摇头说："弟妹说笑了，我一个混口饭吃的人，哪里能用发达两个字咯！"

肖岱看在眼里，若有所思，他想到那天在海边酒店看见的李知苏和黄成良，看来，一段时间不见，他们的感情都发生了一些改变。

阮月笛的眼神终于看见了罗方智，罗方智一直在看着她。

阮月笛有些吃惊，她想跟罗方智打个招呼，突然又想到那一次科室吃饭回来跟罗方智在一起，让张章看见了两人后之间还闹了很长时间的不愉快，她的话到嘴边又咽下，假装没有看见罗方智。

手机铃声响起，老五接听电话："什么？孩子跑了？好！好！我马上就过去。"

张章问："孩了，什么孩了？"老五不答，抓起凳上的外套骑上摩托车就飞驰而去。张章急了，跟阮月笛打了一个招呼，马上追了上去，留下阮月笛一人发愣。

肖岱一拍罗方智说："快，我们跟去，这个人不对路，一定有情况！"罗方智走到阮月笛面前说："你坐在我车上吧！我们一起去看看。"阮月笛迟疑了几秒说："他们两个都喝了不少酒，我怕出事！"说完对罗方智点点头。

南贝市往城北的大道上，老五回头气恼地大声嚷着张章："你回去，不要跟着我！"张章固执地摇头大声喊说："不，我就要跟你去，孩子是怎么回事？我们是朋友，我一定要帮你！"

老五低声诅咒了一句："一定是那死女人干的好事！妈的，没有时间了。"张章则在后面紧咬着老五的摩托车不放。

罗方智的车里，阮月笛的手机响起："柏姐，你怎么了？你别哭呀！什么，小凯不见了，好好，我马上帮你找找！"放下了电话的阮月笛着急地说："罗方智，柏姐的儿子不见了，刚有人打电话威胁她家，你快点帮我一起找找孩子！"罗方智大吃一惊，肖岱冷静地说："先跟住前面的摩托车没有错，等一下我们就再找孩子！"

前面的两辆摩托车很快就失去了踪影，罗方智把车开到十字路口，停住了，不知道该向哪个方向驶去，阮月笛说："我知道老五的一个地方，我带你们先去那里找找他。"说着让罗方智把车开往莫坑，去寻找那一次夜里她看见女子跟踪老五的那条小巷口。

第四十八章　罪恶在奔跑中撕碎了天堂

转角的一条巷子里，里面的情形让罗方智他们大吃一惊，老五竟然左手勒着一个女子的脖子，右手拿着一把枪直对着她的脑门，前面一边的崔老太搂着一个小男孩在瑟瑟发抖，一身警服的李碧亚跟着几个警察正在跟老五对峙。罗方智看清楚了，被老五挟持的人质是崔敏敏，他做梦都没有想到，会在这样的情况下再见到她。而此时的崔敏敏艰难地喊到："妈，你带着小凯快跑，别管我！"崔老太双脚发软，牵着小凯老泪纵横，呆呆地看着崔敏敏，嘴唇一直颤抖。张章站在巷口像失了魂一般。

阮月笛下车走过去着急地问："张章，这是怎么回事？"张章喃喃地说："老五弄出大事了，他刚用枪指着我，不准我再跟过去，他绑架了小凯，地点却让这个女子知道了，他放了小凯。警察也来了，老五就说要杀了这个女的！"他说话停一句断一句，一副魂不守舍的样子。阮月笛生气了，使劲地扭了张章一下，说："你醒酒呀。"

警察越来越多包围过来，各个方位都布有狙击手，罗方智大步走到已经撤出危险带的崔老太面前说："崔姨，你怎么会在这里？""这里和我前后街呀！我今天眼皮不停地跳，就想着出来走走，没有想到看见敏敏带着这孩子一路奔跑出来，接着就看见这个持枪的坏人追过来，敏敏把孩子马上推给我，叫我带上快跑，她就对着那坏人迎了过去！"崔老太哭着说。

李碧亚低声跟身边的警察说了几句，就对着罗方智这边快步走了过来，崔老太看见李碧亚，整个人都呆住了，她说："娅娅，你就是娅娅对吗？"李碧亚有些吃惊，她不明所以，正想发问。罗方智说："亚亚，这个是你的亲生母亲，你戴青花镯的那天我才认出你，但是一直都没有空去联系你！"李碧亚呆住了，她本来是想过来跟小凯询问案情的，没有想到罗方智突然说出了让她震惊不已的好消息。她看着崔老太，突然泪流满脸，母女俩搂抱在一起，痛哭失声，很快，李碧亚抹去眼泪说："妈妈，你等我一下，我们现在最要紧救出人质，小凯，你告诉阿姨是怎么回事？"小凯一脸愤怒说道："我放学的时候遇见了妈妈单位科室的贾主任叔叔，他说带我来找妈妈，我妈妈在这里，走到这里后他突然不见了，我在找他的时候这个坏人就从一间屋子跑出来，把我

抓了进去绑了起来，还用布塞住了我的嘴巴，后来是那位好心的姐姐跑进来救我出来的，她却给坏人抓住了，你们大人为什么这么坏呀！"李碧亚站起身说："是敏敏打电话叫我快来，我赶迟了一步，真恨呀！她如果有事我无法对得起自己，她一直在帮我们做线人！"崔老太老泪纵横，愣愣地听着："线人，就是好人是吗？我的敏敏没有做坏事？"李碧亚呆住了："妈，你说什么？敏敏，敏敏真的是我的亲妹妹吗？"

崔老太重重地点点头说："亚亚，这是你的亲妹妹，你一定要救她出来，妈妈也错怪她了！"说着，哭得几乎瘫倒。

这个时候，李达华正赶往南贝市吉崖镇。这里已经不是国道了，公路的走势沿山势而上，这里有得天独厚的地理条件。他想在这里开发一个疗养山庄。他不能让别人知道他的想法，所以特别交代了杨桦林别跟阳雪萍说出这天的行程。

这段时间他晚上严重失眠，他不沾烟酒，在心情特别不稳定的时候，就喜欢喝着浓浓的茶水，以缓解神经上的焦虑。跟亚亚那一次交谈后，知道自己还有另外的一个女儿崔敏敏的存在，他的愧疚感更加强烈，不好的预感弥漫在心头越来越深重。家中的两个女儿将来都必定会过上舒心的日子，而流落在外，他从来不曾相见的女儿敏敏，却让他一想起夜夜无法成眠。特别知道敏敏还染上了重症和吸毒，他就感到是自己的罪孽深重，才导致女儿如此悲惨的今天。他想是时候为多年前自己抛弃的母女做些什么，这也是他为什么这次会来这么偏远的市郊买地建山庄的投资打算，他想让崔敏敏将来可以做这里的主人。

没有想到刚下车，司机杨桦林就焦灼万分跑下车来跟他说："市里发生绑架案，主角就是他的儿子杨小凯。"这也是南贝市建市以来，出现了第一例恶性绑架案件。李达华想到人命关天，马上挥手说："马上先往回赶。"

路上杨桦林几度落泪说："一定是我写了那封给医院的匿名信惹的祸，丧失人性的家伙竟然打了我儿子的主意！"李达华问什么匿名信？杨桦林恨恨地说："柏小斯在外面找了人，我无意中发现了她藏在家里的日记本，就写了匿名信给医院和纪检部门，小凯的被绑跟这有关系，那绑匪威胁我不准报警和交出日记本，不然就撕票，这些都是我做父亲的错！"

李达华听到了那句："都是我做父亲的错！"心底早已惊涛骇浪，他本想这次去吉崖镇回来，就去寻找一次崔香玉的下落，再偷偷看一下那个叫崔敏敏的女儿，今天却总是眼皮跳，他的感觉非常不好，总是觉得有什么不祥的

大事情要发生。

城北莫坑，也是他前妻嫁到城里的地方，平时他不踏足，就是避免心底说不出的隐痛，这一次，却在这样的情况下赶过去这个位置，心里那无尽的苦涩与刺痛排山倒海地从心里奔涌而出。

李达华和杨桦林赶到现场，李达华知道女儿李碧亚一定在这里执行任务。杨桦林看见小凯惊喜万分，他紧紧地搂住小凯。柏小斯呆呆地看着，想抱儿子，杨桦林恨恨地看了她一眼，一把推开她不再理睬。柏小斯蹲下身子，后悔不已，她真想现场老五绑架的就是自己，就这样死了也好过如此痛苦活着。

小凯说："爸爸，我给坏人绑住了，我好想念你和妈妈，你们不要再吵架了，好吗？你们不吵架，很幸福地过日子，妈妈就一定会在家里，坏人就绑不走我，因为我不用出来到处找妈妈！"

杨桦林和柏小斯呆呆地看着儿子，如同醍醐灌顶一般，看着经历了生死一劫的儿子号啕大哭，两个人也跟着哭。小凯把柏小斯的手放在杨桦林的手上说："爸爸，你带妈妈回家好吗？"杨桦林想甩开，柏小斯"扑通"一声跪在地上，小凯也跟着跪了下去，杨桦林泪流满面。

现场的另一头，当听到现在的人质叫崔敏敏，这个人质会是他的女儿敏敏吗？李达华完全呆住了，他半天说不出话来。李碧亚扶着一个蹒跚老迈的妇人对着他走了过来，四目相对之间，多少恩怨心头沸腾，尽在彼此的对视中呼啸而出。

崔老太嘴唇颤抖不已，半天才吐出了一句："你救她呀，敏敏，是我们的女儿！"

李达华闭上眼睛，两行清泪顺腮而落。

这头，老五架着崔敏敏一直退到一幢烂尾的民屋内的二楼，狙击手找不到最有利的射击点，在场的警察脸色严峻。他们都知道，老五是一个毒贩子，行事穷凶极恶，开茶行只是他用来打掩护的一个窝点，他的手枪装备，可是比现在警方拥有的还先进。

几番攻心战下来，谈判专家也感棘手。老五喝了不少酒，一句话惹怒他，人质就会有生命危险。后来，老五不吭声了，就是叫嚣了一句："警方备车送我出城，不然就一起死！"说着用手勒紧崔敏敏的颈部，呼吸困难的崔敏敏呛咳起来。

突然，张章不知道几时爬上楼间，他悄悄地向老五身后走去，在场的人

的呼吸都憋紧了。说时迟那时快，摇摇摆摆的张章突然猛扑过去，抓起老五的手枪举上天，“砰”的一声，两人厮打成一团，李碧亚想射击但又怕伤了张章，射击点不断在视线中更换，楼下的警察冲了上去，张章对着崔敏敏喊道：“快跑！”话音未落，老五就一枪射中了张章，继而向奔跑而出的崔敏敏打出一枪，与此同时，老五也在警方射击中倒地，三人的鲜血蔓延一地。

第四十九章　青花倾城　一镯沧海月明

阮月笛哭着跑到张章身边，一把搂住他大哭说道：“你是傻子吗？你为什么会爬上来这里。”张章费力地露出一丝微笑说道：“我一直把老五当……兄弟，他却……让我做鬼魂！”他说不出话来，几乎要闭上的眼皮看见了蹲下身的罗方智，他用尽最后的力气说道：“帮我照顾……！”手指努力指向阮月笛，继而手就垂落在地。罗方智的眼睛一片湿润，他使劲点点头。已经赶到现场的医生吴韬用听诊器一听张章的心跳，摇摇头。阮月笛号啕大哭。

倒在地上的崔敏敏，气若游丝，鲜血从口中涌出。她努力伸出手向着崔老太。崔老太几乎要昏厥过来，她哭喊着说道：“敏敏，你不能走呀！你看，这是你的姐姐，你的爸爸呀！妈对不起你，一直在错怪你呀！”一边蹲着的李碧亚和李达华都无法抑制自己的情绪，悲痛难忍。李达华蹲下身，悲痛地说道：“孩子，坚持住，爸爸已经开始帮你建一个美丽的家，你就是那里的主人！”旁边的几个医护人员忍不住垂泪，路霆的眼眶全红了。

崔敏敏微笑了，努力点了一下头，对着蹲下身的罗方智挤出一个笑容，断断续续地说：“我……我没有对……你不住，当年分手是我找人……帮我演一出戏迫你分手，认识……老五，我终于让……自己的生命……有意义了，毒贩子都送到监狱去了，我还有爸爸和……姐姐。”她的呼吸越来越急，声调越来越弱。罗方智热泪盈眶，他一把掏出口袋中的青花镯，李碧亚哭着拿出自己的青花镯，两只手镯并放在崔敏敏的面前，一朵完美的青花呼之欲出。

崔老太哭着对着天空声嘶力竭地喊：“老天呀！你睁开眼睛看看，我的亚亚和敏敏，都没有辜负青花的清白呀！你睁睁眼，不能带走我的敏敏呀！”崔敏敏的嘴角露出了一丝微笑，看着罗方智，用尽最后一口气说：“女蝉是

我。”说完后又一口鲜血涌出，眼睛却缓缓闭上，头一歪倒在了崔老太的怀中，崔老太昏厥过去。

听到消息赶到现场的李知苏和黄成良呆呆地站着，看着现场发生的一切，震撼得无法言语。李知苏的双脚一软，跪在了崔敏敏的身边，哽咽地喊了一声“姐姐”就再也说不出话来。

公安局的谭局长向身边的众人挥挥手，示意他们让李达华一个人先安静。

早在一个月前，一封署名为一位老公安战士的举报信，就摆在纪检部门的台面，举报南贝市丰图集团的董事长李达华夫妻非法民间借贷集资放高利贷等犯罪情况，同时附上了相关人员的资料、银行的存单等大量的材料。

市委高度重视，立即成立专案调查组，开展了大量艰难细致的工作，在掌握大量事实和相互勾结人员的证据之后，市委将情况上报，几个主要领导一致同意立案检查和立案侦查。这一切都在秘密进行，李达华都蒙在鼓里。

绑架案发生的同日上午，上头就正式下达对李达华批捕命令。

看着身后严阵以待的警察和市纪委、检察院等一众人员，李达华什么都明白了！他闭上眼，长长地叹息一声。

他缓缓地蹲下身，手轻轻地抚摸着崔敏敏已经慢慢变冷的脸庞，哽咽地说：“你是一个好孩子！我却不是好爸爸！”闭上眼，两滴泪水滴落的崔敏敏的身上，他扭头看了李碧亚一眼说道：“你也是爸爸的好孩子，是爸爸人生中最大的收获！”看着李碧亚不能自制的哭泣，他站起身对公安局的谭局长说：“走吧！我跟你们回去！”

一个在屋檐角下眯着眼睛养神的长者悠长的声音从李达华的身后传来：“世上都晓神仙好，只有金银忘不了！终朝积聚恨无多，及到多时眼闭了。”李达华停住了脚步，口中喃喃地说：“红楼梦里梦红楼，好了歌里好不了，迟了，一切都太迟了！”声调中带着无尽的悔恨与凄怆。

同时受到拘捕的还有前往南贝市医院途中的阳雪萍。

而与此同时，公安部门向绑架案的幕后主谋步司贤与贾平发出了批捕证，按杨桦林提供的日记本，对两人在外非法行医与做胎儿性别鉴定等事件展开调查。

南贝市医院的大门外，一群刚实习结束的白衣天使正在进行集体合影，灿烂的笑容让不少来来往往的人员驻足观看。走过来的米微璇一脸呆滞，看着看着，她泪流满面，突然披头散发起来大笑奔跑，她的精神失常了！

病房正在对阳陆建进行最后的抢救。李碧亚一身警服匆匆赶到病床前。阳陆建看见了李碧亚，用尽最后的一点力气抓住她的手说："好孩子，我终于可以瞑目了！"弥留之际的眼睛，努力深情注视着李碧亚警帽上的警徽，嘴角挤出了一丝微笑，缓缓地闭上了眼睛。李碧亚大声哭喊："外公！"悲痛的声音在病房久久回荡，所有医护人员纷纷垂泪，病房外面，长长的楼梯上下到病房门口，站满了警察，泪盈于眶，全都低着头，摘下警帽，向这位至死都坚守党风、光明清廉的老人做最后的告别。

病房的这一侧，罗方智握着崔老太的手说："你永远都是我和敏敏的好妈妈！"旁边准备帮崔老太进行输液治疗的阮月笛，在执行护理操作中泪落如雨。

李知苏也牵涉父母的案件之中，因为怀孕，被取保候审。黄成良守在病床前说："无论发生了什么，我都等你，我们重新做人，为了我们的孩子可以在以后的人间做一个堂堂正正的人，就像你们家的青花镯一样！"李知苏含泪点点头说："我虽然没有祖上留给两个正直善良姐姐的融着做人气节的青花镯，但是我的名字是外公起的，外公说过，我是知道苏醒的好孩子！"

（全文完）

《一张床的坎坷人生》

（短篇小说集）

一斤良心

今天,他走到王姨的档口前,想告诉王姨,母亲回来了。

这两年,他成了家,找回了媳妇,日子却过得不安生了,婆媳关系在他那两房一厅里演绎得战火延绵,他就如同一块夹心的饼干,最终就拜倒在了媳妇日渐隆起的肚皮上。

母亲不忿,哭得老泪纵横,却不敢拿未来的孙子当战场,在媳妇高高扬起的下巴面前打好包袱甩手回到乡下。

媳妇心满意足,屋内少了吵闹的安静,让他也跟着感觉美好,仿佛回到了蜜月时期。几天下来,柴米油盐酱醋茶都得一一打理,索性就去了饭店,吃着吃着就没了什么胃口,媳妇下令:"为了你未来宝贝的健康,现在开始你煮给我们母子吃!"于是他的日子开始了螺丝似的旋转,上班下厨,没出半个月,人就消瘦了许多,他的心里,开始念起母亲的好。

市场上卖汤料的王姨是多年前的老邻居。一个多月前,他经过王姨档口的时候,老人热心地指着面前的一袋肉菜说:"都帮你买好了,看你上班蛮辛苦,我知道你们喜欢吃些什么类的菜,以后我每天都帮你买好放在这里,你来拿就行了!"他感激,塞钱给了王姨,王姨推辞不过,收得很少,说她市场都是熟人,拿的都是成本价,象征性收回本钱就行了。

他一下子感觉轻松了好多,花比平时更少的钱,却得到比平时更实惠的菜,且食材都是合乎心意的。媳妇几周吃下来,很是惊异地问他怎么近来家里的伙食丰富且可口,两人的脸色也日渐红润,他很神秘地把经过告诉了媳妇。

媳妇一下子拉长了脸:“现在小贩重利轻情,人民币下面哪里有那么多人情好讲?王姨她明里说帮你,暗里一定是揩了不少油水,你把她帮你买回来的菜回来称一下,她说不定就在里面短斤少两!”

昨天,他再一次去王姨那里拿菜的时候,媳妇一定要跟着。绕过王姨看不见的角落里,媳妇找来了一把秤子,果然,六样菜里有五样是不足秤的,他的心“咯噔”一下,有种吞苍蝇的感觉,媳妇的声音尖了起来:“我就说呀!这世上哪里有那么好的活雷锋让我们遇见了!你看,这不是明摆着天天吃定你了!不行,我要去找她去,一把年纪还做这样坑人的事情。”

他说:“算了,不就是每斤差一二两嘛!她收的钱也很少,比我自己去买划算多了,怎么算我们还是赚了!”媳妇不依不饶:“你看,这把一斤重的青菜就差了三两,我们吃了亏还要当哑巴不成?”他阻挡的手无力垂下。

王姨的档前,媳妇使劲地抖着手中的菜,声音高昂:“还熟人呢,后面一刀,你自己称一下这个斤两,给我一个解释!”王姨一脸平淡,直视着站在媳妇身后的他,说菜其实不是我帮你们买的,是你们的母亲每天准备好提到这里的,说媳妇要生了,营养要跟上,担心市场上现在打药的菜多,青菜和鸡都是她自己洗好杀好了带来,每次的钱我都转交给了她。她说那就留着到时给孙子买好吃好用的,你们说这个秤准不准?里面的每一斤可都有良心呀!”

媳妇高昂的头慢慢地低了下来,他的鼻子有些发酸,母亲住在郊区的农村里,骑自行车一个来回要两个多小时。媳妇去过,说那里就是吃的东西好,其他的都不好,母亲却牢牢地记住了。

他的手心有了相握的温暖,耳边传来媳妇低低的声音:“明天,你就去把妈接回来!”

心灵菩提:良心重量有多少?古往今来,天地自有一杆秤。背负青天,脚踏厚土,人居其中,以镜自省,撩水濯足,人心是非曲直,无需多言,就已经了然于心。眸前一寸的眼光,便也见不得一尺的长度。精神和灵魂,最怕缺钙。人生的行走,最忌低头走路,左右不看,上下不望,一不留神,就走入了狭窄的死胡同。母爱是歌,让心灵长出耳朵,静静地倾听,随手拾取一片音符,便是天籁。

手中的那轮明月

付凯站在公园的一角,他把鸭舌帽压得低低的,路过的人看不见他的眼睛,只看见一个小小的身影和小小的嘴唇。

一对情侣走过,男子把剩下的矿泉水喝得干净,正想把矿泉水瓶给付凯。随行的女孩一手夺了过去,说:“不给他,你看这么小的年龄就在这里捡矿泉水瓶,一定后面有大人操纵,我们不能助长这样的不良风气。”男人无奈地摇摇头,随手把矿泉水瓶递给了路边打扫街道的清洁工人,随女孩走远。

付凯擦了擦已经挂着泪水的腮帮子,他蹲下身,数了数,今天已经拣了二十三个矿泉水瓶,也就是说,已经可以卖到两元三角钱了。不远处的垃圾桶,又有人向里面丢矿泉水瓶了。看着清洁工人正低着头扫地,付凯很快走了到了垃圾桶面前,小手才刚刚拿起矿泉水瓶,耳朵突然被重重地揪住了,如同破锣似的声音传入耳膜:“小兔崽子,我早就想逮你了,谁让你来这里捡矿泉水瓶的?你的门票呢?拿出来看看?”付凯知道,揪着自己的是那个高大的清洁工男人,他正怒眼横眉地瞪着自己。

付凯捂着耳朵,他低着头,像做错事的孩子,低低说了声对不起,提着自己的袋子想走。清洁工人一把扯住了他的手,把那袋矿泉水瓶拿了过去,说:“看着你是小孩子的份上,这次放过你逃票进公园,下次再抓住了绝不放过。这袋矿泉水瓶,是不可以带走的!”

付凯的眼泪一下子涌了出来,他带着哭腔,说:“叔叔,你放过我吧!我需要钱,这袋瓶子,我是拣了两个多小时才拣到的。”

男清洁工还想出声继续教训付凯。一个轻柔的女声说话了:“小孩,你别怕他,你告诉阿姨,谁让你来捡矿泉水瓶的?你不用读书了吗?”付凯看清了,是一个扎着马尾巴的清洁工阿姨在说话。

付凯咬了咬嘴唇,穿着运动鞋的脚踢着地上的草,低着头不肯说。

男清洁工不耐烦了,他解开衣扣,用一边的衣料扇起了风,又抹抹汗,口中骂骂咧咧:“天老子的!热死了,都黄昏了,汗也没有停过。这么恶劣的工

作环境，这小兔崽子还来跟老子分食！”

付凯抬头看去，男人露出的胸膛，里面的汗正往下滑，整个胸膛湿漉漉的一片。清洁女工的声音传来：“屈峰，你别跟一个小孩子过意不去了，要不这样，我那里也拣了几十个，送给你了，你就让他提着这袋子的瓶子走吧！”停顿了一下，她很不好意思似地又说道：“屈峰，你快把衣纽扣起来吧！不然让那些当管理的看见了，又要扣你奖金了！”屈峰愤愤不平地说：“我看他哪个敢扣？什么天气呀，给我们发这么不透气的衣服，热了还不准脱，哪个领导穿上这工作服看看，我不用他穿一天，就在太阳下穿一个小时就够了，我看他中不中暑！真是个个坐着说话腰不痛！丽丽，你说是不是？还要求全市清洁工统一着装呢！真见鬼！”

丽丽笑了，她的脸红扑扑的，整件衣服都浸着汗水，她说：“你看看我，还不得像水里捞出来的一样呀！去年发的工作服还是棉料的，透气。今年说是要统一着装，你看我们女人的领口设计，和旗袍的领口差不多，这一裹着，脖子，料子又是不透气的，把人憋得，不要说干活，站着就感觉自己就是不停消耗的冰棒了！”

屈峰笑了，他用手抹去脸上的汗水，往地上一甩说道：“丽丽，你看我这汗淋花肯定价值连城呀！哪里的花草滋润到了保准长大之后一鸣惊人呢。”丽丽捂着肚子，笑道：“你的爱心这么宽广，还是要体现在人类互爱的基础上才更能显示大爱无疆呀！你看这小孩子，给你说得现在都不敢走呢！”他挥挥手说：“走吧！小鬼头，看着丽丽帮你说话的份上，我就放过你了，下次不准再出现了！”

丽丽叫住他，说：“小孩，你告诉我，你为什么要拣矿泉水瓶？”付凯仰起头说：“我的学习成绩很好，我现在是下课时间过来，没有耽搁读书，我想用自己的手给妈妈一轮明月！”丽丽赞赏地看着他，摸摸他的头，说：“你回去吧！你一定可以给妈妈带来最美的月光的。”

付凯感激地点点头，提着矿泉水瓶逃也似的离开了公园。

他来到了废品收购店，不想那木门上挂着一块纸皮，上面用墨汁歪歪扭扭地写着：“店主家里有急事，需回去半个月，望谅解！”

付凯失望地看着手中的矿泉水瓶，他每天拾来的矿泉水瓶都是在这家店卖的，店主收购每个瓶子要比别家多了一分钱，是附近废品店价位最高的。他不甘心地在店门口出了一阵子神，才提着瓶子向家的方向走去。

夜幕已经拉开，付母正弯着身体低头搓洗着衣服，那低瓦数的电灯泡在

狭窄的难以转身的冲凉房里显得格外凄清。

付凯悄悄地看了看，蹑手蹑脚地把矿泉水瓶子藏在屋后的杂物堆里。

这夜的月光格外好，到处都照得像铺上了一层香云纱似的彩墨。付凯感觉到身后有动静，他心里一个咯噔，身后有人，难道是母亲过来了？

来的正是母亲，月光下的母亲消瘦无比，长长的头发胡乱地盘着，眼神定定地看着他，一脸紧绷绷的，眼神中有一片深刻的哀伤。好半天，他不敢说什么，母亲的眼角终于落下泪水："凯儿，你告诉我，这个是哪里来的？"说着母亲把手从身后拿出来，手中拿着一个纸盒，里面用一条橡皮筋扎着一叠人民币，多半都是元元角角，厚厚的一叠。

母亲的声音幽幽传来，带着哽咽："你今年已经八岁了，我带了你整整八年，咱们穷，但都是穷得清清白白的人，站在这个天地里，妈妈可以挺直腰板说话。你就是妈妈一直呵护着的一棵小树苗，怎么就会长歪了？这钱，你不要告诉我说，是捡来的！"母亲的声音越来越大，带着激愤。

付凯低着头，用鞋尖轻轻地踢着地面上的小沙子。"我点过了，整整一百八十元七角五分，你告诉我，这钱，到底是从哪里拿来的？"母亲的口气中充满了无可奈何的愤怒。她一把抓起了付凯的手，用力摇晃了一下。

付凯抬起头，长了这么大，他从来没有看见过母亲生过这么大的气，他一直都是优秀的孩子。付凯低低地说："妈妈，这钱，真的是我捡来的！"

"啪！"付凯的左脸剧烈疼痛起来，母亲一巴掌重重地甩了过来，付凯甚至可以闻到洗衣粉的香味，那是母亲洗衣服时还没有洗净的手。他的眼泪一滴一滴落了下来，眼前的母亲一片模糊，只看见她微微发抖的身影。

母亲的声音颤抖："捡的？我当清洁工二十年了，每天都看见多少人来人往，我怎么就没有拣到一毛钱？再说真的是你捡的，你怎么就不交给失主，你看这角角毛毛的，失主一定是存了很久才存成这样的，你一个小孩子，怎么就学得这么没有良心呀！"说完，母亲突然痛哭失声。她蹲在地上，肩头一耸一耸，在月色下更见苍凉单薄。

付凯擦干眼泪，他转身走到杂物堆里，提出了先前的那袋矿泉水瓶，轻轻地放在母亲面前说："妈妈！你别哭，你看，这钱，真的是我拣来的，我已经拣了整整一个学期了！"母亲吃惊地站起来，一把打开眼前的袋子，说："你到哪里去拣的？我怎么都不知道？"付凯低着头，说："就是天天多观察，看见哪里有就拣起来，最多去的地方就是混进公园里，每天都会去卖成现钱，今天，是那废品店的老板回家了，我才偷偷提回来的！"

母亲愣愣地看着他，好半天才用手抚摸着他的左脸，心疼地说："你小小年纪去捡这些来干什么？妈妈不差这个钱呀？"付凯用手抹去母亲不停滚落的泪水，指着天边的那一轮明月自豪地说："妈妈，我就想存钱给你重新做一套一模一样的工作服，透气的，棉质的，我问过裁缝店价钱了，现在已经存够了，我不要看见妈妈每天都穿着那么不舒服不透气的衣服上班，这是我在月亮下面许下的心愿，妈妈你来帮我圆好不好？"

母亲紧紧地搂住付凯，使劲地点头，幸福的泪花在月色下分外动人。

心灵菩提：虔诚地伸出一双小手，托起明月，不煮酒，不写诗，只让它在琴弦上游动出人世间最柔软的美好、纯真、爱意。轻轻的撩拨，让天籁之声流泻如水，芬芳弥漫天宇，不怕暗夜，不怕凄苦。在母爱温暖的怀抱里，日日简单的一羹一饭，亦是春临苔为叶，冬至雪作花，养成孩子一颗热爱生命和生活的心灵，这样的妈妈，让我们心生暖流，抱琴终老。

焰火中的爱

瑞瑞欢快地跑着,小书包在身体上跟着飞扬,她跑出校门,在隧道外停了下来。那个人还在那里,瑞瑞躲着,偷偷地看。

隧道是每一个学生上下课必经的路口,那个人已经来了一个月了,他戴着鸭舌帽,帽檐压得低低的,只看见嘴唇,上下唇有些变形得不对称,脸上看得见的皮肤如同粗糙的调色板,非常僵硬,一坐着就是盘腿,衣袖长长地遮住了两只手,一只长长的拐杖从右手衣袖口中伸出,让每一个过路的人看见了都加快脚步匆匆而过。

瑞瑞开始也是怕他的,她觉得这个人像怪兽,一群群过去的小同学都对着他指指点点。他无动于衷,只是坐着,头都不抬起来。

老师在上课的时候也讲过自我防范的安全知识,但是谁都不知道这个怪人从哪里来,又到了哪里去。有小同学观察过了,他只在上课的时间出现在隧道里,一不乞讨,二没有伤害人。这里也没有治安过来巡逻,学校也不好去驱赶人,所以大家就慢慢习惯这个怪人的存在。

这是六月里的一天,看着突然好好的天,下午放学的时候,风云突变,看着天色嘀咕的老师一下子指挥同学们关窗户,风和雨携势而来。噼里啪啦的,雨点痛快地下起来,很快校门口就积起了水。孩子们一张张小脸贴在玻璃上,看着老师们团团转,学校前面的隧道地势低,每次下些雨,隧道里就成了一个小洼地一般,这场大雨下得大,好像几十年不遇,隧道里的积水只怕这时候成了鱼塘,所有的师生将会给困住。

有老师披着雨布冲了出去,没有一阵就冲了回来,语气激动:“隧道里的水已经漫到了大腿,整一个大池塘,那个怪人在水里折腾,手中拿着好像是什么器械一类的东西,感觉是在疏通排水管!”激动的老师又跑了个来回,报过来的消息一次次都是喜信,那怪人确实是在疏通下水道。半个小时过去了,一个多小时过去了,观察情况的老师终于回来宣

布孩子们都可以过去了。困扰了学校十几年也投诉了有关部门多年的隧道下雨堵塞问题，就这样给怪人解决了。

雨终于停了，瑞瑞就是在那个时候排的队，她是一年级的学生，老师在前面指挥，到了隧道口。里面的水退了，到处都是泥浆。怪人正推着一个大板车缓缓走来，往排队同学们的面前一停，说了声："上来！"那声音嘶哑低沉，像夜枭在叫，直刺耳膜。小同学面面相觑，看着老师！

老师为难地看了一下眼前的泥浆，里面类似沼泽地，孩子走过去还真怕出什么危险。小瑞瑞看着那怪人的脸，那张脸好像也正对着她，鸭舌帽下的嘴唇微微地笑，看上去很和蔼，不那么恐怖了。

小瑞瑞突然大声跟老师说："老师！我先爬上去，过去看看对面。"老师没有回答，大概是老师也为难，不知道该不该信任眼前的这个怪人。已经有老师卷高裤腿，准备把学生一个个地背过去。小瑞瑞看到这里，她很快爬上了板车。有几个小同学也跟着瑞瑞，一起坐了上去。

怪人右手推着板车，一条大大的绳索从他的颈部绕过，他努力地推着，脚步有些不稳，很快，瑞瑞她们就到了隧道的另一头。看着她们下了板车，怪人又推了板车回头。瑞瑞看见了，他的左手，从袖口若隐若现地露了出来，那是一只已经没有手腕的手，只剩下前臂。

怪人倒回来的时候，一片掌声响起，热烈得如同先前的雨声，久久不息。在这样的声响中，怪人一板车一板车地拖过小同学，从第一车的几个人，到后面的一板车十几个人。

瑞瑞不想马上回家，她站在旁边看，看见同学们终于都过来了，看见老师走向前对着怪人致谢，怪人没有回应老师，低着头一瘸一拐地推着板车离去。班主任崔老师的声音飘来："这人真的是一个好人，你们看见没有？他的脚已经给刮伤了，还坚持把孩子们都推了过来，这地上的血水，都是他脚上滴下来的，明天，我一定要让孩子写一篇作文，就写下这个人！这人虽然被严重烧伤过，但是，他依然是最可爱最美的人！"

瑞瑞看见了，那已经和地上雨水混在一起的血水，渲染而开，像妈妈画过的中国画，异常美丽。

瑞瑞回到家里，妈妈还没有回来，她手脚麻利地淘好米下锅，插上电饭煲，开始认认真真地做起了作业。妈妈是奔波的，从瑞瑞懂事开始，妈妈就是这样早出晚归工作，瑞瑞从来就没有见过爸爸。

她印象中的爸爸，是在夜晚睡觉的时候，妈妈轻轻地诉说，说那是一个

长得很英俊的男人，好看得可以去天安门广场前当仪仗队里的一员。好看的爸爸曾经很爱妈妈，为了表达爱情在年少轻狂的时候不惜在胸口纹上一个‘婉’字，“婉”是妈妈的名字。就是这样的一个爸爸，在妈妈生下瑞瑞不到一年的时候出国公干，之后汇回很大的一笔钱，就再也没有消息。

妈妈多方面打听寻找，没有人知道他的下落，在瑞瑞一天天长大的日子里，妈妈在很愤怒的时候会对她说：“瑞瑞，你以后长大了，如果有一天看见左耳朵后面长多了一块息肉的人，你就注意了，这个世界其实有时候真的会很小，这个人可能就是你的父亲，你一辈子也不用去理他。”

瑞瑞做不下作业了，她托着腮，愣愣地看着窗外出神，这个世界的人好奇怪，想起在学校门口那个怪人，在这场大雨中可以把爱心给每一个孩子，还感动了老师。自己的亲生父亲，为什么看都不来看自己一眼？瑞瑞发誓，长大了，一定要去找妈妈说的那个左耳朵后长息肉的人，问问他，为什么不养自己的亲生女儿。

大雨过后，经过隧道的同学再看见那个怪人，都变得亲切了。那怪人始终不说什么话，瑞瑞只是感到，自己走过去的时候，他会抬起头，看不见他的眼睛，但感觉到是在注视自己。

怪人在学校里又出了新闻，他在瑞瑞同班小同学付海波和梁子琪过路的时候，毫不客气地拿着他的拐杖敲了过来，让两个小同学吓得魂飞魄散，跑到老师面前投诉。崔老师有些纳闷，她特意去了隧道，过了好久，回来的时候，站在讲台上，让付海波和梁子琪站了起来，说：“你们知道你们为什么挨打吗？”两个同学摇摇头。

崔老师说：“上次的一场大雨，大家都看见了，这个待在隧道里的人，是有爱心的，他不会做出无缘无故的事情。你们自己说，你们这段时间在路上都做了什么？”

两人低着头，偷偷地看了瑞瑞一眼。瑞瑞小嘴一扁，“哇”地哭了出来。

瑞瑞一直不敢说，两个小同学总在路上欺负她，抓毛毛虫丢到她的身上，扯乱她的小辫子，还抢过她的书包把她的作业涂得乱七八糟。每一次欺负了她还对她晃着小拳头，说敢告诉老师下次就找大同学来打她！瑞瑞的哭声让两个小同学深深地低下头，老师把他们带去了办公室。瑞瑞想，为什么怪人什么事情都知道。

这个周六，瑞瑞突然想溜回学校，看看那个怪人在不在。她看了看妈妈，还在桌面上写着计划。瑞瑞抓起桌上妈妈刚买回来的两串葡萄和一个

苹果，轻手轻脚地溜了出来，一阵小跑。她一定要跑去感谢那个怪人，这个世界上，原来不单是妈妈在爱着她，还有这么的一个人，在默默地关心她，给她保护，瑞瑞太开心了。

那个人正半蹲在隧道排水口，右手中拿着一把铲搅拌着水泥和沙，隧道里的坑坑洼洼的大部分已经填平。瑞瑞悄悄地走了过去。怪人没有看见她，他脱下上衣，身上凹凸不平，满是伤痕，看得让人触目惊心，瑞瑞闭上眼又睁开，这个人原来被烧得这么惨呀！怪不得他整天穿着长袖上衣戴着鸭舌帽。看来是怕吓到小朋友，瑞瑞想，她忍不住又走进一些，她想悄悄地把水果放在他的身边。

那人直起身体，他明显听到了声响，转过身。瑞瑞的水果全跌到地上，她看见了，他转身的时候，他的左耳，有块大大的息肉！他的眼神突然直直地看到了瑞瑞的身后。瑞瑞跟着望过去，是妈妈，妈妈什么时候跟在自己后面呀？瑞瑞完全惊呆了。

妈妈的嘴唇激烈地颤抖着，她死死地盯着那个怪人的整个上身，视线中唯一完好的皮肤，就是胸口那里，一个“婉”字清清楚楚地写着。

心灵菩提：最深的爱，有时虽是不见，却不是不想。孩子是天使，是上帝的眷顾，谁忍心不爱，谁忍心不归，哪怕是焰火熊熊燃烧过肌肤，血肉之躯没有了翅膀照样飞翔，只要不倒下，被灼伤得难以面对世人的容颜依然可以成为女儿生命葱茏生长的土壤。相思的沧桑只为亲情而生，人生风华凹凸两面，每一个父亲的孩子，流溢的生命华彩让父亲只愿做了峭壁上的树，怎么样的逆风迎面，为孩子展开的都是天底下最蔚蓝的希望。

幸福路

彩贝吃着冰激凌，动作很不雅观，唇红已经变得一片狼藉，巧克力的奶油把下颌涂抹成了抽象画板。她没有看身边来来往往的人，用舌尖不甘心舔了舔纸盒，意犹未尽。

陈正古怪地看着，他不敢相信，这个在同学们眼中一等一的校花，平时像天鹅湖里的公主似的女孩，竟然会在街边用这样的形象示人，他决定跟踪她。

彩贝丢了纸盒，眼神茫然地看着街头，不同的面孔似乎都带着相同的一种疲倦，匆匆忙忙，没有谁的眼神会跟她交汇片刻，她的眼泪不争气地流了下来。

她想，如果我真的去死了，在这个世界上还真不如一只蚂蚁。不行，就算想离开，也要在离开之前去见见他，亲口问一声他为什么要抛下自己这些年。

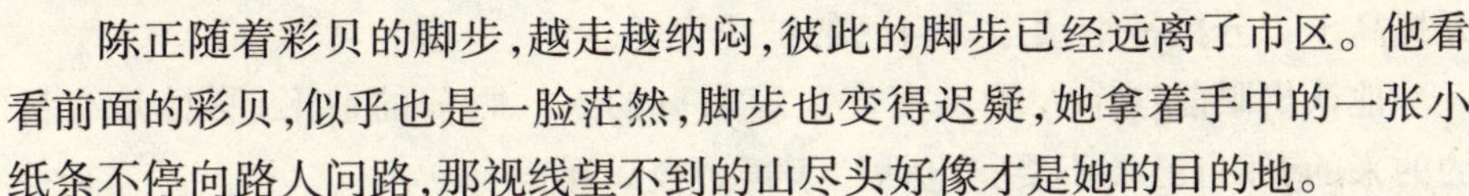

陈正随着彩贝的脚步，越走越纳闷，彼此的脚步已经远离了市区。他看看前面的彩贝，似乎也是一脸茫然，脚步也变得迟疑，她拿着手中的一张小纸条不停向路人问路，那视线望不到的山尽头好像才是她的目的地。

彩贝一屁股坐在草地上，陈正躲在树荫后，偶有路过的人投来异样的眼光，很快就走了过去。彩贝在背袋里摸索着，一支烟很快就叼到了她的手中。看着她熟练打着火机的样子，陈正努力地扶了扶镜片，接着又马上拿出纸巾擦了擦镜片。他真怀疑自己的眼睛出了问题，没有想到校外的彩贝竟然是一副不良少女的样子，如果让同学们知道了震惊程度一定不亚于十二级地震。

太阳渐渐有些西斜，彩贝的脚步终于停在了一块面积很大的荒地外，这地外围砌起了高矮不一的砖块，里面看得见几辆挖土机正在工作，百来个民工正埋头干活，看来这是正在兴建中的工地。

陈正不敢走得太近，他的眼睛给围墙外一块大大的字牌吸引住了，那上面用红漆龙飞凤舞地涂抹着几个字："幸福路九十九号"！

一个魁梧的身影走了过来，周身都晒成了古铜色，光着上身，一条裤子

上沾满了尘埃和泥浆，他头压得很低，肩头扛着一包水泥，在已渐黄昏的天色里，一身汗流浃背。时不时地拿着脖子上围着的汗巾抹着汗。看着他越来越近，陈正慌忙躲在了一堆砖块的后面，同时看见彩贝也躲在了一边。

男人走到陈正面前不远处，大概是累了，他放下了水泥，用汗巾当扇子不停地扇着脸。陈正的眼睛都圆了，好家伙，怪不得彩贝会跑来这个荒凉的地方，原来她是来找这个色狼的，想到这里，他忍不住手握拳头紧紧地用了一下力。

陈正是这个学期才认识彩贝的，她从很远的地方考上了这所大学，刚上大一，一进学校就成了男生们眼中那道灿烂的光芒，她成绩优秀，但是非常沉默，小脸总是很高傲地仰着。于是大家都疯传着这样的一条信息，彩贝的家庭条件非常优越，大家看见她大手大脚的花钱，更是肯定了这一说法。

陈正在几次晚自习后就想偷偷地当护花使者，他知道彩贝不住校，她在校外租了房，那栋楼隔学校还有很长的一段林荫小道，幽静偏僻。陈正远远跟随几天后就发现了另外有个人也一直尾随着彩贝，那男子身材高大魁梧。彩贝看样子一直没有发现身后的秘密，她依然每天这样来来回回。陈正长了心眼跟在派出所工作的表哥打了招呼，一有风吹草动就即时让表哥出现，男子一直没有对彩贝做什么，只是看着彩贝进了小区后就离去，陈正也就每天提高十二分精神继续当好自己的护花责任。

他认出眼前这个人就是夜夜跟踪彩贝的人。眼前的情形，彩贝是有目的的来的，那自己要不要打电话给表哥搬救兵呢？

一个推着装满了钢筋的板车工人走过，说："老沈呀，你看你这么拼命干不要把身体都累垮啦！身体才是我们工作的本钱，你每个月这样拼命只怕很快就得那个什么过劳死的病呢！这些年你看你自己的钱都没有留一分，全都给了家里，对得住家人也得对得住自己呀！"魁梧的男子一脸憨笑，说："你要养老婆孩子，我不得一样，我的孩子也要我拼命劳动才能养大呀！"

推板车的男子说："今年过年你回家不？"魁梧的男子摇摇头说："唉！不回去了，熬熬就过去了，回去又要花好多车费，我这里省一些，我孩子就可以多用一些呀！"

推着板车的男子又说："看你累的，想贴心窝找个说话的人都找不到，孩子会慢慢长大的，你自己也该给自己找个人过日子才好！"魁梧的男子呵呵一笑说："像我们这样干民工的，一身力气一身臭汗，哪个娘们看了还不跑呀！我其实很幸福啦！再等几年，我的女儿大学毕业了我什么都不用愁

啦！”推板车的男子摇摇头，说：“你这脾气呀！就是犟，和干活一样，就是一条牛！”说着推着板车慢慢走开了。

彩贝突然慢慢地蹲下身，双手捂着脸。陈正心里担忧，忍不住身体向前探去，正好看见彩贝突然又抬起头。一下子躲闪不及，陈正伸了伸舌头，忙伸出指头放在唇边“嘘”了一声，然后蹑手蹑脚地走了过去。

魁梧的男子又背起了水泥，向工地里面走去。陈正长长地叹了口气，他终于敢伸直腰了。看着身边先前还蹲着的彩贝，眼神呆呆地看着那大大红红的红漆字，眼中竟然涌满了泪水。她走过去，用手指轻轻地抚摸着那几个字，口中不知道喃喃地在说些什么。

魁梧的男子又从里面走出来了，看样子这一次好像要对着他们站的位置走过来。彩贝突然一擦去流在腮边的泪水，抓起陈正的手，说：“我们马上走，不要给他看见了。”

陈正跟着彩贝很快就离开工地，一路小跑，途中的一条小溪正哗啦啦地向山涧奔流。彩贝喘着气说：“我们休息一下吧！”两个人一起坐到了山石上。

看着彩贝良久的沉默，手不停地拍打着溪水，陈正绕到了她的面前，那一张精致的小脸上挂满了泪珠，陈正忍不住地说：“你不要怕他！我表哥就在学校旁边的派出所工作，实在不行我们先去报警！”彩贝诧异地看着他，说：“报什么警？”陈正睁大眼睛说：“抓色狼呀！刚刚你不是发现了那色狼的位置了吗？”

彩贝的眼泪又涌出来了，咬了咬嘴唇，好半天才哽咽地说：“他不是色狼，他是我的爸爸！”陈正几乎惊掉了眼镜，说：“他是你爸爸？你爸爸不是大老板吗？”彩贝摇摇头，说：“我也是刚刚才知道他在这里干苦力活的。”我就是因为他在这个城市才报考了这里的大学，我也一直都以为他很有钱，他之前跟我说过他工作的地方很好，叫幸福路九十九号。我拼命用他的钱，就是想报复他这些年不回来看我的后果，我没有想到是这样！”

陈正一下子沉默了，他不知道该怎么接彩贝的话，想了一下才说：“那你妈妈呢？”彩贝说：“妈妈跟别人结婚走了，我现在才知道这些年其实父亲一直都没有停止过养我，她说不下去。”陈正忍不住说：“你爸爸他还每天晚上保护你呢！”彩贝吃惊，之后似乎悟到了什么。她伸手从背包里拿出了一包香烟，对着陈正说：“我是不是坏女孩？”陈正摇摇头，说：“不是！”彩贝笑了，一脸是泪，伸出手把一支支香烟揉碎，撒入溪水，然后很大声地对陈正说：

"我当然不是坏女孩,因为我一直都拥有一个好爸爸!"

心灵菩提:一条路多长,看不见;倾出的情有多深,量不了。永恒的爱不动声色,疲惫的心酸笑而不语,似水年华里的一种坚守,不在乎有没有感恩的回应,只想勤劳地挥霍体力,铺就一条长长的幸福路。把脊梁铿锵折叠成梯,温暖出无限风光,只为了儿女踏来的步履可以轻盈如歌,透过生活的酸甜苦辣,在千千万万的城乡小径,伫立了多少这样穷困而伟岸如山的父亲。

绿道

秀桃看着来电显示，心中一阵烦躁，她最讨厌这个号码了，每一到周末，母亲的电话就像定时闹钟似的响起，不外就是问那几句话，有没有吃饭呀？吃什么菜？城里的天气有没有下雨？如同程咬金的三板斧，再没有别的招式。

不情不愿地按了接听键，听母亲唠唠叨叨地问完了那几句话，秀桃很不耐烦地想挂了电话。母亲在电话那端小心翼翼地问："妞妞，你下周回来吧！你小婶婶生了娃要做满月酒，让我搭话给你，一家人一起热闹热闹，好不？"秀桃看了看左右，还好，没有同学在周围，不然不小心被听去母亲还叫自己妞妞，这么土的叫法多半会让人笑死。她很大声地说："不回去了，没有空，我下周和同学们组织去绿道骑单车！"母亲在电话那头说什么绿岛呀？秀桃知道跟母亲会越扯越不清了，她一个乡下人，知道什么绿道呀！她很不耐烦地回应："就是去我们家后山那条路骑一天的单车，明白了吧！好了，就这样了，说了你也不懂，我挂了。你跟小婶婶打个招呼，下次我再去看他们了！"说着很不客气地挂了电话。

有几个同学走了过来，说："桃桃同学，你的脸色怎么不好呀！跟我们出去走走好不？"说着挽起秀桃的手，秀桃的心一下子又舒坦些了，看来自己从乡下来的泥土味已经让人看不出了，这些城里的同学都爱和自己一起玩了，就是自己的名字还太土，以后找机会也改了。想到刚到学校报到第一天老师点名的时候自己的名字让有些同学发笑，秀桃心里就觉得憋屈。

秀桃的家乡在城郊农村，与现在就读的大学仅一山之隔，经济发展却也天差地别。为了不在同学中显得自己异类，秀桃努力学着城里人讲话的卷舌音，功夫不负有心人，除了开学那几个星期的不适应，秀桃跟其他一起从农村过来的同学相比，很快就脱颖而出，和城里的同学玩得很是融洽。秀桃心想，不到毕业的时间里，一定要在城里站稳脚跟，出于这个念头，秀桃对提出到自己家里去玩的同学总是含糊其辞，她不能让自己家那贫困样在同学

中产生不好的印象，她的目标是将来要过上等人的生活。关于自己的家庭还是少提甚至不提为妙。

周末很快就到了，秀桃当领头，同学们人手一辆自行车，按着预先规划好的路线开始出发。水都带了，零食也带了，计划是从上午出发，下午回来。秀桃和同学们还特意买了清一色的帽子，称之为校园环保低碳队。

山路十八弯，远离市区，一路上树木葱郁，从水泥路到了泥沙路，从国道走到乡间小道，同学们一路放歌，对于大部分在城里长大的同学来说，来到田园里感受自然风光更让情绪来得高涨。途中不知道谁提议说落到队伍后面的就惩罚一次性喝完一瓶水，于是大家你来我往，路程还没有到一半，很快大家车篮前剩下的全是空瓶。

六月的天，阳光灼着皮肤疼，一些吃了零食的同学更是大声喊渴。秀桃自己口唇干裂，看着山边的树叶，真想摘下来解渴。有些男同学索性把上衣都脱了，让汗水顺脊而下。一个同学拍着秀桃的肩头说："不是听你说你的家就在这个附近，你对这儿熟，看先带我们去哪里找水喝，这样下去大家都会坚持不下去的！"秀桃动了动嘴唇，想说我的家其实也就在这里不远处，骑车不用十分钟就会到了，但是话到嘴边又咽了下去。她没有勇气，无法想象自己的一帮同学看见自己家的境况后会产生怎样的想法，她赌不起！

前面跑去探路的同学兴奋的声音远远传来："同学们快来，我们遇见了好心的老乡了，这里有大量的水等着大家呢！"一下子，听得人都欢呼雀跃起来，大家全部调转摆放得乱七八糟的自行车，向前骑去。

秀桃最后跟着，心里纳闷得很，这里前不着村后不着店，旁边有几口鱼塘，哪里会有什么人家，都是村里的乡亲们种了一些农作物在这里，少有人来，自己前几周回来帮母亲放羊的时候来过这里，压根儿就没有看见有什么人烟呀！

前面什么时候多了一个绿莹莹的竹棚？那给同学们端水的不是自己的父母亲吗？秀桃的眼睛睁得大大的，没有错，是自己的父母。里面有竹椅子和竹桌，还有砖头搭起的炉灶，上面架着铁锅，环境非常的清爽，往棚里一站，清风徐徐吹来，让人心旷神怡。母亲看着秀桃发愣的脸孔，双手在腰间的围裙前抹了抹，很不好意思地笑了。父亲在旁边说："桃呀！我听你妈说你要和同学们来这里玩，知道这里没有店子，你们吃喝都不方便，就发动乡亲们三两天搭起了这个棚，你看，我们准备都很简单，如果你们喜欢，我们这里还可以开火煮饭，什么菜都是自己家种的，鱼也是自家养的，大家吃了才

有劲玩呀！”父亲的话才落，热烈的掌声就响起来了，有同学大声喊道：“秀桃同学，你为大家准备得那么充分也不事先透露点风声，真是送了一份神秘的大礼呀！”有女同学跑过来抱起秀桃，说：“你太可爱了，我们都喜欢你！”

秀桃给同学们热情洋溢的气氛感染，她看了看棚里，说：“你们吃得惯这里的菜吗？”很多声音都在回应：“当然吃得惯，以后我们一有机会就组织同学们来这里，这里就当是我们大家的一个站点，天然环保低碳呢，我们太喜欢了！”

一个男同学跳出人群，他是秀桃班上的班长，他伸出手使劲地握着秀桃父母的手说：“感激叔叔阿姨，我们都要向你们学习！”说着他从裤兜中摸出一支笔，拿过地上的一块废木板，龙飞凤舞在上面写上“逍遥驿站”四个大大的字，说：“我挂在门口好不好？”回应的又是一片掌声。

人群之中，秀桃突然觉得鼻子酸酸的，泪花涌动，她走过去，握着父母的手说：“爸爸妈妈，我要谢谢你们，你们为我辛苦了！”

心灵菩提：这是绿道中最动人的花色，简单得一切尽在不言中，如同国画山水的写意，有着大片大片意味深长的留白。在年轻的心被红尘纷扰搅拌沾上尘埃的时候，父亲母亲的眉间心头，却把爱付出得如白云般爽朗，山泉一般清亮，焰火一般浓烈，以大爱无形为女儿铺就，一条最美好的心灵绿道，行走一次，人生的旅程便是泥暖草生，鼻山眼水方得豁然清亮。

小棉袄

王老太抿了抿干瘪的嘴唇，突然觉得眼角有些痒，是蚊子，一巴掌拍将过去，没有中，倒是把脸弄得生痛。

“哟！都老皮老肉了，拍什么拍呀！就是不拍脸上的皱纹都可以夹死蚊子喽！还要制造些噪音来，吵到贝贝睡觉！”看着媳妇易萍两片薄薄的嘴唇一张一合，里面冒出来的话语字字如刀，刺得王老太的眼角湿湿的。老人用手抹抹眼角，一滴混浊的老泪还是沾湿了袖口。

易萍的鼻子“哼”了一声，扭着水蛇一样的身体走进了里屋。

王老太叹了一口气，儿大不由娘呀！儿子强子对自己长得漂亮的媳妇一向唯命是从，知道自己的母亲受了委屈也从来不敢多言半句。自己从农村过来，本想带才八个月的孙子贝贝，谁知道易萍嫌自己的手脚脏，碰都不给碰一下。回到农村里也无依无靠，待在城里好歹也可以帮儿子媳妇分担一些家务。至于贝贝，只好天天眼馋地看着解一下心里那份渴望的祖孙情。

吃饭了，易萍把一碗粥放在强子面前，强子皱着眉看着，说：“妈，你怎么煮粥呀？你知道我每天干的都是体力活，这粥两泡尿就没有了，我下午还怎么去干活呀！”王老太嘴角动了动，欲言又止，眼神看着媳妇，嘴里却什么都不敢说。

易萍的声音一下子提高了八度：“你嫌什么嫌呀！现在家里就你一个人干活，那点钱要养活四张嘴，我要带贝贝，没有办法去工作，有嘴有手脚都闲着的人还在家里吃闲饭呢！”王老太的眼泪一下子涌了出来，她默默地站起身，向门外走去。身后强子的声音传来：“你看你呀！咱妈能吃多少呀！她就我一个儿子，她不来我这里能去哪里呀？”易萍的声音高了八度：“你自己的儿子都养不活了，自己还想当个好儿子？”

王老太佝偻着背，无声地坐在街角抹着眼泪。是呀！她知道儿子不容易，当娘的哪能不心疼，自己老了也没有办法赚钱补贴家用，眼下媳妇把话都说到这个份上了，自己待着还有什么意思！越想心里越见凄凉。

天色渐晚，回家的路上看见路边停着一辆拉着布料的车子，花色特好。王老太忍不住走过去，伸出手抚摸了一下布料，真好，都是些实实在在的料子。

里面走出了一个老板模样的人，看见老人诧异了一下，说："您老人家喜欢这料子？"老人点点头又摇摇头，脚步蹒跚地转身走开。

老板说："您老人家喜欢我就五毛钱一斤卖给你好了，要不要？"王老太停下了脚步，她吃惊地看着眼前这个似乎有些眼熟的人，说："五毛一斤？"老板善意地点点头，说："是呀！我姓胡，这些都是我店里做窗帘裁剩的布料，尺寸长短对我都没有用处了，现在就想拉去卖了，也是论斤的，我还得租车，很麻烦，您老人家要我就卖给你！"

王老太激动得泪花闪烁，她动动嘴唇，摸摸自己的口袋，里面有整整十元钱，那是她偷偷在路上拣矿泉水瓶子卖来的钱。一咬牙掏了出来，都是一毛一毛的，皱巴巴，她递给了胡老板。他足足盯了那叠钱好一阵子，才接了过来，很爽快地拿下一袋布料称了给王老太，说："你老人家还想要料子随时过来找我。"说着他的手一指身后的窗帘店。

王老太想握住老板的手说谢谢，又觉得唐突，犹豫着把手缩了回来。她拎了一下那个袋子，好沉，不止二十斤。王老太在乡下养猪养鸡卖些生活费，对于掂在手中的分量自有自己的感觉：这个袋，起码有四十斤。看出老人带着疑惑的表情，胡老板善意地笑了，说："这些布都已是废料了，丢了也是丢了，能卖到一元钱就是一元钱，在称的斤两方面没有那么多计较的。"

老板又说："老人家，我看您纳过的鞋底，很漂亮，还有你做的小棉袄，也很出色。如果你有空，就做些这些手工放在我的店里，我可以帮您卖出去，以后收入我们按五五分怎么样？"王老太的眼泪湿润了，她说不出话，用手抹着眼角，多好的老板，那件小棉袄，自己针针线线熬了好几天才给贝贝做出来的，没有想到得到的是易萍一脸的鄙视，说乡下人就是土，什么年代了，还弄这种土东西拿出来丢人现眼，接着就把小棉袄和自己纳好的鞋垫丢到院子外的垃圾桶里。看着眼前的老板，王老太想起来，他就是那一天路过帮自己从垃圾桶拣起小棉袄和鞋垫递给自己的人，怪不得有些眼熟。

一肚子的感激全咽在喉咙口，回到家里，王老太忙着把那袋布料塞在自己的小屋里。易萍走过，眼神冷冷扫过来。王老太低着头，好像做错事的孩子。晚上，隔着木板，易萍的声音传来："你看你妈！现在开始拣垃圾了，什么乱七八糟的东西都拿回家来，我可告诉你，本来就小的地方还弄得这么不

卫生，孩子小，没有抵抗力，最受不了这些乱七八糟的杂物。现在家里本来没有钱，她还想晚上开着灯折腾我们的电费，你趁早给你老娘打好包送回乡下去！”强子无可奈何的声音飘来，有气无力地说：“你就多担当点吧！我明天会说她的！”王老太默默地落下泪，拿出布料，在微弱的灯光下一针一线地缝制起来。

第二天开始，王老太在闲暇的时候就拿起针线，白天坐在树荫下、晚上坐在公园一角的路灯下纳活。夏秋两季，易萍冷嘲热讽，强子短吁长叹，一家人的日子过得是如同浸湿的纸片，终日不得舒展。

入冬气温一下子来了个反差，贝贝生病了，医院诊断说是急性肺炎，看着手中的病重通知单和入院缴费通知单，易萍哭得撕心裂肺，用手使劲捶打着强子的胸口，说：“如果儿子有个三长两短我就跟你拼了。”强子痛苦地蹲下身，泪水从双手中无声溢出，穷人什么都不怕，就怕生病，眼前不要说五千，就是一千元也无处筹集呀！

王老太坐着摩托车急急地向医院门诊赶去，夜里就知道贝贝发烧了，想给媳妇搭个手，没想到易萍的眼球一抛：“走远些，贝贝已经再也受不了外来的细菌侵袭了！”王老太活了一辈子，穷是穷，却从来都没有让别人叫过什么外号，现在没有想到成了儿媳口中的细菌了，那痛灼得心苦涩不堪。看着贝贝急促的呼吸，她只能站开些说：“还是马上把孩子送到住院部去吧！”“去住院，谁不知道去住院？如果不是你在这里白吃白住白花钱，我怎么连儿子生病都没有钱去住院！”易萍说话尖酸。

王老太默默地走到门口，天当时还没有完全亮，她眼巴巴地等，想等到一大早就到窗帘店去跟店主胡老板拿些钱！自己已经跟他拿了几袋布料做成了各种各样的小棉袄和鞋垫，听胡老板的口气，销路不错，只是钱还没有给自己。这次，无论如何都去跟他开个口，就是几百元都好呀！

胡老板听她说了经过，马上开着摩托车，说：“我搭你去医院吧！”

病房里，胡老板拿出一沓钱——足足一万元给贝贝交了住院押金，让强子和易萍看得目瞪口呆。强子嗫嚅地说：“胡老板，这钱我会还你的，给我时间！”说着双膝就要下跪。胡老板扶住他，说这钱是你母亲自己赚来的工钱！这下子轮到听的三个人目瞪口呆了。

王老太小心翼翼地问：“你说的是真的？”胡老板微笑说：“是真的，这段时间你帮我整整做了一百件小棉袄，我都是两百元一件卖出去了，现在算是五五分成，我还赚了你不少！”

看着易萍半天都没有合拢的嘴,胡老板牵过王老太说:"我其实一直都没有母亲,家有一老,其实是一宝,我现在想请你们把母亲让给我好不好?"强子呆住了,胡老板牵住王老太说:"你老人家跟我回去,我保准你会吃香喝辣的,你还有一手好的手艺,现在外国友人都来看过了,说要大量订货呢!"

看着胡老板,王老太泪水模糊,她还没有开口,易萍突然跑到她的面前,双膝一软,跪在了王老太面前,哭成泪人,说:"妈,你别走,我知道错了,你不能跟他走,以后我一定会好好地孝顺您的!"

扶起易萍,王老太为难地看着胡老板,没有想到胡老板微笑着对她点点头,老人明白了。她哽咽地说:"好人呐!好人呐!"她试探着问易萍:"我可以抱抱我的贝贝吗?"易萍满脸羞愧,连声说道:"好!你想抱就随时抱,他是您的孙子呀!"

心灵菩提: 一根针从唐代的一位母亲手中开始了不知疲倦地上下左右穿引,坦荡得连多余的装饰都没有,密密麻麻的丝线交织着浓情厚意,编织出衣衫裹着血肉孕育出来的孩子茁壮成长,竭尽全力用慈爱和温馨煎熬成传世名诗。小棉袄更显本色,抵得上任何一件没有温度的锦衣华服。每个人的家都有一扇小小的窗口,做一个德孝行都富有的人,家的里面,光华便是熠熠而出。家有一老,便是一宝,善待母亲,是身为人子最基本的品行。

媳妇终究都得熬成婆,流光冉冉中那个双鬓飞雪为自己忙碌的人,其实就也是多年以后的自己,珍惜、珍爱、珍重,婆媳关系皆能和谐,亦成文章。

我是你的玻璃球

宋奎山把手中的文件重重地甩到办公桌上，一屁股坐在椅子上发呆，眼睛透过玻璃窗，袁吟的背影隐隐透了过来，她又跑去吕总办公室汇报工作了，一股重重的醋意涌了上来，宋奎山抓紧了拳头，他明显地感觉到了周围同事异样的眼光和窃窃的私语。

上午下班的时候，宋奎山守在路口，今天他非得拦住袁吟，把她的偏离轨道的脑筋扭回正轨来。吕总是什么人呀！全公司都知道，四十五岁的钻石王老五，多少个进过公司的女孩们前仆后继都没能将他拿下，你袁吟怎么就做起了山鸡飞上梧桐树的梦想了呢！宋奎山越想越气，恨不得马上看见那朝思暮想的身影马上出现，他一定会告诉她自己的想法，一定勇敢地把这些年的暗恋通通说出口，不要等到花过空折枝。一定，他不停地跟自己打气。

袁吟来了，和吕总一路走过来，有说有笑，一张俏脸神采飞扬。宋奎山几乎气得吐血，他看见了，周围的同事投来的都是异样的眼光。这个袁吟，要攀高枝也不懂得收敛些，什么场合呀！他使劲地拍了拍脑袋。

“小宋呀！怎么还没有走？在等人呀！”吕总浑厚的声音传来，宋奎山慌忙站正身体，口中连说是，汗珠已经渗出了额头。吕总笑了笑，从袁吟的手中拿过公文包，说：“我先走了，小宋呀！袁吟的工作能力非常好，我要感谢你给公司介绍了一个好人才，这样吧！改天有空，我请你们吃个饭。”说着他笑笑转身向停车场走去。

袁吟的眼神看着吕总的背影不见了踪影，还在呆呆出神。宋奎山简直是肠子都悔青了。袁吟是他初中的同学，在情愫初开的年华里，她就像一棵百合花，一直幽幽地在他的心底绽放了多年，后来因为学业各奔东西，也断了联系。半年前的一次同学会再见她时，心底的那根弦就被重重地拨响。一个月前知道袁吟失业了，找工作一直没有着落。这个时候他恰到好处地出现了，把

她引进了公司文员的位子，本想和风细雨慢慢地经营着一份感情，没有想到她一看见吕总整个人就变得失魂落魄，按这种情形发展下去怕是煮熟的鸭子都飞了。

宋奎山清了清喉咙："小袁呀！看着情形，你和吕总长得颇有夫妻相哟！"袁吟大大的眼睛抛成了一对卫生球，说："你阴阳怪气干吗呢！走，吃饭去，我请你！"宋奎山闷闷不乐地说："我吃不下，你自己去吃，把自己养得珠圆玉润好嫁人！"袁吟重重地掐了一下宋奎山的手臂，说："你今天没有刷牙呀！怎么一嘴酸气呢！"吃痛的宋奎山还没有回答，从旁边走过的两个同事投过来的眼光极其怪异，话语隐隐约约地飘来："你看咯！我都说她脚踏两只船了嘛！你还不信！想钓个金龟婿还不忘捞个提包的！"

宋奎山感觉脑袋上的血气涌动，他想冲上去揪那满嘴八卦的女孩让她住口，眼神看见袁吟，她竟然一脸坦然，这个表情让宋奎山更气，她难道真是给家乡的山泉水滋润出了一副好身段好脸庞、难道把那思维也给滋润得只剩下空壳不成？她明明也听到了那话语，怎么会无动于衷呢！难道她城府之深能让自己身心内外判若两人？宋奎山一脑子乱七八糟的思维，一点都理不出头绪。

吃完饭，下午回到办公室里，袁吟低头在写着什么，宋奎山蹑手蹑脚走了过去，看见一张纸上满满写的都是那么的一行字：我是你的玻璃球！写着时她的眼神又飘上吕总的办公室。旁边的纸篓里有几团揉捏成乱七八糟的纸，宋奎山那个气，趁袁吟不注意，他拾起了那几团纸，回到办公桌上展开，全是袁吟娟秀的字体：我是你的玻璃球！

旁边的张蜀同情地拍了拍宋奎山的肩膀说："兄弟，算了吧！你我都是讨生活的人，整天都在为这个贷那个贷消耗生命，别人呀，只是想找一个插花的瓶子，让自己娇艳地绽，我们的吕总呀，属于青花瓷，你想让别人不起念头都难呀！"宋奎山摇摇头又点点头，心头的苦涩无限弥漫，长了这么大，他算是知道了失恋的滋味。

一天的工作时间过去，下班时间又到了，袁吟的表情像天外变幻不定的云层，她的眼睛一个下午除了伏案写字，其余的时间视线都是定格在吕总的办公室。吕总终于走出办公室，边看手表边快步行走，那样子像去赶什么急事。

袁吟站起身，很快就收拾好桌面快步地尾随。宋奎山感觉自己是越过每双眼睛的枪林弹雨，也跟在袁吟的后面。张蜀在身后叹息一声："可怜天下痴情汉，多情总被无情误呀！"办公室顿时响起一片窃笑声。

吕总走入停车场,刚刚打开车门,一个带着墨镜的男子突然出现在面前:"打劫!进去!"说着手就把吕总推向驾驶座,那黑影紧贴着进去。宋奎山躲在柱子后,看得目瞪口呆。说时迟那时快,一个声音轻轻地在他耳边说:"马上报警!我出去拖延时间!"袁吟的身影向停车场走了过去。

袁吟的身影走得婀娜多姿又不减速度,她直接敲打吕总的车窗,吕总明显感觉到了自己腰间的硬物加重了力量,他的额头出汗了,墨镜低吼:"让她走开,不然老子就开车撞死她!"袁吟透过车窗那条缝,巧笑嫣然:"吕总,有好事呢!"吕总觉得自己的脸色都青了,都什么时候了,难道她看不出危险?"有什么好事?"吕总勉强问道。

袁吟的大眼睛调皮地转了转,伸了伸舌头,慢悠悠地说:"你有客人我能不能说呀?"那戴墨镜的男子也跟着吕总勉强笑了一下,说:"你说呀!"袁吟笑嘻嘻地说:"新立达公司刚刚把那些拖欠我们的两百万打了过来,吕总你说说这是不是好事情呀!我特意跑来告诉你一声,我们明天就不要去催账了!"

墨镜一听来了兴趣,吕总马上感觉到腰间的硬物松了下来。他明白了,袁吟想救他,公司业务往来的账目她哪里知道,想到这里,心里的暖流涌了上来,他的脑袋快速旋转起来,看着袁吟,他说:"我前面走得太急,我的保险柜里放着份他们公司的签约资料,你去再核对一下,密码就是你的生日!"他想让她避过眼前的危险。

墨镜的手有些颤抖了,原来自己劫了条大鱼,还有面前这个千娇百媚的人儿。看来,鱼和熊掌都可以兼得,想到这里,他兴奋起来。

墨镜判断眼前的这个女孩一定就是这老总的情人,女人是更好对付更好挟持的,办公室的柜子?想到刚刚听到的话,他更加不可抑制自己的欲望,对!现在人都已经下班走了,不如先去把柜子里值钱的都拿了,自己劫了他的情人,有钱人是命值钱又不能少脸面,这个老总想必不敢轻举妄动。想到这里,墨镜迅速推开车门,对着袁吟揽腰一搂,对着吕总说:"不要耍花招,我只要钱不图命,你马上下来,一起上楼去取东西。"说着他拥着袁吟,外人一看还以为是情侣。

袁吟口唇有些颤抖,她使劲挤出一个笑容,说:"我配合你,你别伤害他!"墨镜怪笑:"看来真是患难见真情呀!呵呵呵!找情人找成你这样还真是难得,哥们!你艳福不浅呀!"吕总脸色铁青,他没有想到局面会这样急剧转变,他盯着袁吟,眼中飘过痛楚,没有想到这么柔弱的一个女孩,在他生命

最危险的关头会挺身而出。

身后似乎响起脚步声，墨镜急忙转头，几个持枪的警察已经包抄过来，这时候，趁墨镜的视线稍一发愣的瞬间，吕总极其迅速地伸出手，一把将袁吟拉到面前。墨镜气急败坏，他掏出刀对着吕总直直地扎了过去，白晃晃的刀，在众人的眼神中凌空而过，一个白影子挡了过来，宋奎山大叫："袁吟！"话音落下，袁吟的身体也软软地倒下，随之一声枪响，墨镜嚎叫一声，抱着持刀的手大声嚎叫，刀应声落地。

几个警察一拥而上，按住墨镜并迅速地锁上手铐。吕总抱起袁吟，眼里湿了一片，不敢去动那把插入腹部的匕首也不敢搬动她的身体，大声喊："小宋，马上叫救护车，我要她活过来。"袁吟面色惨白，她看着吕总，眼神久久不离，口中动着，努力地想说着什么，喘息声越来越重。吕总眼中藏泪："小袁，你有什么事，就说，我一定全部满足！"袁吟腹部的血越流越多，口中想说的话变成了呼吸。宋奎山使劲地捶着地板，他凑到袁吟的跟前，说："我知道你要跟吕总说什么，我来说，你不要用力了，医生马上就到。"

宋奎山盯着吕总的眼睛，一字一顿地说："吕总，袁吟想对着你说：我是你的玻璃球！"宋奎山带着哭腔，这个时候他不想再计较什么了，他只要袁吟活下去，他知道袁吟一定是想说这句话，因为她都在桌上写了一个下午了，心里也一定想对吕总亲自说的。

吕总的身体晃了几晃，说："你说什么？你说什么？"声音低哽而嘶哑，他抱住袁吟，不可抑制地痛哭起来。袁吟的脸色越来越白，嘴角却努力微笑着。宋奎山看见几个医生抬着担架跑步过来，慌忙扶起吕总。看着袁吟被抬上了担架，吕总几乎不能把持情绪，他冲上前："医生，你们一定要就活她，我愿意用我的生命和全部的身家来换取她！她是我的玻璃球、玻璃球呀！"

急诊室外，吕总一直贴着玻璃，眼神没有离开过那扇门一秒钟。宋奎山买来了面包和矿泉水，递过去说："吕总，你吃点吧！都已经过去两个小时了！"吕总的身影纹丝不动，像一座雕像。

急救室的门打开了，两个人连忙迎了上去，护士取下口罩说："你们是家属吧！现在病人已经做好手术了，目前需要马上输血，她是稀有血型 Rh 阴性 AB 型血，这种血型我们市血库没有！"一脸焦灼的护士还没有说完，吕总说："马上输我的，我是她的亲生父亲，血型和她一样的！"护士紧皱的眉头舒展开了："好！你等一下，我们马上准备！"

宋奎山手中的矿泉水和面包跌落在地上，他张口结舌："吕总，你是袁吟

的父亲?”吕总眼中带泪:“是的,我也是刚刚才知道的,是你告诉我的,她是我的玻璃球!只有我的女儿,才会在这么多年以后依然会记得她离家的父亲当年说过的话!”

一个护士打开门,从里面递出染血的白裙,说:“你们家属看看,裙子的还有物件,你们自己清点一下!”

吕总颤抖地打开袁吟染血的钱包,钱夹的内侧,夹着一张发黄的照片,一个俊朗的男子搂着一个小女孩。照片的背面,一行刚劲的字体写着:爸爸和玻璃球留影于绿湖公园。照片中的男子,就是年轻时的吕总!

宋奎山打开里面的一张字条,里面写道:“今天是生命中最快乐的日子,我终于找到了我的父亲,他那断节的小指记录着我当年的顽皮,我要感谢奎山,是他带给我亲情,还有,我的爱情!”

宋奎山鼻子发酸,他想起来,那一天,正好是吕总出差回到公司的日子。而吕总,是有一个小手指断了一截。

吕总拍拍他,说:“我进去输血给女儿了,你等我们!”宋奎山使劲地点头!

心灵菩提:是一瞬,还是一生?无数个白昼交递的低吟浅唱里,独酌着黄色石斛兰淡淡的香气,蓝天碧地里它有着最和善最耐心的聆听,敞开胸襟默默告诉世间的每一个行走的身影,这个世界上给了我们基因的那个人,在红尘流转之间无论失去了牵手多久,都会让血脉延续的那颗心一面幸福一面辛苦一面牵挂地爱着,踏过大千世界里的长笛短调,叶香花苦,蓦然回首,坚毅而亲切的父亲,依然一如玻璃球般晶莹剔透,让我们热泪盈眶。

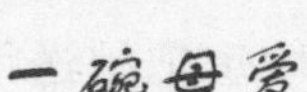

一碗母爱

丫丫靠在灯柱上,伸出小手掌使劲地哈出一口气,白如轻纱的气体从口中溢出,淡淡的,瞬间就消失了,像丫丫心头那渴望已久的公主裙,缥缈得只能是想象。

街边行走的人偶有投来异样的目光,有不解有怜惜,寒夜徘徊在路灯下的小女孩,会让人心无端地生出各种猜测来。

丫丫知道自己是有故事的,打懂事起就没有亲妈妈的印象,父亲带着她来到这个城市里谋生。父亲干的是苦力活,不久带回来一个女人,让丫丫叫妈妈,丫丫不叫。她小小的心里,只有那个在自己图画本上画了很多次的妈妈,她长着圆圆的脸,笑起来像路边水果摊上那散发着香气的大苹果,会让人的唾液生动起来,而不是眼前这个看上去营养不良、脸庞瘦瘦的女人。

父亲拿过木棒,动过巴掌,舌尖卷动过咆哮,丫丫就是咬紧牙关,那个在梦里无数次泪醒的字眼怎么也不肯喊出口,而继母每次都会阻挡父亲:"孩子还小,不要强迫她喊妈妈,长大了她就懂了!"可是还没有等到她长大,父亲就病逝了,继母一下子就成了她在这个世界里最陌生的亲人。

借着路灯,丫丫看见继母的身影,她正佝偻着腰,吃力地挪动着一个大花盆,就是春节别人种年橘摆设后丢弃出来的那种。这样的情形不是第一次看见了,头天继母就挪回一个破旧的大浴缸。丫丫转过身,躲到灯柱后面,继母摆弄这些想养花不成?

一股浓浓的牛肉香味飘来,丫丫使劲地吞了吞口水。

街头转角这个卖牛杂的摊主是位六十来岁的老人,摆摊已经好几年了,之前丫丫走过这里的时候,会使劲地吞咽着口水,努力想象着牛杂入口的美味,但从来不敢奢望可以吃上一碗。父亲去世后不久的一天,丫丫经过摊前,老人喊住了她:"小妹子! 来,吃一碗吧!"她迟疑地看着,眼前老人一脸慈祥,充满了鼓励,她的小手不由自主地伸了过去,牛杂上面飘着一层葱花,

丫丫吃着，心里暖暖的。这个档主比继母好千百倍，继母从来不会煮过一碗葱花牛杂给她吃，现在父亲一走就想把她送得远远的，后妈从童话到现实中都没有好人，妈妈的这个字眼，这一辈是叫不出来的了，丫丫想！

从那一天开始，丫丫和老人仿佛有一种默契，她来，他一定会盛上一碗牛杂，上面浅浅地飘着一层葱花，那是丫丫最爱吃的。日子久了，丫丫会问："老爷爷，你为什么会请我吃呀?"老人笑笑，欲言又止，最后摸摸她的头什么都没有说。

这两天继母找过她谈话，说想把她转到市里的一所小学去读书，说那里的条件好，有好多城里人的孩子都在里面读，但就是路途比较远，回来比较麻烦。丫丫听着，两只小手不停地揉捏着，她才不想去，她喜欢现在的学校，民办的，没有几个学生，班主任没有来的时候就让学生们自修，丫丫的好多作业没有做老师都不看，但是这个讨厌的继母，从外面工作回来很晚了还会拿支红笔给她作业本上做出记号，还说得很好听："丫丫，你是个聪明的孩子，是一块读书的料子，一定要努力!"丫丫才不爱听这些，她猜想继母一定是找了这样的借口想把她送走了。

昨夜家里来过两个男人，带着一身臭臭的汗水穿着和父亲一样旧旧的工作服，进门一屁股坐下来掏出烟使劲抽着，弄得本来就小的屋子乌烟瘴气，那口气比烟还呛："大妹子，不是我们催你，你是老李的身后人，他的债总归你来还，要不，这妞抵着，也不错，你省了事我们也用不着再来打扰。"说着眼睛斜斜地看着丫丫。丫丫厌恶地扭过头，她第一次主动走到继母的身后。继母的声音很大，像黑夜星辰中落下闪亮的星星："你们甭想，老李治病落下的债，我讨饭扒地都会还给你们，丫丫就是我闺女，你们想干什么，先从我面前踏过去!"来人很无趣，嘴里嘀嘀咕咕不知道骂些什么，接着两个男人推开屋后，拿着木棒噼里啪啦地乱打一通，出门的时候还拎走了电饭煲和几个水桶。继母双手紧紧地搂着丫丫，泪水不断地落了下来，可丫丫还是喊不出"妈妈"两字。

丫丫的眼睛继续盯着路口，继母挪着花盆的身影终于消失在夜幕之中，她才从灯柱后转了出来，老人看见了，端着碗牛杂走过来，他说："趁热吃吧!"丫丫没有忍住自己的话语："老爷爷！今天怎么没有放葱花呀?"老人的脸色有些黯淡，他说："孩子，你真不懂呀！葱花每次都是你妈妈拿来的，你吃牛杂的钱也是她预先给我的，她整天干活说要给你挣学费送你到好的学校，她说你家昨夜给别人砸坏了花盆，葱全毁了，得重新找盆来种才行，她说

你长身体，还想自己种青菜给你吃呢！”

丫丫愣住了，泪水渐渐盈满了眼眶，她撒开脚步，向家里跑去，边跑边大声喊道：“妈妈！”

心灵菩提：日子总是过得淡淡的，看似波澜不惊却又波涛汹涌，一如沸腾过的米汤，没有浓墨重彩，却又浓淡相宜，抵得上万紫千红的花间。成长会经历一种痛，这米汤的白却让心随着岁月渐长愈加归于宁静知性，这就是超越血缘的爱，哪怕山雨欲来风满楼，弱母亲同样能一肩挑出天下的月朗风清。后妈也是妈，一碗米汤之外，葱花牛杂的爱星河灿烂，任由幼稚的童心怎么来排斥猜测，都抵不过真心实意付出的大爱无言。

对着厚重的亲情，爱不是痕迹不露，温度需要互相感应，情感才不成为无根的浮萍，春天更会慢慢拉开序幕，来领略一场花的盛宴，懂爱的孩子，便成了这里的花仙子。

有一种牵手叫作承担

他的记忆中,家中没有男人,只有母亲对他一直的守候。

上幼儿园的时候,他跟小朋友打架了,被打得脸肿鼻青,对方的家长还对他大声怒斥:“真是一个没有教养的野孩子!”他哭着跑回家,摇着母亲说一定要见父亲,母亲的脸掠过伤感,摸着他的头说:“我们不要见他,他已经有家了,也有自己的孩子!”他知道母亲口中的那个他就是自己应该叫父亲的人,他依稀见过,但是成长中那印象越来越模糊,成了只能书写的两个字眼,在现实生活中毫无温度和用处。

他对着母亲大声嚷嚷:“凭什么?凭什么他就可以不来看我,我也是他的孩子呀!”母亲搂着他无声地哭泣着,是的,她没有能力,对一个不负责任的男人,像她这样温婉的女子,做不来纠缠,她一不会哭闹二不会上吊三不会递诉讼,就这样,那个男人亦是对她们母子的生活不闻不问成了理所当然。很过分的一次,小小的他生病住院了,母亲身上的钱不够,该借的都借了,她想到了这个男人,电话拨通后,男人听了她的诉说,很不耐烦地说了一句:“你怎么就那么不小心照看孩子,钱,我现在都还想有谁能给我钱用呢!”挂断电话,她亦是挂断了这一生中与他所有的联系。

小小的他长大了,走过岁月中酸甜苦辣深深浅浅的坎,终于可以坐到偌大的办公台后运筹帷幄,也给了艰辛的母亲最好的生活。

这天,办公的时候秘书走了进来,看着他欲言又止,环顾了一下左右,秘书还是走到他面前低低说了一句,他骤然变了脸色,拳头抓紧,整张脸的肌肉绷得紧紧的,秘书小心看着他的脸色,他看着眼前等待指示的脸,沉默良久,终于大手一挥,说带他进来吧!

很小心被带入办公室的这个人,行走的姿势生怕踩痛地砖,年龄在六十岁上下,头发黄中夹白,脸上的皱纹纵横交错,整个人沧桑落魄,身上的衣服蒙着建筑工地才有的灰尘,那双浑浊的眼神中有乞求有怯然,咧着嘴对着他颤抖,面对着他锐利的视线,老人的背更加佝偻了,口中低低地吐出了几个含糊不清的字眼。这模样和他办公室里的古朴堂皇形

成了极度鲜明的对比。

他长长地吸了一口气,旁边等着汇报工作的副手和秘书都带着猜测的眼神看着他,那微妙的异样没有逃过他敏锐的视觉,是的,像他这样人前人后炙手可热的人物,来往的人哪一个不是宝马香车阳春白雪,再见过他那个谈吐和气质都修养良好的母亲,谁不以为他家门显贵。突然间冒出一个糟老儿说是他的父亲,这让在场目睹的人舌头就像滚动着玻璃珠,哗啦啦地准备酝酿着一出他来做主角的现实版剧情。

两个男人对视着,彼此的容颜是如此的相似,中间横跨着岁月长长的河,他的口中有些发涩,父亲呵!这么多么亲切又多么生疏的词,不用去查他也知道,这个人就是他的亲生父亲,那种血脉相连的感觉与生俱来。

秘书刚刚悄悄地告诉他,有人看过老人已经在菜市场乞讨了一段时间了,怕是打探了他什么消息过来讹钱的。

这些年他以为自己修炼得心如钢铁,任何情感都可以风雨不侵,最美的花,总开在伤口之上,所以他一入商海如蛟龙,里面聚集了太多曾经无法抒怀的伤痛,统统化成了一种拼搏一种动力,才打造出今天自己的商业王国。谁又能说生活的残酷不能掂着柔弱的花笑成风雨中傲雪的梅,他是,他用自己的经历已经打造出了传奇。

看着眼前的老人,他的眼角突然有些湿了,今天的成就,何尝又不是拜眼前的人所赐呢!从生命的落地,到今天的成就,眼前的人,其实就是一股永远也割舍不断在身后的推动力量呵!而他,竟然不知道把自己带来这个世界上的父亲变得如此苍老凄凉!他已经想不起曾经有过的恨,那些曾经在心里生根发芽又带满了哀痛的枝枝叶叶,早已在岁月的洗刷中铿锵成了海纳百川的包容。

他调过头,对秘书说:"这是我的亲生父亲,我们失散很久了!现在,我要带父亲回家!"说着,他伸出自己的一双手,紧紧地抓住了面前带满了老茧惊慌失措想要躲闪的双手。

面对公司里愕然的目光,他只是说了一句:"这世间有一份无法割舍的东西,叫血脉!"

牵着父亲走出公司的时候,他的身后,自发聚集起来围观的员工,用感动和欣赏,给出了最热烈的掌声。

心灵菩提:斗转星移中不断酝酿出来的恩短恨长,紫陌红尘里在眉间凝

成了一道长长的伤痕，缠绕出人心的深不可测，天为谁春，谁又为谁等？当以为血缘早成陌路，却在相遇的那一刻，防守土崩瓦解。原来，有多少疼痛的往事，就有多少心灵上流血的口子，跋山涉水走过雷霆，心因此烧灼成五颜六色，斑驳不堪。爱的力量是伟大的，亲情，永远也比世间的堆金积玉更重要，回归才能平静快乐，心在这里从容地打开，哪怕走过八千里遥路，三万片长风，父亲，依然是生命源头回响不止的歌谣之初。

生活中学会感恩，学会爱，学会放下，学会宽容，让心泉叮当，便是擦拭灵魂上灰尘与怨恨的最好解药。

二、二泉映月

共舞

她的脖子和十指光滑白皙，穿起旗袍拨动古筝的时候那美感更是让人赞叹不已，这是他恋爱时尤为着迷的位置，亦是自己耿耿于怀的地方。

他向她发誓，等到有钱了，一定到那些卖金银珠宝的地方买下那以克拉为单位的矿物质亲手为她戴上。她静静地听，温柔地笑，轻挽过散落在额前的发丝，说：“平安就是福，千金难买是真情，我们就这样平平淡淡携手到老就好了！”他不置可否，作为男人，他最大的愿望就是可以拥有无数的金钱，那样堆砌的人生才是华丽富贵的！

他开始了早出晚归，两个人的相处变成了天南地北的电话联系，耕耘了就有了收获，他的脸部变得沧桑世故，她的脸色很多时候写上了沉默与忧伤，存款的速度像节节拔高的芝麻花，两人的话却用分秒来计算，后来，她不说了，他也不问。

他终于可以精神抖擞地穿西装打领带去参加酒会，这一次他想带上她，才发现她的梳妆台面前几乎没有化妆品，那张容颜依旧素面朝天，只是眼角多了细细的纹，他不禁有些心疼，有多久，自己的手，没有柔柔地抚摸过眼前的这张脸了。

仿佛看透了他的心思，她抿嘴一笑，牵起他的手，轻轻地放在自己的脸上，上面厚厚的老茧让她的心无由来的一颤。

看见她眼角的泪，他长长地叹了一口气，想了想说：“今天我就不出去了，我陪你，去买首饰！”他的眼前，浮现出她穿着晚礼服戴上那些价值不菲

的饰物，珠光宝气地和他光彩照人地出现在酒会上、舞池里。这才是他辛劳拼搏想要给予她的生活。

她说："我们就走路去吧！很近，不需要开车了！"他点头应允了，有些许的迷惑，搞不懂的女人，从自行车到摩托车再到轿车，她坐的次数一次比一次少了，压抑不住心里的疑问，他问，她答："自行车坐着能很自然地贴着你的体温，摩托车后面还可以搂抱着你，轿车里面一坐，我们就像平行的两个人，感觉到的是空气和一张有距离的脸！"他摇头，女人真是奇怪的动物，不知道要男人怎么做才能完美无缺，他现在，能用金钱给予一个女人锦衣玉食的生活，她反倒成了哲人一般。

牵着手，她的头斜斜地靠在他的肩头，他低头看，发现那曾经如瀑的秀发中竟然有了夹白，阳光透过树梢，照到他的发丝上，她笑："你看，你的头发金黄金黄的，我真希望这一刻我们儿孙满堂，你我八十岁，一个人都走不动了，要互相搀扶才可以行走，岁月如果能让我们活成这样多好！"他捏了捏她的鼻子，说了一声："傻妞！"出了口才惊觉，这个恋爱时候的称呼多久没有叫了，一种久违的感觉瞬间弥漫了心头。她扭过头，使劲地咬了咬嘴唇，眼泪才没有掉下来。

首饰店里，店员的热情亮过天边的太阳，她就如同被捧成的月亮，在几个店员的热情穿插中始终保持着一种温和的微笑，末了，她走到最角落的橱柜里，指着里面的一串手镯佛珠，说："我就要这个了。"店员的脸飘过只可意会不可言传的不屑，那串佛珠标价：九十九元！这价钱和那些以万来计的价钱就是不值一提的点缀。

他不懂了，他是准备来一次挥金如土的感觉，他记得很清楚，她不信佛，过去两个人去过庙宇，她也不懂得烧香的程序，如何现在会眷顾一串佛珠，她淡淡地笑："你出门的时候，我就会想到平安两字，人担忧多了，就会给希望找个寄托，这佛珠很好呀！起码是有寓意有生命的，那些首饰，我不喜欢！"说着她的眼神落到橱柜里那些金银饰物上看了一阵接着说："我心里的美好在于，一间屋两个人三餐饭便是人间四季春！我们把买首饰这些钱捐给山区的孩子买学习文具吧！好吗？"

他看着她，很仔细很认真，看着看着就看得心里起了一片暖暖的潮湿。物欲横流的社会，人心越来越隔膜的今天，他的心情也总在把握现状中浮躁不定。而蓦然回首，而触手可及的那份善良和关爱，原来就在自己的身边从不曾离开过一步。

他轻拥过她，说："我以后减少应酬的时间，多陪你到山区看看，那里，才应该是我们能共舞的地方！"

心灵菩提：一桌热菜，双眸对望，三餐不离，夜里手足相缠，长相厮守不是传说。在物质挤压的年代，心载沉载浮，透尽红尘变迁，长出了厚厚的茧，却割伤了家门翘首等待的容颜，当把自己静成一把金黄色的锁，才发现锈在其中，而一颗朴实善良纯真的心灵固守，才是一滴圆润营养心灵的珠玑，更是岁月长河里最好的心灵滋养汤，这样的爱，一百年一千年也不会老去！

遍地夕阳

汤林若骑着一辆板车，手中摇着铃铛，口中时不时地喊着："旧报纸旧纸皮旧家电哟！"一栋栋楼转来转去，偶尔有住户会探出头来，接着一些旧报纸就拎了出来，上称过磅付费，汤若林手脚麻利地完成。

看着板车上已经百来斤的纸皮，汤林若蹲在树下，拿出一根烟抽了起来，他知道现在自己现在一点形象都没有，反正这个小区不可能有自己的熟人，人为了生存，已经顾不到太多的面子问题了。想自己堂堂的高材生，竟然沦落到收废品的地步，如果让昔日的老师同学知道，这个脸还真是不知道搁哪里。

为了进这个小区，他已经豁出去了，贿赂了小区保安队长整整五百元，这样总好过在外面飘荡，看看现在收纸皮的速度，应该不出三天，自己那五百元就可以回本了。

掏出手机，打开里面的一张照片，这是他还在读大学的时候偷偷拍下的，是同学方笑笑的照片，那是一个很美丽的女孩，他一直暗恋着，只是碍于自己农村人的身份，品学兼优的笑笑就成了心里的神，他发誓出来工作打拼出成绩一定挺直腰板站在笑笑面前，却没有想到出来找工作如此辛酸，现在手头的钱所剩无几，只好先屈下身段收废品为生。在这个过程中他学会了抽烟，劣质的那种，似乎在呛人的气味中才可以找到麻痹精神的支点。

几个练太极剑的老人走了过来，其中一人看着汤林若，说："你现在收旧家电，会修吗？"汤林若赶紧回答："有些会，比如说收音机电风扇这些小件的！"在大学里他就折腾过这些，宿舍里的都是他负责修好的。老人点点头，说："价钱贵吗？"汤林若摇摇头："我不收钱，我可以免费修，但是我想收购业主家里的纸皮，保证不欺称价钱会合理！"老人笑了，满意地点点头："年轻人就应该这样，主动些后面的回报总是不少的，这样吧！你到三十三栋那里按六一二的房号，那里有一台录音机要修理的，主人的脚不方便，托我看见修理的帮她上门修理一下，先谢谢你了！她那里，应该会有些纸皮的！"

汤林若马上熄了烟,谢过老人,按着老人说的房号寻找过去,今天他的心情大好,看来高档小区里的人说话档次都不同,交谈都是非常和谐的,自己的起步,就从这里开始吧!想着想着他哼起了歌,很快就找到了三十三栋。

按了门铃,他说了自己的目的,里面的女声“嗯”了一下就开了门。

上了六楼推开房门,汤林若看见客厅桌上放着一叠钱,五元十元的,录音机就放在旁边,桌面上还放着一些工具。一间虚掩着门的卧室里有嘶哑的女声传来:“这位先生,你看着修吧!修好了钱就在台面,你看多少费用自己拿,我身体不舒服,就不出去了!”那声音像老妇人喉咙里憋出的声响,听得汤林若有几分不适。

他目光迅速看了看屋内结构,四房二厅,除了发出声音的那间房,另外三间都开着门,整套屋子应该就只有一个女人在里面。

汤林若很快就把收音机折腾好了,他擦了擦汗,心里想到,这家主人还真有些细心,连工具都准备好了,看来身体多半是有什么问题,长期待在家里的,应该是老人!想到这里,他冲着屋里喊到:“阿姨!收音机修好了,钱我就不收了!如果你家里有废旧的报纸我想收购,可以吗?”里面突然沉默了,汤林若有些吃惊,他想走进去又感觉不礼貌,不打招呼离开好像也不对,他想别人应该是不肯的,那就不勉强了,他正想开声。里面的声音突然变得颤抖:“阳台上有!你自己去整理!”

汤林若很快就到阳台上整理好纸皮和书籍,过好称把钱放在桌面上。想了想,他说:“阿姨!我是一个身体很好的年轻人,如果你有什么需要帮忙搬什么东西,你打我的电话,我随时会过来,收纸皮的钱我放在了桌上,我先走了!”说着写下自己的手机号码放在了桌面上,卧室里传来了一声轻轻的叹息,悠长悠长的。汤林若走了出去。

到了楼下,把手中的纸皮书籍丢到了车上,他忍不住抬起头向上望,六楼那套房里的窗口人影一闪,汤林若看得分明,那是一个长发披肩的侧影,应该是年轻的女孩,可刚刚跟自己说话的明明就是老人,有年轻女孩在上面,为什么我在上面停留了这么长时间她都没有出来一下,她现在在看我吗?

摇摇头,汤林若骑着车离开。回到租住的小屋,他感觉自己疲惫了,先睡觉吧!醒来的时候发现自己的手机里有好几个未接来电,谁呢?是本地的程控号码!他拨了回去,始终没有人接听,应该是打错了。

晚上睡觉的时候，手机又响了，还是那个号码，他接了，却没有人说话，接着就掐断了，他想了想，关闭了手机。他早就听说过了，这城市有好些声讯台，会时不时地拨打你的电话，等你回拨就收钱。这天都是这样不出声的电话，应该跟那些非法的东西有关。

他突然想起白天修录音机时那个住户有一些书籍夹在其中，看看，有没有一些对自己有价值的书还可以再利用，他忙起身，走到阳台在纸皮堆里寻找起来。

好些专业的书籍，他翻开来看，里面竟然是他学的专业：国家金融贸易。他打开书翻动起来，有本书里跌落出了几张纸：是笔记，字迹怎么那么熟悉。他拿起书的封页看，上面端端正正地写着：方笑笑！

汤林若大吃一惊，难不成自己竟然走进了方笑笑的家里？今天那个妇人，是她的母亲？这个发现让他全部的神经细胞都集中起来。待到把所有的书籍翻遍，他完全确定了，这些都是方笑笑学过的书籍，现在变卖了，天啊！哪天她看见自己竟然在她住的小区收废品，那自己还不得找一个地缝钻入土里。想到这里，他羞愧无比。明天开始，他再也不去那个小区了。

第二天中午，汤林若拿着这几天收购的纸皮换成了五百元，真感觉自己是从起点又回到终点，现在得到这个城市的另一端才行，要离方笑笑的家越远越好。早就知道她是本地人，是属于这个城市里的富二代，这个世界竟然这般小，让自己一下子就认识到了彼此之间的差距，想到这里，汤林若有些感谢自己的昨日一行，让自己知道有些梦也只是梦。

心还是没有收拾好！汤林若忍不住打通手机，转弯抹角地跟同学问起方笑笑的现状，接电话的同事长叹："我说你到哪里发财去了，一毕业就不跟我们联系了，方笑笑！她就惨了！你都喜欢她那么久了，怎么就不知道她的处境呢！毁了，好好的一个人毁了！"汤林若惊得声音变调："怎么回事？"同学说："毕业后她参加好友的婚礼，那些好热闹的伴郎们瞎折腾，当场弄出了火灾。烧得最惨的就是方笑笑，她算是毁容了，声带听说都烧坏了，后来去整容，现在不知道怎么样了，听说是不肯出门也不肯再见任何人！"

挂了电话，汤林若马上出门坐上公交车，昨天那说话嘶哑的妇人，应该就是方笑笑，自己竟然叫她阿姨，自己进门说话的那刻，她就知道是自己了。汤林若使劲拍着自己的脑袋。

小区里，汤林若拿出那手机上那几次拨打过来的电话问起一个老人，老人肯定地回答："这个号码，就是属于我们区域内的。"

汤林若几乎是一路小跑到了三十三栋，夕阳正美，斜斜地穿过树梢。他按响了门铃，嘶哑的声音传来。汤林若说："是我！"那声音顿了良久，才说："我这里已经没有纸皮了！"汤林若说："我昨天有东西遗失在你家里，你给我开门！"不知道多久，那门开了。

汤林若笑了，外面天色正好，只要这道门开了，他就一定会让自己的手，牵着她出来，打开她的心门，看遍地夕阳。

心灵菩提：岁月流转之间，爱的流光溢彩，是容颜和躯壳随着岁月的衰老凋零或者是经受了生活中不幸的摧残，依然会在一个人的心间住着美好的位置，爱就始终守候在那里不离不弃。这样的真情，能化解严防死守的封锁阵地，这样的爱情，才能真正亮出她的幸福和绚丽。愿世间所有寻找真情的眼睛，不是守望一段情节，勇敢地对所爱的人迈开脚步，收获的或者就是一份生生世世的厮守。

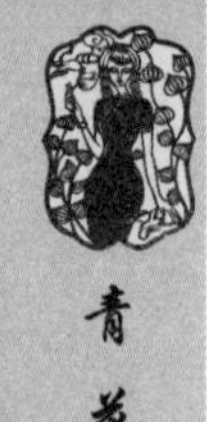

一种爱从天而降

这个城市现在不太安静，窗外时不时有警车的鸣叫声，云熙恩正对着镜子修着眉毛，明天还有一个外景拍摄，希望警方可以控制局面，不然自己这笔外快就算黄了。

新闻正在播出，主持人讲述着发生骚乱的原因是一家电子厂老板卷款外逃，让白干了两个月还没有拿到一分钱的工人们情绪彻底爆发，对着厂里的设备打砸，发泄着愤怒。工人群里混进了一些有企图的人，弄得场面有些混乱，现在已经有警方维护现场，政府请市民们放心。政府一定会全力以赴妥善处理事件，创造一个安定和谐的环境。主持人正用字正腔圆的声音播报着。

云熙恩听着，看着播出的画面，那场面混乱，声音嘈杂，不断有警察拿着大喇叭在喊话。云熙恩站起身，叹了一口气：现在太平盛世，这么好端端的一个城市怎么会发生这么让人震惊的事情！她越想越郁闷，打开手机，同事来信息说："警方已经封锁了全城路口，提示市民没有事尽量不要外出，不要去人多的地方凑热闹。"

什么事呀！云熙恩把手机丢到床上，掀开窗帘一看，哇！楼下什么时候站着那么多的特警，个个都带着盾牌，手拿着警棍！远处还有警犬。云熙恩有些害怕了，看来真是民生无小事，看来自己未来几天的计划全部都得耽搁了。

对面的树荫下，几个威武的特警站得笔直。云熙恩拿出摄像机，选好角度，一阵抓拍。看着一张张拍摄出来的照片，云熙恩笑了，自己的水平还真的不错，等会儿就写一篇博文，把这些图片配文上传，一定会有很多点击率。这个月还没有认真写稿子，人如果惰性一来，很多灵感没有抓住，会亏待了生命中很多值得记录的时光的，云熙恩总结自己。

打开电脑，门铃这个时候有节奏地响起。

云熙恩有些吃惊，现在这个状况，哪个还敢来串门。她从猫眼中一看，是一个很严肃的特警站在门口，就是自己拍摄镜头中站的第一个人。他想做什么？口渴来借水喝？奉命来巡查非法住户？还是看见自己长得漂亮，来一次美丽的邂逅？打开房门，念头在瞬间千回百转，他的身影已经出现在了门口。口气温和又不容置疑："小姐，你好！刚刚你拍摄了我们不少的照片，现在我们是奉命在执行任务，部队有严格规定，所以你拍摄的这些照片必须删除，谢谢你的合作！"

云熙恩郁闷死了，看着眼前高出自己足足一个头的军人，她不敢不从。不情不愿从屋里拿出摄像机，口中不忘请求说道："我没有别的意思，只是私人拍摄来留念一下，你可不可以给我留下一两张？你们都很威武的，网上都有你们的这一类照片，干吗我拍的就不行呢？"云熙恩喋喋不休地说。

他没有停手的意思，打开相机，调出照片，删着删着他突然抬头看云熙恩："你会弹古筝？你还喜欢到这个地方攀岩？"云熙恩伸了伸舌头，调皮地笑了。照片里面的她神采飞扬正攀爬在一块岩石上，那是隔壁城市的一个乡下地方，风景宜人，让她去了一次就念念不忘。照片里的她还穿着旗袍优雅地坐在凉亭里，弹奏着古筝。

"我怎么就不知道这个地方的风景这么好！"他的表情看得出带着惊喜，眼神在一张张种地的农家老夫妻的照片中久久停顿。云熙恩好奇地看着他，这些田园风光的照片都是她抓拍的，因为喜欢就一直存放在相机里。看见他已经把刚刚拍摄的照片全部删除郁闷又来了，她嘟着嘴，想拿过相机。他看着她，云熙恩感觉到那目光中多了一丝柔和，他似乎想说什么，但又没有说出口，默默地把相机还给她，说："谢谢了！"转身准备离去。

"等等！"云熙恩叫住他，气呼呼地指着屋角的一箱矿泉水，说："我虽然对你删除我的照片很不满，但是你们也很辛苦，麻烦你把这些水带下去分给你的同事喝！"

他的嘴角露出了一丝微笑，摇摇头说："谢谢了，我们不能拿市民的东西的。"云熙恩扁扁嘴，无可奈何地说："那你走好了，等会我自己背水下去，看哪个会给我面子，我就送给谁喝！"他定定地看着云熙恩，口中像很困难地想说什么，但是又说不出口的样子。云熙恩笑了，说："来吧！拿下去，我自愿送给你们特警喝的。"他摇摇头，困难地说："小姐，如果你不介意，我想要你那些拍摄那个村子的风景照片，可以吗？"云熙恩有些意外，"哦"了一声，心头有些窃喜，别看那么严肃的一张脸，遇见美女的时候还是免不了想动些男

人心思。云熙恩有些得意,说:“可以呀!不过有要求的,同意等会我偷偷拍些你们的照片,弥补我刚刚的损失好不好?”他的脸色一片黯然,说:“那我不要了,跟你提这要求,对不起了,再见!”说着转身离去。云熙恩气得想跳脚,看来这个人真是钢板做的,一点情面都不讲,哼,不给拍就不给拍,全城那么多警察,等会出去溜达一次,总会让特警的身影留在自己的镜头里。

不好的心情很快就过去了。下楼,又看见他,他的眼神也正看过来,好像里面有什么心事。云熙恩扁扁嘴,不理他:神气什么,删除了本姑娘的照片,本姑娘现在亲自出马去拍,还怕抓不到镜头不成?

夜幕已经开始拉开帘幕,本来很是热闹的道路上车辆也变得稀稀落落,很多路口都封了,一批批的特警让云熙恩看花了眼,个个都那么高大。云熙恩不好意思拿出相机拍了,如果再遇见一个来说删相片的,自己就太没有面子了。她才发现,从见到他那一刻开始,心里的每一分钟,其实都没有离开过那容颜。那双眼,那严肃的面容,怎么会一直在心里晃呢!真是见鬼了,平时阅人无数,金领白领甚至蓝领的男子都见过不少,谁也没有在她的心里逗留过片刻,独独这个见面不过几十分钟的人竟然让自己这么牵肠挂肚。云熙恩有些后悔自己当时没有爽快把照片给他,这样说不定有什么继续认识的空间,怪自己先把路给堵死了。云熙恩越想心头越不是滋味,突然有种很迫切想见他的念头。

偷偷看他一眼,云熙恩对自己说,再也没有继续逛下去的心情。绕过小区,前面就是个小公园,这里的视线更好看见他先前站的位置。公园少人打理,经常会有一些社会上的闲散人员在这里驻扎。云熙恩捏着鼻子,穿过茂密的树丛,眼睛看着前方,突然脚下踩到了一个什么软绵绵的东西,还没有看清楚,手臂就被一股力量死死抓住了。

云熙恩吓得双脚发软,眼前一个蓬头散发满脸污垢的人死死盯着她,毛茸茸的大手笑嘻嘻地向她的脸上抓来,还没有等到她的惊叫,那人又翻着一对死鱼白似的眼球对她龇牙咧嘴傻傻地笑。

云熙恩终于明白,自己不小心踩到的是一个疯子,想大喊救命,疯子看见她一张口,抡起一只大手就要挥过来。云熙恩双眼一闭,想躲闪都没有机会,那瞬间,没有感觉自己的脸上有什么动静,倒是疯子抓着自己的手被什么强力揪开了。她睁开眼,那一张脸,自己要寻找的那张脸,眼神正好跟她对视,他来了,在这个关键的时候,云熙恩恍如做梦。

他压沉着声说:“一个女孩子夜里跑来这里干什么,出了事怎么办?”说

话的时候不笑，没有任何表情。云熙恩揉着给疯子抓痛的手，又是感激又是委屈。人家还不是为了来偷看你嘛！这句话她说不出口，舌头绕了半天才吐出一句："我拍的那些照片你还要不要？"路灯的映照下，他的眼睛闪亮起来，云熙恩知道他想说什么了，故意又问："你怎么知道我在这里？不是，正好巡逻到这里吧？"他看着云熙恩，停顿一下才说："下午六点我就下班了，我跟你好一段路了！"

云熙恩满面通红，说："你就在我后面，一直跟到我这里？"他点头。

云熙恩的心里一下子春暖花开，心事像撑开的伞，收纳满阳光月色。她浅浅地笑了，说："你跟我干什么？想认识我？还是觉得内疚准备独自一个人站着给我拍摄？"

他也笑，说："你相机拍摄的是我家的小村子，在田间劳作的，恰好是我的父母，你说，我应不应该跟着你！"

云熙恩意外，接着惊喜，天空繁星万点，看着他的眼，云熙恩说："等你执行完任务，这个城市安静了，我去你那里玩攀岩的时候再把相片给你好不？"

他笑，眼神像月。云熙恩知道了，一段动人心弦的岁月已经在等着自己！

心灵菩提：不是巧遇不成诗，不是冤家不聚头，爱情步步生莲，扯出一瓣，便可在流苏浮影里沾墨成卷。九万里苍穹来铺展，时间会不经意地走掉，也会某一个时刻抛出一条红绳，引出一段千回百转的故事，不近人情的开始走成檀香缭绕的美妙过程，爱有时候就是那么一次邂逅，一个回眸，一次冲动，便会生出盎然的春意，一种爱从天而降，也不过是佛的拈花一笑，心灵深处有一盏不灭的灯火，便会映照出春暖花开。

从爱心的路径里走入缘分

熊方正最近比较闲，打工两年，终于让自己的腰板可以直起来了，那白花花的票子，终于可以换来梦寐以求的小面包车。

这天黑夜，天下起了大雨，闪电一道接一道，雷声轰隆隆地响，雨水泼向大地，让人的心跟着雨的节奏跳跃起来。熊方正看看手表，好家伙，这场雨，下了足足半个小时。

大雨变成了小雨，熊正方看看自己的面包车，想到家门口的那段长长的泥地路，这刻一定让过路的人苦不堪言。他突然豪情大发，就在这样的雨夜，做做雷锋应该是不错的选择。

说行动就行动，为了不让别人产生误解，熊方正把一个探照灯绑扎在车内，这样，加上本身的车灯，整个面包车弄得和大白天似的，任谁都可以把他看得清清楚楚。

到了路口，行人们里有人卷高裤脚，对着水浸跃跃欲试想走过来，有的看见眼前的路段直发呆。这个时候，熊方正很热情地打招呼，说我是免费载客，可以马上送你们过去这段路，结果引来的多是戒备警惕的眼光，反而是促使几个人加快脚步踏入了那泥泞斑斑的烂路。

熊方正郁闷，现在的人都怎么了，自己一片善心怎么就无处投放？整整过去半小时，行人来往有二三十人，自己问得口舌干燥，怎么就没有人肯上车呢！

来了！一个面目姣好的女子抱着一个婴儿撑着伞出现了，女子长裙下摆全湿透了，长长的头发披肩而下，湿漉漉，看得出女子是为了保护怀中的婴儿才如此。

熊方正打开车门，站在女子面前："你好！我是免费服务，可以将你载到前面的路段。"女子迟疑地看着他，又看着眼前的路段，再看看怀中的婴儿。有那么一分钟的时间，女子摇摇头。

熊方正叹了口气："唉！好人难做，这年头的人心呀！比家里的墙壁还设防！"他有些丧气了，转身想走。

“等等！”女子突然出声了：“你真的可以免费搭我过去？”熊方正索性掏出工作证身份证还有驾驶证，齐齐地亮在女子面前。女子脸红了，她不好意思地低着头，说：“对不起，我没有别的意思，我就是怕给你添麻烦。”

熊方正开心起来，他说：“你是我问到的第十九个人，我自己跟自己说，如果问到第二十个人还有没有给我机会，那么，今天晚上，我就回去了，以后也就不来了！”

女子淡淡笑了，很好看的酒窝露了出来：“你是好人，我看得出！”

熊方正乐呵呵：“应该说你给我重新找回了做人的信任，刚刚我都开始怀疑人生了。”

女子抱着婴儿上了车，熊方正边开车边找话：“你住哪里？要不我直接把你送回去！”女子看了看他，没有吭声，低头拍着婴儿。

熊方正转头看了看孩子，自我解嘲似地笑笑：“我只是想把自己想做的事情进行到底，你看，我送你倒过去再倒回来或许又找不到可以给我信任的人了，你看吧！不合适我就不送了！”

女子温婉地笑：“我还想请你帮忙呢！我家就在前面不远处，我想把孩子送回去，再麻烦你带我回到公司里。公司那里还有几个同事也正好下班了，如果你肯，可以送她们，好事做不完呢！”

熊方正心里热乎乎的，他挺直腰杆，认真掌握好方向盘。

一个晚上就这样过去了，熊方正终于把女子公司的几个女孩也送到了家门口。他的心情异常的好，开车回家的路上，忍不住哼起了调子，原来活在世上，可以在一个不起眼的时候伸出手，赐人小小的帮助，自己收获的芬芳，经久不散。

这样过去了一周，熊方正在自己车的后座中发现了一个钱夹，打开，愣住了，里面有几张百元钞票和一张单身照。原来是那一天抱着孩子的那个女子的，照片中的她笑意盈盈，他看着有些失神了。

送回给她吧！好在那天把她送回她家的楼梯口，识得路，他把车泊到路边眼巴巴地等。这晚天色正好，颇有些“月上柳梢头，人约黄昏后”的韵味。散步的人三三两两，熊方正看着车窗外，忍不住又打开了钱夹，看着女子的照片，自言自语：“可惜呀！婚了，不然我就！”“你就什么？”一声脆生生的女声飘入耳膜。

看到就站在车窗前的女子，熊方正尴尬无比，他不好意思地摸着头笑了。递给女子钱夹，说：“你落下的，我今天才发现。”女子接过，说：“谢谢啦！

进我家里坐坐!”

熊方正慌忙摆摆手,说:“不用了,我走了。”他调转车头,女子的声音悠悠传来:“我想知道,你刚刚在自言自语什么?”熊方正尴尬又来了,看着眼前亮晶晶的眼睛,他想了想还是说出口:“你别见怪嘛! 我是说如果你没有结婚,我就追了!”说完他又慌忙补充一句:“你别见怪,我是粗人,我只是说说,没有别的意思!”

亮晶晶的眼睛看着他,女子的眼中盈意千回百转,熊方正更感觉自己的不自在,他说:“我走了。”她说:“你怎么知道我结婚了?”“你那天不是抱着孩子吗?”她笑:“那是我姐的孩子! 我们公司是制作婴儿系列产品的,那天抱孩子,是想给孩子制作一个胎毛笔和小脚印!”

熊方正看着眼前的人,终于忍不住地说:“我可以去你家坐坐吗?”

女孩笑:“人家都等了你一周了,当然可以!”

月光柔柔地映照着大地,进门的时候,熊方正心内狂喜:“这都是有心得来的福!”他跟自己说。马上跟上了女孩的脚步。

心灵菩提:勇敢的行动,人心只隔着胸膛,只要流露出的是踏实的真诚,陌生和戒备就是一张可以剥离的面膜。无意播撒的爱心种子,里面带着内心的颜色,拨弦为音,扬指落韵,自己付出的真诚与爱心不一定要记住,而别人给予的一定要放在心头茁壮成长,这样的爱心循环相扣相生,有一天种子发芽破土而出了,爱便已经渡水上岸,愿世间人人拥得这岁月静好,现世安稳。

红丝巾

列小语走出楼梯口，又看见了他的身影。他在这里当搭客佬已经整整三个月，搭客佬是当地人对摩托车拉客为生的人统一的俗称。

他在列小语眼中格外突出，是因为他长得容貌俊朗，身材高大健硕，搭客群体在当地人看来算是低层职业，突然多了这么的一个小伙子，像里面的一道光芒，亮得列小语的心思都有些恍惚。

列小语不是一般的女孩，她富有，还有一个财大气粗的父亲。整个家业在当地赫赫有名，现在居住两百平方的复式套间，就是父亲送她毕业参加工作的礼物。父亲说了，我的女儿才貌一流，家里不缺钱，缺的就是一个对女儿嘘寒问暖的男人，将来的女婿有没有钱无所谓，但一定要有良好修养与自强自立的精神、丰富的学识，才能走进列家的大门。

这样一来，出来了社会两年，不要说父亲看不看得上，列小语自己都找不到想要寄托的感觉，身边等着送花的男人都差不多有一个排，只是，那些都不是列小语想要的。

父亲算是开明的，白手起家打下江山，对待女儿也没有一般的父亲专制。宽松的家教环境，让列小语从来不会用异样的眼光去看待那些为生活奔波的辛辛苦苦的人群。

他出现的那一天，很笨拙地推着一辆摩托车，傻傻地坐在路边等客。恰好列小语忘了带资料上班，匆忙来回只看见他一个人没有生意，附近街坊都没有坐他的车，估计是不放心来了一个新人。列小语心里生出些同情，一招手，他过来，那眼神很深，里面像一弯深潭。

列小语心里暗暗赞了一声，好一张脸孔，刚毅俊朗，这样的一个男子，随便去哪个酒店一转，想做份保安的职业应该是没有问题的，怎么会随着一群四五十岁上下的人群兜客为生，想询问又太冒昧，心事却从那一刻起落了根。此后每天下楼，列小语的眼神不由自主地会去搜寻一下他的影子，一时间没有看见，心里就好像少了什么似的。

一次，他正和一个浓妆艳抹的女子说话，那女子看见列小语走出来，一屁股就坐上了他的摩托车尾，拍着他说："走。"继而又用手揽着他的腰。列小语顿时觉得好刺目，这女人一看就是以欢场为生的女人，他竟然和这样的人交谈甚欢，还让她揽着腰。列小语觉得咽喉就像鲠了一块鱼骨头，让她憋屈得慌。

再回到楼下的时候，列小语提着一个很重的花盆，里面是她父亲培育的金钱树，她喜欢，就让人送到楼下。三步一停，五步一歇。天热得让人冒汗，一只大手伸了过来，一声低沉的男声响起："我来帮你提，你要到哪里去？"是他，正一脸真诚地看着她。

列小语气不打一处来，说话极呛："哦！你还有空出来兜客呀！你不去陪你女朋友？"他惊讶："什么女朋友？我哪里有女朋友？"列小语说："昨天我不是看见一个女人抱着你的腰坐车？"他笑了，很难为情，说："让你看见了，那不是我的女朋友，她是我的老乡，让我搭乘她去酒店。我也不知道她怎么坐车要抱着我的腰，我也很不自在呀！"

列小语还想说什么，想想又把话吞了下去。算了，他是自己的什么人？什么也不是，自己和他也不会有什么交集，说话那么尖酸干什么呢？

其实是心里听了他的解释就释然了，任由他提着花盆随自己走入楼梯道。列小语说："多少钱？"他摇摇头说："我不收你的钱，你要不要我帮你搬进去？"看着有一定分量的花盆，列小语点点头。到了住处，他的表情有些诧异，说："这里的主人是你？"列小语说："怎么了？"他欲言又止，但是始终什么话也没有说出来。她想，他一定是给屋里的豪华贵气震撼了。

花盆进了屋，列小语的眼神随着他的离去而飘忽良久。

列小语住的是一楼，屋后有刚入住时候搭建的一个花棚，其实是几个小树桩和竹子搭建的一个架子。曾经撒下的丝瓜籽和辣椒籽正茁壮地长出苗，列小语叹了口气，自己是怎么了，这几天魂不守舍，以致屋后的花棚杂草丛生，看来得打理打理。先洒些水去，让土质疏松一些好拔草。

一盆水泼将出去，浓密的花草中突然一个黑影"嗖"的一声蹿了出去。好大的一只黑猫，列小语捂着胸口，突如其来的惊吓让她半天都没有回过神来，草丛里传来低低的猫叫声，很微弱。列小语大吃一惊，敢情里面还有一只猫，她怎么从来就不知道，自己的屋后竟然有一个猫窝！

她战战兢兢地扒开草丛，天呵！里面竟然是三只小猫，看来刚出生不久，让自己的一盆水泼得整个窝湿漉漉的。

列小语难过极了，举目四望，那只黑猫正在远处看着她。想了想，她赶紧退了出来，躲到墙角看着。良久，黑猫没有过来的意思，只是在附近闪了一下身子就不见了。

它应该是发现自己躲在这里偷看，所以不过来，想到这里，列小语有些失望。

一个高大的身影突然出现在她的屋后，竟然是他，他想干什么？列小语眼睛都圆了，看他蹑手蹑脚的样子，这时天色正黄昏，难道他想做贼不成？列小语的心沉到了最低处，她承认自己喜欢他，他就是当搭客佬也还是拥有一份自谋生活的职业，现在这个样子难道想来偷她的东西？他不是白天看了一下自己的屋子，晚上就来做这么一个不争气又自甘堕落的男人吧！列小语眼中突然多了涩涩的湿。

他蹲下来低低地说着什么，那只黑猫很快就过来，一直溜到他的面前钻入他的怀里，他掰开草丛，伸手把三只小猫都抱了出来。列小语几乎看呆了，他竟然敢在她的屋后养猫，她怎么不知道。

“嗨！”列小语毫不客气地走过去。他抬起头，微微一愣，视线移到她手中的脸盆。有些诧异地说：“你用水把小猫都淋湿？”列小语气坏了，这是什么话？她还没有找他的麻烦，他倒有些责怪她的意思。

“你有没有旧的抹布，我们来给小猫抹干些！”他说。

她快手快脚地跑进屋，手慌脚乱地从衣柜里拿出了两条红丝巾，她才没有什么旧衣服，也没有备用毛巾，先用这两块红纱巾将就用着吧！

他有些意外，说了一声：“这么漂亮的丝巾来擦呀？”她说：“你养的猫生孩子，你自己怎么没有准备好衣服？”看着她有些赌气的口气。他笑了，说：“你说什么呢！不是我养的猫，是不知道哪里跑来的黑猫，我发现已经半个月了，每天我就带些东西来给它们吃，又怕屋里的主人赶它们走，我就不敢说，但是没有想到屋主就是你。”他边说边抹，双手忙不停，那只黑猫依在他身边，一副很温顺的样子！

列小语奇怪了，说：“这只猫好像对你很有感情呀！”他说：“我是农村人，在家里什么都养，这些小动物很可怜，没有人管的时候就成了野猫，你们城里人很难体会得到那种漂泊的感觉的。”列小语撇撇嘴说：“说得你好像跟猫同病相怜似的！”

他说：“你的丝巾还要吗？”列小语说：“你等会拿到外面帮我丢到垃圾桶里去。”他的眼神在红丝巾上默默地停留了一下，突然说：“我拿去洗干净以

后给我媳妇用!”说完,他躲开了列小语的目光,那红红的耳根,让列小语心里涌出柔情,说得多好呀!给他媳妇戴,想着这句话她心里失了神。

重新给猫准备了温暖的窝,时间已到了晚上七点,听得见彼此的肚里开始唱歌,她说:“我们一起去吃个饭吧!”他看了一下手表,说:“不吃了,要走了,你自己去吃吧!”他的眼神分明就带着温情,可是为什么要拒绝她?

看着他的背影,列小语郁闷,她可是从来没有邀请过异性吃饭,没有想到第一次开口就碰了一鼻子灰,这个男人还真是不识好歹。这一夜,列小语失眠了。

两天没有看见他了,那只黑猫旁边倒有不少食物,看来是他趁自己上班的时候送来的,他是躲自己吗?列小语有些幽怨,在楼下也看不见他,这是从来没有的现象。

回来的时候见到他了,正和一群搭客佬在地板上铺开一张纸打斗地主。列小语很失望地看着他的背影,这样的男人,为什么不利用时间看看书呢!改变现状,而不是在这里无所事事地混日子,他这样下去只能是自己心底彼岸永远的一棵树。算了吧!不同的世界不同的人生观,列小语决定封闭心头那朵刚刚冒出的小花。

走过了他的摩托车,发现车头的环保袋里放着几本书,全部都是计算机专业的,忍不住翻翻,里面全部都是密密麻麻的笔记。他走了过来。她说:“我还不知道你的名字呢!”他打开书的扉页,“邵轻抒,龙飞凤舞的签名,一手难得的好字。”她赞了一声!

邵轻抒看着她,眼神让她红了脸,逃也似的走开。看来自己是错怪他了,他其实是一个上进的人。

有快递员找她,打开一看,满目繁花似锦,一张张栩栩如生的剪纸,图案竟然都是来自她那两条红纱巾。是他,一定是他,列小语迫切地想见到他。

走过市区,她突然看见他了,正坐在广场的花坛上,面前摆卖着什么,几个人在蹲着看。列小语走了过去,他的双手正上下翻飞,一双喜鹊登枝图已经完成,引得围观的人阵阵惊叹,没有想到他竟然有这等手艺。

邵轻抒看见了列小语,脸色变得通红。她拿起他身边的袋子,里面全是病历一类的医疗记录。看着列小语吃惊的眼神,他困难地说:“我母亲生病一直要治疗,我没有去读大学,我……希望有些机动的时间。”他说不下去,列小语捂住了他的嘴,说:“我全明白了!”

他的眼中飘过一丝怜惜,说:“你瘦了好多。”她说:“那你请我吃胖呀!”

他说:“不敢,怕你嫌弃!”

“嫌弃你什么?”他低头:“我们是两个世界的人呀!”

列小语笑着说:“不敢,那你为什么还送我纱巾上的剪纸?”

他一把抓起了她的手,紧紧的。

列小语笑了。

心灵菩提:红丝巾下有不胜风凉的娇羞,有蜜里带甜的忧愁,独独就没有贵贱之分的门第。热爱生活的人,总会有一双关注的眼睛,搅动情感的声响。于是就有了牵挂,有了摇曳,有了未央夜里春回的怅惘。

人的一生之中不能没有一个倾心相爱的人,更不能在困境中妥协于生活,哪怕现实把残酷设置成一道难以逾越的坎,也要在冰凉中与雪共舞,寻得一处纯白的居所,来安置地久天长。这就是责任,何时何地,都释放着做人的芳菲。

一场相思换得两情相悦,便是人间最流光溢彩的胜景。

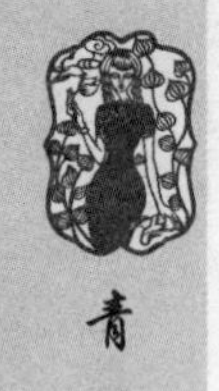

雨中的温度

孙度打开手机上的那条信息，口中念着："随身带伞，才不会被突如其来的雨淋到，今晚到明天，有大雨到暴雨！"还没有念完，旁边有一个声音传来："十八到二十四度，湿度百分之七十到九十五，和缓偏南风！"念完的声音接着说："孙度，你烦不烦呀？这些信息弄得我的每根耳毛都会念了，你想干什么呀？考天气预报播音员？"看着舍友王凯一脸的不耐，孙度笑了，说："你知道什么呀？我现在在观天相，等到天眼一开的那刻，我的好运就来了！"

王凯摇摇头，说了一句书呆子，转过身把脸朝墙壁看书了。孙度看着窗外，天色阴沉，乌云涌动，一片山雨欲来风满楼的样子。看看手表，差不多下午六点了，那身影怎么还没有出现？孙度的心突然很猛烈地加快起来，他觉得自己的脸都有些发热了。

来了，女孩手上拿着一把大大的雨伞，碎花裙子随着风起舞。女孩慌忙按住裙子的下摆，一个同事快步跑了进来，说："李欣，你这个时候才去打饭呀！你看天气，大暴雨就要到了！"李欣眯着眼看了看天边，说："就是呀！我就想先把那桶衣服洗了，没有想到外面暗成这个样子，麻烦了。"说着她一手拿着伞，一手提起自己的长裙走了出去。

有几个雨点撞击到了玻璃窗上，孙度心里暗暗说一声"到时间了"，他马上抓起桌上的饭卡冲出宿舍。大门外，一道闪电似乎要撕裂天空，震耳欲聋的雷声之后，雨点开始像黄豆似地泼洒下来。

"李欣，李欣，等等！"孙度一边呼唤，一边对着李欣的伞下跑了过来，气喘吁吁地对李欣说："下雨了，借个伞躲一躲！"李欣再没有平时的矜持，她狼狈不堪地将伞交给孙度，说："你帮着撑，我的长裙这下子全扫地了。"

雨越来越大，哗啦啦的雨水泼天而下。来一次放纵吧，路是无法走了，路边的屋檐下还可以站人，孙度慌忙扶着李欣站了上去。雨水斜斜地飞，没有几分钟，两人都湿成了落汤鸡。

李欣一个喷嚏打了起来，孙度的心头跟着一颤。李欣接二连三地打着喷嚏。孙度慌了神，这样下去，还不得引起感冒发烧呀！看了看眼前的雨，孙度心一横，把伞递给李欣，说："你站着别动，等我几分钟就好！"说着冒着大雨向宿舍的方向跑去。

回到宿舍，拿块干毛巾三下两下地抹去手上的水，从柜子里拿出一条毛巾两件长袖衣服，外面拿着一张雨布包个圆实，手中抓起一把伞又跑出了宿舍。让王凯看得心里比窗外的雨水还模糊，他真没有搞懂孙度在玩什么把戏。

回到了李欣的位置，顾不得抹去一头的雨水，孙度递了过去说："李同事，你自己用毛巾抹一下身上的雨水，然后披上这两件衣服，不然你真会感冒的！"李欣感激地看着他，说："不用了，谢谢！"孙度有些生气了，说："你不要顾虑那么多，你看现在那么大雨也看不见同事来来往往，如果你不分些伞给我遮，你也不会淋湿成这样，看在我跑来跑去的分上，你还是穿上吧！"

看着孙度固执的眼神，想到他刚刚在雨中不顾一切冲出去的样子，李欣心头有些暖意，她默默地按着孙度说的，用毛巾抹了抹身上，然后再披上两件外衣，身体一下子暖和了，一直发痒的鼻子也没有了动静。看着她表情依然是冷冰冰的，孙度不敢再说什么了。

两人沉默无语，谁都不知道该说些什么。孙度本来准备了一肚子的话都开不了口。同事三年，他喜欢李欣，找了无数次机会都没有搭上什么话，李欣似乎也不喜欢跟男同事说话。这一次孙度自己看了天气预报，脑袋突然灵光一闪，他知道她每天出来打饭的时间，自己故意不带伞，看能不能就来一次意外的相遇，没有想到事态按自己的想法发展了，而且还更好！以后她看见自己就不会拒之于千里之外了。念头还没有想完，雨势在短暂的减少后又更见猛烈，很快两人站的地方有雨水不断地冒将起来。

前面一个人影一身雨衣慢慢地走了过来，是王凯，他走过来的地方，雨水都混合成了小河似的，雨还没有停下来的样子。王凯走到了孙度面前，说："这里排水的下水道有些堵塞了，排放的速度不及下雨的速度，我们要想办法去疏通，不然等会宿舍全会浸水了。"

孙度看了看李欣，说："你在这里站着吧！我去忙一下。"说着他卷起了裤脚，拿着雨伞牵着王凯的手慢慢把脚伸入水中。

这是一场这个城市五十年都未遇的雨水，也让这个成立了三十年的公

司经受了严酷的考验，这里的地势偏低，水很快就汇聚成河。很多男生自发行动起来，成了雨中最壮观的一景，疏通每一个排水通道，喊着口号众志成城，本来不断上涨的水位终于得到了控制。站在宿舍中观战的同事忍不住拿着脸盆水桶敲打起来。

雨水终于渐小，李欣在人群中搜索着孙度的身影，终于有人对着她走了过来，夜幕中她分辨不出眼前的影子，来人终于站在了她的面前，是王凯。

王凯一脸低沉，像做错事的孩子似的说："李欣，我有一个很不好的消息要告诉你！"李欣的心一下子提到了喉眼口上，她颤抖地问："是不是孙度出了什么事？"王凯点点头。李欣眼泪一浅，忍不住"哇"的一声就哭了出来，一把抓住王凯的手说："他怎么了，他怎么了？你告诉我呀？"说着又捂着自己的耳朵说，"我不要听，我害怕！害怕！"

一个声音传来："你害怕什么？"李欣猛然松开手，是孙度，他正一脸无辜地看着李欣，眼神中尽是担忧。李欣气了，顾不得抹去眼角的泪水，一脚重重地踏在孙度的脚上，高跟鞋下那尖锐的力度踩得孙度简直是五官变形，他痛苦地蹲下身说："李欣，你这是干什么呀？"

李欣还在气，说："你不是死了吗？"孙度怒道："谁说我死了！"李欣看着王凯。王凯双手一摊，一脸无辜说："孙度，我可从来就没有诅咒过说你死了哈！李欣，你这是怎么回事？"

李欣又羞又窘，看着王凯说："那你那句话什么意思？你明明就说他有事了呀？"王凯哈哈大笑："他当然有事，他为了跟你在雨中偶遇，已经看天相观地利三年了，这一次他说开天眼就有好运了，果然刚刚这一场桃花雨，把李欣的柔情都下成了千万缕，李欣，你说是不是？"

李欣脸红了，看着王凯离去的身影，她看了还在地上蹲着的孙度，忍不住说："你还不起来？"孙度一脸委屈，说："脚给你踩破皮了，怎么办？"李欣低低说了一句："那我给你补好还不行呀？"

孙度大喜，说："那就用你的柔情补好不好？"李欣重重一个粉拳击到了孙度的身上，甜甜地笑了。

心灵菩提：爱情不是一场浪漫的游戏，一步之遥的距离产生的单恋也会无言以对，喧嚣人群里找个理由来给爱搭个桥梁，不再只隔着栅栏想着两个人未来的朝朝暮暮，精彩的故事也许只缘于一次故意制造的美丽，给彼此都能相惜的空间来深刻感觉。

弹指一挥间，岁月已夹白，多少说不出口的爱成了遗恨，愿得一心人，白头不相离。现今的世上，爱要勇敢，便有幸福，只要说出爱的心，是干净清白，打不打得动心灵，出口便已无憾，雨中的温度，荡漾出的便是人间最美的金风玉露。

紫水晶

阮良瑶打开衣柜，琳琅满目的服装竟然找不到自己这一天想要的感觉，视线停留在一件紫色的连衣裙上，就它了。阮良瑶穿上裙子，一个旋转，紫色弥漫了整个镜面，用手揉揉脸，看看眼角，才一个夏天，沧桑好像长了眼睛，不放过一丝可以留下烙印的地方。三十岁的女人，就像青春尾巴上那摇摆的蒲公英，风一吹，很快就脱离了那摇曳多姿的年代，落脚点都找不到。

阮良瑶叹息着，从鞋柜里拿出一对紫色的凉鞋，这对鞋已经很久没有穿过了。原因是上面装饰的紫水晶掉了一粒，拿到店里想弥补回这个缺陷，店员只是很抱歉地对她说："这种鞋版今年已经不上市了。"她买回来的相当于绝版，紫水晶，也找不到同样的颜色。或许是看见她脸色异常的失落，店员很热心地找出了水晶盒，在里面千挑万选才找出了几乎一样的颜色补了上去，不认真看是看不出来的，店员看着她的沉默不语，安慰她："没有人会低着头认真地去分辨你鞋上那么多的水晶颜色，你看，已经看不出来了，你不要一直盯着这个微小的位置看，这里面稍稍的差别就不会无限度地放大。"

这是造型很特别的紫水晶，良瑶在后来的日子，跑了很多地方，就想找到一粒相同的水晶粒，但都是无功而返，水晶粒到处都是，属于自己的这一颗，像是沧海遗珠，不知道到哪里去了。

阮良瑶此后，就把这对鞋置在鞋柜里，不敢穿，更舍不得丢。闺蜜小婉不以为然，说良瑶小题大做了，不就是一双鞋吗！要么穿要么丢弃了，那么小的一点颜色也看不出来差别。阮良瑶依旧是深深的叹息，她心里想，自己的爱情，就如同那失落的紫水晶，在这个喧嚣的红尘中彻底地遗失了。这对鞋，就像心情，注定是这个季节里的纪念，是一双立体的日记，里面的沉沉浮浮，纷纷扰扰，又怎么能是整天快乐无忧的小婉可以读懂的？

阮良瑶终于把自己打扮得清爽了。小婉的电话就来了，夸张的声音直震耳门："我说大小姐，你还不下楼呀！要不要我去找一个白马王子来亲自

背你下来哟!"阮良瑶苦笑,这个小婉,整天就爱拿这样的玩笑来调侃她,明明就知道她是剩女,还有事没事把什么白马黑马王子的玩笑挂在嘴边。

两人相约到海边玩,这时正是上午九点,最好的时辰。小婉早已把自己全副武装,说不能让海风吹不能让太阳晒,良瑶看她那样子不禁失笑,好端端的一个人,打扮得好像从越南过来的新娘。小婉倒好像发现新大陆似的,指着她那对鞋大惊小怪地叫了起来:"今天大阳打西边出来了,你不是准备把这鞋送到博物馆去了,怎么又拿出穿了?"阮良瑶笑了:"穿着去寻找我的紫水晶呀!"

海边已经来了不少人,小婉兴奋地把鞋子放在沙滩上,把帽子一丢,卷起手袖裤脚,大声说:"我要去踏浪啦!"人已经跑得和阮良瑶拉开了距离。

阮良瑶摇摇头,这就是小婉,很率性的人,一开始就说要防风防晒,一到海边就什么都忘了。她提起了小婉的帽子和鞋,准备找个舒适的地方小坐一下。屁股才刚刚落地,一个浑厚的男声就响起:"美女,我想麻烦你帮我看一下相机,可以不?"阮良瑶抬起头,很阳光的一个男人,一身白色的休闲运动装,正拿着一架相机一脸期盼地看着自己。良瑶突然有些慌乱,已经有多久的时间了,没有跟男人这样面对面地直视过,那男人也愣了一下,阮良瑶忙点点头,男人轻轻地把相机放在了她的脚边,说了谢谢,走开了,又回过头来对阮良瑶望了一眼。

阮良瑶坐在沙滩上,看着小婉在海边跳,视线却又忍不住去寻找那道白色的身影。小婉对着她一直招手,阮良瑶摇摇头,突然没有跑下去玩的兴致,何况自己还要负责看一部相机呢!海风吹得舒服,阮良瑶忍不住把束发的丝巾放了下来,任凭长发随风起舞。

"好美的头发!"一声赞叹,良瑶扭过头,又看见了那双眼。良瑶不好意思地微笑一下,把相机递了过去。男人接过又说谢谢,转身走了几步又回过头:"美女,我想拍一张你的背影好吗?你的头发!"他顿了一下才说,"好美!"

小婉大呼小叫地跑了过来,马上就接上话:"当然可以,你知道你拍的是谁呀?"男人有些愣神:"请教!"小婉神秘兮兮指着自己的头发说:"你看,我这几根头发长期都千锤百炼,全部已经化学合成,她的头发,全原生态的,没有一丝污染,你说你拍的是谁?"

看着小婉那已经给烫得如同花卷一样的头发,男人和阮良瑶都笑了。小婉又很大方地挥挥手说:"你爱拍就拍吧!背影不收钱的!"男人笑着说:"那正面呢!"小婉眼珠一转:"正面要收嫁妆的!"良瑶脸热了,这个小婉,人

前人后就不忘记开她一把玩笑，让别人听去还真不知道会怎么想！她忍不住看了男人一眼。男子也正好看着她，目光别有一种深意。

男子终于还是拍了阮良瑶的背影，其实应该说拍的是那如同瀑布般披肩而下长发，他迟疑了一下才开口："两个美女，如果不介意，可不可以留下地址给我，我是市里摄像协会的，这个照片晒出来后，我想邮给你们！"小婉又喊了："什么，摄像协会了，那么说就是专业的咯！来来，反正你都想邮照片过来，一照二也是照，给本姑娘拍几张正面的，到时候一起邮过来！"说着小婉又喊良瑶，说："你要不要一起来也照几张。"良瑶摇摇头，说："你自己照吧！我不想照！"

男子突然笑了，露出一排雪白的牙齿如贝，他说："你也来吧！不是真的要我挑上嫁妆来你才肯照吧？"良瑶感觉脸上的热一下子到了手心，她狠狠地盯了小婉一眼，说："你别听她胡说八道。"小婉一脸无辜，摆了个姿势对男人说："来吧！她不肯的，你的嫁妆还没有到，等会儿她的砖头就会对我砸过来了！"良瑶无可奈何地摇摇头，忙把自己的身影躲开，以免落入镜头。

男人走了，小婉托着腮帮看着他远去的身影，对阮良瑶说："你相不相信，你的紫水晶说不定已经找到了！我相信自己的第六感觉！"良瑶有些恍惚，她没有回答小婉的话，看着海上飘过的白帆，是吗？自己的紫水晶会找到？难道今天会生出些什么故事续集来？

小婉又跑开了，声音随风传来："傻大女孩，一个男人没有心，拍你的背影干什么？你真以为你那头发可以披散成诗呀！他拍回去可以作画不成？"

海边回来很久了，日子依旧过得波澜不惊。阮良瑶每天回来会看看自己的邮箱，不敢说自己在期盼什么，在夜深人静的时候，小婉的那句话又会浮现在耳边："我相信我的第六感觉！"同时出现的，还有那一双颇带深意的眼睛，像海水，深邃不可测。阮良瑶觉得，自己已经完全陷了进去。

整整两个月，在一个有阳光的下午，和小婉一起坐在室内喝咖啡的时候，小婉又开始大声抱怨："那个白影子，竟然让本姑娘看走了眼，不来找你就算了，连本姑娘的玉照也不邮来，不行，等抽个时间到市摄影协会找他拿回来！"阮良瑶缓缓地喝下咖啡，好苦，她特意没有加糖，如同心事，想在这杯里一饮而尽。

窗外有人喊："送快递的，有人在家吗？"小婉一下子蹿了起来，说快去接，说不定是我们的相片。阮良瑶的心，突然有些晃悠起来，飘飘的，她有些无力，有些害怕但更有那份期盼。

果然是相片,小婉拿出自己的照片欣赏起来。信封中另外还有一个密封的信封,封面上刚劲的字体写得神采飞扬:长发飘飘的女孩启!

阮良瑶撕开信封,里面一副背影的照片制作精美,还有一个小小的透明胶袋裹着一枚亮晶晶的紫水晶,跟自己的鞋子是同一品种同一款式。良瑶颤抖地打开折叠得很好的信纸,上面书着:“长发女孩,不知道你有没有在等我?那一天的偶遇,我花了足足两个月的时间,走遍了我所知道的地方,只为了寻找,一颗,你才可以拥有的紫水晶。”后面附着一行很小的字:“对不起,那一天我放相机在你面前的时候,发现了你鞋子上那颗不同的紫水晶,我希望我可以给你一个完美的人生,可以吗?”

小婉探过头来,说:“写什么呀?”

阮良瑶笑了,一脸温馨说:“写你的第六感觉呀!还有,我找到了属于我的紫水晶!”

心灵菩提:相思不是一寸的回廊地,万丈红尘里,爱有错过有遗憾,有回首有期待,有相遇有别离,心在寻觅的时候风幽幽路茫茫,人如无心便无故事。

把心放在天宽地阔里,读过朝花夕拾,拂过春花秋月,把人生淡雅成沁人心脾的清茶,携着甘甜,总有一个属于自己的胸怀来容纳型,从此,岁月尽头皱纹蔓延成诗,无论时光的尘埃如何飘落,一双厚实的手,都会来为心爱的女子温暖加额。

紫水晶不是传说,只是从童话故事中苏醒,为世间所有等待真爱的女子做了锦衾,如花朵在水一方轰然绽放,那人便涉水而来。

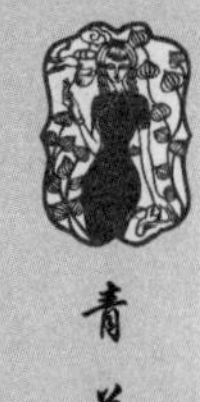

二泉映月

他拉得一手好二胡，名曲《二泉映月》演奏得倾山映水。也喜欢听曲，尤其是古典的那种，买正版的CD碟对他们这样的工薪家庭来说，是一笔不小的开支，当爱情变成了实实在在的柴米油盐，她开始有了怨言，冲突最厉害的一次过后她砸了影碟机，想一了百了，人间烟火不是阳春白雪，人怎么能把兴趣建立在金钱的赤字之上。他无言以对，默默拾起被砸坏的家电和自己心爱的二胡，放入了屋角的那个纸箱里，如同一首不再回放的曲子，天籁之音消失在日复一日的生活琐碎中。

婚姻十年，他身为人师亦成了人父，他很多次观察过儿子的手指，尝试着让那双小手去接触二胡，儿子很配合，但几次杀鸡般的弦音传出，惹来了邻里善意的笑话更惹来她强烈的不满。

嫁给这个男人，她始终无法让心停留在一份平淡，天天眼睁睁地看着昔日的姐妹们年龄随着岁月渐长生活亦发灿烂，今天逛街明天美容后天旅游的话题层出不穷，而她只能是一身布衣终日把钱安排花在刀刃上，她把这一切艰辛归功于眼前的男人胸无大志，越是这样想，心中的怨气就重了一层，现在他还想让儿子来继续学习这种不长进的东西，那股积蓄了很久的怨气就彻底歇斯底里地爆发出来了。

口角就这样来了，激烈的声音抖搂着彼此那种日积月累的积怒和压抑，刺耳的话语在儿子发愣的眼神中不管不顾地奔腾而出。主角无暇顾及一颗弱小的心怎么样地受伤，当战事告一段落，两人才惊觉屋里少了一个小小的身影。她和他如同一个起跑线上的运动员，这个时候向着一个目标协力冲出。

儿子站在马路边，脸蛋上挂着泪痕，转身看见惊慌失措的父母，儿子一扭头，想走过马路的对面，惨剧在这一刻发生了，一辆飞驰而过的轿车刹车不及，眼看就要撞到儿子的身上，那一刻的他，成了她眼前一抹最亮的闪电，

在所有人还没有反应过来的时候，奋力冲上去推开儿子，而自己的身影，轰然倒下，血，让女人的天空瞬间殷红。

在医院的三个月里，他不言不语，静静地躺着，始终不醒，她尽心尽力，没有放过医生的一丝话语，主治医生叹息："这辈子！只怕就是一个植物人了，除非……"医生顿着话，没有说下去，她的心绞痛，她知道的，医生曾经跟她谈过了，医疗力量已经尽力了，也只能做到这一步，除非，有一种精神上的意志可以触动他，以这个支点来唤醒他。

她在他的耳边不停地说话，说起两人的初遇，说起那一起携手的美好，说起哪怕是争吵后亦是白昼黑夜里那份最近的齿唇相依。她抚摸着他的手，厚厚的老茧带满了岁月的纵横交错，谁说光阴不留痕迹，她与他已经在婚姻长路中如同齿轮一样磨合行走，不离不弃。护士推着治疗车经过，那轻轻与地面的摩擦声让她心里一动，多久，已经没有静静地倾听过声响，她想起了那首《二泉映月》。初遇的时候她笑过他怎么能拉出如此沧桑的曲子，他说，跟她在一起就想到了自己的老年，与她能在一曲中共度到老才是无憾。

她猛然惊觉，急急归家，翻箱倒柜才从屋角的纸箱里找出那把二胡，牵上儿子，找到他曾经无数次徘徊的曲艺社，恳请里面的老师傅收下孩子为徒。

她把他接了回家，儿子很虔诚，小小的身影里带着无尽的毅力，二胡从初时的刺耳到后来的悦耳，她的眼角的细纹开始舒展，她想他懂的，他会听得到。

当孩子终于把一首《二泉映月》拉得恍如当年的他的那一刻，他的手，他的眼，正缓缓地张开！

她紧紧地握着他的手，任由手心的汗水婉约了那一夕一夕有过的不快和隔膜。

孩子哭着放下手中的二胡，跑过来抱住了父母，一脸幸福的泪花。

她想，他一定把那份挚爱深入到了骨子里的含泪射手，终于让她做了今生都不再躲闪的白鸟。孩子是爱的结晶，而二胡，也应该是属于他们爱情诗篇中隽永的音符。

"这是世间最美的天籁！感谢你这么多年的支持！"多年后，白发苍苍的他用二胡拉完一曲后低低地对她说，她紧紧地依着那宽阔的胸膛，表情中舒展出岁月中弥坚的芬芳，让已经摩擦得乌黑发亮的二胡在彼此相对的视线

里熠熠生光。

心灵菩提:阿炳眼睛亮着的时候,变成了无锡惠山的二泉亭的常客,那里万籁生山,二潭映月,后来,世界对他关上了一道门,他的眼睛从此陷入了黑暗,而心里的窗却朗朗迎风而开,从此便有了这曲让人想起就会软软落泪的《二泉映月。》

小家园都长着一对翅膀,收敛着琴瑟,岁月凝成相同的纹,在花好月圆的相守里交织着彼此的生命。若爱不知进退,一曲必然泣血成灰,爱就此瘦成了檐下剥落的漆。做了故事的主角,才知道心有多痛,悔有多深,爱其实就是心灵和鸣的合拍,需要用理解宽容厚待来滋润,细心体贴来呵护,免得另一颗心四下流离,无枝可依,爱走成悲歌,人生便成了片段。让爱的音符丽如阳春,正是二泉映月里暖过的地老天荒。

今生,只做你衣襟上的白

暖暖找遍了思想上的每一个角落,就是没有想明白,自己怎么当时就这么执著,义无反顾地爱上一个医生。看着一屋的冷清,暖暖把桌面上的书籍用手大力一扫,随着声响,一地狼藉,看着书页上那各种各样的解剖图,她真想一把火烧了,今晚是耗定了,如果他到七点还不回来,她一定跟他没完。

窗外的救护车呜呜地响起,暖暖捂住耳朵,真烦呀！现在这声音对她来说成了一种揪心的疼,那曾经代表着生命回归的呼叫现在成了噪音。

新婚的假期都还没有休完,他竟然说走就走,那出门的速度如同经过特别训练的战士,甚至连解释都省了,医院就那么重要吗?科室又不是他一个医生,再说现在也不是他当班,接个电话就走得那么利索,一点不顾及自己越来越难看的脸色和还没有吃饭的胃,暖暖越想越生气。

手机铃声一声声地响起,暖暖懒得看,她嫁到南方这繁华的小镇,每一个同伴都说她享福了,她现在才不要那些电话里带着羡慕且安慰的语言,当时没有选择那些商海中闯荡的款爷们,图的就是有一份稳定工作的男人,有正常上下班的小家庭生活,有个天天可以看得见实实在在的真人。现在日子才刚开头,空房就整天守起来了,对她来说这种生活无疑就是一种讽刺。

六点过,七点来,盼望的脚步声没有想起,暖暖恼火了,去医院,看他要家还是要医院?他再整天不分昼夜地在乎那张处方纸,她绝对会给一纸婚书做个了结。

镇医院很快就到了,轻车熟路走入内科,办公室没有看见人,一间病房一间病房巡视过去,终于看到了,那个在心里千回百转的身影正弯身在病床前一动不动,一身白衣上沾满了呕吐物的痕迹、暖暖一阵反胃,那刺鼻的酸臭味飘到室外,过路的病人捂住了鼻子,病床上的声音带着艰难的喘息:“徐医生,对不起哟！吐了你一身!”他摇摇头,说:“没有关系的,我的衣服脏了

随时可以换掉，你的血压如果下来了我心里就舒坦了!”旁边的护士接口说：“徐医生，你去换工衣吧！我看着!”他摇摇头说：“现在不行，我这半个小时都必须站在这里，硝普钠的输液泵刚刚用上，前面用了硝酸甘油滴注血压都没有控制下来，现在我看着，有什么情况我必须马上处理!”

她的心像弦，重重地拨了一下，只有她知道，他是一个多么爱干净的男人，初见的时候，他的衣服穿得干净清爽，有一丝皱褶和痕迹会很不客气地换掉，家里也总是很细心地摆得井井有条，打扫得干干净净，连她吹乱的发丝，他会很认真地用手帮她梳理好。他说：“看不得那些杂乱无序和肮脏的东西，这跟职业有关吧!”他的嗅觉也极其敏锐，有什么异味总会皱着眉头，即时会离开或处理掉。就这些，她从开始喜欢到爱上这么一个细心讲究的男人，认定他将来过日子一定可以把婚姻经营得跟桃花源般的精致。

他的眼神始终盯着病人床头的监护仪，旁边的护士频繁地监测着血压，口中不断地报出数据，没有多久，他拿过血压计，说：“你站一下，我来监测一下，一个人很累的!”护士用手揉揉腰，感激地看着他，说：“徐医生你总为我们护士分担了不少工作!”他说：“哪里呢！你们很辛苦，工作大家做，我们都是为了病人!”病床上的病人脸色缓和，呼吸平顺起来。

突然，病人伸出一只手，紧紧地抓住他，说：“徐医生，好人呐！血压下来了，我现在感觉好多了，头已经不那么痛了，我病成这样，你不嫌弃，上班就守着到现在，辛苦你了！辛苦你们了!”说着话的病人把头扭向护士，眼角亮晃晃的一滴泪滑落下来。

她感觉到脚有些麻，一直看着，在无声中感受着生命挣扎的惊心动魄，竟然在不知不觉中时间就这样过去了半个多小时，轻轻地活动了一下足部，他的声音传来：“现在病人的情况好些，我去换件工衣马上过来，你看着!”护士点头。

家属带着一脸歉然和感激，跟随着他的脚步走出病房，她慌忙闪到一边，家属的手脚不停，拿出一个红包很麻利地塞到他的口袋里，他摇手，说：“千万别这样。”家属的眼神四顾一下，说：“徐医生，这是我们的一点心意，你一定要收下!”他的手很坚决地拦住了，说：“你不塞，我都会尽一个医生的职责；相反，我收了，就做不好一个医生了!”家属有些尴尬，看着他的眼，家属释然了，说：“徐医生，你快去换工作服吧！我们大家都记着你的好!”他微笑了一下，说：“现在病人的血压已经比前面好多了，我去去马上回来！你们放心，到了医院，就是家，病魔待不下去的!”一个护士走了过来，说：“徐医生跟

你值班我们最放心了!”家属连连点头说:“是！好医生好技术加上好医德，我们家属也都很放心了!”

她百感交集，突然想很大声地对他说一句话:“跟着你，我这一生都放心呀!”脚步却没敢挪动，她怕惊动这宁静，呆呆地看着他的身影走入值班室，闺蜜曾经说过的话在耳边响起:“丈夫呀！一丈之内才是夫，守紧你家小徐，他当医生说不定背着你存了不少红包钱!”她当了真，半真半假地套过他的话，他就是那么的几句:“我不是那种人，那样做就不是人，你想，病人没有事来医院干什么？来了还要身心受损，无异于雪上加霜呀!”

护士的声音又传来:“我们叫两份外卖来吧！都晚上八点了，饿坏了!”一个声音回应:“胃病都成了我们的职业病了，这段时间换季，病人多了起来，没有几顿饭我吃得是有规律的！帮徐医生也叫一份，他也没有吃!”

他换了工衣，边走边系衣扣子，脚步匆匆地又走向监护室。她轻轻地退出了走廊，掏出手机，屏显上他的照片，矮小精干，从来她就笑他说南方人的个头不高，这一刻起，他的形象在她心里伟岸如山。她输入了发给他的信息:“今生，只做你衣襟上的白!”看着信息发送出去，她长长地舒了一口气，脚步向超市走去，因为怄气，她抗议着不做饭，冰箱里几乎是空的。现在，她要用爱和行动去添满它，并且炖一盅他最爱喝的汤，等他回家。

心灵菩提:相爱的人相依便能生存，拥抱便能取暖，两人世界之外还有疾患缠身的人与幸福隔水相望，大医精诚，若爱只是两人相守的狭义，便也守不来长久的温暖，一小段入木三分的情绪，如果还是懵懂困惑地继续蔓延，对婚姻的磨合就成了暗夜昙花一夕的绽放。

活在人世间，每个人都承担着各种各样的角色，对于自己要承当的责任，不是做一个陌上行走缓缓的看花客，而是风雨兼程里都有一种不推卸的担当，这样的医者白衣胜雪，纳得万色归一掌中开，光芒便是照亮整个人生，是一个个家庭重新拥得健康幸福的守护神。

你是我弦上唯一的音符

历轩语看着高高的围墙,天空有雨飘洒,像他的心,就这么阴暗着,找不到太阳。

墙外的世界多好,那是充满快乐和自由还有醉人的爱情,而这一切,竟是自己亲手摧毁的。窗外的草丛有一只老鼠迅速穿过,历轩语的眼神久久注视着,心里无限悲凉,自由多好,他好好的一个人,现在竟然活成羡慕一只老鼠的自在。

有句话说:近朱者赤,近墨者黑。历轩语想自己就是这样的,一心想创业,却交上了几个损友,自己的脚步,就慢慢地脱离正常的轨道,所有发生过的一切就好像做梦一样,一回首已经是戴罪之身。

历轩语双手捂着脸,心里万念俱灰,不知道等一会的探视,女友粤成丽会怎么样。粤成丽是自己谈了三年的恋人了,一路都主张脚踏实地,像老黄牛那样地垦荒创业,现在,自己落到这个地步,还有什么能力什么脸面守护一份如花的爱情,他把头皮揪得生疼。

粤成丽来了,脸色有些苍白,脸上的笑容还是那么温情,她隔着玻璃窗,对着话筒,一个字一个字地吐,像串串珠玑淌出,瞬间融化了历轩语所有的绝望。她的眼中,弥漫的柔情似水,浸润得历轩语想仰天大喊:什么是爱情。这就是爱情,无论富贵贫贱,无论高墙内外,那双手伸出来,都是告诉他,爱是一生一世的不离不弃。

历轩语看着粤成丽离去的背影,泪水一次次湿了眼眶,他给自己重重地发誓:重新做人,做一个对社会有用的人对爱人至死不渝的人。

日子就这样默默地淌，转眼两年十个月过去了，历轩语终于站在高墙外，他获得了提前出狱。没有告诉粤成丽，是有自己的私心的，一是想给她一个惊喜，二是想突然的出现，会不会遇见自己最不想遇见的情况。提着很简单的行李，他的心却又开始沉重了。

粤成丽学的是古筝专业，是那种渴求完美生活的女孩，这半年里，她来的次数明显减少了。轩语观察到了，她似乎越来越消瘦，脸色的化妆却一次浓过一次，涂着深深的眼影和唇红，每次还换着不同款式的帽子出现，如同花蝴蝶一般。

最近一个月，粤成丽没有来，只是说工作公司忙，她要准备好一切，等着他的出狱。家人来看他的时候，吞吞吐吐地告诉他，有好几次都遇见粤成丽和一个男青年在公司里出入，别不是变了心，踏上另外一只船，伙同外人在转移公司什么的吧！

历轩语心里多了不安，自从自己入狱之后，自己创办的公司的资金因为犯罪都让法院充了公，只是剩下那么的一个空壳。是粤成丽坚持要继续开办下去，说从哪里跌倒了就从哪里爬起来。从她的谈吐中和家人的言谈中，轩语知道，公司已经进入了良性的循环。她说过，等自己出去了，就是一个意气风发的总经理。她会退到幕后做一个温柔的小女人，现在家人带来的这些传闻，再联系她这段时间的表现，历轩语变得烦躁不安了。

将近三年了，熟悉的道路还是一样的，只是多了一些崭新的发展。历轩语走到公司的侧边，说是公司，其实就是自己租来做物流的一个门面，里面几个人的身影在忙碌，都是陌生的身影，自己出事后，先前跟着自己的人都散了，现在这些，应该都是粤成丽后面聘请来的吧！

站了好久，历轩语想拨通粤成丽的电话，按下号码却没有拨出的勇气，越是到了这个时候，心里的猜疑和不安就更重。

一个干活的伙计显然是注意他很久了，终于忍不住走出来："你找谁？还是有物件要托运？""我想见你们的老板！"历轩语说话了。

"老板出去了！"伙计说。

"什么时候回来？"历轩语问道。其实他多想冲口而出问："你的老板是男的还是女的，是一个人还是两个人？"但是这样的话让他硬生生地吞回了喉咙口。还是先回家吧，回到家，把自己清清爽爽地打理好了，再跟粤成丽打个电话，好过这样胡思乱想的猜测，该来的事情还是会来的。

一家人欢欢喜喜地吃了饭，看得出他的心不在焉。母亲拉住了正要出

门的他，说："你去哪里？"他说："我想去找丽丽！"母亲一撇嘴："找她干什么，你就死了这条心吧！这几个月我亲眼看见了几次她和别的男人走得亲亲热热的，你的那个公司，该和她分清楚什么就分清楚什么，不管她现在做得怎么样的风生水起，所有的根基都是建立在你创建的基础上，该说什么话千万不要嘴软心软的！"看着儿子一脸的痛苦，母亲叹了口气，声音带着疲倦："儿呀！不是妈妈要给你泼冷水，你都没有看见，那粤成丽这段时间瘦得很，谁知道她身体干什么来了，就是那物流的活那铺里都有几个伙计，轮不到她有什么出汗出力的！"

母亲的话锋一转："再说了！她这身子骨，娶进门我还怕我将来的孙子营养不良呢！"看着儿子越来越黯淡的表情，母亲终于忍住不再说下去。

整整三天，历轩语都把自己关在房里，除了吃饭出来一下，在屋里一根烟一根烟地抽，他必须理清楚自己的思路，跟社会脱节了这么几年，联系粤成丽的表现，母亲的话总不会是空穴来风，自己一直以为地老天荒的爱情，这个时候，是不是该有一个重新的认识？他看着粤成丽的照片，百味杂陈！

第四天，他站在镜子前，决定出门了，这一次，他已经有足够的心理来面对最不想遇见的局面。

公司里还是那几个身影在忙，他走了进去："请问你们的老板呢？"还是那个伙计回答："出去了！""出去多久了？要多久才回来？"他问。

"出去一个多月了，不知道什么时候回来？"伙计说。

"我找她有一些私人的事情！"历轩语说道。

伙计沉吟了一下，写了一个手机号码给他，说："我那天看见你站了那么久在门口，我们也不知道老板什么时候回来，她走的时候也没有说个具体时间，老板说我们这段时候如果有事，都由郝先生负责，我们这个月的工资，都是郝先生发放的，这是他的电话，你如果有什么急事，就联系郝先生吧！"

历轩语接过号码，感觉到自己的手在微微颤抖，郝先生？什么人？粤成丽九成九去做了他的太太，所以现在全面的事物都由郝先生接管。在他的印象里，粤成丽不喜欢出门，跟他拍拖这么几年，这个小城，她都不爱走出去，现在还有什么事，让她一个多月都不出现？想到这里，历轩语感觉头一阵阵发昏。

按了几次才按清楚眼前的手机号码，他拨通了，接听是一个声音浑厚的男人。他自报了名字，对方似乎愣了一下，但很快就说："我等你已经很久了，我们见个面吧！"

见面了,郝先生戴着一副眼镜,斯文俊雅。两人在咖啡屋坐下。历轩语还没有开口,郝先生从随身的公文包里拿出来了一个文件夹放在他的面前,口气无不遗憾:"你如果早出来三天就好了,就可以见到她最后一面了,现在我只能让所有的东西都物归原主,完成她交代的事情!"

那个文件夹里是厚厚的病历,还有公司所有收入的明细账,最后,是她的一封信:

"轩语:原谅我!我已经尽力了,依然没有撑到可以一起牵手的日子,深深地告诉你,在我有限的生命里,你一直都是我弦上唯一的音符!在天堂里继续爱你,你也一定要好好爱自己!"

郝先生扶住他不停颤抖的双手,说:"你要坚强,要像粤成丽一样,她是我见过最坚强的乳腺癌病人。我是她的主治医生,她在化疗的时候,还把自己打扮得漂漂亮亮,怕你看见她的脱发和消瘦,自己把妆画得非常美丽才出门。三天前她走的时候,眼睛久久不闭,她一定在等你呀!她不让自己的家人告诉你,是想让你顺利地服完刑期出来,不要出现什么意外。还把公司的事务托付给我,说你很快就会出来接手的,我没有想到你出来得这么快!如果再早三天就好了!"郝医生说着连连摇头叹息。

历轩语把头深深地埋在掌心,他哭了,他真希望全世界在这一刻可以停止转动,都来听听他那忏悔心碎的声音。

心灵菩提:爱浓入了骨髓,怎么的清苦,都不会说出自己的单衣、孤枕、青灯。苦与累折叠成诗,只为了给对方环佩妙音。更想自己化身为泉,洗涤迷路的灵魂。

有些劫难躲不过,那么就留下干净的声音,滋润和唤醒相恋的生命。长路漫漫,心只要回归正直善良,便得永生。在红尘里做一次最简单的燃烧,只为涅槃。真相一旦打开,心一定会被溅得波光粼粼。

爱你，与血缘无关

蒙沫沫打开鞋盒，拿出白布鞋，放在地上，怎么两个脚穿进去感觉不对，她定睛看清楚：天！怎么会是两只右脚的鞋。看来这个城市欺生。蒙沫沫读上这里的大学，母亲也特意卖了房子过来陪读，今天是自己第一次单独出门去逛街。

蒙沫沫拿起鞋，哭笑不得，心里有气涌出："好你一个糊涂的店家，怎么装盒的时候会放入两只右脚的鞋，一定是当时顾客太多，自己让营业员拿出几对试穿，这样就给装混了。"

同住的小晨走了进来："沫沫呀！今天是不是发达了，到处购物呐！"蒙沫沫扁嘴："还发达呢！你看看，就买了一双鞋，还是两只右脚的！"小晨笑得直不起腰来，等抹干了笑出的眼泪，她说："不对呀！我明明还看见你去买了衣服，你跟着人，我就没有过去了！"蒙沫沫说："你看见鬼了！我就去了鞋店，哪里都没有去了。"

小晨摇摇头说："不对，不可能，你就是烧成灰我也认得，我看见的绝对是你！"

蒙沫沫伸过头去，认真地打量了一下小晨说："我肯定，你今天的眼睛进小虫子了！"小晨恼了："谁跟你说笑呀！你别不是怕新买的衣服被我穿吧！你自己去问问阳珊珊，她跟着我去逛的，我们四只眼还会看错不成！"

蒙沫沫看着小晨认真的样子，说："那你们一定是看见和我长得相似的人了！"小晨扁扁嘴说："你以后出门最好头上盖片叶子，把自己当成隐形人好了！"

蒙沫沫笑嘻嘻地凑前："你生什么气呀！你看看，我两只右脚的鞋都不知道找谁生气，你有什么好跟我生气的！"小晨扑哧笑了。

吃过晚饭，蒙沫沫就拖着小晨去鞋店换鞋，那店员奇怪地看着她俩，好像看两个星外来客。蒙沫沫不客气地拿出鞋子，说："你们看看，你们的工作质量，怎么会帮我打包成这样的鞋子。"一个店长模样的人走了过来："靓女！

你怎么回事？我们不是已经帮你换过了吗？你又从哪里弄来了两只右脚的鞋?”蒙沫沫气来了:“我换过,打从你这个店面出去后我现在第一次再踏进来,你们不是这样做生意的吧！你们不换那两只左脚的鞋你们不也卖不出去吗?”几个店员低着头嘀咕起来。

店长皱着眉头,她拿起蒙沫沫的鞋翻来覆去地看,说奇怪了！转身从鞋柜翻出鞋盒里的鞋来,真的找出了两只左脚的鞋出来,分别配成对,递给了蒙沫沫一对。蒙沫沫得意了,说:“你看嘛！这不就是了。”

店长的表情很奇怪:“靓女,我们真的刚才已经换了一双鞋子出去了,是和你长得一模一样但是拿着两只左脚鞋的女孩,换给她了变成我们又有两只左脚鞋的配不上,现在你又拿了两只右脚的鞋来,也确实是我们店里卖出的,现在就完全配对上了。应该就是我们工作人员把你们前后试鞋的两个人装错了,那个人是你的孪生姐妹吧！”

蒙沫沫睁大眼睛,努力地看着店长,店长的表情很认真,脸上一片真诚,看不出有什么不对,几个营业员走过来,七嘴八舌:“对呀！你们长得一模一样,刚刚那个才走没有多久！你们去追都可能还追得上！”说着一个女孩用手向东边一指:“她就是从这个方向走了,十分钟都不到！”

小晨使劲拉了拉蒙沫沫的手说:“我们去追！”说着对店里的人点点头,拿起鞋牵着沫沫的手走出店面。

看着没有回过神来的蒙沫沫,小晨说:“别愣了,我相信她们说的话,我也相信你下午真的没有去买过衣服了,但是我告诉你,这个世界上,和你长得一模一样的人真的在这里出现了,我担保,那人我看过,就是你的复制品！我们现在就去追来看看。”

蒙沫沫突然停下脚步,说:“我还是先回去问问我妈妈,我是不是还有一个孪生姐妹在这个世上好了,不然去看有什么用,只是很相似而已罢了！”小晨说:“你妈妈是干什么的呀?”蒙沫沫说:“她是医院的助产士。”小晨伸了伸舌头,说:“恐怖,我最怕医院了,那里面的人都好像整天戴着口罩,露出两只眼睛跟我们隔开一个世界似的。”

两个人快步走着,远远看见一个独行的女孩,小晨指着说:“应该就是这个,先跟去看看像不像你再说。”两人脚步更快了。

女孩走进了一家别墅,后面两人赶到的时候,站在铁门外发愣,一条大狗蹿了出来,对着两人狂叫,声音在夜里分外刺耳。

一个妇人吆喝着人狗,转身歉意地对两人笑笑,视线定格在蒙沫沫脸上

时，妇人如遭雷轰，整个人刹那间愣住了。

蒙沫沫给看得不自在，她牵着小晨转身离开。

“孩子！你的胸口是不是有粒红痣？还有你的左腋窝下有块青色的胎记，对吗！”妇人突然在后面一字一顿地说。

蒙沫沫的脚步生根一样地站定了，她那一刻惊呆了，猛然转过身：“你是谁？你怎么知道的？”

妇人突然痛哭失声，对着屋里喊：“老路！你快出来，你女儿回来了！”说着向蒙沫沫伸出双手。蒙沫沫吓坏了，她不停地退后，小晨目瞪口呆地望着这一幕，看见屋里一个中年男人和先前进屋的女孩都跑了出来。

那个女孩就是另一个蒙沫沫，蒙沫沫就是那个女孩，大家看着，终于悟到了其中必有内情。场上的气氛终于慢慢平静了下来，蒙沫沫和小晨随着这一家子走进了屋内。

妇人泪水没有停过，当她问清楚蒙沫沫母亲上班的地方，她的情绪变得异常激动，老路也跟着激动起来，还是那女孩上前安抚了父母。

妇人说：“当年我就是在你母亲工作的医院生孩子的，由于大出血，我的神志一直都模模糊糊，只是依稀听到接生的人员说：“看这孩子胸口有那么好看的一颗红痣，左腋窝下还有青色的胎记呢！”后来等我完全清醒的时候，看着抱在手中的女儿，却没有发现她胸口和腋下什么都没有，我跟老路说起，他说我是幻觉，这个幻觉却常常在我的梦中出现，我们那时候没有现在这么先进，没有去做过产前检查，也不知道怀的是单胎还是双胞胎，但现在我看见你，我就确认了，这些年我不是有幻觉，我当时生下的应该就是双胞胎！我想让你和我做亲子鉴定！”说着妇人和老路眼睛充满着期盼看着蒙沫沫。

蒙沫沫低着头，她心里一片混乱，但是确确实实已经相信了眼前这位母亲的话，她的生日，也正好是眼前这位母亲在那间医院生产的日子，这个世界上，不可能有这么巧合的事情，她稳定了一下自己的情绪说：“我先回家！我会给你们一个答复！”

回到家里，蒙沫沫看着母亲，没有隐瞒，就将自己所经历的一切全部倒了出来，说完后看着表情急剧变化的母亲。

母亲沉默好一阵后终于控制不住哽咽出声：“沫沫！原谅妈妈！妈妈真的爱你的！我结婚后一直都没能生育。你出生的时候我正好当班，后来塞了大红包给值班的医生，我们就这样把你留下来了！妈妈是做错了，但是这

么多年也是真心爱你的呀!”

蒙沫沫突然带泪笑了,她伸手擦去母亲眼角的泪珠说:“妈妈！我看得见,我小小的时候父亲就去世了,你为了我也一直没有改嫁,这些年为了我可以读好学校你又变卖了房子！我现在知道了,可怜天下父母心,妈妈的爱都是一样的,你放心,我依然还会是你的女儿,但是,从此我生命中会多了另外一对爸爸妈妈!”

蒙母抱住女儿大哭:“我马上跟你去你亲生父母家赔罪!”

蒙沫沫拿出了生母的电话号码,她相信,她一定可以幸福地拥有两个家庭的爱。

心灵菩提:错误是一个灰色的话题,丑陋与一念恶行铸就,心灵上即蒙上厚重的阴影,同时与无地自容并驾而行。分秒一页页撕去的日子,薄薄的纸页里承载着多少厚重的真情,这摇篮里聆听过生命的拔节,与血缘无关,却不能否认一份母爱的真实存在。那一刻,一个一尘不染的孩子抚摸出一个母亲真心的忏悔与疼痛,与其在怨恨中苦度终身,不如一个理智的抉择,让大错化为大爱,这爱,一饮便是一生。

传说中的九十九道弯

他一直没有找到女友，不是长得不帅，不是人不好，只是在村里，流传着那么一段传闻：他的祖上，是从湘西迁过来的，而祖上做的职业，是赶尸。

赶尸是一个让人毛骨悚然的职业，就是把那些孤死异乡的人用一种特殊的方式让死去的人走起来，一直走回故乡，从事让这些尸体走路的人，称之为赶尸。那时候，这个职业是少之又少的人在从事。民间有一种说法，赶尸的人会断子绝孙的，所以生活没有逼迫到一定的份上，是没有人愿意从事这项职业的。

他是传说中的第三代，村人众说纷纭，祖上做过这职业，还能传下后代，那报应就怕不知道发生在哪一代，在这个闭塞的村子里，姑娘们看见他都躲开了。

他其实是个孤儿，很小的时候父母就过世了，是村人看了他可怜，东家饭西家菜把他养大，但是几乎每家人都拒绝他上门做客，怕他带着祖上的邪气进门。

这段时间村里常闹鬼，只要出到村口三里地之外的一个岭口，牛去牛失踪，猪跑猪不见，连村里的小木木，才五岁，也跟着不见了。一时间，村人家家自危。村里的男人们组成了一个队伍，想到岭口去探查真相，白天还没有到地点就看见密林中突然冒出黑烟滚滚，伴随着各种各样的尖叫声，像传说中的鬼魂。吓得村人个个止步不前，夜晚远远就看见树枝上有白影子在飘，还有两条长长的袖子，宛如女鬼显灵。

岭口陡峭，却是山民们出山必经的路口，现在出现了几十年未遇的异常，村里最大岁数的老人说这是应了预言中的劫难了。如果度不过，村人将留不下活口。老人的话一出，村人顿时陷入了前所未有的恐惧之中。

他在距离一群群交头接耳的村人的不远处坐着，天色已苍茫，有几只乌鸦在枯枝上发出声音，更增添了悲凉。他从来不相信什么鬼怪，对于一片愁

云惨雾笼罩的村庄,他想自己该做些什么。

老人的声音远远飘来:“如果可以找到传说中的九十九道弯,那里是王母的七个女儿洗过澡的仙潭,听说七仙女飞天时抛下一枚果子,化成童子,专门看护潭水,如果谁可以去取回那潭水,每一个人喝上一碗,就有仙人护体,这次的坎,就化解了。”七嘴八舌的声音:“那九十九道弯在哪里?”老人说:“我也没有去过,但是看过那入口的路径,就在那里!”老人的手指一指,看得人都倒吸了一口冷气,那个位置,叫鬼跑焦,终日云雾缭绕,山峰特陡,传说中是鬼过都会给烧焦的地方,属于原始森林地带,村人的足迹,几乎没有踏入过。

老人说:“我年轻的时候为了配齐一味稀有的药材,就仗着年轻气盛,进入过鬼跑焦,爬上第九道弯的时候亲眼看见了一个山洞口,里面外面都长满了那些盘根错节的植物,我不敢进,就是这么看了一眼,就给蛇咬了,那是触犯了神灵呀!”老人长长地叹了一口气。

村人越聚越多,越来越沉默,先前还有点声音,慢慢变成了可怕的宁静。一个外号叫二癞子的人突然尖声叫了起来:“那地方我听说谁去谁死,上天从来都是会严惩那些冒犯他们的人类,谁还想存留下尸骨给后人拜祭,就为自己的子孙后代想想吧! 我先声明,我是不会去的!”

二癞子的话一出,叽叽喳喳的议论声又起,很快又是一片死的寂静,所有的声音无一例外都是那么一个共识:不去!

他一直在听,他看着个个姿态各异、表情都保持同一样僵硬和哀伤的村民。他站了起来,脚步声在这一刻分外响亮。他对着村民坚定地说:“我去!”

村人看着他,眼光中充满着各种各样复杂的情绪。村长的嘴唇颤抖,想说什么都没有说出口。那个描述传说的老者站了起来,拄着拐杖,缓缓走到他的面前,用如同老树根一样的手,抚摸了一下他的脸面,良久,老人才缓缓地说了一声:“好孩子!”两滴混浊的老泪随着皱纹滚落下来。

二癞子的尖叫声又传来:“那敢情好! 你反正无依无靠,这一走也无牵无挂,说不定就不小心做了王母的女婿,那日子可比在这里快活!”村长突然重重地对二癞子拍了一巴掌,“呸”了一声:“闭上你这张鸟嘴,谁说土土无依无靠,我们就是他的依靠;谁说土土无牵无挂,我们都是他的牵挂!”二癞子捂着脸,委屈地喊到:“你们就等着看好戏吧! 灾难还在后头呢!”

他叫十土,他不是没有名字的,土土,是村人给他的称呼。

土土出发了，他长了三十年，第一次，看见自己的身后移动着这么多的身影，黑压压的一片，村人都出动了，全都默默地跟着他的脚步到了村口。他想，这也是最后一次了。他有些感伤，村长的声音哽咽："如果实在找不到，你就回来！我们一起面对还要发生的事情！"老人拄着拐杖，伸出九指，说："记住了，洞口在第九道弯上！"土土用力地点点头。

土土背着一个大大的背篓，里面放着干粮，腰间插满了尖刀镰刀，那是村人一起拿出来的，选出了认为最锋利的刀刃。

到了，村人的身影早已看不见，路越走越陡，高度不断地攀升，脚下都是那些长年累月积下的枯枝烂叶，还有数不出的藤藤枝枝。

土土看见了那些村人想采集的珍贵草药材，毫不客气地拔了出来，放进背篓里，一路走一路看，很快，背篓就满了。他有些后悔，没有带上更大的背篓来，这些药材，他知道，值钱，让村人到山外的镇市去贩卖，换回来的就是一沓沓钞票，要赛过在地里刨下多少个日子的收益。

看着自己浑身上下的刮伤痕，土土心里充满愉快。这一刻，他真的感觉到了自己活着的价值，而且，终于看见了第九道弯上那大大的山洞口。出来的时候是早上，透过树梢感觉透入的阳光，他知道，已经到了黄昏。

镰刀真的是锋利的，山里长大的人，有自己长年来开路的感觉和经验，土土进入了山洞，里面潮气扑面而来，花了好大的精力才把屏蔽到洞口那段密密麻麻的老藤枝叶砍开。越砍越少了，突然眼前一亮，多美丽的山洞，像《西游记》里花果山的水帘洞。目光所及之处，这里不像红尘，石钟乳垂悬倒挂，不知道过了多少个朝代的山石，每一块都是一个形状一个传说。这里的水清澈见底，里面能看得见很大的鱼，鱼身一个翻卷，就是一朵大大的水花，如同白莲。土土笑了，这里难道就是传说中起七仙女戏水的地方，这里的水应该是村人们都期盼的圣水。土土想了想，看见一片大大的厚实树皮在水边，土土决定，先不取水，要沿水路而入，看看源头在哪里，这如同仙境一般的地方，不可能就这么一块，他的水性好，不担心。

他砍来了一根小树干，用树皮做船，树干做桨，沿着水路前进。不知道过了多久，让人目不暇接的美景尽收眼底。突然，看见人影火光，听见了人声："你看好了，那个赶尸的后代都不知道会不会找到这里，看见有人，你就给我……"随声狠狠地做了一个劈的姿势。土土忙躲在巨石后。他听出来了，那是二癞子的声音，他怎么会在这里？

土土看清楚了，前面的水边有一块很大的空地，二癞子和一个满身横肉

的男人坐在一起说话喝酒，面前搭起木架，上面一条牛给切割得乱七八糟，下面用木柴生着火在烧烤着。横肉男人声大若钟："你小子什么时候才能把人搞清楚了，老子我要出去看世界，在这里闷了十多天，人都闷出病了！"二癞子笑嘻嘻："你看，这个妞多水灵呀！出去少说也不低于一万，这娃，传宗接代一点问题都没有，也不低于两万！"你看看，你去哪里找这样的生意，再等多几天，老子我再找十万八万过来，你我到时出手一平分，哈哈哈，香的辣的还不是由我们来说！"土土听得血往脑袋上涌。他看见了，村里最美丽的姑娘翠花和小木木竟然给绑着手脚斜斜靠在岩壁边。原来村人所有的灾难，都是这个二癞子捣的鬼。

土土躲着，身影一动不动，他知道自己必须等机会出手。二癞子终于喝完了手中那杯，摇摇摆摆地站了起来，说："兄弟你给盯着，我要回村去给咱找白花花的钞票去了！"横肉男子把喝完的二锅头重重一抛，酒瓶击到岩石上，爆裂的声音异常清楚，男子说："你动作快点，老子想出山去喝那些茅台酒，不用整天灌这档次的！"

二癞子的身影向前消失了，等了良久，土土确定二癞子已经走了。他轻手轻脚沿着水边走了过去。男子坐在地上，背着他，嘴中哼着调子，身子也随着调子的节奏摇摆。

翠花和小木木都看见他了，他慌忙伸出手指放在唇边做了一个噤声的姿势，两双本来充满恐惧和绝望的眼睛马上绽出了光芒，对着他使劲地点了点头。

土土举起手中的树干，对着横肉男子走了过去，男子终于感觉到了异样，说时迟那时快，在男子回过头来的时候，土土的树干重重地击了下去，男子"哼"了一声倒在了地上。

土土迅速帮翠花和小木木解了绳索，又惊又怕的翠花一下子扑到他的怀里，嘤嘤地哭了起来。小木木牵着他的手，怎么都不肯放开。土土忙说："快点，我们把坏人绑起来，等他醒来就麻烦了。"三人一起用力，很快就把横肉男子绑得和粽子一样结实。

翠花拿起地上一件戏服，说："土土，你看，二癞子晚上就是把这不知道哪里弄来的袖子长长的衣服挂在树上来吓我们村人的。"小木木奔跑过去，说："土土叔叔，你看，我们听见各种各样的奇怪声音就是这些影碟机和音响里发出来的，二癞子叔叔把碟子放进去，就这样把我们吓得半死。"

翠花说："那个该死的二癞子，跟我说我爹向岭口走来，叫我快来阻止，

我就跟着跑到岭口，就这样被他挟持到这山洞里了。”

小木木说：“二癞子叔叔跟我说在岭口的路上有一堆很好看的鸟蛋全裂壳了，小鸟们都没有妈妈，我就跟着他来了，他就把我抓进洞绑起来了。”

翠花愤愤地吐了一口口气：“小木木，你还叫他叔叔，以后都不准这么叫，他是坏人！想卖了我们！”

土土叹了口气说：“我们出去吧！赶时间，都是迷信惹的祸，让二癞子钻了这空子，给我们带来了灾难。快，我们马上回村，不然下一个遭殃的就不知道是谁。”

土土走出山洞，终于搞明白了，岭口和鬼跑焦之间联系着一条长长的天然山洞，二癞子应该是发现了岭口这里的入口，所以借这个地理位置来作恶，而村人百年生长在这里，因为迷信的说法，谁都不敢多向前走一步，白白地浪费了这大好的资源。他决定，回去一定和村长建议，把这山洞开发出来，还有那么多的珍贵药材，这是一条滚滚的财源之路，只要村人有钱了，就可以更多地开阔视野，不会再世代愚昧下去。

回村了，在他们的讲述中，村人愤怒地打醒了醉酒还躺着床铺上呼呼大睡的二癞子，而睁开眼睛的二癞子，看着眼前的一切，终于双腿一软，跪了下去。

土土看着激动异常抱头痛哭欢庆的村民们，他想像以往一样，一个人默默地走开。突然他感觉两只手都很温暖，他一看：翠花牵着他的左手，一脸羞红；村长牵着他的右手，笑逐颜开。

心灵菩提：无人倾听自己的歌谣时候，自己可以举办一场视觉盛宴，在舞台上一节节地挺直脊梁，铿锵脚步，把一场苦难和青春同时点亮，幸福和忧伤，都坦然面对。

九十九道弯是一个转折，世人如果转不过，就会让邪恶无所顾忌，让许多丑陋的目的得逞，人类相处的世界需要爱与温暖，多一分理解，多一份担当，多一份洞明世事的辨别能力，这世界更美好。

回一趟老家

中巴车停靠在站口，一对正在争执的男女转过头来，女孩猛然推开男孩快步走上车。隔着玻璃，男孩拍着玻璃喊叫，女孩从窗口伸出头，大声说：“我去找我的豆豆哥哥，你永远别后悔！”

她买了票，接过从售票员手中递过来的车票随手揉成一团，抛到车外。

刘剑皱了皱眉头，对走到自己面前的售票员说：“给我买两张！”售票员吃惊地看着他，说：“你才一个人呢！”刘剑说：“报销用的。”售票员不吭声了，递过车票。

车开了二十分钟，陆陆续续有人上车，到了坑口站，一个带着工作牌的男人走了上来，说：“大家把车票拿出来一下，查票啦！”女孩的脸色变了，看着查票员发愣。

查票员很快就注意到了她，说：“你的票拿出来看看？”她说：“丢了。”查票员声音高了八度：“是丢了还是根本就没有买票？”说着转过头同时盯着售票员。

“查票员，你过来，她的票在我这里，你看！”刘剑晃了晃手中的车票，售票员着急的表情明显缓和下来。查票员走上前，拿着票一看，点了一下头，再不多言。

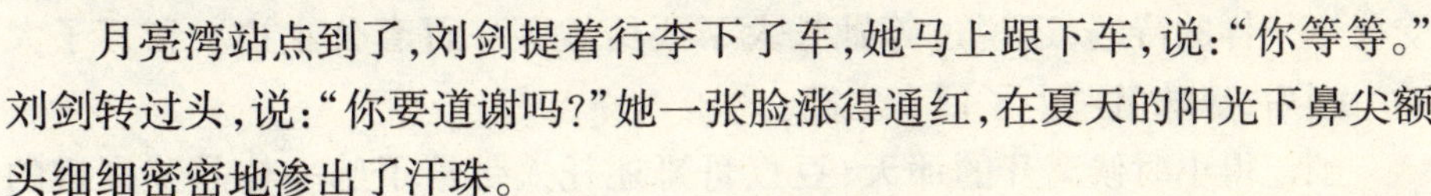

月亮湾站点到了，刘剑提着行李下了车，她马上跟下车，说：“你等等。”刘剑转过头，说：“你要道谢吗？”她一张脸涨得通红，在夏天的阳光下鼻尖额头细细密密地渗出了汗珠。

“你是第一次来这个地方，对吗？”刘剑说。

“你怎么知道的？”她异常吃惊。

“坐过这条线路的人不会把手中的车票随手丢弃的，因为这条线路的每一班车都要查票的！”刘剑说。

“我想把车票钱给你，另外谢谢你刚刚帮我解了围！”女孩突然鼓起勇

气说。

“不用了，后会有期！”刘剑摇摇头，对着眼前的女孩摆摆手，还没有等她的回答，即时加快了自己的脚步离开。

女孩呆呆地看着他走路一瘸一拐的背影，口中喃喃地念到：“后会有期？难道我们还会再见？”

路边有一张陈旧的木椅，估计是谁家里不要的主动搬到停车落脚点给乘客歇息用的。女孩四处张望了一下，看来得在这张木椅上休息一下了。“豆豆哥哥！你在哪里？我该怎么才能找到你？”女孩拿出写着地址的笔记本边用手摩擦边自言自语。

这里一切似乎熟悉又似乎无比陌生，女孩用手提了提肩头的吊带，真该死，这么热的天，穿了吊带裙，回去的时候一定会晒得像从非洲回来一样，女孩抱怨自己。

手机响了，万子的声音传来：“珠珠，你在哪里？”女孩拿着手机沉默着，好一阵，才爆发似地喊到：“珠珠不见了，珠珠去寻找属于她的蚌去了！”说完就马上摁断了通话键。

珠珠看着手机，眼泪一滴滴地落了下来，她何其骄傲，从来都是大家掌中的宝。这个万子，竟然敢跟她大呼小叫，起因只是她一时间之内买回了十套八套衣服，万子竟然说她不会持家，将来做老婆就是个败家妇，她看不起这种男人，自己不给女友买衣服，还在那里说三道四。

她知道万子没有什么钱，刚刚毕业出来的大学生，一路以来都是勤工俭学。她不也没有花他的钱，自己兜里掏还不行吗？明天就要成为他的新娘了，就这点事，没有想到他反倒过来上纲上线了。她咽不下这口气，她要来找她的豆豆哥哥。

豆豆哥哥是童年里多么美好的回忆，他自己情愿挨着饿都会让珠珠享受公主一样的待遇，还说过等她长大了要给她买一百套公主裙。和万子大吵一顿后，珠珠就踏上了回乡之路。

她记得小时候离开的那天，豆豆哥哥还托人带给了她一粒晶莹剔透的琥珀，里面有两只很好看的小昆虫搂抱在一起，她没有跟他道别，就随父母踏上了回城的车子，这些年，这样的一别就成了心头的憾事。而这粒琥珀挂饰，一直都被她很珍惜地用红绳系在脖子上。

这个地方珠珠一家很早就迁移出去了，二十年过去了，珠珠望来望去，竟然找不到印象中的一草一木。

万子的信息来了："珠珠，回来吧！我错了！"珠珠愤愤地关闭了手机，她才不要他的道歉，她成心要玩消失的。

沿着记忆中最后的一点痕迹，珠珠找到了村里的那座祠堂，不管世事如何变迁，村人对祠堂的呵护依然是不变的。豆豆有个本家叔叔就是看守祠堂的，珠珠知道，她就凭这点可以找到豆豆。

祠堂已经重新修筑，一如寒霜染艳过的枫叶。祠堂门口的大花坛，三三两两地坐着许多老人，摇着蒲扇，聊着家常。

珠珠突然有些胆怯，看看四周，虽说农村已经发生了翻天覆地的大变化，但是和城里相比，这里毕竟还是有天壤之别，自己口口声声对着万子大喊说回来嫁豆豆哥哥，对于眼前的这种境况，真的豆豆出现了，自己还有勇气停留吗？

她的视线定格在祠堂西侧的一间小屋里，那里的横匾上清清楚楚地写着：阅读室。那里面晃动的身影不就是那个帮自己买车票的人吗？珠珠走了过去。

他没有抬头，很认真地整理着眼前一排排的书籍。一个女孩突然从珠珠的身边闯入，风风火火，手中举着两个冰激凌说："豆豆哥哥，你忙了一个多小时了，怎么还不停下来呀！来，吃了先！"珠珠呆住了，难道他就是豆豆哥哥！看着眼前的两人亲亲热热地拿着冰激凌分吃着，他的手还时不时地刮了一下女孩的脸。珠珠慢慢地退开了身子，走到不远处的老榕树下，眼泪不由自主地涌了出来。

不知多久，那店里的女孩走了出来，一直走了珠珠面前，递过一张车票，说："给你！"珠珠呆呆地接过，是回城的车票。那女孩竟然是先前那部中巴车上的售票员，女孩说："我看你是初来乍到这里，应该是走错路了，怕你天黑没有车回去，事先给你买了一张回程的车票，希望你能接受！"

珠珠接过，忍不住抬起泪眼，那阅读室的男人身影，正背对着她。女孩又说："你要不要进去坐坐，那个是我男朋友开的图书室，我们可以在那里喝喝茶！"

珠珠困难地摇摇头，她说："谢谢，那我回去了"掏出钱想给女孩，女孩笑笑地摇头，说："不用了，我拿的是优惠票，本来就没有出什么钱，当成礼物给你好了。"

珠珠看了看夕阳，打开手机，万子的来电就响起，她终于按了接听键说："你来接我，两小时后在市公交车站见！"夕阳斜斜地照在她的身影上，拖得

长长的，随着身影的移动，慢慢地消失在了祠堂之外。

女孩跑进阅读室，说："刘剑哥哥，你搞什么鬼？为什么要我配合这样做。"刘剑一脸黯然，他一把卷起了裤腿，露出了里面的假肢说："你看，当年为了送珠珠一粒老树上挂着的琥珀，豆豆从树上跌了下来，没有多久就去了。我当时也跌断了腿，豆豆临死前叮嘱，一定不能让她知道，他要让她快乐地活着，而不是在对我们的负疚中度过一生！前面她上车的时候你也看见了，她男朋友在喊：'明天就要拍婚纱照了，你要到哪里去。'她其实已经是个准新娘了，只是在闹性子才来这里的，我所做的，只是让她在走错路的时候送她回程！我也对得起豆豆了！"

女孩一脸歉然："你怎么认出她来的！"刘剑淡淡地说："她的脖子，那粒琥珀已经跟了她很多年，你仔细看那根系琥珀的红绳，就知道，豆豆在她心里还一直留着一个位置！"

女孩说："明白了，所以你要冒充她的豆豆！让她死心！那我呢？"刘剑说："你什么呀？"女孩使劲一掐他的胳膊，说："你木头人呀？我等了你那么久，你也要像在珠珠面前一样戴个假面具不成？"刘剑说："我的腿你知道的。"女孩呵呵一笑，说："我就是要当你那只腿，一辈子陪你走，不行吗？"

刘剑笑了，用手轻轻擦去女孩脸上因激动渗出来的汗水。

心灵菩提：总有些记忆留在心里最深的角落，暖暖地开着小花，青梅竹马里的爱同样情深义重。青春的天使，心潮湿的时候就想把心事放回童年的路上晒晒。回一趟老家，落泪的天空知道，这里有着女孩终生无法知晓的心灵福祉，为的就是维护着一颗心灵继续美好的前行。

很多的人，成长的路上曾经把爱的手伸出，投出一份情怀熠熠生辉，镶嵌成另一个灵魂的深邃风景。这爱不管你懂与不懂，知道与不知道，一抹两小无猜的雨烟已经完整地赐给了春天。

那一段路没有回程

终于放暑假了,灵子想自己又可以有很多时间帮父亲做事,她满心欢喜,想给父亲一个惊喜。她悄悄走近家门,伸头一看,父亲鹿铭把一叠东西压在柜底,很小心,压好了还四处看了看。灵儿知道,父亲在寻找她的身影,想到这里,她把身体向暗处缩得更深了。

灵子看着父亲的身影慢慢消失在门前的小路上,马上走进屋里,想掀开柜底里看个仔细,费了好大劲,勉强挪出柜子露出一条缝,借着昏黄的灯光,看见了,里面压着一叠百元大钞,灵子长了整整十三年,从来没有看过这么多钱,她的额头冒汗了,一是因为柜子太重,二是情绪太激动。

“小灵子,小灵子!”隔壁的李奶奶站在窗口喊。灵子慌忙把柜子放下,认真地看看位置,确定父亲不会发现有过挪动,她才大声地回应李奶奶一声。

走到门外,李奶奶慈祥地笑了,从身后的背篓里拿出了一个书包,有些脏,有些地方还有裂口。李奶奶自豪地说:“你看,这是我今天最大的收获,早就听你爸爸唠叨,要给你买一个新的书包,钱又不宽裕,现在好了,你看,多新的书包,我拿去干净,再给你补补,就可以用了,这个书包可比你那个旧书包强多了!”

灵子的鼻子发酸,她和父亲租住了这城市中最低廉房租的地方,这里住的很多都是捡破烂收废品为生的人们。像李奶奶,就是孤身一个人在这里待了很多年,直至看见她和父亲搬来,整天欢喜得和什么似的。灵子困难地吞了吞口水,很想脱口而出,我的父亲有钱了,很多很多的钱,我可以要他买一个崭新的书包,不需要总是去拣一些旧东西回来。话到嘴边又咽下,她不知道,相依为命的父亲,为什么会偷偷拿回那么多钱,为什么不告诉她听,从懂事起,印象中的父亲,每次都会把皱巴巴的角角分分很认真地在她的面前叠好,告诉她,这些钱,都是要一点一点攒起来给她将来读大学用的。这一次,父亲怎么了!

李奶奶奇怪地看着灵子,忍不住拍拍她的肩头,说:“灵子,你怎么了,是不是看见这个书包太开心了,灵子乖,认真读书,等长大了,赚钱了,就给奶奶买那个叫什么香什么儿的包,让大家看看,我们穷人的孩子多争气!”李奶奶自顾自说着,几乎没有牙齿的嘴咧成了一朵花。

灵子说:“奶奶,是香奈儿!”李奶奶连连点头,说,“对,就是那个什么香奈儿,明星都挂那个。”

这个时候,父亲的身影远远地走了过来,灵子忙说:“奶奶,书包你先拿着,我先给爸爸做饭去。”

看着灵子转身进屋的身体,李奶奶口中叹道:“多乖巧水灵的一个孩子,可惜,落到了我们这些穷人家里!”边说边摇头拐进了自己的屋子。

父亲进来了,带着重重的咳嗽声,接着一口浓痰从喉咙吐了出来,灵子慌忙拿着小手巾迎了上去。这些小手巾,都是灵子拿着旧衣服裁的,家里穷,不像城里人,可以随时身上都带着一包纸巾。这段时间,父亲的咳嗽明显加重了,所以家门口晾的小手巾,多得就像那些美容院发廊之类的地方,晾晒得门前的整株树都是。

父亲终于坐了下来,灵子的心怦怦直跳。她感觉到父亲一定要跟她说什么,一定是宣布那特大喜讯,告诉她家里从此有钱了,说不定,可以不再住在这里,如果这样,她一定要求父亲把李奶奶带上。想到这里,灵子觉得自己都想偷笑出声了。

父亲的表情很凝重,似乎很艰难,表情欲言又止。灵子的耳朵竖得高高的,她期盼地看着父亲的嘴唇。父亲的脸庞消瘦,肤色黝黑,长期的劳作,才满四十的年龄外貌上看起来就像她那些同学的爷爷。灵子眼睛有些湿了,等父亲开口宣布有钱了,她就要父亲去做那个广告上说的什么拉皮手术,一定要那些医生护士把父亲那些过早出现的皱纹拉平,像那些有钱人,脸上滋润得就像家乡的水蜜桃那样光鲜。

父亲终于开口了:“灵子,你也长到十三岁了,在旧社会,你这个年龄的孩子,都可以谈婚论嫁了。现在,你上了初中,也可以自给自立,现在正好放暑假,要不,你先试着去打份工,赚些钱可以交下学期的学费?”灵子死死地看着父亲,她怀疑自己听错了,眼前的人,一定不会是她的父亲,一定是谁带着父亲的面具在跟她说话,她的眼泪几乎涌出眼眶。

父亲没有看她的脸,继续说道:“现在只是开始,我希望以后,你都可以这样做下去,用自己的双手赚来自己的学费,让自己的勤劳把自己带进大

学!”灵子站起身,摇摇晃晃,她捂住耳朵,泪水终于奔涌而出。

她大声对父亲喊道:“够了,够了,不就是要告诉我听不要用你的钱吗?我现在就告诉你,我不用你的钱,一分也不用,以后我会自己用手赚钱养活自己,我、我恨你、恨你!”说完,灵子丢开手中的那正在掐丝的地瓜苗,捂着脸奔跑出门。

李奶奶站在门外,担忧地看着,一行混浊的老泪顺腮而下,老人拿起袖口擦了擦,说:“老鹿呀! 你这样做太伤孩子了,事情还没有到那一步,不一定要用这样的方式呀! 你说说,假如灵子这一跑,有什么意外或想不开,你说该怎么办?”

鹿铭痛苦地摇摇头说:“已经整整十三年了,灵子从来就在我的怀抱里生活,再苦再累都还有我这个父亲顶着,她一定要学会独自面对生活!”夕阳斜斜地照射进来,晃得鹿铭眼角的泪,晶莹剔透。

灵子哭得昏天暗地,她的指甲深深地扎进土里,做梦都没有想到一直把她当成掌中宝的父亲,在拥有厚厚地一叠钱之后,竟然要和她划清界限似的,让她用双手去打工。她不怕苦不怕累,穷人家的孩子,没有什么坎踏不过,只是现在,她无法原谅这样自私自利的父亲。

天黑了,灵子看了看还没有灯火的家,她猜想父亲一定出来找她了,她不要看见他。都说夫妻同林鸟,大难各自飞,没有想到父女情深,也不堪富贵来袭。灵子使劲擦干眼泪,这个家,这个假期她都不回去了,不见这样绝情的父亲,她一定会走出去,哪怕是当童工,也要用双手做出钱来,给那个叫父亲的人看看,女儿,没有他也一样可以活得很好。

父亲嘶哑的呼唤远远传来:“灵子! 灵子! 你在哪里? 回来,爸爸错了,你回来呀?”李奶奶声音伴随其中,也在焦急地呼唤。灵子咬了咬嘴唇,擦干眼泪,向着茫茫的夜色深处走去。

两个月很快就过去了,灵子用心地叠好两个月辛苦洗碗洗来的一千六百元。她很感激这家店的老板娘,没有把她当童工看待,而是按当时的约定一分不少地把工钱给了她。老板娘说:“孩子,在我这里差两天就两个月了,你也到了开学的时间了,怎么都没有见你打电话回家里? 你父母不过问你吗?”灵子眼前浮现父亲偷偷在柜子下藏钱那一刻,心瞬时绞痛起来,她低着头说:“我的爸爸不会担心我的!”老板娘看着她的脸色,说:“你错了,天下的父母都是爱孩子,我不知道你家里发生了什么事,但是我希望你现在回家,你的家人,一定在等你呀! 以后假期,如果你不嫌弃,随时都可以回我这里

做个帮手，我一定不会少你的工钱！”看着老板娘一脸的善意，灵子的泪水滚落下来。

终于到家了，怎么屋前荒草萋萋，也没有看见父亲晾晒的衣服，灵子的心揪紧了。李奶奶拄着拐杖，颤抖抖地出现了，伸出手，没有牙的嘴角不停地抽动着，灵子的心落到谷底。“爸爸，我的爸爸怎么了！”她一把抓住李奶奶大喊。

李奶奶缓缓地诉说，灵子的行李全跌落在地。冲进李奶奶的家中，父亲，真的已经成了那盒子中静静的灰？灵子撕心裂肺地哭喊起来。

李奶奶眼睛湿湿的，看着灵子低声哽咽地说：“孩子，你误解你的父亲了，你不知道，他那天在柜子下面压的都是冥钱呀！也就是那天，他去了医院，医生告诉他，他是肺癌晚期，在这个世界上没有多少天了。他不知道该怎么让你在这个世界上生存下去，就想让你自已去独立，连自已后事要烧的冥钱都给你准备好了！你怎么就不回来听你父亲多说一句呀！”灵子抱着父亲的骨灰盒又哭得几乎昏死过去。

天亮了，灵子牵着李奶奶，说：“奶奶，我知道错了，以后，就我和你一起，我一定，不会辜负爸爸的在天之灵，我也一定会，凭着自己的双手考上大学。”她的泪眼移到父亲的骨灰盒前，伸出手轻轻地抚摸着，说：“爸爸，你等我，等我长大了，一定也会给你找一块好好的地！那里会很美！”李奶奶使劲地点头，紧紧地抓住灵子的手。

心灵菩提：生活中无论发生了什么情况，都请多看一眼，多问一声，多了解一点，多一分钟的默想，或许就没有生命不能承受之重的痛楚。事情的发生可以没有预约，可以突如其来，心难过的时候，负面的情绪会趁着心灵这时候打开的缝隙粉墨登场，泛滥出铺天盖地的晦暗阴冷和荒凉，黑暗就这样来了，亲亲的人或许就这样去了。

没有谁对谁错，一旦误解成为心里化不开的死结，煎熬的思念与忏悔的眼泪，是轻率下结论的人终生要付出的利息。

爱情无形

潘露失恋了,她刚和男友王文彬从天涯海角回来,王文彬就提出了分手,理由很简单,他和她不是一个世界的人,生活观和价值观都有天差地别的分歧。这种理由让潘露欲哭无泪,她和王文彬是经常有些小小的争吵,但是她不以为这是可以影响两人继续走下去的障碍,对着男友判若两人的冷漠,她知道,不放手的爱情,只会让自己更加没有尊严,她学会了在最深的痛楚中松手。

失恋后的潘露看着天涯海角拍回来的照片,同事粒粒跑来说道:“你知道吗?现在的爱情像买卖,你的资本不够雄厚,所以这个项目就经营不下去。你的他,攀上的是李处长那棵梧桐树,这个陈世美,不出时日,就出人头地了!”

看着潘露黯然无语,粒粒愤愤地夺过照片说道:“还跟他去什么天涯海角,你知道吗?什么事情都是正反两面,天涯海角就是表示尽头,爱情到那里可以说地老天荒也可以说是爱到尽头!”

看着粒粒,潘露终于忍不住,伏到桌面上哭得梨花带雨。她总算弄清楚,爱情这东西,其实是有形态的。

王文彬接下来的日子一如粒粒所言,公然和李处长的千金李宛成双入对,在各种各样纷纷扬扬的传闻中把婚事提上议程。潘露的心像结出了厚厚的蚕,自己深深地裹在里面。

她耳中听到最后关于他的消息,是王文彬在他们单位的游泳池里学游泳,粒粒一脸不屑说道:“一个大老爷们,这个时候才来学游泳,最好以后就直接浸死在那李处长家大大的泳池里。”

粒粒在边骂边安慰潘露中也淡下了这个话题,关于王文彬的消息她也不再愤愤不平了,日子,一晃,就是一年。

这一天,潘露独自去了毛峰山。山上管理处在山岭的一处专门安排了地方,给来游玩的情侣锁上同心锁,那些已经代表一生一世的锁匙,都被丢

入不远处湖边的一堆草丛里，管理处说是一年一清理，每年都固定在这一天里，就有环保部门上门处理那些锁匙。

潘露不知道为什么会选择这个日子来，去年的这个时候，是她和王文彬在这里携手相约相伴的时刻，他们共同锁过一把锁。而今天，应该也是环保部门来清理锁匙的时候。

潘露的脚步不知不觉中走到了同心锁的位置，几对情侣很深情地相依在一起，看见他们携手对着湖边抛锁匙的瞬间，那道弧线划得她的泪水晶莹。

一个身影蹲在不远处的湖边，那身影如此熟悉，潘露不由得心里一颤，怕相遇还是相遇，王文彬来这里做什么？他带新女友来锁同心锁？想到这里，潘露一股怨恨升上心头，他的女友呢？潘露举目四望，没有发现什么，她给自己换了一个观察的位置，躲在树后悄然地看。

一个胸前戴着工作证的老者走过，看见她的目光。老者摇摇头说："你看看，整一个傻小子，他都整整找了一个月了，我都跟他说不太可能找到了，他还坚持！"潘露忍不住低声问道："他找什么？"老者说："说是找一年前和他女朋友共同锁上同心锁的锁匙！"说着老者继续道："这小子就是一根筋，都找了这么多天了，我还从来没有看见谁会回来找锁匙，再说也找不到，他还每天找回一大堆那些锈迹斑斑的锁匙回来开锁，我们劝说都不听，等今天那环保车就会来清理，我看他呀，也就会死了这条心！"老者自顾自唠唠叨叨地说，全然没有看见潘露的泪流满面。

潘露的声音颤抖："他想找来干什么？"老者说："还有什么，据他说是想找回昔日女朋友的心，用这个锁匙去赎罪，现在年轻人，我搞不懂了，什么爱情的表达方式呀！奇奇怪怪的，还跳到水里去掏！"说着老者摇摇头，一声叹息，身影慢慢走开了。

潘露倚在树边，她突然感觉自己全身酸软无力，想哭都哭不出来，事隔一年，他还想干什么？他不是已经快飞上枝头做凤凰了吗？自己的心里，他依然还是有那么深的位置，潘露缓缓地坐在了树根上。

一辆车开了上来，那是辆清理垃圾的环保车。王文彬转过头，潘露终于看见了他的脸，消瘦了，脸上的胡须没有清理，全然没有了一年前意气风发的形象，只有那双眼，还是亮亮的，手中，捧着一大捧锁匙，走了过来。

王文彬没有看见潘露，他在同心锁下面放下锁匙，脚步不停地对环保车的工作人员走去，声音传来："师傅，我想找一把锁匙，我想请求你们暂停今

天的清理，再给我一些日子，让我可以继续寻找！”那工作人员奇怪地看着他，眼神充满了疑问，继而不耐烦地说道：“我们不知道你想干什么？但是我们的工作不可以因为你一个人延误，现在我们是必须清理这些废物的，不然累积太多就影响了景区的环境！”说着不等回答，几个工作人员就动手拿工具。

王文彬赔着笑脸说道：“师傅，这样好吗？再给多我几天，我相信我一定可以找得到的，这些堆积的锁匙，我到时自己出钱请人来清理得干干净净好吗？”

工作人员的声音：“脑袋有病呀！”潘露再也忍不住，她从来没有看见王文彬这样子低声下气过，她一直冲到他的面前，对着他喊道：“够了，够了，你还想找什么？你以为这样就可以找得回一颗心吗？你以为所有发生过的一切都可以改变吗？你到底想干什么？”喊完，潘露痛哭失声，泪水纵横了一脸。

王文彬大吃一惊，呆呆地看着她，伸出手，拿出纸巾，想帮她抹去脸上的泪水。潘露愤愤地拍开，说不要你碰。

王文彬的眼眶慢慢地红了，他困难地说：“露露，你依然没有忘记，对吗？所以你来了，你和我相约是每年都来这里一次，直到老去！”

潘露冷笑：“我当然来了，我和我的男朋友来了，他现在跟我走掉队了，我去找他！”说着她拔腿欲走。

王文彬摇摇头：“你没有，你连说谎都不会，你听我说，说完了，如果你还走我不拦，好吗？”

潘露恨恨地看着他，抬起的脚却也放下来了。

“李宛是我高中时候的同学，她的舅舅就是我乡里的书记，家乡的那些领导想引进化工厂的投资，说是给村民带来致富路，其实这样做会让当地的生态环境受到严重的破坏，那些工厂以后的污染是无穷无尽的，乡亲们多次提意见，都没有任何效果。恰好那时，李宛对我表示了好感，我知道李处长跟市里熟，就把情况跟李宛说了，她答应和我一起做出努力，但是条件是我和她在一起。后来经过我和李宛的争取，乡里在来自上面的压力下，不得不放弃建厂的想法。而我和李宛两人之间都明白貌离神合的爱情最终都将是彼此的伤害，所以，我们也分开了。我不知道该怎么去求得你的原谅，我去学游泳，就是为了可以来这里打捞锁匙，我在这里已经整整找了一个月了，就是希望可以找到打开你心门的锁匙！”王文彬长长地说出了一段话，看着

潘露,一脸情深与痛楚。

潘露低下头,心里百般滋味,王文彬在提分手前的一段时间,她确实也知道,他的家乡准备引进化工厂,她也看见了他眉间的忧伤,但是自己好像没有当回事,也没有太过于关注过他这方面的心事。抬起头,她看见他发丝间冒出的那几根白发,还有已经湿透的衣裤,她幽幽地说:“跟我回去,你想着凉吗?”

心灵菩提:相爱的人没有任何条件说不爱就不爱,岁月的渡口不同步停泊的理由同样千千万万。分手没有无缘无故的理由,只是有些不计成本的取舍,却会在付出之余毫无收获。不是所有的爱都会在原地等待,不是每一个爱过的人心里还会徘徊在原地流放悲伤。

珍惜眼前人,珍惜失而复得可以宽恕你一切过失的胸怀。

春暖花开

金俊回到家里，把书包往床上一抛，伏在桌上，号啕大哭。

父亲金大新走了进来，脱去帽子，问："孩子你怎么了？"金俊用力甩开父亲的手，说："你走开，我不要你这样冷血的父亲，你让我在全部同学面前抬不起头来，现在没有人跟我玩了，都说我是土匪的儿子，你走开，去跟你收回来的那些东西做伴好了！"

金大新长长地叹息一声，说："孩子这是我的工作，我也是为了给城市一个干净安宁的环境。你想想，如果大家都这样随地乱摆乱买，这个城市像什么样子，你好好读书，长大了就会知道大人也都不容易呀！"

金俊愤怒地冲着父亲喊道："你以前不是这样的，你看见别人乱摆卖都是劝离，大家都说你是好人一个，同学们从来不会因为我是城管的儿子排斥我。今天王奶奶那么大年龄的人了，去摆摊，你却把她的东西全部没收了，还想推倒她老人家，现在我们班的人都说你是土匪，我不要你这样的土匪爸爸！你走，你走！"说着金俊使劲地推着父亲走出卧室！金大新看着伤心欲绝的儿子，想说什么，终究还是没有说出口。

金俊伤心地抹干眼泪，从懂事开始，他就和父亲相依为命。平时父亲上班没有时间照顾他，都是隔壁的王奶奶帮着带，还时不时地拿些好吃的东西过来。王奶奶的儿子也在这座城市里，但是一年到头也看不到人过来。他不知道王奶奶为什么要去摆地摊，王奶奶好像并不穷呀！可是，在上学的路上看见爸爸那么不留情地驱赶王奶奶，她都已经快七十岁的老人了，爸爸为什么做得这么过分？

整一个周末，金俊不敢出门，他害怕看见那些带着指责的目光，本来自己一直引以为荣的父亲现在变成邻里背后议论纷纷的对象，他小小年龄也

丢不起这样的脸！

周一了，金俊背着书包出门，就看见已经两天都没有看见的王奶奶。心里很过意不去，因为父亲，他这两天都不敢去看老人了。老人看见他，慈祥地笑了，拉开手上的大包，从里面拿出一个小公仔，说："给你玩的！"金俊看着眼前的一大包玩具，嗫嚅地说："奶奶，你今天还要出去摆摊呀！"王奶奶点点头说："是呀！年龄大了多活动些好！"金俊说："奶奶，你别去了，我听爸爸说今天市里要来大检查，他是没有空回来吃饭的，还让我自己去买饭吃，你去不安全的！"说着声音越来越小，低下了头！

王奶奶抚摸着金俊的头说："傻孩子，你还在怪你爸爸那天赶奶奶的事呀！你爸爸是个好人，听奶奶的话，爸爸做的事情永远是对的。"金俊困惑地看着老人，说："你不怪爸爸？"王奶奶摇摇头，说："你爸爸一直都在帮助我，这样的好人，赞扬都还不够呢！怎么会去责怪，你们都错怪他了！"

看着王奶奶费力地拖着一大包玩具，金俊的心里，变得不快乐了，远远的，父亲的身影站在那里，是不是他要阻止王奶奶？没有时间了，金俊带着心事跑进校园。

晚上了，父亲还没有回来，连隔壁的王奶奶也没有回来。旁边的一个小同学跑进来，说："金俊，你看新闻呀！王奶奶现在住院呢！好像跟你爸有关呢！电视台都来了，大家都在说这件事呢！你怎么还坐在家里？大家都知道你爸爸的名字了！"

金俊呜呜地哭出声，这到底是怎么回事？好不容易等到新闻重播，是看到了，爸爸上班的地方给采访的记者围成一圈。那些长枪短炮让爸爸的同事都招架不住，镜头切换到医院里，看见了一个年轻人在医院的医生办公室里很激动地揪着爸爸大骂，新闻里说这个就是王奶奶的儿子，家属强烈地要求有关部门严惩城管，赔偿费用。而病床上的王奶奶，右脚足部打着石膏，正静静地打着吊瓶，新闻里说将继续报道事态的发展！

金俊抱起床角的存钱罐，那里面都是自己从会认钱开始王奶奶教他存钱的方法后存下的钱，现在爸爸让王奶奶受伤了，不知道要不要坐牢，王奶奶要治疗要好多的钱，带着断线一样的泪珠，金俊朝医院跑去。

王奶奶躺在病床上，满脸疲惫。门外，站着拿着话筒的记者，金俊吓得直想发抖，他刚刚进门的时候，听见警察叔叔在打电话，说家属的情绪比较激动！

金俊找到值班护士，哭着说："我要见奶奶！"他怎么都不肯相信，爸爸会把王奶奶推倒，平时爸爸对王奶奶要动用体力的事情都是能帮就帮，这样的

一个爸爸,就算是驱赶,怎么会推倒一个那么大年龄的老人。他不相信,现在没有看见爸爸的身影,他要亲口问问奶奶,就是早上,奶奶还对他说过的,爸爸是一个难得的好人呀!

护士把他带到病床前,金俊哭喊着奶奶,说:"奶奶,现在大家都说爸爸是坏人,你告诉我,我的爸爸,到底是不是把你推倒的坏人呀!我好害怕,现在到处的人都来指责爸爸!"

王奶奶的眼角留下两行浑浊的泪水,她伸出满是老茧的手,抚摸着金俊的头说:"好孩子,你的爸爸是好人,一直都是好人,都是让奶奶连累的,奶奶不该呀!让你爸爸受这样的苦,我就马上和记者们说清楚,告诉大家真相,好人就是好人!"

金俊使劲点点头,他看见王奶奶对医生说要见记者和亲生儿子涂强还有金大新,医生转身匆匆出去了。不一会儿,几个领导模样的人走了进来,小心翼翼地问起王奶奶,王奶奶说:"我一定要见记者,所有的事情都是我引起的,我要还金大新一个清白。"领导面面相觑,但这个时候,王奶奶说话是最有分量的,大家都期待着。

王奶奶的儿子涂强很快来了,一进门口还在不停地骂人,随后记者,最后是金大新也进来了。病房里都站满了人,金大新看见了儿子,他嘴角抽动着,眼圈红了。金俊扭过头,眼泪一滴滴地滑落在床单上。

王奶奶也红了眼圈,说:"我寡居多年,独立养大儿子,本来就是家事,不该拿出来说,但是现在不当众说大家都不知道真相!冤枉好人!"涂强不耐烦地打断说道:"妈,你就说今天事情的经过,扯到我们家的这些陈年旧事干什么,这一回,不给我一个公道我就把城管的窝都给端了。"王奶奶深深叹了一口气,说:"这些年多亏了和金大新做邻居,他以一个外人的身份对我做了一个儿子应该对母亲尽的所有责任。"涂强怪叫起来说道:"妈,你是不是脑袋也给跌坏了,我才是你儿子,这个金大新把你推成这样,你怎么说起他的好来了?医生!医生!医生在哪里?快点来帮我妈检查一下,是不是跌坏了脑袋!"

本来有些骚动的人群寂静下来,涂强的声音变得分外刺耳。王奶奶缓缓地摇摇头说道:"我很多次都渴望和儿子一起,但是我年龄越大,儿子回家就越少,我甚至,想到去养老院过完后半辈子,但是,儿是母的心头肉,儿子再坏,终究都是自己在这个世界上唯一的亲人。我打过儿子无数次的电话,儿子总是说忙,没有时间讲话,我只好把电话挂了。"

听到这里,涂强欲言又止,脸却慢慢变得红了,开口分辩道:"妈,我不就

是一直忙着生活吗？你看我一直都不容易，这一次我不是从电视上看见你出事了第一时间就赶过来了。”

王奶奶没有回答儿子的话，而是把眼神对着记者说道：“我的儿子就是过年才回来一次，像我这把年龄了，还能过多少个春节？所以我就执意要求去摆地摊，如果遇见什么大检查的时候，我的儿子，就会在电视上看见他摆地摊的妈！我强烈要求金大新配合我，他如果一驱赶我这么大年龄的人，记者一报道，儿子就会来了。金大新不肯，也劝说我，我说我这么大年龄的人，想见儿子去找过居委会也没有用，她们都解决不了我这样的家事，我还有几年的活头哟！金大新没有办法只好答应试一下。今天我知道市容检查，走到台阶前的时候突然想如果跌倒了，有个骨折什么的，我的儿子，就不得不回来护理我一些日子呀！当时金大新就在我的后面帮我提东西，只是没有想到，我就是这么一趁势让脚崴了一下，还真跌成了骨折，心甘情愿的，只是没有想到，倒把金大新给连累了！大家都说他推倒我，你们都错怪了好人了！”说完，王奶奶把手颤抖地伸给金大新，说：“孩子，我对不起你呀！连累你了！”金大新摇摇头，眼圈也红了。金俊扑到父亲的身前，哭着说：“爸爸我冤枉你了，我也说对不起！”

在场的人大都拿出纸巾拭泪。涂强满脸通红，看了母亲，嘴唇张了几次，才艰难地说：“妈！我也说对不起！”他说不下去。

拿着摄像机和话筒的记者，对着镜头，笑着，红着眼圈说：“现在直播，爱的春暖花开！”

心灵菩提：最无法拒绝的求援理由就是，有些事情你无能为力，你的眼睛却又控制不住泪水，于是，这样的帮助就成了一出悲情出场戏剧收场。愿这世间所有的心都学会感恩，记住生命的落芽母亲子宫的十月怀胎，记住牙牙学语时母亲不厌其烦的一步一跟随，记住一粥一衣给予的成长温度，记住逐渐老去的身影需要的只是一声问候，一次回家，一个电话，一双手与一双手相握传递的温暖。来与不来，做与不做，不需要金钱，只关乎良心。

走过一个冬季的爱情

八月的阳光灿烂得灼痛皮肤，人的情绪在烈日下变得有些迷失。

今天，是决定分手的日子吗？

不肯定，但心里迫切地想去做一件事，为了证明在他的心里自己还有多少分量。爱情在柴米油盐酱醋茶之下还有多少浓度，看着杂乱的小屋，她的心里，无限悲哀。

她和他，来自广西柳州的一个小山村，结婚已经整整十个年头。

吵架的理由是如此的艰难又如此的简单，她已经两年没有回老家了，想这阵子生意很是冷清，于是跟他说想回家看看孩子，而他，那个跟她山盟海誓的男人，娶她的时候承诺有一天要给她别墅洋楼的男人，夜夜临睡前掏出一叠皱巴巴票子在灯下看了又看、叠了又叠的男人，如今在生活的重压之下早不复当年的雄心壮志，一听说她想回家，突然像个暴怒的狮子，口角就这样拉开了序幕，她却没有想到争吵之下的口不择言，让已经被生活折磨得不堪一击的男人在失去尊严之后，已经没有什么理智可言。

向来一双呵护她的双手，在她没有任何意料的情况下向她一击，她瞬间双眼一黑，眼睛痛得引发全身都在颤抖，她软软地倒下去。他，摔门而去。

不知道过了多少分钟，她爬起，爬到镜子面前，努力地睁开眼睛看，还好，看得到，只是两个眼眶的周围，已经是一片瘀紫。

贫贱夫妻百事哀，金钱到了捉襟见肘的地步，爱情，就像渐行渐远的天光，慢慢地看不见，找不到了。

他给自己的温度，只定格在十年前。

男人可以失去一切，却不能失去自己在唯一拥有的女人面前的最后的尊严。

这十年，成为了他的女人，在耕种田地的时候也耕种出了两个爱情的花朵，从两人的孩子呱呱落地的那天起，钱，就成了家里所有争吵的导火线。

他是卑微的，是胆怯的，同村的人出去，回来风风光光。他看得眼热，于是跟她商量，走出大山，那里，才是最适合爱情的土壤。

她狠心地给老二断了奶，简单地收拾了行李，跟他出了大山，希望有一天回来的时候，也像姐妹们，可以在耳朵上、手指上，多个金灿灿的小小鸽子蛋。可以加入从山外面回来的兄弟姐妹们之中，说起外面的精彩丝毫不落人前。

城市是包容的，生活却是残酷的，在广州这个城市里，每个人都是故事，但每个人不一定有情节。他和她，没有读过多少书，甚至，连自己的名字也写得歪歪扭扭。去工地，卖的是力气，他不行；去工厂，他还没有进到厂门，就给狗眼看人低的保安给轰了出来。生活的坎，就这样拦着，不踏过，就会做了异乡的孤魂野鬼。

上帝给人关了门，就一定会开扇窗，他会让他的红尘中的儿女，在黑暗中，只要坚持，就可以摸索到光明的边缘。

落魄了很久的夫妻，终于在一家市场里，找了一个竞争还不算是太激烈的行当——专门给别人宰鸡宰鸭，一只两元钱。一天下来，收入还算可观。

用了两年的时间，还清了家里的旧债。再用了三年的时间，也像同乡一样，家里盖起了两层楼，其中太多的心酸，只有两个人，在无人知道的角落里，慢慢地化作苦泪无声消。

一场波及全球的金融风波，波及了他和她这样生活在社会中的底层人，酒楼和居民明显消费减低了，他们的收入，像是搁浅在沙滩上的舟子，盼不来滋润的潮。

大女儿要读书，小女儿又生病了，家里的老母亲，电话是一个一个的催。这些年的积蓄，都花在盖房子上了，一时间，几千元，好像一座大山，日日就这么沉重地压着，压得汉子和他的女人都喘不过气来。就在这一当口，女人，还说要回家，车费，得要二百几十元，男人的压抑，终于以这样的方式爆发了。

她愣愣地想着，满心弥漫着哀伤，眼眶周围，似乎不那么痛了，只是心里，比先前更冷了。

恨他，离开他，想以前，他是一句重话都舍不得跟自己说的男人，而今，当自己熬成黄脸婆，跟他没有享过一天福，有动手的开始，只怕是，漫长的后半生，也是在他的拳头下过日子。

她的眼角，慢慢地转向墙角的那个杂物桶，她知道，里面，有他刚买回来的毒鼠强，是准备用来毒夜里张狂的鼠辈的。

她心里数着，再过十分钟，他还不出现，那么，就让他见到让他后悔一辈

子的场面。

时间，从来没有这么难熬，一声声、一秒秒地算起，像过了一千年，或是比千年更长的时间。

算得心如同钟摆，敲击到无法呼吸，命好像成了定数，他没有出现，她的心，就此坠落了。

闭上眼，灵魂找不到出口，像漆黑洞穴里失水的鱼，她的手，颤抖地拿起了拿起那包鼠药，木然地撕开了包装口，心里恐惧又不由自主，无法再迟疑，心一横，倒入口中，抓起水杯，迅速地咽下。

到床上去，像烟花一样的湮灭，化一身俗骨为药，让他生生世世都是苦涩。

桌上一对女儿花的相片，突然像黑夜中掠过的晴天霹雳，一闪，把心震出个明晃晃的窟窿，全身都是难以抑制的疼痛，她发出了撕心裂肺的喊声。在指尖冰冷的时候，胃部绞痛痉挛意识开始丧失的瞬间，她终于听见了由远至近的脚步声。

头怎么这么痛，眼前都是白影子在晃，胃部像被翻天覆地震裂过、电闪雷鸣地揉捏过，各种声音都有，这里是哪里？

视线慢慢清了，是在医院里，她一阵惶然一阵惊喜，惶然是脑海中想到要在医院里花钱了，惊喜是自己终于醒过来了。

姐妹们一个个地围了过来，关怀的，善意指责的，七嘴八舌，像一台戏，她，是主角，戏，一出悲情。

一个医生挤了进来说："胃是洗了，但是人还是处于危险期，现在还得有一项治疗要做，就是在颈侧插一条管子，从那里引血出来，在血液循环中清除残留在血液中的毒素，这样的治疗才算是安全彻底的。"

一个沉闷的男声响起："这个要多少钱，要做多久？"

她听见了，那是她男人的声音，这个闷罐子，这个时候，原来一直在她的身边。

"单这项要两千多元，如果第一次效果不彻底，会考虑做第二次，但一般中毒不是太深的做一次也就差不多了！"医生回答。

姐妹们一片惊呼。

她听见男人咬咬牙后的回答："那就做吧！只要把她救活，做什么治疗都行！"

"那你过来签个字，再把住院押金交些来，先前的那些钱已经不够了！"

医生的话像钢针一样字字都扎在她的心坎上，她知道，同样，也扎在他的心坎上。

钱，她这是在做什么？来医院里一趟，从鬼门关上走回来，钱，雪上加霜呀！

一个姐妹俯身告诉她，听医生说："一个治疗过程下来，最后结账的时候可能是一万元上下。"

一万元，一万元就意味着要宰五千只鸡或是五千只鸭，意味着双倍可以把家里的问题解决的钱就这样花在医院里了。

那一刻，她悔恨得真有了死的念头。

男人去哪里找这么多的钱？念头刚起，姐妹仿佛猜到她的心事，告诉她："钱，都是众多老乡千儿几百地凑起来的。"大家都急得很，害怕她有个三长两短，家里的孩子，她的男人，该何去何从呵！

医生来了，护士来了，他们告诉她，这种治疗叫做血液灌流，整个过程两个小时。

麻药注入颈侧的时候，先痛后麻，接着一个穿刺针就送进去，她不敢动，害怕有一点闪失，治疗就会不彻底。

眼泪不争气地流了出来，谁在腮边轻轻地擦，那种气息，好熟悉，就是把生命化成灰烬，她也知道，他在身边。

没有一声责怪，她看到的，只是疼惜。

她突然好想咳嗽，胸口，那阵子，好闷，身体，瞬间有些发麻！

不知道问题出在哪里？她不敢吭声，怕问多一次，就会用多一次药，多花一次钱。

医生给她留置的是右锁骨下置管，胶布固定局部切口，告诉她，已经完成了插管术，剩下的事，就是等着护士过来做治疗了。她皱着眉头，觉得喉咙口异常不适，咳，还是想咳。

治疗车推了进来，一个护士温柔地笑着，轻轻的俯下身说："你好，我叫夕子，你的治疗护士，现在我来查对一下你的情况。"说完就进行治疗了！

她点点头，还是想咳！

夕子查对了姓名床号医嘱单，轻轻地掀开她覆盖在右锁骨下置管的胶布，而她，终于抑制不住的呛咳起来，面色几乎咳成酱紫色，夕子的眉头皱了起来，问她："插管之前有过咳嗽吗？"她摇头说："没有，只是刚刚开始，不知道是不是空调太冷了，冻着了。"

夕子面色凝重，拿过听诊器，在她的肺部听了良久，换着不同的位置，再听。她的心里，隐隐觉得有些不妥，但是，问题出在哪里？她还是不敢问。

他在旁边问："是不是她有什么事？怎么插了管之后好像整个人有些不对，表情好难看的。"

夕子摇摇头，转身按了一下呼叫铃，找来了先前为她插管的那个医生，夕子把听诊器递给医生，说："你听一下她的肺部，现在她有呛咳。"

医生听了，如同先前的夕子，把听诊器放在胸部几个不同的位置反复地听，表情，在听诊之后像布上了一层铅，暗沉沉的。

她知道，身体是有情况的，难道隐藏着什么自己不知道的重症，看医生护士的表情，似乎，很严重。

医生说："明天拍个胸片吧！现在血液灌流治疗。"

夕子的身影随着医生走了出去，她听到，他们压低声音的争吵，她知道，一定是关于她的事情。

十分钟后，夕子进来，表情，什么也看不出来，只是，对她温柔的笑，说："没有什么很大的事，明天拍个片才能确诊，现在，先做治疗吧！有一点点的不舒服，立即要说出来。"

她的眼中有迟疑，夕子的眼睛很真诚，于是，她情愿相信夕子。

做血液灌流的治疗过程中她觉得好冷，夕子一分钟也不曾离开，就这么看着，时不时地看着心电监护，频繁地测量着血压，停下来的时候就开解安慰她，期间医生进来了几次，她听见夕子用地方话跟医生交流，听不懂，凭自己的感觉，她知道，好像是夕子在为她的病情力争着什么。

治疗结束，夕子很细心地给她局部置管包扎好，叮嘱了各种注意事项，推着治疗车走了。

看着夕子的背影，她突然很渴望，渴望这个叫夕子的护士回来，陪自己柔柔地说话，陪自己坐着，这样，她会觉得自己更安全些。

一夜无眠，因为胸口闷着慌，好像堵着气咳嗽，异常难受。

早上七点的时候，她看见夕子出现在护士长的面前，不知道说了些什么，从她们看过来的目光，应该说的都是关于她的病情。

八点上班，护工推着她去拍了一个胸片，结果出来了，是气胸，压缩达到百分之九十。

他和她都不明白：为什么吃了老鼠药，还会连带诊断出一个气胸来。

面对着他们夫妻的疑问，医生的解释似乎合情合理，说瘦弱的人出现的

气胸情况会多些，还有，医院在治疗中不存在什么过错。

他木讷，问不过几句就不知道该说什么好了，只能眼瞪瞪地看着医生离开。

她肯定了，那个叫夕子的护士，一定知道她有气胸，那阵子跟医生的争执，也是为了她。但是夕子，还会出现吗?

她知道，自己无力跟医生去争些什么，人卑微惯了，在一群白衣面前，从口舌到财力到时间，她都没有精力去争取。

治疗中又多了一个胸腔闭室引流，气体，就这样给分解而出。

费用，像日子中的分秒，突破了一万五千元。住院的时间——十天。

她终于又看见夕子，夕子来看她一下，还没有等她说太多的话，夕子就离开了，离开前的夕子，对她说："身体的健康才是无价了，无价的身体是经营幸福生活的底线。以后生活和心灵再苦，也不能再做傻事，好好地活着，做孩子们的好母亲、丈夫的好妻子，还有就是医院的费用，医院里会考虑你的实际情况，给你适当地删减一些项目的，保重自己。"

她想哭，就算自己没有读过多少书，但她知道，夕子护士，一定是从中帮了忙，虽然大家都没有说出口，但是出院的清单里，她很清楚地看到，收费项目里，关于气胸的治疗费用，几乎没有，最后付账的时候，不到九千元。

十天的时间里，她和他，重新认识了生命的意义。认识那么的一个护士——夕子，擦肩而过，有些事不说，有些事已经为你去做。

那么，走到婚姻中的男女，血脉相溶，还有什么事情，不可以，把爱更多地付出。

爱情走过冬季，当是月朗风清，今后再苦的日子，也会分花拂柳踏歌而行!

心灵菩提：贫贱夫妻百事哀，一间小屋有着世间的风风雨雨，酸甜苦辣，一个想法一旦出来便有了无数个纠葛的可能结局，选择极端的方式解决问题只会造成恶性循环，付出的代价便也是变本加厉。

生活中也总会遇见真心问候关心自己的人，是心灵上也是人海中的天使，像灿烂的阳光洒进心灵的每一处角落，温暖生命中的最无助的时光。同时每个人在这个社会上承担着多重角色，家庭内外社会上下，拿出坚强的信念和决心，必将战胜一切困难。铭记着健康是福，相守是福，相遇好人是福，走过风雨便是晴天。

爱的钉子

季明弹了弹手中的烟，看着灰烬落入烟灰缸。儿子季小帅一副吊儿郎当的样子，看着父亲，无所谓一般走过客厅，不打招呼不道别，径自开门去了。“兔崽仔！”季明口中骂着继而狠狠地把烟直接掐灭在烟灰缸里，一阵痛意弥漫心头。

结婚十七年，恰应了那句婚姻是爱情的坟墓的说法。妻子在眼中已经像没有脱好水的白菜，味同嚼蜡的生活让他心里滋生出家外开花的念头。当念头越演越烈的时候，艳遇从天而降，公司里当财务的符小琼时不时对他抛来异样的目光，让他心猿意马地开始浮想联翩。终于在一次公司夜班的时候超越了各自的轨线，这不，符小琼已经下了最后通牒，要入主正位，否则，就把两人的关系大白天下。这威胁对他这样一个四十岁才熬到中层干部的人来说是致命的！

妻子感觉到了山雨欲来却只能自己闷着哭，这让本来理亏的他倒挺直了腰板。没有爱情的婚姻就是伤害自己伤害对方。他本来摇摆不定的离婚念头因此更加强烈。与其相濡以沫，不如相忘于江湖，给爱一条生路就是对彼此的拯救，季明对自己找出了各种各样的理由，他想到离婚了。

儿子季小帅这段时间的成绩也一落千丈，还时不时地到处游荡，本来关系良好的父子因为他那隐隐约约的婚外情彼此把亲情降到冰点。而且近来他发现自己钱包的钱还时不时少了，经过观察确认是儿子拿去的。一次逮了个正着，儿子还振振有词说父亲的钱叫拿不叫偷。他看着越来越放荡不羁的儿子曾经咆哮道：“你就是老子爱的钉子，碰不得拔不得。”儿子反唇相讥：“上梁不正下梁歪！”这话几乎气歪了他的鼻子。符小琼放手不得，儿子也是舍弃不开，这让他的白发很配合心里的焦虑齐刷刷地冒出了过半。

走出家门，季明看着自己的摩托车，心里的郁闷多了几分。不知道怎么

回事,这些天符小琼搬了新居,自己的摩托车总会在去她家的那段路上爆胎,最终推着车修好了约会也没有赴成。偏偏也正好是这段时间路边的树荫下就多了一个修车档!一个戴着墨镜鸭舌帽的青年总在那里优哉地听着收音机。一定是他搞的鬼,情愿辛苦推远点也不让他赚这个钱。这一次,还骑不骑车去呢?季明看了看已经换了三次轮胎的摩托车,还是骑去吧!到了那段路就推着车走好了。

还是那段路,车胎还是爆了。他在地上一摸索,好家伙,还是那么老粗老粗的一个铁钉,难怪每一次车子都中招,抬头望去,那修车档里的青年正悠然自得地跷着二郎腿,很是自在,这场景更让他气不打一处来。怒气冲冲地揪起那钉子,他要去兴师问罪。

没有等到他开口,小青年拿着一个明晃晃的不锈钢盆,里面三颗铁钉晃动着,小青年说:"我这里现在只收购钉子,不负责修车,你想出售就报个价来!"季明又好气又好笑,从来修车档都是修车的,还没有听说要收购这样歪歪扭扭的废钉子,这是唱的哪一出?

那盆里的三颗钉子,不就是自己去修车的时候从轮胎里拔出来的?季明疑惑地看着,是的,形状是一样的,难道自己曾经推车那么远去修,还是做了这无良修车佬的瓮中之鳖?远近都是他的店?而且是让自己出了钱补胎现在还来耍耍他说什么收购钉子?越想越气脑袋上的血就奔涌而上,他要教育眼前的小青年,让警方来解决问题!

愤愤地掏出手机,季明没有等上五分钟,一辆警车就到了。

警察听完了站在门外的季明充满愤怒的描述,走到车档里,过了片刻出来,警察的手中拿着那个亮晃晃的不锈钢盘子,里面的铁钉静静地躺着。警察说:"你知道这里什么钉子吗?"季明疑惑地看着一脸严肃的警察,不明所以。

警察说:"这是爱的钉子,在路上埋下钉子的人是你的儿子季小帅,他希望你回家,里面车档的人是你儿子花钱请来的助手,他们仅仅为你一人在这里设下了车档。这些情况我们还是要进一步调查的,希望你能自己解释一下是怎么回事?"

季明的脑袋一片空白,羞愧随之弥漫心头。原来儿子偷偷拿钱是去做这些事,自己为了私情嫌弃儿子,而儿子,却设下这样的局阻止自己离家渐行渐远的身影。电话在这个时候响起,符小琼责怪的声音传来:"还要我等多久?"季明沉默了一阵,说:"我们结束吧!我要回家了!"说着按断了手机。

警察已经离去,季明转过身,儿子季小帅正站在身后,静静地看着他。

季明控制不住自己，哽咽地拿起那三颗钉子，说："孩子，我们回家，这爱的钉子，带回去作我们家永久的纪念吧！"

心灵菩提：钉子扎脚，更能扎醒一个心头游离的灵魂，迷人的诱惑随处都在，时光的蛀虫能让把持不定的心腐灼成蛀虫，情人的目光就是染白的纸屑不堪一击，家中的温暖才是甘醇的心灵之盅，可以饮醉人生。艳遇和激情可以犒劳自己的生理，却让心灵永远迷离了执著专情的骨骼。

人生一路行走，沿途的风景里有太多的星星闪烁和月亮的传奇，在每一个转角，对着暧昧的十字路口心不转弯，牢牢牵制并掌控心猿意马的衍生滋长，温暖的家才是幸福的主曲，两颗心的合鸣，是经营家庭美满的唯一旋律。

一张床的坎坷人生

我脑门上贴着金灿灿的招牌，大大方方地从我山寨版的家门走出来，只有我知道，我的主人因为跟知名的元宝厂一贯保持着优良的合作关系，所以，只要元宝厂有碗饭吃，我的主人也免不了跟着有粥喝。

穿着元宝厂的外衣，我和一群兄弟姐妹浩浩荡荡地坐上了平生第一次货车，踏上进城的路，这里的高楼鳞次栉比，连个厕所都比主人的办公室漂亮，我无限神往新的家。

路从山路到水泥再到柏油路，穿过隧道翻过大桥，高低起伏间我仿佛看来了意气风发的人生宏图，当经过的八车道变成了四车道，街上的行人时不时地乱闯马路，我才知道，进入了一个小镇，车子在一家医院门口停了下来，我不禁深深地失望起来。

这个时候，主人走过去，握着一个将军肚的人寒暄，同时一个红包塞进了将军肚的口袋里，随后将军肚大手一挥，一群人马上七手八脚把我和兄弟姐妹们小心翼翼地搬下车。

同伴铁架床揪了一下我的耳朵，低声说："大城市不一定好，里面高手云集，别看咱们现在人头狗脸，进去只怕连个加床都混不着，搁置着就是耽搁黄金人生，俗话说得好，宁做鸡头不做凤尾，这里只要施展身手必定可以叱咤风云。

听来也是不无道理，想到主人塞红包的那一幕，看来未来的路都已经铺好，既来之且安之，我的眉头舒展开了。

第一天，我就感觉到自己的与众不同，内外科的主任都指定要我，在这个小镇医院，内外科都是属于综合大科，都有一两间独有的贵宾房。内科主任的话掷地有声："我们内科经常有贵宾来住院，当然需要更换最好的床！"看着外科主任一脸不愤却又无可奈何的表情，我突然感觉到自己是如此的尊贵，先前的沮丧一扫而空。

在内科贵宾房里，清洁工帮我清理一路风尘，卸除那些在我身上七缠八绕的捆绑保护膜，我亮丽的光芒就引来了阵阵赞叹，随着抚摸的手，温柔的抹布，我不禁心旷神怡起来。

入夜了，一阵熙熙攘攘的脚步声传来，还没有等我反应过来，一个体格肥胖的老太太就被七手八脚的人群抬到我身上，我倒吸了一口冷气，好家伙，简直就是一个硕大的脂肪球。内科主任带着一众医生点头哈腰，语气和动作轻柔得唯恐惊落老太太身上的一根汗毛。我终于听出来了，住进来的是一个不一般人物的母亲，诊断是胃肠炎。这真不是一个简单的病，从第二天一早到晚上，进进出出的脚步就几乎没有断过，放下的礼品就让我的陪人床兄弟几近腰椎骨折，不是胃肠炎要忌口吗？怎么来探望的人都那么不识相？纳闷中几包装帧精美的香烟和茶叶罐塞到了我的鼻子下面，害得我呼吸困难起来。

终于又到了夜深人静的时候，老太太的媳妇往门外挂了一块“请勿打扰”的牌子，然后就眉开眼笑地坐在老太太身边拆开礼品盒，原来里面大有乾坤，茶叶盒香烟条里面全是捆扎得齐齐整整的人民币，那厚度叠加起来比我的几根肋骨还粗。

媳妇说：“妈！你看，我都说你住一次院就是一栋别墅，开来的药我们全家一年都不用去买了，多划算呀！”老太太矜持的声音传来：“这次方主任对我算是尽了大孝道，你多提携点！”我知道，方主任就是内科的主任，他这一天比那守到监护室里的特别护士还辛苦，看来付出就有回报，当媳妇的说：“去年那个不听话的涂主任，听说调到体检科去了！”老太太扁了一下嘴，说：“去年叫姓涂的开些药来，那个猪脑壳子不转弯，烦死人了，他如果还在这里，这次我还不想生病呢！”媳妇听了频频附和点头。

老太太住了一周，我的陪人床兄弟终于累垮了，甚至连最后跟我话别的机会都没有，就被趾气高扬的媳妇指挥医护人员将其扫地出门。末了，方主任还在老太太的床前做了半天的检讨，发誓再不会出现床给压坍塌的情况。

老太太出院那天，医护人员毕恭毕敬地送走了老太太一家，众人转过头的脸，全都带着欣欣然的快乐，一个声音传来：“她一住院，我们全科人仰马翻，累呀！”附和的声音此起彼伏。

第二个与我有亲密接触的人是个暴发户，单是看他脖子上那条金灿灿的项链我就知道自己的身价不敌其万分之一，送礼的我倒没有看见，穿着性感的裙子送鲜花的美眉倒是来了几个，合同书我看见了几份，期间有窃窃的

低语传来："这些人的胃口还真大，老子一千万的工程七百万都是拿来公关的，那个签字的家伙自己吃了还不算，小舅子结婚的窝还得我买单！"说着暴发户的唾液喷得我满脸都是，对面坐着的人哧哧一笑："羊毛还不出在羊身上，包工头和建筑材料这块我都联系好了，我们挑最便宜的做，照样吃香喝辣！"暴发户点燃一支烟大吸一口，打着哈哈说："医院里面还有什么首诊负责制，我们这一块，反正不出事就好，出了事也轮不到我们这些指端末节来背！"对面坐着的人说："是呀！所以我们当时找大公司挂靠没有错，这个金字招牌打出去拉工程是事半功倍呀！"两人刺耳的笑声震得我的耳膜都快开裂了。

暴发户没有住几天就出院了，我迎来了我的第三个客人。

当时人声一片喧嚣，一个体格健壮的人就放在了我身上，从一张张焦灼的脸和七嘴八舌的说话中，我知道了这个姓丁的负责人在酒宴中突发中风，这算是因公负伤，医生护士们忙得团团转的脚步绕得我眼花缭乱，等待在门口的一张张脸孔神色上流露出来的情绪风雨欲来，我知道现场的情况不容乐观。我开始天天算自己的身边站着多少双脚，按照我之前的经验，有身份的人住院应该是一天比一天探望的人多才对，怎么这个丁负责人身边的人一天比一天少，我以为自己的算术和记忆出了问题，这个时候来了一个方头大脸满脸威严的人，对着病床上的丁负责人语言恳切，分量千斤："老丁呀！工作都把你的身体拖垮了，你这次一定要把病养好，你的工作我们暂时安排老吴先替着，你现在的任务就是专心养病，为我们保重身体呀！"

丁负责人半身动弹不得，歪斜的口角哟哟哦吐出了几个不清不楚的字眼，随着脚步全撤出病房，丁妻号啕大哭，边哭边骂："这些天杀的，才一周时间不到，个个都变了脸孔，以前你放个屁都有大把人接去供着，这些龟孙子现在马上就调转风头，围着新的屁股转，现在看见你这情况，马上就动手架空你，天呵，我的命怎么这么苦哟！"

一行浑浊的泪从丁负责人的眼角流了出来，他突然激烈地咳嗽起来，一口痰堵了上来，瞬间脸色就憋成了青紫，丁妻慌忙喊来值班的医生护士，清理了痰液，低着头量血压的护士一声低呼，报出了血压，收缩压 240 毫米汞柱，舒张压 130 毫米汞柱。医生一脸吃惊，一时间病房里好似打仗一般，随着丁负责人的病情变化，各路人马和各种抢救器械全部派上了用场，方主任低声问丁妻："他是不是受到什么刺激，本来稳定的病情一下子发生大变化，你要做好心理准备！"丁妻使劲地捶着自己的胸口，哭得几乎要昏过去。

听了这话,我好紧张,好好的一个大活人千万不要有什么三长两短,我可晦气得很。可事情是越怕什么就越遇见什么,经过了整整一个下午的折腾,个个累得筋疲力尽的医护人员们开始收拾用物,方主任挤出两滴泪水,安慰着已经瘫倒在床上的丁妻:"节哀顺变吧!我们都尽力了!"还有一众大大小小的人物一脸悲痛地站在病房外,我看见了人群里的老吴眼神闪烁,嘴角露出一丝微笑,为了不露出兴奋的表情,他使劲地闭着眼嘴角向下撇,气氛变得异常肃穆。

当所有的人都离开了病房,清洁工给我清理着身体,方主任走了进来,叮嘱一边的护士长:"马上把这张床换出去,到普通病房区,以后哪个病人躺就加收些费用!"护士长有些不解,方主任有些不耐烦,说:"来这间房子里住的人都是有来头的,非富则贵,这死过人的床哪个敢睡,马上打报告买张新的来。"

可怜我还没有享受荣华富贵,不到一个月的时间,就被打入冷宫,开始了漫漫的平民生涯。

心灵菩提:一张床能花开见佛,一张床亦能普度众生。当世间有一群人的诚惶诚恐,一张床就能安放心灵。家有鲍鱼海参,日不过三餐,家有广厦千间,日不过一宿,纳得八方财物,人生终不过百年,赤条条而来,一件薄衫而去,钱与权翻转之间古往今来多少王孙公子已成燕子飞入寻常百姓家。一张床里带着唐诗宋词里的阴晴圆缺长歌短调,我们把握不住心灵的时候来躺一躺,是可以来防尘杜微,未雨绸缪。

一张床上能躺着虚虚实实形形色色的人,可以是高贵的灵魂,可以是卑劣的肮脏,不管是哪一种,正直善良真心奉献的人躺下就是床上的富翁,扭曲丑恶窃取大众利益的人躺下就是床上的乞丐,一个人活着有没有尊严与价值,都将成为床下的一堆黄土,是让世人敬仰还是吐唾,该是每个躺在一张床的人在黑夜里最明了的辗转。

沉默的十年等待一种色彩

蒋马山坐在办公台前,双手深深地插入发梢,不用看镜子,他也知道,自己的眼睛布满血丝。秘书朱朵朵走了进来,看了看他的样子欲言又止,静静地站在一边,眼中飘过丝丝怜惜。她知道,他是为了公司那份至关重要影响前景的合约心烦。

朱朵朵进公司一年,蒋马山是她换的第三个老板。与前两个老板不同,蒋马山做事雷厉风行,对下属奖惩分明,对貌美如花的朱朵朵,除了工作,从不开玩笑也没有像别的男人一般会有些暧昧的表示。这些,都是让朱朵朵留下来的原因。更让她敬佩的是,蒋马山时不时地吩咐她拨些款到贫困的农村去助学,有时候还会带上她买些物品到敬老院去慰问那些孤寡老人,这对于私营企业主来说,已经实属难得。很多时候,她看见蒋马山一个人在不停地抽烟,从烟雾缭绕之中,他的身影,就是一个难以破译的数据。朱朵朵觉得,蒋马山的过去,一定有着非同寻常的故事。

朱朵朵感觉自己是暗恋上了蒋马山,她却不敢表示什么。在人前骄傲得像个公主的她,一走到蒋马山面前,却变得羞涩无比。她不想让人感觉她想钓金龟婿,其实她喜欢蒋马山,真的和他的钱财无关,但是秘书与老总之间假如产生了恋情,那好像就会带着些色彩,这不是她想要的,也应该更不是蒋马山想要的,所以,朱朵朵希望自己的爱情在最适当的时候开出最美丽的花朵。

朱朵朵每逢自己逛街的时候,总会在男装的店面前驻留一下,心里想着如果蒋马山穿上这件会怎么样穿上那件会怎么样,但她却从来不敢买下来。在她的印象中,蒋马山一年四季都是穿戴非常干净整洁,每一天都是系着领带,从来没有看过他穿过那些休闲的服饰,这让朱朵朵的心里更多了无限遐思。

朱朵朵自己在公司外租了一套房子，很宽大，独居的她很多时候是寂寞的。老家里的表妹打来了电话，说想来她的这个城市采风，朱朵朵就多了一份期待。表妹叫文眉眉，小了她三岁，文眉眉的家十年前遭遇了一次入室抢劫，在那一次殊死的搏斗中，文家父母双双离世，现场唯一的活口是躲在床下的文眉眉。后来由当地乡政府出面给这个遭遇了毁灭性的家庭办理了最低保障，凶手却杳无音讯。这一晃多年，文眉眉就长大了，她高考时坚持要报读美术学院，这让在贫困山区的父老乡亲都不能理解，在长辈的眼中，涂涂画画能有什么前途，女孩子，就是应该去读师范或者护校什么的这种比较稳定的行业，但是众多的劝说都不能左右文眉眉的决定，她以非常出色的成绩直接上了美术院校。在这一点上，朱朵朵是非常佩服这个表妹的。

文眉眉背着画夹出现的时候，正是酷夏，当年的小女孩已经出落得如同娇艳的百合花一般，气质清新脱俗，长长的头发泼洒成诗，一双如同芭比娃娃的眼睛里好像充满的都是童谣，站在朱朵朵面前，不亚于专业模特的身材，让两人一同出街时不断地迎来了各做各样倾慕的眼光。这让朱朵朵欣慰不已，看来这个表妹，如果有机会，嫁入豪门都不是梦想。

朱朵朵对文眉眉什么都满意，她唯一困惑的地方，是在看文眉眉作画的时候，从来就没有看出她在画什么，整块画布都是色彩，不知道想表达什么，也没有看她画出一样具体的物件或其他什么的。文眉眉看出了当姐姐的困惑，告诉她这是抽象画，表达的是一种无形的心灵图案。这些画，只给会读画的人收藏。朱朵朵摇摇头，她不懂，难道当年学习出类拔萃的表妹学画就学成了这个样子，她觉得表妹应该去画些具体的物像更有发展前途。

这一天，她看见蒋马山终于把一直困扰的合约拿了下来，签下字的时候，蒋马山吩咐她交代财务给全体员工这个月每人多五百元的分红。看着他神采飞扬的样子，朱朵朵忍不住趁热打铁：“蒋总，这物质上的奖励大家一定非常开心，我们公司今年是不是也可以组织一次员工到附近的什么地方游玩一次，这样，大家的心里，一定对你是感激不尽呢！”朱朵朵说完，紧张地看着蒋马山，她害怕自己说错话，建议出去游玩，是因为自己几个要好的同学所在的公司每年都是会组织这里的活动。

没有想到蒋马山马上就点头，说：“好建议，你去组织安排，做份报告上来，定好日期地点和费用，到时我也去！”

朱朵朵兴奋不已，在公司里征得了大部分员工的建议，大家都提议那么热的大气最好去海边游泳，很快，朱朵朵就把写着大家意见的报告递交给了

蒋马山。他看了一眼,很爽快地签上了字。

出发前的晚上,朱朵朵忍不住躲在空调被里把心事告诉了文眉眉,文眉眉听了跟着开心,嚷着明天就偷偷地跟在大伙儿的身后,偷看一下朵朵口中的蒋马山。朱朵朵啐了一口,说:“字都还没有开始写笔画呢!你别来添乱,你一来说不定他就成了我的妹夫了。”文眉眉调皮地笑了。这一夜,姐妹俩睡得好温馨。

蒋马山租来旅游公司的巴士,公司的人全放假,出去海边弯林沙游玩一天,有心的员工不知道从哪里弄来几块红绸布,上面龙飞凤舞地写着:蒋马山老板万岁!看着备受员工爱戴的蒋马山,朱朵朵的心里更甜了,这样的好男人,去哪里找?她决定,游玩回去以后一定要主动开口表白,不然说不定哪里会跑出一个横刀夺爱的,朱朵朵突然心里起了担忧。

到了弯林沙,公司的人纷纷换上了五彩缤纷的泳衣。朱朵朵也换上了一身比基尼,看着自己傲人的身体,她心里想象着蒋马山的眼神,他看见了一定也会吃惊,想到这里,她心里有些自豪。

沙滩上,朱朵朵看见了只穿着一条泳裤的蒋马山,那么健硕的身体,整天裹在西装里,这一次,才让人看得清清楚楚,朱朵朵看着看着脸红起来。突然,她发现蒋马山的眼神时不时地飘向一边,随着他的目视的方向望去,朱朵朵有些呆了。

那是文眉眉,她在海边,穿着一身泳衣,是相对保守的泳装,却让火辣的身体吸引了不少男人的目光。她的目光也正呆呆地看着蒋马山,脸色有些苍白。朱朵朵心里一下子升腾起强烈的醋意。凭着一个女人的直觉,她已经感觉到了蒋马山对文眉眉的魂不守舍,而文眉眉,竟然也在那里眉来眼去。朱朵朵走了过去,强压住自己的怒火:“来,眉眉,我来介绍一下!这是我的老板蒋马山,你们认识一下!”她特意把“老板蒋马山”几个字加重了声调,她看着文眉眉更加失态的表情,心里更气了,早知道这样的场面,千不该万不该告诉文眉眉自己公司来海边的事情,眼看两人的眼神似乎都那么热切地纠缠在一起,朱朵朵觉得自己快要崩溃了。

回来的路上,朱朵朵看见蒋马山的眼中多了亮闪闪的光彩,他主动问了文眉眉的情况,朱朵朵勉强笑了一下,不情不愿地把文眉眉是美院学生来这里小住的情况说了一下。蒋马山说:“那我想去你那里坐坐可以吗?”朱朵朵那一刻,真的想从车窗的玻璃里直接撞出去,好让自己碎得乱七八糟的心事来一次血淋淋的践踏。

回到家里,文眉眉正呆呆地坐在画板前,一脸的哀伤。朱朵朵气不打一处来,她口带讥讽地说:"我们老板说想来这里坐坐,想看看你这个小仙女怎么勾魂!"文眉眉似乎感觉不到朱朵朵口中的火药味,她幽幽地说:"你明天带他回来吧!我想让他看样东西!"朱朵朵一口气给呛在喉咙口:"不是吧!你就这么迫不及待想送定情信物给他了?"文眉眉说:"你明天带他来,你就知道了!现在,我要画画了!"说着文眉眉不看朱朵朵,径自搬着画架走入画室,反锁上门。

朱朵朵气得眼泪出来,这是什么意思?她从来都没有对文眉眉说过重话。文眉眉对她,也一直尊敬有加,今天就为了一个男人,两人就这样扯开了战火硝烟,她受不了了,一下子伏在饭桌上痛哭失声。

擦干眼泪的朱朵朵开始恨死文眉眉,看来爱情就是一场残酷的战争,自己在外面哭了那么久,她竟然就在卧室里也不出来看一下安慰一下,越想越气。朱朵朵抓起了电话拨到家里,对着母亲哽咽地说:"妈妈,我想你们了,你们过来我这里住一下!"说着就控制不住自己的哭声,电话那头的朱家父母大惊,连声追问,朱朵朵把电话挂了。

朱朵朵是有心这样做的,她租住的是两房一厅,她和文眉眉各住一间卧室,如果父母一来,文眉眉自然就不好意思再住下去,自己的做法虽然过分些,但是一想到自己的爱情再不控制局面马上就要烟灰云散了,她想这样做是最直接的一种方式,她要让文眉眉离开这里。

这一夜,文眉眉都没有出来,晚上的饭也没有吃。朱朵朵问都不想问,她心里的气一直鼓着。

第二天一早,朱家父母就出现在了家门口,朱朵朵看着焦灼万分的父母,勉强笑了一下,让父母在家中休息,说:"会在下班的时候带一个人回来,让父母准备丰盛的晚饭。"朱家父母愣愣地看着女儿,不明白到底出了什么状况,文眉眉从房中出来,她的眼睛也红红的,喊了声:"姨妈姨丈,你们来了呀!"朱朵朵鼻子哼了一声,关门离去。她知道,凭着文眉眉的聪明,她自己会很快搬出房子,姐妹的情义,好像就这样要了断了,想到这里,朱朵朵的心里升起了无限酸楚。

一整天上班她都心事重重,倒是蒋马山,从一进门就走到她的面前,说:"我今天真的是去你家吃饭的,欢迎吗?"看着眼前这个眼睛亮闪闪的男人,朱朵朵努力挤出笑容,不让他看出破绽,说:"已经都准备好了,就等你晚上大驾光临呢。"

朱朵朵心想，你就来吃吧！最多还可以再看见文眉眉一次，如果她还不走，自己就开口让她离去了，看你们，在我的计划下还能有什么好的发展。她知道文眉眉读美院的费用，还是自己父母出的钱，这种局面下，她就不相信，文眉眉敢跟她叫板，为蒋马山的事而弄得众叛亲离。

终于下班了，坐在蒋马山的奔驰车上，朱朵朵心事重重，看着蒋马山买了不少大包小包的物品，她越看越不是滋味，父母今天也在，不知道面临的发展，是不是会按自己想的方向去走，但是这一刻，她突然觉得好没有信心。

终于到家了，进了门，一桌子丰盛的桌早已摆上桌面，朱家父母眼睛红红的，看见他们进门时勉强笑了一下，但是表情有些异样，这让蒋马山有些发愣。文眉眉出来了，她竟然化了淡淡的妆，在灯光的映照下更见明艳，朱朵朵的心如同扭转的麻花，笑容亦发僵硬起来，她努力控制自己的情绪，像没有事似的招呼蒋马山坐下。

众人坐好，文眉眉倒了一杯满满的红酒，递给蒋马山，说："来，我和你喝一杯，为了这一杯酒，我已经做了十年的努力，现在，我终于可以告诉自己该到喝的时候了。"说着文眉眉自己先一饮而尽。

蒋马山的表情瞬间出现了异样，非常复杂却又痛苦，带着怪异："你说什么？你说你努力做了什么十年？"这一刻，他的眼中看不见款款柔情，取而代之的是一种犀利探究的深沉。

文眉眉笑了，眼角有泪，说："你们等我，我想给大家看样东西，这是我沉默了十年终于等到的一种色彩。"说着她走入卧室里，出来的时候手中拿出几幅图，文眉眉一一在地上铺开。朱朵朵尖叫一声，马上捂住眼睛，那是几张血淋淋的图画，如同现场照片一样还原了当年文眉眉父母被害的场面。

蒋马山突然站起身，迅速拉开门，门外，竟然已经站着五个警察，一出手，在一瞬间，蒋马山就给制服了。

朱朵朵目瞪口呆，她尖叫起来，一把抓住文眉眉，说："是你报警来抓蒋总的是吗？你一定搞错人了？这是怎么一回事？"

朱家父母拉住了朱朵朵，说："你放开眉眉，她没有搞错，当年，她就在现场的床底，亲眼看见自己的父母被杀，看见父亲在临死之前重重地用刀划裂了凶手的颈部和胸口。她告诉我们，这些画，就是为什么她一定坚持要去读美术学院的原因，她一定要亲手还原当时的场面，昨天她通宵都没有睡，她说，画出这些画，你就会明白了。"

文眉眉看着她，含泪点点头："谢谢你，姐姐！昨天多亏了你提供了信

息,我才那么意外地在沙滩上发现了凶手!"

朱朵朵手脚冰凉,呆呆地看着蒋马山。他低下头,说:"对不起,这么多年,我一直都在做善事,就是想弥补自己犯下的罪行,没有想到,这一天这么快就来了!其实我也等了很久了。自己做下的错事,我心甘情愿接受法律的制裁!"

蒋马山苦笑地看了文眉眉一眼:"吃了都是要吐出来的,出来混的都是要还的,遇见你是我的报应,这样也好!你用了十年等一种色彩,我用十年活在一种黑色的调子里,上天终于用你的手来收拢我的罪恶的人生了。"

警察很快就押走了蒋马山,朱朵朵抱着文眉眉痛哭失声。

朱家父母端起酒杯说:"来!我们喝一杯!为在天之灵的亲人好好地喝一杯,告诉他们,这个世界上,恶人都是会得到应有的报应的!"

文眉眉与朱朵朵擦干眼泪,同时举起了酒杯。

心灵菩提:有些人的成长环境无忧无虑,有些人的成长环境坎坷磨难,有些人锦衣玉食,有些奔波劳累,每个不同的心灵,都承载着属于自己那片天空里不同的酸甜苦辣悲欢离合,这是属于每一个人独有的心语,只给自己的心灵阅读。

不是夸父,没有逐日的力量,却可以让笔墨倾泻成河,一滴一凝固,让它发亮,让它闪光,让它变成变成火焰燃烧出漆黑夜里的朗朗晴天,这就是沉默十年等待的一种色彩,笔笔力透纸背,不是只在光阴中只闪烁一下,而是让心灵走出画布,继续在人生长卷中挥笔泼墨,画尽人生真善美。

消失在海天孤帆上的爱

那一年,她二十一岁,寂寞像飘扬的落花湿满了整个季节,喧嚣都市里她选择了旅行,到了天涯海角。在一片有着细细沙粒的沙滩上,他白白的牙齿在阳光下分外闪亮,如贝,笑起来竟然有着和关羽一般的丹凤眼,让站直才能到他腋窝下的她心悄悄地一醉,异样的感觉就这样毫无预兆地生根发芽,萌在海天一色里。

他说,他二十岁了,穿上橄榄绿已经整整两年,就在准备退伍的第三个年头遇见她,这是天意,也是月老抛在人世间最准确的一根红线,海这边系着他,海那边系着她,中间的距离不叫海,那是贮藏了千百年才酝酿得出来的深情。

回到广东的日子,她开始有了三角印的邮件,那是部队特有的标志,从一个月四封到一个月八封,她的思念开始如疯狂生长的草,呼啦啦地把自己围猎成了不想再奔走的绵羊,她不再考虑彼此之间相差一岁的顾虑,都说红颜易老,爱情来的时候,眉间的年华早已摇曳生姿,天为谁春,她便是为他而生的。

相爱一年,她去了他驻守的部队,那是一个接近原始森林的地方,视野中的绿逼得人的眼到处都看成了桃源。走入营区,那一个个铁打的汉子飘过来的眼神让她觉得自己成了一个怪物,她的脚步就差没有前脚撞后跟地跑到他的面前,问他:“自己是不是有什么的不对?”或者一场姐弟恋在这里也终究避不开世俗的眼。

他笑,一脸俊气逼人,捧着她的脸,把她一直带到那山涧流水曲径通幽处,说:“你看看这里,除了我们部队,几乎是看不见路人的,一个月,不要说看见你这样的一个女孩,就是看见一条老母猪经过,我们都觉得是美丽的!”她笑,那颗悬得高高的心,彻底放下了。

她开始完完全全地相信了爱情,相信了一个驻守在大山深处只以她为

念的爱情，这个男人，把她从女孩变成了女人。这个男人，在她生气不回信不接电话的日子里，用针尖挑破指头，在三页信纸上以血为墨，字字殷如桃花。这个男人，在她一次回到故乡接受父母安排相亲的时候，仅仅是凭着知道她家县城的名字，竟然在一个下午的时间里以极其敏锐的侦察能力，就从这个小县城里的几万人中寻找到她，出现的那一刻，让她以泪和鸣……情到此处，谁说爱不是地久天长。

退伍了，她说我想随你回山东，他说我想陪你在广东，是的，他们的家庭都不同意这段爱情，那么都想离开自己的地方到另一处去让爱来枝繁叶茂，不被祝福的爱情，一直以为坚持的两个人终于被岁月轻轻一摇，她看见了他的憔悴，他亦是感觉怀中的身体更加单薄。

他说："如果我回到山东，我必定是不能跟你的了，我的家里会安排我的婚姻，我留在你身边才是爱之胜算的唯一赌注。"她不懂，心却开始伤了，留在广东，那么面对自己白发父母情以何堪？如果爱不能在他乡安营扎寨，又怎么可以在原地相濡以沫？她也耗上了，女子就是嫁鸡随鸡，嫁狗随狗，他的家，她是一定要去的。他无言以对，两情相悦中开始出现了大段大段的空白沉默，谁也不想打破，谁也不肯往自己的阵地退后一步。

终于那么一天，她收到了一封来自山东的信，信中字字珠泪，行行哀求她的放手。她终于明白了他一直不肯带她回家的原因，不单是他父母不同意这千里之外的婚姻，而是他的家里早已有了青梅竹马的恋人，只等他退伍回来就完婚，且未婚妻已经有了身孕三个月。她泪眼模糊，三个月前，他确实是回家了一趟，说是去恳请父母的恩准成全两个相爱的人。她不懂呵！一个口口声声说爱她的男人是如何又让自己的怀抱中多了另一份的兴风作浪，她可以原谅他的隐瞒，她可以面对突然出现另一个女子对爱情的围守和阻击，却无法原谅他在拥有她的同时去交融另一份气息的手足缠绕。

他拾起信纸，在她怀中痛哭失声，说一切都是岁月的错。山东的那个女孩，隔墙相望一同长大，在他以父辈指腹为婚感情不和以出走来抗议，以参军来离家，女孩都是那么无怨无悔地照顾着家中二老，非他不嫁，他有愧呀！

她泪眼相问："有愧？有愧就可以以身相许吗？"他吻着她，让气息堵得她不能说话，在喘息中用自己的宽阔的胸膛来印证着她才是他真正想要的，在一夜的疯狂后他终于累了，睡了。她拿起自己的手帕，轻轻抹去他额头胸口的汗水，把脸捂在浸有他汗水的手帕中深深地吸了一口气，呆呆地注视着眼前的这个男人良久，转头看着镜子，里面的一张花容黯淡，往日的滋润在

这时候荡然无存。她拿起笔，一字一顿，恍如度过一个世纪写完了那么短短的几行："我们之间已经结束了，你回家吧！做一个有担当的男人，为了那个未出世的孩子！"看了他最后一眼，她穿戴整齐走出门，也从此走出了他的生命。

他没有再给她电话，也没有再出现。她知道，一切真的结束了，只是无数个夜月，她依然会想念他，想念那一幕幕的温馨，时光慢慢地走，她不再言爱，谁也不懂已经年过三十的她，心里到底在斟酌些什么，以致迟迟不言婚嫁。

整整十年后的一天，她的手机响起，里面的一声称呼让她如遇雷击，她想挂断却身不由己，电话中他的声音依旧低沉有磁性，缓缓地诉说，说三千多个夜月里对她的不眠与思念，她的眼眶一次又一次的潮湿，原来岁月只是带走了她的青春，却不曾带走她的心事。

千里之隔，十年后再相见，他更帅气了，走到街头引得女孩频频回头，她有无限伤感有丝丝的自豪，对爱情的苦守让她似乎不那么在乎他已经有家，且已经是一个十岁女孩父亲的事实，这份爱情，本来就是她的，生活磨圆了曾经对爱情条条框框的苛求，她此刻是如此的渴望，把握好与他相处的每一分钟，在他待在广东的一周的每一个时刻里。

夜晚的烛光里，她用手小心地抚摸着他的脸，他的手粗鲁地扯去了她的裤，没有前奏甚至没有身体其他部位的肌肤相亲，还没有等她思维转过弯来他就完成了一个男人的需求，她想他是累了，不适应这里的环境和需求。第二天，看着她除下的内裤，他拿起，用手揉了揉，说："这种款式这里拿货要多少钱？"看着她愕然的表情，他解释："老婆在家没有什么事做，我知道你这里是全国最集中的内衣出口制造基地，这次来其实就想直接到这里拿货回家给她卖！"她的血液在一点点的冷却，冷到最后眼前的人模糊一片。第三天，他说："还做吗？不做我就回家了！"她把所有的情绪堵在了喉咙口，半天才吐出了一句话："不是说在这里过一周吗？"他摇头说道："你白天上班的时候我去制衣厂里看了，这里是搞批发的，内衣在这里拿货量少比我在当地直接拿货还贵，我老婆会说我的，再说就要过五一了，再不走车票又要涨价了！"说着他的一手搭在她的肩头，另一只手想解开她的衣扣。

她轻轻拂开他的手，他说："怎么了？你不需要？"她扬起头说："十年前就已经画上句号的文章，今天再来加多任何一点笔墨都是画蛇添足！"他停止了动作，点燃了一根烟，吐着烟圈的样子有款有型，接着他接听了电话，很

温柔地说："明天我就坐车回去，你等我哈！"她知道，那是他的妻。

他说："你这里的窗口近马路，好大尘呀！"她微微一笑，说："是的，但是只要肯动手一擦就干净了。"说着打开柜门，从里面一个精致纸盒里拿出一条色彩飘逸的手帕，对着窗台的尘很仔细地擦了个干净，然后把手帕丢弃到了垃圾桶里。他说："你好浪费，这么漂亮的手帕也来当一次性抹布。"她不语，她没有告诉他，那条拿来擦窗台的手帕，其实就是十年前分手那个疯狂夜月里她拿来擦他汗水的那条手帕，为了这份爱，她一直珍藏着手帕伴随自己度过那漫漫长夜。

他临走的时候说："我以后一找到机会就来看你。"她摇头，说："不必了，相识于天涯海角，本就是注定要做海天孤帆消失在海天一色里，我也要寻找真正属于自己的那片海作为停泊的港湾！"他的眼中有失落有释然，汽车启动的时候，她转身离去，再也没有回头看一次那双透过玻璃窗的目光。

心灵菩提：时间是最好的驯化剂，面对它，你永远也可以读出人性的斑驳与迷离，岁月可以光滑，也可以光阴的舒卷之间结着尘埃和雨痕。有过的春天，只适合在比梦还小的画框里生长，经不得季节的锤炼和钟摆厚道的点醒，海天孤帆上的爱，潮起潮落之间都无法解释，只辜负了海鸥为爱展翅中付出了最朴实的光泽。

有些人不值得守候，有些爱只寂寞良夜，疏影横斜，暗香浮动，不为不值得的人把自己跋涉出满脸皱纹，值得相惜相恋的人，哪怕苍老了容颜，依然会鲜活魂魄。时间不会再给机会演绎一次爱恨情长，却可以透过海天孤帆挂不住的爱情，在海天一色中看见阳光把蔚蓝的生活带来。

伞是天的眼睛

徐罗吹着口哨，人的运气一来，挡也挡不住，刚刚在福利彩票的站点花了两元钱买了张现场刮刮乐，就中了两千元。走到山语小区的湖边，一把色彩斑斓的花伞静静地躺在草丛里，看不见主人。这把伞，很熟悉的图案，前女友乔洋有过一把，他一阵心酸，拾了起来，好心情变得有些黯然，女朋友邬雪雪也正嚷着要买一把新伞呢！现在，正好了！

太阳透过树梢，徐罗打开伞，马上就皱起眉头，以前看乔洋撑过，自己没有近距离看过。这么奇怪的图案，伞上的花色竟然全是眼睛，五颜六色的，透着奇异的鬼魅，那眼睛里的瞳孔，似乎会动，像一个真人似的直直乘着阳光透了过来，徐罗感到自己的头皮发麻了，他赶紧把伞向路边一丢。

一个肩头带着红袖章的老人走了过来，一脸威严，说："小伙子，你要爱护花草，怎么这样放伞呢！你看看，一丢就压损了不少的青草苗。"老人一边说一边拾起伞交还给徐罗，看着给伞压得斜斜的青草，徐罗不敢跟老人分辩，拿着伞道声谢落荒而逃。

摇摇头，徐罗暗笑自己疑心生暗鬼，青天大白日，哪里有什么不对头呀?！他又撑开了伞，这回看上去那些眼睛好像顺眼多了。太阳已经开始西斜，徐罗看着自己被阳光拉长的影子，看着看着心里突然"扑通扑通"起来，不对呀！老天爷又没有起风，那伞怎么像锅底似的。他猛地一抬头看伞，伞好好的，地上的倒影却是像被风吹翻过来成了锅底状，徐罗冷汗冒了出来，真的是有鬼，在太阳下面出来的鬼呀！他猛地将伞一抛。

"站住！你给我站住！"转身想走的徐罗慢慢地回过头来，一个胖得看不出腰围的中年妇女看着他愤怒地大叫。那把伞，把她摆在板车上卖的瓶瓶罐罐都弄得东倒西歪，原来抛的时候没有看清楚，惹上了卖花瓶的蛮妇。看着女人叉着腰凶神恶煞的样子，旁边的行人三三两两停下来看热闹，徐罗的脸上挂不住了，他低声下气地掏出了两百元出来。女子鼻子哼了一声："算

了，算你还知趣，老娘也不跟你计较那么多了，两百就两百了，把你的破伞拿走，别碍着老娘做生意！”女人的声音大若洪钟，徐罗拿着伞连声赔不是，接着赶紧走开。

不行，这把伞真的有问题，看来得找个地方搁着，自然就有人来拣。徐罗感觉自己拿着的简直就是一件烫手山芋，越早抛开越避邪。

徐罗四处望了望，这山语小区还真大，自己还在围着湖转，带红袖章的老人在对面，自己悄悄找个地方不就行了。他的视线里出现了一张石椅，就那里了。走过去把伞轻轻地放下，这下好了，徐罗左右看了一下，还好，没有人注意自己。

走出山语小区，徐罗长长地舒了一口气，那把伞还真是邪门，回去跟邬雪雪说说，保准吓得她花容失色。想到这里，徐罗露出了微笑，嘴唇还没有咧开，笑容就僵在脸上，自己的脚下，那把伞怎么又出现了？伞在摇晃，一条大狗得意地看着他，狗尾巴像蒲扇一样摇晃着，狗的眼神很是得意。

徐罗觉得自己快受不了了，乔洋养的狗，也这样用狗嘴含过雨伞，这场景如此熟悉！一身运动装束的学生模样的男孩走了过来，对着他笑：“这位大哥，这是你的伞吧！我让福福找伞的主人，它真的做到了！”说着，男孩爱恋地抚摸着大狗的脑袋，看着那只叫福福的狗仰头看着他，一副邀功的样子，徐罗硬着头皮说了声谢谢，无可奈何地接过伞，露出比哭还难看的笑容，目送男孩和狗离去。

丢了三次，这伞都没有丢成功，难道它真和自己有缘分了？还是自己遇见了鬼缠身？徐罗看着伞，那上面的眼睛似乎也在看着他，让他不寒而栗。

邬雪雪的电话又来了，徐罗看看左右，压低声音对着电话说：“你快出来，我在山语小区的东门这里等你，有件事要跟你当面说！”

挂了电话，他长长地叹了一口气，好端端的一个大老爷们，给一把伞弄得颠三倒四的，真不像男人了。等会邬雪雪来了，看她怎么说！

邬雪雪是他的第二个女朋友，第一任女友乔洋喜欢养猫养狗养小鸟，这让他那位居高官的父母很不高兴，觉得一个女孩喜欢这些无异于玩物丧志，趣味低下。在屡次劝说儿子无效的情况下，父母就让他搬出家门。邬雪雪那时候是乔洋的闺蜜，已经说好了在毕业分配的时候让乔洋打通未来公婆的关节，好进入市里的电视台。没有想到乔洋的爱好惹怒了徐家二老，邬雪雪的工作之事跟着也黄了，为此乔洋和徐罗还内疚了很久。

邬雪雪在找工作的时候奔波了很久，拿着热脸贴了不少冷屁股。她曾

经动员乔洋和徐罗丢弃那些阿猫阿狗，和徐家二老修好，她的工作也好跟着沾光，无奈乔洋非常固执，好像救世主一般，家里养了十来只小动物，还时不时地从外面拾些野猫野狗回来喂养，这样的情形下，邬雪雪渐渐地疏远了他们，很长一段时间都断了联系。

徐罗很清楚记得，他跟乔洋大吵过一场，不外就是为那些猫猫狗狗的事，其实也不是第一次这样吵架，两人闹得凶好得也快。偏偏这一次，乔洋跟他吵了之后就失踪了，两个月过去，徐罗翻遍了这个城市，依然找不到关于乔洋的丝毫踪迹。第三个月的时候，在街上偶遇了正在购物的邬雪雪，就这么又联系上了，一同寻找乔洋的过程中两人渐渐有了感觉，加上邬雪雪一张嘴特讨人喜欢，很快徐家二老就拍板了，两人的恋情正式走出台面。

徐罗一边等邬雪雪一边想着往事，不知道为什么会想起乔洋那么多，本来这段时间走出了那段恋情，刚刚看见了那条含着乔洋用过的一样的雨伞走过来的小狗，徐罗的心有些痛，假如这个时候乔洋突然出现了，面对他已经开始的新恋情，真不知道会出现什么状况。

邬雪雪来了，看得出赶得匆忙，脸色有些苍白。徐罗心痛了，说："你不舒服吗?"邬雪雪摇摇头，说："你怎么到这里来了，走，我们回去!"徐罗突然大起胆来，他决定先不说，让邬雪雪自己去感觉那伞的奇怪。想到这里，他亲热地搂住邬雪雪的腰，说："走走吧！去湖边凉快。"邬雪雪的脸色变了，说："我不去湖边，我有些不舒服，我想离开这里。"

徐罗不由分说，拦腰抱起邬雪雪，向着山语小区走了进去。一个老师正带着一群幼儿园的孩子经过，孩子们朝着自己的小脸蛋刮着，说："羞！羞！羞!"邬雪雪满面通红，只好任由徐罗抱着向湖边走去。走到湖边的石椅上，徐罗把邬雪雪放了下来。

徐罗拿过腋窝下夹着的伞，说："我现在给你看一个现代聊斋故事真人版。"说着把伞一下子打开，邬雪雪脸色霎时变得惨白，她指着伞，口唇颤抖："乔洋！乔洋!"突然捂住眼睛，肩头激烈地颤抖。徐罗给她的反应吓了一跳，反应过来，马上就抓住她的手，把伞柄塞在她的手中，说："你胡说些什么呀！你还真以为是聊斋呀！一把伞，看把你吓的！你自己拿着看看。"说话的时候，徐罗自己的心突然觉得无由来地狂跳，这是怎么回事？这伞还真是鬼不成?

先前很好的天，突然有些起风。邬雪雪握着伞，身体站起来，风吹过来，伞向湖边斜去，她的身影也跟着倾斜。徐罗大叫："雪雪，把伞放开，不然风把你刮到湖里去了！”徐罗本无意喊出这句话，偏偏邬雪雪整个人随着伞的倾斜，竟然向湖里跌去，徐罗一把抓去，只扯下邬雪雪的一角衣衫。

邬雪雪真的跌到湖里，徐罗来不及脱衣服，一下子就扎入了湖中。

邬雪雪在湖里几个沉浮，口中含糊：“乔洋！乔洋！你放过我！我知道错了！错了！”徐罗大惊，他努力想托起邬雪雪，不知道怎么回事，湖底好像有漩涡一般，邬雪雪的身体不断下沉直至没顶。湖边行走的几个青壮年纷纷跳下水施以援手，在费了好大劲之后，终于确定不能让邬雪雪离开湖底的原因，她的衣衫勾住了湖底的一个水泥块上的钢筋。找到原因后，几个男人在水底撕去了她的衣衫再把她托出水面。

躺在岸上，邬雪雪气息全无，脸色一片狰狞。拍背，倒转，人工呼吸，围上来的人群把急救的方法全用尽了，直到120的人员到了现场，一番检查后，医生摇摇头，伸出双手表示已经回天无力，徐罗痛哭失声。他狠狠地撕扯着那把伞，用脚拼命地踏着，就是这把伞，索命的，害死他的女友，徐罗的精神简直要崩溃了。

先前一直帮忙救援的青年说：“我好像刚刚在湖底看见那水泥块上是个人形，不对呀?!”他要去打捞起来看看，旁边的几个人纷纷点头，一语惊众人。山语小区的物管闻讯赶来，很快就找来相关设备，水泥块被打捞上来了。

真的是有一个人被水泥块浇灌在上面，这一下子就炸开了锅，110的警察迅速到了小区。徐罗呆呆地看着，他已经没有了思维，这到底是怎么回事？湖底真的有死人，想到邬雪雪最后挣扎时的呼唤，他冷冷地打了一个寒战，心跌到湖底，难道，那尸体是乔洋的不成？那邬雪雪知道些什么？

警方的报告很快就出来了，那水泥块的尸体，确实是乔洋的，警方调出了湖边的摄像记录，很快就翻出一段镜头，在三个月前的一个黑夜，邬雪雪从一辆货车的驾驶室里走了出来，指挥两个男青年抬着水泥块到了湖边，三人协力将水泥块沉入湖中。

摄像记录起了关键的作用，警方凭着镜头里模糊的样貌，不出一天就锁定了犯罪嫌疑人。那是刚出狱不久的两个劳改犯，据两人的供述，他们只是分别收了邬雪雪各两万元的好处，当时是邬雪雪约乔洋上的门，乔洋来的时候，进门撑的就是这把满是眼睛的雨伞，后来他们将乔洋杀死后，把水泥块浇灌，放了三天。出来抛尸的那个晚上，顺手就将那把雨伞带了出来，也趁黑夜抛在了湖边的草丛里。没有想到雨伞竟然成了一条索命的链，将他们

全部牵扯出来。

其中的一个男人垂头丧气地说了一句："我们是活该，那个邬雪雪更是活该，她说过，为了这件事她已经整整策划了一年，一定是做到了天衣无缝，她就是想嫁给豪门，没有想到豪门没有进倒先进了鬼门关，我们也神使鬼差地跟着她做了，报应呀！"

警方把徐罗踩碎的雨伞翻来覆去研究了一阵，只能得出结论，冥冥之中有些事情是人在做天在看，归根结底就是善有善报恶有恶报，种种巧合不过是报应的时候到了，就出现了那么多偶然。

戴着红袖章的老人连连感叹："我说这段时间的湖水怎么就老有一股臭味，果然是湖底有冤魂，青天有眼呀！"

徐罗走出公安局的大门，望着苍天，欲哭无泪。这把伞，三个月都躺在草地上，难道过过往往的人没有看见？怎么就单单他拾到了，也许，在天堂的乔洋就是想用这样的方式，来告诉他一个真相！

心灵菩提：人在做，天在看，中间有良心，这是颠扑不破的真理，有些人做了坏事以为神不知鬼不觉，却忘记了心脏拳头大小，载不动罪恶和黑暗，再加上一把见不得光的枷锁，不出时日，必定重重拖垮了一颗流着血液的良心，还累及其他脏器，从此陷入万劫不复。

任何人都没有理由来伤害他人的利益和生命，哪怕是一个小小的细节，做人凡事需有"度"，一个无法抑制自己的欲望而在行动和语言上过"度"的人，都会因为缺乏自制力会在某一时间让情绪失控的时刻酿成大祸，现实生活中，自律和自省就是一盏不灭的导航之灯，认真跟随着，就不会踏错脚步！

她下意识地侧侧头，长发遮住半边脸，冯林扫了一眼，电梯门一开，他迅速地踏了进去，那一瞬间，嗅觉一下子敏感起来，那若有若无飘过来的香味，怎么似曾相熟，抬头望去，电梯门已经缓缓地关上，他只看见几绺飘动的发丝。

心神就此乱了，那香气在心头越来越弥漫，渐渐地如同蘑菇云般罩在冯林的心头。在办公室里他打开了自己的抽屉，那个隐秘的盒子里，静静地放着几缕发丝，越看越是坐立不安，同事从对面投来异样询问的目光，冯林感觉额头有些出汗了，他突然冒出了一句："这鬼天气，热死人了，刚刚在电梯里一挤钱包都丢了！"同事的眼神释然，关切地接过话："这样呀！那你还不快去监控室里调出视频图面来看看，保准那小偷还没有走远！"

冯林眼睛一亮：对呀！几乎是以奔跑的速度直奔监控室，他让工作人员调出了各楼层之间的视频图面。

他看见了，那个出现在图面上的女子，缓缓地解下了围巾，一条如同绳索般的烙印清晰地现在白皙的颈部，侧对着摄像头，只是在他走过的时候，手一扬，本来束着的长发披肩而下，接着就看见自己走入电梯，女人转身离去。

冯林的呼吸急促起来，手指颤抖地把图面调到办公楼的大门口。女子从楼内走出来，戴着一副大墨镜，站在楼外对着他办公的窗口注视了良久，随后一闪身钻入了一辆的士里。冯林的汗珠滴落下来，他清楚记得，那双眼神注视的时刻，他正在办公室里心神不定。

不知道怎么回到家里的，勉强把房门打开，冯林一下子跪倒地上，双手深深地插入发丝里，发出了狼嚎一样的低吼："这是不可能的，不可能的！"他从地上连滚带爬地挪到浴室门口，盯着浴缸那墙体贴着美妙绝伦图案的平

台，伸手用力一把扫去上面的各种各样的沐浴露护肤霜，眼神死死地定在瓷片之间的缝接口，还是那么完美无缺，一如他做过无数的整容手术，找不到瑕疵，这样的地方，漏不出一根发丝，那今天看见的那个女人和那股无比熟悉的香味，又怎么解释？冯林感觉到全身的骨骼都在发抖，他一把抓过壁上悬挂的红酒，直直地敲碎了瓶嘴，拿过酒杯，把那嫣红的液体倒了满杯，迅速灌下喉咙，他感觉到寒意正慢慢从身上减退。

他哈哈笑了起来，泪水顺着腮边随红酒一起咽人，终于喝完了一瓶红酒，拉开浴室的窗帘，看着万家灯火，他相信，这个城市里，只有他才把红酒放在浴室里，用这样的方式喝。也就只有他，才能把一切做得那么天衣无缝。今天看到的人，不可能是她，不可能，这个世界上不可能有神鬼，也不可能有什么转世投胎的说法，但今天，她又到底是谁？一定要解开这个谜！

冯林对着墙角的一个按钮一点，一个抽屉应声而出，这是他的设计，里面装着各式工具。

他看了看钟，是晚上八点整，这个时间敲击砖体发出的声响，应该不会引起邻里间的猜疑。

敲击，不停地敲击，瓷片和水泥很快就应声而落，一年了，一年前的八点，冯林在眼前纷飞的泥屑中看见了芙织的脸，她一脸幽怨，在他拉紧绳索的最后那刻，嘴角溢出的鲜血嫣红了他整整一年的岁月。

芙织是他的病人，一个容貌一般却拥有一副魔鬼身材的女人，他为她整出了姣好的容貌却也把自己整出了感情，爱是砒霜，对于他这样已婚的男人来说。而芙织却是不管不顾，还在他不知不觉中拍摄下了他和那些医疗药品器械供应商的谈话和他收取红包的场面，说如果不能爱得名正言顺就不惜鱼死网破。他抓狂，他深切地爱着，除了婚姻，他什么都可以给她，包括那些灰色的收入，而她不依，说可以放弃一切身外之物也要和他走在阳光下，两人就这样陷入了僵局。

那一次，他真的不是故意的，妻子回了娘家几天，他带芙织回了家，之后喝了酒，芙织不知道从哪里拿出一条绳索，在不胜酒力的他面前摇来晃去，说如果爱情还是走在悬崖的钢丝上，不如用绳索把两人打成同心结。芙织的脸不停地变幻着，重重叠叠，这让他失控，他终于无法控制一直不停颤抖的双手，芙织就这样被一根绳索把自己牵成了黄泉路上的鬼。

他把芙织砌进了砖块，把浴室布置得典丽堂皇，对着妻子回来质疑的追问和目光，他淡淡地回答："现在有钱了，该提高生活的质量了！"在后来的日

子又特意请来家装公司的人对客厅卧室也像模像样地进行了一番敲打，或许因为婚后都是他当家做主，妻子没有再说什么，只是目光多了深深的忧伤。

终于敲开了水泥砖块，一股恶臭扑面而来，呛得他无法抑制地呕吐起来，殷红的液体从喉中喷了出来，他看见了，清楚地看见了，芙织依然在里面，只是已经腐烂了，他冷冷地打了一个寒战，看着浴室一片的狼藉废墟，再看看时钟，他终于清醒过来。

妻子下夜班这个时候应该会回来了，他脸如死灰，这一次他也不是故意的，但是，妻子也必须跟芙织做伴，这样，他才能活下去。

突然，他的眼睛死死定格在门后，一种极度的惊恐从脚尖蔓延到心头，门后，什么时候粘贴着一副大大的花图，那花大批大批地开，艳丽而狐媚，像血铺开的地毯，抓人眼球又掠人心魄，他的冷汗从背脊不断地渗出，当时进门的时候，怎么就没有发现呢！

门在最准确的时间打开，他站在门后，血液凝固了，骨骼似断开的链条，手中的铁锤贴着墙蹭落了壁纸，空气停止了流动。时间一秒一秒地过去，怎么没有人踏进来，他暗叫不好，难道那股厚重的尸臭味让妻子顿生出警惕？他疾速地从门后闪身而出。

亮晃晃的手铐，黑洞洞的枪口，墨绿的警服，炯炯有神的眼神，他的双脚一软，缓缓地跪在几个严阵以待的警察面前。妻子扒开几个警察的身影，在他面前蹲下身子，眼泪一滴滴在落在地上的铁锤上：“你真的杀了人！你知道吗？一年前我回家之时手机收到一张图片，回家，浴室里就给你重新装修过了，这是她要带着你一起走呀！你看！”妻子颤抖地打开手机调出图片，那是张只拍摄了一只女子的手拿着一根绳索的图片。时间是一年前，芙织进家门之前，原来，她是真的要带上他一块走的。

泪水模糊了他的眼睛，妻子的声音如隔着时空传来：“我一直都在怀疑，我在你身上闻过一种香水的味道，很特别的那种，你装修房子的时候我让人帮安装了摄像头，但我都没有发现，我在市面上找了很久才找到这种香水，又找了行为艺术公司的人协作，让她去医院帮我演一出戏，你果然，果然要对我灭口！”妻子的眼睛转到门后那副大大的花图上，说道：“这花叫彼岸花，只开在黄泉路，是那里唯一的风景和色彩！”她再也说不下去，女警过来轻轻搀扶，他看着消失在视线中的身影，彻底瘫软在地上。

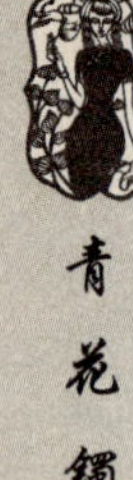

心灵菩提：彼岸花，相传此花只开于黄泉路，是冥界唯一的花，更是这长长黄泉路上唯一的风景与色彩。当一份见不得天光的爱情直接把所谓的爱交给了狰狞的魔鬼，没有人能摆脱彼岸花的呼唤，它从来不放过该到这里赎罪偿还自己罪行的人类。有些事情永远不能做，有些情永远不能说，为的就是，已经没有承担责任的肩头。怀抱再温暖，情怀再炙热，也不能在道德之外筑巢璀璨，就无须夜夜让心灵倾听黑夜来临的脚步。

彼岸花开，就让花开在彼岸，终生选择尊重，便是蓝田日暖，沧海月明。

猫之恋

叶眉大口吃着方便面，这么高档的小区，竟然会停水断电，到楼下的士多店连水带面端了上来，那辣得舒畅的感觉让一天的疲惫都烟消云散。

水不敢多喝，免得排泄物都没得冲洗，到时熏昏的还是自己。对着镜子，叶眉打开背袋，对着一皮箱的化妆品发呆。今天，很特殊的日子，天为谁秋？自己为谁等？三年前那个男人说过的话，总是若有若无飘在耳边。自嘲了一下，可能别人早就忘了，自己还那么在乎，今夜再给自己的容颜来一次浓妆艳抹吧！就当是给过去的记忆完全画上一个句号。

手机提示音响了一下，谁的号码？没有见过，打开刚接收到的彩信，一副让人毛骨悚然的图片，一只血淋淋的猫悬挂在一块木板上。叶眉惊叫一声，眼睛迅速向四处瞄了一下，把门锁用手旋了旋，都是安全的。只是这图片上的猫，谁发的，难道自己给谁发现了？

叶眉突然觉得想吐，那血腥的画面让刚吃下去的快食面翻腾到了喉咙口，终于按捺不住，跑到卫生间，稀里哗啦地呕得眼泪鼻涕都出来。

抹去眼泪，叶眉抚摸着胸口，那里的声音一声紧似一声，心脏的猛烈跳动似乎想把她从这个世界上活生生地震昏过去。

这屋里的气氛太难受，叶眉打开窗子，一只猫“唆”的一声蹿下窗台，转过头，两只猫眼在夜幕中看着叶眉，叶眉捂着胸口，脚步有些踉跄，走到门口，这屋里的气氛实在有些诡秘，不能再在这里待下去了，走，一定要到外面去呼吸新鲜空气。

她就叫猫，是去赴夜场的艺名，这个名字奇怪，会让猎艳的男人一看就心痒难当。遇见他之前，她就像一条悄无声息的猫潜行到肉与欲的边缘，把嘴边的肉吃了，不留一丝痕迹，手机号码也不停地换，她从来不会跟相同的男人有超过三次的交易。在这个喧嚣的都市里，她是行走在白昼与黑夜的幽灵。

她也叫叶眉，叶眉是白天在校园里举止端庄的老师，是在教学中屡屡拿奖的优秀班主任，是拿着教鞭认认真真培养祖国花朵的园丁。素面朝天，对着男老师善意的玩笑总会满脸通红，是学校里有名又有口碑的好女孩。

不可能有人认出她来，她租住的地方从来不邀请同事来玩，从学校回来每次都要转好几趟公交车。住的小区楼道之间彼此陌生得不知道对面住的是谁，没有人会发现那个夜幕下画得眼如鬼魅、唇红如血、一头几可乱真的假发和衣着妖艳的人就是白天文质彬彬的她。

用手拉开防盗门，手背一个浅浅的烙印落入视线，脑海中那个动作青涩得像橄榄的男人一下子跳了出来。他说："我一定要找到你，我就这么咬你一口，你就在人海中消失不了，你是猫，我就要成为你这只猫一生一世的主人。给我三年，让我好好去赚钱，来给你一份安稳的生活，三年之内我一定会再出现，如果你也爱我，那么不要再继续这样下去！"那一次她没有收钱，选择了消失，那宵欢爱就随着时间的推移已经渐行渐远。偶尔想起，也就成了心里淡淡的伤痕，欢场上流连过的男人，说的话就是墙外已经风化的一抹青苔，听听可以，当真了会把自己陪葬成连土壤都找不到的孤魂野鬼。

她只是猫，还不至于傻到相信只一次欢爱就会生出天长地久的真情实感来。今天，正好是手上留下烙印的三年。到底她还是在意的，才会在他离去不到一个月的时间里彻底退隐出肉体上那没有灵魂与自尊的日子，只在K厅陪客人唱唱歌主持一下节目。

她心里战栗起来，不懂自己怎么就把这个日期记得这么清楚，她的心底，难道会有那么的一根弦，只为留下那一句话的男人响起？这图片上的猫，难道就是他发的，他用这种方式出现了？而她，连他的名字都不知道。

防盗门终于开了，叶眉闭上眼，这个手机号码，是在学校上课的时候跟同事之间联系用的，这个图片，怎么就发到了上面，难道，不是三年前的他，而是学校的哪个同事，发现了她的秘密？也许是发错了吧！叶眉安慰自己。睁开眼，手怎么有湿漉漉的感觉，低头一看，全是鲜血。叶眉惨叫一声，门的拉手上，一块木板上悬挂着一只猫的尸体。叶眉顿时感觉天旋地转，缓缓地倒在了门口。

醒来的时候，到处都是白色，费力地睁大眼睛。一个男人的身影正低头吹着粥，那冒出的热气，弥漫了男人的面庞，她看不清。听到了她的动静，男人抬起头，一张清秀的脸，似曾相识，她不敢确定了，过尽千帆，那些曾经有过手足缠绕的男人，她又如何能在夜幕中一张张地记清！

他说："喝粥吧！"端了过来，她终于确定了，真的是他，那一年在她手上留下烙印的男人，真的就在三年后的同一天晚上出现了。那猫，是他下的手吗？他为什么要这样做？是来给她警告又还是要把她怎么样？

男人看出了她的疑惑和恐惧，他小心地吹着粥，把她扶起来，拿着一个小勺轻轻地盛出粥水，说："你先吃，吃饱了我再慢慢告诉你！"叶眉看着他的眼，里面除了真挚，看不出有什么其他的不妥，她合作，慢慢地配合着他把一碗粥全部都吃了下去。

两个身穿警服的警察走了进来，他们说："你是叶眉对吗？我们有事情要向你了解。"她的汗一下子湿了脊梁，脸色异常惨白。怨恨地看着他，这个男人，难道要用这样的方式来揭露她的不堪吗？她其实早已经在他离去不久之后就告别了那些不堪的人生，也因为他的那些话，做回了正正经经的女人，那一夜，他所谓的三年之约，现在就是要这样的方式来让她从此无地自容吗？

叶眉使劲地咬着嘴唇，看来这世间的男人，都是不能相信的，什么爱情，都见鬼去吧！她为什么还在这三年里让心时不时地在这个男人的影子上游离，当时堕入欢场，也是因为初恋的人把自己抛弃，之后让自己自暴自弃走过这些年纸醉金迷错失心灵的日子，而现在，又是自己牵挂的人把自己推入风口浪尖。

口中有了淡淡的咸，男子抓住她，吃惊地说："你咬破自己的嘴唇干吗？"满目的焦灼满脸的担忧。叶眉苦笑了一下，对着警察说："你们想问什么就问吧！"她心里一片惨淡，你又何必来假惺惺，我再怎么不堪，也和你有过一夕欢爱，你又何以如此绝情，把我往警察那里推，瞬间心里突然一片惨淡，问吧！随你警察爱问什么，自己这张脸，自己这个人，自己这辈子的名声，就让一切都在警察的询问完毕后红尘湮灭吧！她想到了死！

警察有些吃惊地看着她瞬间万变的表情，掏出纸笔，说："我们就是想了解一下你和那个杀猫勒索钱财的犯罪嫌疑人认不认识？有没有把钱打入他的账号？"

叶眉吃惊，说："什么杀猫的？"警察微笑了，说："你朋友还没有告诉你经过呀？"叶眉吃惊地看着男子。他微笑着，看着她的眼神充满了怜惜。他对警察摇摇头说："我还没有告诉她，她刚刚醒过来，吃了粥，什么都还不知道！"说着轻轻地牵住她的手。

警察说："近日来多个独身女子居住的地方都出现了血淋淋刚杀死的

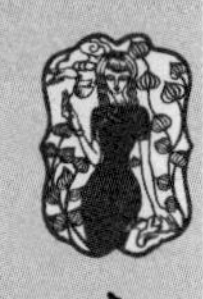

猫，犯罪嫌疑人在每一次放猫之前一定会先踩好路线，调查好居住女子的手机号码，先发图片之后就在门口放死猫，让看见的当事人吓得魂飞魄散，之后再发短信敲诈钱财，由于要的数目不大，多数受害女子都是选择破财消灾。你事发时正好你的朋友来找你，他报了警，我们现在就来跟你做些笔录，你可以把知道的都告诉我们！"

叶眉的泪水一下子涌了出来，警察录完了她的口述很快就出去了。一束玫瑰花举到她的面前，上面一张卡片写道：送给我心中最爱的人，邬东方！叶眉呜呜地哭了起来，使劲地捶着邬东方的胸口，说："你怎么现在才来，让我这三年一错再错，一等再等！"邬东方轻轻抚摸着她手背的烙印，说："现在也不迟，嫁给我！做我一生一世的猫！可以吗？"

叶眉哽咽地点点头，第一次知道这个男人的名字，就足以让自己可以托付一世。窗前，一只猫闯过，邬东方笑了，指着胸口说："你现在开始，这里就是你这只猫的家园，你可以在这里兴风作浪，直至终老！"

心灵菩提：无知的岁月，总会做些荒唐的事情，穿过时光之旅，才悟出这是生命中厚重的污点。佛家因一花一叶而顿悟，走入迷宫的人只需要一句话就可以回头是岸。人生真正的价值和幸福，是真实地认识到自己的身心安放的正确位置。生命中最可怕的不是生理上的饥饿和寒冷，而是出卖灵魂的方式来谋取生活的行尸走肉，当青春容颜耗尽，经过没有阳光的日子留下的苍白将使整个人生毫无血色。

不是每一个走了弯路的人都会遇见一双明亮的眼睛，守候在五百年才会相遇的爱情树下。更不是每一双跌倒的脚步都会幸运遇见搀扶的双手，用微笑来安抚哭泣的容颜。关键是要能洁身自好，错路上已经在行走的人不能再继续执迷不悟。

烟火移植不了的人间

琼芳一巴掌拍开根园的手,根园呵呵地笑,手又探了过来,想把她的衣扣解开,琼芳拍下的手加重了分量,口气中带满了讥讽:“别人的女人,穿红挂绿,涂脂抹粉,我嫁给你,连一张好床都没有睡过!”说到这里,琼花一个翻身坐了起来,用脚尖掂在地上,屁股使劲地挪了挪,那床铺就发出了咯吱咯吱的声响。

根园尴尬:“老婆,我们不就是先将就吗?一张床也得千几百块的,你看咱爸咱妈医病就花去了这几年的积蓄,等这批猪苗出笼了,有钱了,别说是床铺,就是房子咱也可以翻盖过呀!”说着他的手又揽过她的腰。

琼芳把自己衣领最上边的一个扣子都系好了,说:“老娘我今天告诉你,你不买回一张雕花大床来,我这身子,你也别碰了!”根园有几丝恼怒:“你这婆娘怎么这样?我不碰你,还想等到自家的男人像地里干水的茄苗,自个儿旱死了!”琼芳的声音更大:“就是把你旱死了也好过在这里丢人现眼,你知道吗?昨天隔壁回来的二毛子看见我就笑得鬼头鬼脑的,还说根园嫂你家夜里打鬼呀,咋地整出那么大的动静来!”

根园低下头,一下子就没有了声响。他坐起身,拿起水烟筒,搓好烟丝,就想塞在烟嘴上,琼花一把夺过:“你寒碜不寒碜?你看看别人二毛子那个瘌痢头,什么人呀?出去城里不到一年,就开着车回来,现在十里八乡的乡亲都踏破了他的门槛,就想托他给个门路,让自家的腰包也跟着鼓一鼓,我们还是他的邻居。俗话说得好,近水楼台先得月,你咋就不去串串门,也去沾些贵气回来。你看二毛子抽烟都是叼着烟嘴的,那种电视里才看得见,进口的,你还在这里抽什么乡巴佬的水烟筒!”琼芳越说越气,一把将夺过的水烟筒丢到院子里。

夜里,根园几次把手伸到琼芳面前,都被琼芳毫不客气地打了回去。几个回合下来,根园安静了。下半夜的时候,琼芳看见根园起身了,披着衣服,

在院子里抽了好久的水烟筒。

琼芳心里暗喜，她知道男人脑袋有些活动了，自己再紧迫他几次，一年之后，可以吃香喝辣、可以在姐妹们面前仰着头说话的就是自己了。

琼芳家低矮的房屋正挨着二毛子的楼房，看着昔日狗模狗样的二毛子出城一年竟然盖起了楼房，琼芳那个心呀，像猫爪上了膛，十二分的不舒服。论个头，根园长得高大养眼；论能力，根园里里外外一把手，没有什么钱也把琼芳养得珠圆玉润，这样的人，凭什么就要在农村里累死累活。她琼芳，十里八乡的一枝花，应该是将来住着洋房有佣人侍候着享福的命，这一切，最应该是比二毛子能力强千百倍的根园可以给她的，现在，就是要给根园洗脑，让他走出这大山去。

天亮了，根园的眼圈明显发黑，琼芳有些心痛，她假装看不到。根园走到她的面前，嗫嚅地张开口，琼芳窃喜，她已经让根园当了活光棍一个月，现在该是听到他妥协的话语时候了。

“芳！我还是好好地待在家里吧！你看，你嫁过来，重活都没有让你干过，爸妈身体也都干不了重活，我一身力气，辛苦几年，我们的好日子也在等着，到城里，不是我能适应的，我一身泥土味，只属于在家里的这片土地刨食，人只要勤劳，哪里都可以挖出黄金来！”他的眼神期盼地看着她。

琼芳的脸马上拉长了，她恨死他了，他的脑袋怎么就和那榆木疙瘩一样不开窍呀！地里刨，都已经刨了三代了，还是这样受穷，树挪死人挪活，换一个环境就换了一个烟火人间。琼芳看见二毛子哼着调子从家门口走过，她对根园说：“行呵！你就这点出息，你不去找二毛子，我去，我一个妇道人家还知道去外面改天换日，你就守着那几块地等着长出金子来吧！”说着作势要走。

根园忙拉住她，困难地说：“我去，我这就去！”

看着媳妇一脸的笑意，像新媳妇一样暖暖地牵着他的手往屋里拥，带着体香的身体紧紧地贴了过来，根园长叹一声，拦腰把媳妇抱进屋里。

外面的日头已经上了三杆，琼芳伏在根园的胸口，甜蜜地说：“你出去拼搏，家里我会打理得好好的，咱爸咱妈你不用担心，等到时候有钱了，我们就卖了这里的地，一块儿到城里去！”

根园长长地叹了口气，他看见琼芳眼中跳跃的火焰，那是扑也扑不灭的期盼，沉默了好一阵，他才说：“芳，你有没有想过，外面的世界很精彩，外面的世界也很无奈，对于我们来说，那里是烟火移植不了的人间呀！

琼芳摇摇头,亲昵地说:“那里是天上人间呐!我做梦都想去!”

根园再不言语,他起身抓起衣服,说:“我去找二毛子了!”

金秋,庄稼丰收的季节,根园和二毛子出了门,琼芳倚在门口,痴痴地看着,用不了多久,她也可以像那些有钱的小媳妇一样,买回一台验钞机,把那拿回来的钱儿一张一张从机里验过来,那个神气呀,让村里的那些眼球,圆得同枝头的龙眼。想着想着,她偷偷地捂着嘴笑了,看看时间,手脚不停地做起了家务,这样的劳作,坚持一下,等根园的钱回来,日子就拨云见日了。

不出一个月,根园的钱回来了,整整三千元,只是没有只字片言。琼芳捧着钱,乐得自己在屋里扭起电视上学来的秧歌舞,把三十张老人头看了看,亲了亲,谁说钱是最肮脏的东西,钱在自己手里就是琼浆玉液。有钱多好,根园一个月就把在家里一年的收入都赚了回来,琼芳恨不得把每张钱上都留下一个大红唇在上面当烙印。

第二个月,第三个月,琼芳的抽屉里很快就满了一万元。根园就是捎钱回来,一个字都没有带回家。琼芳的心里,像地里没有去打理的草似的,哗啦啦地长,有相好的姐妹跑到耳边嘀咕:“你家那口子一出去就发达了,寄回来的钱多得比长韭菜还快,怎么没有信捎给你?怕不是在城里找了相好的吧?你可得盯紧点!”

琼芳开始茶饭不思,她整夜都睡不着,那冤家在想些什么?难道他不想念自己温软如玉的身体了,还是真是她们说的男人有钱就变坏,到城里弄个什么金屋藏娇了,琼芳越想越不对劲,她连夜准备好了行李,她要进城。

地址是从二毛子一个亲戚那里得来的,别人不肯给,琼芳软磨硬泡几乎就差下跪,最后灵机一动忍痛给出了五十元的红包,那人才写出了一个地址给琼芳,还叮嘱她要保密,千万别说是从他这里得到地址的。

琼芳按着地址,一路嘴甜脸笑,逢人问路,转了几趟车,终于到了城里的一个城中心的位置,这里的楼房都是握手楼,这时候天色正黄昏,来来往往的人多起来,琼芳突然看见一群人,她认出来了,有二毛子。这时候的二毛子正指挥两个人用轮椅推出一个人,那个人一脸胡须,脸色异常黯淡,坐在轮椅上一动不动,琼芳惊呆了,那不是她的根园吗?怎么会变成这样?她张大口,却喊不出声。

天色终于暗了,琼芳尾随着他们来到一条大路上,二毛子一挥手,两人迅速将根园扶下轮椅,将他放在路边。琼芳还没有惊叫出声,一辆轿车开了过来,根园的身影斜斜向路边倒去,轿车一个急刹。司机刚探出头,二毛子

尖锐的叫声在夜空中飘荡:“撞人啦!撞死人啦!”琼芳一个站立不稳,手勉强扶住了一棵树,还是倒了下去。

这边,根园在地上发出了痛苦的呻吟声,他双手抱着脚,整个人成了一个龙虾状。二毛子一把掀开他的裤腿,说:“你们看呀!骨折啦!骨折啦!再不医就出人命了。”

透过冷冷的月光,琼芳的双脚跪到地上,她扯着自己的头发,泪水模糊了一张脸,她看见了,根园真是骨折了,那可以媲美运动员的左腿,在月光中明显地看得出下半截成扭曲状,肿胀的,上面有血,一滴滴,像月亮落入人间的眼泪。

琼芳已经听不清楚他们说些什么,只看见轿车司机拿出了三叠人民币,然后马上上了车,加大油门开跑了。

琼芳知道,那是三万元,家里的一万元,那厚度她不知道掂量了多少回,司机递给二毛子的钱,是她掂量过的三倍。

二毛子挥挥手:“走,把人抬回轮椅,我们先休息一下!”

琼芳从夜色中走出,像幽灵,她一直走到根园面前。二毛子大吃一惊:“根园嫂,你怎么来了?”琼芳发疯似的扑向他,说:“我跟你拼了!”二毛子一边闪一边吼:“你疯了不成?你家根园没有事,就是骨折了,骨折有什么?躺着都有得吃,你看,大把钞票呢!”看着一脸蓬头散发的琼芳,二毛子心虚了,他递过钱:“根园嫂!要不,这次的钱全归你!”琼芳一把扯过钱,抽断那扎钱的带子,仰天,泪水纷飞,手一扬,百元百元的钞票,像雪花似地漫天挥洒。

琼芳哭着跑到根园的面前,根园看着她,眼神一片空洞茫然,五官的表情痛苦地聚在一起。根园指着脚,像孩子似的发出声音:“痛!我痛!我好痛!”

琼芳哭着抱住他:“根园,我们回家,你说得对,这里是烟火移植不了的人间!”

心灵菩提:勿以善小而不为,勿以恶小而为之,笔墨亦是难书人心,有些朋友的善良便是花的蜜,有些朋友丑恶就是毒之花,红尘纷扰,有时候多一份自我保护的意识,便也免去了一些不堪的伤痛。每个人都有适合自己的位置,就像每一个土地有适应种植的植物,人不是万能的,适合自己的就是最好的。一如中国画的画家们,同样是画家,工笔画适合耐心内敛沉稳的人来细细描画自成一家,而写意山水则需要性情豪放开朗的人来挥笔泼墨方

成大器。而若是换位而处,二者可能均一无所成。

外面的世界很精彩,外面的世界很无奈,每个人都可以成为生活中的军师,每个人都有机会为自己亲近的人把控未来,但是,现实究竟还是现实,个人的眼光和阅历跟环境还有会存在某些误差,太专制的建议往往会造成终身的遗憾。

春天花会开

他疲惫地脱去工作服,揉了揉有些发痛的眼睛。主管走了过来,口气不友善,说这批产品出货耽搁了时间,上头很不满意,这会直接表现在他这个月的奖金上,他心里腾起了怨气,想分辩什么,主管一摆手,说:“你先下班吧!”他压抑着自己的不忿,走出公司大门的时候,明晃晃的阳光直射过来,让他有些晕眩。

他掏出手机,拨通了同学的电话,说起这次遭遇,是因为传达通知的同事故意迟了半天才告诉他,导致了他的质检没有跟上进度,同事间的排挤让他想甩手不干。同学在电话里安慰,叮嘱他一定要平心静气地处理事情,生活生活,生着容易,活着就是摆脱不了人与人的相处。他关闭了电话,双手紧紧地抓着拳头,郁闷的心情恰似浪潮一般排山倒海,让他连呼吸都困难起来,他总感觉自己想发泄些什么。

看着马路对面的牛奶店,他长长地叹息了一口气,自从当上了房奴,经济变得捉襟见肘,戒烟也不能保证每个月花上百来元给女儿订牛奶。牛奶店的旁边是花店,有几部豪华的轿车正被打扮成结婚的花车,那车头硕大的花篮,不知是女儿多少个月的牛奶,想到这里,他的怨气更重了。人和人,怎么就可以如此的不公平,他所要的不多,只是属于一家人可以遮风挡雨的空间,却弄得日常开销都难以维系。一辆车驶过,将下雨搁置在低凹处的泥浆水全都溅洒到了他的身上,他诅咒了一句。司机伸出头,恶狠狠地骂了一句脏话。他看着那张不可一世凶神恶煞的脸孔,硬生生地把自己的恼怒吞了回去。

经过橱窗时,里面典雅高贵的模特系着一条领带,那价钱足够他在老家盖三间平房。一条雪白的宠物狗来到他面前,张口低低地汪了一声,狗主人很快走过来,抛出一对卫生球给他,好像他是什么瘟神。看着穿着芭蕾裙的小狗,他的悲哀一阵紧似一阵,把手伸入口袋,钱夹里那几张票子,只怕还不

够买小狗头上的那个蝴蝶结。莫说人和人比,人和狗,都不能相比呀!他的心开始沉了下去。胃肠道这时候有感应似地嘀咕一声,提醒他该进餐了,想到妻子的抱怨,父母的唠叨,还有要被扣掉的奖金,他没有胃口,转身朝公园的方向走去,他觉得好累好累。

一个小女孩抱着一个红色的纸箱,走到他面前说:“叔叔,你可以捐钱给我们吗?我们的同学生病了!”他叹了口气,掏出来十元钱正想放入小女孩的纸箱里。一个男子出现了,脏乎乎的大手伸了过来,说:“给我先,我已经一天都没有吃饭了。”他为难地看着,还是把钱放在后来的男子手上,抱歉地对小女孩笑了笑。男子咧开嘴笑了,拄着拐杖走开了。

他继续向公园深处走去,一阵窃窃的笑声飘来:“那个傻瓜,我一开口他就给了十元,是我今天收到的最大一张票子!”另一个声音回应:“是呀!我刚偷看他那样子,也就是为了两粒米米疲于奔命的人,嘿!爱心倒比米缸还大!”他看见了,那对话者之一就是刚刚伸手向他乞讨的人,那话语让他的血一下子冲到了脑门,眼前一黑,脚步一下子踏了空,身体就这么坠了下去。

这是什么地方?他坐直身体,到处灯火辉煌,他身下好柔软,用手摸摸,好家伙,还是貂皮制作的沙发,这是一间装修得极其精致的套房,就同他的电视里看见的总统套房一样,打开橱柜,如同打开了阿里巴巴的大门,里面珠宝的光芒让他睁不开眼,再看,连厕所都是黄金打造而成,这是什么地方?他异常吃惊,脚步多了无限力量,他一间一间房打开来看,装修都是如此奢侈豪华,冰箱里盛放下他人生字典里汇聚的所有美味,走出大门,入目的都是一栋栋美妙绝伦的别墅。他奔跑起来,渐渐走不动了,他喘息着,大声呼唤:“有人吗?有人吗?”天地之间只有自己的声音在回荡,这是一座偌大的空城,他可能是这座城里唯一的活人,想到这里,他大骇,随手抓起地上的珠宝抛起,落地叮当有声,他拼命摇头,再多的荣华富贵,这冰冷的华丽声响如何比得人群共处的呼吸声!一只鹦鹉掠空飞过,对着他的耳朵大声说:“这个城市是世界上最豪华的城市,这里的所有的一切都属于你,你慢慢用!”他大声说:“其他人呢?”鹦鹉说:“这里没有其他人,你在这里慢慢变老,我要飞走了,飞到有人群的地方去。”他说:“你带上我,我也要到有人群的地方去!”鹦鹉笑了:“这里有你想要的生活和快乐,再没有让你烦恼的一切事情,上帝已经完成了你的心愿,你就好好待着吧!”看着鹦鹉消失在天际,他手脚开始颤抖,天地一片寂静,没有了母亲的唠叨,父亲的叹息,女儿的瘦弱,陌生的人群,同事的排挤,路人的白眼,没有欺骗,没有伤害,没有设防,更有数不清

的财富等他享用，他是这里的主人。

他战栗起来，感觉到血液开始慢慢变冷，他大声呼喊起来："我要回家，我需要到有人的地方，我需要一起取暖的呼吸。"声音在回荡，没有人回答他。

他开始想念记忆中的一切面孔，无论那一张张脸有着怎么样的喜怒哀乐，都变得如此可亲，他想抓住，却什么都抓不住。

他又开始奔跑，向着一切可能有人类的地方奔跑，终于累了，跑不动了，脚底踩的是一片沼泽地，让他不断下陷，他伸出了最后的手。

手心抓住了什么，他听到了人声，七嘴八舌的，带着焦灼带着关切："叔叔，你怎么了！醒醒呀！醒醒呀！"还有苍老且慈祥的声音："快打120！""谁带着水？快拿过来！"他的眼睛睁开了，一张张焦灼的脸慢慢清晰起来，大家围在他身边，每一双眼睛都带着真切的温暖。

他扭过头，身边有一张十元钱，小女孩轻轻说："这是你先前给那个年轻叔叔的，他放在你身边，就和同伴走了，我看见他走的时候眼眶都红了！"他伸手摸摸小女孩的头，说："孩子，叔叔没有事，只是累了，在梦里回了一趟家。"

小女孩天真地看着他，说："你在家里看见什么了？"他笑，脸色舒展一如天边的湛蓝，他抬头看天，说："我感激所有的伤害，因为这样磨炼了我的心志；我感激所有的欺骗，这样让我增长了见识；我感激所有的鞭打，这样消除了我的业障；我感激绊倒我的人，这样促进了我的自立；我感激斥责我的人，这样助长了我的智慧。这一段话，我看过很久了，现在总算明白了。"

小女孩似懂非懂，说："叔叔，你说得好复杂哟！我就知道，一个人应该是怀抱感恩生活在这个世界上。"

他使劲点点头说："是的，我们必须生活在人群中，感激每一个使你坚定的人，我们更要融入各种环境中，好好发挥自己，做出最好的自己！我这次回去，一定会是最优秀的自己，你知道吗？春天来了，花就一定会开！"他笑了，一身轻松。

心灵菩提：辛苦一天是过，悲伤一天是过，身为这个社会的一个角色，主观上都想成为一个当之无愧的主人，而繁杂琐事、隔着肚皮的人心、环境中充斥着各种各样的情绪和面孔就像生命中的影子一样无法摆脱。心情给折腾成了十里埋伏或是四面楚歌，每一种情绪找不到出口就会变成乌云密布，心灵给撞击得土崩瓦解情绪便会胡思乱想流离失所。这就是生活的痛苦，

如果不能以坦荡豁达的心态面对挫折，便会让生命真正陷入沼泽地。

能将手头的每一件事情都做好做到位，就已经不平凡。罗马不是一天砌成的，坚持不懈，机遇只垂青那些懂得生活懂得珍惜的人。春天花会开，绽放自己才是最大的动力，没有它，一切都变成黑夜中寻找不到黎明的一滴霜花夜露。

折翅也要飞越沧海

诺西十九岁，是一家医院儿科的护士，年轻漂亮带着傲气，很多时候对病人爱理不理。这是护理工作中的大忌。

这天，来了一个一岁多的小女孩，是急性胃肠炎住了院，因为腹泻，血容量下降，导致整个人呈脱水状。

诺西当班，看见孩子她就不耐烦，才当一个月护士，转行的念头就在心里千回百转，但想归想，工作还是要干的。

从小女孩的脑袋看个完全，隐约可见的血管穿刺的把握不大，诺西拿过一根止血带，扎到小女孩的手前臂上，还好，手上的血管一次穿刺成功。

收拾用物准备离开的时候，孩子的母亲欲言又止，看见诺西推门出去，她还是忍不住问了一句："护士，那个管子要绑多久？"诺西一皱鼻子，看来乡下人就是乡下人，好端端的一个输液治疗到了农妇的嘴里就成了绑管子，真是少见多怪，诺西大声地回答："要绑到针水全部打完为止！"

诺西回到治疗室，看了一下时钟，还有三个小时就下班了，她心情变得愉快起来。那个打上吊针的小女孩一直啼哭不止，孩子的母亲到了办公室找了几次，口气无比卑微："护士，是不是那根带子绑得太久了，我看孩子的手都变色了！"值班的医生说："什么带子绑太久了？"诺西皱眉："什么带子，是那根输液管！"值班医生明白过来。转头过来安慰孩子母亲："没有事的，孩子的病情需要，只有这样的治疗对孩子才是最有利的！"

交班的时候到了，接班护士魏菊与诺西一起走到床头交接班。小女孩已经睡了，只是满脸的泪痕挂在腮边，表情似乎带着丝丝痛苦。

诺西一撇嘴，对着孩子的母亲说："我都跟你说了，哪个孩子打针不哭的？腹泻那么严重，哭累了她就会睡了，哪里用三番五次过来说的！"

魏菊掀开小被子，孩子输液的小手

绀紫，指甲发黑，一根止血带紧紧地绑扎在孩子小手的前臂。魏菊慌忙松开这根止血带。诺西的脸色霎那间白了，口中的话语卡在喉咙口，身上的冷汗一下子湿了背脊。

六月的天，变得异常寒冷，冰冷的不止是诺西，更还有小女孩一家人的心。因压脉带长时间的绑扎，小女孩的手出现了缺血缺氧。

异常吃惊的医院领导层紧急召开了会议，要求动用一切力量都要尽力拯救小女孩的小手，这是一桩明显的人为医疗事故，当事人诺西和科室负责人，必须要承担造成后果的责任，同时批评的还有一众上班的工作人员。

对着家属的声声责问，院领导在全院大会上说："家属不懂，是因为第一次住院，也是因为乡下来，不懂这些，但是三番五次来找医护人员，却没有谁去多看一眼，接瓶的护士也只是去换了药水就走，没有去检查一下孩子的手，以致造成了这么严重的医疗事故，你们将心比心，如果是自己的亲人，这样的事情又如何面对！"

诺西恨死自己了，恨不得可以切下自己的手臂来替代小女孩的手臂。

她美丽，傲气，从小到大的生活中也不曾有过波折和污点，只是干上了护士的行业觉得太多琐碎事，心里总憋着不顺，心里就跟病人隔得远远的，但是也没有想过会在自己身上发生什么医患纠纷。没有想到这根止血带就像一根魔咒，将摧毁了她灿烂的人生，还有那个可能面临截肢的小女孩一生。

她无法面对小女孩清澈的眼睛，更不敢去看孩子母亲绝望的眼神，她觉得自己几乎崩溃，生命到这一刻似乎变得山穷水尽。

命运在这个转弯口终于眷顾了两个年岁上相隔十八年的女孩，精神负荷那根弦在即将断裂的时候来了个峰回路转柳暗花明，经过治疗，小女孩的手终于能动了，有知觉了，截肢的危险排除了，血液循环恢复良好。

医院还是没有做出处理，诺西的心变得异常的脆弱和敏感，睡不着吃不下，心里那重重的大石头每天都压得喘不过气来，整个人迅速地消瘦下来。

那段日子，各种议论几乎让她感觉日子已经万劫不复。她觉得自己终此一生也不会再有快乐，她只想逃离，逃到一个谁也不认识她的地方去度过未来的日子。

也许是听说，也许是看到了诺西深深的忏悔和沉沦。

金秋的时候，小女孩的母亲出现了，抱着孩子，她让小女孩握起了诺西的手说："我本来很恨你，现在孩子好了，我不恨了，我们都对这个世界充满

了感激，来，让我们牵起手，你也卸下心中的包袱，让我们一起走美好的生命之路！”

小女孩咯咯地笑，晃动小手，抚摸着眼前大姐姐的脸，也抹去了诺西眼角的那抹最沉重的乌云。

诺西泪如雨下，她明白了，人间大爱无疆。院里的任何处分，她都虚心接受，她本来是天使，却差点毁了小女孩飞翔的翅膀。从今往后，她也一定会护理队伍中一名优秀的护士，她会好好地热爱这份工作，这是因为一段惨痛的经历改变出来的人性之光。

诺西知道，她不会再有转行的念头，一个人只要有爱有心，就可以做好工作中生活中的每一件事，在行走的路上，生命才有意义。就如一只折翅的蝴蝶，只要努力坚持，一定会在重生中飞越沧海。

心灵菩提：微软前总裁比尔·盖茨对员工说过：“人可以不伟大，但不可以没有责任心！”活着，从来就不是一个人的事情，每个人在这个社会都有自己的角色表现和应尽的责任。黄金有价，责任无价，责任二字，比黄金更重要。对每一个医护工作者而言，一个尽心的细节可以让一个家庭找回健康的幸福，一次失职的行为可以造成一个家庭无可挽回的悲剧。工作中一定要铭记那么的一句话：“生命不可复制，责任重要泰山！”

五、唯一风景

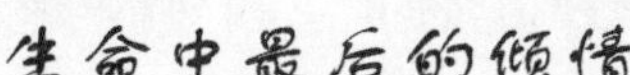

生命中最后的倾情

她看见他的时候，生命的时日已经无多。

她得的是一种恶性肿瘤，医生告诉她，生命，最多也就三个月。对着镜子，看着自己依然美丽的脸，不禁黯然泪下，上天太残酷，她才二十岁，甚至，还没有好好地恋爱过一回。

他送来的时候，烦躁不安，一场车祸让他的眼睛看不见光明，骨折让他只能躺在床上。生命是抢救过来了，但是心，却随着那一声撞击的巨响直接撞成了碎片！

他记得，当时是未婚妻不顾一切地挡在了他的前面，接着他就什么都不知道了，慢慢醒来后的他心里充满了深深的恐惧，为什么家人都在，却独独没有她的声音，难道，那舍身的一挡，就直接用生命换取了生命的重生？

他无数次地追问，家里的人回答都是他的未婚妻还在治疗中，现在是不方便见面！

日子一天天过去，他的耐心和意志也在一点点地消失。

终于有一天，他在暴怒中拔去了吊针，打翻了饭碗，怒吼着让家人告诉他一个真相，否则，他拒绝治疗，拒绝吃饭，拒绝自己的生命存活于世。

他的母亲泪水纵横，颤抖的嘴唇在牙齿激烈的咬压中裂出了血痕。他的未婚妻确实已经不在人世了，可是如何来告诉儿子真相，这个残酷的事实如果一出口，直接就是把儿子送到了鬼门关呀！知子莫若母，窗前的风吹过，年迈的母亲，满头的白发在风中更见凄然。

她轻轻地来了，手中提着一盒饭，如同一片飘逸的云，素绿色的病号服让她已经变得苍白的脸异常宁静。

她把一张纸放在老母亲面前。上面写着：告诉他，他的女友还活着，只是车祸后哑了！

她的眼异常清澈，表情柔和，轻轻地牵起了他的手，还在暴怒中的他在呆愣几秒后露出了狂喜的神情，停止了躁动，像孩子似的哭出声。手，紧紧地，牵着她。

她微笑着，像是安抚一个调皮的孩子，拿起提进来的盒饭，一小勺一小勺地喂进他的唇，他张开口，如同听话的孩子，吃完了满满的一盒饭。病房里，响起了热烈的掌声，老母亲和医护人员，用掌声的敬意，给出了自己心里最感动的声音。

他用手抚摸着她的脸说："你和我，现在是一个瞎一个哑，我们都看过日本的电影《春琴抄》，春琴和佐助，他们的眼睛看不见了，在相同的黑暗世界里，爱就是一盏为彼此点燃的灯，只为对方而亮，我们的爱情，就是不离不弃，这样的爱，用心说话，也很浪漫，也是另一种阳春白雪！"说着，他的声音哽咽起来："但是，我还是想看看你的脸！"他的手心，落满了她的泪水！

老母亲含着泪说："那么你要坚强，快点好起来，这样，你才可以看见蕾蕾呀！"

她知道了，他的未婚妻，名叫蕾蕾。

他坚定地点点头说："我一定会好起来的，也一定会再看见蕾蕾！"他牵起她的手说："我还要让你讲话，让我这一生一世都可以听见你甜美的声音！"

她羡慕蕾蕾，那个为爱舍身拥有一份至情至性感情的女孩！

电视剧般的情节在医院上演，他和她，每天都有很多的时间在一起相处，两双手，静静地握着，温情在无声地流动。所有的人都知道这是一个谎言，所有的人都很认真地呵护着这个谎言。

随着他的身体日见好转，脸色也一天红润过一天，他总是捧着她的脸说很多的话，说着说着，他发现触摸在手中的脸蛋是越来越消瘦。他异常心痛，马上联系主管医生，要求动用最好的医疗力量来治疗，用最快的速度恢复身体，他不允许他心爱的女孩这样再为他消瘦下去。

她很多时候都是笑的，活了二十年，这一刻的美丽，才是最无怨无悔的。笑着，泪水就这样一次次地盈满了眼眶。

她好想对他开口说一句话,说一声感谢,感谢他出现在她生命最后的一刻,让她可以绽放如花。

三个月到了,她在他的掌心写字,告诉他,她有事要出趟远门,不过很快就会回来,要他,保重。

没有了她的日子,他度日如年,终于盼到眼睛拆除纱布的日子,重新看见了亮光,也看见了所有人真诚的脸。她在哪里?还没有回来吗?

母亲忍着泪,拿来了一本厚厚的日记本给他,日记本扉页上整整齐齐地写道:我回来了,回到了你的眼睛里,陪着你,看尽一生的美好与幸福,你一定要用这双眼,活出精彩,为了生命中,曾经爱过你的女孩!

临死前,她的眼角膜移植给了他。她在日记中写道:这是她的幸福!

看过每一个字,听过每一句话,看见每一双真诚的眼,他什么都明白了。

他缓缓地走到了院内那颗苍老的丁香树下,那里有蝴蝶,成双成对,舞得人的心跟着软软地落泪,像在诉说:伊人已经远去,香魂还留红尘。

他突然泪流满脸,世间的爱,莫过如此,这个谎言,也将是他一生中最美丽的传说。

心灵菩提:感谢生命中所有爱的相遇,让人生丰盈美满,生命无法丈量长度,却能加深厚度。安安静静的什么也不说,却已是璀璨夺目,生命中最后的倾情,便得了一世的风景,一切悲伤都可以被岁月淡淡地化开,而一段婉约卷之一握已成典藏。

每个人都该好好爱一次,爱世界,爱身边的点点滴滴,无论身处怎么样的绝地与困境,都保持着一份美好与善良,步步生莲,赐人掌心,便是珠玑。

凤岭弦歌

凤飞飞背着大包小包的饰物回到店里，母亲龚琪慌忙迎了上来，又是心痛又是责怪地说："你看你，三天两头这样奔波拿货，一个月就瘦了那么多，吃了晚饭没有？没有吃妈妈去帮你做！"飞飞笑了，她看着眼前的母亲，青丝夹白，眼角细细密密的皱纹诉说着岁月的沧桑，她心里发酸："吃过了，妈！你去休息，我整理一下就回家了，你帮我看了一天的店，辛苦了！"龚琪笑了，充满欣慰，看来，这个女儿真的没有白养，贴心贴肺的，她说："那我先回去了，你自己要早些回来休息。"

龚琪走出店铺，揉了揉额头，中午没有睡午觉，精神状态就不好。自从丈夫凤梧泊去世后，她就没有好好地睡过一个觉。凤飞飞也正好大学毕业了，本来说好到地方的口岸办去上班，父亲的离世让她突然转变了主意，她不去单位里上班了，执意要开这家精品店，并且是只经营单一的饰品，就卖背包上的挂坠。这让龚琪心痛又无可奈何。

一对情侣从龚琪面前说笑走过，两个人都背着背包，那拉链口上的挂坠明晃晃地摇着，每个挂坠上都有一只手工编织的精致的凤凰。走在路上，很是惹眼。龚琪呆呆地看着，她知道，这两个人是从女儿店里出来的，这是凤飞飞的标志。对于每一个买了店里饰物的顾客，无论购买物品的价钱贵贱，凤飞飞都会赠送一只手工编织的凤凰，并在凤凰的内侧绣上自己的 QQ 号码。而这编织凤凰的手艺，是凤梧泊传给女儿的。

"妈妈，你看，哥哥姐姐背包上的凤凰好漂亮！我也要买一个！"一个女孩奶声奶气地说。年轻的母亲低声说："孩子，如果那凤凰还有一条龙搭配就更好看了，改天妈妈找到有龙配着的凤凰就买给你好不好？"小女孩嗯了一声，不情不愿地牵着母亲的手离去，边走边回头，眼神中充满了渴望！

龚琪愣愣地看着眼前的一幕，心里涌起无限凄凉，配凤凰的龙，是啊！

这只手工编织的凤凰,本来就是有一只相匹配的龙。这手艺,这天下只有一个人会,这只凤凰,就是这个人发明的。而凤飞飞和凤梧泊,都只会编织凤凰,那编织龙的手艺,那个人,还在这个世界上吗?龚琪加快脚步,硬生生地压下了心底刚刚涌出的念头。

躺在床上,龚琪翻来覆去无法入睡,有些念头一旦冒出来了,就好像雨后的青草蔓延,呼啦啦地来个铺天盖地。她不知道为什么女儿会执意不去单位上班,而是要开精品店,还给每个人送凤凰,这不是飞飞以往的性格。是不是父亲的去世让她太过于悲痛,所以要用这样的方式来纪念父亲,用父亲教的手艺来打天下,她曾劝过飞飞,说编织一只凤凰要费时十几分钟,抛开手工不说,不收钱光成本就已经倒贴了呀!没有想到飞飞爽朗地笑着回答她:“妈妈,亏不了!我要让凤归巢!”她理解不了凤飞飞的话,只感觉她的话颇有深意,做母亲的,也不好再干涉下去,任由凤飞飞乐此不疲地编织着凤凰。

龚琪睡不着,她拿过凤梧泊的遗像,细细端详,轻轻地抚摸,三十年了,像一场梦,不知不觉自己就已经五十岁了,孤独越来越重,寂寞越来越深,这辈子流过的泪水多过绽放的笑容。看着依然在跟自己对视的凤梧泊,龚琪说了声:“命运呀!冤家!”鼻子一酸,就落下泪来。

婆婆张老太拄着拐杖走进客厅,手中提着一袋火龙果和龙眼,她知道媳妇龚琪爱吃,这一次,她是特意去买回来的,龚琪从卧室出来,看见坐在客厅的张老太有些吃惊,张老太指了指火龙果和龙眼说:“吃吧!妈给你买的!”龚琪呆呆地看着张老太,怀疑自己耳朵听错了。

张老太长叹一声:“龚琪呀!这些年妈对不起你!让你委屈了,希望妈现在弥补还不迟!”说着眼神热烈地看着媳妇。

龚琪终于控制不住情绪,抱住张老太,两人痛哭起来。

好一阵,龚琪平静下来:“妈!我不会离开这个家的,但是凤飞飞的身世,你要帮我瞒好!我再也受不了亲人分离的伤痛了!”张老太连连点头,眼眶湿润,抓着龚琪的手,久久不放。

龚琪心里千回百转,自从嫁给了凤梧泊,才知道自己不能生育,此后一直在张老太的白眼下过日子。她性情温柔,自己的那份心事从此苦苦地压抑,谁也不敢说。后来抱养了飞飞,自己的心里也有了一份寄托,也认认真真地当起了母亲,现在飞飞终于大学毕业了,丈夫一走,没有想到婆婆变了一个人,她心软,婆婆迟来的道歉像春风化雨,让她孤寂痛楚的心情释怀了

不少。

凤飞飞在店里很认真地整理饰物,隔壁开成衣店的金波跑了进来:“飞飞呀！还在忙?”说着随手拿起柜台上已经编织好的几只凤凰,口中啧啧有声:“飞飞呀！我就一直困惑啦！你这样精致地奉送手工,还在上面留下自己的联系方式,我怎么看都像你这只凤凰寻找梧桐树呢!”凤飞飞笑道:“是呀！我不就是想在人海茫茫中寻找和这凤凰匹配的那条龙嘛!”金波说:“哟！梧桐树目前我倒也是没有看见,不过告诉你,与你这只凤凰媲美的龙我倒是看过了！也是手工编织的,我特意看了,那手工也绝不在你之下!”

凤飞飞的手一颤,她急切地站了起来:“你在哪里看过?”金波奇怪地看着她,说:“看你急的,就在昨天晚上,我在地铁口那里看见的!”凤飞飞说:“也是像我这样送出去还是卖的,怎么样的形状？在哪个地铁口？那人怎么样的？有多大年龄?”一连串的问话让金波直扁嘴:“你还真想找到金龙就抛绣球呀！你自己去看,在黄村地铁口,这几天那里晚上都有个卖唱的小青年,他的背包上,就是挂着一条编织得很精致的龙!”

凤飞飞看了看手表,说:“那我不跟你聊了,我现在就去看看!”说着就收拾东西关店门,金波扮出一副鬼脸:“嘻嘻！希望明天能听见你的好消息！到时请我坐上席哈!”凤飞飞笑着拍了一下金波的肩头,说:“就你贫嘴!”

一阵悠扬的歌声传来,磁性的声音在空气浸得人心暖暖的,走进地铁口,飞飞看见了,来往的人三三两两,为歌声驻足的人不少,听了歌的人多数会轻轻地走向前,在弹着吉他的歌手面前的帽兜里投下一元两元。飞飞静静地站在旁边,她看见了,他放在旁边背袋的拉链上,系着一条编织得异常精美的中国龙。飞飞慢慢地蹲下身,用手翻转过龙的腹部,那旋转拼花的图案同自己的凤凰一个打法,飞飞的眼泪慢慢盈满的眼眶,如珠落尘。

男青年刚好唱完了一首歌,吃惊地看着她:“你怎么啦!”飞飞缓缓地掏出一只凤凰,轻轻地放在他的面前,男青年吃惊更大了,他翻过凤的腹部,看清上面的旋转拼花图案。“凤岭弦歌!”同一时间,两个人都脱口而出。

顾不得围观人群的奇怪的眼神,男青年一把抓住凤飞飞的手:“告诉我,你这只凤岭哪里来的?”凤飞飞含泪而笑:“我也想你告诉我,你的弦歌从哪里来的?”

地铁口面前的广场好宽敞,红棉路灯照得人心亮堂堂的。男青年缓缓地说:“我叫龙念其,我父亲叫龙耕夫,这只中国龙,就是我父亲教我编织的,他没有教我编织过凤凰,他只是说,凤凰的编织,只属于一个叫龚琪的女人,这普天

之下，龙凤腹部的编织法，除她之外，不可能有第二个人会，因为，这名称叫凤岭弦歌的龙凤组合，是父亲自己创作的。只是，他跟她已经失散了。我刚从音乐学院毕业，想自己全国各地走走看看开开眼界长长见识，一边卖唱一边挣些路费也好！走之前父亲就让我把这只龙系到背包上，说如果那个叫龚琪的女子还活着，她说不定就会看见，就会来找他！广州是我跑的第三站了，没有想到，真的看见了父亲口中说的凤岭！"说着，他的眼神看着飞飞。

凤飞飞笑了，泪水却止不住地涌出："你妈妈呢？"龙念其说："我爸爸其实原来是我大伯，我父母在我很小是时候就双双车祸过世了，大伯抱养了我，就成了我爸爸，他一直未娶妻子，我想他就是因为心里只念着这个叫龚琪的女子吧！"说着他的口气充满了感慨。

凤飞飞看着天空，双手合十，口中喃喃说道："爸爸！你在天之灵可以安息了，我终于帮你办到了，我终于完成你的托付了！"龙念其看着她发愣："你在说些什么呢？你还没有告诉我听你的凤凰是怎么来的呢！"

凤飞飞说："你现在跟着我走，我来告诉你！"

"在我成长的过程中，就知道自己的母亲不快乐，她好多次都自己偷偷地哭，但她什么都没有说过。也无数次地看着父亲的背影长吁短叹，常常独自在发愣，我一直都以为是奶奶对母亲不好才造成这种局面。半年前父亲到了肝癌晚期，在临终前，他背着妈妈和奶奶告诉了我一个秘密，说我其实是个养女，母亲是不能生育的，当年他是横刀夺爱，用了心思和手段让母亲和他结了婚，所以母亲这些年一直都不快乐。心里念念不忘的还是心里的那个人。父亲教会我编织凤凰，告诉我，这种编织极其复杂的手工技术其实出自母亲当时的那个初恋，后来母亲跟了父亲，也教会了父亲，但是结婚后母亲再也不肯编织了。"

凤飞飞叹息一声："父亲说，如果我有机会，一定要帮母亲找到她当年的那个恋人，说只有找到他，母亲剩下的生命才会重新拥有快乐。他欠她的，生前不能还，就让我尽力来完成这个心愿。我没有地址没有任何关于那个会编织凤岭弦歌组合人的一点信息，我也不敢问母亲，怕她知道了反而不好，我就先放弃了毕业安排的工作，自己开了一个精品店，专营背包饰物生意，并赐送凤凰，上面留着我的 QQ 号！就希望这些顾客在各个地方行走的时候，会让那个人偶遇，然后凭着我的号码联系上我，我就可以帮父亲母亲完成他们的心愿了。"

龙念其感慨不已："我也是这段时间才知道父亲为什么给我起名叫念其

了！念其！龚琪！这世间的缘分真奇怪，你看吗，我们竟然就这样凭一对带着故事的编织品相遇了，这断了的缘分应该是时候牵起来了！”

凤飞飞点点头，用手指指楼上的一处灯火，说：“你看那边就是我家，我们上去，该让我母亲知道了！”

龙念其突然停下脚步：“不行呀！你不是还有个奶奶吗？她会怎么想呀？”凤飞飞笑了：“不用担心，父亲在临终前给了我两封书信，一封是写给奶奶的，一封是写给妈妈的，说如果我可以找到凤岭弦歌组合就把这信给她们看，他什么都想到了且安排好了，奶奶会理解的！”

龙念其牵住凤飞飞的手，两人的心里，暖暖的。

心灵菩提：亲情爱情如雕花般精致，举案齐眉卿卿我我是两情相悦的至高境界。有种爱情让人终生掩面而泣，有种迷途而返的情怀却是荡气回肠。一个剪辑错误的故事，便也有家园一灯所及的低吟浅唱，照亮爱的小屋，无情的多情和多情的无情，彼此的灵魂同样陪着落泪。

珍惜生活，爱情本身可能会造成伤害，而爱情本身又是喊醒灵魂的解药。

那一年，年华没有错过

她有了和父母第一场旷日持久的战争，拉锯般地持续着。她厌倦了这种校园教育，在学校得不到老师的重视，日复一日的功课复习，变成了煎熬，她渴望出来看外面的世界，她查过书和资料，很多出名的人在学校曾经都不是老师最赏识的，到了社会却成了有生活工作实践能力的生力军，她感觉自己就是，只是属于自己的一方晴空还没有拉开序幕而已。

她毅然选择了休学，父母要她上学，大家都归根于她青春期的叛逆。为了证明自己不继续读大学也可以有一番成就，她开始用零用钱到批发市场拿些小饰物回来练摊摆卖。气炸了肺的父亲毫不客气地把她的书籍一股脑地扫出门外。她紧紧地咬着唇，始终不肯对父亲说个不字，母亲泪水涟涟，家在这样的气氛中陷入了空前的低压。

她找不到说话的伴，对着电脑寂寞着，小喇叭里传来了咳嗽声，一个叫五斗米的男生要求加她为好友，或者是这个网名带来了一丝温馨，她加了他。

五斗米的文采极佳，聊天的时候引经据典出口成章，她猜他必定是可以在商海遨游的鱼，天空飞翔的鸟。五斗米报以微笑，说："英雄正在为五斗米折腰呢！"她有了和父母冷战后第一次开心的笑，心的异动就这么来了，屏幕相隔的这个人，一点一滴地满足了她少女萌动心思里的轻舞飞扬。

她开始把心里最隐秘的事情向着五斗米诉说，说起父母的专制和自己被囚禁的梦想。五斗米给她发来了一组图片，第一张是一个刚刚出生的婴儿，第二张是个牙牙学步的小孩，第三张是背着书包向学校跑去的学生，第四张是张意气风发年轻的脸孔，第五张是在夕阳下的合影，没有牙的父母裂开满脸皱纹的脸正笑得无比幸福。下面写着两行字："树欲静而风不止，子欲养而亲不待！"五斗米说，前一句是写给你现在的心思的，后一句是写给你以后人生的！"

五斗米说，人生当是有为有不为，知足知不足！对着她字里行间若有若

无的情意，他问她："吃过青芒果吗？"她明白了却也有些逆耳有些困惑，五斗米说："回校园吧！不管你想做什么样的事业，没有文化作为前进脚步的底蕴，你这一生都只能算是一个邮差，抑或是一个工匠！"她突然很想知道五斗米的真实身份，五斗米拒绝了，说："相逢何必曾相识。"说着头像就暗了下去，越是这样，她心里的念头就越见迫切，这个未曾谋面的人，原来早已不知不觉地渗入了她的生活。

看着她的失魂落魄，母亲终于忍不住，炖了一碗人参瘦肉汤给她吃。那醇香让她嗅到了家里曾有的温馨，想着，泪水落了下来。母亲想帮她抹，她躲闪，泪光晶莹中心里却不断地猜想着五斗米的模样。

母亲长叹一声说："你爸上次丢出去的书，全给街对面的那个补鞋匠拾去了，他收拾得整整齐齐的，说想要随时可以拿回来。孩子，你有空去看一下人家那学习精神，什么环境下都没有放弃呀！"街坊也说，补鞋匠的父母早已去世，出来补鞋是想给自己赚学费报一所学校继续学业，每天只要一有空就抱着书看，她听着忍不住好奇。

偷偷地去了，那个补鞋匠，眉清目秀，恰巧不早不晚，他也抬起头来，看见了她慌忙躲避的眼，他的头缓缓地低了下去。就是那么惊鸿一窥，她觉得眼熟，仿若在哪里看过相似的面容，对了，想起记忆中一张 QQ 头像图片，她猛然惊觉，回家上了网，直奔五斗米的空间，奇怪的是，平时都设置访问权限的空间，这一次让她长驱直入。

入眼一张图片异常醒目，那是一套高二班的全套课程书本，上面特别的标志告诉着她才是这书的主人，图片的背景映出了淡淡的字眼："天高地阔，等书的主人来领略书海的精彩！"

呆坐了良久，她再去找他的时候，补鞋档已经没有了，看着她的身影，母亲抱来了她那一叠高中课本，说："这是补鞋小伙子留给我的，他说你一定会再回校园里去的，是吗？"母亲看着她，一脸都是询问和期待。

她接过书，眼眶有了温温的湿，翻开语文课本第一页，她的 QQ 号正端端正正地写着。明白了，五斗米一定是看见这个才加了她的，现在又是看见她终于进入了空间，所以选择了离开，并用这样的方式，让一个迷茫的心灵，最终没有错失年华。

心灵菩提：不是所有的努力都会成功，但所有的成功都离不开努力，这些都建立在一个人必须不断学习和积累的过程，亦如在银行里的存钱，积累

知识,每天存上一点,来日便是取之不尽的财富,而没有积累的消耗,终会让自己的精神世界一贫如洗。

人生就是一个大舞台,我们必须有站在舞台上舞蹈的能力,不停地超越自己现有的状态,才能有自己立足的一席之地。学海人海里逆水行舟,不进则退。人生一遇,必定就会成为舞台上一粒流沙。

努力读书,好好学习,每天学会阅读几行字或几页书,不错失每一个年华里应该掌握实用的知识,这是生存的根基,才有实力面对社会上的各种挑战,人生的路书香做伴,便拥有心灵蓬勃芬芳吐艳的枝头。

冬天里的白莲花

游苗子的心灵没有温度，窗外的空气，还找得到流动，她的心，却是凝固在冰冷里。

南方的冬天到什么时候都不会感觉太冷，这里没有下过雪，雨水却是不少，时不时纷纷扬扬地飘下一些，游苗子觉得那就是自己的情绪，连绵不断的，阳光的照耀想来都是奢侈的。这样想着，她的心情更加压抑了。

站在窗口，对面同层的楼层的灯依旧亮着，他出门了，手中提着一包东西，身影很快就下了楼，看着他把手中的东西向垃圾桶里一抛，游苗子咬了咬牙，迅速穿好外套和布鞋，她要跟上去。

他的身影走得潇洒，那有韵律的步伐曾经在游苗子心头夜夜千回百转，想要与他携手的渴望一日日拉扯着她的心，那健硕的身影是她心头一幅宁静而优美的画卷，而今，每次她都有很恶毒的想法，去摧毁他，自己不能拥有他，那么也不能看着他幸福着。其实她又不知道自己最终想把他怎么样？又能把他怎么样？现在像幽灵一样地跟上他，那是她自己都无法自主的思绪。

这是她第二次跟踪他了，第一次是发现他去了花场，跟着花农讨价还价，接着就叫来一辆大货车拉着不少各种各样的花花草草不知道去了哪里。她心里就纳闷着，按他的性情和收入，他不可能养花或者卖花，那次发现成了她心头一个解不开的困惑。

他走得匆忙，她徐徐跟着，行走的路有了变化，路边的花草似乎都在报告他们的脚步已经走入了一个奇妙的所在。这里是一个比较偏僻的别墅区，大部分已经建好的地方都已经荒草萋萋，只有那么几栋，在黑夜中还亮着灯，在树影的摇摆之下有几分鬼魅。他为什么来这里？这个地方的房产几乎没有人买，传说这里的地过去是一片墓地，发展商不太了解当地的民风民俗，一掷巨资买下地盖起了别墅群，没有想到本地人几乎不来踏足，发展商把价位降了又降，已经到了白菜价，购买的人还是少之又少，久而久之，别

墅群就这样荒芜了。

游苗子看见他走到了一栋别墅的门口，门前的大灯亮着，一个女孩穿着白色的长裙坐在台阶上，他走向了那女孩。

游苗子慌忙躲在一株树后，女孩的眼睛对着她直直地看来，停顿了好久，游苗子心跳加快了，她感觉到，女孩已经发现她了。

“浅浅，你感觉到什么了？”他蹲下身，柔柔地问。

浅浅突然抿嘴一笑，说：“我在听风跟云的说话呢！秦大哥，你怎么现在才来呀？我已经坐了很久了。”

秦扬牵起浅浅的手，说：“有事忙呢！忙完了我马上就过来了，现在天边的月亮很美呢！她看见我们美丽的小姑娘像仙子一样站着，所以让嫦娥姐姐织了一件轻纱，托玉兔下了凡带给我，然后我再转交给你。”说着他变魔术似的从外套的口袋里掏出了一件围巾，轻轻地围在女孩的颈部，打了一个漂亮的蝴蝶结。

游苗子突然觉得有些毛骨悚然，她抬头看了看天，这时候哪里还有月亮？四周夜幕黯淡。秦扬在搞什么鬼？这个女孩是谁？她怎么看上去好像纤尘不染似的，视线却时不时地飘向她这里，看他们的亲昵程度，应该就是传说中秦扬的女朋友了。

“女朋友！”游苗子恨恨地想，这个位置本来就是应该属于自己的，那段季节里，她花了无数的心思让自己在秦扬的眼中飘来荡去，他也明显地表示了自己的好感，两人牵手已经是水到渠成的事情。没有想到秦扬回了一趟老家，回来之后就对她变得彬彬有礼，不再像以前那样带着若隐若现的话语来跟她说话，再之后就从知情人的口中听到了秦扬已经找到女朋友了，她不甘心，她恋上了他那么久，为了搏上他一生一世的初恋，她让自己变得婉约，变得如邻家小女孩一般通情达理，她也知道自己的坚持，让秦扬身边的其他女孩纷纷知趣地退开，胜利的果实还没有摘下，半路却突然杀出了程咬金，这个程咬金，原来就是这个浅浅，想到这里，游苗子的眼泪不争气地涌了出来。

秦扬突然一把抱起浅浅，向大门里走去，浅浅揽着他的颈部，笑了。进入大门的那一瞬间，浅浅的眼神又飘过了，游苗子很确定地知道，自己是给发现了，那为什么浅浅不说？她突然打了一个寒战，一种我在明处敌在暗处的情绪滋生出来，她觉得自己的双脚好软。

她落荒而逃。

白天了,游苗子看着镜中自己如同熊猫一样的黑眼圈,把覆盖的黄瓜片揉得粉碎,不知道昨夜里是怎么回到房里,不知道一觉中几多噩梦纠缠。她不甘心,现在天色已经大白了,她一定要去看清楚,为自己的爱情做最后的拯救,秦扬,这个世界上的秦扬就只有一个,她才不要放弃,凭着自己对秦扬的了解,他就是发现自己在捣鼓些什么,也不忍心把自己怎样,他是善良的,这一点,就是自己当时爱上他的最大的理由。

锁上门,游苗子轻轻地叹了一口气,为了爱情,她不惜凭着微薄的薪水租下了这套房子,只为了最近的距离看最爱的人,而这段距离,要走多久,才能最终走入对面的那套房子了,那是天梯。游苗子想到,就是天梯也要攀岩,她为自己打气。

白天走路的脚步轻盈多了,游苗子很快就到了那栋别墅的面前,与其说是别墅,事实上却是坐落在荒草丛生的一栋三层的大房子,大门开着,她看见了秦扬和浅浅的背影,他们正在对着墙壁做些什么。游苗子猫着身体,终于看清楚了房子的一楼很是空旷,几面墙体都已经给打通了,上二楼的楼梯围着护栏,没有任何的装饰,有几样简单的家居摆设,院子里面却摆着很多盆盛开的鲜花,惹得一些蝴蝶和蜜蜂上下飞舞。她终于明白了,秦扬原来是把那花花草草摆放在这破落的别墅里。

秦扬的声音传来,像风在吟:“浅浅,这里美丽得就像一座城堡,你就是里面的公主,你闻到花香了,对吗?你听见那些鸟鸣叫的声音的了吧!你爸爸最大的心事,就是希望你快乐,你看,这里到处都是装饰好的壁画,很多都是你爸爸从国外带回来的,来!我抱你去摸摸!”浅浅顺从地点点头,一只手绕着秦扬的脖子,另一只手在墙上轻轻地抚摸着。

游苗子看着那凹凸不平的墙面,哪里有什么壁画,完全就是用水泥和一些鹅卵石胡乱黏贴上去的,那手工简直就是一副很失败的涂鸦。浅浅的头突然侧了侧说:“秦大哥,我听见各种的鸟叫声了,真的很好听,像天籁一样!”游苗子仔细听了听,是有鸟叫,只是一般林中的小鸟,看来这个浅浅的耳力是非常清晰的。想到这里,她再不敢挪动身体,同时脑袋豁然开朗,这个浅浅,原来是个瞎子,看来,秦扬和她之间一定存在什么故事!

秦扬说:“浅浅,你自己慢慢坐着吧!我还要回去上一下班呢!晚上我再过来陪你!”看着秦扬远去的身影,游苗子也想跟着离开,明白浅浅是瞎子之后,她有些害怕这里了,本来是感觉自己理直气壮的,现在却无由来感觉心里好虚,她又想逃开了。

“你进来吧!”浅浅突然对着她藏身的地方说话了。游苗子大惊,难道浅浅是装瞎不成?正迟疑着,浅浅又说了:“昨夜你来过,今天你又来,我想知道,你是为我而来还是为秦大哥来的,抑或是看中了我家里的什么?”游苗子有些狼狈,她走了进门,扯去了头上黏着的几片树叶。

“你躲在我的香草兰里了,你知道吗?这香草兰是我托秦大哥从海南带回来的,我准备用它来泡茶和做枕头的,没有想到你先动手了!”浅浅笑了。

游苗子忍不住把树叶放在鼻子边一闻,果然有淡淡的香味。她心里有些惶惶,说不清自己怕什么,却感觉从一开始自己就处于下风。

“你的眼睛?”游苗子终于还是忍不住了,她实在看不出,浅浅的眼睛睁着,大而无神,到底是看不看得见的?

浅浅皱着眉头,说:“你应该和我年龄差不多,对吗?”游苗子没有回答,她心里的惶然更重了。浅浅自己点了点头,说:“你不说就等于默认了,我明白了,你是来找秦大哥的是吗?”

空气中多了几分压抑,浅浅没有听到回答,游苗子明显地感觉到自己的呼吸变得急促了,她举目四望了这简陋近乎贫困的别墅,看看眼前的女孩,正一袭长长的白裙像公主一样地坐在一张木制的长椅上,很沉静,反倒是她自己越来越沉不住气了。

“你想听一个故事吗?”浅浅说。

游苗子点点头,她已经彻底糊涂了,不懂浅浅真的看不见还是假的看不见,自己回答的那声“嗯”音竟然如同蚊子的叫声。

“秦大哥是我家的邻居,他看着我长大,看着我爸爸开车搭着我出了车祸。我醒来的时候,我知道我永远失去了爸爸和我的双眼与双腿!”说话的时候,浅浅的声音变得哽咽。

游苗子的心重重一颤,浅浅竟然是没有双下肢的,怪不得秦扬要抱着她。

“我从小就没有了母亲,这一次,我想天堂才是最快乐的,但是秦大哥阻止了我!”说着浅浅伸出了她的手臂,那左手腕部有一道重重的刀痕,上面的缝针口清晰地告诉了游苗子,浅浅曾经割脉,那是从鬼门关上走了回来的痕迹。

“秦大哥把我带到这里,说这里是爸爸生前给买下的别墅,里面有爸爸给我种好的各种名贵花草,说爸爸已经托付他要给我快乐。其实我知道,爸爸跟他没有什么联系的,这次家里出了不幸,秦大哥是想帮我!”说着浅浅的口吻中带着伤感和黯然。

游苗子不知道自己该接什么话,心里变得湿湿的。

浅浅沉默了一下,说:"我是越来越依赖秦大哥,我也知道自己是个残疾人,不可能给他未来,我也问过他有没有女朋友?他说没有!现在,我猜,你应该就是秦大哥的女友是吗?"

游苗子看着眼前一张渴求答案的脸,心里涌起了酸楚。本来想过千百回,把挡在自己爱情前面的任何一个女子,都毫不客气地摧毁,此刻,无力的感觉在心里越来越重。

浅浅使劲地吸了吸鼻子,说:"你不说话,我更加肯定了,我什么都没有了,但是耳力却比以前更好了,如果你真的秦大哥的女朋友,现在,我就告诉你,我和他之间什么事都没有,他只是一直在帮助我,请你不要误解他了!"说着身体向前倾,做了一个鞠躬的姿势。

浅浅又指着院子里的一个人造池塘说:"你看,里面有好多的白莲花,秦大哥说了,我是冬天里的白莲花,再寒冷,也会逆风开放的,你看过冬天里还会盛开的白莲花吗?所以,我不怕孤单的!"游苗子看见了,那是一朵朵可以假乱真的手制白莲花。

游苗子的泪水滚落,她走向前,伸手抹去了浅浅眼角的泪水,说:"好妹妹!对不起了,我不是秦大哥的女朋友,我只是一个路过的人,怕你受欺负了,所以进来看看,听你这么一说,我就放心了!好好珍惜他,他是一个很好的人呀!"

浅浅一把抓住她的手,久久不放,彼此都感觉到了手心的温暖。

第二天,游苗子完成了两件事:一是把放在阳台角的买回来备用的硫酸悄悄地退回店里;二是办了退房手续。

心灵菩提:心弦疼痛的时候,别守着自己哭泣,别让自己躲在牛角尖里钻不出弯来,没有人会来耽搁你的表情,那只是你自己不想笑。心灵在黑暗中打了一个趔趄,人就在地狱与天堂之间走了一遭。人生若只如初见的风光,含苞的心事不能随春风绽放,就当作晶莹的雪不能来保管时间,最浅的光阴会掠过最深的爱恋,好好把握成一章经典而不是一页隆冬黑暗,每一双无法挽留的脚步,都有自己选择取舍的理由。解决的方式只有一个,即是深深的祝福,一如冬日里绽放的白莲花,正是一瓣也能生得海阔天空,才有了这皎洁明亮的天下。

天使在人间

巫家盛托着下巴，愣愣地看着眼前的树叶出神，手机响起，接听完电话才发现自个儿已经在阳台上站了足有一个小时了。

楼下走过三五老人，嘴中叽叽喳喳地说着话，手指指着巫家盛楼下的大树，议论纷纷。

巫家盛看了看时钟，走到房门口，打开房门虚掩着。没有一会儿，楼梯间就响起了高跟鞋的声音，越来越近的声响在梯口停住了，接着听见掏锁匙的声音。透过猫眼，巫家盛只看见她的背影，一袭白裙衬托出玲珑多姿的身材，那身影让巫家盛的眼神贪婪地看了好一阵，随着开门的声响，女孩走入屋内并随手关了门。

巫家盛使劲地拍了拍胸口，口中说："女鬼女鬼，她一定是女鬼！"照了照镜子，还好，头发没有竖起来。

对面的女孩搬来已经一个月了，巫家盛跟她偶遇过一次，一张脸清新脱俗，极其精致的五官让看过的人难以忘怀，不知道在什么地方上班，有时白天一整天看不到人，半夜也看她出去，巫家盛自己下了结论，她一定是去那些吃青春饭的场子混生活，本来嘛！长着一张天使脸庞的女子，哪里能过凡夫俗子的生活？这个念头一上来，巫家盛心里就滋生出一种怪异的感觉，一看见她的身影，就那么不是滋味，偏偏好像又更想见到她。

把她判断成女鬼是有根据的，巫家盛虽说从来不信什么神鬼论，而自从这些天阳台上的大树时不时会冒出红花来，楼前楼后就流言纷纷，说什么的都有。多听了几次，巫家盛也不禁认真打量起那棵大树上的红花，他素来对植物界的东西不感兴趣，在这里住了几年，也知道这树没有开过花，现在看那大红花，确实有几分诡秘，树的枝丫正好横跨两个阳台，巫家盛和他女邻居的阳台正好都是大树枝丫伸筋舒骨的地方。巫家盛眯着眼测过那几朵红花的距离，那花的

直径绝对不会比他的脑袋小。

物业部的祖大姐找上门,说:“小巫呀,那树上的花不是你放的吧?”巫家盛才知道那花原来是假的,怪不得街坊走来走去都指指点点,敢情都以为是他动的手脚。巫家盛马上就喊起了冤,那无辜的表情让祖大姐无可奈何地离开,但眼神分明告诉他,这件事除了他的恶作剧还有谁,旁边的邻居是女孩子,根本不可能做出这样的事,别人家,就更不可能了,谁还会爬到那么高的树上去放花不成,怀疑的对象,怎么来说都是阳台对着树木触手可及的人才会去做。

巫家盛一个晚上都没有出门,他找来了一个长长的竹竿,小心翼翼地把那几朵红花勾了过来。好家伙,真不赖的手工,全部红花都是用细小的铁丝做骨架,然后一层层红薄纱折叠,做工精致非常,不认真看还真看不出来是假花。

这么细腻的手工一定是出自女孩子之手,巫家盛肯定了这事是他的女邻居做的,她为什么这么做呢?难道女孩子爱美,不喜欢看见不开花的树,所以特意去做花挂上去图个视觉效果?那也不对呀!喜欢就大大方方挂上去不就行了,怎么传闻中确切地说这红花都是深夜两三点的时间挂上去的,这里面就有些奥妙了,巫家盛翻来覆去地看着手中的花朵,理不出头绪来。

他伸出头,旁边的阳台毫无动静,今天夜里,说什么都不睡了,红花全部给自己钩下来了。凭第六感觉,树上,一定还是会再出现红花,只要逮个现成,就不会再出现什么神鬼传说,巫家盛发挥了做记者的本能,就在阳台趴着,拿好照相机,一定可以抓拍出什么来。

几本杂志都翻完,巫家盛呵欠连天,看了看手表,都过了零点了,旁边那屋,灯在十点就准时关了,现在多半在做美梦了,哪里会有谁来放什么红花呀!想到这里,巫家盛直直走到卧室里,很快就跟周公相了会。

天亮了,巫家盛揉了揉眼睛,突然想起昨夜里的事,慌忙拉开窗帘。大树上,八朵极其耀眼的红花怒放着,像在嘲讽巫家盛的半途而废。巫家盛的眼睛都圆了,八朵,再看看自己房中的七朵花,看来,这个放花的想让每天的花都开上一朵,那么,今晚还是个机会。想到这里,他的睡意全消。

巫家盛站在阳台,终于发现一个问题,所有的红花,都向着西面开放,而东面,找不到一朵花,昨天自己勾过来的花,也都在西面,为什么都在西面?难道西面向阳?巫家盛抬头左右看去,东面都是住宅家属楼,西面呢,是医院,住院部的窗口一个个都正对着这里。

巫家盛有些明白了，这些花，怕是那些在医院里没有医好的鬼魂深夜出来放的？他一拍脑袋，说想什么呢！亏你还是一个堂堂大男人，做着记者的工作走南闯北，入虎穴下狼窝都没有眨过眉头，现在怎么整个脑袋尽出现一些乱七八糟的想象，自言自语之后，他拿起粉笔，在阳台上的黑板上写上：坚持二十四小时，就一定知道真相。后面注明了日期和时间。拍了拍手，巫家盛笑了，对于自己有时坚持不了的事情，他就会强迫自己采取这个方法来督促自己。

女孩又出门了，巫家盛愣愣地看着，这么美丽的邻居，跟自己对门住了一段时间，竟然还没有跟她搭讪，真失败，看她的气质独特，应该不是自己想象的那类人，如果这样，自己就跟一段缘分擦肩而过了。不行，现在就去跟踪一下她，看她到底是干什么的，那花，说不定就找出了源头。

说行动就行动，巫家盛三下两下穿上衣裤，用最快的速度追赶上女孩，保持一段距离。女孩在早点档面前吃了一碗粥加上一个包子，随后就向西边走，一直走到医院的大门里。

巫家盛有些傻眼了，她是看病？还是她就是这里面的工作人员？他不敢靠得太近，一直跟在四楼，女孩转入了一个转弯角就不见了。早晨的医院开始热闹，打水的，漱口的，有些病人在身边来来往往。巫家盛连忙退到电梯口，一抬头，内科工作人员的一览表正贴在电梯口的对面，细细看过去，真的有她，她叫水天心，白色的燕尾帽下，一张脸纤尘不染，正笑盈盈地看着他。

巫家盛心里一阵狂跳，没有想到，她是天使。那些红花，全都对着这里，一定有什么意义，想到这里，他挪不开脚步离开，左右看看，没有谁会注意他，他忍不住向着住院部的方向慢慢走去。

水天心正背对着房门，她的面前，一个病人骨瘦如柴，吸着氧气，费力地说着话："水护士，谢谢你，每天你都那么关照，我真希望可以继续活下去！"水天心很温柔地拍拍他的肩头说："你当然会活下去，你可是跟我约好的，说老树会开花，枯枝都会发新芽，你看！"说着水天心用手指着窗外："你看看那棵最大的树，是我们这里树群里的高龄老人呢！这个春天，都会开出红花来了，植物界都可以创造出奇迹，我们人类一样可以呀！"病床上的男子困难地转过头，微笑了，说："你们医生说我这病就三个月，你看，我不已经撑到四个月了吗？我要谢谢那棵老树，它开花带给我无限的希望，水护士，你看，今天那树已经开到第八朵花了，我天天都在数呢！"

巫家盛轻轻地推出了病房门口，从口袋里掏出纸巾，拭去眼角的湿润，这场景，让他在红尘喧嚣中磨炼成的冷心肠瞬间变得柔软起来。

一个胖胖的护士走了过来，对着从病房里走出来的水天心说："天心呀！你要在那里租住到什么时候？我都烦死了，你搬出去，晚上都没有人陪我玩了！"水天心把手指放在唇间，回头看了看病房的门口，嘘了一声说："你不要那么大声嘛！你看看我这么做还是很有效果的嘛！只要二十五号床还可以在这个世界上多活一天，我就在那里多租住一天！"

胖护士心痛地抚摸着水天心的脸说："你看你！现在都有黑眼圈了，时不时挂一朵上去不就得了，犯得着一定天天要挨到下半夜起床吗？"水天心笑了说："你傻妞呀！二十五床天天都盯着窗外，你几时看见他在晚上十二点前睡觉的，我当然要跟他的时间错开啦！"说着两个人走进了办公室。

巫家盛心潮澎湃，非常庆幸自己来了这一趟，他的心情大好，今天晚上，他决定守候天使，这样的天使一定是黑夜寻找黎明的那双眼睛，谁拥有了，一定有最完美的人生，还有，他要告诉天使，今晚他要和她一起放上第九朵花，那将代表长长久久。

看着一览表里水天心的照片，巫家盛忍不住对着那双眼睛说了一句："天使，我一定会等到你！"

走进电梯，巫家盛还是恋恋不舍地盯着水天心的照片，那双眼，看着他，巧笑嫣然。

心灵菩提：天使是善良、纯净、光明、热情的化身，里面蕴藏一种力量呼唤得出云后的晨曦。相信爱的本质清澈如水，把别人的痛苦当成自己的痛苦，把别人的幸福当成自己的幸福，了解生命并热爱生命。付出的爱平凡却永恒，会创造出令人难以置信的奇迹，天使可以是我们每一个人，我们每一个人都可以把希望把爱心以各种各样的方式传递，这样的精神从内涵到外延层层绽放，这样的方式比一卷丹青来得更加磅礴。

天使有爱，人间花色便倾城，一份职业不单是工作之内的认真严谨，更是工作之外的明月皎皎，让人记住那一抹月光，守住了世间最真挚的温暖。

云才会落脚这片土地

安玉品如愿以偿地当上了科长，他一出门，就感觉到了那种毕恭毕敬的问候。在一个县城里当芝麻官真好，以前自己人前人后不知道赔了多少笑脸，现在好了，翻身做主人了，现在算是迈进了人生一大里程碑。

手机信息一到过节收到一条接一条，祝福一串接一串，问候的人剧增，一条陌生的信息吸引住了他的眼神："给我一个月亮，我就成了你最温柔的那一抹水滴；给我一个太阳，我就成了你最灿烂的那一抹霞光，祝好人一生平安。"

安玉品愣愣地看了良久，他还没有女友，现在的媒人几乎踏破他的门槛，他高不成低不就，个人终身大事就这么拖到了而立之年。这个信息应该是女孩子发来的，更应该是暗恋他的人发来的，他不禁把脑海中的女孩一一过滤出来！

想来想去，他锁定在一个叫美美的人身上，可她的手机号码不是这个呀！那有什么关系呢，买个手机号码也就几十元，想到这里，安玉品心里释然了。这是个条件不错的女孩，现在自己也正寂寞着，处朋友总还是可以的。

上班的时候，他仔细观察了美美，美美看见他。抿嘴一笑，马上就把头低了下去，安玉品最后的那一点怀疑也消失了，他回到办公室，刚想找个借口打电话找美美过来，一条信息马上就到了，还是那个号码：云寻找着属于自己的风向，水寻找着自己的踪迹，好的人，总是有那么的可爱！祝开心。

安玉品的脸火辣辣起来，他自认自己不是什么坏人，那好人也绝对不是，为坐上这个科长的位置，他还是要了一些小心眼，把那几个跟自己有竞争能力的人都一一像扫障碍似的排除在外。连自己的同学兼同事秦德标都得罪了。

秦德标是部门里最被看好的青年才俊，当时与安玉品一同分配过来，两个人的关系好得似铁哥们。秦德标对自己有什么想法也毫不隐瞒，部门的

领导在宣布征集设计方案的时候，有些醉意的秦德标把自己的设计构思一一道来，等到第二天一早，安玉品就已经把这些做成文字，交到领导的案头，自此一炮而红，却从此得罪了秦德标，秦德标在同事面前丢下话来："这社会就是个大染缸，把某些人的人性都可以漂白，失去本真！"而安玉品看见了秦德标多少都有些心虚，自己安慰自己："这个社会物竞天择，适者生存！人不为己，天诛地灭！"但他和秦德标的不合还是传开了。

安玉品当上科长，属下部门的力量自己明显感觉成了两份，没有当科长之前大部分人明摆着拥护秦德标的，自己上了科长的位置，把秦德标的那股力量拉过来了些，但是关于自己剽窃构思上任的传言还是或多或少地在同事们的眼睛里可以看见，这让安玉品颇不是滋味。

看着手机里的信息，安玉品的心里飘过一丝暖意，收过这号码的两条信息里都称自己为好人，他的心里压抑了很久的重量一下子消散了些，现在又不敢确定是不是美美发来的，但是可以肯定，自己在她的心里就是一座伟岸正直的山，想到这里，安玉品的精神振奋起来。

他心里还是想同秦德标修好的，他是有愧的，这感觉有时候像条虫子，时不时地蛰咬他一下，让心总落不到实处，也好像见不得阳光。毕竟都在一个部门工作，彼此不和的影响会涉及方方面面。况且传言对自己是很不利的，比较之现在带上乌纱帽子不容易，丢帽子还有可能是分分钟钟的事情，现在当务之急是寻找出这个发信息的人，她就是一股潜在的力量，可以影响身边的一群人，更可以为自己正名。

此后几天，安玉品多了一份期待。他拨打过，对方始终没有人接听。整整一周后，信息姗姗来迟："今夜，我是唯一的听众，而雪落无声，心事化成一滴水，不知道是否感觉到了坠落中的晶莹！祝：永远做个好人，开心并快乐着！"安玉品把每一个字都细细斟酌，他从最后那段话中，感觉到了一种告别的苍凉，好像就意味着不会再跟他发信息了，他的心隐隐难过起来，这一周以来，他就莫名其妙地陷入了对这信息的朝思暮想之中。现在，心里像起了一棵嫩芽，还不知道生长的方向，就要被掐灭不成？

之前他一直没有回复信息，是怕真是美美或其他什么女孩，自己信息一来二往，连对方的身份都不知道，会给人留下话柄，毕竟现在自己算是有身份的人，现在，他顾不得那么多了，马上编辑信息发了过来："这里的土地只属于善良的云，这里的湖泊只容纳专一流向的水，太阳和月亮，是心事最好的光合作用，有心的感觉，就是会把晶莹永远捧在手心的人。"把信息发了出

去,他如释重负,同时脸上火辣辣的,什么时候,自己变得这么诗情画意这么儿女情长了,当时在读大学的时候才写过这样扭扭捏捏的句子,现在看来,自己心底的那根弦,还是被这个号码的信息撩拨起来了。

信息如他所愿来了,只有女孩子才会写出的那份婉约,让安玉品在拇指的一来一往中编辑成了一种牵挂,他感觉到自己的心已经不能抽离其中。日子一天一天过去,心里的渴望一点点加深,他期盼见到她。而且他知道,这个女孩绝对不是美美。

安玉品无数次地观察过部门里的女同事们,未婚的女孩看见他都会笑,每个都像,但是他心里的感觉却又告诉他不是,在这样摇摇摆摆的情绪之中,他消瘦了。

或许是看见他的眼中的心事,许久都没有主动跟他说过话的秦德标突然很主动地跟他打起了招呼,说:“你今晚没有事就到我家来,我想请过去的几个同学聚一聚,我搬了新居了,庆祝一下!”

安玉品受宠若惊,他一直拉不下面子和秦德标修好,没有想到对方倒给了他一个台阶下,他当然要踏上去。

到了商场里,他几乎是花了一大笔钱买了一堆礼物,希望在重重的厚礼之中秦德标可以看见他的真诚。当他大包小包地上了秦家的门,在座的同学纷纷起哄,说:“你这架势不是看见秦家有美女就来下聘礼的吧!”他才看见同学中还站着一个亭亭玉立的女孩。和女孩对视的那一刻,他有些恍惚了。

女孩是秦德标的妹妹,叫小烟。她落落大方地一笑,帮众人一一斟茶,气氛和谐,安玉品和秦德标在彼此的谈笑已经没有了那种看不见的敌视和不快。安玉品的心情大好。吃饭的时候多喝了几杯,很快醉意就上来了。他看着小烟,小烟看着他似笑非笑,那会说话的眼睛,像一潭深湖,让他的心神越来越不稳。

饭后,他走到阳台上,夜风一吹,他突然很渴望找人说话,他掏出手机,有些自责,找出那个日日都联系的号码,边编辑信息边想自己的心是不是应了那句男人都是花心大萝卜的话语,明明自己心里牵挂的是这一直未曾谋面的女孩,看见小烟却又有些失魂。

叹了口气,信息一条条地发了出去,却没有看见回信,他的酒醒了几分,也有些意外,这是从来没有过的事情,他无论在哪一个时刻发信息,她都是会回复的,难道,她的心里长出了眼睛,感觉到自己对小烟动了心思?

秦德标走了出来，拍了拍他的肩膀，说："人就在面前，你还发什么信息呀！还不过去跟她说话？"安玉品大吃一惊。秦德标说："我没有打算原谅你这小子的，天天在我妹面前骂，没有想到骂多了我妹却固执地认为你是好人，还背着我偷偷和你好上了，现在就逼着我这个当哥的请你来做客，你说，你这个客人你是长做还是短做？"

看着秦德标一脸笑意，安玉品被巨大的狂喜冲击得不能自我，他紧紧地抓住了秦德标的手说："长做，长做！"秦德标哈哈大笑，说："看在我妹的面上，你我既往不咎，但是你如果敢对我妹不好，我就……"说着他的拳头击到了安玉品的胸口，说，"你进去吧！"屋内，小烟正看着，与走进来的安玉品视线相遇，她一脸羞红，艳若桃花。

心灵菩提：怀着不良目地去做的事情总会留下一些后遗症，可以暂时欺骗别人的眼睛，一旦真相呈现于世人面前，终免不了非议与不齿，更会被心灵冒出的清澈汩汩之音相撞击，在没有人的地方想掮自己一记耳光。

脚踏实地，不要为眼前的小利和诱惑迷失了心智，为自己的行为负责，对他人负责，不做不仁不义之事，才是做人的真道理，也是与人相处交往最好的入门券。

爱情可以毫无预兆地降临，守候却不能再度克隆或提交赝品，需要一颗心的坦荡真诚，实实在在的付出，飘荡的云朵才会停泊在这片天空里，否则，眼前的幸福也会消失得无影无踪。

当火遇见水

白锦川怒气冲冲地牵出摩托车，加大马力开出停车场，一肚子的火苗腾腾地冒将出来，父亲又打电话来了，在电话中父亲唉声叹气，说城管把自己的菜连三轮车一同没收了。这已经是第三次了，白锦川放下电话，当时就把工作服一脱，跑去骑出摩托车来。

工友刘大贡正好路过，看见一脸怒容的白锦川，忙说："兄弟出了什么事？"白锦川咬牙切齿地说："我去和城管拼了，什么世道呀？还让不让穷人活？"说着加快摩托车的速度飞驰出去。刘大贡慌忙掏出手机，他知道今天市场上执勤的城管是自家大哥，看白锦川这样一副要去拼个你死我活的样子，还是马上打电话让他们做好准备才行。

大哥的电话竟然一直打不通，急死人了，慌得团团转的刘大贡又改拨妹子小梅的手机，还不等小梅说话，刘大贡三言两句地把事情说完，说："你快去通知大哥他们，白锦川那小子的脾气可火爆得很，不要生出些什么事来呀！"

白锦川连冲了几个红绿灯路口，一个转弯驶入市场，市场的路口两边摆卖着各种各样的物品，中间又有来往的车辆，把本来很通畅的道路弄得拥挤不堪。突然一个女孩骑一辆单车斜斜地冲了出来，在路人的一片惊呼中，白锦川硬生生地调转了车头，连人带车跌入了路边摆卖的一堆大白菜堆里。他挣扎地爬起身，还好，给一堆菜缓冲了一下，只是手臂上擦伤了一些皮。正想开口骂人，跌倒在单车上的女孩倒是先呜呜地哭了起来，这一哭像浇水，让白锦川一下子六神无主起来。他走向前，说："你没有跌着哪里吧？"女孩哭得反而更大声了，一些路人围观过来，白锦川心里发毛，他说："你起来，我要不送你去医院检查一下？"

女孩站起身，用衣袖一抹眼泪，对着白锦川怒道："你赔我的单车！"白锦川知道遇见了一个拗妹子了，自己的目的看来变得和那堆菜一样要缓冲一下了。

他扶起自行车，车倒是完好，只是车头斜了，白锦川用双脚夹着车头固定了平衡的位置。用商量的口气对女孩说："你看，车子已经没有事了，要么我们就这样了，我还有有事要处理呢！"女孩气势汹汹："什么叫我们就这样了，我的损失你还没有赔呢？"白锦川心头有些起火了，没有想到一个看上去容貌秀丽的女孩竟然有几分泼妇的味道，他也不甘示弱了。

一场纠纷下来，引得围观的人越来越多，不知道是谁打了报警电话，两个人就被带到了辖区内的派出所里分别接受了问话，这一折腾时间就过去了两个小时。

"两个小时！"白锦川从派出所出来看着手表，嘴里恨恨地叨了一句。拿出烟叼到嘴里，打火机还没有拿出来，突然眼前火光一闪，竟然有一个打火机燃在他的面前，他的眼几乎成了斗鸡，在那火忽远忽近地晃了几晃之后，他才顺着那拿着打火机的手走向那张脸，与此同时，自己的脸马上青了。

"两个小时！"女孩对他扁了扁嘴，把脸翘了起来，说："你的两个小时珍贵我的两个小时就不珍贵了？如果你当时爽爽快快答应赔偿，何至于两个在这里消耗了共计四小时！"女孩说话快语如珠，一副得理的样子。

白锦川的鼻子几乎气歪，他拿下嘴里叼着的烟。如果不是他关键时刻大义当头，她说不定就和那堆烂白菜一样了，不知道感恩还敢来说他的不是！想到这里，那堆还要掏腰包赔偿的烂白菜，他心里大大不适起来。

"亏你想得出，要赔偿？你还想要什么赔偿？告诉你，要钱没有，要命一条，想要就拿去！"白锦川一副打横的样子，他想遇见这样不知好歹的人，就得用泼皮的办法解决，看谁气到谁了！

女孩的脸突然一红，说："你死人呀！我要你的命你的钱干什么！"白锦川倒奇了，说："你不要命不要钱想要什么？"看着女孩通红的脸，他一副有些理解过来的样子："哦！别不是看着我帅气，想要我的人吧！"

女孩说："我呸。"白锦川怒了，说："你一个女孩子怎么就不斯文些，一开口就爆粗口，看你以后怎么找婆家！"女孩脸更红了，说："我找不找得到婆家关你什么事，谁叫你胡说八道。"

正好先前帮他们录口供的警员走了过来，接上他们的话茬："你们怎么还不回去，在这里说什么婆家的！"说着善意地笑了，弄得两人大红脸。

等警员走远了，白锦川忍不住问了一句："你刚刚真没有跌到哪里吧！"女孩说话的口气温柔多了："你刚刚应该跌得比我还痛，要不，我现在和你一起，去把那堆撞坏的菜五五分成赔了？对了，你刚刚风急火燎地骑着那么快

的摩托车要去干什么?"白锦川一拍脑袋,是呀!今个儿是怎么了。该去处理的事没有去办成,倒是给自己多惹了事来折腾。再说现在城管早都已经下班回家了。他有些不好意思了,忙说:"已经没有事了。"

刘大贡风急火燎地走过来:"哟!小梅!你没有事吧?"女孩脸红了,瞪了白锦川一眼,说:"有事还不是他给折腾出来的呀!开那么快的车好像要去相哪门子亲似的!"白锦川窘得不知道如何是好,他张口结舌地看着眼前的两个人,说:"你们是?"

刘大贡拍了拍小梅的肩头,说:"这个是我妹!大水冲了龙王庙了!唉!好在人都没有什么事,不然我的罪就大了。"

知道了事情经过的白锦川搔了搔头,他被眼前的事情弄得什么火气都没有了,这次的目的?哟!好在在这里缓冲一下,不然真会惹出事情来,他为了自己的鲁莽大大不好意思起来。想到这里,他忍不住望了望小梅,小梅也正看着他。

刘大贡问道:"你还责怪城管?"白锦川想了想,摇摇头,说:"现在不怪了,我回去还要劝说一下老父亲,以后不要这样在市场边乱摆乱卖,确实弄得市场秩序很乱,我刚跌倒那里,都是这样的商贩,这样真的不好!"

"小梅,这样吧!我今晚请吃饭并赔罪,希望你可以海涵!"白锦川的心里热热的,那种感觉来得暖心暖肺。小梅调皮地眨眨眼:"我是故意撞过的,你不是故意来请我的吧!"

白锦川说:"你是故意的,我是有意的!当火遇见了水,目的的性质已经不同了,结果自然不会相同!"他说着伸出手,小梅的手也伸了过来,刘大贡笑了。

心灵菩提:不要让自己在情绪失控的时候决定任何事情,不要让一丝恼怒和气愤的情绪星火燎原。一念之差往往会寒光四射,冰冷自己灼伤他人,学会控制情绪,学会沉思,生命的尊严在于认知的清醒和抉择。人生中每天或多或少会遇见的一些困扰和阻碍,一味的蛮干只能带来消极错误的后果。

同一个地球,共同自觉地维护干净优美的环境才成就这灿烂的世界,小说戏剧性的情节是柳暗花明遇见的一泓秋水,当火遇见水,完美融合后会发现交融彼此的温暖原来只是一步之遥。

偶遇你就成了唯一的风景

姜喜直起腰，满意地看着自己辛苦了一个上午的劳作，整整齐齐的防滑地砖铺得非常漂亮，掂了掂手中的这块，唉！明摆着一看就是次品，怎么会混夹着一块尺寸明显短了一些的砖片？真是一粒老鼠屎坏了一锅汤，总不能为了一块砖片又去打申请吧！姜喜的好心情打了一个大大的折扣，这个单位很奇怪，就是去买一个钉子，也要白纸黑字写好申请，让一个个管事部门批下来，有时候就几块钱的物件姜喜索性就自己掏腰包买了。眼下，将就着用吧，铺的是林荫小道，没有谁会去注意这么一块有差距的砖片的。

收拾工具，姜喜准备回家了，刚刚母亲打过手机，说晚上帮他安排好一场相亲，让他尽快回来梳洗穿上西装打好领带见女方。看着自己脏兮兮的工作服，姜喜有些郁闷，都说在国企上班好，现在自己三十好几了，女朋友连影子都没有，倒是那仅有的一套西装，每次相亲都穿，都有些旧色了。

“哎哟”一声尖叫传来，一个穿着碎花裙子的女孩痛苦地蹲下了身，姜喜吓了一跳过后忍不住走前几步：天呵！就是那一块尺寸有差距的砖片之间夹住了女孩的高跟鞋，看样子她的脚是给拗着了。

姜喜狂汗，这事他是摆脱不了责任，他小心翼翼地问：“靓女，怎么样？我扶你起来？”女孩皱着眉，无可奈何地点点头，好不容易才脱下高跟鞋，女孩还是站不稳，一个趔趄栽到姜喜的怀里，没有思想准备的姜喜一时间也没有站稳脚步，两人双双跌倒在刚刚铺好的地砖上。

姜喜手慌脚乱地扶起女孩，自责不已，他怎么就没有想到那砖片的缝隙可能会夹到一些喜欢穿高跟鞋的女孩呢！现在事情都不知道怎么收场了。他说：“我送你去医院吧！”女孩摇摇头说：“不用了，我还有急事要赶着走，你帮我去找一部出租车来，我自己会去医院看看！”姜喜忙跑到路口招来一辆出租，小心扶着女孩上了车，快手快脚地从口袋中掏出一张纸皮，把自己的手机写上递给女孩，说：“你有事随时找我，我一定负责！”女孩感激地回眸一笑，说：“谢谢你了！”姜喜满面通红，敢情女孩还不知道那砖片是他铺的。目

送出租车的消失，姜喜嗅了嗅自己的衣服，真香，那女孩跌倒入怀的气息让他有些失神了。

闭上眼都可以知道的程序，姜喜一边打着领带，一边检查钱包，看来今夜又有几张老人头要成为别人的体温了，每一次约会都成一次性的，心都起了茧子了，不去又对不起日渐年迈的双亲；去吧！怎么见的女孩的眼中都带着赤裸裸的欲望，开口没有几句就直奔主题，有没有房子？在单位是正式工还是合同工？家里还有什么负担？每次他都像背书一样说了出来，对方多数会变得沉默一阵，搅动眼前的咖啡杯，一场相亲就这样无疾而终。

母亲在门口喊："你今天的工作服怎么不拿去洗衣机里呀！那么脏！"姜喜拿起工作服，忍不住又拿到鼻子下嗅了嗅，那若有若无的香气携着泥土的气息，还有那浓浓的汗味，在姜喜看来竟然别有一番留念。那个皱着眉的女孩又浮在了眼前，多美的一个人，可惜，这辈子只有这次邂逅的美丽，拥入怀中的那一刻也是这一辈子可遇不可求的接触了。

母亲走了进来，一把扯过工作服，说："发什么呆呀！时间都到了，还不出门，这次又想黄了不成？脏兮兮的衣服放在这里干什么！"姜喜从母亲的手中接过，说："这件我自己回来洗！"

母亲诧异地看了他一眼，口中啧啧有声，说："你自己回来洗就自己回来洗，留在这里只怕是把三个蚊子都可以养成一碟菜了。"

走到了那熟悉的路径，这里附近有好多间环境优雅的小店。姜喜举目望去，看来今晚的相亲要加倍努力了，不然这里的店主都认识自己了，不然自己下次也不好意思再来这条街了。让人看见了多不好意思，见过那么多女孩，竟然还是光棍一条，会让人怀疑不是生理有问题就是心里有问题。

邻居卫姨正眉开眼笑地和一个看上去矜持的女子说着话，姜喜略有些不自在，他感觉到对方的眼镜的镜片正泛着审视的光芒，卫姨拍拍他的肩头，笑着说："我有事先走了。"姜喜看着卫姨一走，顿时有一种如坐针毡的感觉，他看着对方，舌头打卷："小姐！你看看喜欢吃什么？"说着把餐单放在了对方面前。女子用手推了推眼镜，坐直身体，眼睛看了四周一下，最后目光在姜喜身上定格："你经常来这样档次的地方？"姜喜不知道她葫芦里卖的是什么药，说："没有呀！我也是第一次来这里，经常从这里路过就是了。"

女子捏了捏鼻子，拿出一块纸巾，说："我喜欢到一些比较有品位的地方吃东西。"姜喜愣了愣，她莫不是说这里不上档次？这里自己可是从来舍不得来消费一次的，这样的女人就是算肯嫁了，自己如何养得起？看着姜喜的

表情，女子轻轻笑了，说："来都来了，勉强吃些吧！"她的手一挥，说："来支红酒吧！"接着又点了七八样的小吃。姜喜的心如同打鼓一般怦怦直跳，她还暗示这地方没有品味，可点起东西来毫不手软，看来今夜没有四五百元是下不了台面的了。

看着满满一桌的小吃，姜喜心里一点都乐不起来，对方似乎一直在偷偷地观察他。夹起一条鱿鱼丝，这个本来平时闻到都会嘴馋的美食此刻味同嚼蜡。机械性地回答了女子有一句没有一句的问话，喝着红酒，姜喜只想快快结束这次相亲，这个女子明摆是不适合他的，她有意无意地说自己交往的人都是非富则贵的，生活又怎么讲究品味等等。

姜喜心里嘀咕，这么高要求的人怎么会跑来跟自己这样的下里巴人相亲，难道卫姨没有把自己的境况一一说明，说清楚自己要找的伴侣是一位可以同甘共苦的女孩。一瓶红酒见底，不善饮酒的姜喜已经脸红得像一个锅里的大龙虾，看看时间，不知不觉中过去了两个小时，女子巧笑嫣然，拿着手袋，说："我有事先走了，有时间我们再联系。"看着女子款款离去的身影，呆在当场的姜喜才想起买单后应该去送她一程，以表一下男士的风度。

老板嘴里咬着一根牙签，拿过来一张收款单，肥肥厚厚的嘴唇里吐出了几个让姜喜听来宛如晴天霹雳的字眼："两千八百九十九！"姜喜几乎站不稳，一把拿过账单，上面清清楚楚写着光是红酒就两千四百元。他想分辨想质问，老板眯着眼说："已经跟你打了八折的了！"看看周围的形势，姜喜知道逃不过，心像刀绞一样拿出银行卡，说："我没有那么多现金，在这里刷卡吧！"老板满意地点点头。

咬着牙出了门，姜喜直想哭，后面买单随之出来的一个男人，走到他面前，同情地看着他，那男人忍不住地说："刚刚和你一起的那个女孩是婚托，哥们在这里已经遇见她好几次了，她带你来这里消费，酒吧的老板会给她回扣的！"说着男人拍拍他的肩头离去了。

带着醉意，漫无目的地走，走累了，一屁股坐在地板上，姜喜一肚子的郁闷像火一般，他觉得自己简直要爆炸了，这简直是要命的事情，这顿饭花去了他整整两个半月的工资，真的成了别人口中笑话的二百五了。

眼前有衣袂飘飘，那白天拗着脚的女孩竟然出现了，看着他，满脸关切之情。姜喜揉揉眼睛，唉！看来喝醉酒还真有这个好处，心里想着什么就出现什么，女孩看着他，眼中有泪。姜喜伸出手抹去，说："你哭什么呢？我今天为了相亲还做了冤大头，给斩得不清不楚连女朋友的影子都没有看见一

丝。”女孩说:“那我做你的女朋友好不好?”姜喜咧开嘴笑了,说:“好呀!天上掉下来的仙女做女朋友有什么不好!”说着他的手摇摇晃晃地伸向眼前的女孩。

一觉醒来,姜喜睁开胀痛的眼睛,窗外早已大光,母亲笑盈盈地走了进来,说:“你还不起来呀!你害得别人姑娘守了你一夜。”姜喜大惊,什么姑娘?努力地想,昨夜里喝醉了,好像是看见那美丽的女孩了,自己的手好像当时是真实触摸到了手的温度。这一想,睡意全消,难道自己昨夜里不是南柯一梦?他起床掀开了门帘。

真的是她,正坐在厅里喝粥,母亲一脸喜意。姜喜好不容易才等到母亲稍离开,马上开口相问女孩,女孩一脸羞涩,低声说:“我昨天不小心跌倒在你怀里,后来又给你扶上出租车,没有想到这些都让我多疑的男友看见了,一定说我做了什么见不得人的事,我们就吵崩了,一气之下我就到回来找你了,没有想到遇见你喝醉了。”姜喜热血沸腾,说:“那我陪你去解释清楚!”女孩摇摇头说:“不用了,两人之间连最基本的信任和理解都没有,就没有走下去的必要。倒是你,连我一个小小的跌倒都知道要负责到最后,我不回来你对谁负责去?”说着女孩调皮地笑了。

姜喜兴奋地跑进卧室,把昨天的工作服丢到洗衣机里,母亲责怪地问:“这时候你洗什么衣服呀!”姜喜说:“我要的味道都回来了,我当然要洗净这件工作服啦!”

心灵菩提:有些爱注定无缘,有些爱却会峰回路转,不刻意,不强求,不在其中记入成本,保持着一颗金子般的心灵,逐渐繁荣心灵的叶片,动人的花朵就会带来彼此相依的幸福。美丽的邂逅是一道春意正浓的风景,就算曾经走过的路途上杂草丛生,都不能让双眼生出一丝倦意,不经意间,美好的爱情已经语笑嫣然出现在面前。

把一地鸡毛编织成七弦琴

早晨，田碧正在卧室里给孩子喂奶。路陌去衣帽架上找衣服，上面挂的都不是自己想要的，他喊起来："孩子妈？今天我穿什么出门呀？"田碧不耐烦的声音传来："你自己没有长手长脚呀？每天都要我侍候得好好的，衣服在衣柜里，自己去找！"说完又开始低声给孩子唱起了儿歌。

路陌心里有气，看着斜斜靠在床上的田碧，蓬头散发，变形的身材穿件睡衣也不讲究，两只乳房都露了出来，这让路陌想起了童年时在村口常看见敞开衣裳给孩子喂奶的村妇。读大学的时候，同舍友闲聊过这样的话题，路陌很清楚地记得，自己是最大声的，说一定要找一个任何时候都会注意自己形象的女孩当老婆，是上得厅房下得厨房入得卧室的那种老婆，更是里里外外都让男人心旷神怡的那种女人。

和田碧走过花前月下，婚后一开始两人说好做丁克家庭，几年后架不住双方家长的轮番轰炸。小两口的耳朵也充满了各种流言，有人说不是男人性无能吧！有人说别不是女子是一个不会下蛋的母鸡吧！重重压力之下，两人开始重新审视自己的人生观，看多了同事友人家里拥有孩子的其乐融融，两人终于明白，一加一必须等于三，才符合这个社会的发展规律。

有了想法就开始行动，结婚已经整整六年后，两人才开始恶补育儿大全方面的知识，路陌当时细致到每天都做好笔记，就差没有把各种数据全登记下来，一副山雨欲来风满楼的架势让两家老人也跟着紧张了好久。

儿子小嘟嘟终于平安出世了，白白胖胖的好像一个莲藕娃娃。走过最初身为人父的兴奋和激动。看见田碧每天围着孩子转得像个陀螺，以前看着他含情脉脉的眼睛变得棱角分明，口气也一改柔情万种，动不动就出口说："孩他爸，快来，嘟嘟要拉屎了，拿这块尿布去水中抖一抖！""孩他爸，快来，把奶粉冲泡一下，看清楚刻度，一平勺三十毫升的温水，千万别冲得比例失调，奶粉多了嘟嘟会拉硬便便的，奶粉少了咱儿子的营养就跟不上去了！"

“孩他爸,快来,嘟嘟的口唇有些红了,好像发热了,快去找体温计来量一量!”

路陌感觉自己快要窒息了,他已经不知道自己每天要这样来来回回地跑多少回,只是知道,每增多一次,脚步就变得多一份沉重,心里的怨气就多了一分,心里的依恋就减少一分。

最过分是昨夜里,小嘟嘟半夜哭了起来,睡意蒙眬的田碧转了一个身,用手推着他,说:“儿子尿了,你去帮他把尿布换了,我好累!”路陌很不耐烦,甩开田碧的手,说:“你自己去换,我白天都还要出去上班,晚上如果睡不够白天没有工作效率会给上面点名的,到时奖金就泡汤了。”说着他闭上眼睛继续睡觉。

田碧怒到:“你什么狗屁理由?你说你起不起来给儿子换尿布?现在你不起来不要说等到白天,老娘我马上就把你开除!”路陌一下子没有了睡意,他耗上了:“你怎么说话像个土老,还是堂堂的硕士研究生呢!说话没有口齿的!”半晌,田碧没有回话,孩子在半夜里的哭声分外嘹亮,路陌索性拿起枕巾把自己的头都盖了起来。突然他的身体挨了重重的一脚,失衡中控制不住跌落在床下。路陌万分狼狈地爬起,怒道:“田碧,你是泼妇不成?你想谋杀亲夫呀?”田碧的声音更大:“你上个班就了不起了,儿子你几时亲自打理过,我白天在家累死累活,晚上想睡几刻钟的觉还不行,我告诉你,今晚儿子的尿布你不换,等会让我换下来了就把尿布直接贴在你脸上,我看你睡!”

双方的父母正好都在同住,一时间都给两人的声响孩子的哭声惊动,四个老人加入现场,场面让路陌的脑袋乱哄哄的,无可奈何起身去换了孩子的尿布,这时候孩子的声音已经哭得嘶哑。两人免不了都挨了双方父母的教训,这样一闹,路陌到天亮都没法再入睡。

念头在心里像放影片似地飘过一幕幕图像,路陌负气地拉开衣柜,拿出一件西装,看了一眼马上就喊:“田碧!你现在还像不像女人,你看看,这样皱巴巴的衣服,你叫我怎么穿出门去?”

田碧的声调一下子提高了八度,她尖声叫道:“你没有长眼睛吗?你看我几时闲下来了?那衣服又没有缺口少扣,你还想穿得多漂亮潇洒?去见那个刘妖精不成?”

路陌脑门上的血一下子冲了上来,他重重地把衣服丢到地上,直直地对着田碧一推,说:“你再说一次?”正在喂奶的田碧没有料到路陌会过来推她,身体一个失控,重重地跌落在床下,她杀猪般地嚎叫起来,爬起来双手就朝

路陌的脸上抓去。路陌慌忙一挡，两人厮打成一团。突然失去吸吮乳头的孩子哇哇大哭，路陌的父亲听见卧室里的声响，慌忙走了进来，急忙拉开扯成一团的两人。一下子看见了儿媳妇袒胸露乳，老人慌忙闭上眼想走出去，情急之下头部重重地撞击到了门框上，那一声"哐"的声音终于惊醒了还像斗鸡似的两人。看见老人额头留下的鲜血，两人一下子慌了神。

这次的打斗，造成了后果是路陌的脸上多了几条抓痕，手臂上有重重咬伤的牙血痕，而田碧，则是给扯拉下了几撮长发，衣衫的纽扣全拉脱落了。最难过的还是路陌的父亲，他撞破了额头送到医院门诊给清创缝合了五针。

事情让双方的父母和兄弟姐妹都上了门，一屋子坐得满满的。田碧抱着孩子坐着，绷着脸表情冰冷。路陌则是连抽了好几根烟，众人的七嘴八舌声讨着也发表着自己的意见。

看着公公额头的纱布，田碧又羞又恼，她哽咽地抱着孩子站起身："这个家已经无法再维持下去了，我要带孩子回到妈妈家！"说着她哭倒在自己的母亲怀中，惹得小嘟嘟也跟着大哭起来。

众人的矛头这个时候几乎一致指向了路陌，看着眼前像怨妇一般喋喋不休的田碧，路陌突然感到无比苦涩，一种窒息的感觉阵阵扑来，他疲倦地说："你要回就回吧！我们都冷静下来，想一下我们还要不要继续走下去！"田碧的哭声更大了。

一晚上下来，路陌再没有更多的语言，他前夜没有睡好，整个面容带着憔悴，嘴角的胡须短短地长出。透过烟雾缭绕，哭累的田碧愣愣地看着眼前的男人，他依然是俊朗的，自己曾经那么的深爱，现在不过也就是想他低一下头，让自己心里的气得到一个出口，好让他在众人的压力之下，知道自己依然是他心里的那个公主。

路陌的眼神终于看她了，带着一种前所未有的陌生，这让田碧心里有些惶然，像一件自己最珍贵的东西正在悄悄流逝，这让她感到害怕，她从来就没有想过真的要离开。现在，看着路陌的表情，她突然感觉到现在的一些做法会给彼此之间的感情雪上加霜。

一直沉默不语的田父在出门的时候语重声长地对田碧说："孩子呀！婚姻，不是吵出来的，两人在一起，是要悟的！悟透了，婚姻就美满了！"路父对路陌说："父亲只是额头在流血，但是你们两人，千万不要让自己的心里流泪又流血，记得一句老话，百年修来同舟渡，千年修来共枕眠！不是冤家不成一家人，但是成了一家人就不应该一直做冤家，你们好好想想吧！"路陌和田

碧同时脸红了！

夜静了，人散了，嘟嘟也睡着了。路陌坐在客厅里，他无法入眠，看着挂钟，已经是深夜两点，他听到窸窸窣窣的声音，知道田碧还没有睡，叹了口气，忍不在站起身，他要去看她在干什么？想三更半夜打包袱回娘家不成？

田碧正弯着身，拿着熨斗仔细地地熨着他的一件西装，打开的衣柜里面，之前乱七八糟的衣服已经全部折叠整齐。一如在初婚时期，田碧都是这样做的，他的眼睛有些潮湿了，这个当时在街上回头率居高不下的女孩，在成为自己的女人之后，身材都横向发展了，脾气也跟着横了不少，自己是个男人，真的说舍弃就舍弃得开吗？他的叹气声让田碧抬起头，她眼中同样泪光晶莹："厨房里已经炖好了你最喜欢吃的雪耳红枣汤，我去端给你吃！"说着她抹了去泪水，低着头想从他身边绕出去。他拦住她，说："怎么？今晚这么勤快准备要离开了吗？"她笑得更勉强了，声音几乎是带着哭腔："你想我离开，天一亮我就走！"他把她的头揽入自己的怀中，一下子感觉到自己的胸口湿了一片，她的肩头不停地抽动着，拼命压抑的哭声还是让他的心头一痛。

他托起了她的脸，心痛地抹去了她的眼泪，说："不哭了，早这样我们有什么好吵的！"田碧使劲用拳头捶着他，说："你早知道心疼我有什么好闹的！"

路陌拦腰抱起田碧，说："走！"田碧说："去哪里？"路陌笑了，说："你就是我的雪耳红枣汤呀！"田碧羞红了脸，低低地伏在他的耳边说了一句："我一定会把婚姻中的一地鸡毛编织成生活的七弦琴！"

心灵菩提：相爱是优点，相守是缺点，当爱离不开柴米油盐酱醋茶，不再琴棋书画诗酒花，谁会心甘情愿把菜花当成玫瑰花看出两情的姹紫嫣红。当生活成了一地鸡毛，谁也不肯后退一步，谁的理由都可以冠冕堂皇，最终将会使得唇枪舌剑不可开交的两个人陷入沉默的失语，空白得就如断章情节无法再继续美好生活。生活不是十指不沾阳春水，是理解、呵护与坚守，当好好珍惜，多为对方想一点、做一点，爱情的真谛必定会诠释得淋漓尽致。

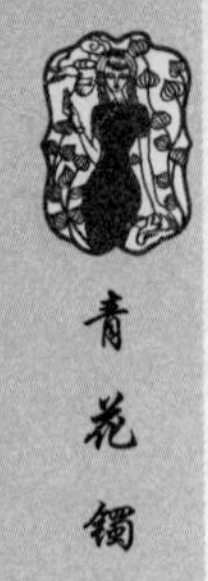

附　录

长篇小说是为人生尊严的艺术

——何丹凤长篇小说《青花镯》的阅读价值

张绍民

导语

长篇小说可以说是文学里面的重要法宝，因为它的篇幅辽阔，为此，很多作家作者很难完成或者驾驭，写写短文章可以，完成长篇小说就成为难事。虽然有的人能够在篇幅上达到长篇小说的形势要求，不过在质量上，很难有如意的效果。创作最终要面对阅读，要面对读者与时代。没有读者、没有价值的作品，就会归属于无效写作，甚至出现负能量。对于文学从业者或者爱好文学者，写作长篇小说的能力是实力表现，能够写出好长篇小说的人，无论是从写作的成就感还是社会效果看，都是一件令人愉悦之事。好的长篇小说不仅是读者与时代翘首以盼的，也是作家写作追求的目标与理想。

何丹凤多才多艺，心灵手巧，办事干净利落，行云流水，这从她的文学作品里就可以看出来。她在文学创作的领域里取得了属于自己的成就。不仅写有被人称赞的短篇小说，还写有长篇小说。在小说创作的世界里，何丹凤做出了自己的努力，用自己的作品证明了自己在文学领域的实力。一个在剪纸领域具有不同凡响才艺的女性，放下剪刀，拿起笔或者在键盘上又敲打出了另一片江山。

长篇小说的艺术特色在于特与新

长篇小说之所以体现作家能力，因为它的容器巨大，可以包罗万象成为

百科全书，内容可以深广，可以任由自身铸造。真正的长篇小说带给世人的力量巨大，能够成为生命本身的力量。

长篇小说《青花镯》是何丹凤在工作之余，业余时间创作出来的，可见其对文学的一片赤诚之心。

这部长篇小说的内容大致为：俊朗阳刚的企业家罗方智爱上年轻漂亮的女护士，同时这位男主人公又被几个性格各迥的女子爱着，主人公的情感生活在爱与不爱之间。作为生命的价值符号与载体的青花镯，关于它的传说踏歌而来，它携着两代主人之间演绎出的邪风和正气的较量铺开了浓墨重彩的画卷。读者可以看到：人性在这里沉沦与苏醒，白衣世界里圣洁与扭曲的灵魂在这里交织对峙。为此，在生命最后的时刻，老公安大义灭亲，完美修筑了警徽铿锵的光辉，缓缓安静成了那一片人性复苏后的纯白明净。

这部作品其情堪动，其意堪怜。作品中当一场花事浸染着热血盛开，爱情才进入白头偕老的一生。我们为之感叹，为之扼腕，感觉佛在世间拈花一笑，花瓣落尘之间，而依旧不变的是青花镯的晶莹剔透，清幽皎洁。人们都知道：人固有一死，或轻于鸿毛，或重于泰山，对这部作品的整体印象，觉得这是一曲悲歌，更是一曲生命的赞歌。

何丹凤的这部长篇主题在于对人物内心价值的探求。小说的主题很明显，即对生命的追问，是对正义、公平生命存在价值的尊严维护。

小说既有对人的命运全方位的观察与纪录，还有通过命运作为桥梁与通道，以此展示时代与生命的真相。

这部小说的结构，从目录上可以看出一个大致情形，人物的命运是一条线，而人物的情感交织另为一条线，人的价值判断随着人物的故事展开而得以显明。另外我们还看到：作为价值传承的符号同时又是精神载体的符号青花镯，它就是体现人物生命之光的载体。

该长篇小说在处理人物命运之时，运用了很多技巧，展示了何丹凤小说创作的能力。

这部作品的语言具有浅诗意。浅诗意，对于作品的普及大有好处，因为小说始终是面对更大多数读者的艺术。追求更为广泛的传播，自始至终都是小说家们的目标，也是实现作品的广泛认可与更广泛的流传推广。浅诗意是什么呢？就像美人，大家都说好，都有美感，而浅诗意更在乎深度与高度以及难度等向度。我们从小说标题里就可以看到这种恰到好处的浅诗

意:“第二章:一场花事后的孤独呼吸;第三章:爱在不知不觉的注视中萌芽;第四章:心的坚硬在这一刻柔软了;第四十八章:罪恶在奔跑中撕碎天堂;第四十九章:青花倾城,一镯沧海月明”。还有在小说行文里面随处可见的浅诗意之美,举例来说,在第一章结尾作者写道:“看着阮月笛的红唇在一动一动地说话,他的心在这一刻四季都从心里一一走过,有春天的新芽,夏天的朝露,秋天的红枫,冬天的蜡梅,全部都汇集而来,罗方智不知道自己为什么会想到这些,他一直觉得自己离阳春白雪已如隔世,在这一刻,他好像看见了天使,而推开这扇门的,就是这个叫阮月笛的女孩。”语言的行云流水,与小说的推进极为合拍。

在小说的行文过程中,我们联想到余华小说干练写意的残酷诗意,而何丹凤长篇小说也具有属于她自己的艺术感染力。

好作品也就是写作者安身立命的容器,不同的成就有不同的容器。

小说信息含量与作品含金量

长篇小说通过自身的信息来展示自己的存在与包含的能量。信息场强大的小说因而成为显著作品。古今中外莫不如此。我们平时津津乐道的经典作品或者有特色的长篇小说,莫不因为自身信息具有鲜明个性特色与优势而使得该作品具有强大的生命力。

长篇小说《青花镯》具有的小说信息场还是有着作品自身的充足,比如说,小说第二章“一场花事后的孤独呼吸”(见P5页)。

在这章文字里面,我们看到了信息的高度集中,而如此,并没有产生拥挤的感觉,反而起到了良好效果,这就是作品的力量。作品中众多人物,他们交织在一起,一起编织作品庞大的容器,在这个长篇小说的容器中,人物关系以关键的主人公罗方智为主,与其相关的人物随着情感变化、故事情节推进而一一有血有肉地描绘出来。

人物、情节故事、环境三要素,在这部长篇小说里面都得到充分的发挥,三者互相支持,不可分割。

长篇小说的信息传达效果如何,在于小说家与生俱来的智慧、能力与练就的写作能力。

小说人物与小说能量场

长篇小说打开的是整个人间的面貌,不仅如此,还要通过人间的表象来

刻画生命世界的深处，唯有深处的力量才能决定本质的力量，而这个艺术深处的能量就在于心灵的气场、磁场的强度指数。

长篇小说《青花镯》有自己的气场，如此气场来自于作者的努力谱写，作者用心灵的音符谱写出光的旋律与光的歌声。作品的价值在于掩卷之后的获益与深度思考、反嚼。《青花镯》有自身耐人寻味之处，生活气息到处洋溢，流畅的人性在错综复杂的情节里面四处奔涌，为读者准备了阅读的盛宴。

一个好的长篇小说要有自己的能量场与气场。能量的运行决定了作品的生命力有多大。

小说的第四十九章“青花倾城 一镯沧海月明”（见P165页）

她的呼吸越来越急，声调越来越弱。罗方智热泪盈眶，他一把掏出口袋中的青花镯，李碧亚哭着拿出自己的青花镯，两只手镯并放在崔敏敏的面前，一朵完美的青花呼之欲出。

崔老太哭着对着天空声嘶力竭地喊：“老天呀！你睁开眼睛看看，我的亚亚和敏敏，都没有辜负青花的清白呀！你睁睁眼，不能带走我的敏敏呀！”崔敏敏的嘴角露出了一丝微笑，看着罗方智，用尽最后一口气说：“女蝉是我。”说完后又一口鲜血涌出，眼睛却缓缓闭上，头一歪倒在了崔老太的怀中，崔老太昏厥过去。

听到消息赶到现场的李知苏和黄成良呆呆地站着，看着现场发生的一切，震撼得无法言语。李知苏的双脚一软，跪在了崔敏敏的身边，哽咽地喊了一声“姐姐”就再也说不出话来。

人物性格的起承转合完全在于情感的变化与命运的决定因素起决定性的作用。就在这部长篇小说这最后一章里面，我们看到经历了长途跋涉的每一种人生都在不是谢幕的谢幕中留下光与影的身影……

塑造人物是小说艺术的中心与枢纽，通过它来处理小说所承载的目标、目的、价值。何丹凤在自己的这个长篇小说里面创造了一个光影世界，人物自身的光，剪出自己内心与肉身的影子。光是容器，影子也是容器。光是影子的影子，而影子是光的影子与独木桥、通道、碎片。小说的奇妙住处在于用光为气体给自己原创与承担的影子充气，充气的影子飘起为舟子。我们理解了光与影的艺术就知道长篇小说人物性格之光与命运之影都在为生命的内心服务，服务于作品的本质与全局。

用文字来雕刻人物的命运，用文字来剪纸出有血有肉有心灵的小说世界。

结语

当我们在物化的世界里来面对长篇小说的世界，我们会发现很多现实，残酷的生存百态存在，很多这样的景象早就超越了小说的表达能力。现实更小说，现实比无数小说更要具有戏剧性，更有想象力。这就给无数小说提出了挑战，要求作家拥有更特别的想象力与艺术素质，尤其是智慧及语言生命感悟能力。

总的说来，长篇小说《青花镯》不仅是人的生存故事的表达，更是人的生命的内在体现。作品一旦深入心灵，才会看到其具有的品质与能量。

[**评论者简介**：张绍民，诗歌《从前的灯光》的作者，诗歌进入不同教材。写短诗，独创“百科全书巨诗”。“百科全书巨诗”丰富了人类诗歌。最短诗歌一句话，像“闪电不能修改”“饭碗一翻身就变为了坟”“水在甘蔗身上过上了甜蜜日子”等受人欢迎。小说：先锋长篇小说《村庄疾病史》为中国乡土小说排行榜作品，《刀王的盛宴》等长篇小说受到欢迎。童话：长篇童话一套。学术与哲学：著有古代经典学术25本，为“反崩溃哲学”创始者。作品曾翻译到西方国家。]

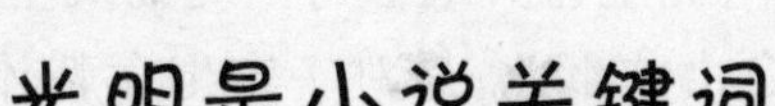

光明是小说关键词

——何丹凤短篇小说的艺术感染力

张绍民

导语

短篇小说的优势在于在篇幅轻便中给予人最快慰的艺术感染力。短篇小说就好像我们的人生,个体人生的篇幅恰恰就如短篇小说的篇幅,充满了内容且干练。

光是小说的种子,明是小说的点灯艺术,为点灯效果。从种子的因到果实的丰收,是从种子到种子的圆满旅行,从种子到果实是从远方到远方,我们把种子称之为果实,把果实称之为种子。

写作是写心与写光

写作是光的事业。写作就是写心。人类只有一个事业即心灵的事业。写作,正能量的写作,就是心灵的事业。说到底,心灵具体表现在美的自由。写作是对美的创造,创造了美,这是传播美的基础。在创造力的这个过程里面,美得以说出心灵,并且让心灵的能量成为美的光。所谓光的事业,很大程度上都具体表现在美的事业。创作在于美的创造力。通过对美的创造,达到个性表达的自由,从而实现终极之美与光的传播,也就实现了光的事业。

光的事业实际上即为光的一种针线活,浩大的光来自于无数细小的光线,光那么辽阔,光那么超越伟大,光那么自由,因此光用自己的自由、无私、充满了光。光懂得虚空成为自己本身。只有空出自己,空出自己就连容器也不需要,从而无私、无限地把自己当成为细小的美,没有人愿意成为无私的小,那是人性的弱点对自己的欲望之看守。写作成为心灵的无私,就能写

出更大的美。写作自然是美的创造力的事业。写作是酿造光，仿佛酿造出最好的美酒，美酒，美在酒的前面，成为美的灵魂。光，浩大，光演奏万物与世界。水也是光的液体，泥土与大地皆为阳光的灰尘沉淀而成。光是爱的事业，是美的事业，是自由的事业，是对宇宙生命整体世界造物主的表现。造物主通过光来灌溉对我们的爱。辽阔博大的光，是一根光线的针线活辛辛苦苦不断做成，但光绝不忙忙碌碌，忙是可耻的，忙是毫无意义的，光有自己的安静与自在放松。因为光，光线坚持了自己的虚空，因而用自己的休闲成全了一切。

我们为什么说到光？因为写作就是光的事业。短篇小说是可见的灯光，也有自己光的冶炼与光的修养。一灯点亮万灯明，在禅宗那里，既如此。而好的短篇小说，就在于点一盏心灯。

良心是什么？良心就是光。

尘世就是心灵的演算，而良心成为心灵视野与心灵事业过程里面的一剂良药，这剂良药在于自心的觉醒所起的作用。

在《一斤良心》（见P169页）这个短篇小说里，我们看到了良心作为关键词，也通过作品的通道唤醒了人性美。在极短的篇幅里展示人性的弱点如何转化为人性的优点。人性的转化在于人的内心道路得到了光。光的基因在内心苏醒，从而人就有了自我的救赎。

好的作品对人的影响力与作用显而易见，因而作品的寓教于乐潜移默化功用自古即为之。在古希腊贺拉斯那里，就很具体地告诫世人文学作品的心灵影响力对人生与生命的作用十分具有可控性。文学包括小说在内的作品，无非为对心灵与终极的生命本质负责，此即为文学的基本与终极作用。作品的创造力体现心灵的能量与信息量状态。

在现代文明冲击时代，人的心灵日益丧失，麻木成为人们生命的主要特征，利益成为人性弱点的加油站，人们日益脆弱的生命感知导致灵魂沙漠。面对如此，唯有觉醒的内心力量，增加心灵的光明，才能自觉、自救、救他、救心、救世。生活是最大的生命场。文学对生活的呈现，主要在于呈现生活所承担的生命意义。文学不是简单地复写复印生活本身而是对生活进行深入灵魂性的表达。

个性短篇小说是美的个性

个性之美在于个性美的创造力。何丹凤的短篇小说，集中体现了个性

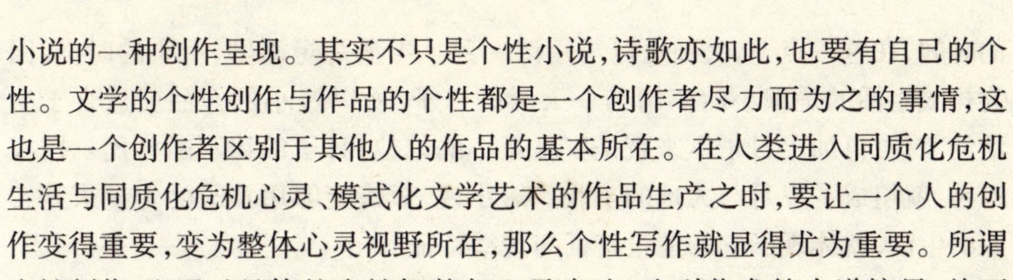

小说的一种创作呈现。其实不只是个性小说，诗歌亦如此，也要有自己的个性。文学的个性创作与作品的个性都是一个创作者尽力而为之的事情，这也是一个创作者区别于其他人的作品的基本所在。在人类进入同质化危机生活与同质化危机心灵、模式化文学艺术的作品生产之时，要让一个人的创作变得重要，变为整体心灵视野所在，那么个性写作就显得尤为重要。所谓个性创作，即通过具体的个性智慧与心灵表达，达到艺术的大道境界，从而实现心灵的终极价值即生命的永恒自由。

一个作家的个性在于心灵的完善体现自身的巨大特征，作品饱含的能源与信息量除了光明的本质，还得在具体的个性特质下展示出来。

深刻的心灵才能达到极致。文学应该深刻到极致与极限的程度。所谓作家创作的个性，全部体现在创造力的极限发挥以及创造力所能体现的能力，具体在一个作家的作品里面能够带来多少心灵的氧气、提供多少澄清生命浑浊的能量。

在《共舞》(见 P201 页)这一个作品里面，我们看到了人生到底在于追求什么，而追求总在时光的导引下逐渐接近本质。其实导引人生的依旧是内心。两个贫穷的人在为物质奋斗，而在为物质奋斗的过程里面，发现物质所承载的心灵与情感随着岁月的推移导致觉悟出现，所谓女人用佛珠来表达心灵，表达自己对自己的男人的爱，那么，就把人生狭窄的爱情上升为了心灵奉献的深刻境界，自己的快乐要与爱的无私建立在一起。

人物的命运是建立在自己的思想与意识深度认识之上的，而人对自己的认识也与自己的性格特征极有关系。人物命运与人物性格之间的交融与互相影响，充分说明了内心觉醒对性格、命运都有正面的改变作用。内心的觉醒在于能够让人修心，通过修心来冶炼自身。

美的本质只有一个，但个性的独木桥却是自由通过的无限大道。

好短篇小说在于带来全新正能量

文学创作对于创作者而言有两个作用：一是自己创作美的愉悦，二是对外传播美。对于作者而言，如果作品能够带来个体的创作快乐，那么作品的完成过程就在自己身上实现了生命感受的美感。对于作品更远的行程而言，就在于它作为一个美的载体，载满了具体的美与抽象的美，向社会群体传播。

短篇小说其实有自己的篇幅优势，在阅读之时，也不会耽误阅读者更多

的时间,在这一点上,大致可以与短诗一致。生活是短篇幅、短小的时空,因为构成生活的是细小的事情与一天天的日子,所以短小的作品就适合于生活的节拍,再加上日子本来就是岁月短小的单位,日子绵绵不断好比一根根禾苗,就组成了岁月与大地的丰收。短小说、短诗能够用日子的力量来充实人的生活,就体现了它的能量特征与传播特征。

爱是什么?爱是真理在路上的无限慈悲,是光明的行走所展示的痕迹。《爱的钉子》(见 P269 页)书写出了心灵变化的真正的本质。

小说的布局与人生的布局完完全全一样,没有什么不同。好小说是社会的容器,不仅容纳世俗万象,更有生命的本质在其中,而这生命本相的描绘便是小说创造的使命与责任。

在这个小说中,主要矛盾聚焦于父亲为了自己的欲望而远离自己的家庭,而自己的孩子为了挽留父亲策划了组织父亲离开家庭的"钉子项目",其实如此策划并不高明,所以很快顺理成章被发现,继而包袱很快打开,发现了事情的真相,因为真相导致良心发现,回归自己本来的生活位置。故事告诉大家:人只能是自己而不是他人,成为自己是人生的轨迹与位置,而离开自己则失去自我的本心。

人生在欲望的自由中。人在欲望的自由中得到的大都是黑暗与邪恶,而在纯洁的自由中才会有归于宁静的本质。

短篇小说都在过度集中的空间里面全力快速提供事情的因果与来龙去脉,集中揭示出一个道理或者意义。寓教于乐是文学作品所共有的。为此,短篇小说给人的启示既是心灵方面的也是教育人生的。

好短篇小说是心灵与哲学的盛宴

关于心灵的终极能源、信息、智慧、学问、思想、哲学等等这些,都服务于人的本质与精神。文学承载心灵,文学承载哲学,文学承载大道,大道与心灵互相融合,而大道与心灵从基本的生活万象与人生百态中显现。

《一张床的坎坷人生》(见 P272 页)就是这样一个精彩无限的作品。

这篇小说给人强烈阅读印象在于其创新性。创新性最能体现创造力,而文学的价值全部体现在创造力,创造力与心灵价值等同,真正的正能量创造力给心灵带来的是全新且原创、原始的抵达。

一张床,成为小说的主人公,这种物化命运的主人公,通过物对人的描述,进而全面揭示时代与社会的真实面貌,解剖在时代的洪流里面人的命运、世态炎凉、生命被蹂躏与掠夺的真实本质。给出生命的真实性才是文学作品的内在推动力，否则，虚假文学无病呻吟的虚构并不能打动人心，也不会成为人的精神容器。一张床之所以让人眼睛一亮，因为它是时代的一个重要阵地，在这个阵地上，承载了社会的形形色色的身心灵，床是关键的舞台，更是关键的手术台，或者具体地说，它作为时代与社会共同的地盘，在这个高台上，打开了人间的立体画展。一张床，要承受自己应该承受的压力，床是大地与人间站起来的高度，接受自己在人间的使命。床的使命是什么呢？欢迎来到人间的生命，也欢送人间的生命离开，人间的告别绝大多数都是在床上进行，因此这里是开始也是结束，可见床只是过渡，只是见证，只是在路上，只是过程，只是承受，只是接受。在床上，我们可看到播种美、希望、爱以及生命的挣扎、努力、拼杀……作为婚床，更是人间的大地在耕耘，一张怀孕的床更是给人间带来新生命。有压力的生活，有接受，有释放……床敞开命运，发生着发生。床身上有最好的绘画，淋漓尽致描绘着它知道的一切人间。

好短篇小说就是一杯好茶

作品只是容器，就像茶杯，但要给人一杯好茶。阅读短篇小说，就好比读一杯茶，好的短篇小说就是一杯好茶：好的心灵是水，好的故事是容器，好的语言是香气，好的小说人物是茶叶，好的小说宁静如禅博大高深，其境界是一杯茶的境界。

好的文学作品灌溉着我们的生命，绿化我们的视野，最终绿化我们的心灵。就像何丹凤的《生命中最后的倾情》（见 P311 页）

心灵是人类唯一的生命事业，而爱是人生唯一的事业。自然，爱与心灵互相交融，爱可能是心灵，可能是光明，心灵一定会有爱，光明一定是心灵。

我们喝茶，会有很多的心情变化，但最终都会安静下来，因为茶有水的道场，水的大道十分包容人，自然包含了人的生命与爱，水也包含了禅机，所以说茶禅一味。

《生命中最后的倾情》这篇小说十分悲壮，在急剧变化的生命中，有人心甘情愿为另外的人付出，我们为之感动，为之震撼，为之审视生活与生命的现场。对比现实与小说中的世界，我们看到了小说世界里面人性的完美。艺术是对生活的完善，是对生存缺陷的圆满，因此，它对世人的作用在于修复生命的罪孽与黑暗。

好的短篇小说给人的冲击化为那种灵性禅机之茶，醍醐灌顶，明目人间。

结语

何丹凤的短篇小说世界是一个充满了尘世风景的世界，方方面面，芸芸众生，莫不鲜活。从其中，直接看到众生相，看到鲜活的人间，看到很多我们在镜子世界里折腾与表演的人生百态。小说的人物、故事、情节、表达，在心灵浩大的空无之境中，书写灵魂的本质。

这是一位心灵手巧的有才华的作家，她的文字颇有大气象，小说人物好像造物的世界剪纸出来的光影人间，鲜活灵动的人好像清水里面游动的鱼群。何丹凤的短篇小说，在极短的篇幅里，给阅读提供了扎扎实实的阅读风暴，阅读为此而不虚此行。她的短篇小说，在小说艺术中体现了一个为生命艺术的核心特征。其短篇小说的世界里，我们看到了一个充满了烟火气息的人间，爱就像氧气一样滋润着他的小说世界与小说人物。在小说的宽广里，她能够做到慈悲对待自己的小说人物：那不是虚构，而是真实的多美的人间；那不是小说，而是心养活的尘世；那不是一般的文字世界，而是可以照亮人们的灯火。作家就是点灯人，让人看到光，并且让光成为呼吸的氧气，让光成为呼吸的大树。

为小说的艺术，是通过展示人的生存、生活、生命、生死来揭示心灵的永恒价值，而这个永恒价值从艺术中仿佛清泉流出来，荡涤尘埃，恩泽世人。

情感是人的河水

——何丹凤小说艺术论

王飞鸿

经朋友介绍，阅读剪纸艺术家、作家何丹凤的小说《青花镯》，深感阅读不虚此行。这部小说读物有自己的特色与自己的力量。

我们都知道，小说在于关注人的生命，通过人的生活来展示人的本质所在。而作家要写好小说，首先面对人的存在，然后通过艺术的手法来描绘人的世界。

《青花镯》这本书里面，包含了两本小说的内容，一本是长篇小说《青花镯》，一本是短篇小说集《一张床的坎坷人生》，这样一长一短集中在一起，可以看到作家对小说的驾驭能力。长篇小说能够写，展示出其叙事能力，而短篇小说则在有限的容器里面来展示精雕细刻的功夫。长短结合，可以看到其既能达到远方，又能在原地散步；能走长路，也能悠游自在。

在《青花镯》的字里行间，我们看到了作者充分展示人物情感的能力。情感是人生的一个灵魂性事物，在人的命运里面起着关键性的作用。作者用雕刻般的手法，把人的情感历程展示得淋漓尽致。

情感在小说里面，就好像人生河流里面的水，可见没有水，就不会有什么河流。作家对小说人物的驾驭能力，说明了对人物性格关键的把握十分重视与在意。

为什么那么多人都喜欢情感电影、情感小说和其他情感艺术作品，因为人的生命没有情感就不存在生命力。

这一点在作家的短篇小说集子里面也得到了充分的体现。

《走过一个冬季的爱情》是短篇小说集《一张床的坎坷人生》里面的作品，这个短短篇幅的小说，展示了人生情感在命运中的考验。小说里蕴含的道理给人以很大启示："上帝给人关了门，就一定会开扇窗，他会让他的红尘

中的儿女，在黑暗中，只要坚持，就可以摸索到光明的边缘。”

特别要说明一点的是，在这个相对独立的短篇小说集子里面，作为读者，我们可以看到一个情感世界的万花筒。我们可以观照小说里面的情感世界，来审视自己身边的情感与生命的关系，从中，不难体会到，作家对生命的洞察力与领悟力。

这部小说给人阅读的收获，我们会跟着作家的写作，来重新打量我们尘世的情感世界。

（**评论者简介**：王飞鸿，笔名豫君，书评人，影评人，作家，图书策划。著有多部作品。）